Dineke Epping

AF204464

Ein Band,
das nie
zerreißt

Francke

Über die Autorin:

Dineke Epping ist Texterin von Beruf. Schon seit der Grundschule macht ihr das Lesen und Schreiben große Freude. Nachdem sie 2014 einen Schreibwettbewerb gewann, fasste sie den Mut, ihr erstes Manuskript an einen Verlag zu schicken. Eine besondere Leidenschaft hegt sie für das viktorianische Zeitalter, wobei sie beim Schreiben gerne der damaligen Lebenswelt auf den Grund geht. Dineke Epping lebt in den Niederlanden.

Bibliografische Information der Deutschen Nationalbibliothek
Die Deutsche Nationalbibliothek verzeichnet diese Publikation in der Deutschen Nationalbibliografie; detaillierte bibliografische Daten sind im Internet über http://dnb.dnb.de abrufbar.

ISBN 978-3-96362-247-2
Alle Rechte vorbehalten
Copyright © 2020 by Dineke Epping
Originally published in Dutch titled
De draad die ons verbindt
by Dineke Epping
German edition © 2022 by Francke-Buch GmbH
35037 Marburg an der Lahn
Deutsch von Thomas Weißenborn
Umschlagbild: © Trevillion Images / Mary Wethey
Umschlaggestaltung: Francke-Buch GmbH/Marion Schramm
Satz: Francke-Buch GmbH
Druck und Bindung: CPI books GmbH, Leck

www.francke-buch.de

1. Kapitel

Shrewsbury, Shropshire, Montag, 11. Oktober 1880

»Selbstverständlich teile ich Ihre Einwände, Lady Almsworth.« Fieberhaft dachte Eileen Brady darüber nach, wie sie am besten mit der Dame umgehen sollte, die mit vor Entrüstung geröteten Wangen vor ihr stand.

Lady Almsworth sah genau so aus, wie sie sich eine piekfeine Dame immer vorgestellt hatte, das begann schon mit ihrer hochmütigen Haltung. Darüber hinaus war sie von beeindruckender, ausladender Gestalt und Eileen konnte sich lebhaft vorstellen, wie diese Frau fast wie ein Segelschiff in ihr großes und vornehmes Landgut »hineinsegelte«. Ganz genau so hatte sie nämlich gerade eben Madame Carolls Modeatelier betreten, das Geschäft, in dem Eileen als Schneiderin arbeitete. Jetzt stand sie vor Eileen in der letzten ... tja, der letzten Kreation, die sie hatte anfertigen lassen.

»Ich habe Madame Caroll nicht dafür bezahlt, dass ich hinterher wie eine kranke Pute aussehe«, schnaubte Lady Almsworth.

Eileen verschluckte sich. »Nein, Mylady. Das verstehe ich«, gelang es ihr herauszubringen. Doch das war nicht genug.

Hinter ihr, im Ankleideraum des Modeateliers, standen Lucy und Mary, die beiden anderen Näherinnen, und warteten mit angehaltenem Atem. Eileen musste sich schnell etwas Überzeugendes einfallen lassen. Eine Dame wie Lady Almsworth, die mit einem Baronet verheiratet war und in einem großen Herrschaftshaus auf dem Land wohnte, würde nicht ohne Weiteres in das Atelier in der Stadt zurückkehren. Sie musste schon sehr, sehr unzufrieden sein. Und jetzt, wo der große Spiegel erbarmungslos alle Schwächen und Fehler des Abendkleides offenbarte, konnte Eileen sie auch gut verstehen.

»Gut, dass Sie mit mir einer Meinung sind, Miss Brady«, stellte die Dame schnippisch fest. »Die Frage ist jedoch, was Sie zu tun gedenken. Diese Ärmel sind schlichtweg lächerlich.«

Hinter ihr schnappte Lucy nach Atem. Weil die erfahreneren Schneiderinnen keine Zeit gehabt hatten, hatte sie das Kleid genäht. »Ich hatte Ihnen ja schon vorgeschlagen, ein farbiges Band anzubringen«, piepste das schüchterne Mädchen.

»Ihre Kollegin meint offensichtlich, ich würde in einem Theater arbeiten wollen, Miss Brady.«

Das wäre noch nicht einmal eine schlechte Idee gewesen, schließlich hatte die Frau auf jeden Fall einen Hang zum Dramatischen. Jetzt hob Lady Almsworth ihren Arm in die Höhe. Der kurze Ärmel war weiter, als auf dem Schnittmuster angegeben, das bemerkte Eileen sofort, und darunter entdeckte sie … eine Quaste? Überrascht starrte sie Lucy an. In all ihren Jahren bei Madame Caroll hatte sie noch nie so etwas Absurdes gesehen.

»Ich habe gedacht …«, stammelte Lucy mit zitternder Stimme. »Weil das doch ein Feiertagskleid ist …«

»Ein *Feiertagskleid*?«, blökte Lady Almsworth. »Was denkst du dir, Kind? Das ist ein Abendkleid, das ich nach einem Fest anziehen möchte. Jedenfalls ist das meine Absicht gewesen.«

Lucys Kehle entfuhr nur ein kurzer, mitleiderregender Seufzer. Eileen hoffte von Herzen, dieses junge, unsichere Mädchen würde nicht in Tränen ausbrechen. Damit würde sie nur dafür sorgen, dass Lady Almsworth noch mehr forderte. In Situationen wie dieser war es wichtig, einen kühlen Kopf zu bewahren und professionell zu reagieren. So wie sie es gelernt hatte.

Eileen holte also tief Luft und richtete sich zu ihrer vollen Größe auf, obwohl sie leider nicht besonders groß war. Wenn doch nur die Sommersprossen ihrem Gesicht nicht so einen jugendlichen Ausdruck verliehen hätten! »Wir werden die Quasten unverzüglich entfernen, Mylady. Die ganze Sache beruht vermutlich auf einem bedauerlichen Missverständnis.«

»Lassen Sie mich eines deutlich sagen, Miss Brady. Ich bin geneigt zu warten, bis ich Madame Caroll selbst sprechen kann. Ich bestehe darauf, dass ein neues Kleid angefertigt wird.«

Eileen war sich nicht sicher, ob sie hoffen oder fürchten sollte, dass Madame Caroll schnell zurückkam. All die Meter nachtblauer Seide, die in diesem missglückten Abendkleid verarbeitet worden waren, all die Spitze, die vergeudet worden war ... Niemand anderes würde ein Kleid kaufen wollen, das von Lady Almsworth zurückgewiesen worden war.

»Ich habe im Atelier Caroll noch nie so eine schlechte Arbeit gesehen«, fuhr Lady Almsworth fort. »Wie lange arbeiten Sie jetzt schon hier, Miss Brady?«

»Schon seit sieben Jahren, Mylady. Seit 1873.« Das war ihre Rettung gewesen, aber das durfte niemand wissen. Madame Caroll würde sie sonst auf der Stelle entlassen, egal wie gut sie mit schwierigen Kundinnen umgehen konnte.

Sie betrachtete die Quasten, die fröhlich neckend – nein, verhöhnend – an verschiedenen Stellen des Kleides herumbaumelten. Plötzlich kam ihr ein Gedanke. »Schleifen!«

»Schleifen?«, wiederholte Lady Almsworth und auch Lucy schaute sie verdutzt an.

»Ja, in der Tat, Schleifen. Die haben wir ganz vergessen. Lucy, hole mir doch einmal die französischen Zeitschriften.«

Das Mädchen blinzelte verwirrt mit seinen großen blauen Augen. »Die ... die Zeitschriften?«

Mit Mühe unterdrückte Eileen ein Seufzen. »In dem Schrank neben dem Schreibtisch. Das große Fach auf der linken Seite. Rechter Stapel. Ich habe die neueste obendrauf gelegt.« Sie sorgte regelmäßig für Struktur, das brachte später Vorteile. So wie jetzt.

Diensteifrig kam Lucy mit den Modeblättern angelaufen. Eileen wusste noch genau, wie das Modell ausgesehen hatte. »*So* hätte der Schnitt der Ärmel aussehen sollen.«

Lady Almsworth betrachtete ihn aus den Augenwinkeln.

»Darf ich es Ihnen zeigen?« Sie holte eine Schachtel mit Stecknadeln aus ihrem ordentlich aufgeräumten Nähkästchen. Anschließend zog sie den Stoff des lose fallenden Ärmels etwas in die Höhe und steckte ihn fest. Sorgfältig arrangierte sie die kleinen Fältchen. »Und hier kommt anschließend ein kleines Schleifchen hin. Nicht auffallend, sondern sehr elegant.« Sie deutete es mit einem Rest aus schwarzer Seide an.

Prüfend legte Lady Almsworth den Kopf zur Seite.

Über ihre Schulter betrachtete Eileen sie ebenfalls im Spiegel. Irgendetwas fehlte. Aber was?

»Es gibt noch mehr von dieser schwarzen Seide für den Ausschnitt«, schlug Lucy hoffnungsvoll vor.

Du lieber Himmel, nein. Lady Almsworths Dekolleté musste mit Sicherheit nicht noch mehr unterstrichen werden.

»Das Kostüm auf dieser anderen Abbildung hat kleine Röschen«, bemerkte die Dame in triumphierendem Tonfall. »So etwas liefern Sie sicher nicht?«

»Ich fürchte …«, begann Lucy zögernd. Doch genau das war die Lösung!

»Natürlich tun wir das«, unterbrach Eileen sie hastig. »Aber wir fertigen sie aus schmalen Samtbändchen an, was tatsächlich für einen noch kunstfertigeren Effekt sorgt.«

Sie machte es Lucy und Mary vor und hoffte, dass sie dieses Mal gute Arbeit abliefern würden. »Mit denselben Schleifchen wie auf den Ärmeln befestigen wir hier ein Band aus kleinen Röschen. Das unterstreicht die elegante Form des Rocks.« Und es überdeckte die Fehler. »Ich könnte Ihnen auch noch ein paar davon als Haarschmuck mitgeben.«

Lucy schnappte sich eifrig ein paar Nadeln, um die Röschen festzustecken. Eileen bemerkte, wie ihre Finger zitterten.

»Lass mich das machen.« Sie war stolz auf die Technik, die sie entwickelt hatte, um Kleider schnell und ordentlich abzustecken. Es war mittlerweile schon mindestens vier Jahre her, seit sie das letzte Mal versehentlich eine Kundin gestochen hatte, und das durfte jetzt auf gar keinen Fall passieren.

Nachdem sie die lächerlichen Quasten entfernt hatte und mit

den Schleifchen fertig war, trat sie einen Schritt zurück und wartete. Lucys Gesicht war die Anspannung anzusehen. Wenn das Mädchen jetzt bloß alles ihr überlassen würde.

»Mir gefällt es«, verkündete Lady Almsworth schließlich.

Eileen versuchte sich die Aufregung nicht anmerken zu lassen. Sie musste unbedingt kühl und professionell bleiben.

»Es bleibt mir allerdings ein Rätsel, warum das in dem ursprünglichen Entwurf nicht vorgesehen war.«

Lucy öffnete ihren Mund, um zu antworten, Eileen warf ihr jedoch einen so eindringlichen Blick zu, dass sie ihre Lippen sofort wieder zusammenpresste. Sehr gut.

Eileen hielt die Modezeitschrift in die Höhe. »Gerade erst aus Paris gekommen, Mylady. Ich werde persönlich dafür sorgen, dass die dekorativen Elemente der neuesten Mode entsprechend angebracht werden.«

»Ich möchte nicht, dass sich noch andere Näherinnen an meinem Kleid zu schaffen machen«, ermahnte sie Lady Almsworth mit einem vernichtenden Blick auf Lucy. Erschrocken ließ das Mädchen plötzlich ihre Stecknadeln fallen. Eileen knirschte mit den Zähnen.

»Helfen Sie mir nun, mein Ausgehkleid wieder anzuziehen, Miss Brady.«

Eileen assistierte ihr schnell und behände.

»Wenn Sie gute Arbeit liefern, gebe ich Ihnen einen neuen Auftrag für die Feiertage«, erklärte Lady Almsworth. »Meine Töchter und ich möchten dann gerne neue Kleider tragen. Unter der Bedingung, dass Sie sie anfertigen.«

»Das wäre mir eine große Ehre, Mylady.« Sie hörte sich immer noch ruhig und sachlich an, denn wenn sie zu sehr am Auftrag interessiert erscheinen würde, gäbe das dieser Frau nur noch mehr Macht über sie.

Selbstverständlich musste das Atelier Carroll einen perfekten Service bieten, Lucy ließ allerdings viel zu leicht auf sich herumtrampeln. Eileen wusste, dass die junge Frau ihre übergroße

Sensibilität von ganz allein verlieren würde, wenn sie erst einmal einige Gegenschläge zu verdauen hätte.

Dennoch seufzte auch sie erleichtert, als sie mit einem Knicks hinter Lady Almsworth die Tür geschlossen hatte.

»Eileen, du hast mir das Leben gerettet!« Lucy, die ihre Stecknadeln wieder eingesammelt hatte, kam jubelnd auf sie zu.

Eileen erstarrte, während die Arme des Mädchens sie umschlangen. »Ach, ich bitte dich … Aber dieses Kleid war auch wirklich eine Katastrophe!«

»Aber du bist großartig gewesen!«, bestätigte Mary. »Ich kann immer noch nicht glauben, dass du so gefasst bleiben konntest.«

Eileen verdrehte die Augen und widmete ihre volle Aufmerksamkeit ihrem Nähkästchen, das in den vergangenen sieben Jahren beinahe ein Körperteil von ihr geworden war. Genau wie das dunkelblaue Kleid mit dem weißen Kragen, das alle Näherinnen trugen. Keinerlei Gefühle zu zeigen war der beste Weg zu überleben, das hatte sie schon gelernt. Natürlich würde sie das diesen Mädchen nicht unter die Nase reiben.

»Was ist hier passiert?« Die scharfe Stimme von Madame Carroll ließ sie zusammenzucken. Ohne dass sie es bemerkt hatten, hatte die Eigentümerin des Ateliers den Raum betreten.

Eileen räusperte sich. »Lady Almsworth hat sich mit einigen … Wünschen an uns gewandt.«

»Hast du sie zufriedenstellen können?«

»Eileen hat es perfekt gelöst«, erwiderte Lucy mit einem bewundernden Blick.

Madame Carroll betrachtete sie kritisch. Sie musste ungefähr zehn Jahre älter sein als Eileen, eine Frau, die Karriere gemacht hatte und immer unverheiratet geblieben war. So wie es Eileen vermutlich auch gehen würde. »Das Ganze ist doch hoffentlich nicht mit allzu vielen weiteren Kosten verbunden, oder?«

»Gewiss nicht, Madame. Wir können einfach die Samtbänder benutzen, die Mrs Tennyson bei näherem Hinsehen doch nicht gestanden haben.«

»Hervorragend.«

»Es ist nur …« Sie runzelte die Stirn. »Mein Termin im Waisenhaus …«

»Ich bleibe länger«, bot Lucy an. »Ich mache alle Röschen für dich.«

Madame Carroll kniff ihre Augen zu Schlitzen zusammen. »Es ist entscheidend …«

»Lucy schafft das schon«, entgegnete Eileen hastig. Für sie waren die Waisenkinder wichtig und es war ihr egal, ob Lucy bis Mitternacht durcharbeiten musste. Schließlich war sie es gewesen, die das Kostüm vermurkst hatte, und das war eine Sache, die Eileen mit Sicherheit nicht passieren würde. »Morgen früh befestige ich die Dekorationen und anschließend können wir das Kleid zu Lady Almsworth senden. Soll ich denn jetzt die Reste des Baumwollstoffs ins Waisenhaus mitnehmen und ausdrücklich darauf hinweisen, dass es ein Geschenk von Ihnen ist?«

Diese Ehre zauberte ein zufriedenes Lächeln in das Gesicht von Madame Carroll. Eileen machte einen kleinen Knicks und beeilte sich, ihren Mantel anzuziehen.

Von Madame Carrolls Nähatelier aus war man bis zum Waisenhaus mindestens eine Viertelstunde zu Fuß unterwegs, erst recht, wenn man sich wie Eileen bewusst für einen Umweg entschied, um nicht an der Kaserne vorbeizukommen.

Weil sie durch die Geschichte mit den Röschen für Lady Almsworth wertvolle Minuten verloren hatte, musste sie sich jetzt beeilen. Es war keine Zeit mehr für einen kurzen Abstecher in die Pension, in der sie mit ihrer Schwester zusammen ein Zimmer gemietet hatte. Die Gewissensbisse, die sie verspürte, vor allem jetzt, wo Nessa und ihr Sohn Seamus krank im Bett lagen, schob sie beiseite. Wenn irgendjemand verstand, wie sehr ihr die Mädchen im Waisenhaus am Herzen lagen, dann war das Nessa.

Jetzt saßen die Kinder alle, kleine wie große, schon untätig im Klassenraum, ohne dass Eileen ihre Nähstunde hatte vorbereiten können. Das gefiel ihr ganz und gar nicht. Eine der Ausbilderinnen hätte ihnen doch wenigstens sagen können, sie sollten sich an ihre jeweiligen Arbeiten machen. Die Mädchen hatten schließlich alle einen Auftrag, jedes auf seinem eigenen Niveau, und an dem hätten sie ohne Probleme weiterarbeiten können. Zur Not auch ohne Eileens fachkundige Begleitung.

»Holt euch alle das, was ihr für eure Arbeit braucht, und dann seid ihr gleich wieder hier auf euren Plätzen und fangt an. Das hier ist kein Kaffeekränzchen, Mädchen. An die Arbeit!«

»Erzählen Sie uns eine Geschichte, während wir unsere Handarbeiten erledigen, Miss Brady?«, fragt Biddy erwartungsvoll.

»Nur wenn du diesen Untersetzer heute fertig bekommst. Aber ich möchte ordentliche Stiche sehen, hol dir also schnell deine Spitzennadel.« Eileen hatte eine Schwäche für das siebenjährige Mädchen, das genauso rote Haare hatte wie sie selbst.

»Erzählen Sie uns dann ein irisches Märchen?«, wollte die kleine Annie wissen, die mittlerweile sehr ordentlich ein Taschentuch einsäumen konnte.

»Sie sind doch aus Irland, oder?« Das war wieder Biddy.

»Meine Eltern sind Iren gewesen«, berichtigte sie sie, während sie sich fragte, wie die Mädchen an diese persönlichen Informationen gekommen waren. »Ich bin in England geboren.«

»Ist das schon lange her?«

Von allen Seiten bekam Annie Kommentare wegen dieser unschicklichen Frage zu hören. Die Wangen des Mädchens begannen rot zu glühen. »Ich meine, dass Ihre Eltern nach England gekommen sind«, verteidigte sie sich.

Eileen half ihr, den Faden durch die Nadel zu ziehen. »Das ist schon beinahe dreißig Jahre her. Ganz schön lange, nicht wahr?«

»Aber so alt sind Sie doch noch gar nicht!« Biddy fühlte sich berufen, sie zu verteidigen, und bekam Beifall von den anderen.

»Ich werde in zwei Monaten sechsundzwanzig«, bekannte sie und auf einmal fragte sie sich, was ihre Mutter dazu gesagt hätte. Eine Frau diesen Alters sollte nicht unverheiratet und kinderlos durchs Leben gehen. Vor allem Letzteres verursachte bei Eileen einen stechenden Schmerz.

Vor acht Jahren hatte sie ihre Eltern zum letzten Mal gesehen. In jenem Herbst hatte sie nicht anders gekonnt, als das Dorf zu verlassen und in die große Stadt Shrewsbury zu flüchten. Ihre Schwester Nessa wohnte dort schon, seit sie eines Tages mit dem Stallknecht Seamus Kerivan durchgebrannt war, und Eileen hatte gehofft, dass sie ihr helfen würde. Sie schauderte bei der Erinnerung an Seamus' abwehrende Reaktion, nachdem sie vor seinem kleinen Arbeiterhäuschen ihre Situation dargelegt hatte Er hatte ihr die Tür vor der Nase zugeschlagen, ohne dass er Nessa irgendein Mitspracherecht eingeräumt hatte. Sie schauderte noch mehr bei dem Gedanken an das furchtbare Armenhaus, in dem sie letztlich gelandet war. Doch sie hatte sich hochgearbeitet: Madame Carroll war mit ihrer Arbeit sehr zufrieden und gab ihr viele Aufträge. Sie hatte gezeigt, dass sie stark war, stark genug, um ihre falschen Entscheidungen hinter sich zu lassen.

In dem Raum war es still geworden. Etwas unsicher schauten die Mädchen zu ihr. Sie lächelte ihnen ermutigend zu.

»Feiern Sie Ihren Geburtstag mit Ihren Eltern?«, wollte die zwölfjährige Iris wissen, für die sich Eileen auch gut eine Zukunft als Näherin vorstellen konnte. Sie war mit ihrem Mustertuch voller komplizierter Stiche und Motive schon sehr weit vorangekommen und arbeitete ziemlich genau.

Eileen schüttelte den Kopf. »Sie sind beide an einer Seuche gestorben«, antwortete sie. Und das sorgte dafür, dass sie nie mehr zurückkehren konnte, dass sie niemals erfahren würde, ob ihr Vater sie noch einmal unter sein Dach gelassen hätte. Er hatte sie damals gewarnt, als Johnny Cole auf Heimaturlaub ins Dorf zurückgekommen war und seine Aufmerksamkeit ganz und gar Eileen gewidmet hatte. Sie hatte nicht auf ihren Vater gehört und jetzt konnte sie ihm nie mehr zeigen, dass sie die Schande letztlich doch überwunden hatte.

Und hier saß sie nun und unterrichtete eine Gruppe Mädchen, die keine Ahnung hatten, wie viel es sie gekostet hatte, ihren guten Ruf wiederherzustellen. »Los jetzt, macht euch an die Arbeit«, befahl sie streng. »Und ich erwarte, dass ihr euer Bestes gebt.«

Sie ging von einem Mädchen zum anderen und kontrollierte ihre Fortschritte. Dass sie viel von ihnen verlangte, machte sich bezahlt. Das konnte sie an der Art und Weise sehen, wie die älteren Mädchen ihre Aufträge ausführten. Für sie lag eine erfolgreiche Zukunft in Reichweite.

Biddy sollte sie allerdings lieber im Auge behalten, doch sie sagte sich, dass das Kind noch klein war und viel zu lernen hatte. Das Mädchen gab jedenfalls sein Bestes.

»Gut gemacht«, lobte sie das Mädchen, als der Untersetzer fast fertig war. »Jetzt musst du aufpassen, damit das letzte Stückchen nicht ausfranst. Anschließend werde ich euch heute etwas über die kleinen grünen Männchen erzählen …«

»Die Leprechauns!«, rief Annie so begeistert, dass sie sich beinahe in den Finger stach.

»Was ist das denn?«, wollte ein neues Mädchen wissen.

»Kobolde«, erklärte Iris. »Sie haben einen grünen Anzug an, helfen im Haushalt, sind aber auch oft ungezogen.«

»Und sie lieben Milch über alles!«

»Und genau wie Miss Brady sind sie Iren.«

»Sie haben auch rote Haare, oder?«, sagte Biddy.

»Genauso rot wie deine und meine.« Eigentlich wollte Eileen lieber nicht mit diesem kleinen Völkchen verglichen werden. Wegen der Kinder verschwieg sie die gemeine Seite dieser Gestalten in ihren Geschichten und brachte die Mädchen nur mit deren Lausbubenstreichen zum Lachen. Gleichzeitig beobachtete sie genau, ob sie dabei auch weiterarbeiteten.

»Sie haben heute gar keine Puppen dabei«, stellte Iris nach der Geschichte fest, während sie kurz von ihrem Musterläppchen aufschaute. »Haben Sie keine Zeit gehabt, um neue zu machen?«

»Ich hatte keine Zeit, um sie abzuholen.« Blieb diesem Mädchen denn auch gar nichts verborgen? Sie wusste, dass Iris ganz verrückt nach den Baumwollpuppen war, doch Eileen hatte nie die Kinder im Waisenhaus im Blick gehabt, als sie angefangen hatte, sie herzustellen. »Das nächste Mal bringe ich euch eine mit einem blauen Kleidchen mit.«

Die kleinen Kreationen waren eigentlich als Trost für sie selbst bestimmt, vielleicht sogar als Versprechen.

Dieser Gedanke beschäftigte sie noch, nachdem sie die Unterrichtsstunde beendet hatte und sich die Mädchen zum Essen fertig machten. Sie zog sich ihren Mantel an, um zur Pension von Mrs Jones zu laufen. Ein Versprechen … Wem wollte sie damit eigentlich etwas vormachen? Sie hatte in den vergangenen Jahren so viel erreicht, sogar ein besseres Leben als das, das ihre Eltern mit ihrem Pachtbauernhof in dem kleinen Dorf geführt hatten. Sie bekam im Atelier einen guten Lohn. Wäre sie bereit, das alles aufzugeben? Wofür genau?

»Wenn das mal nicht unsere irische Erzählerin ist!«

Mit einem Ruck drehte sie sich nach dem Lehrer aus dem Jungenflügel um. Dass ausgerechnet er sie hier bei ihren Grübeleien erwischen musste!

»Mr Rivers.«

»Wärst du etwa gegangen, ohne mir wenigstens kurz guten Tag zu sagen?« Er blieb neben ihr stehen, die Hände auf dem Rücken und ein entwaffnendes Grinsen im Gesicht. George Rivers mit seinen dunklen Augen und dem kleinen Bärtchen sah attraktiv aus, er selbst schien sich dessen allerdings nicht besonders bewusst zu sein.

»Ich bin ziemlich spät dran«, antwortete sie. »Heute laufe ich anscheinend die ganze Zeit der Uhr hinterher. Und Sie müssen doch sicher auch gleich in den Speisesaal, nicht wahr?«

»Du bleibst hartnäckig beim ›Sie‹, merke ich.« Sein amüsierter

Blick dämpfte die Zurechtweisung etwas ab. »Ich habe dich doch schon vor ein paar Wochen gebeten, George zu mir zu sagen.«

»Das wäre unpassend.«

Darauf reagierte er nicht. »Ich bin froh, dass du ins Waisenhaus gekommen bist, obwohl du eigentlich keine Zeit hast.«

»Ich würde meinen Nähunterricht bei den Mädchen nur ungern ausfallen lassen.« Sie hatte allzu häufig das Gefühl, ihre Entscheidungen verteidigen zu müssen.

»Das beweist wieder einmal, wie sehr sie dir am Herzen liegen. Dafür hast du meine vollste Bewunderung, Eileen.«

Sie errötete wegen des Kompliments und vergaß darüber die Förmlichkeiten. »Dein Einsatz für die Jungen ist viel größer.«

»Auch diese Kinder verdienen eine Chance im Leben.« Er lächelte. »Deshalb habe ich mich gefragt, Eileen …«

Ihr Herz fing an, schneller zu schlagen.

»Könntest du dir jemals … unter den entsprechenden Umständen … könntest du dir vorstellen, hier zu uns zu kommen und deine Stellung bei Madame Carroll aufzugeben?«

»Meine Stellung aufgeben?« Mit großen Augen schaute sie ihn an. Er wusste doch, dass sie ihren Lohn brauchte, oder? Sie und ihre Schwester lebten schließlich davon. Natürlich konnte sie nicht mit dem Arbeiten aufhören, das konnte keine Frau, die …

Mit einem Mal wurde ihr klar, was er nicht gesagt, allerdings sehr wohl gemeint hatte. In den vergangenen Jahren hatten regelmäßig Näherinnen bei Madame Carroll gekündigt … weil sie heiraten wollten. Du lieber Himmel, wie war es so weit gekommen?

»George, ich …«

»Denke einfach einmal darüber nach.« Sein Blick war nun sehr ernst. »Ich glaube, ich kenne dich mittlerweile sehr gut, Eileen.«

Nein, überhaupt nicht.

»Du bist immer besorgt darum, einen angemessenen Abstand zu wahren und keine unüberlegten Entscheidungen zu treffen.«

Sie hatte aus ihren Fehlern gelernt, ja. Weil sie es nicht mehr wagte, ihn anzuschauen, richtete sie ihren Blick auf seine Uhrkette. Ein sicheres Objekt, das seinen respektablen Status unterstrich. Genau aus diesem Grund konnte sie ihn nicht heiraten.

»Versprich mir also nur das eine, Eileen: dass du darüber nachdenken wirst.«

Fassungslos, sogar ein bisschen gerührt, schluckte sie.

»Miss Brady!«

Die Eingangstür flog auf und vor Schreck setzte ihr Herz einen Schlag aus. Ohne ihm eine Antwort zu geben, wandte sie sich von George ab. Der Sohn von Mrs Jones kam auf sie zugelaufen. »Sie müssen sofort mitkommen in die Pension«, keuchte er.

»Geht es Nessa schlechter?« Ihr Herzschlag wurde schneller. Ohne weiter darüber nachzudenken, nahm sie ihren Hut von George entgegen. »Oder dem kleinen Seamus?«

»Ihre Schwester ist sehr schwach, Miss. Mama sagt, dass Sie gleich kommen müssen, wenn Sie sie noch einmal sprechen wollen.« Der Junge neigte seinen Kopf. »Für Seamus ist es schon zu spät.«

Hinter ihren Rippen spürte sie einen Schmerz und es kam ihr so vor, als würde ein Band ihre Brust fest zusammenschnüren. Das lag aber nicht daran, dass Eileen den ganzen Weg zur Pension von Mrs Jones gerannt war. *Gott, bewahre bitte meine Schwester!*

Sie hatte in den letzten Jahren kaum noch gebetet – die Scham über ihr Verhalten hatte sie davon abgehalten –, aber sie wollte ihre Schwester nicht verlieren, jetzt, wo sie sich gerade wiedergefunden hatten. Erst vor einem Jahr hatte Nessa sie aufgesucht, nachdem sie sich bei verschiedenen Nähateliers nach ihr erkundigt hatte. Anscheinend hatte sie schon damit gerechnet, dass Eileen ihren Beruf wieder aufnehmen würde. Nessas Mann, mit dem sie seinerzeit aus dem Dorf weggelaufen war, hatte sie mit dem kleinen Seamus sitzengelassen ohne einen Penny, mit dem sie Essen hätten kaufen können. Sie waren damals alle beide schon krank. Von Nessa hatte Eileen erfahren, dass ihre Eltern und ihre Brüder während einer Choleraepidemie gestorben waren, die in ihrem Dorf gewütet hatte. Zunächst hatte sie es kaum glauben können. Als sie ihr Leben ließen, war sie gerade dabei gewesen, ihr eigenes wieder aufzubauen, hatte sie ihre Stellung bei Madame Carroll bekommen, die nicht gewusst hatte, was mit ihr geschehen war. Von diesem Zeitpunkt an hatte sie ein neues Leben begonnen. Nichts erinnerte schließlich mehr an ihre Schande. Johnny Cole war mit seinem Regiment nach Indien verlegt worden, hatte sie gehört, und das war auch besser so. Alles war wieder so, wie es sein sollte, abgesehen von der Leere, die sie in sich verspürte, und der Scham wegen all der falschen Entscheidungen, die sie getroffen hatte.

Deswegen konnte sie es, nach all diesen Jahren allein in der Stadt, nicht übers Herz bringen, Nessa und den kleinen Seamus ihrem Schicksal zu überlassen, so wie das mit ihr selbst geschehen war. Deswegen hatte sie Madame Carroll gefragt, ob sie für sie gemeinsam ein Zimmer außerhalb des Schneiderateliers suchen dürfe, um nicht wie die anderen jungen Frauen über ihrem Arbeitsplatz wohnen zu müssen. Sie hatte die Pension von Mrs Jones gefunden und Überraschung geheuchelt, als bei Nessa die Symptome der Schwindsucht nicht mehr länger zu verbergen gewesen waren. Doch Mrs Jones hatte sie weiter bei sich wohnen lassen. Eileen hatte Nessa und Seamus von ihren 80 Pfund pro Jahr unterhalten … und sie konnte sich nicht vorstellen, sie jetzt wieder zu verlieren.

»Da sind Sie endlich!« Mrs Jones klang besorgt. »Ich habe den Jungen sofort ins Waisenhaus geschickt, aber es ging alles so schnell.«

»Sie haben getan, was Sie tun konnten.«

»Wir haben den kleinen Seamus in ein anderes Zimmer gelegt, nachdem es vorbei war.« Händeringend ging Mrs Jones mit zur Treppe. »Sie weiß es noch nicht, Miss Brady.«

Eileen nickte einfach nur und biss sich so fest auf ihre Unterlippe, dass sie Blut schmeckte. Wenn sie doch nur wüsste, wie sie mit dieser Situation umgehen sollte. Mit schwierigen Kunden fiel ihr das leichter.

Sie war auf das vorbereitet, was sie im Zimmer antreffen würde, schließlich war Nessa in der letzten Zeit immer schwächer geworden und hatte schon seit einigen Wochen das Bett gar nicht mehr verlassen. Aus der blühenden, molligen, jungen Frau mit dem ansteckenden Lächeln, die seinerzeit für ihre große Liebe das Dorf und ihre Familie verlassen hatte, war nun eine stark abgemagerte Frau mit bleichen, eingefallenen Wangen und stumpfen Haaren geworden.

Nessa wurde wach, als Eileen die Zimmertür schloss, und versuchte, die Hand nach ihr auszustrecken. »Zum Glück bist du da.«

Eileen lächelte verkrampft. Ihre Kehle schnürte sich zu. Sie schaute sich nach irgendetwas um, was sie tun konnte, denn das war immer die beste Medizin. Nessas Kissen aufschütteln, ihr die Stirn abtupfen, Wasser holen … »Hast du Durst?«

»Du kannst nichts mehr für mich tun.« Nessa hörte sich ruhig an – kurzatmig, aber ruhig. »Du musst mir etwas versprechen.«

Eileen spürte, wie die Panik in ihr aufstieg. Noch jemand, der ein Versprechen von ihr wollte. Wenn sie jetzt etwas zusagte, würde Nessa sterben. Konnte sie das verhindern? Hatte sie noch etwas in der Hand?

»Seamus …«, flüsterte Nessa.

»Mach dir um ihn keine Sorgen.« Was machte sie sich Vorwürfe, dass sie nicht rechtzeitig zu Hause gewesen war, bevor er starb. Sie brachte es nicht über sich, Nessa die Wahrheit zu sagen, jetzt, wo sie so schwach war.

»Ich mache mir keine Sorgen, ich weiß, dass er im Himmel ist.« Nessa ergriff ihre Hand, sobald Eileen auf dem Rand des Bettes saß. »Jetzt werde ich mein Kind nie zu einem Mann heranwachsen sehen, Eileen. Mein Junge ist nicht mehr und ich werde bald auch nicht mehr sein.«

»Sag das nicht!«

»Hör mir zu.« Nessas Blick war so eindringlich, dass Eileen sich fragte, ob das Fieber zurückgekehrt war. »Du bleibst nicht allein zurück, du hast noch Familie.«

Eileen erstarrte. »Unsinn. Du hast mir selbst gesagt, was mit ihnen geschehen ist.«

»Du musst die Brosche weitergeben, Eileen.«

Ihr Gesicht musste ungefähr genauso bleich geworden sein wie das von Nessa. Sie wusste von dem Schmuckstück, einer versilberten Brosche mit kleinen grünen Steinchen in einem keltischen Motiv, die in der Familie von Mutter zu Tochter weitergegeben wurde. Wenn Nessa nicht mehr war, war sie die älteste. Die Einzige. »Es gibt niemanden, dem ich sie geben könnte.«

»Ich habe um Vergebung gebetet, Eileen.«

»Für wen? Für was?«

»Es war so dumm von mir, mit Seamus Kerivan durchzubrennen.«

»Nun …« Sie war nicht die Einzige, die dumme Sachen gemacht hatte, die den falschen Menschen ihr Vertrauen geschenkt hatte. Seamus war jedenfalls ordentlich mit ihr verheiratet, auch wenn er sie später trotzdem verlassen hatte.

Nessas Griff um ihre Finger wurde fester. »Vergebung, Eileen. Ich habe mitbekommen, wie unruhig du bist. Du wirst erst Frieden finden …«

Ein schwerer Hustenanfall unterbrach sie. Eileen ignorierte das Blut im Taschentuch und verkniff sich die Tränen.

Das Reden und das Husten hatten Nessa so erschöpft, dass sie mit geschlossenen Augen ins Kissen zurücksackte. Ihr Griff um Eileens Hand wurde schlaffer.

Alarmiert stand Eileen auf, wusste aber nicht recht, was sie tun sollte.

Wie konnte sie Nessa helfen, wie konnte sie das Unvermeidliche hinauszögern, ihr Leiden verringern? Es gab nichts, was sie noch ausrichten konnte.

»Es ist gut.« Der Hauch eines Lächelns huschte über Nessas Gesicht, ihre Stimme war jedoch kaum mehr als ein Seufzen. »Such sie, damit du zuschauen kannst, wie sie aufwächst …«

Eileen erschauerte. Nur *ein einziges Mal* hatte sie mit Nessa darüber gesprochen. Kurz und widerwillig. Das war eine Geschichte, mit der sie abgeschlossen hatte, die ihr Geheimnis bleiben musste.

Allerdings schien ihre Schwester nicht länger schweigen zu wollen. »Du wirst Frieden finden, Eileen. Zeig ihr, dass sie geliebt ist.« Auf Nessas Stirn erschienen Falten.

»Das werde ich tun«, antwortete Eileen hastig. »Ich werde unser Erbe nicht verloren gehen lassen.« Doch wo sollte sie mit ihrer Suche beginnen? Es war schon so viel Zeit vergangen, so viele Jahre, in denen sie verborgen hatte, wie tief sie gefallen war. Verzweiflung stieg in ihr auf.

Auf Nessas ausgemergeltes Gesicht war das Lächeln zurückgekehrt. Es schien, als wollte sie noch etwas sagen, sie brachte jedoch nicht mehr als einen tiefen Seufzer über die Lippen. Anschließend wurde es ganz still im Zimmer. Zu still.

Tränen quollen aus Eileens Augen. Es war vorbei. Ihr war es jedenfalls gelungen, ihre Schwester mit einem friedvollen Gefühl gehen zu lassen, doch sie selbst hätte am liebsten geschrien, geweint und gejammert.

Das durfte sie sich nicht zugestehen. Angespannt presste sie ihre Handballen an ihre Schläfen. Sie musste Mrs Jones informieren und dann den Totengräber kommen lassen. Es musste viel geregelt werden und das würde dafür sorgen, dass sie den Verstand nicht verlor.

Anschließend … Konnte sie tun, worum Nessa sie gebeten hatte, und sich auf die Suche machen?

Die Worte ihrer Schwester hatten eine alte Sehnsucht in ihr neu entfacht. Doch sie zweifelte, dass sie jemals wieder Frieden finden würde.

2. Kapitel

»Was haben Sie jetzt vor, Miss Brady?« Es war Mrs Jones, die die Frage gestellt hatte, rund um den Esstisch der Pension schauten jedoch auch andere Mieter Eileen neugierig an.

Auf einmal lagen ihr die Zimtplätzchen, die sie am Ende ihrer Abendmahlzeit gegessen hatte, schwer im Magen. Langsam legte sie das letzte Plätzchen zurück auf ihre Untertasse. Obwohl sie der süße Geruch immer an früher erinnerte, wenn ihre Mutter zu seltenen Gelegenheit etwas gebacken hatte, bekam sie jetzt keinen Bissen mehr herunter. Denn sie hatte noch keine Ahnung.

»Ach, Mrs Jones«, sagte eine andere Mieterin, eine junge Lehrerin. »Das ist schwer für Eileen, Sie müssen ihr etwas Zeit lassen.«

Eileen lächelte schwach. Es war nun schon ein paar Wochen her, seit Nessa und Seamus gestorben waren. Natürlich vermisste sie ihre Schwester, die Einzige, die in ihr Geheimnis eingeweiht gewesen war, doch ihre Einsamkeit saß noch viel tiefer. Sie hatte ein Versprechen gegeben und der Gedanke, es halten zu müssen, erfüllte sie mit Sehnsucht und Angst zugleich.

Sie räusperte sich. »Ich glaube, es wäre das Beste, wenn Sie die andere Hälfte des Zimmers wieder vermieten«, erklärte sie.

Über diese Sache hatte sie schon oft nachgedacht. Die Lehrerin teilte sich ebenfalls ein Zimmer mit einer Kollegin, das war der normale Gang der Dinge. Abgesehen davon würde sie selbst dadurch weniger Miete zahlen müssen. Sie würde jeden Penny brauchen, wenn sie ihre Suche beginnen wollte.

Die ältere Pensionsbetreiberin sah sie sichtlich erleichtert an. »Ich wollte nicht davon anfangen, aber Sie haben recht. Das ist eine vernünftige Entscheidung. Und Sie können davon ausgehen, dass ich Ihre neue Zimmergenossei sorgfältig aussuchen werde.«

Von den anderen Mietern war zustimmendes Gemurmel zu hören.

»Ausschließlich anständige Damen kommen in Betracht.«

Peinlich berührt schlug Eileen die Augen nieder. *Anständige* Damen, natürlich. Niemand hier wusste, wie sie im Armenhaus verachtet worden war, dass die Mitarbeiterinnen dort sie ein »gefallenes Mädchen« genannt hatten. Wenn sie daran zurückdachte, schämte sie sich immer noch. Sie hätte erkennen müssen, dass Johnny seine Versprechen nicht halten würde, dass er sie nicht heiraten würde, nachdem sie ihm einmal gegeben hatte, was er wollte.

Aber sie war nicht mehr so dumm wie damals. Sie hatte sich Stück für Stück hochgearbeitet und sie hatte ihr Leben unter Kontrolle. Sie war stark.

Abrupt stand sie auf. »Entschuldigen Sie mich. Ich muss noch ein paar Dinge zusammenpacken.«

Alle schauten sie verständnisvoll an und das sollte auch so bleiben, dachte Eileen, während sie die Treppe zu dem Zimmer hinaufstieg, in dem sie im Augenblick noch allein wohnte.

Auf Nessas Bett lag sauberes Bettzeug und die Überdecke, die Eileen aus Stoffresten angefertigt hatte. An guten Tagen hatte Nessa ihr geholfen. Ihre Kehle zog sich zusammen. Welche Unbekannte würde bald in diesem Bett schlafen? Natürlich hatte sie sich schon früher ein Zimmer teilen müssen, als sie noch bei Madame Carroll gewohnt hatte. Dort hatte sie ihr Geheimnis sorgsam gehütet, aber dieses Jahr mit Nessa, in dem sie endlich nicht mehr den Schein hatte wahren müssen …

Eileen wandte sich abrupt vom Bett ab und begann sich die Nadeln aus den Haaren zu ziehen, so grob, dass es wehtat. Sie schüttelte ihre Haare und griff sich die Bürste. Nessa hatte immer gesagt, dass ihr Haar dieselbe Farbe besaß wie der große Ahornbaum hinter dem Bauernhof im Herbst. Flüchtig warf sie einen Blick in den Spiegel. Ihr rotes Haar trug sie oft nach hinten gekämmt und zu einem strengen Knoten zusammengebunden. Das unterstrich ihre hohen Wangenknochen, die mit Sommersprossen übersät waren, und ihr markantes Kinn. Sie war zufrieden mit ihrer unabhängigen Ausstrahlung, ohne eitel zu sein.

Sie wandte sich vom Spiegel weg und öffnete den kleinen, ledernen Koffer, der auf einem Stuhl lag. Die Püppchen aus dem weißen Baumwollstoff, den Madame Carroll für Schnittmuster benutzte, begrüßten sie mit einem Lächeln aus kleinen roten Kreuzstichen. Der kleine Seamus hatte sich nur für eine einzige von ihnen interessiert, die etwas fester gearbeitet war, doch als sie die Puppen angefertigt hatte, hatte sie an ein kleines Mädchen gedacht.

Mit einem Seufzen nahm Eileen die Puppe, die obenauf lag. Nachtblaue Seide und sogar ein winzig kleines Bändchen und kleine Röschen. Sie schluckte. *Würde sie dir gefallen? Würdest du lachen, wenn ich dir die Geschichte von Lady Almsworth erzähle? Würdest du dann spielen, wie diese Dame zu einem edlen Abendessen geht, bei …* Sie suchte das Püppchen mit dem grünen Ballkleid heraus. *Bei Mrs Tennyson?* Das grüne Kleid erinnerte sie an die Brosche, die Nessa ihr hinterlassen hatte. Vorsichtig holte sie das Schmuckstück aus dem kleinen Leinensäckchen, das sie dafür angefertigt hatte, und hielt sie so, dass die Glasstücke zu glänzen begannen. *Das ist für dich, Mädchen, wo auch immer du bist. Sie soll für dich sein.*

Die Brosche war nicht wirklich kostbar, jedenfalls nicht in einer Weise, dass sie in Jahren der Not für Geld im Haus hätte sorgen können. Dennoch war sie das einzige greifbare Erinnerungsstück, das ihr als Band zu ihrer Familie geblieben war. Sie musste es weitergeben an ein Mädchen, das im vergangenen Jahr sieben geworden war, ein Mädchen, auf das Eileen bei seiner Geburt nur einen kurzen Blick hatte werfen dürfen, das aber trotz allem ihre einzige noch lebende Blutsverwandtschaft war. Sie wollte es kennenlernen. Nein, sie *musste* es kennenlernen.

Rastlos lief Eileen durch das Zimmer. Ihre Schuhe klackerten auf dem hölzernen Boden. Nessa hatte von Vergebung und Frieden gesprochen, doch Eileen ahnte, dass sie beides nicht einfach so empfangen konnte. Nicht indem sie sich einfach nur danach ausstreckte. Sie würde ihre Verantwortung tragen müssen und sie hatte sehr, sehr viel gutzumachen. Um ihre Gefühle zurückzudrängen, schloss sie fest die Augen. *Hörst du mich noch, Gott? Ich werde meine Fehler in Ordnung bringen. Ich werde für sie endlich Mutter sein. Das verspreche ich dir. Wenn du sie mich finden lässt …*

Zunächst musste sie eine Adresse haben, und es gab nur *eine* Person, die sie dabei um Hilfe bitten konnte. Sie hatte keine andere Wahl.

❦

Während sie dem Pfarrer die Hand gab und aus der Kirche eilte, ging Eileen das Schlusslied des Sonntagsgottesdienstes nicht aus dem Kopf. Etwas über den Segen, der von oben kam. Obwohl sie sich wieder angewöhnt hatte, in den Gottesdienst zu gehen, seit sie ihre Stellung bei Madame Carroll erhalten hatte, kannte sie dieses Lied nicht gut. Sie ging mehr um des Anstands willen in den Gottesdienst, weil die Leute das von einer gesitteten Frau erwarteten, aber es kam ihr immer noch so vor, als würde die Botschaft an ihr vorbeiwehen. So als würde der Pfarrer über ihren Kopf hinweg predigen und seine hoffnungsvollen Worte an der Wand zerbersten. Doch das ahnte niemand.

Heute war das, was von oben kam, vor allem Regen und der war wenigstens greifbar und realistisch. Damit konnte sie umgehen, wie unangenehm er auch sein mochte.

»Eileen!«

So wie sie insgeheim bereits gehofft hatte, wartete George Rivers auf sie. Er hielt einen großen Regenschirm in die Höhe, unter den sie bequem zu zweit passten. »Was für ein Wetterchen, nicht wahr?«

»Das kann man wohl sagen!« Sie lächelte ihm zögernd zu. Seit jenem Nachmittag, an dem Nessa gestorben war, hatte er mit ihr nicht mehr über seinen Vorschlag gesprochen. Er hatte nicht gefragt, ob sie schon darüber nachgedacht hatte, und er hatte sie zu keiner Entscheidung gezwungen. Das schätzte sie an ihm. Es war verlockend, den einfachen Ausweg zu wählen, doch Nessa hatte recht gehabt: Sie wusste, dass sie niemals wirklich glücklich sein würde. Jedenfalls nicht, solange sie nicht versucht hatte, sie zu finden.

Eileen atmete tief ein. »Ich fürchte, ich muss dich um einen Gefallen bitten, George.«

»Worum geht es?« Sein Lächeln blieb unverändert. »Du weißt, dass du das jederzeit tun kannst, Eileen.«

Sie nickte. Der Ausdruck in seinen Augen war sanft, nicht so wie der eines treuen Hundes, aber trotzdem … Eigentlich wusste sie nicht, womit sie ihn vergleichen sollte. Kein Mensch hatte sie jemals so angeschaut, nicht einmal Johnny. Ihr lief ein Schauer den Rücken hinunter. »Also gut. Es geht um meine Schwester. Du weißt, dass sie in Armut gelebt hat, bevor sie mit mir Kontakt aufgenommen hat.«

»Weil sie so wahnsinnig gewesen ist, mit diesem verantwortungslosen Mann durchzubrennen«, fügte er hinzu.

Die Worte ließen sie zusammenzucken, sie unterdrückte allerdings die Neigung, Nessa zu verteidigen. In Gedanken ging sie noch einmal die Geschichte durch, die sie sich zurechtgelegt hatte. »Kurz vor ihrem Tod hat sie mir erzählt, dass sie außer Seamus noch ein Kind bekommen hatte, ein … ein Töchterchen. Aber wegen der Umstände, in denen sie sich befunden hatte, hatte sie das Mädchen weggeben müssen.«

George zog die Augenbrauen zusammen. »Nur das Mädchen, den Jungen aber nicht?«

»Ich vermute, ihr Mann fand einen Sohn wichtiger.« Sie warf ihm einen zögerlichen Blick zu. Das war noch nicht einmal der unglaubwürdigste Teil der Geschichte. »Ich möchte das Mädchen finden«, verkündete sie resolut.

George pfiff zwischen den Zähnen hindurch. »Das hört sich nach keiner leichten Aufgabe an.«

»Das glaube ich auch.« Sie bedeutete ihm, den Fußweg in Richtung des Waisenhauses einzuschlagen, in dem sie einen Teil ihres Sonntags verbrachte. Die Leitung konnte ihre Hilfe gut gebrauchen und ihr fiel nichts Besseres ein, um alles doch wenigstens ein bisschen wiedergutzumachen. »Das Kind ist ins Waisenhaus gebracht worden.«

»Wirklich?« Er spitzte seine Lippen und starrte auf die Gruppe Kinder, die schon in Begleitung den Nachhauseweg angetreten hatten. Seine Augen blieben auf der rothaarigen Biddy ruhen.

Eileen lächelte leicht. »Nein, Biddys Eltern sind bei einem Brand ums Leben gekommen. Die Tochter von … von Nessa ist nicht mehr hier und genau aus diesem Grund brauche ich deine Hilfe.«

»Du möchtest, dass ich ihre Akte heraussuche.«

Sie nickte. »Mir wäre es am liebsten, wenn das keiner erfahren würde.«

»Verständlich.«

Er konnte jedoch nicht begreifen, wie wichtig das für sie war. »Nessa hat aus Scham bei der Geburt nicht ihren eigenen Namen angegeben. Sie hat den Nachnamen Brennan benutzt.«

»Solange du dir da sicher bist, ist das kein Problem.«

»Und meinen Vornamen.«

Sie spürte mehr, als dass sie es sah, dass er sie anstarrte, denn sie konnte seinem Blick nicht begegnen. Stattdessen betrachtete sie Biddy, die ein ganzes Stück vor ihnen durch eine Pfütze lief. Gleich würde sie nasse Strümpfe haben.

George räusperte sich. »Willst du damit sagen, dass das Kind als Tochter von Eileen Brennan registriert worden ist?«

»So ist es.«

»Aber es ist das Kind von Nessa.«

»Ja.« Eileen verwünschte sich selbst, weil sie nicht mehr als ein Flüstern über die Lippen bringen konnte. Sie hatte so lange über diese Geschichte nachgedacht und sie ging davon aus, dass Nessa, wenn sie sie jetzt aus dem Himmel heraus beobachten sollte, ihr sicher vergeben würde. »Hilf mir bitte, George. Ich weiß, dass du Akteneinsicht bekommen kannst, und … und ich möchte das niemand anderem erzählen. Das kann ich nicht.«

»Das Mädchen hat jetzt irgendwo ein Zuhause gefunden, Eileen.«

»Natürlich.« Aber das bedeutete ja nicht, dass das auch der beste Ort für es war. »In diesem Fall würde ich gern mit eigenen Augen sehen, dass es ihr gut geht. Sie ist meine …« Sie stockte, als sich seine Augenbrauen zusammenzogen. »Sie ist die einzige Familie, die ich noch habe, George.«

Er widersprach ihr nicht. Stattdessen schwieg er.

Während sie weit vor ihnen die Kinder durch das Tor zum Waisenhaus hineingehen sah, sank ihr das Herz in die Hose. Vielleicht war die Geschichte nicht so überzeugend, wie sie gedacht hatte, vielleicht hatte sie mit ihr den Respekt, den er für sie hatte, schon verspielt.

Sie warf einen flüchtigen Blick zur Seite just in dem Augenblick, in dem er zu ihr hinüberschaute. Ihre Wangen begannen zu glühen.

»Eileen, du verstehst schon, dass es nicht üblich ist, dass ich in den Akten herumschnüffele, schon gar nicht in denen der Mädchen. Ich verstehe allerdings auch, wie viel Überwindung es dich gekostet haben muss, mich ins Vertrauen zu ziehen. Deshalb werde ich versuchen, das Kind zu finden. Weißt du zufällig auch, welchen Namen es bekommen hat?«

Eine tiefe Traurigkeit überwältigte sie. »Das Waisenhaus hat ihm einen Namen gegeben. Es wurde nicht zugelassen, dass … dass die Mutter das selbst tat.«

Er nickte kurz und sachlich.

Vor Erleichterung entfuhr ihr ein Seufzen. »Ich bin dir so dankbar, George. Es muss dir seltsam vorkommen, aber es ist …«

Er hob beschwichtigend seine Hand, um ihre Dankesworte abzuwehren. In diesem Moment ertönte von der anderen Straßenseite her Geschrei.

Eileen schaute zur Seite und entdeckte eine Gruppe Männer vor dem Pub. Sie trugen rote Uniformen.

Zwei Soldaten wälzten sich kämpfend auf dem Boden, während ein großer, grobschlächtig gebauter Mann versuchte, sie auseinanderzuzerren. Ihre Kameraden pfiffen entweder den Mann aus oder feuerten die beiden an, das konnte Eileen ihrem Geschrei nicht entnehmen. Jedenfalls stand keiner von ihnen allzu sicher auf seinen Beinen.

»Die haben ihren Sold gut angelegt«, murmelte George sarkastisch.

Eileen lachte kurz auf. »Was hast du denn anderes erwartet?«

»Vielleicht so etwas wie militärische Disziplin?« Er zog die Augenbrauen zusammen. »Ihr Offizier täte gut daran, sie für ein Weilchen in der Kaserne festzusetzen.«

»Und sobald sie wieder nach draußen dürfen, treiben sie es wieder genauso bunt wie jetzt. Männer, die auch nur einen Funken Anstand besitzen, werden keine Soldaten.«

George lächelte ihr zu. »Du hast wenig übrig für die Jungen, die unser Königreich verteidigen. Ich muss zugeben, dass ihr Verhalten gelegentlich zu wünschen übrig lässt, aber ich bin mir sicher, dass es sehr tüchtige und anständige Soldaten gibt.«

Eileen korrigierte ihn nicht.

3. Kapitel

»Schnapp ihn dir! Schnapp ihn dir!« Hinter dem Feldlazarett von Lahore in Nordindien schrie sich der Soldat Matthew Wilson die Stimme aus dem Hals. Gemeinsam mit anderen Männern der Leichten Infanterie seines Regiments war er Zuschauer bei einem blutrünstigen Kampf. Obwohl er nicht mehr als zwei Rupien gesetzt hatte, hoffte er doch, King würde gewinnen. King – der braune Mischlingshund seines Kameraden Mike O'Leary.

Es kam ihm vor wie eine Ewigkeit, seit er das letzte Mal einem Hundekampf beigewohnt hatte. Ehrlich gesagt mochte er sie noch nicht einmal besonders. Aber es schien schon sehr viel länger her, dass er den Krankensaal hatte verlassen dürfen, und deshalb ließ er sich diese Gelegenheit nicht entgehen.

Der Arzt würde ihn sich zur Brust nehmen, wenn er entdecken würde, dass Matthew sich heimlich aus dem Staub gemacht hatte, bestimmt vor allem deshalb, weil es hier in Indien dreißig Grad heiß und staubtrocken war. Der Oberst würde ebenfalls ein Wörtchen mitreden wollen, er konnte einem Soldaten, der sich eigentlich von seinen Verwundungen erholen sollte, allerdings nur schwer irgendein Strafexerzieren aufbrummen.

Matthew selbst fand, dass er nun genug wiederhergestellt war, um wieder anzutreten, und das würde er ihnen schon zeigen. Deshalb ignorierte er den stechenden Schmerz in seinem Hinterkopf und feuerte so laut wie die anderen Soldaten die beiden Hunde an.

»King wird gewinnen!«, jubelte Tom Merchant, sein bester Freund und derjenige, der ihm geholfen hatte, das Lazarett ungesehen zu verlassen. Er schlug Matthew auf den Rücken. »Wir können gleich die Kantine leer kaufen, Matt!«

Ausgelassen grinste Matthew über die Begeisterung seines Kameraden, der in Wirklichkeit ein viel größerer Tierfreund war, als sein augenblicklicher Enthusiasmus vermuten ließ. Wahrscheinlich war er derjenige, der den Hund gleich wieder zusammenflicken durfte. Sein Wissen und seine Hilfe wurden überall geschätzt.

Matthew wurde klar, dass er besonders diese Art von Kameradschaft vermisst hatte, dieses Gefühl der Zusammengehörigkeit, das die Männer teilten. Es ging ihm allerdings zu weit, sich ohne Genehmigung des Arztes und der Offiziere in der Kantine blicken zu lassen.

Er warf Tom ein Grinsen zu. »Genehmige dir dann mal ein Extrabierchen auf meine Kosten.«

»Los jetzt, schnapp ihn dir!«, ertöne es noch lauter aus verschiedenen Richtungen. Matthew zog sich seine rote wollene Uniformjacke aus und betrachtete Mike O'Leary, dem der Schweiß auf der Stirn stand und der auf Gälisch seinem Hund Kommandos zubrüllte, die das Tier doch nicht verstehen konnte. Mit seinem Organ konnte er Feldwebel Carey während einer Parade sogar noch übertreffen.

Die knurrenden Bestien, mehr Knochen und Zähne als irgendetwas anderes, wälzten sich im Staub. Wie lange kämpften sie schon, eine Viertelstunde?

Noch etwas durchhalten. Matthew wollte beweisen, dass er wieder so fit war, dass ihn der Arzt ohne weitere Auflagen aus dem Lazarett entlassen konnte – koste es, was es wolle. In dieser Hitze war schließlich niemand so ganz auf der Höhe, oder?

Jock Gibson, der Besitzer des unterlegenen Hundes, stand mit freiem Oberkörper dabei und lief mit jeder Minute röter an, bis Matthew dachte, er würde gleich aus der Haut fahren. Seine Chancen waren so gut wie verspielt. Der struppige Schwanz des Hundes färbte sich auf einmal immer röter und plötzlich wurde es Matthew geradezu schmerzlich bewusst, dass das alles Blut war, was er dort sah.

Er biss die Zähne fest zusammen und wandte sein Gesicht ab, doch es war schon zu spät. Vor seinen Augen verwandelte sich das dürre, indische Gras in das gebirgige Terrain Afghanistans, wo er im vergangenen Frühjahr seine letzte Schlacht geschlagen hatte. Die Anfeuerungsrufe seiner Kameraden verwandelten sich in blutrünstige afghanische Schlachtrufe, Trommelwirbel und Artilleriefeuer. Mit aller Macht versuchte er die Bilder aus dem Kopf zu bekommen. Wenn er sie zu lange duldete, kamen sofort wieder diese furchtbaren Albträume und er wollte dem Arzt keinen Grund geben, ihn doch noch länger festzuhalten.

»Alles in Ordnung?« Tom, der ihn am besten von allen kannte, ergriff seinen Arm. »Bekommst du wieder Kopfschmerzen?«

»Nein, wirklich, es ist einfach nur heiß.«

»Wie du meinst!«

Tom lachte unbesorgt, und Matthew richtete seinen Blick wieder auf den Kampfplatz vor ihm. Der unterlegene Hund hatte sich selbst befreit und rannte hinkend davon. Schreiend eilten die Männer hinterher und versperrten ihm den Weg. King stürzte sich erneut auf seinen Gegner, um den Kampf endgültig abzuschließen.

Trotz der Hitze lief Matthew ein Schauer den Rücken hinunter. Es sind nur Hunde. Nichts anderes als blöde Straßenköter. Doch exakt dieselben Worte hatten manche Offiziere für den afghanischen Feind gebraucht und trotzdem konnte Matthew sie nicht mehr vergessen, diese Männer und Jungen, die von seinen Kugeln getroffen und von seinem Bajonett aufgespießt worden waren. Noch mehr erinnerte er sich an die Männer, mit denen er jeden Tag gemeinsam gegessen und exerziert hatte, mit denen er marschiert war und mit denen er während der Feldzüge ein Zelt geteilt hatte. Die Männer, die er nie mehr wiedersehen würde.

Lauter Jubel ließ ihn aufschrecken. Jocks Hund lag auf dem Boden und Mike nahm King wieder an die Kette. Matthew blinzelte die Bilder gefallener Kameraden weg und schluckte gegen eine Welle der Übelkeit an. Es war einfach seine Tierliebe, die ihm den Magen umdrehte. Schon von Kindheit an hatten ihn die Schafe, Schweine und Milchkühe auf dem Bauernhof seines Onkels angezogen. Er konnte schon mit dem großen Arbeitspferd umgehen, als er noch auf einen Zaun steigen musste, um auf den Rücken des Tieres zu kommen. Wenn er kein Soldat geworden wäre, würde er wieder auf einem Bauernhof arbeiten wollen.

»Freibier für alle!«, rief Mike und verteilte es.

Tom schüttelte seinen dichten Schopf rostbrauner Locken nach hinten und gab einen Jubelschrei von sich. Manchmal fragte Matthew sich, ob sein Freund jemals erwachsen werden oder immer ein Schuljunge bleiben würde.

Er selbst spürte, dass sein Herzschlag sich langsam wieder beruhigte. Er benutzte die Schnalle seines Gürtels, um die Flasche zu öffnen, und nahm einen Schluck von dem lauwarmen Getränk. Anschließend ließ er sich ins Gras fallen und betrachtete die Männer um sich herum. Zu ihnen gehörte er. Sie stritten und schimpften gelegentlich übereinander, aber sie waren auch zuverlässige Stützen füreinander.

Er wollte sich wieder seiner Kompanie anschließen, wieder gemeinsam mit ihnen exerzieren und jagen und Paraden durchführen. Konnten sie nicht sehen, dass gerade das seiner Kondition zuträglicher wäre, als wenn er weiterhin in diesem Lazarett vor sich hin vegetierte?

Matthew wünschte sich, Oberst Brooks würde sich darum kümmern, denn der stand bei allen Männern in seinem Regiment in hohem Ansehen. Doch der Offizier hatte vermutlich viel wichtigere Dinge um die Ohren, als die Krankenberichte jedes Soldaten seines Regiments anzuzweifeln.

»Achtung, Soldat Wilson!«

Erschrocken verschüttete er sein Bier. Die Gespräche der anderen verstummten. Verflixt, was für einen Eindruck machte er in seinem grauen Unterhemd mit Bier- und Schweißflecken! »Feldwebel Carey, entschuldigen Sie, ich habe Sie nicht gesehen.«

»Ich habe *dich* nicht gesehen, Wilson. Gerade eben, als ich den Krankensaal inspiziert habe.«

Er schluckte und hob sein Kinn. »Draußen ist es angenehmer, Herr Feldwebel. Der Arzt findet das in Ordnung.«

»Wenn der Arzt hierfür seine Zustimmung gibt, kannst du auch wieder zum Dienst antreten.«

»Damit bin ich einverstanden, Herr Feldwebel.« Matthew ärgerte sich, dass seine Stimme in die Höhe kletterte. Er fand es furchtbar, dass sie ihn schon so lange von dem gewöhnlichen Training fernhielten. Während der ganzen Zeit im Krankenhaus hatte er so viele körperliche Übungen wie möglich gemacht, um seine Kondition und seine Muskelkraft zurückzuerlangen. Es musste doch irgendwann einmal zu dem Arzt und den Offizieren durchdringen, dass er wieder gesund war!

»Wir marschieren in Kürze nach Poona, im Westen Indiens«, verkündete der Feldwebel. Und wenn er das hier so sagte, war das tatsächlich in Kürze. Die Armee hatte nicht die Angewohnheit, ihren Mannschaften einen langen Vorlauf zu gönnen, wenn sie irgendwohin aufbrechen mussten. »Alle, die den Marsch nach Poona durchhalten können, kommen mit. Ich werde Feldwebel McKenzie über deine Genesung informieren. Heute Abend will ich dich beim Appell sehen, Wilson.«

Er konnte einfach nur nicken und salutierte, als der Feldwebel sich entfernte. Erleichtert ließ er sich ins Gras zurücksinken.

»Hey Wilson, da hast du aber Glück gehabt!«, rief Mike O'Leary, der in einiger Entfernung stand.

Grinsend prostete Matthew ihm mit seiner Bierflasche zu. »Das kannst du wohl sagen.«

»Was immer du unter Glück verstehst.« Tom kam auf ihn zu und betrachtete ihn skeptisch. »Selbst der eifrigste Rekrut hat keine Lust, bei dieser Hitze anzutreten.« In einem griesgrämigen Tonfall äffte er den Feldwebel nach. »Achtung! Präsentiert daaaaaas … Gewehr! Rechts um!«

Matthew rollte mit den Augen. »Lieber zweimal am Tag exerzieren, als hier allein herumzuhängen.«

Tom setzte sich neben ihn. »Ist es nicht zu früh für dich? Gesundwerden braucht Zeit, Matt. Dein Zustand war nicht der beste, als wir dich von diesem Schlachtfeld heruntergeschleppt haben. Ich habe in Kabul die ganze Zeit Angst gehabt, dass du es nicht schaffst.«

Und während dieser Periode in Kabul hatte die britische Armee in einer entscheidenden Schlacht den Krieg gewonnen. Es schien Tom nicht zu stören, dass er wegen ein paar leichter Verwundungen nicht hatte dabei sein können. Es störte Matthew dagegen sehr, obwohl er um einiges schwerer verwundet gewesen war. Selbst als die Truppen aus Afghanistan abgezogen wurden, hatte er die Reise vornehmlich auf dem Rücken liegend in einem Wagen hinter sich gebracht. Natürlich, Gesundwerden kostete Zeit, aber mittlerweile waren einige Monate ins Land gegangen. Er runzelte verärgert die Stirn und ließ seine Hand geistesabwesend über den rauen Streifen gleiten, der hinter seinem linken Ohr begann und weiterlief bis zu seinem Nacken. Die Narbe wurde größtenteils dadurch verdeckt, dass er sich die blonden Haare bis über die Ohren hatte wachsen lassen, sodass sie auf den Kragen seiner Uniformjacke fielen. Was er jedoch weniger einfach verbergen konnte, war, dass das Hörvermögen in seinem linken Ohr nicht zurückgekehrt war. Und trotzdem … auch das konnte er kompensieren, indem er darauf achtete, wo er stand. Indem er dafür sorgte, dass er sehen konnte, was er nicht hören konnte, und indem er mit seinem rechten Ohr kein Geräusch verpasste. Es gab Offiziere mit schwerwiegenderen Gebrechen und die hielt man auch für in der Lage, eine Kompanie oder ein Regiment zu befehlen.

»Ich weiß, dass mein Leben in Gefahr gewesen ist«, bemerkte er nach einem hastigen Blick zu den anderen. Niemand lauschte ihrem Gespräch. »Aber das war es gerade, Tom. Das hat mich ins Nachdenken gebracht, darüber, was ich bisher erreicht habe. Und das ist ziemlich wenig. Ich bin ein einfacher Soldat ohne Rang. Wenn es mich erwischt hätte, würde kein Hahn nach mir krähen.«

»Ich werde bestimmt nicht so schnell vergessen, dass du mir das Leben gerettet hast.«

»Das ist aber schon vier Jahre her! Und was habe ich seitdem gemacht?«

»Die Befehle Ihrer Majestät ausgeführt«, antwortete Tom trocken. »So wie wir alle. So ist es nun einmal, Matt.«

Matthew seufzte, während er nach Worten suchte, um seine innere Unruhe zu erklären. Das war ziemlich schwer, wenn man es nicht einmal selbst so richtig begriff. Damals, als er als junger Kerl von 19 Jahren in die Armee eingetreten war, hatte ihn das Abenteuer gereizt: die Spannung des Kämpfens und die Möglichkeit, exotische Orte zu sehen. Jetzt jedoch, wo er 28 war und dem Tod ins Auge geschaut hatte, schien ihm das alles nicht mehr der Rede wert. Und das umso mehr, weil er nicht dabei gewesen war, als der Krieg seine entscheidende Wendung genommen hatte. Er hatte nur wenig, auf das er stolz sein konnte, im Gegensatz zu Tom. Der hatte wenigstens ein Handwerk gelernt. In England wartete eine Frau auf ihn und mittlerweile sogar ein Kind, allerdings hatte er seinen kleinen Sohn noch nie gesehen. Matthew hatte … tja, außer dem Band mit den Kameraden seines Regiments hatte er eigentlich nichts. Das war genau das, was er ändern wollte.

»Es hört sich vielleicht verrückt an«, verkündete er zögerlich. »Aber mir kommt es so vor, als hätte ich durch mein Überleben so etwas wie eine zweite Chance bekommen.«

»Das sehe ich auch so.« Tom nickte und war so freundlich, kein Wort über das Schicksal oder die Religion zu verlieren. Matthew hatte sich in seiner Jugendzeit schon genug frommes Geschwätz anhören müssen. Von seinem eigenen Vater, der Pfarrer war. Er hatte die Stunden gehasst, in denen er dazu verpflichtet gewesen war, die Bibel zu lesen, oder in denen er sich eine der Höllenpredigten von der Kanzel hatte anhören müssen. Sein Bruder Luke hatte das immer besser überstanden als er und wäre ein guter Nachfolger seines Vaters geworden.

Doch irgendwann während dieser Zeit hatte Matthew schließlich gelernt, dass in der Bibel viele Geschichten von Menschen standen, die einen neuen Anfang wagen durften. Die erlebt hatten, dass Gott in ihr Leben eingreift und sie unterstützt.

Er grinste erleichtert. »Nun, ich werde diese zweite Chance also nutzen, um zu beweisen, dass mehr in mir steckt. Schau dir doch mal meine Dienstjahre an. Ich müsste mittlerweile längst Gefreiter sein, wenn ich mich dafür stark gemacht hätte. Das werde ich jetzt in Angriff nehmen. Vielleicht kann ich sogar Unteroffizier werden, aber dazu muss ich tatsächlich wieder zum Einsatz kommen. Was hältst du von einer Anerkennung für bewiesenen Mut?« Er legte drei Finger auf seinen Arm, um drei Streifen anzuzeigen.

Es wurde still.

Matthew bemerkte, dass Tom seinen Blick mied.

»Ich weiß genau, was man sich so erzählt«, ergänzte er eilig. »Dass man dann seine alten Kameraden vergisst und so. Aber selbst wenn ich einen Rang über dir stehen würde, wird das niemals passieren, Tom. Dafür haben wir zu viel miteinander durchgestanden.«

Tom entfuhr ein Seufzen und er fing an, auf einem langen Grashalm herumzukauen. »Du wirst nicht mein Vorgesetzter werden, Matt. Ich bleibe nicht hier.«

»Wer sagt das? Du hast doch noch einmal für sechs Jahre unterschrieben, und davon sind noch keine drei rum.«

»Ich habe ihnen den Rest meiner Dienstzeit abgekauft. Ich gehe zurück nach England.«

Matthew sackte der Boden unter den Füßen weg. »Aber … das kostet doch ein Vermögen!«

»Alles, was ich mir zusammengespart habe, ja«, bestätigte Tom. »Wir werden in der ersten Zeit sehr sparsam sein müssen, Rosie und ich. Aber sobald ich mich wieder als Schmied betätigen kann, kriege ich das ganze Geld wieder herein.«

Rosie. Matthew wusste nicht, was ihm mehr auf den Magen schlug: dass sie seinerzeit Tom statt seiner gewählt hatte oder dass Tom sich jetzt für Rosie entschieden hatte. Doch er hatte sich immer auf Tom verlassen können, deshalb hatte Rosie auch nie wirklich zwischen ihnen gestanden. Tom stand ihm zur Seite und das beruhte auf Gegenseitigkeit. Sie hatten zusammen exerziert, hatten zusammen Aufstände niedergeschlagen, zusammen Krieg geführt. Selbst als ihre erste Dienstzeit beendet gewesen war, hatten sie sich zusammen in demselben Dorf niedergelassen, er als Stallknecht und Tom als Lehrling eines Schmiedes. Sollten sich also ihre Wege nun so drastisch trennen?

Enttäuscht spuckte er auf den Boden. »Demnach beschlägst du also lieber das Arbeitspferd eines Bauern als ein Schlachtross der Kavallerie?«

»Wenn ich dafür zu Hause wohnen kann, ja! Der Gedanke, dass ich in einem fernen Land fallen könnte, ohne den kleinen Tommy auch nur *einmal* gesehen zu haben, hat mir nicht gefallen. Ich weiß, wie das ist, wenn man ohne Vater aufwachsen muss. Deswegen habe ich diese Entscheidung getroffen.« Er runzelte die Stirn. »Ich habe nicht gewusst, wie ich dir das beibringen sollte, schließlich hast du die ganze Zeit das Krankenlager gehütet. Gestern habe ich allerdings die Bestätigung bekommen. Sobald wir in Poona ankommen, reise ich weiter nach Bombay und von da aus geht es mit dem Schiff nach England.«

»Ich verstehe das.« Und das tat er auch, wirklich. Aber er hätte gerne auch noch hinzugefügt, dass es ihm nicht besonders gefiel.

In diesem Augenblick ertönte die Trompete, die die Abendessenszeit ankündigte. Matthews Appetit war jetzt vollkommen verschwunden.

4. Kapitel

Anderthalb Wochen. Solange wartete Eileen schon. Sie hatte jeden Tag, jede Stunde, jede Minute gezählt. Sie war öfter als jemals zuvor im Waisenhaus gewesen, vordergründig, um darauf zu achten, dass die Kinder weiterhin gute Fortschritte machten. Jedes Mal hatte sie dabei dafür gesorgt, dass es den Lehrerinnen und den Erzieherinnen nicht entgangen war, dass sie sich im Haus befand. Also war es George sicher auch nicht entgangen. Aber wo blieb George nur? Hatte er die Akte gefunden? Löste er sein Versprechen überhaupt ein? Auch jetzt, während der Nähstunde, kreisten ihre Gedanken fortwährend um den Lehrer, der ihr helfen musste.

»Miss Brady, ich glaube nicht, dass ich an meinem Musterläppchen noch etwas verbessern kann.«

Mit einiger Mühe wandte Eileen ihren Blick von der Tür ab, die hartnäckig geschlossen blieb, und richtete ihre Aufmerksamkeit auf Iris, die das bestickte Leinentuch vor sich ausgebreitet hatte. »Du hast dein Bestes gegeben, Iris. Lass uns doch mal schauen.«

Für ein Kind von zwölf Jahren hatte das Mädchen eine herausragende Arbeit abgeliefert. Das Muster am Rand war ordentlich gearbeitet, die Buchstaben standen sorgfältig im gleichen Abstand voneinander und die Motive mit Schafen, Vögeln und Blumen waren ordentlich mit unterschiedlichen Stichen angebracht.

Langsam las Eileen den bekannten Bibeltext, den Iris gestickt hatte: »Der Herr ist mein Hirte, mir wird nichts mangeln.«

»Schön, oder?«, strahlte Iris. »Meinen Sie, ich darf das über mein Bett hängen?«

»Das entscheidet die Waisenhausleitung«, erwiderte Eileen, während sie sich fragte, warum das Mädchen das wohl wollte. War es einfach stolz auf seine Arbeit oder fand es den Text ermutigend zu lesen?

Letzteres konnte sie sich nur schwer vorstellen, denn in Iris' Leben mangelte es an vielem. Ihr Vater hatte die Familie verlassen, nachdem seine Frau gestorben war, sodass das Mädchen schon früh auf sich allein gestellt gewesen war. Doch Iris war stark und schlug sich überall durch, so wie sich auch Eileen nach den Tiefschlägen ihres bisherigen Lebens wieder aufgerappelt hatte.

»Wenn ich es nicht aufhängen darf, schenke ich es Ihnen.«

»*Mir?*«, wiederholte Eileen verdutzt. »Warum würdest du das tun wollen?«

Das Mädchen wurde rot. »Weil Sie mein Vorbild sind, Miss Brady. Ich habe sehr viel von Ihnen gelernt.«

»Nun … gern geschehen.« Sie merkte selbst, wie spröde sich das anhörte, aber wie sollte sie um Himmels willen auf so ein Kompliment reagieren?

»Und ich hatte gedacht, dass Sie dieser Text vielleicht trösten könnte, jetzt, wo Ihre Schwester gestorben ist.«

»Das ist sehr nett von dir.« Aber bewies das nicht gerade, dass der Text nicht stimmte? Eileen beklagte sich nicht, das hatte sie noch nie getan. Sie wusste sehr gut, dass sie ihre Einsamkeit größtenteils sich selbst zu verdanken hatte. Deshalb hatte sie auch so hart gearbeitet, um ihre Probleme zu lösen und für ihren eigenen Unterhalt zu sorgen. Um zu beweisen – anderen, sich selbst und wohl auch Gott –, dass sie aufgrund ihres Fehltritts nicht für alle Zeiten eine »gefallene Frau« ohne jegliche Moral war.

Sie betrachtete die Tiere, die Iris kunstfertig unter den Text gestickt hatte. Sie war jedoch auch kein Unschuldslamm mehr, das mitten in der Herde lebte. Nein, es mangelte an vielem, und solange George nichts von sich hören ließ, würde sie für immer diese Leere in sich spüren, die sie schon seit sieben Jahren empfand.

Noch einmal warf sie einen Blick zur Tür. Sollte sie früher mit dem Unterricht aufhören oder lieber noch etwas herumtrödeln, um ihm zufällig im Flur zu begegnen? Verärgert versuchte sie ihre Unsicherheit beiseitezuschieben und Iris die Aufmerksamkeit zu widmen, die sie verdiente.

»Demnächst nimmt Madame Carroll ein neues Lehrmädchen in Dienst«, verkündete sie. »Sie hat mich gebeten, ihr eine geeignete Kandidatin vorzuschlagen.«

»Wirklich?« Iris' Stimme überschlug sich.

»Ich werde dich ihr vorstellen. Denke daran, das bedeutet, dass du hart wirst arbeiten müssen.«

»Das finde ich nicht schlimm. Ich möchte es genau wie Sie zu etwas bringen, Miss Brady. All die anderen Mädchen träumen nur davon, irgendwann zu heiraten.« Sie schnaubte missbilligend. »Aber ich brauche keinen Mann.«

»Es ist sehr vernünftig, dafür zu sorgen, dass du dir selbst deinen Lebensunterhalt verdienen kannst. Auf diese Weise bist du nie von einem Ehepartner abhängig.«

Iris nickte hitzig. Nach dem Beispiel, das ihr Vater abgegeben hatte, konnte das Mädchen unmöglich noch auf Männer vertrauen. Nach all den leeren Versprechungen von Johnny konnte Eileen das ebenfalls nicht mehr.

»Morgen rede ich mit Madame Carroll«, versprach sie. »Und dann komme ich wieder, um alles Weitere mit dir zu besprechen. Du bekommst einen Schlafplatz über dem Atelier und zuerst wirst du auch die weniger angenehmen Arbeiten übernehmen müssen.«

Jeder Lehrling begann ganz unten auf der Leiter mit einem Hungerlohn, doch Eileen machte sich um Iris keine Sorgen. Sobald das Mädchen genug Erfahrung gesammelt hatte, brauchte es sich keine Gedanken mehr um seine Zukunft zu machen. »Erwarte nicht, dass sie dich gleich an die schicken Kleider lassen.«

»Nein, Miss Brady. Ich werde alles tun, was Sie sagen.«

»Madame Carroll ist die Chefin.« Eileen hielt viel von Ehrlichkeit, jedenfalls in den meisten Bereichen. Sie atmete tief ein. »Es ist sogar so, dass ich vielleicht für eine Weile weg muss.«

»Machen Sie eine Reise?«, wollte Iris wissen. »Bleiben Sie dann lange weg?«

Eileen zögerte. »Das weiß ich noch nicht genau. Ich warte noch auf mehr Informationen.« Schon seit anderthalb Wochen. George hatte es bestimmt vergessen. Oder er wollte ihr nicht mehr helfen. Weil sie nicht mehr sagen konnte, ohne zu lügen, spornte sie das Mädchen zur Weiterarbeit an.

Sie betrachtete Biddy mit dem blauen Püppchen. »In der Zwischenzeit werde ich euch von dem Ballkleid erzählen, das wir für Lady Almsworth entwerfen mussten«, versprach sie und sie erzählte eine wunderbare Geschichte über die Bändchen und Röschen, ohne die Dame zu beleidigen. Lady Almsworth war nämlich eng in die Leitung des Waisenhauses involviert.

Während des Rests der Stunde betrachtete Iris sie nachdenklich. Deshalb war Eileen beinahe erleichtert, als die Mädchen endlich verschwunden waren. Wütend auf sich selbst richtete sie den Raum wieder ordentlich her. Mit heftigen Bewegungen fegte sie den Boden. Zu den meisten Kindern hatte sie keine besondere Beziehung aufgebaut. Sie hatten bei ihr auf jeden Fall so viel gelernt, dass sie ihren Männern die Socken stopfen oder einen Riss in ihren Hemden nähen konnten. Es gab allerdings ein paar, bei denen es Eileen nicht gelungen war, den innerlichen Abstand zu wahren, und das ärgerte sie. Sie hätte besser aufpassen sollen. Iris erinnerte sie freilich an sich selbst in diesem Alter. So wissbegierig, entschlossen und ehrgeizig. Und dann die kleine Biddy mit so roten Haaren wie sie selbst, die auch noch im selben Alter war wie …

Ein Klopfen an der Tür ließ sie zusammenzucken. Und als anschließend ein bekanntes Gesicht in der Türöffnung erschien, fing ihr Herz an, schneller zu schlagen. »George …«

Er blickte sie ernst an. »Haben Sie vielleicht kurz Zeit für mich, Miss Brady? Im Innenhof?«

So schnell sie konnte, folgte ihm nach draußen.

»Sie … hat also nur drei Jahre im Waisenhaus gewohnt?« Mit laut klopfendem Herzen versuchte Eileen, die Informationen zu verarbeiten, die George ihr soeben mitgeteilt hatte. Er stand etwas steif neben ihr im Innenhof des Waisenhauses und seine Worte klangen wie ein sachlicher Bericht.

Eileen fand das nicht schlimm, solange sie die nötigen Informationen erhielt.

George blickte sie an und es gelang ihr, seinem Blick zu begegnen, ohne zu enthüllen, was in ihr vorging. Das hoffte sie jedenfalls.

»In der Tat«, sagte er. »Um seinen dritten Geburtstag herum ist das Kind ins Dorf Almsbrick verbracht worden …«

»… zu einer Ladenbesitzerfamilie.« Sie versuchte das sacken zu lassen. Für sich genommen war das … ziemlich positiv. Ein Ladenbesitzer war vermögender als ein kleiner Pachtbauer oder ein Landarbeiter. Das Kind würde in einem Luxus leben, der Eileen fremd gewesen war. Sofern die Ladenbesitzerfamilie ihren Wohlstand mit ihm teilte. Die Alternative schmerzte sie. »Wollten sie etwa eine billige Arbeitskraft haben, um Kosten zu sparen?«

George zog seine Augenbrauen zusammen. »Dann hätten sie sich sicher für ein älteres Kind entschieden. Ich nehme an, dass du weißt, wie sehr Lady Almsworth in solche Vorgänge einbezogen wird, wenn Kinder in die Umgebung ihres Landgutes verbracht werden?«

»In Almsbrick«, wiederholte Eileen leise. »Müsste dieses Dorf nicht wie die Dame Almsworth heißen?«

»Soweit ich es verstanden habe, gibt es zwei Dörfer, das eine heißt Almsworth und das andere Almsbrick.«

»Und ich fahre also nach Alms*brick*.« Eileen ließ ihre Augen über den Innenhof gleiten, wobei sie sich fragte, was ihr in dem Dorf wohl bevorstehen würde. Sie wusste nicht einmal, wie das Mädchen aussah, sondern nur, dass es im vergangenen Frühjahr sieben geworden war.

»Du hast gesagt, dass in diesem Zeitraum noch mehr Kinder nach Almsbrick geschickt worden sind.«

George zögerte. »Es gibt zwei Jungen, die als Stallknechte arbeiten, und zwei Mädchen haben eine Stellung als …«

»Siehst du?«, fiel sie ihm ins Wort. »Es gibt genügend Gründe anzunehmen, dass meine … meine Nichte auch arbeiten muss.«

»Aber es gab auch noch zwei schulpflichtige Kinder, die in eine kinderlose Familie vermittelt wurden.« Er hörte sich streng an.

Eileen nahm an, dass er diesen Tonfall normalerweise für widerspenstige Lehrlinge benutzte. Sie fühlte sich plötzlich klein. »Du erwartest also, dass sie es gut getroffen hat?«

»Ich sehe keinen Grund, von etwas anderem auszugehen.« Mit einem durchdringenden Blick schaute er sie an. »Abgesehen davon ist selbst eine Stellung in einer aufrichtigen und anständigen Familie einem längeren Aufenthalt im Waisenhaus vorzuziehen, nicht wahr?«

Eileen schlug die Augen nieder, beunruhigt durch seinen Tonfall. Jetzt musste sie ihre Geschichte durchziehen. »Ich kann mich nicht genug bei dir bedanken, dass du mir diese Informationen herausgesucht hast, George. Ich … ich weiß, dass meine Schwester ebenfalls sehr froh darüber gewesen wäre.«

George lachte bitter auf. Er steckte seine Hände in die Taschen und drehte sich so, dass er ihr direkt gegenüberstand. »Eileen, lass uns nicht länger den Schein wahren. Wir wissen beide sehr gut, dass deine Schwester nicht die Mutter dieses Kindes ist.«

Einen Augenblick lang stand Eileen auf wackeligen Beinen. Er wusste es! Unmittelbar darauf straffte sie ihre Schultern, um ihm zu widersprechen. Sie blickte ihm geradewegs in die Augen, so als gäbe es nichts zu leugnen.

Doch der Ausdruck auf seinem Gesicht war nicht richtend, sondern eher traurig. »Du hast es mir nie erzählt.«

»Natürlich nicht.« Sie flüsterte beinahe. »Mein Ruf wäre zerstört, wenn jemand erführe, dass ich … dass ich unverheiratet ein Kind bekommen habe.«

»Der Vater ist nicht eingetragen worden. Weißt du, wer es ist?«

»George!«

Mit einer hilflosen Geste warf er seine Hände in die Luft. »Woher soll ich noch wissen, was ich von dir halten soll, Eileen?«

Damit hatte er wohl recht, dennoch schmerzte es, dass er sie zu so einem leichtsinnigen Verhalten im Stande hielt. Die Wirklichkeit war schon schlimm genug. »Der Vater hatte versprochen, mich zu heiraten«, erklärte sie. »Aber er ist nach jenem Sommer verschwunden und nie mehr zurückgekehrt. Er weiß nicht einmal, dass er ein Kind hat. Ich bin nach Shrewsbury gekommen, weil ich nirgendwo anders hinkonnte.«

George schaute sie weiterhin an, zwang sie mit seinem festen Blick und seinem Schweigen, ihre Geschichte zu Ende zu bringen.

Sie zuckte mit den Schultern, denn viel mehr gab es nicht zu erzählen. »Nach der Geburt habe ich wieder als Näherin gearbeitet und bin bei Madame Carroll gelandet. Ich konnte nicht anders.«

»Jetzt verstehe ich, warum du mich die ganze Zeit auf Abstand gehalten hast.«

»Ich wollte dich nicht anlügen, George.« Würde er das auch verstehen? Würde er einsehen, dass sie nicht länger das naive Mädchen von siebzehn Jahren war, sondern eine Frau, die sorgfältig ihr Leben aus den Trümmern neu aufgebaut hatte?

Er spitzte nachdenklich seine Lippen. »Vor ein paar Wochen habe ich dich etwas gefragt und darauf hast du mir noch keine Antwort gegeben.«

»Nein.« Überrascht riss sie die Augen weit auf. Wärme stieg in ihr hoch. Wollte er immer noch, dass sie …?

»Das brauchst du auch nicht mehr«, fuhr er fort und all ihre Hoffnung verschwand. »So wie du versucht hast, deinen Ruf zu schützen, so muss ich das auch tun. Von mir als Lehrer wird ein tadelloses Verhalten erwartet … und das gilt auch für meine künftige Ehegattin.«

»Das verstehe ich.« *Sei stark. Lass dir nichts anmerken. Selbstverständlich will er keine Frau mit deiner Vorgeschichte.* Und sie brauchte keinen Mann. Dennoch zog sie die Augenbrauen zusammen. »Aber wenn du … wenn du so darüber denkst, warum hast du mir dann diese Informationen gegeben? Warum hast du diese Akte extra für mich herausgesucht?«

Er schenkte ihr ein trauriges Lächeln. »Auch wenn du nicht das bist, was ich in dir gesehen habe, möchte ich doch, dass du glücklich wirst, Eileen. Ich glaube nicht, dass es dir gelingt, wenn du nicht wenigstens versuchst, dein kleines Mädchen zu finden.«

Und damit ließ er erneut durchblicken, wie gut er sie kennengelernt hatte. Viel zu gut.

***

»Lady Almsworth leidet unter Rückenschmerzen.« Mit dem Briefpapier wedelnd betrat Madame Carroll den Arbeitsraum, in dem Eileen und ihre Kolleginnen an ihren Tretnähmaschinen saßen.

Obwohl Eileen nicht besonders froh über die Unterbrechung war, nahm sie doch ihren Fuß vom Pedal.

»Ihre schwachen Lungen bereiten ihr ebenfalls Probleme«, ergänzte Madame Carroll.

Lucy grinste. »Wenn ich so schwer wäre, wäre ich auch kurzatmig.«

»Wenn du bei so schlechter Gesundheit wärst wie Lady Almsworth, hätte ich dich nicht eingestellt«, erwiderte Madame Carroll spitz. »Vergiss nicht, dass du über eine unserer wichtigsten Kundinnen sprichst.«

Eileen presste ihre Lippen aufeinander. »Bedeutet dies, dass die Kleider, die sie für die Feiertage bestellt hat, storniert werden?«

Sie hatte nur wenig Interesse daran, ein neues Kleidungsstück für die Dame anzufertigen, da gab es wenig Lorbeeren zu ernten. Ihre beiden Töchter waren allerdings eine ganz andere Angelegenheit. Obwohl sie von der Statur sehr unterschiedlich waren, schien es Eileen eine schöne Aufgabe zu sein, beide elegant einzukleiden.

Madame Carroll nickte ihr zu. »Lady Almsworth schreibt, dass sie in diesem Winter nicht mehr vorhat, sich auf Reisen zu begeben. Und deshalb kommt auch eine Visite in Shrewsbury nicht infrage. Sie sieht sich genötigt, in Almsbrick Manor zu bleiben.«

Almsbrick. Sobald Madame Carroll den Namen aussprach, spürte Eileen ein Kribbeln im Nacken wie von tausend kleinen Nadelstichen.

»Aber was ist dann mit ihren beiden Töchtern?«, wollte Mary wissen. »Heißen sie nicht Alice und Annabel?«

»Für dich heißen sie beide ›Miss Almsworth‹ und du unterstehst dich in Gottes Namen, sie anders anzureden, wenn sie hierherkommen!« Madame Carroll seufzte. »Aber auch das wird erst nach dem Winter sein, fürchte ich. Ihre Mutter lässt sie nicht allein reisen.«

Eileen schluckte ihre Enttäuschung herunter. »Dann werden sie also gar keine neuen Kleider bekommen.«

»Sie werden sich mit ein paar neuen Verzierungen auf einem alten Kleid zufriedengeben müssen. Und das ist eine Aufgabe, die eine Kammerzofe übernehmen kann, denn soweit ich weiß, gibt es in dem nahe gelegenen Dorf keine Schneiderin.«

»Nicht?« Eileens Stimme wurde laut. Aufregung erfasste sie. »Und auch keinen Herrenschneider?«

»Hast du jemals gesehen, wie ein Herrenschneider das Dekolleté eines seidenen Abendkleides mit feiner Spitze verziert hat?« Madame Carroll schnalzte mit der Zunge. Sie hatte eine eindeutige Meinung über die Arbeitsteilung zwischen Ateliers für elegante Damen und den Herrenschneidern, die Maßanzüge anfertigten.

Eileen bezweifelte, dass man die Scheidelinie in einem kleinen Dorf so eindeutig ziehen konnte, aber sie wollte auf keinen Fall mit ihrer Arbeitgeberin darüber diskutieren. »Ich ... äh ... ich glaube, ich hätte einen interessanten Vorschlag.«

Madame Carroll zog ihre Augenbrauen zusammen. »Noch ein Waisenmädchen?«

»Nein, ganz und gar nicht.« Ohne zu zögern, hatte Madame Carroll Iris die Position eines Lehrlings angeboten. Jetzt ging es allerdings um eine Frage, die sehr viel persönlicher war. Nervös befeuchtete Eileen ihre Lippen. *Bleib kühl und professionell.* »Ich hoffe, dass Sie mich nach Almsbrick Manor schicken möchten.«

»Aufs Land?«, platzte Lucy voller Abscheu heraus.

»In der Tat. Ich könnte dort vor Ort die Kleider anfertigen als besonderes Service, weil sie so eine wichtige Kundin ist. Lady Almsworth müsste mir nur ein Zimmer zur Verfügung stellen und mir erlauben, die Mahlzeiten mit dem Dienstpersonal einzunehmen.«

»Willst du dann die Kleider alle mit der Hand nähen?«

»Ich nehme dazu meine Handnähmaschine«, offenbarte Eileen. Sie hatte das alte und etwas abgenutzte Exemplar aus zweiter Hand erwerben können, als sie nach ihrer Schwangerschaft wieder versucht hatte, Arbeit zu finden. Einige Monate später hatte Madame Carroll sie tatsächlich schon in Dienst genommen. »Ich habe sie nicht viel benutzt, aber wenn ich ein bisschen damit übe, komme ich sicher schnell wieder hinein. Die ›New Family Machine‹ von *Singer* funktioniert sehr gut.«

»Wenn es notwendig ist, könnten wir auch eine der Tretnähmaschinen nach Almsbrick Manor verbringen«, überlegte Madame Carroll. »Wenn Lady Almsworth bereit ist, dafür extra zu bezahlen, bestimmt.«

»Ich brauche keine Tretnähmaschine«, entgegnete Eileen schnell.

Der Plan nahm in ihrem Kopf immer mehr Formen an und dazu gehörte es, dass sie Madame Carroll gegenüber keine weiteren Verpflichtungen hatte. Sie musste frei tun und lassen können, was sie wollte. Vor allem tun.

»Ich kann vielleicht die Röcke schon einmal vorbereiten, bevor ich abreise«, erklärte sie, nachdem Madame Carroll ihr einen nachdenklichen Blick zugeworfen hatte. »Wir haben alle Maße von den Damen Almsworth aufgeschrieben.«

Madame Carroll zögerte. »Wenn du dir sicher bist, könnte das eine hervorragende Lösung sein.«

»Ganz sicher … unter der Voraussetzung, dass Sie Iris während dieser Zeit hier mehr Aufgaben geben.« Sie schaute ihre Arbeitgeberin gelassen an. »Wenn Sie damit einverstanden sind, könnten Sie Lady Almsworth schreiben, dass ich Anfang Dezember nach Almsbrick komme.«

Kurzzeitig verzog sich Madame Carrolls Mund und die anderen Näherinnen bekamen Augen groß wie Untertassen. Doch schließlich nickte sie. »Abgemacht. Ich schreibe ihr gleich zurück.«

»Hast du daran gedacht, wie schwierig Lady Almsworth sein kann?«, wollte Lucy mit gesenkter Stimme wissen, nachdem Madame Carroll gegangen war. Sie hatte das Fiasko mit den Quasten noch in lebhafter Erinnerung. »Es ist alles andere als sicher, dass du rechtzeitig zu Weihnachten wieder in Shrewsbury bist.«

Eileen blickte an sich herunter auf ihr schwarzes Kleid. »Ich bin sowieso nicht in Feiertagsstimmung.«

»Aber findest du es dann nicht gerade furchtbar, dass du Weihnachten an einem fremden Ort verbringen musst? In einem Dorf, in dem du niemanden kennst und keine Familie hast?«

»Nein, wirklich nicht.« Eileen lächelte, weil Lucy keine Ahnung hatte. Sie mochte sie zwar noch nicht kennen, aber Familie hatte sie dort schon. Und Lady Almsworth, die vor vielen Jahren eine Rolle bei der Unterbringung ihrer Tochter gespielt hatte, half ihr nun unbewusst, das Mädchen wiederzufinden. Könnte es noch besser laufen?

»Ich verstehe nicht, was du in Almsbrick willst«, sagte Mary, geboren und aufgewachsen in Shrewsbury. »In dieser Gegend sagen sich Fuchs und Hase gute Nacht.«

»Mehr will ich gar nicht.« Mit einem fest entschlossenen Lächeln gab Eileen dem Schwungrad ihrer Nähmaschine einen Schubs, um sie wieder in Bewegung zu setzen. Besonderen Komfort hatte sie nicht nötig, doch Mary hatte noch nie verstanden, dass sie ihre freie Zeit nicht mit anderen Näherinnen verbringen wollte.

Weihnachten war die Zeit der Liebe und des Friedens auf Erden, so sagte man. Eileen hoffte, dass Almsbrick auch in ihrem Herzen für Frieden sorgen würde.

5. Kapitel

Der Schweiß tropfte ihm von der Stirn und seine Uniformjacke klebte hartnäckig an seinem Rücken, während seine Kehle völlig ausgetrocknet war. Mühsam bahnte sich Matthew mit dem Rest des Leichten Infanterieregimentes einen Weg zum Fuß des dürren Tales. Die Strategie bestand darin, die feindliche Armee von der rechten Flanke aus anzugreifen, doch der Vormarsch war schwieriger, als er erwartet hatte. Der ganze Feldzug war eine elende Schinderei und all seine Jahre in der Armee hatten ihn darauf nicht vorbereiten können.

»Pass auf dich auf, Junge.« Neben Matthew stand der Altgediente, der ihn von Anfang an unter seine Fittiche genommen und ihm eine ordentliche Standpauke gehalten hatte, wenn er nicht sein Bestes gab. In diesem Augenblick spürte er Matthews Angst. »Noch schreien sie, aber gleich haben wir sie am Schlafittchen.«

Die Afghanen kämpften wild und ungeordnet. Schon während ihres Aufmarsches in diese ungastliche Gegend waren die Lager von Matthews Regiment regelmäßig mit Gewehrfeuersalven eingedeckt worden, sobald die Dämmerung angebrochen war. Aber jetzt befand er sich an der Frontlinie dem Feind direkt gegenüber. Jetzt bekam er die Chance, mit ihm abzurechnen.

Die Leichte Kompanie rückte in aufgefächerter Formation vor den anderen Truppen aus, um die Schlachtaufstellung der feindlichen Armee zu stören. Obwohl Matthew nicht ordentlich in Reih und Glied marschieren musste, wusste er doch, dass trotzdem viel von ihm erwartet wurde.

Er ging hinter einem Felsen auf dem Boden in Deckung, legte mit seinem Martini-Henry-Gewehr an und richtete es auf die große Menge afghanischer Soldaten, die sich seinen eigenen britischen Linien näherten. Nachdem er gefeuert hatte, stürmte er nach vorn, warf sich wieder in Deckung, lud nach und feuerte erneut. Aufwirbelnder Staub und der Pulverdampf vernebelten bereits seine Sicht auf den Feind und auf seine Kameraden, er sah allerdings immer noch Tom, der sich die ganze Zeit neben ihm befand. Der Knall aus Toms Gewehr war ein auf eigenartige Weise tröstendes Geräusch, ein Zeichen von Leben.

Nach mehreren Gewehrsalven befahl Feldwebel McKenzie das Feuer einzustellen. Matthews Arm zitterte durch den Rückstoß des Gewehrs und das Gewicht des Bajonetts. Langsam klärte sich die Luft auf und Matthews Mund verzog sich. Es standen noch viel zu viele Afghanen aufrecht da. Während immer noch ein fahler Nebel im Tal hing, begann der Feind Furcht einflößend laut zu brüllen und aus seiner Mitte löste sich eine schwarze Masse. Ein paar Hundert Männer stürmten auf die Briten zu.

Matthew legte erneut sein Gewehr gegen seine Schulter, bereit zu feuern, doch stattdessen ertönte das Kommando, die Reihen zu schließen und das Bajonett einzusetzen.

Auf dem felsigen Boden strauchelte Tom und Matthew bückte sich, um seinem Freund aufzuhelfen.

Die afghanischen Krieger schwangen wie wild ihre Macheten, schreiend und tobend. Einer von ihnen sprang über die Felsen zwischen Tom und ihn. Fest entschlossen stach Matthew zu. Tom hatte sich aufgerappelt und hielt einen zweiten Krieger in Schach.

Über die Schüsse und Schmerzensschreie hinweg hörte Matthew, wie die Trompeten eines anderen Regiments das Signal gaben, im Laufschritt zur Verstärkung vorzurücken, doch er spürte, dass es für seine Kameraden zu spät war. Das Klopfen seines Herzens ertönte lauter als der Rhythmus der Trommelschläge.

»Halte durch!«, forderte Tom ihn mit zusammengebissenen Zähnen auf. »Wir stürmen vor, dann kriegen wir sie schon klein.«

Während sein Kamerad vorstürmte und Matthew ihm zu folgen versuchte, wurde er plötzlich nach hinten gerissen. Er hörte einen Schlachtruf und ein Messer blitzte vor seinen Augen, während ein afghanischer Krieger ihn hasserfüllt anstarrte.

In der Ferne wurden die englischen Stimmen immer lauter. Er hörte seinen Namen. *Tom?* War das Tom, der ihm zu Hilfe kam? Er warf sich hin und her, um seinem Feind zu entrinnen. Er schrie um Hilfe, bis er einen harten Schlag gegen seine Wangenknochen bekam.

Dem folgte ein unmissverständlicher englischer Kraftausdruck. »Wenn du jetzt nicht aufhörst, Wilson, schlage ich dir die Zähne aus!«

»Das bringt nichts«, stellte ein anderer lakonisch fest. »Dann kann er immer noch schreien.«

Verdutzt blinzelte Matthew mit den Augen. Über sich bemerkte er nicht den langen Bart eines afghanischen Kriegers, sondern den kurz gestutzten Schnurrbart von Mike O'Leary. Mikes Auge sah aus, als würde er es morgen nicht mehr aufbekommen. Hatte er das getan?

»Mike …«, brachte er heiser hervor, während er versuchte, das Zittern seines Körpers unter Kontrolle zu bekommen.

»Willkommen zurück in Indien, Wilson«, spottete Mike mit seiner scharfen, irischen Zunge. Irgendwo wurde eine Laterne angezündet.

Langsam kehrte Matthews Wirklichkeitswahrnehmung so weit zurück, dass er seine Kameraden erkennen konnte: elf verstörte Gesichter rund um sein Feldbett im Schlafsaal in Poona.

Tief sog er seinen Atem ein. »Tut mir leid.«

Mit erhobener Stimme rief Mike O'Leary alles, was ihm heilig war, an, um seine Unzufriedenheit zu äußern. »Ist das das Einzige, was du zu sagen hast? Du hast hier herumgebrüllt, als würdest du gerade abgemurkst!«

Matthew gab lieber nicht zu, dass das tatsächlich so gewesen war, dass das alles in seinen Träumen geradezu abscheulich echt ausgesehen hatte. Erlebte Mike in seinem Schlaf nie seine Erfahrungen auf dem Schlachtfeld noch einmal? Zu seiner Schande musste Matthew zugeben, dass das nicht das erste Mal gewesen war, seit sie aus Lahore abmarschiert waren, dass er seine Kameraden durch seine Albträume geweckt hatte.

Tom trat mit der Lampe näher heran. »Halt dich zurück, Mike. Ich werde auch regelmäßig von deinem Geschnarche wach. Lass uns wieder schlafen gehen.«

»Wie dem auch sei, ich hoffe nur, dass Wilson jetzt seine Klappe hält«, schnaubte einer der anderen. »Bevor du dich umguckst, blasen sie schon zum Antreten und keiner von uns hat ein Auge zugemacht.«

Matthews Rücken war vom Schweiß bereits ganz nass, nun wurde es ihm allerdings noch heißer. »Ich habe doch schon gesagt, dass es mir leidtut. Ich habe das bestimmt nicht mit Absicht gemacht.«

Der dunkle Raum sorgte bei ihm für Beklemmungen. Er sprang auf und stürmte am Gewehrständer vorbei zur Tür.

»Wo willst du denn hin?« Toms Stimme klang heiser.

»Auf die Veranda. Rauchen.«

Toms Augen verengten sich zu Schlitzen. »Und jetzt willst du dir mit deiner Martini die Pfeife anzünden? Leg um Himmels willen die Knarre weg, Mann.«

Erst jetzt bemerkte Matthew, dass er im Vorbeilaufen sein Gewehr gegriffen hatte. Weil in Afghanistan sich niemand seines Lebens sicher sein konnte, weil jede Nacht wilde Krieger auf der Lauer liegen konnten … Er atmete langsam aus. In dieser Nacht war er nicht in einem Zeltlager, sondern in einer ummauerten Garnison. Wütend auf sich selbst stellte er das ungeladene Gewehr wieder in den Ständer zurück und holte sich seine weiße Pfeife. Tom folgte ihm nach draußen.

Verärgert seufzte Matthew. »Leg dich lieber hin. Du brauchst keine Angst zu haben, dass ich mir etwas antun könnte, kapiert? Das wäre schon ein bisschen schade, nachdem ich den Krieg überlebt habe.«

»Es ist ein bisschen zu viel für dich, Matt. Das Training und der Marsch. Merkst du das nicht?«

Sie mussten flüstern und Matthew sorgte dafür, dass er mit seinem rechten Ohr direkt vor Tom stand. »Meinst du, dass sie etwas davon mitbekommen haben?« Er nickte in Richtung der Gebäude, in denen die Offiziere untergebracht waren.

Tom zuckte mit den Schultern. »Hier macht öfter mal jemand Spektakel, ob er nun Albträume hat oder betrunken ist. Mach dir deswegen keine Gedanken.«

Das machte er aber. Es war schwieriger, als er gedacht hatte, sich wieder in seine Kompanie einzugliedern. Das Training fiel ihm schwer, und das, obwohl Oberst Brooks das Programm in Lahore leicht gehalten hatte, wegen der Hitze und weil noch viele Soldaten an Kriegsverletzungen litten. Matthew hatte sich darauf gefreut, wieder mit seinen Kameraden in die Kantine oder in den Basar in der Stadt gehen zu können. Doch jetzt wünschte er sich oft, dass er einmal für einen Augenblick allein sein könnte, um nicht vor allen stark erscheinen zu müssen.

Der lange Marsch nach Süden hatte es nicht besser gemacht. Der Trommelwirbel und die dröhnenden Marschtritte erinnerten ihn an den afghanischen Kriegsschauplatz, obwohl er versuchte, die Gedanken daran zu verdrängen. Der Krieg war vorbei.

Später waren sie dann mit dem Zug weitergefahren und das Gedränge auf den indischen Bahnhöfen hatte an seinen Nerven gezerrt. Matthew hatte den Eindruck, dass er seine Augen überall haben musste, und deswegen fühlte er sich unsicher. *Aber das wird sich doch irgendwann wieder geben, oder?* Darauf musste er weiterhin hoffen. Er brauchte einfach noch ein bisschen mehr Zeit.

»Ich habe das Gefühl, dass sie mich beobachten, Oberst Brooks und Feldwebel McKenzie«, bemerkte er. »Wenn sie zu kritisch sind, werde ich meine Streifen nie bekommen.«

»Du und deine Streifen!« Tom blies ein Rauchwölkchen in die Luft. »Wenn du mich fragst, bist du immer noch nicht wieder der Alte. Hier vielleicht schon.« Er rüttelte fest an Matthews Nacken. »Aber darüber noch nicht.«

»Willst du mir damit sagen, dass ich nicht ganz richtig im Kopf bin?« Matthews Muskeln spannten sich an.

»Nein, aber schon, dass du Ruhe brauchst. *Danach* kannst du noch einmal über deine Gefreitenstreifen nachdenken und darüber, ob du die wirklich nötig hast.«

»Warum sollte ich die nicht wollen?« Er runzelte verwirrt die Stirn. Sein Weg stand doch deutlich vor ihm. Es war in der Tat die einzige Laufbahn, die einem Mann in seinem Alter noch offenstand, wenn er einen großen Teil seines Lebens in Uniform verbracht hatte. Doch darum ging es nicht. Das Wichtigste war, dass sein Regiment wie eine Art Familie für ihn war. Viele der Männer sahen das genauso. Auch Tom, der in einem Waisenhaus aufgewachsen war und nie eine andere Familie kennengelernt hatte, hatte das immer behauptet. Jetzt allerdings hatte er Rosie und den kleinen Tommy, und sie waren für ihn wichtiger geworden.

Matthew versuchte sich nicht lange mit der Leere zu beschäftigen, die die anstehende Abreise seines Freundes verursachte. Er mochte zwar auch eine andere Familie haben, aber an die dachte er lieber nicht zurück. Sein heimlicher Weggang von zu Hause, um in die Kaserne von Shrewsbury zu ziehen, hatte dieses Kapitel für immer abgeschlossen. Jetzt war es beinahe zehn Jahre her und er war nie nach Westwich zurückgekehrt. Manche der Offiziere, unter ihnen Oberst Brooks, waren mehr wie ein Vater für ihn, als es sein leiblicher Vater jemals gewesen war. Seine Kameraden waren wie Brüder, und obwohl die älteren von ihnen Matthew in Grund und Boden kritisiert hatten, als er noch alles hatte lernen müssen, war es ohne die Verachtung geschehen, die ihm zu Hause von seinem großen Bruder Luke entgegengeschlagen war.

Zu behaupten, dass Matthew die Regimentsfrauen als Schwestern betrachtete, ging allerdings etwas zu weit – die hübsche Tochter des Obergefreiten zum Beispiel oder die junge Witwe von Unteroffizier Mullins. Doch auch sie konnten mit der Unterstützung der Männer rechnen, wenn sie jemand beleidigte. Es herrschte großer gegenseitiger Respekt.

Bei Schwestern dachte er eher an kleine Mädchen wie Becky, die Nachzüglerin in seiner Familie, die ihren großen Bruder vergötterte. Dass er den abschätzigen Blick seines Vaters nicht mehr ertragen musste, tat ihm nicht leid, und seine Mutter schlug sich doch immer nur auf die Seite ihres Mannes. Sein kleines Schwesterchen vermisste er allerdings schon. Sie würde seine Beweggründe verstanden haben, oder?

Mit einigen Schwierigkeiten rechnete er aus, dass Becky mittlerweile kein kleines Kind mehr war, sondern im letzten Sommer sechzehn geworden war. Nicht mehr lange, und die Jungs aus Westwich würden auf sie aufmerksam werden. Natürlich würde Vater nicht ohne Weiteres dem erstbesten Kerl, der um ihre Hand anhielt, sein Einverständnis geben. Das musste ein Mann sein, der ausgelernt hatte, so wie es Matthew nie gelungen war. Einer, der wie Luke seine Nase in Bücher steckte, während Matthew selbst bei den einfachsten Sätzen die Buchstaben vor den Augen herumtanzten. Und der Heiratskandidat durfte keine Uniform tragen, denn Vater hatte für Soldaten kein gutes Wort übrig, selbst dann nicht, wenn sie sich zum Obergefreiten oder Unteroffizier hochgearbeitet hatten.

Matthew starrte durch den Pfeifenrauch zum Offiziersgebäude hinüber. Oberst Brooks wusste viel besser, worin er gut war und was seine Talente waren, als das sein Vater jemals gewusst hatte. Wiederholt hatte er Matthew eingesetzt, wenn eine neue Einheit Rekruten aus England angekommen war, und Matthew erwartete, dass das auch in Poona geschehen würde.

»Wir müssen wieder aufgestockt werden«, erklärte er. »Und ich werde die Jungs in Form bringen. Ich werde beweisen, dass ich für diese Art Arbeit immer noch geeignet bin.«

Nicht alle Altgedienten waren in der Lage, geduldig und trotzdem streng mit den jungen Kerlen zu sein, die noch nie einen Schritt außerhalb ihres Vaterlandes getan hatten. Sie betrachteten mit großen Augen die fremde Landschaft der Tropen und ihnen fiel die Kinnlade herunter, wenn sie Affen auf den Bäumen entdeckten. Im Lauf der Zeit entdeckten sie freilich, dass das Soldatenleben in Indien zwar seinen Charme hatte und billig war, allerdings auch furchtbar langweilig sein konnte.

Nachdem Matthews erste Dienstzeit von sechs Jahren vorüber gewesen war, hatte er es schließlich auch überhaupt nicht schlimm gefunden, als Reservist nach England zurückzukehren. Nicht in das Dorf seiner Eltern natürlich, aber schon zu seiner Familie. In Almsbrick wohnte eine Nichte von ihm. Mit einer Arbeit als Bauernknecht und hier und da einer Einberufung zu einer Übung war das ein sehr gutes Leben gewesen, vor allem für jemanden, der das Land und die Tiere so liebte wie er.

Doch dann kam Rosie und eine ordentliche Portion Liebeskummer hatte ihn dazu getrieben, in die Arme seines Regiments zurückzukehren, zu seiner Ersatzfamilie. Sie konnten in Afghanistan seine Erfahrung gut gebrauchen. Warum Tom ebenfalls erneut mitgegangen war, wusste er eigentlich nicht. Vielleicht aus Schuldgefühl, vielleicht weil er immer noch dankbar dafür war, dass Matthew ihn aus den Händen indischer Aufständischer gerettet hatte. Aber so etwas tat man nun einmal für einen Kameraden. Deshalb gefiel es Matthew denn auch gar nicht, dass er bald ohne Tom weitermachen musste.

»Du kannst mitkommen nach Almsbrick, Matt.« Toms Stimme war leise, aber eindringlich. »Bauer Howell nimmt dich sicher wieder in Dienst, wenn du das möchtest.«

»Aber das will ich nicht.«

»Es wäre besser für deine Gesundheit. Den anderen kannst du etwas vormachen, aber ich glaube nicht, dass du schon wieder für den nächsten Einsatz bereit bist.«

»Weil ich vom Marschieren Blasen bekommen habe?«, spottete Matthew. »Die verschwinden auch schnell wieder. Ich denke, dass Arbeit genau das ist, was ich brauche.«

Tom seufzte.

»Ich weiß, was ich tue, und ich traue mir das auch zu. Der Krieg in Afghanistan hat uns viel gelehrt. Das werde ich den Neuen auch zeigen. Wenn ich nach Almsbrick zurückkehre, dann nur, weil ich Heimaturlaub habe, und dann sind vorher zwei dieser hübschen weißen Streifen auf meine Uniformjacke genäht worden.«

»Obergefreiter Wilson«, bemerkte Tom mit zusammengebissenen Zähnen.

»Oder vielleicht sogar drei: Hauptgefreiter Wilson. Vielen Dank, dass du so viel Vertrauen in mich hast.«

»Das hat nichts mit Vertrauen zu tun. Ich glaube einfach, dass …«

»Ruhe in den Schlafsälen!« Das war der Unteroffizier vom Dienst.

Matthew bemerkte, dass er unbewusst immer lauter gesprochen hatte. Er warf Tom noch einen kurzen Blick zu, obwohl dessen Gesichtsausdruck in der Dunkelheit nur schwer zu erkennen war. Auf jeden Fall schaute Tom ohne zu blinzeln zurück, in der festen Absicht, mit seiner Meinung nicht hinter dem Berg zu halten.

Nun, Matthew hatte das ebenfalls nicht vor. »Du wirst schon sehen«, zischte er. Anschließend löschte er seine Pfeife und ging ins Haus zurück, um noch ein paar Stündchen Schlaf zu bekommen, bevor die Trompete ihn wieder weckte.

Der Befehl kam, während sie am darauffolgenden Tag ihr *tiffin* aßen, das Mittagessen aus Brot und Rindfleisch. Matthew hatte versucht, mit den Exerzierübungen mitzuhalten, was ihm mit jedem Tag schwerer zu fallen schien, und er hatte sich gerade den Mund mit Bohnen vollgestopft.

In diesem Moment kam die Schildwache herein und schaute ihn mitleidig an. »Wilson, du sollst zum Oberst kommen.«

Er vergaß zu kauen. »Jetzt?«, fragte er mit vollem Mund. »Weswegen?«

»Um deine Streifen in Empfang zu nehmen«, prophezeite

Mike O'Leary spottend. »Also, spül dir die Bohnen runter und wisch dir den Mund sauber.«

Doch das konnte es nicht sein, das wusste Matthew, während er das Regimentsbüro betrat. Dafür hatte ihn Feldwebel Carey zu oft kritisch beäugt. Und zu oft hatte er einfach nur von seinen Kameraden weglaufen und in Ruhe gelassen werden wollen. Verflixt, er war doch ein erfahrener Soldat, oder? Das musste und würde er beweisen!

Zur Sicherheit prüfte er noch einmal, ob seine Uniform tadellos war, und rieb sich über die Knöpfe, bis sie glänzten. Offiziere wollten ordentliche Soldaten sehen, das hielt er den Grünschnäbeln immer vor. Mit einer sauberen Uniform und einer gepflegten Ausrüstung kommt man weiter.

Oberst Brooks sah sofort auf, als er hereintrat. »Soldat Wilson, ich lese in den Rapports deines Hauptmanns, dass du in Afghanistan mehrere Aufklärungsmissionen angeführt hast.«

»Das ist korrekt, Sir. Unser damaliger Unteroffizier war von einem Scharfschützen getötet worden und ...«

»Du hast damit wichtige Informationen zusammentragen können, Informationen, die notwendig waren, um die beste Angriffstaktik auszuarbeiten.«

Matthew schwieg, aber er spürte, wie mit jedem Wort des Oberst seine Erschöpfung weniger wurde. Warum Brooks jetzt mit diesen Rapports kam, wusste er nicht. Wahrscheinlich hatte der Mann endlich Zeit, den ganzen Papierkram abzuarbeiten, jetzt, wo sie in Poona waren. Reichlich spät, wenn man Matthew fragte, er würde jedoch die Arbeitsweise seiner Offiziere mit Sicherheit nicht infrage stellen. Erst recht nicht, wenn sich jene Offiziere so positiv über ihn äußerten. Er klemmte sich seinen Helm fester unter den Arm und wartete.

Brooks schaute ihn direkt an. »Diese Komplimente«, erklärte er, »sind ein schöner Abschluss deiner Dienstzeit.«

Das Zimmer begann sich um ihn herum zu drehen. *Verflixt, nicht jetzt!* Er versuchte, tief durchzuatmen. »Abschluss, Sir?«

»Möchtest du dich setzen?« Demzufolge, was er soeben gesagt hatte, hörte sich der Oberst nicht unfreundlich an.

»Nein, Sir, aber ich …«

»Sowohl dein Durchhaltevermögen wie auch deine … mentale Gesundheit lassen zu wünschen übrig.«

»Aber beides wird besser, Sir!« Er wusste, dass er einem Offizier nicht in so einem Ton widersprechen durfte, er konnte sich jedoch nicht zusammenreißen. »Ich werde Ihnen zeigen …«

»Wilson! Ich habe hier einen Rapport von Feldwebel McKenzie, der das Gegenteil behauptet. Er fürchtet um dein Leben *und* das von vielen anderen, wenn du in diesem Zustand wieder eingesetzt werden solltest.«

»Wenn er an meinem Urteilsvermögen zweifelt, kann ich immer noch jederzeit die Leichte Kompanie verlassen«, schlug Matthew vor und er bemerkte den verzweifelten Klang in seiner Stimme. »Bei der Linieninfanterie brauche ich nicht …«

Brooks verärgerter Blick brachte ihn zum Schweigen.

»Ich verstehe, Sir.« Niedergeschlagen ließ er die Schultern sinken.

»Das sind deine Entlassungspapiere. Du marschierst mit dem nächsten Einberufungsjahrgang nach Bombay, sobald wieder ein Truppentransporter ausläuft.«

Das musste dann gleichzeitig mit Tom sein. Doch sein Freund wollte weg, er konnte es kaum erwarten, nach England zurückzukehren. Matthew hingegen hatte keine Ahnung, was er tun sollte. Was er gleich seinen Kameraden erzählen sollte, war nur der Anfang …

»Das war alles, Soldat. Wegtreten!«

Er hatte noch die Geistesgegenwart zu salutieren, doch als er erst einmal draußen war, brachte er wenig mehr zustande, als verdattert vor sich hin zu starren. Entlassen. Aber was wurde dann aus der zweiten Chance, die er bekommen hatte? Die Gelegenheit, etwas aus seinem Leben zu machen, auf das er stolz sein konnte?

Er starrte auf die Papiere, las allerdings nicht, was auf ihnen stand. Ohne sich die Mühe zu machen, verstand er die Absicht auch so. Er war untauglich, abgewiesen. Sie brauchten ihn nicht mehr.

In seinem Leben hatte er sich kaum irgendwo anders als hier bei seinen Kameraden zu Hause gefühlt. Bestimmt nicht zu Hause in England, wo er im übermächtigen Schatten seines älteren Bruders Luke aufgewachsen war. Aber jetzt war er auch hier nicht mehr erwünscht.

Damals in England war Matthew oft genug in der großen Stadt herumgeschlendert und hatte gesehen, was aus vielen abgedankten Soldaten wurde. Ihr Schicksal war nicht das Beste. Im günstigsten Fall konnten sie die eine oder andere schlecht bezahlte Arbeit bekommen, im schlimmsten gaben sie sich dem Alkohol hin und taumelten durch die Straßen. Was immer er auch unternehmen würde, sein Leben war vorbei.

»Hey, Matt!« Tom winkte von ferne. »Kommst du mit in die Kantine? Ich lade dich ein.«

Matthew wusste, dass Alkohol seinen Geist zwar für eine Zeit lang betäuben konnte, ihn vergessen lassen konnte, dass er ein Pechvogel war. Gutes Benehmen oder nicht, das machte jetzt doch keinen Unterschied mehr. Über seine Zukunft war bereits entschieden worden, ohne dass er irgendein Mitspracherecht gehabt hätte. Doch der Gedanke, seinen Kameraden unter die Augen zu treten, ließ ihn vor Scham in sich zusammensinken. Sie würden ihn über das Gespräch mit dem Oberst ausfragen und entdecken, dass er nicht länger zu ihnen gehörte.

Oder war es genau das, was sie alle in der vergangenen Zeit sowieso schon gedacht hatten?

Mit zusammengebissenen Zähnen grüßte er Tom und marschierte anschließend in die entgegengesetzte Richtung davon.

In diesem Moment kreuzte sich sein Weg mit dem von Feldwebel McKenzie. Stocksteif blieb er stehen und das war nicht mehr länger aus Respekt vor dem Unteroffizier.

»Wilson.« McKenzie sah ernst aus. »Ich sehe, dass du mit dem Oberst gesprochen hast.«

»Sie haben ihm geraten, mich zu entlassen, Sir!« Er war nicht in der Lage, die Entrüstung in seiner Stimme zu unterdrücken, er versuchte es nicht einmal.

»Damit erweise ich dir einen Dienst, Wilson«, erwiderte der Feldwebel ruhig. »Allerdings siehst du das jetzt noch nicht.«

»Aber warum?«

»Abgesehen von der Tatsache, dass du das Training nicht mehr schaffst?« McKenzie kniff seine Augen zu Schlitzen zusammen. »Du bist noch angespannter als der Hahn von meiner Pistole. Ich habe gesehen, wie du neulich auf der Straße dein Gewehr geschnappt hast, als ein Teeverkäufer zu rufen anfing.«

»Das war völlig überraschend. Und letztendlich ist ja auch nichts passiert.«

»Nein, *diesmal* nicht. Aber du weißt, wie groß die Folgen wären, wenn du das nächste Mal *tatsächlich* so einen Fehler machst. Die Schande und die Peinlichkeit würde ich dir gern ersparen. Jetzt kannst du deinen Abschied nehmen in der Gewissheit, dass du deinem Vaterland herausragend gedient hast.«

»Davon habe ich nicht viel.«

»Mehr, als du denkst. Hör zu, Wilson, wenn ich denken würde, dass du nichts mehr kannst, würde ich dich weiterhin einsetzen, um irgendwelche blöden, kleinen Drecksarbeiten zu machen. Aber du hast auch deinen Stolz, du möchtest dich doch selbst am Ende des Tages im Spiegel anschauen können.«

Matthew zuckte unwillig mit den Schultern. So oft machte er das nicht.

»Du hast alles, was du brauchst, um dir eine gute Existenz als Bürger aufzubauen, Wilson, davon bin ich wirklich überzeugt. Du bist noch jung genug und ich sehe, dass du Kampfgeist hast.«

Das war sicher als Kompliment gemeint, aber in diesem Augenblick hätte Matthew am liebsten seine Wut im Gesicht des

Feldwebels ausgetobt. Das würde dem Mann zeigen, wie es um seinen Kampfgeist stand.

Er wusste jedoch auch, dass er – entlassen oder nicht – nicht ungestraft seinem Unteroffizier eine Abreibung verpassen durfte. Anschließend würde er in kürzester Zeit mitten auf dem Paradeplatz stehen, in einer Uniform ohne Knöpfe mit einem Erschießungskommando vor der Nase. Auf diese Weise wollte er nicht sein Leben beschließen, obwohl seine sonstigen Chancen ebenfalls nicht besonders rosig aussahen.

»Sie haben leicht reden, Sir«, stellte er fest und es klang, als würde sich alle seine Angst einen Weg nach draußen bahnen. »Aber ich habe keine Verbindungen mehr nach England, ich kann nirgendwohin gehen. Was soll ich um Himmels willen tun?«

»In den Papieren habe ich gelesen, dass dein Vater Pfarrer ist, Wilson.«

Die Bemerkung traf ihn wie ein Faustschlag in den Magen. »Erinnern Sie mich bitte nicht daran«, brummte er mit unterdrückter Stimme.

»Du musst es selbst wissen, Junge.« Feldwebel McKenzie blieb vollkommen ruhig. »Beten könnte jedoch in diesem Augenblick deine beste Option sein.«

Mit diesen Worten ließ er Matthew stehen.

6. Kapitel

Zufrieden blickte sich Eileen in dem Zimmer um, das in der folgenden Woche, wenn nicht noch länger, ihr Arbeitsraum in Almsbrick Manor werden sollte. Große Fenster, die ein Meer von Licht auf den Arbeitstisch aus glatt poliertem Wallnussholz fallen ließen. Eine Schneiderpuppe aus einer viel teureren Kollektion als die Exemplare von Madame Carroll …

Der Luxus gab ihr das erhebende Gefühl, dass sie heute, am ersten Tag des Monats Dezember, ein Geschenk erhalten hatte. Doch niemand ahnte, dass sie heute 26 Jahre alt geworden war.

Eileen fand es beinahe schade, dass sie diesen Raum nur nutzen sollte, um drei Kleider anzufertigen. Aber eigentlich war sie ja aus einem anderen Grund hier. Und es erschien ihr wie ein Zeichen, dass sie ausgerechnet an ihrem Geburtstag an einem Ort angekommen war, der hoffentlich ihre Zukunft verändern würde.

Mit einem zufriedenen Seufzen stellte sie ihre Handnähmaschine auf den Arbeitstisch und nahm den hölzernen Deckel ab. An ihrem vierzehnten Geburtstag hatte sie die Schneiderin ihres Dorfes, Mrs Tomkins, zum ersten Mal mit dem New-Family-Modell von *Singer* arbeiten lassen. Obwohl sie Eileen zunächst als Dienstmädchen eingestellt hatte, hatte sie schon recht schnell ihr Talent entdeckt. Seitdem hatte Mrs Tomkins ihr die feinsten Stiche beigebracht und ihr so weit vertraut, sie mit ihrer eigenen, brandneuen *Singer*-Nähmaschine üben zu lassen.

Nachdem Eileen in Shrewsbury versucht hatte, ihr Leben wieder auf die Reihe zu bekommen und ein gebrauchtes Exemplar gesehen hatte, hatte sie also nicht lange überlegen müssen. Die Nähmaschine war in einem schlechten Zustand gewesen und deshalb entsprechend billig, trotz alledem hatte sie die Anschaffung seinerzeit einige Mahlzeiten gekostet. Doch es hatte

sich gelohnt: Madame Carroll hätte sie sicher niemals eingestellt, wenn sie ihr nicht ihre Fertigkeiten mit der *Singer* hätte
zeigen können.

Motiviert, sich an die Arbeit zu machen, stellte sie auch ihr
Nähkästchen auf den Tisch und holte eine Rolle rotes Garn hervor. Der Stoff für die Kleider war ihr schon vorausgeschickt worden und lag bereit. Die Schnittmuster, die sie gezeichnet hatte,
befanden sich in einer Mappe und waren von den Damen gut-
geheißen worden. Ein Blick auf das obenauf liegende Stück Stoff
für das Abendkleid von Miss Alice sorgte dafür, dass Eileen Mitleid bekam mit der sechzehnjährigen Tochter von Sir Alfred und
Lady Almsworth. Sie hob ihr Kinn. Vielleicht konnte sie noch
etwas tun, um dem Mädchen mehr Würde zu verleihen, ohne die
Mutter vor den Kopf zu stoßen. Wenn es um diese Sorte Herausforderungen ging, war sie gut.

Zunächst einmal musste sie dafür sorgen, dass die Nähmaschine in einen gebrauchsfertigen Zustand gebracht wurde. Sie rollte
das rote Garn auf die Spule und befestigte diese. Anschließend
fädelte sie den Oberfaden ein, ein paar Handgriffe, die sie mittlerweile im Schlaf beherrschte, weil die Maschinen von Madame
Carroll denselben Mechanismus hatten. Durch die Fadenfüh-
rung, hinunter zwischen die Spannungsplättchen, durch das Öhr
zum Fadengeber ... Sah sie da etwa einen neuen Rostflecken?

»Verflixt«, murmelte Eileen.

»Wie ich sehe, wünschen Sie augenblicklich zu beginnen?«

Erschrocken sprang sie auf. »Lady Almsworth! Ihr Dienstmädchen hat mich in diesen Raum gebracht und mir mitgeteilt, dass
Sie außer Haus sind. Es schien mir das Beste, mich augenblicklich
nützlich zu machen.«

»Sie sind eine vernünftige Frau, Miss Brady.«

Weil sie nicht wusste, wie sie auf dieses Kompliment reagieren
sollte, machte sie einfach einen Knicks vor der Dame, was sie natürlich schon bei deren Hereinkommen hätte tun sollen.

Lady Almsworth hatte ihren Blick jedoch schon auf die Seide

für Alices Kleid gerichtet. »Ist die Farbe nicht hinreißend? Nicht jeder ist in der Lage, eine solche Farbe zu tragen.«

Auch wenn sie keine Ahnung von Mode gehabt hätte, hätte Eileen das bestätigen können. Lady Almsworth selbst würde in dieser hellrosa Seide aussehen wie eine glasierte Torte. Obwohl Miss Alice eine schlanke junge Frau war, fand Eileen die Farbe auch bei ihr zu viel des Guten. Sie überlegte, wo sich noch etwas verbessern ließe. Für die mollige Annabel hatte ihre Mutter eine viel bessere Entscheidung getroffen, indem sie eine hellblaue Grundfarbe mit dunkelblauen Akzenten kombinierte, die gut zu den Augen des Mädchens passten. Oder vielleicht hatte Annabel, die ein Jahr älter war als Alice, selbst ein Wörtchen mitgeredet. Es schien beinahe undenkbar, dass Lady Almsworth plötzlich so einen erlesenen Geschmack entwickelt haben sollte.

»Ich nehme an, dieser Arbeitsraum entspricht Ihren Wünschen?«, informierte sich Lady Almsworth in einem Tonfall, der keinen Widerspruch duldete.

»Er ist hervorragend«, erwiderte Eileen mit einem kleinen Zweifel in der Stimme. »Hier werde ich ohne Probleme die Kleider zusammenstecken können und die Details anbringen. Ich habe Spitze und Bänder und …«

»Sehr gut«, unterbrach Lady Almsworth sie. »Dann können Sie nun erst mitkommen in mein Ankleidezimmer, sodass ich Ihnen zeigen kann, was Sie an dem Entwurf für mein Kleid verändern müssen.«

Verändern? Verdutzt blinzelte Eileen den Rücken der adeligen Dame an. Es musste gar nichts verändert werden! Sie dachte gerade noch daran, ihr Nadeldöschen zu greifen, und eilte dann ihrer Auftraggeberin hinterher.

»Ich habe im Atelier den Stoff schon zurechtgeschnitten. Dabei habe ich mich an den Maßen aus Ihrer Akte orientiert«, erläuterte sie. »Die Nähte habe ich allerdings offen gelassen. Ich kann gern noch etwas zu- oder abnehmen, wenn das gewünscht wird.«

»Sie brauchen nichts zu erklären«, schnaubte Lady Almsworth.

»Natürlich nicht.« Eileens Wangen wurden heiß.

»Der Schnitt, den Sie für das Schnürleibchen benutzt haben, ist altmodisch.«

Verblüfft schwieg Eileen, während sie auf die moosgrüne Seide starrte, die im Ankleidezimmer über einem Stuhl hing, daneben die Modellzeichnung auf der Sitzfläche. Sie nahm die Zeichnung und hielt sie vor Lady Almsworth in die Höhe. »Wenn ich so frei sein darf, Mylady, dann denke ich, dass dieser Schnitt Ihnen am meisten schmeichelt. Sie werden sehen, dass …«

»Sie werden sehen, dass gegenwärtig alle Damen einen anderen Halsausschnitt tragen. In einer viereckigen Form mit Spitze.«

Eileen war sich hundertprozentig sicher, dass das Dekolleté dieser Dame in dieser Art Ausschnitt äußerst ungünstig wirken würde.

»Sie wissen schon, was ich meine, Miss Brady. Ein entsprechendes Modell haben Sie für das Kleid meiner jüngsten Tochter ausgewählt mit all diesen Streifen und Rüschen auf der Vorderseite.«

»Ich fürchte, das wird bei diesem Kleid nicht möglich sein, Mylady.« Wie konnte sie der Dame deutlich machen, dass der jugendliche Schnitt, der zu einem sechzehnjährigen Mädchen passte, bei einer Matrone mittleren Alters … und einer gewissen Leibesfülle … lächerlich aussehen würde? Lady Almsworth wäre mit dem Endresultat mit Sicherheit nicht zufrieden und würde anschließend ihr die Schuld geben.

»Ich versichere Ihnen, dass das Kleid eine völlig andere Ausstrahlung bekommen wird, wenn ich erst einmal die Spitze angebracht habe und Sie über den Rock einen transparenten Stoff …«

»Und Rüschen«, bekräftigte Lady Almsworth. »Ich möchte ein modernes Kleid.«

»Damit kann ich ihnen leider nicht dienen, Mylady.« Eileen hielt ihren Kopf aufrecht. Kühl und professionell.

»Mangelt es Ihnen für diese Aufgabe an den entsprechenden Fähigkeiten?«, wollte Lady Almsworth hochmütig wissen. »Ich kann selbstverständlich eine andere Damenschneiderin darum bitten.«

»Vielleicht könnte ja Lucy nach Almsbrick Manor kommen, um dem Kostüm den letzten Schliff zu geben«, entgegnete Eileen kühl, während sie die Dame weiterhin direkt ansah. Sie wusste auch, wie sie mit einer Drohung umzugehen hatte. »Vielleicht stellt Sie ihr Beitrag eher zufrieden als meiner.«

»Mama!« Der laute Schrei eines der Mädchen unterbrach ihre Diskussion. »Hast du schon mein Kleid gesehen?«

Für einen Augenblick schloss Eileen die Augen. Das musste Miss Alice sein. In ihrer Stimme lag so viel Abscheu, dass Eileen beinahe wünschte, sie hätte nie angeboten, nach Almsbrick Manor zu fahren. Doch in der vor ihr liegenden Zeit würden die Kleider nicht ihre größte Sorge sein.

Sie riss sich zusammen und machte einen Knicks vor dem Mädchen, das hereinstürzte, den Stoff des Rocks verknittert in ihren Fäusten.

»Miss Almsworth, wie schön, Sie wiederzusehen.«

»Damit laufe ich nicht herum«, schimpfte Alice. »Hätten Sie nicht etwas anderes aussuchen können?«

»Ihre Mutter bestand darauf …«, begann Eileen.

»Ich habe gesagt, dass Rosa dir fantastisch steht, mein Kind.« Lady Almsworth strich ihrer Tochter lächelnd über das Haar. »Die Farbe hätte übrigens schon etwas bescheidener ausfallen können, Miss Brady.«

Eileen schluckt ihre Entrüstung herunter. Lächeln, sie musste weiterhin lächeln, so als würde ihr all das nichts ausmachen. »Darf ich Sie erneut darauf hinweisen, meine Damen, dass dies erst einmal nur der Grundstoff für das Kostüm ist? Sie werden alle beide von dem Endergebnis überrascht sein.«

»Im positiven Sinne, wie ich hoffe«, murmelte Lady Almsworth.

Vorsichtig nahm Eileen den verknitterten Stoff aus den Händen des Mädchens. »Es wäre mir ein großes Vergnügen, wenn

Sie mir bis morgen Nachmittag Zeit gäben, mit den abgesprochenen Entwürfen weiterzuarbeiten. Wenn Sie anschließend noch Anpassungen bei den Kleidern wünschen, werde ich die gerne ausführen.«

Sie würde hart arbeiten müssen, doch die Chance war klein, dass sich Lady Almsworth noch länger gedulden würde. Eigentlich hatte sie gehofft, schon bald eine Gelegenheit zu finden, um ins Dorf zu gehen und dort einen kleinen Blick zu werfen auf …

»Abgemacht«, stimmte Lady Almsworth entzückt zu, so als habe es überhaupt keine Meinungsverschiedenheiten gegeben. »Dann sollten Sie wohl besser sofort Ihren Platz im Nähzimmer einnehmen.«

Eileen verbiss sich ihre Enttäuschung. Sie kannte mittlerweile die fordernde Natur ihrer Auftraggeberin. Es war abzusehen gewesen, dass sie sich nicht bei der erstbesten Gelegenheit ins Dorf schleichen und mit ihrer Suche beginnen könnte, sie konnte jedoch vielleicht einen ersten kleinen Schritt machen.

Auf einmal nervös geworden, räusperte sie sich. »Bevor ich es vergesse, Mylady: Die Leitung des Waisenhauses in Shrewsbury lässt Sie herzlich grüßen.«

Die Überraschung stand Lady Almsworth ins Gesicht geschrieben. »Wirklich? Haben Sie etwas mit dem Waisenhaus zu tun?«

»Ich ging … ich gehe in meiner freien Zeit oft dorthin, um im Mädchenflügel auszuhelfen, und ich habe einigen der Mädchen Nähunterricht gegeben.«

Lady Almsworth lächelte und das ließ ihr Gesicht ein ganzes Stück weniger streng werden. »Das ist äußerst lobenswert, Miss Brady. Diese Kinder haben einen großen Bedarf nach einem Rollenvorbild in ihrem Leben.«

Röte kroch ihren Hals hinauf. Sie – ein Rollenvorbild? Zumindest konnte sie versuchen, dafür zu sorgen, dass die Mädchen ihre eigenen Fehler nicht wiederholten. »Ich bewundere Ihren Einsatz ebenfalls, Mylady. Dass jemand von Ihrem Stand sich um

Kinder kümmert, die so wenig haben und einen so unglücklichen Start ins Leben hatten ...«

»Sehr unglücklich«, nickte Lady Almsworth. »Ich sehe, dass es Sie ebenfalls anrührt, Miss Brady. Aber mit einer guten Erziehung und der richtigen Begleitung kann aus diesen Kindern dennoch etwas werden, aus diesen armen Geschöpfen.«

Es dauerte einen Moment, bis Eileen ihre Sprache wiederfand.

»Und ... sogar hier im Dorf, wie ich gehört habe. Ich nehme an, dass Sie das vermittelt haben ...«

»Ich bin die Anstifterin.« Lady Almsworth lachte, als hätte sie einen guten Witz erzählt. »Der Pfarrer und der Schulmeister stehen den Dorfbewohnern und den Kindern allerdings näher. Ich weihe sie gerne in die Pläne mit ein.«

»Der Pfarrer und der Schulmeister«, prägte Eileen sich ins Gedächtnis ein. Mit denen musste sie Kontakt aufnehmen. Vorzugsweise mit dem Schulmeister, denn bei Geistlichen fühlte sie sich nicht wohl. »Ich nehme an, dass diese Herren beobachten, ob die Kinder ... sich in Almsbrick zu Hause fühlen.«

»Ach, Miss Brady.« Erneut lachte Lady Almsworth. »Selbstverständlich tun sie das! Sie wohnen in liebevollen Familien und sind in jeder Hinsicht Teil der Gemeinschaft. Wenn Sie das Dorf besuchen, werden Sie sie nicht von den anderen Kindern unterscheiden können, seien Sie gewiss!«

Eileen runzelte die Stirn. Genau das musste sie aber, um ein bestimmtes kleines Mädchen finden zu können.

»Aber nun wollen wir nicht länger reden, es gibt Arbeit zu tun!« Die Dame schien ihre Klagen über den Entwurf des Kleides vergessen zu haben. »Zeit, ans Werk zu gehen, Miss Brady.«

Und das war genau das, was Eileen vorhatte. In mehr als einer Hinsicht.

Am darauffolgenden Morgen sorgten die Dienstmädchen, die ihre Schlafräume verließen, schon sehr früh dafür, dass Eileen ebenfalls wach wurde. Ihr war ein Zimmer beim Personal unter dem Dach zugewiesen worden, dessen Nüchternheit in starkem Kontrast zu dem Luxus ihres Arbeitszimmers stand. Natürlich wollte sie sich nicht darüber beschweren, denn eine Chance wie diese würde sie nicht noch einmal bekommen.

Für einen kurzen Augenblick gab sie der Versuchung nach, ihren kleinen Koffer mit den Püppchen zu öffnen. Die mit den grünen Blümchen lag obenauf und mit einem Lächeln strich Eileen über den Stoff des Kleidchens. Was für ein Moment würde das werden, wenn sie endlich, endlich ihre Kreationen dem Mädchen zeigen konnte, für das sie bestimmt waren. Sie malte sich aus, wie seine blauen Augen aufleuchten würden, seine bleichen Wangen würden vor Vergnügen rot werden.

Vielleicht hatte das Kind jedoch Johnnys dunkleren Teint mitbekommen anstelle ihrer hellen Haut mit Sommersprossen. Sie runzelte die Stirn. Widerspenstige schwarze Locken und braune Augen, die jedes Herz zum Schmelzen brachten und sie eingelullt hatten …

Mit einem Schlag ließ sie den Kofferdeckel zufallen. Es war gut, vorbereitet zu sein, aber sie sollte ihrer Fantasie nicht allzu freien Lauf lassen. Bis sie tatsächlich ins Dorf musste, sollte sie sich nicht vorstellen, wie die Begegnung verlaufen würde. Und sie würde mit Sicherheit keine unerwünschten Erinnerungen hervorkramen.

Ärgerlich über sich selbst machte sie sich fertig, um an die Arbeit zu gehen. Sie wollte lieber schon damit anfangen, bevor sie gemeinsam mit dem Personal zum Frühstück gehen würde.

In der richtigen Etage angekommen, war das Erste, was ihr auffiel, die offen stehende Tür. Jemand hatte ihren Arbeitsraum vor ihr betreten. Sie hoffte von Herzen, dass die Dienstmädchen während des Reinemachens die Finger von ihrer Nähmaschine gelassen hatten.

»Gib's mir, das ist meins!«, brüllte eine schrille Stimme, und alarmiert beschleunigte Eileen ihre Schritte.

»Gar nichts gehört dir!«, feixte eine andere.

»In der Tat.« Eileen hatte die Türöffnung erreicht und sah die streitenden Schwestern mit einem hoffentlich strengen Blick an. Manchmal hatte sie den im Waisenhaus üben müssen. Also wirklich – diese beiden Mädchen waren doch schon siebzehn und sechzehn! »Bis sie an einem Kostüm angebracht sind, gehören alle Gegenstände in diesem Zimmer mir. Ebenfalls einen guten Morgen, die Damen.«

Miss Alice stand mit einem Stück blauem Band in der Hand da und schaute Eileen herausfordernd an. »Sie sind nur im Auftrag von Mama hier.«

»Ich bin hier, weil ich das selbst vorgeschlagen habe«, korrigierte Eileen sie und verschränkte die Arme. »Wenn es nach Lady Almsworth gegangen wäre, würde es zu Weihnachten keine neuen Kleider geben.« Vielleicht würde das die Mädchen zur Vernunft bringen.

Annabel, die ältere Schwester, lachte tatsächlich abfällig. »Dann würde Alice auch nicht so ein hässliches knallrosa Kleid tragen müssen.«

»Halt den Mund!« Alice hörte sich an, als würde sie gleich in Tränen ausbrechen. »Das sagst du doch nur, weil du in einem rosa Kleid aussehen würdest wie ein fettes Ferkel.«

Annabel war zwar mollig, doch Eileen war sich sicher, dass sie dafür sorgen konnte, dass beide Mädchen attraktiv aussehen würden.

»Ich bin kein Ferkel«, schnaubte Annabel. »Und mein blaues Kleid wird sehr schön.«

Nun, dann war wenigstens schon einmal *eine* Person zufrieden. Eileen seufzte. »Wenn Sie aufhören mit dem Streiten, Miss Alice, dann kann ich Ihnen zeigen, welche Veränderungen ich an Ihrem Kostüm vornehmen möchte, damit ein schöner Effekt entsteht. Über den Rock …«

»Ich will dieses blaue Band«, unterbrach sie Alice.

»Das ist für mein Kleid«, protestierte Annabel. »Abgesehen davon sieht es ziemlich blöde aus, so ein rosa Kleid mit einem blauen Band. Du bist doch keine Zuckerstange.«

»Das blaue Band würde tatsächlich nicht so gut zu einem rosa Kostüm passen.« Eileen versuchte zu lächeln. Wenn sie doch nur zuerst gefrühstückt hätte! »Stattdessen würde ich …«

»Oh, gut.« Alice täuschte Desinteresse vor. »Ich will dieses blöde Band sowieso nicht mehr.«

»Nein!«, schrie Annabel, aber es war schon zu spät.

Verdutzt sah Eileen zu, wie die Flammen des Kaminfeuers an dem Satin leckten und das Band sich langsam zusammenzog und verkohlte.

»Mädchen, seid ihr fertig zum Frühstück?«, hallte die Stimme von Lady Almsworth fröhlich durch den Gang. »Du lieber Himmel, was ist denn hier passiert?«

»Alice ist neidisch«, beschuldigte Annabel sie.

»Auf dich? Ganz bestimmt nicht, du fettes Ferkel!«

»Ich bin kein …«, begann Annabel erneut.

»Mädchen, hört auf, euch zu streiten«, befahl Lady Almsworth streng.

Streiten? Das hörte sich eher an wie ein ausgewachsener Krieg!

Währenddessen kam auch Sir Alfred, der Vater der beiden kleinen Biester, um nach dem Rechten zu sehen. »Wonach riecht es denn hier?«

Diese Frage reichte aus, um Annabels Wut neu anzufachen. »Diese dumme Kuh hat das Band in den Ofen geworfen, weil sie es nicht haben konnte.«

»Und jetzt hat es keine von euch beiden«, stellte Sir Alfred lakonisch fest.

»Miss Brady wird sich sicherlich etwas anderes überlegen. Guten Morgen, Miss. Ich hoffe, meine beiden Augäpfel haben Ihnen nicht den Vormittag verdorben, bevor der überhaupt so richtig begonnen hat.«

Eileen war nicht in der Lage, eine ermutigende Antwort darauf zu geben, und machte schnell einen Knicks. »Ich fürchte, dass sie mir schon ein Problem bereitet haben«, erwiderte sie ehrlich. »Dieses Band war für das Kostüm von Miss Alice ziemlich wichtig.«

»Mein Kleid ist ruiniert!«, rief Annabel aus.

»Skandalös«, trompetete Lady Almsworth, und darin hätte ihr Eileen gern von ganzem Herzen zugestimmt. »Sind Sie denn überhaupt nicht auf unvorhersehbare Umstände vorbereitet?«

Ihre Kinnlade sackte langsam nach unten.

»Dann können wir nur hoffen, dass Moira Trench noch farbige Bänder vorrätig hat.«

»Im Dorfladen?«, riefen die Schwestern gleichzeitig – mit einer leichten Abscheu, die Eileen nicht teilte.

»Im Dorfladen?«, wiederholte sie außer Atem. *Das Kind ist in eine Ladenbesitzerfamilie verbracht worden.*

Lady Almsworth zog ihre Augenbrauen zusammen. »Haben wir eine andere Wahl, Miss Brady? Jetzt, wo der Schneider mit dem Kurzwarengeschäft aus Almsbrick weggezogen ist, werden wir uns mit dem Laden von Trench begnügen müssen.«

»Selbstverständlich.«

»Sie können ja unmöglich wegen einem Stückchen Band in die Stadt zurückfahren.«

»Ich habe gehört, dass wir Schnee bekommen werden«, ergänzte Sir Alfred hilfsbereit. »Wenn Sie jetzt in die Stadt fahren würden, sehen wir Sie vielleicht erst nach den Feiertagen wieder hier.«

Eileen fühlte sich ganz benommen vor Aufregung und Angst. Hatte Miss Alice mit ihrem neidischen Verhalten ihr jetzt genau die Chance gegeben, auf die sie gehofft hatte? War das Zufall oder war das die Hilfe von oben? »Ich werde dem Dorfladen einen Besuch abstatten, Mylady. Heute Morgen noch, wenn Sie gestatten. Hoffentlich … hoffentlich werde ich dort finden, was ich suche.«

Tief eingehüllt in ihren Mantel nahm Eileen Kurs auf das Dorf, das sie nach Aussage der Haushälterin von Almsbrick Manor unmöglich verfehlen konnte. »Sie werden merken, es ist wirklich ganz einfach, Miss.«

Die lange Zufahrt des Landhauses lief auf einen Weg hinaus und derselbe Weg wurde nach einem Marsch von einer knappen Viertelstunde zur Hauptstraße des Dorfes.

Eileen war froh, dass sich niemand angeboten hatte, sie zu begleiten. Vor ihr lag eine Aufgabe, die sie lieber allein ausführte, ein Moment, den sie gern allein erleben würde. *Werde ich sie heute treffen, Herr?*

Während des ersten Teils ihres Fußmarsches waren auf beiden Seiten des Weges Wald und Sträucher zu sehen, doch jetzt näherte sich Eileen der bewohnten Welt. Das erste Gebäude, das in die Höhe ragte, war die Kirche aus hellem Sandstein mit einem dicken, viereckigen Turm. Auf der Grasfläche rund um sie herum standen Grabsteine in verschiedenen Formen und Größen und der Pfad zu dem Gebäude wurde durch ein dunkelgrün gestrichenes Tor begrenzt. Das Haus daneben war mit Sicherheit das Pfarrhaus.

Der Kirche gegenüber stand die Schule mit hohen Fenstern und einem gepflasterten Hof. Eileen warf einen Blick auf die Kirchturmuhr und stellte fest, dass sie ziemlich schnell gelaufen war. Das lag vermutlich an ihren Nerven, aber deswegen war sie nun zu früh.

Zögernd blieb sie an der Kreuzung stehen, an der die Kirche stand. Einfach überqueren und geradeaus weiterlaufen ... noch einfacher ging es nicht. Woher sollte die Haushälterin auch wissen, dass Eileen in diesem Augenblick überhaupt nichts einfach vorkam?

»Brauchen Sie Hilfe, Miss?« Auf der anderen Seite der Kreuzung befand sich eine Schmiede. Ein älterer Mann mit einer Lederschürze kam auf sie zu. Er ging, als hätte er Rückenschmerzen. »Sie sind nicht von hier, wie ich sehe. Suchen Sie eine Übernachtungsmöglichkeit?«

Noch bevor sie antworten konnte, nickte er in Richtung einer Seitenstraße. »Dahinten befindet sich eine Herberge, Sie müssen nur die Brücke über den Bach überqueren. Das ist noch eine altmodische Postkutschenstation mit einem eigenen Stall, aber der Eigentümer hat vor, sie umzubauen.«

»Vielen Dank. Ich übernachte momentan in Almsbrick Manor«, erwiderte Eileen. »Ich bin auf dem Weg zu dem Laden von Moira Trench.«

»Natürlich!« Ein wenig mühselig drehte sich der Schmied um und zeigte weiter die Hauptstraße hinunter. »Einfach weitergehen und dann ist es auf der rechten Seite. Die Schaufenster haben einen grünen Fensterrahmen und der Name steht gut lesbar über der Tür. *Gemischtwaren Herbert Trench.* Das kann man wirklich nicht verfehlen.«

»Danke.«

»Und da bekommen Sie wirklich alles, was immer es auch sein mag. Viel Erfolg, Miss.«

»Vielen Dank für Ihre Hilfe.« Hastig marschierte sie weiter, bevor der Mann noch mehr Fragen stellen konnte. Nach all den Jahren in der Stadt hatte sie vergessen, wie hilfsbereit Dorfbewohner sein konnten – auch aus der Neugier heraus, was für ein Mensch sich wohl hinter einem unbekannten Gesicht versteckte. Das konnte sie im Augenblick überhaupt nicht gebrauchen.

Allerdings bemerkte sie, dass die Angaben des Schmieds zutrafen. Sie ging erst an der Apotheke vorbei und daneben befand sich schon das Geschäft mit den grünen Fensterrahmen. Ihr Herz fing an, schneller zu schlagen.

Hastig glitten ihre Augen über einen Werbeanschlag für Butter und einen Mitteilungszettel über Eier auf dem Fenster links von der Tür. Hinter der Fensterscheibe auf der rechten Seite stand ein

Tischchen mit verschiedenen Teekannen. Sollte sie hier finden, was sie wirklich suchte?

Sie schaute nach oben, wo der Name »Trench« mit großen Buchstaben über die Tür gemalt war. Zögernd blickte sie sich um, so als könnte sie die Zeit auf der Kirchturmuhr von hier aus noch lesen. Der alte Schmied stand immer noch mitten auf der Kreuzung und hob grüßend eine Hand in die Höhe. Als ob sie bei etwas ertappt worden wäre, wurden ihre Wangen heiß und sie wandte schnell den Blick ab. Zwei Frauen mittleren Alters verließen gemeinsam das Geschäft, lachend und laut redend.

»Oh, beinahe wären wir in Sie hineingelaufen«, bemerkte eine Frau, nachdem sie plötzlich Eileen vor sich sah. »Es ist zu kalt, um hier herumzustehen, Liebes. Gehen Sie mal lieber gleich hinein.«

Mit einem Mal verließ sie der Mut. »Ich … ich brauche nichts von hier«, stammelte sie und marschierte eilig an dem Laden vorbei, um in das Geschäft nebenan hineinzustürzen.

Feigling, schimpfte sie sich selbst, während sie kurz die Augen schloss, um ihre Atmung zu beruhigen. Was würden diese Damen wohl von ihr denken? Was sollten die Leute generell von ihr denken, wenn sie sich so anstellte? Sie war doch eigentlich stark genug, sonst wäre sie schließlich niemals so weit gekommen!

Vor ihr räusperte sich ein Mann. »Womit kann ich Ihnen dienen?«

Fassungslos starrte Eileen ihn einige Sekunden lang an und richtete anschließend ihren Blick auf die Vitrine, hinter der er stand. In der Auslage sah sie Brot und Kuchen und sogar eine Torte. Ohne es zu merken, hatte sie die Bäckerei betreten. Langsam atmete sie aus. Es hätte schlimmer kommen können.

»Sie sind früh dran, Miss.« Ein wenig Verärgerung schwang in seiner Stimme mit. »In ungefähr einer Stunde ist die Auswahl größer, aber ich …«

»Haben Sie Schokoladenplätzchen?«, fragte sie schnell. »Dann hätte ich gern zwölf davon.«

Die Dienstmädchen in Almsbrick Manor würden ihr sicher

dabei helfen, sie aufzuessen. Und sie selbst hatte mittlerweile auch Lust darauf.

»Ich packe sie in ein Tütchen.« Der Mann humpelte ein wenig, bemerkte sie, während er ein Papiertütchen nahm und die Plätzchen hineinfüllte. Sie schätzte ihn auf rund zehn Jahre älter als sie selbst, den grauen Schläfen nach zu urteilen. Doch wenn sie sich nicht irrte, erkannte sie auch Mehl auf seiner Kleidung und auf seinen Haaren, also war er vielleicht doch noch nicht so grau. Eigentlich machte er einen etwas gehetzten Eindruck, so als käme sie ungelegen. Nun, das war schließlich auch nicht das, was sie sich vorgenommen hatte. Und jetzt wollte sie sich nicht lumpen lassen. Schnell bezahlte sie die Plätzchen, nahm sich schon eins auf dem Weg nach draußen heraus, um sich etwas Mut zu machen, und steuerte fest entschlossen erneut den Gemischtwarenladen an. Dieses Mal würde sie sich durch ihre eigenen unvernünftigen Ängste und Zweifel nicht aufhalten lassen.

Die Ladenglocke bimmelte fröhlich, um ihre Ankunft anzukündigen. Zum Glück standen einige Kunden an der langen Ladentheke auf der linken Seite, sodass sich niemand für sie interessierte.

Eine Frau mit grauen Haaren und einem Kleid aus einfacher dunkelblauer Wolle führte das Wort. »Also ich sage: Wenn es wirklich wahr ist, dass Schnee kommen soll, dann will ich genügend Vorräte in meinem Haus haben. Wahrscheinlich geht es vielen so. Sie machen heute sicher das Geschäft Ihres Lebens, Moira.«

»Hier war heute Morgen schon ziemlich viel los, ja.«

Neugierig betrachtete Eileen die Frau mit der sanften Stimme hinter der Ladentheke. Moira Trench. War das die Frau, die schon seit Jahren für ihre Tochter sorgte? Sie wünschte, die Akte des Waisenhauses hätte mehr Details verraten und eindeutig gesagt, welcher Geschäftsmann das Mädchen bei sich aufgenommen hatte.

Mrs Trench hatte ein rundes und freundliches Gesicht, umrahmt von blondem Haar. Sie schien nicht besonders alt zu sein, wirkte aber schon ziemlich erschöpft und ihre Haut war bleich, was durch ihr schwarzes Kleid noch einmal besonders betont wurde. Selbstverständlich trug sie darüber eine weiße Ladenschürze, doch Eileen war erfahren genug, um den matten Stoff zu erkennen: Wie sie selbst trauerte Mrs Trench ebenfalls um einen geliebten Menschen. Deswegen musste Eileen kurz schlucken, obwohl sie nicht verstand, warum. Für Mitleid war kein Platz, sie sollte die Situation lieber zu ihren Gunsten nutzen.

Unauffällig bewegte sie sich etwas in Richtung der Auslagen auf der rechten Seite des Geschäftes. In der hintersten Ecke entdeckte sie die Kurzwaren, die der offizielle Grund ihres Kommens waren.

»Ich brauche auch noch Mehl, Moira«, fuhr die Frau unbeirrt fort. »Aber das kann ich nicht allein tragen. Sie haben doch noch den jungen Ralph im Dienst, oder?«

»Glücklicherweise schon. Ich schicke ihn heute Nachmittag vorbei.«

»Ach, und was hätte ich so gerne frische Eier gehabt! Sie nicht, Bauer Stubbs?«

Mit zusammengekniffenen Augen warf sie einem alten, dünnen Mann in einer schäbigen Jacke einen Blick zu, der mit einer Dose Kautabak in der Hand wartete.

Er zuckte mit den Schultern. »Sagen Sie das mal meinen Hühnern, Mrs Holmes. Sobald sie wieder legen, liefere ich Moira die Eier.« Dieses Versprechen unterstrich er mit einem leichten Tippen an seinen Schlapphut. Moira Trench zeigte ein kleines Lächeln. »Damit rechne ich fest, Stubbs.«

Mrs Holmes hatte nur Augen für die Dose in seinen Händen. »Ist das alles, was Sie kaufen, Stubbs? Eigentlich sollte jeder so vernünftig sein, sich einen Vorrat anzulegen, bevor der Schnee kommt.«

Eileen betrachtete ihre Tüte mit Plätzchen. Vorräte, ja. Sie trat einen Schritt zurück, um dem kritischen Blick der Frau zu entkommen.

»Selbst Rosie ist hier«, fuhr Mrs Holmes fort. »Haben Sie überhaupt die nötigen Mittel, um hier einzukaufen, Mädchen?«

Die zarte, junge Frau bekam einen hochroten Kopf, während sie ein kleines Kind auf ihren Armen zu beruhigen versuchte. Ihre Augen zeigten einen besorgten Ausdruck. »Tom hat einen Teil seines Soldes geschickt«, erklärte sie. »Aber das passiert ziemlich unregelmäßig.«

Eileen konnte nicht anders, als Mitleid mit ihr zu haben, obwohl das überhaupt nicht ihre Absicht war. Sie wusste schließlich, wie Soldaten waren und wofür dieser Tom höchstwahrscheinlich sein Geld lieber ausgab. Nur trug diese Frau ganz allein die Verantwortung für ihr Kind, während sie …

Viel Zeit hatte sie nicht, um über Johnny nachzudenken, der sein Versprechen gebrochen und sie im Stich gelassen hatte. Die Ladentür flog mit einem solchen Schwung auf, dass die Glocke hektisch bimmelte. Ein Kind mit einem dichten schwarzen Lockenschopf kam hereingerannt. Ein Mädchen von ungefähr sieben Jahren. Mit Johnnys Locken.

Eileen spürte, wie ihr Herz einen Schlag aussetzte. Sie musste ein Geräusch gemacht haben, denn das Kind drehte sich zu ihr um und blickte sie mit großen Augen an. Atemlos studierte Eileen die Gesichtszüge des Mädchens. Die Form der Nase, ihr Mund, die Augen … eigentlich bezeugten nur die dunklen, widerspenstigen Haare eindeutig ihre Herkunft. *Ist sie das wirklich?*

Die plötzliche Stille machte Eileen bewusst, dass die anderen Kunden sie beobachteten. Sie schnappte nach Luft und hielt entschuldigend ihre Tüte in die Höhe. »Ich habe mich verschluckt, fürchte ich.«

»Möchten Sie etwas Wasser?«, fragt Moira Trench freundlich.

»Nein … nein, vielen Dank. Ich wollte schauen, ob Sie Bänder haben.« Abrupt drehte sie sich zu dem Regal um, in dem Bänder in verschiedenen Farben sowie Spitze und Garn lagen. Sie brauchte ein Band, ein blaues Band. Ihre Finger zitterten, während sie das kleine Stückchen Stoff aus der Tasche ihres Mantels holte, um die Farbe abzugleichen. Es war ein seltener Farbton, den sie suchte, doch zu ihrer Erleichterung fand sie recht schnell eine Rolle in der passenden Farbe.

»Wie viele Meter sollen es denn sein, gute Frau?« Moira Trench holte eine Messlatte hervor.

»Alles. Ich ... nehme die ganze Rolle.« Ihr Atem war immer noch nicht gleichmäßig. Vorsichtig warf sie noch einmal einen Blick auf das Mädchen. Dieses Kind, dieses fremde Kind, ihr eigenes Fleisch und Blut ... Es schien so fremd und doch so nah. Das Kind sah Eileen an und es lag fast so etwas wie Bewunderung in seinem Blick. Spürte es etwa auch eine besondere Verbindung?

»Brauchen Sie wirklich so viel von dem Band?«, fragte das Mädchen völlig erstaunt.

Eileen bekam eine Gänsehaut, jetzt, wo sie direkt angesprochen wurde. »Ja, ich ... ich nähe für die Damen Almsworth.«

Mrs Trench räusperte sich. »Was habe ich dir neulich über das Ansprechen von Kundinnen gesagt?«

Augenblicklich senkte das Mädchen den Blick, seine prachtvollen Locken fielen nach vorn. »Es tut mir leid, Mama.«

Mama. Unerwartet füllten Eileens Augen sich mit Tränen. Niemals hätte sie erwartet, dieses Wort einmal aus dem Mund ihrer eigenen Tochter zu hören.

»Es tut mir leid, gnädige Frau«, ergänzte das Mädchen leise und beendete damit den Zauber. Der unpersönliche Titel galt Eileen.

Mit Mühe konnte Eileen ein Lächeln hervorbringen. Das Kind grinste zurück – ihm fehlte ein Schneidezahn – und rannte anschließend nach hinten, wo eine hölzerne Tür wahrscheinlich in den Wohnbereich der Familie Trench führte.

»Soll ich den Betrag bei Lady Almsworth auf die Rechnung setzen?«, erkundigte sich Mrs Trench freundlich. »Entschuldigen Sie bitte, wenn meine Tochter Sie belästigt hat.«

Meine Tochter. Ihre Tochter. »Das macht gar nichts.« Eileen schluckte schwerfällig. »Lady Almsworth hat mir in der Tat die Genehmigung erteilt, auf ihre Rechnung einzukaufen.«

»Kommen Sie von so einem schicken Laden in der Stadt?« Mrs Holmes hatte schon ungewöhnlich lange ihren Mund gehalten. »Kennen Sie sich aus mit der neusten Mode? Wie ich gehört habe, werden die Puffärmel immer größer.«

»In Frankreich kommen die Puffärmel langsam aus der Mode.« Eileen presste ihre Finger auf das Band. »Ich fürchte, ich muss jetzt gehen. Vielen Dank.«

Noch einmal warf sie einen Blick auf die Frau hinter der Ladentheke. In ihren Augen konnte sie Verständnis lesen, und jetzt, wo sie lächelte, schien sie jünger. Für einen kurzen Augenblick ließ Eileen ihren Blick auf ihr ruhen. Moira Trench schien ein freundlicher Mensch zu sein, das beruhigte sie. Und es gab bereits so etwas wie ein geheimes Einverständnis über die aufdringliche Kundin zwischen ihnen. Es sollte also nicht schwierig werden, zwischen ihnen beiden mehr Verbundenheit zu schaffen, um das kleine Mädchen näher kennenlernen zu können. Denn jetzt, wo sie es endlich selbst hatte sehen können, sehnte sich Eileen umso mehr danach, seine Mutter zu sein.

Abrupt verließ sie das Geschäft. Es war Zeit, einen Plan zu schmieden.

7. Kapitel

Vier Tage, nachdem Eileen dem Dorf zum ersten Mal einen Besuch abgestattet hatte, war eine weiße Decke über Almsbrick herniedergesunken. Dadurch ließ Eileen sich jedoch nicht davon abbringen, ihren täglich Spaziergang zu machen.

Sie lag gut in der Zeit und so kam es ihr gerade recht, dass Lady Almsworth sie gebeten hatte, für ein wichtiges Diner ein paar Kleidungsstücke auszubessern. Das hatte ihr den perfekten Vorwand verschafft, am Freitag erneut den Dorfladen zu besuchen und herauszufinden, wie ihr Töchterchen hieß.

Maggie ... das war kein Name, den sie selbst ihrem Kind gegeben hätte, aber er war auch nicht gerade schlecht. Auf dem Heimweg malte sie sich das lebensfrohe Mädchen vor Augen und fand, dass der Name eigentlich schon zu ihm passte.

Am Samstag dann hatte sie kurz vor Ladenschluss noch ein Schwätzchen mit Moira Trench angefangen, die nach einem geschäftigen Tag im Laden erschöpft ausgesehen hatte. Mittlerweile wusste Eileen, dass ihr Mann – jener »Herbert Trench« über der Ladentür – gestorben war. Eileen hatte ihr Beileid bezeugt und auf beiderseitiges Verständnis angespielt, weil sie alle beide um einen geliebten Menschen trauerten. Das Wichtigste war, dass sie das Vertrauen der Witwe gewann und damit auch das ihrer Tochter. Aus diesem Grund hatte Eileen sich am Sonntag neben sie in die Kirchenbank gesetzt, was Maggie und Moira gefreut hatte.

Während sie sich nun dem Dorf näherte, kristallisierte sich in ihrem Kopf eine Idee heraus, wie sie noch mehr Kontakt aufnehmen konnte. Auf dem Weg waren mittlerweile Karrenspuren und andere Unebenheiten im Schnee zu erkennen, die kahlen Bäume und Sträucher längs des Weges waren jedoch noch mit einer dichten Schneeschicht bedeckt, ebenso wie die Dächer des

Dorfes. Eileen ging an der Kirche vorbei, die stimmungsvoll und friedlich aussah.

Auf der anderen Straßenseite lachten und kreischten die Kinder auf dem ummauerten Schulhof, während sie einander mit Schneebällen bewarfen. Die ganz Kleinen bauten in Begleitung einer jungen Frau einen Schneemann.

Eileen tat ihr Bestes, um den Kopf mit den schwarzen Locken zu entdecken, die Kinder waren jedoch allesamt gut eingepackt wegen der Kälte. Also gut, Zeit für einen neuen Plan. Sie holte einmal tief Luft, straffte ihre Schultern und öffnete das eiserne Törchen.

»Passen Sie auf, gute Frau!«

Sie konnte gerade noch dem Schneeball ausweichen, der hinter ihr an der Mauer zerplatzte.

»Entschuldigung!«, rief einer der älteren Jungen.

Du lieber Himmel, warfen sie auch so fest nach den Mädchen? Gab es hier denn keinen Lehrer, der diese kleinen Taugenichtse beaufsichtigte?

Jemand räusperte sich und ein Mann riss sich aus einer Gruppe ausgelassener Kinder los. Die weißen Flecken auf seinem Mantel machten deutlich, dass er das Opfer mehrerer Treffer geworden war. Er schob seine schwarze Melone zurecht, als er vor Eileen stand, überlegte es sich dann noch einmal und nahm sie ganz von seinem Kopf. »Kann ich etwas für Sie tun, Mrs …?«

»Brady. Eigentlich Miss Brady.« Sie merkte, dass es ihr schwerfiel, ihm direkt in die Augen zu schauen, deshalb richtete sie ihren Blick auf seine Uhrenkette. Genau wie bei George. Sie war allerdings nicht gekommen, um den einen Schulmeister mit dem anderen zu vergleichen. Der Gedanke an George machte sie noch nervöser. Sie wusste, dass sie ihn verletzt hatte, indem sie ihn anfangs zu nah an sich herangelassen hatte. Aber er hatte ihr dennoch geholfen. Allerdings wollte sie ihren Fehler nicht wiederholen. Fest entschlossen hob sie ihren Kopf. »Ich arbeite als …«

»Als Schneiderin auf Almsbrick Manor«, ergänzte er und lächelte etwas verlegen. »Neuigkeiten verbreiten sich schnell, Miss, und ganz bestimmt in einem Dorf, in dem sich nur selten Fremde aufhalten.«

»Ich verstehe.«

Sein Grinsen wurde breiter und unterstrich seine sympathische Erscheinung. »Und erst recht, wenn man Mrs Holmes als Haushälterin angestellt hat.«

»Mrs Holmes?« Jetzt verstand Eileen alles und erkannte, dass Vorsicht angebracht war. »Nun, Master Timmons«, begann sie, wobei sie die Tatsache genoss, dass sie ebenfalls seinen Namen wusste, ohne dass er ihn hatte offenbaren müssen. »Sie wissen vielleicht viel, aber noch nicht alles. Ich wollte nämlich gar nicht sagen, dass ich Schneiderin bin, sondern dass ich Nähunterricht gebe … in einem Waisenhaus in Shrewsbury.«

»Aha.« Sein Mund blieb ein wenig offen.

»Und ich hatte gehofft, ein berufliches Gespräch mit Ihnen führen zu können.« Sie beobachtete ihn in dem Wissen, dass sie jetzt im Vorteil war.

»Selbstverständlich, Miss Brady.« Er klopfte sich hastig den Schnee von der Kleidung. »Darf ich Ihnen vorausgehen?«

Nach ein paar schnellen Instruktionen an die älteren Schüler, die ihm assistierten, führte er Eileen in das Schulgebäude über den Flur zum Klassenraum.

Eileens Augen schweiften über die hölzernen Bänke, auf denen jeweils eine Schiefertafel lag. Auf welcher würde Maggie wohl sitzen? Hatte sie einen Platz neben ihrer Freundin? Oder neben einer älteren Schülerin, die ihr helfen konnte? Auf einmal kamen ihr Zweifel, ob ihr Besuch in der Schule eine vernünftige Idee gewesen war.

Master Timmons ging zu dem Pult vor der Klasse und nahm geistesabwesend den Schwamm in die Hand. »Warum wollten Sie mich sprechen, Miss Brady?«

»Wegen der … der Waisenkinder natürlich.« Sie versuchte ihre selbstsichere Haltung wieder einzunehmen. »Obgleich Lady Almsworth mir anvertraut hat, dass sie gut mitkommen, nahm ich an, dass Sie mir einen detaillierteren Bericht geben können …« Sie schaute vielsagend aus dem Fenster zu den spielenden Kindern. »Einen Bericht über ihre Lernleistungen.«

Es bereitete ihr Vergnügen, dass er errötete. »Der Schnee macht die Kinder unruhig«, erklärte er. »Manchmal ist es das Beste, sich seine Niederlage einzugestehen. Nachdem der Pfarrer sie heute Morgen schon in der Bibel unterrichtet hat, konnten sie in meinem Unterricht kaum noch still sitzen.«

Eileen sperrte ihre Augen weit auf. Gab er jetzt tatsächlich zu, dass er mit den Kindern nicht fertigwurde? Würde George auch gelegentlich die Jungen aus seiner Klasse nach draußen schicken, weil sie zu unruhig wurden? Unvorstellbar. Sie hatte gelernt, dass Disziplin immer die Antwort war.

Neugierig warf sie einen Blick auf die Schultafel, die er eifrig abzuwischen begann. »Erkennet doch, dass der Herr seine Heiligen wunderbar führt; der Herr hört, wenn ich ihn anrufe.« (Psalm 4,4)

Eileen fragte sich, ob das der richtige Augenblick war, ein Stoßgebet zum Himmel zu schicken, gleichzeitig war sie aber auch von dem Bibelvers überrascht. Auf den Schiefertafeln sah sie, dass die Kinder ihn aufgeschrieben hatten.

Master Timmons lächelte. »Unser Pfarrer legt in der Regel mehr Nachdruck auf Gottes Gegenwart als auf gutes Benehmen«, sagte er, während er aus dem Fenster schaute. »In manchen Augenblicken wünschte ich mir, es wäre andersherum.«

Eileen spürte, wie ihre Wangen heiß wurden, und starrte ihn an. *Gutes Benehmen.* Er war also doch nicht so viel anders als George.

»*Das war ein Scherz,* Miss Brady.« Er lachte etwas zu übertrieben, so als sei er nervös. Reagierte er auch so, wenn der Schulinspektor seinen jährlichen Besuch machte? Dann war es ein Wunder, dass er immer noch vor der Klasse stand.

Sie zwang sich dazu, ebenfalls zu lächeln, und das schien ihn zu beruhigen. Jetzt kam es darauf an, Informationen aus ihm herauszubekommen. Für einen kurzen Augenblick wünschte sie sich, selbst auch mit Gottes Gegenwart rechnen zu können. Vielleicht später, wenn sie gezeigt hatte, wie sehr sie bereit war, ihre Fehler wiedergutzumachen ... Sie würde Gottes Hilfe bitter nötig haben, wenn es darum ging, einen Plan zu schmieden, wie sie für ihre Tochter sorgen könnte.

»Also gut, dann beginne ich mit Peter und Polly.« Master Timmons trommelte mit seinen Fingern auf die Tischplatte. »Sie wissen, dass die beiden in derselben Familie untergebracht worden sind? Peter hat trotz seines jungen Alters einen ausgeprägten Beschützerinstinkt seiner kleinen Schwester gegenüber entwickelt.«

»Verständlich.« Eileen nahm die Schreibmappe, die sie normalerweise für ihre Entwurfzeichnungen benutzte, und tat so, als interessiere es sie wirklich, dass Polly bereits das erste Lehrbuch durchgearbeitet und Peter einen Buchstabierwettkampf gewonnen hatte.

Während Master Timmons die anderen Kinder durchging, fiel ihr auf, dass er keinen Augenblick nachzudenken brauchte. Erst als er schwieg, bemerkte sie, dass sie ihn voller Bewunderung anschaute.

»Sie wissen alles«, seufzte sie. »Sogar ohne ihre Akten herauszusuchen.«

»Ich bin ein paar Monate, nachdem Lady Almsworth alles geregelt hat, hierhergekommen, aber sie hat mich über alles informiert. Sie kümmert sich besser um die Waisenkinder und ihre Unterbringung, als ich es je irgendwo gesehen habe. Außerdem ist es wunderbar zu beobachten, wie die Kinder Stück für Stück aufblühen, wenn sie in eine normale Familiensituation kommen.« Sein Gesicht strahlte jetzt. »Wissen Sie, wie faszinierend die Entwicklung von Kindern ist, Miss Brady?«

Sie schluckte. Auf jeden Fall wusste sie, welches Glück diese Kinder und auch ihre eigene kleine Tochter mit so einer engagierten Lehrkraft hatten.

»Aber das gilt nicht nur für die Waisenkinder«, schloss er in ernstem Ton. »Sie verdienen alle die gleiche Aufmerksamkeit.«

»Ich vermisse allerdings noch ein Mädchen in Ihrem Bericht.«
Ihr Herz klopfte. »Es muss jetzt beinahe acht sein, aber ich weiß nicht, welchen Namen seine Pflegeeltern ihm gegeben haben.«

Überrascht blinzelte er ein paar Male mit den Augen, bevor er langsam nickte. »Sie müssen Maggie Trench meinen. Ich habe allerdings gar nicht gewusst, dass das Waisenhaus bei ihrem Fall ebenfalls beteiligt war. Der Pfarrer kann Ihnen wahrscheinlich mehr darüber sagen.«

Sie wartete atemlos.

Master Timmons seufzte. »Es war natürlich eine traurige Situation, von der sich das Kind erst erholen musste. Zum Glück scheint es die leichtsinnige Natur seiner Mutter nicht geerbt zu haben.«

Eileen brach die Bleistiftspitze ab.

»Verzeihen Sie mir, dass ich das so rundheraus sage.« Er warf ihr einen reumütigen Blick zu.

Sie quittierte seine Entschuldigung mit einem steifen Nicken.

»Und dann war da natürlich die Tragödie mit ihrem Vater, das ist auch fast schon wieder ein Jahr her. Aber sie scheint sein Ableben gut verkraftet zu haben.«

Die Puzzleteile passten. Maggie war ihr Kind. Sie musste sich zusammenreißen, um ihre Freude vor dem Lehrer zu verbergen.

»Master!« Ihre Gedanken wurden durch den Klassenhelfer jäh unterbrochen, der mit wirren Haaren in den Klassenraum hineinstürzte. »Die Jungen packen Steine in ihre Schneebälle.«

Mit einem entschuldigenden Lächeln rannte Master Timmons zur Tür. »Ich fürchte, ich muss für Ordnung sorgen, Miss Brady, bevor es Verletzte gibt.«

»Selbstverständlich. Vielen Dank für Ihre Zeit.« Sie folgte ihm nach draußen. Während er mit großen Schritten auf die älteren Jungen zumarschierte, verließ Eileen in aller Stille durch das Törchen das Schulgelände. Auf der anderen Seite der Mauer blieb sie noch kurz stehen. Die Art und Weise, wie Master Timmons die Jungen zurechtwies, nötigte ihr Respekt ab. Obwohl er nichts von

Georges natürlichem Selbstbewusstsein hatte, schien er ein netter Kerl zu sein, der mit ganzem Herzen seine Arbeit verrichtete.

Dieser Umstand konnte ihr noch einmal nützlich werden. Sie wusste, dass sie ihn schon recht bald noch einmal würde sprechen müssen. Mit einem zufriedenen Lächeln versuchte Eileen noch einen letzten Blick auf ihre Tochter zu werfen, die sie nun in der Gruppe der Kinder entdeckt hatte. Sie würde sich darum kümmern, so schnell wie möglich mehr Informationen über sie zu bekommen. Schließlich hatte sie noch einen Haufen Fragen an Master Timmons, wenn sie morgen wieder in die Schule zurückkehren würde – um die Schreibmappe abzuholen, die sie zufälligerweise auf seinem Schreibtisch hatte liegen lassen.

Am darauffolgenden Tag kostete Eileen der Marsch zum Dorf noch mehr Mühen, weil in der Nacht erneut Schnee gefallen war. Der Gedanke von Mrs Holmes, sich Vorräte anzulegen, bevor der Weg gar nicht mehr begehbar war, schien nun sehr verständlich.

Heute Morgen hatte sich Eileen zwar früh auf den Weg gemacht, aber rund um die Geschäfte war schon sehr viel los. Sie bemerkte im Vorübergehen, dass der Küster den Pfad zur Kirche vom Schnee befreite, und weiter entlang der Straße durchs Dorf versuchten verschiedene Ladenbesitzer, den Bereich vor ihren Geschäften frei zu schaufeln, um noch etwas Kundschaft anzuziehen.

Eileen fing den Geruch von frisch gebackenem Brot auf, gab aber der Versuchung nicht nach, am Gemischtwarenladen vorbei zur Bäckerei zu gehen. Jeden Tag freute sie sich auf die Begegnung mit Maggie und hoffnungsvoll schob sie die Ladentür auf, bis die Glocke fröhlich bimmelte. Moira Trench stand schon in ihrer weißen Schürze hinter der Ladentheke und warf ihr einen überraschten Blick zu. »Sie sind aber ganz schön früh unterwegs!«

Eileen lächelte. »*Morgenstund' hat Gold im Mund*, wie man so schön sagt.«

Mit einem zweifelnden Blick lächelte Mrs Trench. »Wenn die Fenster zugefroren sind und ich morgens erst meine Waschschüssel von einer dünnen Eisschicht befreien muss, würde ich am liebsten unter der warmen Decke liegen bleiben.«

Eileen nickte verständnisvoll. Ihr war mittlerweile bekannt, dass die Ladenbesitzerin kein Mädchen im Dienst hatte, das morgens den Ofen anheizte. Es musste ziemlich schwer sein, neben dem Laden auch noch alle Hausarbeiten zu erledigen. »Ich habe momentan das Glück, auf Almsbrick Manor zu Gast zu sein«, stellte sie fest. »Obwohl ich natürlich ein arbeitender Gast bin.«

»Lady Almsworth sorgt gut für ihre Gäste«, bestätigte Mrs Trench. »Allerdings kann sie manchmal ganz schön fordernd sein.«

Der Laden lieferte Kolonialwaren an das Landhaus, das hatte Eileen einem Dienstmädchen aus der Nase gezogen. Das war eine beständige Einkommensquelle, die eine Witwe wie Mrs Trench gut gebrauchen konnte – wenn es ihr gelang, die Dame des Hauses zufriedenzustellen.

»Sie legt die Messlatte hoch«, gab Eileen zu. »Aber sie zeigt sich auch erkenntlich. Abgesehen davon ist Sir Alfred sehr freundlich. Er ermutigt mich jeden Tag, einen Spaziergang in der gesunden Winterluft zu machen.«

»Sir Alfred hat leicht reden«, brummte auf einmal eine Stimme von der anderen Seite des Geschäfts.

Du lieber Himmel, da war ja noch ein Kunde! Eileen erschrak sich zu Tode. Es schien der alte Landwirt zu sein, den sie bei ihrem ersten Besuch ebenfalls gesehen hatte. Er sah noch genauso schäbig aus wie seinerzeit und hielt wiederum eine Dose Kautabak in der Hand. »Wenn Sie mich fragen, kommt der Winter dieses Jahr zu früh«, sagte er. »Viel zu früh.«

»Läuft es denn nicht gut auf der Oak Hill Farm, Stubbs?« In der Stimme von Mrs Trench schwang eine aufrechte Sorge mit. Auch Eileen fand, dass der Mann nicht gerade wohlhabend aussah.

»Oak Hill Farm kommt schon mit einer Ladung Schnee klar,

Moira.« Er legte den Kautabak auf die Ladentheke und entblöß-te beim Lächeln seine braunen Zähne. »Den Schafen wird schon nicht kalt werden in ihrer dichten Wolle, wenn es nur nicht zu kräftig weht. Aber ich muss so viel beifüttern. Wer weiß, wie lange der Winter noch dauert. Ehe ich mich versehe, bin ich mit meinem Heu und den Futterbohnen durch, bevor sie wieder frisches Gras fressen können.«

»Vielleicht kommt der Frühling auch früher«, versuchte es Mrs Trench, besonders hoffnungsvoll klang sie allerdings nicht.

»Ich bin für die Schule fertig, Mama!«

Eileen hielt die Luft an, als Maggie in das Geschäft hereinkam. *Ihr Töchterchen.*

Das Mädchen schien sich auf einmal an seine Manieren zu erinnern. »Guten Morgen, Bauer Stubbs. Guten Morgen, Miss Brady.« Es lächelte breit, sodass Eileens Herz einen Schlag aussetzte. »Sind Sie schon weit gekommen mit den Kleidern für die Damen in dem großen Haus?«

»Es geht gut voran, aber die Verzierungen machen die meiste Arbeit.« Eileen griff in ihre Manteltasche. »Ich habe mir gedacht, du würdest gerne sehen, was ich mit dem blauen Band gemacht habe.«

Maggie nickte so heftig, dass ihr die Locken um die Ohren tanzten. Sie könnte selbst ein Haarband gebrauchen.

»Ich mache Röschen daraus. Schau mal.«

Genau wie sie es erwartet hatte, reagierte Maggie überrascht, als sie zwei kleine blaue Röschen auf die Ladentheke legte.

Auch Mrs Trench bewunderte sie erstaunt, während Bauer Stubbs sich verzog.

»Ist das schwer?« Voller Sehnsucht schaute Maggie zu ihr auf.

»Es ist ganz einfach. Wenn deine Mama nichts dagegen hat, kann ich es dir nach der Schule beibringen.« Dieser Satz kam ihr nicht leicht über die Lippen, sie ahnte allerdings, wie wichtig es war, dass sie sich Moira Trench zur Freundin machte. Es gelang ihr ziemlich gut, das Vertrauen der Witwe zu gewinnen.

Auch jetzt erschien ein Lächeln auf ihrem Gesicht. »Findest du das nicht nett von Miss Brady? Frage sie einmal, ob sie Lust hat, am späten Nachmittag auf ein Tässchen Tee vorbeizukommen. Oder werden Sie dann in Almsbrick Manor erwartet?«

»Nein, gar nicht.« Eileen versuchte leichtherzig zu klingen, während ihr Herzschlag in Wirklichkeit außer Kontrolle geriet. »Nur während der Mahlzeiten, ansonsten teile ich mir meine Zeit selbst ein.« Zum Glück.

»Nun, falls Sie sich dann erneut in den Schnee hinauswagen wollen …«

»Aber sicher.« Auf jeden Fall.

Dennoch betrachtete Mrs Trench sie weiterhin erwartungsvoll.

Sie fing an zu schwitzen. »Oh ja … Weswegen ich eigentlich gekommen bin …« Sie räusperte sich. »Für ein anderes Kleid bin ich auf der Suche nach feiner weißer Spitze.«

Mrs Trench runzelte die Stirn. »Davon habe ich leider nicht viel, außer dem Rest, den Sie dort liegen sehen.«

»Mehr brauche ich auch gar nicht«, log Eileen.

»Die neuen Waren werden wegen des Schnees nicht so bald eintreffen, fürchte ich.«

Eileen lächelte. Lief das nicht hervorragend? »Dann komme ich einfach jeden Tag wieder vorbei und frage nach. Die Spitze geht übrigens auf meine Rechnung, Mrs Trench.«

Wenn sie jeden Tag um die Teezeit herum vorbeischaute, würde sie recht schnell eine Verbindung mit Maggie aufbauen. Dank ihrer Arbeit mit den Waisenkindern hatte sie für jedes Mal etwas Schönes zum Mitnehmen oder um es dem Mädchen beizubringen.

Sie nahm die Röschen und beugte sich zu Maggie hinunter. »Wenn sie dir gefallen, darfst du diese beiden gerne haben.«

»Wirklich?« Froh schaute Maggie sie an.

Dabei ging es hier doch nur um zwei kleine Röschen! Eileen dachte an den Koffer voller Puppen, der in dem kleinen Dachbodenzimmer stand. Eines Tages würde Maggie sie alle bekommen und damit spielen. Eileen würde ihr die Geschichten erzählen, die sich hinter jedem der kleinen Kleidchen verbargen. Es ging um Alltagskleider für Damen aus dem bürgerlichen Stand, ein Ballkleid für eine adelige Lady, es war sogar ein kleines Reitkostüm dabei. Sie würden alle Maggie gehören. *Dieser Tag ist nahe, Mädchen, dieser Tag ist nahe.* Und dabei dachte sie noch nicht einmal an das Familienerbstück, die Brosche mit den grünen Steinchen, die auch für ihre Tochter bestimmt war.

Die Ladenglocke bimmelte, bevor Maggie die Möglichkeit hatte, die Röschen von Eileen in Empfang zu nehmen.

»Guten Morgen, Mrs Trench«, sagte ein blondes Mädchen. »Maggie, bist du fertig? Können wir in die Schule gehen? Oh … und Ihnen auch einen guten Morgen, gnädige Frau.«

»Schau doch mal, was Miss Brady gemacht hat, Beth.« Maggies Augen glühten vor Begeisterung. »Und ich bekomme sie von ihr geschenkt.«

Hinter der Ladentheke räusperte sich Moira Trench, offensichtlich fest entschlossen, dem Mädchen ein gutes Benehmen beizubringen. Eileen unterdrückte ein Seufzen.

Maggie sah kurz zur Seite. »Aber weil du meine Freundin bist, gebe ich dir eines. Finden Sie das in Ordnung, Miss Brady?«

»Das ist sehr nett von dir«, antwortete Eileen, weil sie wusste, dass es sich so gehörte. Allerdings hätte sie Maggie von Herzen alle beiden Röschen gegönnt.

Hinter Beth erschien ein großer Mann, der ein wenig humpelte. Eileen erkannte ihn. Er war aus der Bäckerei nebenan.

»Kann Beth nach der Schule kurz hierbleiben, Moira?« Er hörte sich jetzt schon erschöpft an. »Ich habe Angst, dass ich wegen des Schnees nicht rechtzeitig von meiner Runde zurück bin.«

»Kein Problem, wirklich.« Mrs Trench lächelte auf eine Weise, die nach Eileens Ansicht Verständnis ausstrahlte. »Die Mädchen vertragen sich gut miteinander.«

Erst in diesem Augenblick bemerkte der Bäcker Eileen und tippte sich grüßend an den Hut. »Heute Nachmittag gibt es wieder frische Schokoladenplätzchen, Miss, falls Sie Ihre schon gegessen haben.«

Sie musste lachen. »Die Plätzchen waren herrlich, Mr …?«

»Swift. Joseph Swift.«

»Ich habe sie mit den Dienstmädchen in Almsbrick Manor geteilt, dort übernachte ich.«

»Almsbrick Manor?« Er nickte bedächtig und sein Gesicht verzog sich zu einem Grinsen. »Ich könnte wetten, dass sie da nicht so etwas Leckeres gegessen haben, seit Moira weggegangen ist.«

»Ach, hör doch auf!«, entgegnete Moira verlegen.

Eileen zog ihre Augenbrauen zusammen. *Hatte Moira Trench in Almsbrick Manor gearbeitet?*

Die Frau seufzte. »Bevor ich Herbert geheiratet habe, war ich dort Hilfsköchin.«

Es folgte ein betretenes Schweigen. Eileen wurde sich der schwarzen Kleidung der Ladenbesitzerin noch einmal besonders bewusst. Sie konnte noch keine vierzig sein und war trotzdem schon Witwe. Doch dadurch sollte sie sich nicht beirren lassen. Maggie gehörte zu ihr, Eileen, also war es nur richtig, wenn sie schließlich selbst die Sorge für das Mädchen übernehmen würde.

Bäcker Swift blickte etwas reumütig drein und Moira durchbrach die verlegene Stille. »Zeit zu gehen, Mädels. Habt ihr alles dabei?«

»Ich muss ebenfalls gehen«, verkündete Eileen schnell. »Gestern habe ich etwas in der Schule vergessen und das sollte ich lieber noch vor dem Unterrichtsbeginn holen gehen.«

Ohne Bäcker Swift und Mrs Trench noch einmal anzuschauen, folgte sie den Kindern nach draußen.

»Mama ist traurig, weil Papa gestorben ist«, stellte Maggie fest. Sie klang ebenfalls traurig und Eileen hatte Mitleid mit ihr.

Schließlich erinnerte sie sich noch gut daran, wie allein sie sich gefühlt hatte, nachdem Nessa mit Seamus Hals über Kopf in die Stadt gezogen war, ohne ein Wort des Abschieds. Sie war so einsam gewesen, dass sie Johnnys Aufmerksamkeit genossen hatte.

Beth zuckte mit den Schultern. »Sie vermisst deinen Papa. Das ist normal«, erklärte sie mit einer Weisheit, die für ihr Alter ungewöhnlich schien. Durch ihre Arbeit im Waisenhaus wusste Eileen allerdings, dass Kinder manchmal schon sehr jung erwachsen wurden.

»Meine Mutter lebt nicht mehr«, erläuterte Beth. »Ich vermisse sie auch manchmal noch.«

»Nun, ich habe erst dann eine richtige Mutter bekommen, als ich bei Papa und Mama eingezogen bin«, erwiderte Maggie offenherzig, während sie Schnee in die Luft warf.

Eileen durchfuhr ein Schock. So betrachtete das Kind die Sache also?

»Aber damals war ich noch klein, deswegen habe ich mich zuerst nicht so allein gefühlt. Und dann habe ich schon Mama und Papa kennengelernt.«

»Und du kennst mich«, ergänzte Beth mit einem Grinsen.

Und mich, wollte Eileen am liebsten schreien. *Du brauchst Moira nicht mehr, jetzt, wo ich für dich da bin!* Aber es war zu früh, um ihr das mitzuteilen.

»Sind Sie auch traurig, Miss Brady?«, wollte Maggie wissen. »Mama sagt immer, dass ich zu viel rede, aber Sie sind auch ganz schön still.«

Eileens erster Impuls bestand darin, das zu leugnen, doch das konnte sie nicht. »Ich vermisse meine Familie«, antwortete sie, und das war noch nicht einmal gelogen. Sie vermisste vor allem das Band zu einem gewissen kleinen Mädchen, das jetzt neben ihr lief.

»Was machen Sie denn dagegen?«, fragte Beth.

Ich nähe Puppen, ich kaufe Schokoladenplätzchen, ich habe meine Tochter schließlich gesucht und gefunden. Eileen schluckte. »Ich versuche, an schöne Dinge zu denken.«

»Das mache ich auch«, nickte Maggie feierlich.

»Ich auch«, wiederholte Beth. Und weg waren die Mädchen, bei den anderen Kindern auf dem Schulhof.

Mit einem Gefühl der Leere schaute Eileen ihnen hinterher und ging anschließend ins Gebäude hinein, um erneut mit Master Timmons zu sprechen.

Er blickte von seinem Pult auf und erhob sich höflich, als sie in den Klassenraum trat. »Miss Brady! Sie wagen sich erneut unter diese Wilden hier?«

Sie konnte ein kleines Lächeln nicht verbergen. »Ich vertraue Ihren Fertigkeiten, sie im Zaum zu halten. Außerdem habe ich hier gestern etwas liegen gelassen.«

Er hielt betreten die Mappe in die Höhe. »Ich hatte eigentlich vor, sie heute Nachmittag in Almsbrick Manor abzugeben, damit Sie nicht noch einmal durch den Schnee laufen müssen.«

»Das ist nett von Ihnen, aber ich habe den kleinen Spaziergang sehr genossen.« *Und das Gespräch mit meinem Kind.* »Könnten Sie ... mir noch etwas mehr über Maggie erzählen?«

»Selbstverständlich. Sie können den anderen Mitarbeitern im Waisenhaus versichern, dass aus ihr ein entzückendes Mädchen geworden ist.«

Aber das war es nicht, was Eileen wissen wollte. Den ganzen gestrigen Tag über und die Nacht hindurch hatten sie seine Worte beschäftigt. Eine traurige Situation ... sie musste sich erholen ... Das verursachte ihr Schuldgefühle und die wiederum machten sie umso entschlossener, das Band mit ihrem Kind erneut zu knüpfen. Sie konnte allerdings nur hoffen, dass Gott ihr beistehen würde. Dass er ihr vergeben hatte. Maggie gehörte zu ihr.

»Wie ist ihre Entwicklung?«, fragte sie leise.

»Sehr gut.« Master Timmons klang erfreut. »Sie ist ein schlaues Kind. Im vergangenen Herbst hat sie das zweite Lehrbuch angefangen und nimmt den Lernstoff gut auf.«

»Tatsächlich?« Ihr Herz schwoll vor Stolz an.

»Ich hatte das anfangs nicht erwartet.« Er lächelte. »Mit Moira Trench hat das Mädchen aber auch die beste Mutter bekommen, die man sich nur wünschen kann.«

8. Kapitel

»Also wirklich – dieses Mal haben Sie sich tatsächlich selbst übertroffen, Miss Brady!«

Mit gemischten Gefühlen betrachtete Eileen die drei Damen, die sich selbst in den Spiegeln des Arbeitsraumes bewunderten. Ja, die Kleider von Lady Almsworth und ihrer beiden Töchter waren wunderschön geworden, doch das bedeutete auch, dass ihre Aufgabe hier zu Ende war.

Durch all die Extra-Anpassungen, die ihr von Lady Almsworth zwischendurch immer wieder aufgetragen worden waren, hatte Eileen insgesamt zwei Wochen an den Kleidern gearbeitet. Zwei Wochen! Normalerweise war das länger, als es ihr Ehrgefühl zuließ. Doch es war viel zu kurz, um Maggie kennenzulernen und eine Verbindung zu ihr aufzubauen, die stark genug war, um ein gemeinsames Leben zu beginnen. Selbst das Tässchen Tee, das sie mittlerweile täglich mit Moira und Maggie trank, konnte das nicht beschleunigen. Sie unterdrückte ein Seufzen.

»Rosa ist meine neue Lieblingsfarbe«, verkündigte Miss Alice, während sie vor dem Spiegel eine Pirouette drehte.

Zum Glück war Miss Annabel zu sehr damit beschäftigt, ihr eigenes Kleid zu bewundern, sonst hätte sie sicher eine hässliche Bemerkung darüber gemacht. Eileen war mit dem Schnitt und der Kombination von Hell- und Dunkelblau zufrieden, durch die das Mädchen eine sehr attraktive Figur bekam. Trotzdem hielt sie das rosa Kleid für das größere Kunstwerk, obwohl Miss Alice ihren Einsatz eigentlich nicht verdient hatte.

Über dem rosafarbenen Rock hatte sie einen Überrock aus feiner weißer Gaze angebracht, dessen Akzente in den Ärmeln aufgenommen wurden. Die weiße Spitze, die sie bei Moira Trench gekauft hatte, ließ das Mieder trotz der aufdringlichen Farbe stilvoll wirken.

Mit dem Kleid, das Eileen für Lady Almsworth angefertigt hatte, war sie am wenigsten zufrieden. Obwohl sie froh war, dass sie ihren ursprünglichen Entwurf ohne Bänder und Rüschen hatte umsetzen können – und die Dame ihre uneingeschränkte Zustimmung dazu gegeben hatte –, nagte weiterhin das Gefühl an ihr, dass ihre Kreation nicht genauso ausgefallen war, wie sie es vor Augen gehabt hatte. Der Stoff fiel nicht so schön und die Puffärmel waren nicht so schmeichelhaft für die Figur der Dame, wie Eileen es eigentlich beabsichtigt hatte. Natürlich, das Kleid war gut, aber Eileen hatte eigentlich eine bessere Leistung abliefern wollen.

»Sie sehen ein wenig betrübt aus, Miss Brady.« Lady Almsworth lächelte. »Gehe ich recht in der Annahme, dass Sie es schade finden, uns zu verlassen?«

»Sie haben in den vergangenen Wochen außerordentlich gut für mich gesorgt, Mylady.« Das war auf jeden Fall wahr und sie würde um keinen Preis zugeben, dass das Kleid, das ihre Auftraggeberin so ausgiebig bewundert hatte, ihr selbst nur mäßig gefiel. Perfektion war so schwer zu erreichen.

»Sie haben Glück, dass das Wetter wieder etwas besser geworden ist«, sagte Lady Almsworth. »Die Wege sind mit Sicherheit wieder passierbar, das sagt jedenfalls mein Gatte.«

Als hätten sie sich abgesprochen, ertönte ein bescheidenes Klopfen an der Tür und Sir Alfred kam herein. Nachdem er seinen weiblichen Familienmitgliedern die Komplimente gemacht hatte, die sie erwarteten, wandte er sich Eileen zu. »Mein Rentmeister fährt ins Dorf Almsworth, Miss Brady, und er kann Ihnen morgen früh einen Abfahrtsplan aushändigen. Wegen des Schnees fahren weniger Züge, aber glücklicherweise wurde der Zugverkehr nicht komplett eingestellt.«

»Sie können hier natürlich noch eine Nacht bleiben«, erklärte Lady Almsworth bestimmt. »Es gibt noch ein paar Änderungen, bei denen ich gern Ihre professionelle Meinung hinzuziehen würde.«

Miss Alice lachte spöttisch. »Sie hören es sicher heraus, Miss Brady – Mama lässt Sie nicht vor Weihnachten gehen.«

»Wir fahren selbst zu unseren Nachbarn, den Hoxbys«, korrigierte ihre Mutter sie. »Ich hoffe, dass wir nicht noch mehr Schnee bekommen und deswegen absagen müssen.«

Eileen hatte schon mitbekommen, dass die Familie Almsworth über die Feiertage verreisen wollte, doch sie selbst hatte das nicht vor. Sie räusperte sich. »Vielen Dank für Ihre Bemühungen, Sir Alfred, ich hatte allerdings gehofft, noch ein wenig Zeit in Almsbrick verbringen zu können.«

Drei ungläubige Gesichter schauten sie an, nur Sir Alfred lächelte. »Einmal aus der Stadt herauszukommen, tut einem Menschen gut, finden Sie nicht auch?«

»In der Tat, Sir. In der Stadt …« Sie atmete tief ein. »In der Stadt habe ich meine Schwester verloren. Mein Aufenthalt hier gibt mir die Möglichkeit, zur Ruhe zu kommen und ihr Ableben zu verarbeiten.«

Jetzt sahen sie alle mitleidig an und Eileen ärgerte sich, dass ihr nichts Besseres eingefallen war. Das passte überhaupt nicht zu ihr – etwas verarbeiten zu müssen. Sie war es gewohnt, einfach weiterzumachen. *Nicht den Kopf hängen lassen, sondern anpacken*, das war ihre Devise.

»Wie wollen Sie das denn bewerkstelligen?«, wollte Miss Annabel wissen.

Auch das hatte sie sich schon größtenteils überlegt. »Ich werde im Dorf Näharbeiten übernehmen. Dort gibt es keine Konkurrenz, wie ich gesehen habe, also kann ich sicher genug damit verdienen, um ein kleines Zimmer zu mieten.«

Selbst wenn Lady Almsworth noch mehr Änderungsarbeiten für sie haben sollte, konnte sie unmöglich weiter im Landhaus bleiben. Wenn es sein musste, könnte sie einfach in ihrem gemieteten Zimmer nähen, falls sie einen passablen Tisch hätte, auf den sie ihre Nähmaschine stellen konnte. Je länger sie darüber nachdachte, desto mehr war sie davon überzeugt, dass dies der nächste Schritt für sie war.

»Sie können sich jederzeit auf uns berufen«, versicherte ihr Lady Almsworth. »Sir Alfred ist der Magistrat in dieser Region, müssen Sie wissen.«

»Vielen Dank.« Sie hatte nicht die geringste Ahnung, wofür sie einen Magistrat gebrauchen könnte, es sei denn, sie wollte offiziell anzeigen, dass Maggie zu ihr gehörte. Und wie sollte sie das tun, ohne die Wahrheit zu offenbaren und damit ihren eigenen guten Namen zu beschädigen? Nein, sie musste sich Zeit lassen, sodass das Mädchen mit der Zeit bemerkte, dass ein Band zwischen ihnen existierte, das niemand zerreißen konnte. Dann würde es sich, ohne zu zögern, Eileens Fürsorge anvertrauen und sie begleiten.

»Wenn das Damenkränzchen wieder zusammentritt, werde ich Ihre Arbeit lobend erwähnen«, versprach Lady Almsworth mit einem Blick in den Spiegel. »Sie haben wahre Kunstwerke geschaffen.«

»Vielen Dank«, erwiderte Eileen noch einmal. Eine bessere Antwort war ihr nicht eingefallen. Sie hatte ein großzügiges Trinkgeld erhalten und jetzt musste sie es gut investieren. »Sie haben seinerzeit angeboten, mir die Reisekosten zu erstatten, aber vielleicht könnten Sie mir stattdessen helfen, einen Ort zu finden, an dem ich bleiben kann.«

»Sie denken doch nicht etwa, dass wir Sie einfach auf die Straße setzen würden, Miss Brady?«, rief Sir Alfred aus. »Ich werde unverzüglich das Entsprechende mit Trench regeln.«

Ihr Atem stockte. »Mit … Trench?« Meinte er etwa Moira Trench?

»Leonard Trench ist der Eigentümer der örtlichen Herberge«, erläuterte Sir Alfred. »Sie hat einen guten Ruf, kann ich Ihnen versichern. Das ist vielleicht nicht ideal und wir würden Ihnen auch anbieten, Ihren Aufenthalt hier bei uns zu verlängern …«

Seine Gattin sah nicht gerade begeistert aus.

»… doch die Herberge ist dichter am Ortskern und das erscheint mir angesichts Ihrer Pläne günstiger.«

»Da haben Sie recht, Sir.« *Dichter an Maggie.*

Sir Alfred lachte vergnügt und klatschte in die Hände. »Dann ist das geregelt, Miss Brady. Unser Kutscher wird Ihre Sachen befördern.«

Und so stand Eileen einige Stunden später auf dem Innenhof der etwas verfallenen Postkutschenstation. Sie war sehr erleichtert, dass sie nicht den ganzen Weg mit ihrer Handnähmaschine durch den Schnee hatte stapfen müssen.

Dank der Vermittlung von Sir Alfred hatte sie für einen vernünftigen Preis ein kleines Zimmer mieten können. Allerdings vermutete sie insgeheim, dass sehr wohl bessere Zimmer zur Verfügung gestanden hätten. Während des Mittagessens im Speisesaal hatte sie mit Sicherheit zu wenige Gäste gesehen, um zu glauben, dass die Herberge vollkommen ausgebucht war. Doch sie sollte lieber nicht gleich zu viel Geld ausgeben. Außerdem hoffte sie, dass ihr Aufenthalt hier zeitlich begrenzt war. Sie musste sich so schnell wie möglich einen guten Plan ausdenken.

»Wenn das mal nicht unser neuester Gast ist!« Ein kräftiger Mann – eher breit als groß – mit einem Walrossschnurbart marschierte auf sie zu. Er war wie ein Herr gekleidet mit einer guten Hose, einer bordeauxroten Weste und einer dunklen Jacke.

Sie achtete darauf, ob sie irgendwelche Ähnlichkeiten mit Moira Trench feststellen könnte, doch dann fiel ihr ein, dass die Gemischtwarenhändlerin ja nur die angeheiratete Verwandtschaft des Herbergsbesitzers sein konnte. Sie hatte nie über ihn gesprochen.

»Ihr Ruhm ist Ihnen vorausgeeilt, Miss Brady. Über Ihre Fertigkeiten mit Nadel und Faden wird viel Aufhebens gemacht.«

»Das freut mich.«

Er streckte ihr die Hand entgegen. »Ich bin Leonard Trench. Seit zwei Jahren der Eigentümer dieses bescheidenen Bauwerks.«

Sein humorvolles und etwas unkonventionelles Auftreten ihr gegenüber stand in Kontrast zu dem Ernst, der ihren Umgang mit George Rivers und Master Timmons kennzeichnete. Mr Trench war eine ganz andere Sorte von Mann. Er war auch etwas älter als die beiden Lehrer. Während er sich galant über ihre Hand neigte, bemerkte sie, dass seine dunklen Haare vor Pomade glänzten, doch seine Schläfen waren bereits ergraut, sodass sie ihn auf Mitte vierzig schätzte.

Trench machte eine weit ausholende Armbewegung. »Gefällt Ihnen die Herberge so weit, Miss Brady? Sie haben sicher schon gesehen, dass ich mit groß angelegten Renovierungsarbeiten beschäftigt bin, die leider mehr Zeit in Anspruch nehmen als erwartet.«

»Mein Zimmer ist gut und das Essen schmeckte ausgezeichnet.«

»Sehr schön. Und das wird nach dem Umbau nur noch besser werden.«

Sie verstand nicht, inwiefern ein neuer Anstrich die Qualität des Essens verbessern sollte. Vielleicht hatte er vor, eine moderne Küche einzubauen? »Sie hören sich an, als hätten Sie große Pläne, Mr Trench.«

Er lachte herzlich. »Sicher! Eine Herberge passt nicht mehr in die Zeit, finden Sie nicht auch? Damit kann man heute kaum noch über die Runden kommen.«

Eileen wartete. Auf dem Schild über dem Eingang hatte sie auch »Fuhrunternehmen« und »Fahrdienste« gelesen, also vermutete sie, dass er damit genügend Einkünfte erzielte. Die Anzahl der Gäste reichte mit Sicherheit nicht aus.

»Ich habe vor, die Herberge zu einem Hotel umzubauen. Nichts soll mehr an die vergangene Ära der Postkutsche erinnern.«

Er warf einen Blick auf das große Tor, durch das einst mehrmals am Tag eine Kutsche hindurchgefahren war. »Die Eisenbahn hat alles verändert. Es ist schade, dass *das andere Dorf*, wie wir Almsworth hier nennen, als Standort für den Bahnhof ausgewählt worden ist. Dort gibt es nicht einmal eine Schule und auch kaum Geschäfte.«

Allerdings möglicherweise Kunden, überlegte Eileen, sie sagte jedoch nichts. Sie dachte, dass Mr Trench sehr viele Ersparnisse haben musste, wenn er solche Ambitionen umsetzen wollte. Das eröffnete ihr vielleicht neue Möglichkeiten.

»Wie dem auch sei, es gibt viel Nachfrage nach richtigen Hotels. Modernen Hotels mit luxuriöser Ausstattung anstatt kräftigen, schnell zubereiteten Mahlzeiten.«

»Sie möchten Ihren Kunden Service bieten«, konstatierte sie. Diese Vorstellung war ihr sehr vertraut.

»Miss Brady, Sie verstehen es!« Er legte seine Hand leicht an ihren Rücken und geleitete sie zu einem Seitenausgang, von wo aus sie den Bach und die hügelige Landschaft von Shropshire überblicken konnte, die nun vor allem weiß war. »Gäste sind heutzutage nicht mehr nur auf der Durchreise. Gegenwärtig wollen die Menschen den Charme und die Ruhe des Landes erleben, aber gleichzeitig alle Bequemlichkeiten genießen. Sie können sich das sicher vorstellen.«

Oh ja, das konnte sie! Ihr begeistertes Lächeln wurde nur noch breiter. »Mr Trench, ich glaube, wir können einander nützlich sein.«

In aufgeregter Stimmung überquerte Eileen an diesem Nachmittag die steinerne Brücke, die den zugefrorenen Bach überspannte, und passierte einzelne Häuschen, in denen hoffentlich neue Kundinnen von ihr wohnten. Ältere Damen, die ein paar Näharbeiten in Auftrag gaben, Mittelklassefamilien, die über genügend Mittel verfügten, um ihre Dienste für ein neues Sonntagskleid in Anspruch zu nehmen …

Ihren ersten Auftrag – obwohl inhaltlich ein bisschen vage – hatte sie bereits in der Tasche. Und weil sie Leonard Trench dazu gebracht hatte, dass er sie dafür bezahlte, für seine Aufträge bereitzustehen, hatte sie sich selbst damit ein festes, wenn auch kleines Einkommen gesichert.

Sie lächelte. Trench war ein harter Verhandler, aber darin stand sie ihm in nichts nach. Sie hatte genau das bekommen, was sie gewollt hatte: ein kleines bisschen Sicherheit. Und er konnte bei seinen weiblichen Gästen mit dem Service werben, dass sie während ihres Aufenthaltes Änderungen an ihrer Kleidung durchführen lassen konnten. Eine vortreffliche Regelung.

Sie würde Madame Carroll über ihre Entscheidung informieren, in Almsbrick zu bleiben. Die Geschichte, die die Familie Almsworth bereitwillig geschluckt hatte, konnte sie ohne Probleme erneut auftischen: Sie fand es schwierig, den Tod von Nessa und dem kleinen Seamus in jener Stadt zu verarbeiten, in der sie fortwährend an ihre Schwester erinnert wurde. Dass das den Eindruck erwecken konnte, sie sei überempfindlich, nahm sie billigend in Kauf, selbst wenn Madame Carroll sie deswegen entlassen würde. Es war ihr schließlich auch schon früher gelungen, sich eine neue Existenz aufzubauen. Das würde sie wieder tun und mit Gottes Hilfe sogar noch einmal, wenn sie gemeinsam mit Maggie Almsbrick verließ. Wenn sie endlich, so wie sich das gehörte, als Mutter und Tochter zusammenleben würden. Jetzt kam es darauf an, dass Maggie lernte, ihr zu vertrauen.

Immer noch beglückt über ihre neuen Möglichkeiten, bog sie bei der Schmiede nach rechts in die Hauptstraße ab, jedoch nicht ohne einen Blick auf den Schulhof auf der anderen Straßenseite zu werfen. Dort war niemand zu sehen, die Kinder waren im Klassenraum am Lernen. Sie lächelte bei dem Gedanken an die Aufmerksamkeit, die Master Timmons jedem Kind schenkte. Sie würde allerdings achtgeben, damit sie ihn nicht zufällig auf falsche Gedanken brächte, wie das bei George Rivers der Fall gewesen war.

Die Türglocke des Gemischtwarenladens ließ ihr vertrautes Gebimmel vernehmen, als Eileen eintrat. Mrs Trench kam aus der kleinen Küche hinter dem Geschäft und ein Lächeln erschien auf ihrem Gesicht. »Miss Brady! Endlich habe ich einmal gute Nachrichten für Sie: Ihre Bestellungen sind eingetroffen.«

»Großartig!« Eileen gab ihr Bestes, um entzückt zu klingen, denn sie hatte jeden Tag danach gefragt. Wichtiger war es jedoch, dass sie jeden Tag ein Tässchen Tee mit der Witwe getrunken hatte. Sie hatte ihr über ihre Arbeit für die Damen in der Stadt erzählt. Ein Gemischtwarenladen war ebenso mit schwierigen Kunden vertraut und dieses gemeinsame Leid schuf eine Verbindung. Ganz abgesehen davon hing Maggie ihr nach der Schule an den Lippen.

»Kommen Sie, schauen Sie es sich an«, forderte Mrs Trench sie auf.

Es dauerte nicht mehr lange, bis Maggie aus der Schule kommen würde, und deswegen weigerte sich Eileen nicht. »Ich habe beschlossen, vorläufig in Almsbrick zu bleiben, Mrs Trench. Ich werde mir also einen Grundvorrat anschaffen müssen.«

»Wirklich? Was für eine mutige Entscheidung!« Mrs Trench sah sie bewundernd an, runzelte dann allerdings die Stirn. »Es sei denn, Sie fliehen vor irgendetwas.«

»Was?« Eileen war plötzlich unwohl zumute.

»Ich verstehe, dass die Erinnerung an Ihre Schwester schmerzhaft sein muss, Miss Brady. Vielleicht sogar besser als jeder andere.«

Mühsam schluckte Eileen. Ihre Finger zitterten, als sie eine Rolle Spitze aufhob. »Ein frischer Start ist genau das Richtige für mich. Ich … ich fühle mich hier mehr zu Hause als in der Stadt.«

Und obwohl sich Eileen dagegen wehrte, allzu viele Übereinstimmungen zwischen ihrem Schicksal und dem der Pflegemutter ihres Kindes zu sehen, zeigte das Lächeln von Mrs Trench doch, dass sie es gut verstand. »Almsbrick ist ein schönes Dorf, Miss Brady. Obgleich der Bahnhof im anderen Dorf gebaut worden ist, haben wir hier die meisten Einrichtungen. Ich hoffe, Sie kommen regelmäßig auf ein Tässchen Tee vorbei, auch wenn Sie gerade nicht auf eine Bestellung warten.«

»Das versteht sich von selbst.« Ausnahmsweise musste Eileen einmal nicht lügen.

Während sie zusammensuchte, was sie nötig hatte, holte Mrs Trench ein Stück Leinen aus der Küche.

Eileen erkannte es, weil sie es in der letzten Woche selbst hierhergebracht hatte. Eine Lächeln breitete sich auf ihrem Gesicht aus, doch das verschwand, als sie den stolzen Blick von Mrs Trench bemerkte.

»Schauen Sie doch nur, was mein Mädchen gestern Abend gemacht hat! Sie haben einen guten Einfluss auf es, schließlich habe ich es nur selten so eifrig handarbeiten gesehen.«

Eileens Herz setzte für einen Schlag aus. Maggie hatte die Stiche, die sie ihr beigebracht hatte, ordentlich ausgeführt. Das Kind hatte ihr Talent geerbt. Erfreut beugte sie sich über das Mustertuch. Selbstverständlich erreichte es noch nicht die Qualität von Iris' Arbeiten, Eileen fand es allerdings dennoch vielversprechend.

»Das hat sie nicht von mir«, grinste Mrs Trench.

Nein, natürlich nicht.

»Die Küche hat mir immer schon mehr gelegen als Nadel und Faden.«

Das konnte Eileen sehen. Das schwarze Kleid der Frau hing wie ein Strohsack an ihr herunter. Allein die Schürze sorgte dafür, dass noch so etwas wie eine Körperform zu erkennen war, aber auch sie fiel eher zu groß aus. Das Kleid war alt, hatte Mrs Trench ihr anvertraut und außerdem hatte sie nach Herberts Tod abgenommen, so als hätte das Leben keinen Sinn mehr für sie. Aber das kleine Mädchen mit den schwarzen Locken hatte ihr geholfen weiterzumachen. Eileen verstand das.

Es juckte ihr in den Fingern, das Kleid umzunähen. Das war die Sorte Arbeit, auf die sie sich nun konzentrieren sollte, nicht die luxuriösen Stoffe und Accessoires von Madame Carroll. Sie musste sich die neueste Mode aus dem Kopf schlagen und sich an dem orientieren, was für eine Ladenbesitzerin oder die Frau eines erfolgreichen Handwerkers praktisch genug war. Nur die vornehmsten Herrschaften des Dorfes konnten sich vermutlich mehr erlauben, aber die würden sich wohl kaum genügend Abendkleider bestellen, dass sie davon leben könnte.

Für einen Augenblick schüttelte sie den Kopf. Sie musste sachlich bleiben. »Ich würde gern einen Aushang machen, Mrs Trench. Um die Leute darüber zu informieren, dass ich Nähaufträge ausführe. Sie werden auch etwas davon haben, denn nicht wenige Frauen sind eher geneigt, Stoffe, Bänder und Spitze zu kaufen, wenn sie wissen, dass ihnen jemand bei den Näharbeiten helfen kann.«

Moira Trench lachte. »Du lieber Himmel, ich sollte Sie für den Laden einstellen. Sie wissen, wie man etwas verkaufen muss, Miss Brady.«

»Darüber habe ich mir Gedanken gemacht, ja.« Sie schämte sich nicht dafür. Mit einem guten Plan erreichte sie ihr Ziel am schnellsten. »Vorläufig arbeite ich von der Herberge aus, aber …«

»Der Herberge?« In der Stimme der Gemischtwarenhändlerin schwang Abscheu mit.

Sie nickte. »Wo denn sonst? Soweit ich mitbekommen habe, ist Mr Trench ein Verwandter von Ihnen.«

»Nur ein entfernter Verwandter. Er ist ein ehrgeiziger Geschäftsmann, Miss Brady.«

»Ich habe mit ihm eine gute Vereinbarung treffen können die Änderungsschneiderei für seine reichen Hotelgäste betreffend.«

»Dann hat er Ihnen also von seinen Plänen erzählt.«

Es war Eileen ein Rätsel, warum die Frau so abwehrend auftrat.

»Diese Pläne können ein Segen für das ganze Dorf sein, könnte ich mir denken.«

Mrs Trench seufzte. »Wenn der Bahnhof seinerzeit in Almsbrick anstelle von Almsworth gebaut worden wäre … Dann bräuchten wir all sein Geld überhaupt nicht.«

»Er muss eine ganze Reihe guter Geschäfte abgeschlossen haben, dass er so viel investieren kann«, überlegte Eileen.

Und Mrs Trench hatte das nicht. Auf einmal fragte sie sich, ob ihre Gesprächspartnerin wohl glücklich damit war, dass sie nun allein ein Geschäft führen musste. Sie war schließlich Köchin gewesen und nicht Händlerin. Und es war überdeutlich, dass dafür immer noch ihr Herz schlug. Auch jetzt durchströmte ein herrlich süßer Geruch den Laden.

»Was backen Sie denn gerade?«

Mrs Trench lächelte müde. »Zimtplätzchen. Die scheinen immer zu helfen, wenn ich mir Sorgen mache.«

»Ach ja?« Eileen fragte sich, ob diese Sorgen etwas mit Maggie zu tun hatten. Was fehlte dem Mädchen hier? Wie konnte diese Frau Plätzchen backen, während sie sich gleichzeitig um einen Laden *und* einen Haushalt kümmern musste?

»Sie liebt diese Plätzchen sehr«, erklärte Mrs Trench, und obwohl Eileen den Satz davor verpasst hatte, verriet der Blick auf ihrem Gesicht ganz genau, über wen sie sprach. »Sie ist ein echtes Leckermäulchen, meine Maggie.«

Eileen tat so, als würde sie sich die Spitze noch einmal genauer betrachten, und war erleichtert, als Mrs Trench aufstand und wegging.

»Aber ich kann es ihr nicht übel nehmen«, sagte sie mit einem Blick über die Schulter. »Ich habe selbst auch schon immer Kuchen und Plätzchen geliebt.«

Das bedeutet überhaupt nichts, wusste Eileen. Wenn Maggie ihre Vorliebe für Süßes von jemandem hatte, dann von ihr! Auf einmal spürte sie ihren Neid auf die Gemischtwarenhändlerin, die so eine wichtige Rolle in Maggies Leben einnahm. Die das Mädchen hatte aufwachsen sehen und so viel mit ihr erlebt hatte, von dem Eileen keine Ahnung hatte. Moira Trench hatte ihr geholfen, die Buchstaben des Alphabets in den Griff zu bekommen und rechnen zu lernen; sie wusste, worauf sie Lust hatte und worauf nicht; hatte ihr die Tränen getrocknet, wenn sie hingefallen war, und hatte mit ihr gelacht, wenn …

Eileen wusste nichts von alledem. Alles, was sie getan hatte, war warten und hoffen, dass sie ihrem Kind eines Tages begegnen würde.

Sie zerknüllte die feine Spitze zwischen ihren Fingern. Der Verkaufsraum wurde ihr zu eng.

»Kommen Sie mit, dann können Sie sie als Erste probieren, Miss Brady.« Arglos winkte Mrs Trench Eileen zu sich in die kleine Küche. »Sie sind noch heiß.«

Eileen holte einmal tief Luft, bevor sie in der Lage war, der Frau zu folgen, die das Tor zu ihrer Tochter war.

Die kleine Küche bestand aus einem einfachen Herd, einem hölzernen Tisch und einer Treppe in den Wohnbereich über dem Laden. Sehnsüchtig blickte Eileen nach oben. Das wäre der nächste Schritt ...

»Hier, bitte, kosten sie!« Mrs Trench präsentierte die Plätzchen auf einem Teller und setzte dann den Kessel auf. »Lassen Sie uns ein Tässchen Tee trinken. Maggie kommt auch gleich nach Hause.«

Nach Hause ... Dieses Wort wollte Eileen nicht hören. Weil ihr nichts Besseres einfiel, biss sie in ein Plätzchen und murmelte, dass sie es großartig fand. Obwohl das nicht gelogen war, war es auch nicht aufrichtig.

Du lieber Himmel, was war nur mit ihr los? Sie wusste doch, dass es Zeit kosten würde!

»Ich bin zu Hause!« Maggie rannte herein und fing sofort an loszuplappern: über einen Buchstabiertest und den größten Schneemann der Welt. »Und jetzt sind meine Finger Eisklumpen, Mama. Ich kann sie kaum noch bewegen.«

Mit einem Lächeln streckte Eileen ihre Hände aus, um die des Mädchens warm zu reiben.

Mrs Trench schob stattdessen einen Stuhl vor den Herd. »Na, dann komm schnell zu mir, damit du dich aufwärmen kannst. Wir trinken Tee und essen Zimtplätzchen.«

Verlegen schob Eileen den Teller über den Tisch zu Maggie hin. Sie selbst hatte auf einmal keinen Appetit mehr.

Kichernd kuschelte sich Maggie eng an Mrs Trench und ließ zu, dass sie ihr auf die unterkühlten Finger hauchte. Vertraut, voller Liebe …

Mit einem Mal wurde es Eileen zu viel und sie stand schlagartig auf. »Ich fürchte, ich muss gehen. Ich … muss noch zum Postamt.«

»Kommen Sie morgen wieder?«, wollte Maggie wissen.

»Nehmen Sie sich ruhig ein paar Plätzchen mit«, bot Mrs Trench ihr an.

Eileen ärgerte sich immer mehr über die Herzlichkeit dieser Frau, dennoch nahm sie einige Plätzchen vom Teller.

»Danke.« Das hörte sich wie eine Pflichtübung an. »Ich komme so bald wie möglich mit einer Liste der Dinge wieder, die ich noch brauche.«

Und bevor Mrs Trench noch mehr sagen konnte, verließ Eileen hastig die Küche. *Du brauchst sie*, ermahnte sie sich selbst. Sie sollte sich eigentlich darüber freuen, dass Maggie von so einer freundlichen Frau aufgenommen worden war, doch in diesem Augenblick konnte sie nur wenig Dankbarkeit aufbringen.

Auf der Brücke über den Bach blieb sie stehen. Sie nahm ein Zimtplätzchen aus ihrer Manteltasche und zerbröselte es in ihren Händen. Als die Krümel auf das Eis fielen, verschaffte ihr das ein eigenartiges Gefühl der Befriedigung.

9. Kapitel

Es kostete Eileen zwei Tage, um sich auf den nächsten Besuch bei Moira Trench vorzubereiten. Als es schließlich Samstagmorgen wurde, wusste sie wieder, dass sie das alles tat, um Maggies Vertrauen zu gewinnen. Die freundliche Art der Gemischtwarenhändlerin würde das letztlich nur einfacher machen.

Und dann, eines Tages, würden sie und Maggie spurlos verschwinden. Gemeinsam. Sie würden weit weg von hier ein neues Leben beginnen, vielleicht sogar in Irland, wo ihre Wurzeln waren. Das war die einzige Möglichkeit. Wenn Almsbrick tatsächlich so ein feines Dorf war und die Bewohner dort füreinander einstanden, hätte Eileen das Nachsehen. Und dann würde Maggie niemals erfahren, dass ihre richtige Mutter sie liebte und für sie sorgen wollte. Dann würde Eileen niemals die Chance bekommen, ihre falsche Entscheidung wiedergutzumachen.

Sobald sie die Ladentür öffnete, wurde ihr wieder schlagartig klar, wie voll das Geschäft gerade an Samstagen war. Entsetzt schaute sie sich im Laden um. Hinter der Ladentheke war ein schlaksiger Junge damit beschäftigt, Zucker für eine Kundin abzuwiegen, hinter der schon eine ganze Reihe Menschen anstanden. Zwei ältere Frauen nutzten die Zeit, um ein Schwätzchen zu halten, wobei sie mit ihren Röcken den Durchgang blockierten, und Eileen sah Beth, die Bäckerstochter, zwischen den Auslagen hindurchschlüpfen. Eine wohlhabende junge Dame tippte ungeduldig mit den Fingern auf die Ladentheke, anstatt sich hinten anzustellen, aber sie kam trotzdem nicht eher an die Reihe.

Eileen wandte sich von der Ladentheke auf der linken Seite des Geschäfts nach rechts, wo sie Moira Trench am Schaufenster stehen sah. Das passte gut. Sie holte das Papier aus der Tasche ihres Mantels und ging direkt auf sie zu.

»Mrs Trench, ich habe den Aushang …«

»Mehr kann ich wirklich nicht für dich tun, Leonard.« Moira Trench hörte sich verärgert an und erst jetzt fiel Eileen auf, dass sie mit einem Mann sprach.

Der drehte sich um und tippte sich an den Hut. »Miss Brady, ich hätte Sie mitnehmen können, wenn ich gewusst hätte, dass wir denselben Weg haben.«

»Danke, Mr … Trench.« Aus verschiedenen Gründen hörte sich das komisch an, hier in diesem Laden.

Der Herbergsbesitzer lachte. »Derselbe Nachname, Miss Brady, und dennoch kann ich unsere Moira hier nicht davon überzeugen, wie wichtig Familie in diesen schwierigen Zeiten ist. Was denken Sie darüber?«

Sie zuckte mit den Schultern, über Familienbande hatte sie nur wenig zu sagen.

»Du verstehst sicher, Leonard«, begann Mrs Trench, »dass ich mich um meine Kunden kümmern muss, wo hier gerade so viel los ist. Wollten Sie etwas fragen, Miss Brady?«

»Ja, ob ich meinen Aushang machen darf.« Während sich Leonard Trench entfernte, zeigte Eileen Mrs Trench zwei beschriebene Blätter Papier. »Einmal geht es um das Angebot von Näharbeiten und dann um die Suche nach Arbeits- und Wohnräumen zur Miete.«

»Arbeits- *und* Wohnräume, sagen Sie?« Mrs Trench las, was sie aufgeschrieben hatte.

»Ein einfacher Arbeitsraum mit einem angeschlossenen Schlafzimmer würde mir reichen. Meinen Sie, dass ich in Almsbrick so etwas finden könnte?«

Das Stirnrunzeln von Mrs Trench bereitete ihr Sorgen, doch am Ende nickte sie. »Ja sicher, ich denke sogar …«

»Hier stimmt überhaupt nichts, junger Mann!« Die schneidende Stimme einer Kundin zog ihre Aufmerksamkeit auf sich. »Ich werde Moira dazurufen. *Moira!* Wo sind Sie? Wie konnten Sie an so einem geschäftigen Samstag so einen Lausebengel hinter die Ladentheke stellen?«

Der müde Blick kehrte schnell in die Augen von Mrs Trench zurück, während sie sich entschuldigte. »Ich muss Ralph helfen.«

»Ich habe wirklich die guten Gewichte genommen«, protestierte der Junge mit sich überschlagender Stimme, während Moira versuchte, die Sache zu klären.

Unentschieden blieb Eileen mit ihren Anzeigen in der Hand stehen. Vielleicht sollte sie die Papiere einfach selbst aufhängen.

»Mama!« Unerwartet tauchte Maggie auf, sodass Eileen die Luft anhielt. »Ich habe mir den Kopf gestoßen!«

»Wie oft muss ich dir noch sagen, dass der Laden kein Spielplatz ist?«, wies Mrs Trench sie kurz angebunden zurecht.

Eileens Nackenhaare stellten sich auf. Es war nicht Maggies Schuld, dass die Gemischtwarenhändlerin keine Zeit für sie hatte. Sie machte einen Schritt nach vorn. »Sie sollten jemanden bitten, während der geschäftigen Samstagvormittage auf sie aufzupassen«, erklärte sie und versuchte dabei mehr besorgt als böse zu klingen. »Besser noch …«

Die Ladenglocke bimmelte. Eine junge Frau mit einem Kind auf dem Arm kam herein. Eileen erkannte sie von ihrem ersten Besuch im Gemischtwarenladen wieder. Das war die Soldatenfrau, deren Mann in Übersee stationiert war. Jedenfalls, sofern sie richtig mit ihm verheiratet war. Sie sah erschöpfter aus als beim letzten Mal und schien sich nicht wohlzufühlen. Das Kind auf dem Arm hatte rötliche Locken und quengelte, als hätte es Hunger, ein Geräusch, an das sich Eileen noch gut erinnerte, schließlich hatte sie zwei kleine Brüder gehabt. Dieses kleine Kerlchen musste etwa anderthalb Jahre alt sein, schätzte sie, vielleicht sogar etwas älter.

Die Frau ging zur Ladentheke und blieb zwischen Eileen und der wohlhabenden jungen Dame stehen, die immer noch nicht an der Reihe war.

»Moira, es tut mir leid, dass ich dich belästigen muss, aber …«

»Ich habe tatsächlich viel zu tun, Rosie.« Mrs Trench klang sachlicher, als es Eileen bisher von ihr gewohnt war. Die junge Frau trat zögernd einen Schritt zur Seite und Eileen bemerkte, wie Verzweiflung in den Augen von Mrs Trench aufblitzte. »Sie wollten etwas sagen, Miss Brady? Könnten Sie mir vielleicht eine gute *und* günstige Kinderbetreuung empfehlen?«

»Sicher, ich könnte selbst am Samstagmorgen vorbeikommen.« Sie gab ihr Bestes, um freundlich zu klingen. »Ich würde Maggie mit dem größten Vergnügen im Auge behalten.«

Neben ihr hustete die junge Frau mit dem Kind, sodass Eileen einen Blick zur Seite warf. Wenn ihre Wangen nicht so eingefallen gewesen wären, hätte man sie hübsch nennen können. Ihre Augen sahen fahl und ein wenig trübe aus. Auf einmal stand Eileen deutlich vor Augen, dass es ihr hätte ähnlich ergehen können, wenn sie im Dorf ihrer Eltern geblieben wäre. Wenn sie dort als unverheiratete junge Frau Johnnys Kind bekommen hätte und von den Nachbarn gemieden worden wäre. Wenn sie darauf hätte warten müssen, ob Johnny es vielleicht für nötig befand, ihr doch etwas von seinem Sold zukommen zu lassen, sodass sie die Menschen nicht um Näharbeiten hätte anflehen müssen …

Sie versuchte, sich gegen diesen Anflug von Mitleid abzuhärten. Schließlich hatte sie ihr Problem ebenfalls selbst lösen müssen. Doch das Ergebnis davon war, dass ihr Töchterchen in einem fremden Dorf aufwuchs und eine andere Frau als seine Mutter ansah. Sie schluckte. »Wenn Sie jedoch lieber jemanden aus dem Dorf haben möchten, würde … würde vielleicht auch Rosie dafür zur Verfügung stehen?«

Mrs Trench lachte. »Ich denke, dass das etwas zu viel Verantwortung für Rosie wäre. Meinst du nicht auch, Mädchen?«

Rosies Wangen röteten sich, was Eileen nur noch mehr in ihrer Vermutung bestätigte, dass diese Frau ihre Beziehung zu dem Soldaten bedauerte. Genauso wie sie selbst.

»Ich … ich glaube nicht …«, stammelte Rosie und machte hastig einen Schritt zurück, sodass sie der wartenden jungen Dame beinahe auf die Füße getreten wäre. Der Junge auf Rosies Arm wurde unruhiger, drehte sich in ihrem Griff und hing nun beinahe mit dem Kopf nach unten an ihr. Seine kleinen Händchen griffen nach dem schönen Kleid der jungen Dame.

»Sie halten hier den ganzen Betrieb auf«, ärgerte sich die junge Dame.

Auf einmal ertönte das scharfe Geräusch von zerreißendem Stoff. Rosie konnte ihr Kind gerade noch auffangen, das nun rot anlief und zu brüllen begann. Sie selbst wurde bleich wie ein Leinentuch. Dasselbe galt auch für Moira Trench auf der anderen Seite der Ladentheke.

»Jetzt schauen Sie sich an, was der Kleine gemacht hat!« Voller Entsetzen befingerte die junge Dame den Ärmel ihres zweifellos sehr teuren Kleides. Der Junge hatte im Fallen nach dem Stoff des Ärmels gegriffen und einen Riss verursacht, der von der Schulter bis zum Ellenbogen reichte. Das wunderschöne Kleid war vollkommen ruiniert. Warum hatte die Dame um Himmels willen keinen robusten Wollmantel darüber getragen?

»Es tut mir entsetzlich leid, Miss Goodwin«, piepste Rosie.

»Sie müssen besser auf dieses Kind aufpassen! Und wie gedenken Sie das jetzt zu lösen?«

Der Junge heulte so laut, dass Rosie selbst dann keine Antwort hätte geben können, wenn sie es gewollt hätte.

»Oder Sie, Mrs Trench?«, zeterte die junge Dame, ihren Blick nun scharf auf Moira gerichtet, die immer bleicher wurde. »Schließlich wäre das nie passiert, wenn Sie Ihre Kunden nicht so furchtbar lange warten ließen. Das Kostüm ist dermaßen ruiniert, dass ich es wegwerfen kann.«

Das war mit Sicherheit nicht wahr. Eileen räusperte sich. »Mit etwas Zeitaufwand lässt sich das gut wieder flicken, Miss Goodwin. Sogar so gut, dass niemand bemerken wird, wo der Riss gewesen ist.«

Mit einem arroganten Blick betrachtete die Dame sie. »Und wer sind Sie doch gleich?«

»Eileen Brady, Miss. Eine … Schneiderin.« Sie streckte ihr Kinn vor und überreichte ihr eines der Papiere, die sie immer noch in der Hand gehalten hatte. »Mrs Trench war so nett, mir zu erlauben, diese Anzeige am Regal mit den Kurzwaren auszuhängen.«

Rosie sah sie mit großen Augen an. »Können *Sie* das Kleid flicken? Aber … ich kann nichts für Ihre Dienste bezahlen.«

Obwohl Eileen keineswegs vorhatte, die Wohltäterin zu spielen, war das eine günstige Gelegenheit, sich bei der wohlhabenden Bürgerschaft von Almsbrick bekannt zu machen. »Wir werden schon etwas finden, Miss …«

Rosies Gesichtsfarbe kehrte zurück, inklusive roter hektischer Flecken an ihrem Hals.

»*Mrs*, bitte«, erwiderte sie. »Ich bin verheiratet. Rosie Merchant.«

»Dann finden wir sicher eine Lösung, Mrs Merchant.«

»Vielen Dank, Miss Brady!« Sie legte dankbar eine Hand an ihr Herz. »Sie wissen gar nicht, wie froh ich darüber bin.«

»Möchtest du wieder etwas anschreiben lassen, Rosie?« Die Stimme von Mrs Trench hörte sich streng an.

Mit einem Schlag verschwand die Erleichterung, die das Gesicht der jungen Frau hatte aufleuchten lassen. »Äh … nein. Ich sollte mich lieber schnell wieder an die Arbeit machen. Ich komme am Montag noch einmal zurück.«

Miss Goodwin warf ihr einen verächtlichen Blick hinterher, während sie an ihrem zerrissenen Ärmel herumfingerte. Anschließend wandte sie sich an Eileen. »Sie können mich im Haus von Doktor Goodwin aufsuchen, Miss Brady«, verkündete sie mit einer zuckersüßen Stimme. »Angesichts der Tatsache, dass Sie hier neu sind: Haben Sie vielleicht heute Nachmittag schon Zeit?«

»Ich denke schon.« Eileen starrte der Dame hinterher, während diese mit viel Würde aus dem Geschäft schritt, ohne das zu kaufen, weswegen sie gekommen war.

»Vielen Dank für Ihre Hilfe, Miss Brady«, seufzte Moira Trench. »Ich fürchte, sie hätte noch eine ganze Weile geschimpft, wenn Sie nicht eingegriffen hätten.«

Leider war die nächste Kundin Mrs Holmes, die aufdringliche Haushälterin des Schulmeisters. Sie schnalzte mit der Zunge. »Pfui, wirklich. Diese Prudence Goodwin spuckt hier große Töne, nicht wahr? Es wird zwar nicht so einfach sein, wenn man so jung schon seine Mutter verliert. Aber ich hätte trotzdem erwartet, dass sie wenigstens von ihren Schwestern lernt, dass sich die Tochter eines Arztes wie eine Dame benehmen sollte.«

Erst jetzt wurde Eileen bewusst, dass das Kleid der jungen Dame schwarz gewesen war. Und sie war … vielleicht zwanzig? Eileen selbst hatte in diesem Alter ihr Elternhaus verlassen und ganz allein ihren Weg in der großen Stadt gesucht.

»Es ist nett von Ihnen, dass Sie Rosie helfen wollen«, sagte Mrs Holmes. »Das Kind zieht im Augenblick Probleme nur so an.«

»Das kann man wohl sagen«, murmelte Moira Trench.

»Ach, Moira, selbst du musst ihr ab und zu ein bisschen Glück gönnen. Also wirklich! Das ist immer so ein fröhliches, junges Ding gewesen, und schau sie dir jetzt doch einmal an.«

»Das hat sie sich selbst zuzuschreiben«, fand Moira.

Eileen zog die Augenbrauen zusammen. Zum Teil war die Stimmung der Gemischtwarenhändlerin sicher diesem hektischen Tag geschuldet, allerdings hatte sie die Frau zuvor noch nie so abweisend klingen hören. Obwohl Rosie beteuerte, sie sei verheiratet, war ihr Verhalten in den Augen der Einwohner hier offensichtlich nicht tadellos. War es also ein Fehler gewesen, sich an die Seite von Rosie zu stellen? Eileen hatte nicht jahrelang hart gearbeitet, um jetzt den Eindruck zu erwecken, sie nähme es mit der Moral nicht so genau.

»Jedenfalls eröffnet mir das die Möglichkeit, Miss Goodwin von meinen Qualitäten als Schneiderin zu überzeugen«, erklärte sie. »Das war jede Mühe wert.«

Jetzt begann Mrs Trench zu lachen. »Sie sind wirklich eine echte Geschäftsfrau, Miss Brady.«

Mit diesem Kompliment gab Eileen sich zufrieden. Vielleicht war Rosie genauso naiv gewesen wie sie, als sie ihren Fehler gemacht hatte, aber damit hatte Eileen nichts zu tun. Ihre Fehler würden vor den Dorfbewohnern von Almsbrick verborgen bleiben.

Vor Schreck setzte Eileens Herz einen Schlag aus, als Pfarrer Greenwood an diesem Sonntag ankündigte, die Predigt werde »Geheimnisse« zum Thema haben. Sie wünschte, sie wäre nicht gekommen, aber gerade wegen ihrer eigenen Geheimnisse wollte sie umso tadelloser auftreten. Dazu gehörte es, dem Morgengottesdienst beizuwohnen, selbst wenn sie das nur tat, weil es von ihr erwartet wurde.

Warum kümmerte sie also die Botschaft des Pfarrers? Master Timmons hatte schon einmal unterstrichen, wie viel Nachdruck Greenwood auf die Gegenwart Gottes legte, ihr war allerdings nicht bewusst gewesen, dass es auf sie selbst eher beklemmend als hoffnungsvoll wirken würde.

»*Nichts von dem, was geschaffen ist, bleibt vor Gott verborgen,* sagt die Bibel. Spüren Sie ebenfalls den damit verbundenen Trost, wenn Sie daran denken?« Seine Augen blieben auf den Gemeindegliedern in den Kirchenbänken ruhen, so wie Gott sie alle nach Eileens Vorstellung beobachtete. Sie hätte am liebsten das Gebäude verlassen.

»Vielleicht versuchen Sie, sich vor Gott zu verbergen«, fuhr der Pfarrer fort. »Adam und Eva versuchten das, nachdem sie von der verbotenen Frucht gegessen hatten. Gott hat sie dennoch gefunden, er hat längst schon gewusst, wo sie waren und was sie getan hatten. Trotzdem hat er sie geliebt.«

Eileen betrachtete die Hände in ihrem Schoß. Äußerlich wirkte sie anständig, eine Frau, die ihr Bestes gegeben hatte, um einen respektablen Beruf zu erlernen, und die sich einsetzte für die Waisenkinder.

War es das, was Gott jetzt sah, wenn er sie anschaute? Oder war sie für ihn immer noch das dumme, ungehorsame Mädchen, das, ohne darüber nachzudenken, seine Ehre weggeworfen und dann ihr Kind weggegeben hatte?

»Was tun Sie, wenn Gottes liebevolle Stimme Sie ruft? Wenn er fragt, wo Sie geblieben sind? Lassen Sie ihn hinein in Ihr Leben und öffnen Sie Ihr Herz für ihn, Brüder und Schwestern. Er weiß, wie es dort aussieht, was in Ihnen vorgeht, und er lässt Sie nicht im Stich. Seine Liebe ist größer, als Sie denken.«

Diese Worte ließen Eileen erschauern. Wie gerne wollte sie das glauben können! Sie würde alles tun, um zu zeigen, dass sie jetzt dieser Liebe würdig war. Wenn es wahr war, dass Gott sie nicht ihrem Schicksal überlassen würde, bedeutete das dann auch, dass er ihr helfen würde, Maggie für sich zu gewinnen?

Bitte, Gott, gib mir diese Chance, alles wiedergutzumachen! Dann würde sie frei sein, dann bräuchte sie sich nicht mehr zu verstecken.

Nachdem der Gottesdienst zu Ende war und der Pfarrer an der Tür jedes Gemeindeglied verabschiedete, wählte sie den Augenblick, in dem Mrs Holmes den Pfarrer in Beschlag nahm, um unbemerkt nach draußen zu schlüpfen.

»Miss Brady!« Über die Wiese kam Rosie auf sie zu. In ihrem Sonntagskleid aus dunkelblauer Wolle sah sie anständig aus. »Es tut mir leid, dass ich gestern so schnell verschwunden bin. Ich bin wirklich sehr froh über Ihr Angebot.«

Eileen straffte ihre Schultern. »Aber wir müssen schon noch über die Bezahlung reden.«

Rosies Gesicht verzog sich kurz, um ihren Mund erschien allerdings recht schnell ein entschlossener Zug. »Ich kann Sie bezahlen, indem ich für Sie wasche, Miss. Seit Toms Abreise habe ich für viele Leute die Wäsche übernommen.«

Musste sie sich damit durchschlagen, um sich selbst und den kleinen Jungen zu ernähren? Erneut sah Eileen vor sich, was ihr eigenes Schicksal hätte werden können, wenn sie den Mut gehabt hätte, das Kind zu behalten.

»Wir könnten also vielleicht einen Zeitraum absprechen,

in dem ich umsonst für Sie wasche. Ich wohne in dem kleinen Knechtshäuschen neben der Schmiede.« Sie zeigte auf die andere Straßenseite, wo Eileen einen großen Zuber mit einem Waschbrett stehen sah und einen hölzernen Wäscheständer, der heute, am Sonntag, leer war. Das war kein schlechter Vorschlag. »Soll ich gleich bei Ihnen vorbeikommen, damit wir das Weitere besprechen können?«

Das gab ihr eine gewisse Bedenkzeit, in der sie sich ihre weitere Vorgehensweise überlegen konnte. Sie hatte nicht vor, Rosie allzu sehr zu belasten, wo die Frau ohnehin schon ums Überleben zu kämpfen hatte. Eigentlich war die ganze Geschichte mit Prudence Goodwin ihr auch kaum vorzuwerfen.

Auf Rosies strahlendes Gesicht war sie allerdings nicht vorbereitet. »Wissen Sie, was? Warum kommen Sie heute Nachmittag nicht einfach auf ein Tässchen Tee vorbei? Sie haben sicher noch nicht so viele Kontakte im Dorf und ansonsten sitzen Sie doch nur den ganzen Sonntag allein in der Herberge.«

Eileen hatte sich tatsächlich noch nicht überlegt, wie sie den Rest des Tages verbringen wollte, jetzt, wo der Gemischtwarenladen geschlossen war. »Heute Nachmittag«, wiederholte sie. »Das … klingt gut.«

»Schön! Dann ist das geregelt.« Rosies Blick glitt über ihre Schulter nach hinten »Oh, ich glaube, Moira möchte Sie sprechen. Dann gehe ich jetzt lieber. Bis heute Nachmittag! Komm, Tommy.« Sie hob das Kind wieder auf den Arm und lief zu ihrem Häuschen.

Eileen blickte ihr hinterher und wandte sich anschließend Moira Trench zu. So wie immer durchfuhr sie ein Schreck, als sie Maggie neben ihr stehen sah. Sie lächelte. »Mich überrascht es, dass Rosie bei der Schmiede wohnt.«

»Tom Merchant hat dort als Lehrling gearbeitet, bevor er es sich in den Kopf setzte, sich wieder als Soldat zu verpflichten. Kurz vor seiner Abreise hat er sie geheiratet.« Moira schnaubte. »Nicht zu früh natürlich, denn sieben Monate später ist das Kind schon da gewesen.«

»Oh.« Aber wenigstens war es ehelich zur Welt gekommen.

»Wegen der rötlichen Haare kann jedenfalls niemand daran zweifeln, dass Tom der Vater ist.« Moira Trench seufzte.

»Sie sind dunkler als die Haare von Miss Brady«, stellte Maggie ganz unschuldig fest.

»Das stimmt, Liebes.«

Eileen betrachtete die schwarzen Locken des Mädchens. Niemand würde erfahren, von wem sie die hatte. Nun bemerkte die kleine Maggie ihre Schulfreundin. »Schau mal, Mama, da ist Beth. Darf ich kurz zu ihr gehen?«

»Wenn du auf der Wiese bleibst. Und vergiss nicht, dass du dein Sonntagskleid trägst«, rief Mrs Trench ihr hinterher.

Eileen hätte es lieber gehabt, wenn das Kind noch ein bisschen bei ihnen geblieben wäre.

»Ich möchte mich nochmals bei Ihnen bedanken«, erklärte Moira Trench. »Das war sehr nett von Ihnen, dass Sie so schnell eingegriffen haben, als Miss Goodwin so aus der Haut gefahren ist.«

Sie nickte in Richtung der Straße. Doktor Goodwin überquerte mit drei jungen Damen die Kreuzung und ging zu dem geräumigen Haus mit den roten Fensterrahmen, aus dem Eileen gestern das zerrissene Kleid der Arzttochter abgeholt hatte.

»Und jetzt sagen Sie bloß nicht, dass Sie das einfach nur wegen der guten Reklame gemacht haben.« Mrs Trench lächelte. »Mir bedeutet das viel, dass die Situation nicht noch weiter aus dem Ruder gelaufen ist, wo doch gerade so viele Kunden im Laden gewesen waren.«

»Mir ist aufgefallen, dass Sie an den hektischen Samstagen kaum über die Runden kommen.«

»Im Augenblick bestimmt nicht, wo ich nur Ralph als Hilfe habe.« Moira Trench schlug die Augen nieder. »Miss Brady, ich weiß, dass es rücksichtslos von mir ist, aber Sie haben gestern angeboten, auf Maggie aufzupassen.«

Eileens Atmung wurde schneller. Konnte es sein, dass ihr Gebet so schnell erhört worden war?

»Sie werden natürlich bald mehr zu tun haben, sobald Sie weitere Nähaufträge hereinbekommen …«

»Trotzdem möchte ich es immer noch gerne tun, Mrs Trench. Schließlich kann ich meine Arbeitszeiten selbst einteilen und mir den Samstagmorgen freihalten.«

»Maggie findet Sie nett.« Erkennbar hob sich eine Last von Moiras Schultern und auch Eileen fiel ein Stein vom Herzen. »Es ist manchmal schwierig, jetzt, wo Herbert nicht mehr da ist.«

»Das verstehe ich«, murmelte Eileen.

Mrs Trench nickte. »Sie vermissen Ihre Schwester natürlich.«

»In der Tat.«

»Nächsten Samstag ist der Laden ausnahmsweise geschlossen.«

Überrascht blinzelte Eileen.

»Dann ist doch Weihnachten«, erläuterte Mrs Trench.

Eileens Wangen röteten sich. »Oh, natürlich, das habe ich ganz vergessen wegen …« Vage zeigte sie auf ihren schwarzen Rock, der ihre Trauer anzeigte. *Vergib mir, Nessa.* »Es ist ein wenig seltsam in diesem Jahr.«

Mrs Trench warf ihr einen mitfühlenden Blick zu. »Das ist es auch für uns. Wissen Sie was? Warum feiern Sie an diesem Tag nicht mit uns?«

Mit Mühe unterdrückte Eileen ein allzu aufgeregtes Lächeln, während ihr Herz immer schneller zu schlagen begann. »Meinen Sie wirklich …?«

»Ja, natürlich – lassen Sie uns gemeinsam Weihnachten feiern, Miss Brady. Ich denke, dass wir uns in unserer Trauer verstehen, und es wäre gut für Maggie.«

Gut für Maggie. Zum ersten Mal hatten diese Worte Bedeutung für *sie*.

Eileen schluckte. »Sehr gerne, Mrs Trench.«

Ein größeres Weihnachtsgeschenk hätte sie nicht bekommen können.

10. Kapitel

Eileen atmete tief ein und aus, bevor sie den Türgriff anfasste. Weil der Laden an Weihnachten geschlossen war, hatte Mrs Trench sie gebeten, die Hintertür zu benutzen, die in die kleine Küche führte, in der Eileen mittlerweile schon des Öfteren Tee getrunken hatte.

Es ertönte ein Glöckchen, als Eileen die Tür ganz aufschob, und sie musste lächeln. Wahrscheinlich verstanden nicht alle Kunden, dass Geschäfte Öffnungszeiten hatten, und Mrs Trench wollte wohl nicht überrascht werden. Aber Eileens Ankunft war angekündigt.

»Ziehen Sie Ihren Mantel aus und gehen Sie weiter bis nach oben!«, rief eine Stimme von oben. Genauso, wie Eileen es die ganze Zeit gehofft hatte.

Essensgerüche schwebten die Treppe hinunter und Eileen wurde bewusst, dass sie trotz ihrer Nervosität Appetit hatte. Sie klemmte sich die große Tasche, in der die Geschenke waren, fest unter den Arm, während sie die Treppe hinaufstieg. *Es ist gut, dass ich hier bin. Ich kann das. Kühl und professionell.*

Mrs Trench winkte sie in die große Küche hinein, die einen Teil des Wohnzimmers bildete. In der Türöffnung blieb Eileen einen Augenblick lang stehen und betrachtete die große, hölzerne Tafel, die zweifellos den Mittelpunkt des Raumes bildete.

Maggie legte gerade das Besteck neben die drei Teller und lächelte Eileen strahlend an. »Schön, dass Sie hier sind, Miss Brady.«

»In der Tat.« Mrs Trench stand am Herd und drehte sich kurz um. Ihr Gesicht wirkte älter, als sie tatsächlich war. Soweit Eileen wusste, war sie Anfang dreißig, also nur ein paar Jahre älter als sie selbst. »Ich weiß, dass es seltsam ist, bei uns Weihnachten zu feiern«, sagte Mrs Trench leise. »Aber gemeinsam können wir heute sicher nach vorn schauen.«

»Bitte … sagen Sie ›Eileen‹ zu mir.«

»Wenn du mich ›Moira‹ nennst.«

»Ich habe etwas mitgebracht. Nicht selbst gebacken …« Sie wühlte in ihrer Tasche herum. »Aber ich habe mir sagen lassen, dass Bäcker Swift sehr leckeren Kuchen macht.«

»Das ist wirklich so!« Maggie tollte auf sie zu, die Augen glänzend auf den Kuchen gerichtet, bis Moira ihr einen warnenden Blick zuwarf. Sie legte die Hände auf den Rücken. »Vielen Dank, Miss Brady.«

Das hörte sich so feierlich an, dass Eileen beinahe lachen musste. Moira zwinkerte ihr zu. »Sollen wir uns an den Tisch setzen? Die Gans ist fast fertig.«

Gans?

Moira musste die Anerkennung in ihrem Blick bemerkt haben. »Das habe ich mit Bauer Stubbs von der Oak Hill Farm abgesprochen. Du hast den alten Mann ja schon einmal getroffen. Ich habe einen Teil für ihn und seine unverheiratete Schwester gebraten und ihnen nach dem Gottesdienst mitgegeben. Außerdem sollte es doch etwas Besonderes geben, wo wir jetzt einen Gast haben!«

»Das klingt wunderbar.«

Während Moira ein kurzes Gebet sprach, starrte Eileen Maggie an, die ihr gegenübersaß. Außer den dunklen Locken erinnerte sie eigentlich gar nichts an Johnny und darüber war sie auch froh. Es rührte sie, wie das Mädchen ehrfürchtig die Hände gefaltet und die Augen geschlossen hatte. Hier saß sie einfach bei ihrem eigenen Kind beim Weihnachtsessen! Ein Gefühl der Ehrfurcht erfüllte sie. *Danke, Gott!*

»Vater, wir danken dir, dass Miss Brady heute bei uns ist«, betete Moira. »Und wir bitten dich, uns allen ein schönes Weihnachtsfest zu schenken. Amen.«

Eileen hatte plötzlich einen Kloß im Hals, doch der verschwand schnell, als sie Moiras wundervolles Festtagsessen vor sich sah. Es gab süße Pasteten, Kartoffeln und Lauch und zum Nachtisch sogar Wackelpudding. Die Küche mit dem Esstisch und den Stühlen war geräumig und gemütlich. Zu Eileens Überraschung hatte Moira das Zimmer sogar mit Stechpalmenzweigen und Efeu geschmückt.

Sie genoss Maggies Geschnatter und die Spiele, die sie spielten, und äußerte ihre Bewunderung erst, als sie mit Moira das benutzte Geschirr in die Spüle stellte. »Du hast so viel vorbereitet, während das doch eigentlich eine traurige Zeit für dich sein muss.«

Moira lächelte. »Die Vorfreude auf dein Kommen hat mir geholfen.« Sie drehte sich um. »Maggie, warum zeigst du Miss Brady nicht, was heute Morgen in deinem Weihnachtsstrumpf gewesen ist?«

»Ja, Mama.«

Sobald das Mädchen verschwunden war, verschwand auch Moiras Lächeln. »Das ist das erste Weihnachten ohne Herbert, Eileen. Ich habe es eigentlich nicht feiern wollen, aber ich wollte Maggie das Fest nicht vorenthalten. Und dann bist du aufgetaucht. Ich sehe es als ein Geschenk Gottes an, dass wir einander helfen können … doch wenigstens ein bisschen Hoffnung zu haben und dankbar zu sein.«

Eileen schluckte. »Ich wünschte, mein Glaube wäre so groß wie deiner.«

»Nun, ich möchte nicht so tun, als sei ich alt und weise, aber Glaube ist etwas, das wachsen muss. Deine Entscheidung, vorläufig in Almsbrick zu bleiben, zeigt, dass du Vertrauen hast. Niemand weiß schließlich, was die Zukunft bringen wird.«

Nein, das wusste sie tatsächlich nicht, aber sie hoffte von Herzen, dass ein kleines Mädchen mit schwarzen Locken ein Teil dieser Zukunft sein würde. Wenn sie wirklich von Gott hierher geführt worden war, dann musste ihr Plan auch klappen.

»Schauen Sie, Miss Brady.« Maggie kam mit einer Apfelsine, Süßigkeiten und einem Haarband zurück, das zu ihrem Sonntagskleid passte.

»Wunderschön.« Eileen war froh, dass sie nach langem Überlegen doch ein anderes Geschenk für sie gewählt hatte. »Ich möchte euch beiden auch etwas geben.«

Natürlich protestierte Moira, dass das nicht nötig wäre, doch nur kurze Zeit später drückte sie selbst Eileen ein Geschenk in die Hand – die Spitze, die sie im Laden so bewundert hatte.

»Das ist nicht für deine Kundinnen«, ermahnte Moira sie. »Nimm sie für dich selbst, sobald die Trauerzeit vorbei ist.«

Es schien, als ob die Frau sie schon recht gut kannte. Eileen war nun besonders froh, dass sie in den Abendstunden bei Kerzenschein unermüdlich weitergearbeitet hatte, um eine Schürze für Moira fertigzustellen.

Als Eileen ihr Geschenk überreichte, konnte sich Moira vor Bewunderung über die schönen Verzierungen an der Schürze kaum halten. »Mir war schon aufgefallen, dass du gut bist in deinem Fach. Aber ich wusste nicht, wie gut!«

Als sie Maggies Geschenk zum Vorschein holte, zitterten Eileens Finger. »Ich wusste nicht so recht, welche dir am meisten gefällt, deswegen musst du mir beim Aussuchen helfen.«

Mit großen Augen betrachtete Maggie die drei Püppchen in Eileens Händen. Blaue Seide, violette Streifen und grüne Blümchen. Maggie entschied sich für die grüne und ließ damit Eileens Herz für einen Schlag aussetzen. »Du hast genau die ausgesucht, die mir auch am besten gefällt!«

Doch niemand anderes konnte ermessen, wie besonders das war und wie viel das für sie bedeutete.

Moira betrachtete die übrig gebliebenen Püppchen, die über kurz oder lang ebenfalls Maggie gehören würden. »Die sind wirklich hübsch gearbeitet. Die könntest du ohne Probleme verkaufen, weißt du das?«

»Nein!« Sie musste sich zwingen, Moira die beiden Puppen nicht aus der Hand zu reißen. Das Blut stieg ihr in die Wangen. »Ich meine … ich habe nie vorgehabt, sie zu verkaufen.«

Sie konnte Moira ja nicht erzählen, wie ihr das Anfertigen dieser Puppen Hoffnung gegeben hatte, dieselbe Hoffnung, die Moira auf Gott gerichtet hatte.

»Ich denke wieder einmal zu sehr als Geschäftsfrau«, erwiderte Moira entschuldigend. »Selbstverständlich brauchst du sie nicht zu verkaufen.«

Glücklicherweise lenkte in diesem Augenblick Getrommel vor dem Haus ihre Aufmerksamkeit auf etwas anderes. Maggie erkannte es. »Gehen wir runter und hören uns das an, Mama?«

»Na dann mal los, aber zieh dir erst deinen Mantel an!«

Auf der Straße stimmte eine Gruppe junger Leute »O Little Town of Bethlehem« an. Die Szene mit den glänzenden Lichtern der Laternen und der Gruppe Sänger im Schnee erinnerte Eileen an Abbildungen, die sie in der Stadt auf Weihnachtskarten gesehen hatte.

Die Mundharmonika hörte sich leicht verstimmt an und einige Jungen waren offenbar gerade im Stimmbruch. Ihr Auftritt erbrachte ihnen dennoch etwas Kleingeld von allen Ladenbesitzern der Hauptstraße, mit dem sie sich etwas Leckeres kaufen konnten. Fröhlich zogen sie ihres Weges.

»Onkel Matthew spielt auch Trommel, oder, Mama?«

»Das stimmt, Schatz. Er hat früher an Weihnachten auch gern mitgespielt, aber beim letzten Mal warst du noch keine fünf Jahre alt.« Moira warf Eileen einen Blick zu, bevor sie erklärend hinzufügte: »Matthew ist nicht wirklich ihr Onkel, eigentlich ist er mein Cousin.«

»Er ist nach Indien gegangen«, erklärte Maggie, während sie vor den beiden Frauen her wieder ins Haus hüpfte.

Moira nickte. »Um unserem Vaterland zu dienen.«

Eileens Atem stockte. Unmöglich! Hatte die anständige, gastfreundliche und rundherum nette Moira einen Soldaten in der Familie?

»Du hast bei Tisch nicht für seine Verwundungen gebetet, Mama.«

»Wir können immer noch dafür beten, dass er auch schöne

Weihnachten hat. Kommst du mit, Eileen? Dann mache ich heißen Kakao und wir schneiden diesen herrlichen Kuchen an.«

Weil Maggie sie voller Erwartung ansah, musste Eileen lächeln. »Da sage ich nicht nein.«

Jetzt, wo ihr gesamter Aufenthalt in Almsbrick so nach Plan verlief, gönnte sie selbst diesem Soldaten in der Kronkolonie schöne Weihnachtstage. Solange er bloß dort blieb.

Am Essen lag es nicht. Matthew konnte sich nicht daran erinnern, wann er zum letzten Mal so ein Festmahl gegessen hatte. Nicht in den Zeltlagern in Afghanistan und nicht im Armeelazarett. Auch das Essen in der Kaserne von Poona oder der Fraß auf dem Truppentransporter konnten nicht mit dieser Mahlzeit in Port Said mithalten.

Kurz nachdem Oberst Brooks ihm mitgeteilt hatte, dass er entlassen worden war, hatte Matthew mit Tom und einer großen Gruppe Soldaten den Befehl bekommen, nach Bombay zu marschieren, wo ein Truppentransportschiff bereitstand, um sie nach England zurückzubringen. Mittlerweile hatten sie den Indischen Ozean schon überquert und waren am Suezkanal angekommen. Die meisten Soldaten, ob sie nun aus gesundheitlichen Gründen entlassen worden waren oder ihre Dienstzeit rum war, freuten sich darauf, wieder nach Hause zu kommen. Darüber hinaus waren alle froh, dass sie heute Landgang hatten. Während des gemeinsamen Weihnachtsessens spendierten sie den Einheiten, die im Augenblick in Port Said stationiert waren, ein paar derbe Geschichten und Anekdoten aus dem Krieg.

Matthews Blick schweifte über die langen Tafeln, die im Speisesaal aufgestellt waren, und er tat sich gütlich an seinem Beefsteak, ohne den Geschichten allzu viel Aufmerksamkeit zu widmen. Er konnte nicht zuhören, wenn er noch ein Weilchen dieses Festmahl genießen wollte. Stattdessen richtete er seinen

Blick auf die Weihnachtsdekoration an den Wänden. Die Sterne waren aus Bajonetts mit Ladestöcken gebildet worden. Lächerlich. Weiter oben hingen große Bögen Papier mit Texten über Friede und Wohlgefallen und Wohlstand für alle. Sah denn niemand, wie leer diese Worte waren?

Neben ihm berichtete Tom mit immer wilderen Armbewegungen von dem Moment, in dem ihr Lager von einem Scharfschützen unter Beschuss genommen worden war. »Kaum hatten wir unseren Kopf aufs Kissen gelegt, ging der Radau wieder los. Peng, peng! Und das Geschrei, das diese Leute veranstalten! Nicht wahr, Matt? Ich habe gedacht, unser Unteroffizier kann laut brüllen, aber das war gar nichts im Vergleich mit diesen Barbaren.« Er machte eine Pause, um seinen Bierkrug leer zu trinken, und ließ ihn sich noch einmal auffüllen.

Matthew folgte seinem Vorbild. Der Hauptmann würde später ein ganzes Stück Arbeit damit haben, so viele betrunkene Soldaten wieder zurück aufs Schiff zu bekommen. Doch das war nicht sein Problem.

»Wie es weitergegangen ist?« Tom schob sich eine Wurst in den Mund. »Wilson hier hat ihm den Rest gegeben. Mit einem guten Schuss und dem Bajonett.«

»Wenn dein Schuss richtig sitzt, brauchst du kein Bajonett«, verkündete der Soldat, der Tom gegenübersaß, lachend. Das war eines von diesen neunmalklugen Kerlchen, die noch nie ein Schlachtfeld gesehen hatten. Matthew bebte. Dieser Junge hatte keine Ahnung, mit wem er es zu tun hatte.

»Sag nie, dass Wilson nicht schießen kann«, warnte ihn Tom, wobei er mit einem fettigen Finger in der Luft herumfuchtelte. »Das ist einer der Besten unserer Kompanie gewesen …«

Hörte sich das an wie eine Beerdigungspredigt? Und wollte er, dass man sich so an ihn erinnerte? Weil er so viele feindliche Soldaten getötet hatte? Das beklemmende Gefühl in seiner Brust kehrte zurück. Er versuchte, es mit einem weiteren Krug Bier hinunterzuspülen.

»Ich werde dir erzählen, wie Wilson mir das Leben gerettet hat«, fing Tom an. »Das war '76, vor dem Krieg. Wir waren gerade auf einer Aufklärungsmission in Nordindien.«

»Erzähl eine andere Geschichte, Tom.« Matthew versuchte, sich auf das Gespräch auf seiner linken Seite zu konzentrieren, aber mit so vielen Männern in *einem* Raum war der Lärm zu groß. Er verstand kein Wort.

»Und Wilson hat keine Sekunde nachgedacht, sondern zugestochen.« Demonstrativ legte Tom sein Tafelmesser Matthew an die Kehle. »Dann war es vorbei mit diesem Kerl. Er ist auf mich gefallen, aber er konnte nichts mehr machen, das kannst du mir glauben!«

Matthew dachte an diesen anderen Krieger, der immer wieder in seinen Albträumen auftauchte. Sein Magen begann zu protestieren. Wütend schob er Toms Hand weg. »Halt endlich die Klappe, Tom. Du hast genug gesagt.«

»Aber du bist der Held dieser Geschichte!« Völlig verdutzt sah Tom ihn an. »Sei froh, dass ich nichts anderes erzähle.«

Seine glänzenden Augen und roten Wangen hätten Matthew warnen müssen, sich auf keine Diskussionen einzulassen. Doch seit ihrer Abreise aus Bombay hatte seine Frustration wie ein Topf Brei auf dem Feuer vor sich hin geköchelt und er hatte heute Abend ebenfalls zu viel von dem unbegrenzt fließenden Bier genossen. Der Topf musste also irgendwann überkochen.

Fuchsteufelswild sprang er von der Holzbank auf. »Der *Held*? Sie haben mich für dienstunfähig erklärt, Tom! Beiseitegeschoben. Ich muss mir nicht anhören, wie gut ich gewesen bin, denn dann wäre ich nicht …«

»Du bist nicht beiseitegeschoben worden! Du siehst es nur so.«

»Warum bin ich dann auf dem Weg nach England? Ich habe es mir nicht ausgesucht, an Bord dieses blöden Schiffes zu gehen.«

»Aber du bist jetzt trotzdem hier, dann kannst du auch das Beste daraus machen.« Tom zuckte mit den Schultern und zeigte auf seinen vollgeladenen Teller. »Wie schwer kann das schon sein?«

Beinahe unmöglich, wusste Matthew. Wohin sollte ein abgedankter Soldat schon gehen?

»Ich habe meine Familie schon seit über einem Jahr nicht mehr gesehen«, offenbarte ein Soldat aus Port Said. »Hab nur eine Weihnachtskarte bekommen, aber wenn ich Urlaub …«

Matthew knirschte mit den Zähnen. Eine Entlassung war etwas ganz anderes als Urlaub. Tom allerdings nickte zustimmend und grinste breit. »Ich sehe demnächst nach gut zwei Jahren meine Frau wieder und zum ersten Mal meinen Sohn.« Er hob prostend seinen Becher in Matthews Richtung. »Setz dich wieder hin, Matt, es ist Weihnachten. Genieß das gute Beefsteak und dein Bier. Auf das gute, alte England!«

Verächtlich schnaubte Matthew. »Mir ist die Lust auf das alles hier vergangen.«

»Ja, du solltest lieber den Rest der Reise im Selbstmitleid versinken!«

»Wage es nicht, so mit mir zu sprechen!« Matthews Schultermuskeln spannten sich an. »Ich gehe raus, eine Pfeife rauchen.«

»Traust du dich das denn allein, da im Dunkeln?«, spottete Tom. »Ich gehe jedenfalls nicht mit und passe auf dich auf, kapiert?«

Das war der Tropfen, der das Fass zum Überlaufen brachte. Matthew drehte sich um und holte zum Schlag aus. Blut tropfte aus Toms Nase. »Das kriegst du zurück!«

Bevor Matthew reagieren konnte, hatte er einen Schlag gegen den Kiefer eingesteckt. Erneut schwang er seine Faust, aber Tom bückte sich rechtzeitig und rannte geduckt wie ein Rammbock auf ihn zu. Matthew fiel auf den Rücken und hielt Tom am Kragen fest, um ihn unter Kontrolle zu bekommen.

»Hey da, sofort aufhören!«

In der Stimme des Feldwebels schwang so viel Autorität mit, dass die beiden sich mühsam aufrichteten. Aus Gewohnheit straffte Matthew seine Schultern.

»Was ist bloß in euch gefahren, dass ihr ausgerechnet heute eine Schlägerei vom Zaun brecht?«

»Dieser blonde Kerl da hat angefangen«, verkündete der junge Soldat hilfsbereit. Wütend sah Matthew ihn an. Er hätte diesem Kerl gern eine Abreibung verpasst, doch der Blick des Feldwebels hielt ihn davon ab.

»Wilson?«

»Das war ein Missverständnis, Herr Feldwebel.«

»Dann will ich hier kein Missverständnis aufkommen lassen.« Der Feldwebel winkte zwei Soldaten heran, die Wachdienst hatten. »Bringt Soldat Wilson zurück aufs Truppenschiff und schließt ihn für die Nacht ein.«

In die Zelle im Unterdeck? Er schnappte nach Luft. »Aber es ist Weihnachten! So ernst ist es überhaupt nicht gewesen!«

Zögernd schaute er zu Tom hinüber, doch dessen Blick war auf seine glänzend geputzten Stiefel gerichtet. Oh Allmächtiger! Von dieser Seite konnte er also auch keine Unterstützung mehr erwarten. Dann musste er es eben allein schaffen. Jetzt *und* demnächst in Almsbrick. Er würde ihnen schon zeigen, dass er niemanden brauchte. Sie sollten ihn einfach nur in Ruhe lassen.

Es brauchte nur eine Handbewegung des Feldwebels und die beiden Wachsoldaten nahmen ihn zwischen sich. Matthew marschierte mit erhobenem Kinn zurück zum Schiff.

Weil vom Weihnachtsessen noch viel übrig geblieben war, lud Moira Eileen am nächsten Tag ein, zum Mittagessen in den Laden zu kommen: »Einfach nur so, weil es nett ist.«

Eileen war über diesen Vorschlag froh. Die Aussicht, diesen Tag, der zudem noch auf einen Sonntag fiel, allein verbringen zu müssen, war nicht besonders angenehm. Leider musste sie dennoch einige Näharbeiten erledigen, wie an einem normalen Werktag, doch daran würde sie sich gewöhnen müssen.

Letzte Woche hatte sie bei Rosie Tee getrunken, was überraschend schön gewesen war. Die Zeit war nur so verflogen, sodass sie sich sogar hatte beeilen müssen, um noch rechtzeitig zum Abendessen in der Herberge zu sein.

Jetzt durfte sie sich erneut zu Maggie und Moira an den Tisch setzen und das war noch viel schöner. Zu ihrer großen Freude saß das Mädchen unten in der Küche und spielte mit seiner neuen Stoffpuppe. Als Eileen eintrat, sprang es freudestrahlend auf.

»Miss Brady, kommen Sie jetzt jeden Tag zu uns zum Essen?«

»Maggie!«, ermahnte sie Moira von ihrem Platz an dem kleinen Herd aus.

Eileen wünschte sich nur, es wäre möglich, mehr Zeit mit dem Kind zu verbringen, damit Maggie ihr schneller vertrauen würde und sie gemeinsam Almsbrick verlassen konnten.

Absichtlich würdigte sie Moira keines Blickes, während diese den Tisch deckte. Die Frau mochte freundlich zu ihr sein, es blieb jedoch eine Tatsache, dass Maggie nicht zu ihr gehörte. Und auch nicht bei ihr bleiben würde.

»Du siehst müde aus, Eileen. Geht es dir gut?« Moira hörte sich besorgt an.

»In der Herberge ist viel los«, murmelte sie. »Mir kam es so vor, als hätte Trench gestern Abend noch Vorräte geliefert bekommen.«

Moira zog überrascht ihre Augenbrauen hoch. »*An Weihnachten?* Und bei diesem Schnee?«

»Vielleicht hatten sich die Lieferanten gerade deswegen verspätet.« Eileen konnte unmöglich offenbaren, dass ihr Schlafmangel nicht nur mit der Geschäftigkeit in der Herberge zu tun hatte. Der Kontakt mit Maggie und ihre Zukunftspläne sorgten dafür, dass sie sich auch dann noch im Bett herumgewälzt hatte, nachdem in der Herberge längst wieder Ruhe eingekehrt war.

Bei Tisch plauderte Maggie fröhlich drauflos und natürlich zeigte sich auch Eileen von ihrer besten Seite, um eine entspannte Atmosphäre zu schaffen. Es klappte erstaunlich gut.

»Machen Sie auch manchmal Kleidung für Männer, Miss Eileen?«, wollte das Mädchen plötzlich wissen.

»Miss Brady«, korrigierte Moira sie.

»Ich finde es nicht schlimm«, sagte Eileen schnell. Eigentlich hörte sich ihr Vorname weniger streng und unpersönlich an. »Und ja, ich kann auch Hemden und Hosen schneidern. Das habe ich sogar gemacht, bevor ich bei Madame Carroll angefangen habe. Aber ihr Atelier wird nur von reichen Damen besucht.«

»Von denen haben wir hier nicht viele«, warnte Moira. »Aber es hat schon ein paar Reaktionen auf deine Anzeige gegeben, nicht wahr?«

»Ja, es gab einige Anfragen, Kleider anzufertigen oder zu ändern, so wie das Kostüm von Prudence Goodwin. Und ansonsten könnte ich jederzeit wieder mit den Hemden anfangen. Es hat sich allerdings noch niemand auf meine Anzeige wegen des Arbeitsraumes gemeldet.«

»Das wird sicher noch werden.« Moira schien kurz zu zögern, dann begann sie entschlossen den Tisch abzuräumen. Anschließend nahm sie eine Schachtel und legte ein Tütchen Plätzchen hinein. »Ich gehe mal eben kurz in den Laden«, kündigte sie an. »Ralph kann jeden Augenblick hier sein, um mit dem Bereitstellen der neuen Vorräte zu helfen, und bis dahin hätte ich gern sein Weihnachtsgeschenk eingepackt.«

»Ich kümmere mich währenddessen um den Abwasch«, bot Eileen an, froh, damit etwas zu tun zu haben.

Sie hatte gerade den letzten Teller gespült und abgetrocknet in das Küchenbuffet gestellt, als Moira zurückkam. Die Schachtel quoll jetzt beinahe über und sie legte zum Schluss noch etwas Bargeld hinein.

Eileen wollte nicht neugierig erscheinen und richtete ihren Blick auf die beiden kleinen Fotos, die auf der Anrichte standen – was aber nicht wirklich die bessere Wahl war.

»Ralph hat hart gearbeitet, um mir im letzten Jahr aus der Patsche zu helfen«, erklärte Moira. »Und er kommt aus einer großen Familie. Eigentlich sollte ich der Familie Malford öfter als nur einmal im Jahr zu Weihnachten etwas zustecken.«

»Die Malfords haben doch sicher auch ihren Stolz«, erwiderte Eileen. »Mein Vater hätte früher so eine Schachtel ungeöffnet zurückgeschickt.«

»Dann ist es ja gut, dass wir so schöne Weihnachtstraditionen haben. So können sie sich nicht weigern, das Geschenk anzunehmen.« Moira nickte in Richtung des Fotos auf der linken Seite. »Das war mein Herbert. Ein hübscher Kerl, nicht wahr?«

Eileen betrachtete das Foto genauer, auf dem ein kräftig gebauter Mann stolz mit seiner weißen Schürze vor der Ladentür posierte, neben ihm seine Frau und ein kleines Mädchen mit schwarzen Locken. Man hätte alle drei für eine richtige Familie und Maggie für die leibliche Tochter halten können. Aber Eileen wusste es besser: Maggie gehörte hier nicht hin. Sie versuchte, sich auf das andere Foto zu konzentrieren, und sagte nichts.

»Das Foto ist gemacht worden, als ein herumreisender Fotograf auf dem Frühlingsmarkt aufgetaucht ist. Ich bin so froh, dass Herbert gewartet hat, bis Maggie und ich vom Markt zurückgekommen waren. Das ist das einzige Foto, auf dem wir als Familie zu sehen sind.« Sie seufzte. »Möchtest du noch ein Tässchen Tee, bevor wir an die Arbeit müssen?«

Dazu sagte Eileen nicht Nein, obwohl Maggie inzwischen allein spielte, ohne noch Notiz von ihr zu nehmen. Und so erfuhr sie kurze Zeit später, wie Moira nach ihrer Kindheit auf einem Bauernhof in Westwich, in der Gegend von Liverpool, auf Almsbrick Manor als Hilfsköchin angefangen hatte.

»Das war weit weg von zu Hause«, erinnerte sie sich. »Aber ich bin froh, dass ich ehrgeizig genug gewesen bin, trotzdem zu gehen. Dadurch habe ich Herbert getroffen, der die Bestellungen abgeliefert hat und immer öfter geblieben ist, um noch eine Tasse Tee in der Küche zu trinken.«

»Und letztendlich habt ihr geheiratet.«

»In der Tat. Aber vergiss nicht, ich war schon 25 und für mich hatte sich noch nie ein Junge interessiert.«

Eileen lächelte ein wenig, weil Moira sie so vielsagend anschaute. Immerhin war sie jetzt noch ein Jahr älter als Moira und ihre Chancen auf eine Heirat noch ein wenig kleiner geworden.

Doch anstatt das zu sagen, erzählte sie, dass sie ebenfalls auf einem Bauernhof aufgewachsen war, einem viel kleineren als dem von Moiras Vater, und dass sie von der örtlichen Schneiderin ihren Beruf gelernt hatte. »Mein Vater meinte eigentlich, dass es mir reichen sollte, wenn ich als Dienstmädchen bei dieser Näherin arbeite, aber sie hat das anders gesehen. Sie hat sich viel Mühe gemacht, ihn eines Besseren zu belehren.«

»Zum Glück mit Erfolg.«

»Das kann man wohl sagen.« Wie hätte sie sonst zurechtkommen sollen? »Mrs Tomkins hat immer gesagt, dass es eine Schande wäre, ein Talent zu vernachlässigen, das man bekommen hat.«

»Da kann ich ihr nur zustimmen.« Moira lächelte wehmütig. »Ich fürchte, wir gehen oft zu achtlos mit den Geschenken um, die Gott uns gegeben hat.«

»Denkst du das?«

»Wir haben nicht immer ein Auge dafür oder wir halten sie für selbstverständlich.« *War Maggie etwa auch ein Geschenk von Gott gewesen?* »Es macht Gott zweifellos Freude, wenn wir Segnungen von ihm erwarten und ihm dafür auch danken.«

Eileen schwieg verwirrt. Sie war schon ziemlich dankbar, dass sie den Weg nach Almsbrick gefunden hatte, aber wog das die Leichtsinnigkeit auf, wegen der sie ihr Kind hatte weggeben müssen? Würde Gott ihr trotz allem helfen, ihren rechtmäßigen Platz als Maggies Mutter einzunehmen?

»Und wer ist auf dem rechten Foto zu sehen?«, fragte sie, um die Aufmerksamkeit auf etwas anderes zu lenken, obwohl sie die Antwort eigentlich hätte erraten können. Er trug eine Uniform.

»Das ist mein Cousin Matthew Wilson.« Moira ging zur Anrichte und nahm das Foto in die Hand. »Er sieht noch aus wie ein Lausebengel, meinst du nicht auch? Dabei ist er schon 26 gewesen. Das Foto ist gemacht worden, kurz bevor er sich zum zweiten Mal verpflichtet hatte. Mittlerweile hat er sich sicher einen Schnurrbart wachsen lassen. Das tun doch alle Soldaten, oder?«

»Ich denke, sie sind dazu mehr oder weniger verpflichtet«, murmelte Eileen. Johnny hatte so etwas jedenfalls einmal wütend behauptet, nachdem sie sich über die begrenzte Anzahl von Haaren auf seiner Oberlippe lustig gemacht hatte. Der Soldat auf dem Foto war tatsächlich bedeutend weniger jugendlich, was Moira auch sagen mochte. Die blonden Haare schienen Cousin und Cousine gemeinsam zu sein, doch damit hörten die Ähnlichkeiten auch schon auf. Anstelle von Moiras rundem Gesicht hatte Cousin Matthew markante Kieferknochen und sah mit einem breiten Grinsen und blitzenden Augen in die Kamera. Als ob er das Abenteuer umarmen wollte und die Welt herausforderte, ihn davon abzuhalten. Das war ein Mann, der sich durch nichts und niemanden aufhalten ließ.

»Er hat sich für sechs weitere Jahre verpflichtet.« Moira hörte sich teilnahmslos an. »Und davon sind im nächsten Sommer drei rum. Erst die Hälfte also.«

Gut so, dachte Eileen. Wenn irgendwann auch die anderen drei Jahre verstrichen wären, würde sie nicht mehr hier sein. Ganz abgesehen davon konnte während dieser Zeit mit einem Soldaten in den Tropen viel passieren, sodass er vielleicht nie mehr zurückkehren würde.

In diesem Augenblick bimmelte das Glöckchen an der Hintertür, gefolgt durch eine kalte Windböe. Ralph stampfte sich den Schnee von den Schuhen und hing seine Jacke an einen Haken.

Eileen wurde bewusst, dass es nun Zeit war zu gehen. Sie stand auf und strich sich den Rock glatt.

»Tut mir leid, dass ich so spät bin«, brummte der schlaksige Junge mit Blick auf Moira.

»Kein Problem. Du siehst aus, als hättest du nur wenig Schlaf bekommen.«

»Zusätzliche Arbeit in der Herberge«, murmelte er. »Der Stallknecht dort hat sich für mich eingesetzt und ich dachte …

Hallo, Miss Brady. Ich habe Sie gestern Abend gar nicht gesehen.«

»Ich hatte mich schon lange hingelegt«, lachte Eileen. »Was wird denn alles geliefert?«

»Keine Ahnung, ich habe nur die Pferde gesehen«, erwiderte Ralph. »Man darf die Ställe ohne Anweisung nicht verlassen, haben sie mir gesagt.«

»Die Geschäfte laufen anscheinend gut, wenn Leonard Trench zusätzliches Personal anstellen muss.« Moira klang mürrisch.

»Wenn das ein Hotel wird, gibt es Arbeit für viele Leute im Dorf«, bekräftigte Ralph.

»Wir werden sehen, ob er diese großen Pläne umsetzen kann. Das kostet viel Geld.« Moira stand augenscheinlich nicht auf gutem Fuß mit dem entfernten Verwandten ihres Mannes.

Ralph reagierte nicht darauf, sondern gähnte nur. »Womit soll ich anfangen, Mrs Trench?«

Das schien Moiras Ärger zu vertreiben. »Mit dem Annehmen dieser Schachtel, junger Mann – als Weihnachtsgeschenk. Ich weiß nicht, wie ich es im vergangenen Jahr ohne deine Hilfe geschafft hätte.« Bei diesen Worten traten Tränen in Moiras Augen.

Ralphs Ohren röteten sich ein wenig.

Eileen fühlte sich ebenfalls unbehaglich. Sie fand es nicht angebracht, dass Moira ihre Gefühle so zeigte. Merkte sie denn nicht, dass der arme Junge peinlich berührt war?

Als Moira schließlich wieder zur Tagesordnung überging und Ralph erklärte, welche Kästen und Kisten in den Laden mussten, räusperte sich Eileen, um ihren Weggang anzukündigen.

In diesem Augenblick ertönte erneut die Türglocke. Die Töchter von Doktor Goodwin erschienen in der Türöffnung, alle drei in teure Wollmäntel gehüllt.

»Du lieber Himmel, Mrs Trench, haben Sie den jungen Ralph heute an die Arbeit geschickt?«, wollte die älteste der drei wissen.

Moiras Gesicht wurde so rot wie das des Jungen. »Er hilft mir nur, schwere Kisten zu heben, sodass ich morgen früh das Geschäft wieder öffnen kann. Ich lasse ihn natürlich nicht den ganzen Sonntag schuften.«

»Ich finde es nicht schlimm, Miss Goodwin«, erklärte Ralph, ohne den Blick von den Kisten zu heben. »Und das Geld kann ich gut gebrauchen.«

»Ach, komm, Charity, wir sind nicht hier, um jemanden zu ermahnen«, warf die mittlere Schwester ein, die von den dreien die freundlichste zu sein schien. »Wir haben ein kleines Geschenk für Maggie!«

»Eigentlich für alle Kinder im Dorf.« Jetzt lächelte Miss Charity. »Prudence, Hope und ich hatten ordentlich zu tun.«

»Emma Howell hat auch geholfen«, ergänzte Prudence. Sie hörte sich genauso ungeduldig an wie seinerzeit, als ihr Kleid zerrissen war, und verschränkte die Arme. »Die Tochter des Pfarrers ebenfalls.«

Das sind deine zukünftigen Kundinnen, war das Erste, was Eileen dachte. Die Pfarrerstochter war nicht schwer zu finden – sie würde sich erkundigen müssen, wer diese Miss Howell war.

»Sie tragen die Geschenke für die Jungen aus«, erklärte die mittlere Miss Goodwin.

Hope, wiederholte Eileen im Kopf.

»Und wir die für die Mädchen. Komm einmal her, Maggie.«

Das Mädchen legte seine Puppe beiseite und ging auf sie zu, verlegener, als es je auf Eileen reagiert hatte. Obwohl es Eileen guttat zu sehen, dass Maggie diesen Unterschied machte, hätte sie ihr gern vermittelt, dass sie sich nicht zurückhalten sollte. *Gestraffte Schultern, erhobener Kopf. Du bist nicht weniger wert als diese Damen.*

In diesem Augenblick fiel Maggies Kinnlade vor Überraschung nach unten.

Moira schlug sich die Hand vor den Mund und Eileen musste ein paarmal mit den Augen blinzeln. In vielen Dörfern engagierten sich zwar die wohlgestellten Damen im Bereich der Wohltätigkeit, aber das … das war …

»Das ist wirklich zu viel«, verkündete Moira resolut. »Ich schätze diese Geste sehr, aber wir können das unmöglich annehmen.«

»Ich nehme das Kleid nicht wieder zurück«, erwiderte Miss Charity eigensinnig. »Ihre Tochter ist schon lange aus ihrem Sonntagskleid herausgewachsen, Mrs Trench.«

»Das ist wahr.« Moira hörte sich niedergeschlagen an. »Aber ich bin mir sicher, dass Sie nicht für jedes Mädchen im Dorf ein neues Kleid besorgt haben.«

»Nicht jede Familie hat so ein schweres Jahr hinter sich.« Miss Hope hielt Maggie das Kleid an, um zu schauen, ob es passte.

Es passte wunderbar, das sah Eileen sofort. Sie hatte keine Ahnung, wer das Kleid geschneidert hatte, die Qualität war jedoch gut. Etwas schmucklos, aber ordentlich gearbeitet. Den braun-violett karierten Baumwollstoff fand sie nicht unbedingt schön. Es gab Farben, die viel besser zu Maggies schwarzen Locken und dunklen Augen gepasst hätten. Eileen hätte einen Stoff ausgesucht, der sie hätte strahlen lassen. Wenn …

Das war genau das, was im Augenblick für ihre gereizte Stimmung sorgte, denn sie hätte besser auf Maggies Bedürfnisse achten sollen als die Goodwin-Schwestern. Sie hätte etwas unternehmen müssen, nachdem sie gesehen hatte, dass Maggies Rock zu kurz zu werden begann. Schließlich war sie Schneiderin. Aber das Einzige, was ihr eingefallen war, war ein nutzloses, kleines Püppchen, das jetzt auf dem Boden neben dem Herd lag. Sie hatte sich durch ihre eigenen Gefühle leiten lassen, durch die Sehnsucht, die sie schon so lange gehabt hatte, ihre kleinen Kreationen ihrer Tochter zu geben.

Gestern war Maggie mit ihrem Püppchen glücklich gewesen, allerdings hatte sie lange nicht so strahlend gelacht wie jetzt. Das war verständlich, wie oft bekam ein Mädchen schließlich ein nagelneues Kleid? Es hatte ja keine Ahnung, wie viel persönlicher Eileens Geschenk war, wie wichtig es für Eileen gewesen war, es ihr selbst zu überreichen. Obwohl es nicht so praktisch war wie ein neues Kleid.

»Schauen Sie doch, wie gut es Maggie stehen wird«, erklärte Miss Hope. »Geben Sie uns bitte diese Möglichkeit, Ihnen unsere Anteilnahme zu zeigen, Mrs Trench. Bitte fühlen Sie sich nicht beleidigt.«

»Bitte, Mama«, flehte Maggie.

Mit einem gequälten Blick nickte Moira letztlich. Eileen verstand ihr Problem sehr gut. Es war sehr schwierig zuzugeben, dass man selbst nicht für alles sorgen konnte, was die eigene Tochter nötig hatte.

»Sehr gut.« Miss Hope klang zufrieden. »Und machen Sie sich keine Sorgen wegen der Qualität, wir haben es bei jemandem aus der Stadt in Auftrag gegeben.« Sie lachte. »Wenn Sie sich hier niederlassen, Miss Brady, dann nehmen wir im nächsten Jahr Ihre Hilfe in Anspruch.«

Eileen schrak aus ihren Gedanken auf. »Mit dem größten Vergnügen«, erwiderte sie. Doch wahrscheinlich waren Maggie und sie bis dahin schon lange weggezogen.

»Zunächst müssen Sie aber mit drei neuen Kleidern Ihre Qualitäten unter Beweis stellen.«

Eileen schnappte nach Luft. »*Drei* Kleidern?«

Miss Charity nickte. »Wir werden demnächst nur noch Halbtrauer tragen. Könnten Sie uns wegen der Farben und Möglichkeiten beraten?«

»Äh … selbstverständlich«, stotterte sie. Allerdings hatte sie hier nicht die Musterbücher von Madame Carroll parat. Oder die Modezeitschriften.

»Ausgezeichnet. Darauf kommen wir im neuen Jahr zurück, das ist früh genug. Sie haben die Arbeit an dem Kleid von Prudence vortrefflich ausgeführt.«

»Aber bald trage ich es nicht mehr«, ergänzte Prudence kurzangebunden. »Schade um all die Arbeit.«

Hope zog die Augenbrauen zusammen. »Freust du dich denn gar nicht, dass du bald ein flieder- oder veilchenfarbenes Kleid bekommst?«

»Ich trage lieber Schwarz.« Prudence hob eigenwillig ihr Kinn und sah ihre Schwestern nicht an.

Das hatte nichts mit den Farben zu tun, wurde Eileen bewusst. Auch Moira schien das zu verstehen. »Bei der Kleidung geht es nur um das Äußere, Miss Goodwin. Wenn Sie kein Schwarz mehr tragen, bedeutet das nicht, dass Sie Ihre Mutter vergessen haben.«

»Nein, gar nicht«, rief Charity, überrascht durch den Gedankengang. »Wir werden Mama niemals vergessen. Und du weißt genau, dass sie es nicht wollen würde, wenn wir unser soziales Leben weiterhin verwahrlosen lassen. Sie wäre überglücklich über Hopes Verlobung.«

Der Hinweis war so deutlich, dass Eileen sich zwingen musste, nicht die Augen zu verdrehen.

Prudence realisierte diese für eine Dame unschickliche Geste dagegen schon. »Haben Sie es gehört, Miss Brady? Sie müssen für mich ein Kleid entwerfen, in dem ich die Aufmerksamkeit der Herren auf mich ziehe.«

»Ich werde mein Bestes geben, um für jede von Ihnen das passende Kostüm anzufertigen.«

Drei gleichzeitig! Sie brauchte Zeichenpapier. Und Tinte. Sie musste Stoffe bestellen und Schnittmuster anfertigen. Du liebe Güte, wie sollte sie um Himmels willen den gesamten Stoff *mit* all den üppigen Faltenwürfen, die im Augenblick so beliebt waren, in dem kleinen Zimmerchen von Trenchs Herberge auf die richtige Größe zuschneiden? Sie hatte ein kleines Tischchen, auf dem ihre Handnähmaschine stand, aber kaum Platz, um den Stoff abzulegen, während sie am Nähen war. Ein paar Änderungen vorzunehmen war die eine Sache, aber zu einem solchen großen Projekt war sie aufgrund des Platzmangels noch nicht in der Lage.

Dennoch versuchte sie sich nichts von ihrer Unruhe anmerken zu lassen, sondern lächelte die Schwestern mit einem vorgespielten Selbstvertrauen an. »Ich freue mich auf das nächste Jahr.«

11. Kapitel

»Meinen Sie wirklich, die Goodwin-Schwestern werden so etwas tragen?«, wollte Rosie Merchant wissen, wobei sie ihren Kopf neigte, um die Zeichnung besser betrachten zu können. Sie hatte die Wäsche zur Herberge gebracht, während Eileen dabei war, ihren ersten Entwurf zu skizzieren. Mit einem Seufzen legte Eileen ihren Stift beiseite und lehnte sich mit dem Rücken an die hölzerne Stuhllehne. »Ich weiß, dieses Kleid ist überhaupt nicht praktisch.«

»Nun …«

»Aber die neueste Mode ist oft unpraktisch. In den schmalen Kleidern, die jetzt gerade in Mode kommen, kann man nur ganz kleine Schrittchen machen.«

Rosie kicherte. »Stellen Sie sich vor, ich würde so etwas beim Waschen tragen. Ich würde umfallen!«

»Das ist der Punkt. Die Damen, die sich so ein Kleid leisten können, brauchen im Gegensatz zu uns nicht zu arbeiten.« Dennoch war sie mit allem, was sie bisher aufs Papier gebracht hatte, nicht zufrieden.

»Miss Charity hat schon eine richtige Arbeit«, widersprach Rosie. »Sie hilft Doktor Goodwin bei den Operationen und macht seine Instrumente sauber. Überall wird behauptet, dass sie deswegen in ihrem Alter noch nicht verheiratet ist.«

Ihre Augen wurden groß. »Tut mir leid, das zu sagen war nicht nett.«

Eileen lächelte schwach. »Ich glaube nicht, dass zwischen Charity Goodwin und mir ein großer Altersunterschied besteht.«

»Ich bin auch ungefähr so alt wie sie, daran erinnere ich mich noch aus unserer Kindheit.«

Von der Seite betrachtete Eileen die Frau neben sich genau. Moira und Mrs Holmes hatten über sie geredet, als sei sie noch ein blutjunges Mädchen. Sie war nicht groß und wirkte auch noch jung. Trotzdem zeigten sich in ihrem Gesicht ein paar Sorgenfalten, verursacht ohne jeden Zweifel durch ihren zuvorkommenden Ehegatten, der es sich am anderen Ende der Welt gut gehen ließ, ohne an sie zu denken. Dennoch hatte die junge Frau ein sonniges Gemüt und Eileen mochte sie sehr. Rosie hatte das Herz auf dem rechten Fleck, sie war hilfsbereit und fleißig und meistens sogar recht aufgeweckt. Abgesehen davon passte es außerordentlich gut, dass sie die Wäsche der Dorfbewohner in die Hände bekam.

»Sollen wir uns nicht einfach mit dem Vornamen ansprechen?«, schlug Eileen vor.

Einen Augenblick lang sah Rosie sie sprachlos an, doch schon schnell breitete sich ein Lächeln auf ihrem Gesicht aus. »Das fände ich gut, wenn Sie … du nichts dagegen hast.«

Eileen zwinkerte mit den Augen, verwirrt über das eigene Verhalten. Fühlte sich das nicht ein bisschen zu sehr nach einer Freundschaft an? Was war aus ihrem Vorsatz geworden, allen gegenüber die Distanz zu wahren?

Unvermittelt stand sie auf. »Ich muss den Tisch näher ans Fenster bekommen. Hier ist es zu dunkel.«

»Aber dann hast du kaum noch Platz zum Sitzen.« Mit gerunzelter Stirn sah sich Rosie im Zimmer um. »Eigentlich hast du überhaupt nicht viel Platz.«

Eileen seufzte. »Auf meine Anzeige hat sich leider noch niemand gemeldet. Ich hatte gehofft, dass ich einen Arbeitsraum bekomme, *bevor* der erste große Auftrag hereinkommt.«

»Wo willst du den Stoff lagern?«

»Unter dem Bett.« Sie ballte ihre Hände zu Fäusten und entspannte sie wieder. »Da liegen schon zwei Rollen ungebleichte Baumwolle, aus der ich die Modelle anfertige. Ich kenne die Maße der Damen noch nicht und will keine kostbaren Stoffe verschneiden.«

»Das verstehe ich.« Der Zweifel war in Rosies Gesicht zu lesen. Eileen hatte ihn auch. Sie konnte das, sie *musste* das können, aber ihr fehlte so viel. Die Modemagazine, die sie über Moira bestellt hatte, gaben ihr nicht viel Inspiration. Sie hatte keine Schneiderpuppe, keine Muster, keinen Zuschneidetisch, keinen Platz … »Auf was habe ich mich da eingelassen?«

»Es ist schon eine Herausforderung.« Rosie kaute nachdenklich an ihrer Unterlippe. »Aber sie kann die Mühe wert sein.«

Und das war auch so. Eileen wusste, dass es keinen anderen Weg gab, um ihr Töchterchen kennenzulernen. Um mit Maggie in Kontakt zu bleiben, musste sie in Almsbrick bleiben. Und deshalb musste sie für ihren eigenen Lebensunterhalt aufkommen können, ohne von jemandem abhängig zu sein. Außer von Gott. *Werden meine Pläne gelingen, Herr? Du hast mir geholfen, bis hierherzukommen. Jetzt lässt du mich doch nicht im Stich?* In Bezug auf ihre Zukunft war noch so viel unsicher, dass sie keinen klaren Plan vor Augen hatte, und das gefiel ihr gar nicht. Wie konnte sie ihren Weg gehen, wenn sie gar nicht genau wusste, wohin er führte? *Einen Schritt nach dem anderen!* Als Erstes musste sie sich nun einen Namen als erfahrene Schneiderin machen.

»Ich gehe die Stoffe abholen, die Moira für mich bestellt hat.« Sie nahm ihren Mantel vom Haken. Würde Trench seine Zustimmung dazu geben, noch weitere Haken an der Wand zu befestigen? Aber wie sehr trug das zur Lösung ihres Problems bei? Sie schüttelte den Kopf. »Kommst du mit?«

»Nur bis zur Schmiede«, antwortete Rosie. »Ich muss unbedingt wieder an die Arbeit. Schließlich kann ich Mrs Downes auch nicht allzu lange auf Tommy aufpassen lassen.«

Gemeinsam verließen sie die Herberge, überquerten die steinerne Brücke über den Bach und liefen an der Reihe von Häuschen vorbei in Richtung Hauptstraße. Eileen bemerkte, dass Rosie für niemanden eine Unbekannte zu sein schien und das in ganz positivem Sinn. Verschiedene Frauen grüßten sie und an der Kirche tippte sich der Küster an den Hut.

»Bist du in Almsbrick aufgewachsen?«, wollte sie wissen. »Alle kennen dich.«

Rosie nickte. »Mein Vater hat auf dem Hof von Bauer Howell gearbeitet. Ich habe da auch gearbeitet, bis ich geheiratet habe.«

»Howell?« Den Namen hatte sie schon einmal gehört. »Ist das zufällig ein Verwandter von einer gewissen Emma Howell?«

»Das ist seine Tochter.« Rosie lachte. »Wie ich merke, gibst du dein Bestes, um mögliche Kundinnen zu werben. Miss Howell ist sicher eine Kandidatin.«

»Ich muss doch schließlich irgendwo anfangen«, verteidigte sich Eileen.

»Natürlich. Und ich werde tun, was ich kann, um dir zu helfen. Leute, die woanders ihre Wäsche waschen lassen, lassen auch gern etwas ändern, nicht wahr?«

Mit diesem Versprechen bog sie in Richtung des Knechtshäuschens neben der Schmiede ab, während Eileen nachdenklich weiter die Hauptstraße hinunterlief. Wie lange würde es dauern, bis die Dorfbewohner sie auch so gut kennenlernten? Sie durfte nicht vergessen, dass sie in so einem kleinen Ort nicht lange anonym bleiben konnte. Was erwarteten sie von ihr, was redeten sie über sie, wenn sie nicht dabei war? Sie hob ihr Kinn in die Höhe. Welche Rolle spielte das eigentlich, wenn sie schließlich wegzog?

Das Glöckchen bimmelte, als sie die Ladentür öffnete. Wenn sie sich nicht irrte, war Maggie mittlerweile von der Schule nach Hause gekommen. Es war bereits so spät, dass man auf der Straße schon Essensdüfte riechen konnte. Vielleicht hatte Moira das Abendessen auch schon auf dem Herd stehen oder sie saßen am Tisch. Eileen lächelte. Mit ein wenig Glück wurde sie wieder eingeladen …

»Eileen, wie gut, dass du da bist!« Moira und Maggie kamen gerade durch die Hintertür in den Laden hinein.

Ihr fiel sogleich auf, wie angespannt Moira war. Ihre Lippen waren fest aufeinandergepresst, ihre Hände bewegten sich unruhig. Maggie blieb zaghaft hinter ihr stehen.

Eileens Herz setzte einen Schlag aus. Was war passiert? Wollte Moira nicht mehr, dass sie Umgang miteinander hatten? Sie kramte in ihrem Gedächtnis, konnte sich allerdings nicht erinnern, dass sie etwas Verkehrtes gesagt hatte. Oder war die sich entfaltende Freundschaft mit Rosie ein Hindernis? Sie erinnerte sich, dass Moira sich kritisch über sie ausgelassen hatte, und schob energisch ihr Kinn nach vorn ... aber nein, sie konnte nicht verteidigen, was Rosie getan hatte. Maggie war ihre erste Priorität, und wenn sie dafür der jungen Waschfrau aus dem Weg gehen musste, würde sie das tun.

»Du kommst sicher wegen der Stoffe«, erklärte Moira.

»Äh ja ... tatsächlich.« Sie blinzelte und versuchte, die trüben Gedanken zu verscheuchen. »Ich weiß, dass ich ziemlich spät dran bin, aber ...«

»Ach, gar nicht.« Moira hörte sich irgendwie bitter an, holte anschließend jedoch tief Luft. »Ich möchte dir gerne erst noch etwas zeigen. Hier entlang ...«

Die Gemischtwarenhändlerin ging ihr voraus zu einer Tür links hinten im Laden, in der Nähe der Ladentheke. Das war nicht der Ort, wo sie normalerweise die Vorräte aufbewahrte.

Eileen spürte einen seltsamen Krampf in der Magengegend. Irgendetwas stimmte mit den Stoffen nicht. Hatten sie die falsche Farbe? Waren sie in einer anderen Qualität geliefert worden, als sie es gewohnt war? Wenn das so war, würde sie sie nicht bezahlen. Zu diesem Zeitpunkt konnte sie sich keine Extrastoffe erlauben, die nicht geeignet waren, um von den Goodwin-Schwestern in ihrer Halbtrauer getragen zu werden.

Zögernd folgte sie Moira in den Raum und atmete sofort erleichtert auf. Auf einem langen Tisch am Fenster lagen die Rollen Stoff in Lila, Mauve und Dunkelviolett genau so, wie Eileen sie bestellt hatte. Ohne zu zögern ging sie zum Tisch, um sie zu begutachten.

»Papa hat hier Öfen repariert«, erzählte Maggie und überrascht schaute Eileen sich um. Davon war nichts mehr zu sehen.

»Der Eisenhandel ein Stück die Straße hinauf hat seine Gerätschaften und die offenen Aufträge übernommen«, erläuterte Moira.

»Hier hat er die kleinen Teile aufbewahrt.« Maggie zeigte auf die Wand, an der Regalbretter befestigt waren, die Fächer und kleine Schubladen aufwiesen. Sie öffnete eine. »Da kann man auch Knöpfe hineintun, sehen Sie? Oder Spitze oder zusammengerollte Bänder.«

»Ich … verstehe.« Doch das war ganz und gar nicht der Fall.

»Oder die kleinen Röschen, die Sie für Miss Almsworths Kleid gemacht haben.«

Wusste das Mädchen das noch? Mit einem unruhigen Gefühl wandte Eileen sich Moira zu. »Ich verstehe es nicht. Was soll das bedeuten?«

Moira seufzte. »Dass ich eine Entscheidung getroffen habe. Es ist an der Zeit, dass dieser Raum wieder genutzt wird … und ich habe nichts gegen eine Mieterin.«

Nochmals blickte Eileen sich um. Dank des Fensters schien viel Licht in das Zimmer hinein und der Tisch stand genau an dem Ort, an den sie ihn selbst hingestellt hätte. Die Wand mit den Regalbrettern und Fächern bot genügend Platz für kleine Dinge, so wie Maggie es schon bemerkt hatte. Moira hatte gründlich sauber gemacht und renoviert und sogar Gardinen aufgehängt, doch trotz allem erschien der Raum noch ziemlich … leer.

»Natürlich brauchst du ein paar Dinge«, sagte Moira schnell. »Ich habe dir einen Katalog mitgebracht. Schau mal.«

Das Buch lag aufgeschlagen auf dem Tisch und zeigte eine Seite mit Schneiderpuppen und spanischen Wänden, hinter denen Kundinnen sich zur Kleideranprobe umziehen konnten. Eileen starrte sie an. »Ich weiß nicht, was ich sagen soll.«

Mit ihren Ellenbogen lehnte Maggie auf dem Tisch. »Soll ich Ihnen dann auch noch das Schlafzimmer zeigen? Das ist neben meinem. Sie sagen doch sicher Ja, oder, Miss Brady?«

»Denk darüber nach«, sagte Moira. »Wir kümmern uns ums Essen. Deck den Tisch mal für drei Personen, Maggie.«

Mit einem letzten, hoffnungsvollen Blick auf Eileen folgte das Mädchen ihr in die Küche.

Eileen blieb allein in dem Raum zurück, der in den kommenden Monaten ihr Arbeitszimmer werden könnte. Mit einem Seufzen ließ sie sich auf den Stuhl an dem langen Tisch sinken. Es war kaum zu fassen! Sie würde in demselben Haus wohnen wie ihr Töchterlein und täglich mit ihm zu tun haben. Eine bessere Chance würde sich ihr nicht bieten.

War das Gott, der so für sie sorgte? Hatte er ihr diesen Platz angewiesen? Der Gedanke war atemberaubend und erschien ihr unwirklich. Als Lehrling von Mrs Tomkins hatte sie hart gearbeitet, um zu zeigen, dass sie mehr konnte als ein Dienstmädchen zu sein. Nachdem sie ihr Kind bekommen hatte, hatte sie alles daran gesetzt, wieder Arbeit zu finden: Sie hatte sich bis in die frühen Morgenstunden über Flickarbeiten gebeugt, an ihren Mahlzeiten gespart, um die *Singer*-Maschine kaufen zu können, ihr Bestes gegeben, um Madame Carroll von ihrem Talent zu überzeugen …

Und jetzt fiel ihr dieser wunderbare Raum einfach so in den Schoß, ohne dass sie sich dafür hatte anstrengen müssen. *Bedeutet das, dass du mir vergeben kannst, Gott? Dass doch nicht alle Hoffnung verloren ist?*

»Mama lässt fragen, ob Sie zum Essen kommen können.« Ohne Vorwarnung stürmte Maggie in das Zimmer. »Wir essen unten, weil das Geschäft noch offen ist.«

Eileen schluckte ihre Gefühle hinunter. »Ich komme sofort.«

Neugierig betrachtete Maggie ihr Gesicht.

Sie konnte nicht anders, als breit zu grinsen. »Und anschließend zeigst du mir gleich das Schlafzimmer, ja? Neben deinem?«

»Sie ziehen also hier ein?« Aufgeregt hüpfte Maggie auf und ab. »Das finde ich ganz wunderbar, aber Mama hat mir verboten, Sie zu überreden.«

Eileen grinste. Das Mädchen hatte natürlich keine Ahnung, wie wichtig seine Worte waren. »Du brauchst mich nicht zu überreden, Schatz. Ich möchte dieses Zimmer sehr, sehr gerne mieten.«

Am nächsten Vormittag lieferte Eileen ihren Schlüssel an der Rezeption der Herberge ab, während Ralph ihre Sachen auf Moiras Wagen lud.

Unterwegs zu Moira überkam sie ein glückseliges Gefühl. Am liebsten hätte sie der alten Dame vor dem Häuschen neben der Kirche zugewinkt und allen Vorbeigehenden erzählt, dass sie so eine großartige Chance bekommen hatte, dass sie einer wunderbaren Zeit entgegenging, in der Maggie und sie sich immer näherkommen würden.

Natürlich blieb sie einfach still neben Ralph sitzen, während er die graue Mähre, die vor die Kutsche gespannt war, antrieb. Eileen hüllte sich noch enger in ihren Mantel, weil es immer noch kalt war, obwohl kein Schnee mehr fiel. Ralph lenkte die Kutsche hinter das Haus, wo sich auch der Stall befand, und während er das Pferd ausspannte, brachte Eileen ihre Sachen selbst durch die Hintertür nach drinnen. Sie hielt nichts davon, untätig zuzuschauen, und abgesehen davon hatte sie ihre Nähmaschine schon oft allein tragen müssen.

Sie gab der Maschine den ihr gebührenden Platz auf dem Tisch und schaute sich noch einmal um. Ihr eigener Arbeitsraum! Wer hätte das gedacht, nachdem sie in Shrewsbury im Armenhaus hatte wohnen müssen? Noch nie hatte sie sich so glücklich gefühlt. Sofort begann sie damit, das Zimmer so praktisch wie möglich einzuteilen. Den Rest des Vormittags verbrachte sie damit, ihre Sachen zu ordnen und eine Liste mit weiteren Utensilien zusammenzustellen, die sie anschaffen wollte. Zuvor musste sie mit Moira eine gute Absprache treffen, was die Bezahlung anging. Sie wusste, wie sie verhandeln musste.

Gewappnet mit der Anzeige und ihren Berechnungen ging sie zur Tür, doch noch bevor sie den Türgriff betätigen konnte, schollen ihr laute Stimmen aus dem Geschäft entgegen.

»Warum hast du nicht auf mich gehört, Moira?«, hörte sie eine Männerstimme eindringlich fragen. »Ich habe dir doch gesagt, dass ich einen Mieter für dich finden werde.«

»Ich entscheide lieber selbst, wen ich in mein Haus lasse.«
Moira hörte sich trotzig an. »Jemand, dem ich vertraue.«

Eileen überkam eine Gänsehaut.

»Du brauchst jemanden, der bereit ist, viel zu bezahlen«, erwiderte der Mann. »Dafür hätte ich sorgen können.«

Moira lachte abfällig. »Damit du mehr aus mir herauspressen kannst, Leonard? Geht es dir darum?«

Du lieber Himmel, war das Leonard Trench? Mit wachsender Bestürzung wurde Eileen bewusst, dass der Herbergsbesitzer nicht so gutmütig klang wie sonst. Was war Moira ihm schuldig?

»Du hast dich selbst an mich gewandt, liebe Cousine.«

»Ich konnte nicht anders. Das bedeutet aber noch lange nicht, dass ich dich bestimmen lasse, wie ich mein Geschäft führe.«

»Wirklich? Denkst du, dass ich …«

Eileen wollte sich das nicht länger anhören und öffnete die Tür. »Ich habe eine Bestellung für dich, Moira.«

Moira und Leonard Trench drehten sich erschrocken nach ihr um. Sie standen bei den Getränken hinter der Ladentheke, direkt neben der Tür zu ihrem Arbeitsraum. Auf der Ladentheke stand eine hölzerne Kiste.

»Miss Brady!« Mit seinem Lächeln bewegte sich auch der Walrossschnurrbart in Leonard Trenchs Gesicht. »Darf ich Sie zu Ihren neuen Wohn- und Arbeitsräumen beglückwünschen? Und Sie an unsere Absprache erinnern?«

Sie straffte ihre Schultern. »Ich werde mich an alle Absprachen halten und Ihren Hotelgästen zur Verfügung stehen.«

»Das höre ich gern.« Zustimmend nickte er. »Und du, Moira, solltest noch einmal gut über das nachdenken, was ich dir gesagt habe.« Er zeigte auf die Kiste. »Steht dein neuer Vorrat auch an einem guten Platz?«

Mit zusammengepressten Lippen schaute Moira ihm hinterher, während er das Geschäft verließ. Die Glocke bimmelte fröhlich.

Eileen konnte ihre Neugier nicht unterdrücken. »Worum ging es denn in dem Gespräch? Was hat er gegen meinen Umzug?«

»Nichts Persönliches.« Moiras Seufzer schien tief aus ihrem Inneren zu kommen. »Er hatte nichts mitzureden und das hat ihm nicht gefallen. Manche Männer sind so.«

Eileen schnaubte verächtlich. »Er möchte, dass du nach seiner Pfeife tanzt.«

»Im Augenblick ist er mein engster Verwandter.«

Mit noch größerer Verachtung dachte Eileen an Cousin Matthew in seiner schmucken Uniform auf dem Foto. Sie seufzte. »Moira, gibt es da etwas, was ich besser wissen sollte, bevor ich hier einziehe?«

Es blieb so lange still, dass Eileen schon befürchtete, Moira würde es sich anders überlegen und sie doch noch wegschicken. Schließlich jedoch nickte sie. »Du solltest lieber von mir erfahren, wie die Geschäfte stehen. In dem Jahr, bevor Herbert gestorben ist, haben wir den Laden umbauen lassen. Die Wohnung war alt und wir wollten mehr Platz auf der Rückseite und … nun ja …« Sie fingerte an dem Band ihrer Schürze herum. »Wir hatten von meinem Vater ein bisschen Geld geerbt, aber … ich befürchte, Herbert ist zu freigebig mit seinen Ausgaben gewesen. Als er starb, war das Geld ausgegeben und der Umbau erst halb fertig. Ich habe wirklich nicht gewusst, was ich machen sollte. Ein paar Monate davor hatte Leonard Trench die Herberge von seinem Großonkel übernommen. Er hat mir den Betrag geliehen, den ich gebraucht habe, um hier alles fertig zu bauen.«

»Konntest du dir das Geld nicht einfach von der Bank leihen?«

Moira lachte freudlos. »Auf dem Haus scheint eine Grundschuld eingetragen zu sein, von der ich keine Ahnung hatte. Außerdem wollte der Bankier einer Frau kein Geld leihen. Und so war Leonard meine einzige Möglichkeit.«

»Und jetzt?« Für Eileen war klar, dass damit noch nicht alles gesagt war.

»Er versucht, Einfluss auf mein Geschäft zu nehmen. Zum Beispiel fordert er, dass ich bei ganz bestimmten Firmen einkaufe. Er möchte, dass ich hochprozentigere Getränke verkaufe, was mir wirklich ein Gräuel ist. Eine Genehmigung hätte ich aber.«

Eileen holte eine Flasche aus der hölzernen Kiste und betrachtete das Etikett. *Rum.* »Wenn du ihm den Kredit ordentlich zurückbezahlst, kann er dich doch zu gar nichts verpflichten.«

»Er kann die Zinsen erhöhen. Das hat er schon gemacht.«

»Und der wagt es noch, sich zu deiner Familie zu zählen?« Entrüstet schaute Eileen sie an. »Braucht er das Geld vielleicht für seine eigenen großen Pläne? Wie ist er eigentlich selbst so reich geworden?«

Moira schwieg verzweifelt. »Ich habe keine Ahnung. Wahrscheinlich ist er ein besserer Geschäftsmann als ich.«

»Sicher, wenn er so mit seinen Familienmitgliedern umgeht.«

»Ich kann nichts dagegen unternehmen, Eileen, und das fällt mir schwer. In der Küche von Almsbrick Manor musste ich auch hart arbeiten und selbst Entscheidungen treffen, aber das … das hier wächst mir über den Kopf. Ich kann keine Angestellten mehr bezahlen, deshalb muss ich mich sowohl ums Geschäft als auch um den Haushalt kümmern. Nur für die Wäsche heuere ich mir Rosie an, weil ich dafür wirklich keine Zeit mehr habe. Manchmal denke ich, dass ich den ganzen Laden am liebsten schließen würde. Aber mein Herbert würde sich im Grab umdrehen, wenn er hören könnte, dass ich das sage.« Eine einsame Träne rollte über Moiras Wange.

Vollkommen fassungslos starrte Eileen sie an. So zerbrechlich hatte sie die Gemischtwarenhändlerin noch nie erlebt. »Wenn es nötig ist, kann ich einspringen«, bot sie an. »Ich habe dir schon versprochen, dass ich samstags auf Maggie aufpasse, darüber brauchst du dir also keine Sorgen mehr zu machen.«

»Das ist nett von dir.«

»Ich bin es gewöhnt, die Ärmel hochzukrempeln, Moira. Wir werden es gemeinsam mit Leonard Trench aufnehmen.«

Jetzt erschien ein dünnes Lächeln auf Moiras Lippen. »Was für ein Kampfgeist.«

Pure Notwendigkeit. Eileens Gesichtsausdruck verdunkelte sich. Ja, sie war es gewohnt, für sich selbst zu sorgen. Kämpfen zu müssen, um ihr Ziel zu erreichen. Und das war auch der Grund, warum sie hier war. Nicht um Moira beizustehen und den Gemischtwarenladen am Laufen zu halten. Wenn alles glattlief, würde sie in ein paar Monaten aus Moiras Leben verschwunden sein. Mit Maggie. Für immer.

Sie sah, wie Moira sich mit einem Schürzenzipfel über die Wange wischte. »Du hast ein gutes Herz, Eileen. Ich bin froh, dass ich dir ein Zimmer anbieten kann.«

Jetzt noch. Die Atmosphäre in dem Laden bedrückte Eileen. Aber das wollte sie nicht zulassen, denn es machte sie schwach.

Mit einem Ruck drehte sie sich um. »Ich bringe meine Sachen nach oben.«

Während seiner ganzen Zeit in Indien und Afghanistan hatte Matthew vor allem gute Erinnerungen an England gehabt. Er hatte es geliebt, auf dem Land an der frischen Luft zu arbeiten, während über seinem Kopf eine Lerche rief. Gemeinsam mit den anderen Bauernknechten Ziegen zu hüten, ein Abend in der Kneipe, das Vergnügen der Dorfkirmes ... an all das erinnerte er sich gern.

Doch keine einzige dieser Erinnerungen kam der Wirklichkeit auch nur entfernt nahe, die sich ihm auftat, während er mit Tom durch die grauen Straßen der Hafenstadt Southampton schlenderte. Der Himmel war grau und es nieselte. Ein ungemütlicher Wind blies ihm feine Tröpfchen ins Gesicht. Weil es nur ein paar Grad über null war, hatte er schnell das Gefühl, bis auf die Knochen durchgefroren zu sein. Seine Kleidung passte nicht zu diesem Klima und er selbst war auch nicht mehr daran gewöhnt. *Willkommen zurück in England!*

Nachdem sie in Portsmouth das Truppentransportschiff verlassen hatten, war er mit dem Zug weitergefahren zum Royal Victorian Hospital in Netley in der Nähe von Southampton, wo ihn eine letzte medizinische Untersuchung erwartet hatte, gefolgt von seiner offiziellen Entlassung. In Toms Gegenwart war das eine erniedrigende Erfahrung für ihn gewesen, aber er war trotzdem froh, dass sein Freund mitgekommen war. Weil Tom selbst um seine Entlassung gebeten hatte, musste er sich noch im Regimentsdepot melden, doch zuvor brauchten sie einen Schlafplatz für die Nacht.

Tom nickte in Richtung eines ausgebleichten Aushangs. »Da ist es bestimmt nicht teuer.«

Ein feuchter Dunst strömte ihnen schon in der Türöffnung der kleinen Herberge entgegen. Tabak, Bier und gebratenes Fleisch. Matthew leckte sich die Lippen. Eine kräftige Mahlzeit und ein ordentliches Bett, dann wäre er zufrieden. Während der Feldzüge hatte er sich zwar mit weniger zufrieden geben müssen, aber das war nun vorbei. Er setzte seinen verbeulten Filzhut ab und fuhr sich durch die Haare. Wann hatte er zum letzten Mal zivile Kleidung getragen? Selbst Tom hatte die bekannte rote Uniformjacke gegen eine einfache braune Jacke getauscht, obwohl er offiziell noch im Dienst war.

»Willkommen, Männer!«, brüllte eine Stimme von der anderen Seite der Wirtsstube. »Was soll es sein? Ein Bett, ein Bad oder eine Mahlzeit? Die meisten wollen gleich alles zusammen.«

Gelächter ertönte in der Wirtsstube.

»Was ist denn heute im Topf?«, wollte Matthew mit einem Blick auf die Teller der Anwesenden wissen, die meisten von ihnen Arbeiter und andere Werkleute. »Das riecht gut.«

»Fleischeintopf. Nun, setzt euch, dann bringe ich für euch beide einen Teller.«

Der Wirt lief stampfend in die Küche, während Matthew sich auf einen Holzstuhl in der Nähe der Tür sinken ließ.

Tom folgte seinem Beispiel und seufzte. »Fast zu Hause.«

Mit einer Grimasse nickte Matthew. Was bedeutete schon *zu*

Hause? Er hatte nicht wirklich ein Zuhause, niemanden, zu dem er zurückkehrte. Wahrscheinlich war das besser so, wenn man sich den Zustand ansah, in dem er zurückkehrte, allerdings vermisste er die Vorfreude auf ein Wiedersehen mit geliebten Menschen.

»Auf der Durchreise?« Bevor er sich versah, stand ein dampfender Teller vor seiner Nase. Sein Magen knurrte, doch der Wirt blieb an ihrem Tisch stehen.

»Auf dem Weg nach Hause«, erklärte Tom, während er seine Gabel volllud. »Nach rund zwei Jahren.«

Matthew fing schweigend an zu essen.

»Es trifft sich gut, dass ich noch ein Zimmer frei habe. Zwei Betten, *eine* Nacht.« Er nannte einen sehr vernünftigen Preis.

»Das nehmen wir«, nickte Tom mit vollem Mund.

»Zwei Jahre ist eine lange Zeit. Ihr seid sicher in Übersee gewesen, oder? Ihr tragt Zivil, aber ich kann trotzdem sehen, dass ihr Soldaten seid.« Der Wirt sprach so laut, dass alle Anwesenden in der Gaststube es mit Sicherheit hören konnten. »Wo habt ihr gedient?«

»An verschiedenen Orten«, antwortete Matthew unwillig.

»Natürlich, aber ihr seid sicher eben erst zurückgekommen. Von dem grauen Wetter hier habt ihr nicht so eine braune Haut bekommen.«

»Wir sind in Afghanistan gewesen«, verkündete Tom, bevor Matthew ihn daran hindern konnte.

»Afghanistan?«, blökte der Wirt begeistert. »Habt ihr da gekämpft? Seid ihr mit Generalmajor Sir Frederick Roberts nach Kandahar marschiert? Stimmt das, was die Zeitungen schreiben?«

Auf einmal standen sie im Mittelpunkt des allgemeinen Interesses. Woher sollte Matthew um Himmels willen wissen, was für Sensationsgeschichten die britischen Zeitungen über den Krieg verbreitet hatten? Was interessierten ihn irgendwelche Berichte, wenn ihm doch alle Erinnerungen schon viel zu lebendig vor Augen standen?

Stur schob er sich eine weitere Gabel mit Essen in den Mund, während Tom von der Schlacht bei Ahmed Khel erzählte, ohne die Tatsachen allzu sehr zu verdrehen. Schon bald versammelten sich mehrere Männer um ihren kleinen Tisch herum, ebenso ein paar spärlich bekleidete Damen. Es wurde eng in der Stube.

»Ihr seid echte Helden«, nickte ein Mann mit einem Bart.

»Darauf kann unser Vaterland stolz sein«, ergänzte ein anderer, während er sich eine Pfeife stopfte.

Matthew starrte nur auf seinen Teller und versuchte alles um sich herum zu ignorieren.

»Und was wisst ihr über die Schlacht von Maiwand?«

Jetzt drehte sich ihm der Magen um. Hundert Mann des 66. Berkshire-Regimentes waren dort besiegt worden. Abgeschlachtet. Er schob seinen Teller zur Seite.

»Unser Regiment war nicht dort«, antwortete Tom bedächtig und holte seine Pfeife zum Vorschein. Einer der Männer bot ihm ein Döschen Tabak an. Während Tom seine Pfeife stopfte, leitete er das Gespräch mühelos auf ein paar erfolgreiche, aber unbekannt gebliebene Missionen.

Sie hatten gute Dinge getan, versuchte Matthew sich zu sagen. Hatten alles gegeben im Kampf. Genug, um stolz darauf zu sein.

»Und jetzt seid ihr hier gelandet.« Die Bemerkung des Wirtes hörte sich eigentlich wie eine Frage an.

»Netley«, murmelte Matthew, schließlich kannte jeder das große Militärkrankenhaus unter diesem Namen.

»Verwundet auf dem Schlachtfeld«, ergänzte Tom.

»Ihr seht kerngesund aus«, erklärte der Mann mit dem Bart. In seiner Stimme schwang Verwunderung mit. Oder war es ein Vorwurf?

Matthew bekam davon eine Gänsehaut. »Behauptest du etwa, dass wir lügen?«, schnaubte er.

»Nein, gar nicht«, beruhigte ihn der Mann sofort. »Ich hoffe, dass es euch gut geht, jetzt, wo ihr wieder zurück seid im guten, alten Vaterland.«

»Ihr habt den Krieg tapfer ertragen«, nickte der Herbergswirt.

»Wisst ihr, was?« Noch ein anderer beugte sich zu ihnen hinunter. »Warum laden wir diese Männer nicht auf eine Runde Bier ein?«

Matthew schüttelte den Kopf und fühlte sich erschöpft. »Das ist nicht nötig.«

»Nicht so bescheiden, Junge!« Er bekam einen freundschaftlichen Schlag auf seine verwundete Schulter. »Ihr habt es euch verdient.«

Eine junge Frau beugte sich mit einem verführerischen Lächeln zu ihm hinunter. »So oft sehen wir hier keine wackeren Soldaten«, flüsterte sie ihm leise in sein linkes Ohr. Das mit der hässlichen Narbe, die daran erinnerte, dass er nicht mehr für den Militärdienst geeignet war.

Er brauchte frische Luft. Grob schob er sie beiseite und stand auf. »Ich bin kein Soldat mehr, seht ihr das denn nicht?«

»Matt…«, ermahnte ihn Tom. »Reiß dich zusammen.«

Doch Matthew wusste, dass er hier wegmusste. Er konnte diesen Leuten nicht mehr länger in die Augen schauen. »Es ist eine lange Reise gewesen, ich gehe schlafen.«

Tom lachte und zog an seiner Pfeife. »Mach, was du willst, aber ich finde es hier ganz gemütlich.«

Also ließ Matthew sich allein das verfügbare Zimmer zeigen, das klein, aber recht ordentlich war. Das Bett knarzte, als er sich darauffallen ließ, seinen Rucksack warf er in die Ecke. *Endlich Ruhe.*

Später in der Nacht allerdings, als es nichts zu hören gab außer Toms Schnarchen und wenig Aussicht darauf, dass er doch noch einschlief, fragte er sich, ob es in Zukunft immer so sein würde. Oder ob er einen Weg finden könnte, diese quälenden Gedanken und Bilder in seinem Kopf zu stoppen.

Beim ersten Morgenlicht stand er auf und betrachtete sich in dem Spiegel, der an der Wand hing. Trotz der stolzen, aufrechten Haltung, die ihm als Rekrut in Fleisch und Blut übergegangen

war, war ihm nicht danach, den Helden heraushängen zu lassen.
Ja, er hatte seinem Vaterland gedient, aber aufgrund seines wenig
ruhmreichen Ausscheidens aus der Armee brauchte er nicht mit
Tapferkeit hausieren zu gehen. Würden ihn die Jungen aus Almsbrick demnächst auch nach Heldengeschichten fragen? Oder die
herumreisenden Arbeiter, die in der geschäftigen Erntezeit das
Dorf aufsuchten? Alles, was er wollte, war in Ruhe gelassen zu
werden.

Obwohl er seine Schultern ein wenig hängen ließ, sah er immer noch aus wie ein Soldat aus den britischen Kolonien mit seiner gebräunten Haut und dem Schnurbart, den praktisch jeder
Militärangehörige trug. Es gab keinen Zweifel, sie würden alle
von seinen Abenteuern in Indien und Afghanistan hören wollen.
»Wackerer Soldat« hatte die Frau ihn gestern Abend genannt.

Ich bin kein Soldat mehr. Jeden Beweis des Gegenteils würde
er vernichten. Er nahm sein Rasierzeug aus dem Rucksack und
seifte sich fest entschlossen Kinn und Oberlippe gründlich ein.

»Matt?« Toms Stimme war noch heiser vom Schlaf. »Du weißt
schon, dass ein Rasiermesser keine Waffe ist, oder?«

»Hmm.«

»Hey, was machst du da, du Trottel?«

Matthew fluchte. Toms Aufschrei hatte seine Hand zucken lassen, und jetzt blutete er wie ein Schwein.

»Du rasierst dir den Schnurbart weg!«

»Ja.« Er presste sich die Finger auf den Schnitt. »Jetzt, wo ich
nicht mehr im Dienst Ihrer Majestät stehe, kann sie mich auch
nicht mehr verpflichten, ihn zu tragen, oder etwa nicht?«

»Das wird sie nicht können, nein.« Doch Tom hörte sich zögernd an.

»Ich kann ihn dir gern auch schnell noch abrasieren.« Es gelang ihm, lockerer zu klingen, als er sich fühlte, während er sich
mit dem Messer in der Hand umdrehte. »Allzu viel ist da ja doch
nicht gewachsen.«

Tom rieb sich grinsend unter der Nase. »Ein Zeichen, dass ich immer jung geblieben bin, das ist es und sonst nichts. Und glaube bloß nicht, dass ich dich mit diesem Rasiermesser in meine Nähe lassen würde.«

Mit einem Seufzen drehte Matthew sich wieder zum Spiegel hin. Die glatte Haut seiner Oberlippe war ein bisschen heller als der Rest, doch das würde sich schon bald geben. So, wie er sich auch würde anpassen müssen. *Ich bin kein Soldat mehr.* Damit würde er es bewenden lassen.

»Ich schreibe Rosie, dass ich fast zu Hause bin«, kündigte Tom an, während er sich streckte. »Was soll ich über dich sagen?«

»Überhaupt nichts.« Matthew wischte sich die Reste des Rasierschaums ab.

»Gehst du denn nach Westwich?«

»Das hatte ich nicht vor.«

»Matt… wird das nicht nach all den Jahren langsam Zeit …?«

»Nein. Ich komme mit dir nach Almsbrick.« Er schmiss das Handtuch auf den Boden. »Moira hat sicher ein Bett für mich und sie kann meine Hilfe bestimmt gut gebrauchen. Das braucht aber noch niemand zu wissen.«

»Nun, dann werde ich lieber nichts über dich schreiben.« Tom grinste. »Denn wenn Rosie das mitkriegt, weiß es innerhalb eines Tages das ganze Dorf.«

Eileen konnte es nicht lassen, für einen Augenblick auf dem grauen steinernen Brücklein stehen zu bleiben und das Dorf zu betrachten. Die Wintersonne beschien den Schiefer auf den Dächern, während sich die roten Backsteine warm von den glitzernden Schneeresten absetzten.

Der Anblick versetzte sie in eine friedvolle Stimmung, die sie schon lange nicht mehr erlebt hatte. Sie wohnte nun seit einer Woche bei Moira und Maggie und es war fantastisch. Bei Tisch konnte sie immer noch voller Verwunderung ihre Tochter betrachten, verdutzt, dass dieses hübsche, lebensfrohe Mädchen in ihr herangewachsen war.

Wenn Maggie in der Schule war, widmete sie sich ihren Näharbeiten und der Gewinnung neuer Kundschaft. Dafür hatte sie heute einen Gutshof im Norden des Dorfes besucht. Erfolgreich, denn im kommenden Frühjahr sollte sie für eine reiche Bäuerin und ihre beiden Töchter neue Kleider machen.

In ihrem Kopf schmiedete sie schon feste Pläne: Sie konnte demnächst die Kleider für die Goodwin-Schwestern fertigstellen und sich unmittelbar darauf diesem neuen Auftrag zuwenden. Wenn sie hart und effizient arbeitete, würde sie sich sicher einen ganz hübschen Kundenkreis aufbauen können. Von ihren Einkünften würde sie so viel wie möglich sparen, sodass sie über einen anständigen Betrag verfügte, wenn es Zeit wurde, mit Maggie zu verschwinden.

Weil es draußen zu kalt war, um lange auf einer Stelle zu stehen, ließ Eileen schnell den Bach hinter sich und bog in die Hauptstraße ein. Sie passierte die Reihe von Häuschen in der Nähe der Kirche, wo sie mittelfristig ein paar Änderungsaufträge einzuholen hoffte. Doch alles zu seiner Zeit. Zunächst musste sie dafür sorgen, dass sie rechtzeitig zurück war. Die Kirchenglocke schlug genau zwölf Uhr, als sie die Kreuzung zum Schulhof überquerte.

Die Tür der Schule flog auf, das Geräusch von lachenden Kindern ertönte, und da war sie.

»Miss Eileen!«

Es wärmte Eileen das Herz zu sehen, wie Maggies Augen aufleuchteten. Was freute sich das Mädchen darüber, ihr Gesellschaft zu leisten. Sie lächelte. Es war ihr wieder gelungen. »Ich sehe, dass ich ganz pünktlich gekommen bin. Sollen wir einmal schauen, ob das Mittagessen schon auf dem Tisch steht?«

Maggie kicherte. »Natürlich hat Mama das Essen fertig.«

Oh, was hatte sie doch so viel Vertrauen in diese Frau, die überhaupt nicht ihre Mutter war.

»Und ansonsten hat mein Papa auch noch Brot.« Beth gesellte sich grinsend zu ihnen. »Oder Plätzchen für Sie, Miss Brady.«

Die beiden Mädchen schüttelten sich vor Lachen, und obwohl Eileen nicht gern auf ihre Schwächen hingewiesen wurde, musste sie doch mitlachen. »Aber hoffentlich Schokoladenplätzchen?«

Sie lachten noch lauter und kehrten gemeinsam der Schule den Rücken zu, um weiter die Hauptstraße entlangzugehen. Eileen fühlte sich vollkommen am richtigen Ort, mit einem fröhlich plappernden Kind an jeder Seite. Maggie hatte in ihrem Diktat nur zwei Fehler gemacht und einer der Jungen hatte eine Strafe bekommen, weil er grob gewesen war. Währenddessen freute sich Eileen schon darauf, sich endlich gemeinsam mit Maggie und Moira an den Tisch zu setzen.

Doch kaum war sie mit den Kindern an der Schmiede vorbeigelaufen, als Rosie hastig aus dem kleinen Knechtshäuschen gestürzt kam, ohne sich in ihren Wollumhang zu hüllen.

»Er kommt nach Hause!« Sie wedelte mit einem Blatt Papier. »Mein Tom kommt zurück!«

Schockiert blieb Eileen stehen. »Das kann doch nicht sein. Er hat doch noch ein paar Jahre. Das hast du selbst gesagt.«

»Er hat den Rest seiner Dienstzeit mit seinen Ersparnissen ausgelöst«, erklärte Rosie.

»Aber das ist unverantwortlich!« Der Mann hatte eine Frau und ein Kind zu versorgen! Das war natürlich genau das Verhalten, das man von einem Soldaten erwarten konnte. »Er haut sein Erspartes auf den Kopf, während du als Waschfrau arbeiten musst?«

Doch Rosie schüttelte lachend den Kopf. »Das Geld war dazu bestimmt, eines Tages die Schmiede von Downes zu übernehmen, dafür finden wir allerdings schon eine Lösung.«

Verdutzt sah Eileen sie an. »Dann wirst du noch ein paar Jahre Wäsche waschen müssen.«

»Na und?« Rosies Augen strahlten. »Ich arbeite lieber als Waschfrau mit Tom neben mir, als dass er noch länger bleibt. Es kann

160

wieder einen neuen Krieg geben. Und nicht alle kommen gesund aus Indien zurück.«

Eileen zog ihre Augenbrauen zusammen. Sie würde ihr lieber nicht erzählen, wie sehr der lockere Lebenswandel dieser Soldaten dazu beitrug.

Rosie nahm sie fest an den Händen. »Was ist denn los? Freust du dich nicht für mich?«

»Natürlich schon.« Sie zögerte, Johnnys lose Versprechungen standen ihr plötzlich deutlich vor Augen. »Aber wie sicher ist es denn, dass er kommt? Er kann ja sein Vorhaben schnell ändern.«

»Du glaubst doch wohl nicht, dass Tom in Indien bleiben möchte?« Rosie prustete vor Lachen. »Für kein Gold der Welt, glaub mir. Er schreibt, dass er mich vermisst.«

»Bestimmt.« So weit war Johnny nie gekommen. Sie hatte immer nur abwarten müssen, ob er seine Ankündigungen tatsächlich wahr machte. Bis er nach jenem Sommer überhaupt nicht mehr aufgetaucht war und es so ausgesehen hatte, als hätte er auch vielen anderen jungen Frauen seine Liebe gestanden.

In mancherlei Hinsicht war Rosie noch genauso naiv wie sie damals und Eileen hatte mittlerweile auch genug über die Zuverlässigkeit ihres Mannes gehört, um sie nicht allzu hoch anzusetzen. Für eine sechsjährige Dienstzeit zu unterschreiben, wenn die eigene Frau schwanger war, und dann plötzlich nach der Hälfte der Dienstzeit kostbare Ersparnisse auszugeben, die für die gemeinsame Zukunft bestimmt waren …

Rosie ließ ihre Hände los und neigte sich zu Maggie hinunter. »Und vielleicht kommt dein Onkel Matthew auch mit meinem Mann mit. Weißt du noch, wer das ist?«

»Mama hat ein Foto von ihm«, antwortete das Mädchen aufgeweckt.

Eileen hatte tatsächlich das Gefühl, alle Luft würde aus ihren Lungen herausgesaugt. Matthew Wilson kam ebenfalls nach Almsbrick? Wieder ein Soldat in ihrem Dorf, in ihrem Leben? Das wollte sie nie mehr!

»Ist das nicht eine großartige Nachricht? Unsere Jungs kommen nach Hause!« Zum zweiten Mal ergriff Rosie ihre Hände und drehte sich mit ihr im Kreis. Die beiden Mädchen tanzten um sie herum.

Eileen wurde davon schwindelig. *Nein, nein, nein!* Die Nachricht mochte Rosie aufblühen lassen, doch sie wollte nichts mit diesen Männern zu tun haben. Vor allem nicht mit Moiras Cousin. Es lief gerade alles so wunderbar, ihr ganzer Plan machte Fortschritte. Inwiefern sollte etwas Gutes dabei herauskommen, wenn so ein unzuverlässiger, unzivilisierter Kerl ihr hier vor die Füße lief?

»Ich werde es Mama erzählen!«, rief Maggie und rannte weiter die Hauptstraße entlang, dicht gefolgt von Beth.

Unbehaglich lächelte Eileen. »Ich sollte besser mitgehen.«

Rosie war von ihrer Nachricht so erfüllt, dass sie gar nicht merkte, wie angespannt Eileen war. »Natürlich, und ich kann den kleinen Tommy nicht länger allein lassen. Ich erzähle dir später alles ganz genau.« Leichtfüßig lief sie zurück in das kleine Häuschen neben der Schmiede.

Eileen aber ging mit bleischweren Beinen weiter bis zum Gemischtwarenladen. Sie musste entscheiden, was sie tun sollte, doch die Möglichkeit wurde ihr nicht gegeben.

»Ist das wahr, was Maggie mir erzählt hat?« Jetzt, wo keine Kunden mehr im Geschäft waren, kam Moira hinter der Ladentheke hervor. Sie gingen zusammen in die Küche, wo der Tisch gedeckt war.

»Tom hat Rosie geschrieben, dass er zurückkommt.« Eileen gab ihr Bestes, um begeistert zu klingen und niemandem Grund zum Argwohn zu geben. »Sie sagt, dass Matthew vielleicht auch mitkommt.«

Moira nickte und nahm sein Foto in die Hand. »Das wäre schön. Ich habe schon eine ganze Weile nichts mehr von ihm gehört.«

»Wo wird Onkel Matthew denn dann wohnen?«, wollte Maggie wissen. »Wir haben doch schon Miss Eileen.«

Moira warf ihr einen verstohlenen Blick zu und Eileen konzentrierte sich hastig auf ihr Essen. »Das stimmt, Liebes, aber vergiss nicht, dass Mrs Merchant nur *hofft*, dass sie zusammen zurückkommen. Die Wahrscheinlichkeit ist groß, dass Onkel Matthew länger in Indien bleiben muss.«

Das schien Eileen eine hervorragende Aussicht zu sein. Dennoch musste sie auf seine Ankunft vorbereitet sein und auf die Folgen, die das für sie haben würde. Sie rieb sich die Stirn.

»Trotz allem ist es schön für Rosie«, fuhr Moira fort. »Sie hätten alle beide früher ihren Verstand gebrauchen sollen, schließlich ist das doch kein Zustand: sie mit einem Kind hier und er auf der anderen Seite der Welt.«

Das war eine schlüssige Zusammenfassung von Eileens eigener Verzweiflung, als ihr bewusst geworden war, dass Johnny nicht für sie sorgen würde, ja ihr nicht einmal erzählt hatte, dass er wegging. Der Unterschied bestand darin, dass sie niemals in einem Atemzug mit ihrem Kind genannt worden war. Sie hatte das Mädchen selbst sogar nur ganz kurz sehen dürfen. Jetzt, wo sich das alles ändern würde, bestand die Möglichkeit, dass ein Soldat erneut ihre Zukunftspläne durcheinanderbrächte. Konnte sie noch *vor* seiner Ankunft verschwinden? Mittlerweile wusste sie, dass sie sich vor Männern wie ihm in Acht nehmen musste. Wenn es darauf ankam, konnte sie niemandem vertrauen.

Gleich nach dem Essen entschuldigte sie sich und ging in ihr Schlafzimmer im Obergeschoss neben dem von Maggie. Den Blick auf ihre Koffer gerichtet, blieb sie stehen, ohne wirklich etwas wahrzunehmen. Es würde ihr schwerfallen, alles mitzunehmen. Sie selbst hatte mit ihren beiden schwarzen Kleidern erst einmal genug. Sie musste sich überlegen, was sie am besten für Maggie einpacken sollte. Doch jetzt, wo es Winter war, brauchten sie auch alle beide einen dicken Mantel. Sie konnte es nicht riskieren, dass das kleine Mädchen auf der Reise krank wurde. Und natürlich musste sie ihre Nähmaschine *und* ihr Nähkästchen mitnehmen, die bildeten schließlich die Grundlage für ihren Lebensunterhalt.

In Eileens Augen bildeten sich Tränen. Es war einfach noch zu früh. Sie war nicht bereit und Maggie war es ebenfalls nicht. Wie schmerzhaft es auch war, das zuzugeben, sie wusste, dass sich das Kind nach Moira zurücksehnen würde. Nach der einzigen Mutterfigur, die es bis jetzt gehabt hatte. Wenn Matthew zurückkam, würde er ebenfalls einen Platz im Leben seiner Großcousine einfordern. Wahrscheinlich auf Kosten von Eileen. Sie musste sich auf die Suche nach einem anderen Zimmer begeben. Leider würde es viel schwieriger werden, Maggie regelmäßig zu sehen, wenn sie nicht länger über dem Gemischtwarenladen wohnte.

Liebte Maggie sie mittlerweile schon genug, um sie dann zu vermissen, oder würde sie sich erneut allerlei Geschichtchen ausdenken müssen, um das Kind zu treffen? Ihre einzige Hoffnung bestand darin, dass Matthew an dem Mädchen nicht interessiert war und ihr genau wie Moira alle Freiheit im Umgang mit Maggie lassen würde.

Mit einem Seufzen öffnete sie ihren kleinen Koffer mit den Stoffpüppchen und holte die grüne Brosche heraus. Eines Tages würde Maggie die wahre Bedeutung von Familienbanden verstehen und dieses Schmuckstück in Ehren halten, aber so weit war es noch nicht. Sie würde ihre Pläne zurückstellen müssen.

Warum, Gott? Es schien doch alles so gut zu laufen, es klappte so wunderbar. *Was habe ich falsch gemacht, dass ich deine Unterstützung jetzt wieder verliere?*

»Eileen?« Moiras Stimme hörte sich besorgt an. »Darf ich hereinkommen?«

»Ja, gern.« Hastig stopfte sie die Brosche wieder in den Koffer und klappte ihn zu. Sie setzte ein Lächeln auf und drehte sich um. »Möchtest du etwas mit mir besprechen?«

Moira zögerte. »Du warst während des Essens so geistesabwesend. Ich habe mich gefragt, ob dich die Nachricht über die Heimkehrer durcheinandergebracht hat.«

Anscheinend war es ihr dann doch nicht so gut gelungen,

das zu verbergen. »Rosies Freude rührt mich. Es ist sicher eine schwere Zeit für sie gewesen.«

»Ich hatte befürchtet, dass du eher an Matthew gedacht hast.«

»Matthew?« Sie lachte gekünstelt. »Ich kenne ihn doch nur von dem Foto, warum sollte ich mir also Gedanken über sein Kommen machen?«

»Du brauchst keine Angst zu haben, dass ich dir dein Zimmer kündige. Unsere Abmachungen bleiben bestehen.«

»Ich hatte nicht gedacht ...« Langsam begannen Moiras Worte zu ihr durchzudringen. »Das hier war *sein* Zimmer?«

»Ja.«

Überrascht sah Eileen sich um. Es gab wenig, was daran erinnerte. Durch die geblümten Vorhänge und die hellgelben Farbtöne der Tagesdecke auf dem Bett hatte Moira das Zimmer eher für eine weibliche Bewohnerin hergerichtet.

»Matthew hat nicht immer hier gewohnt, weißt du. Während er als Knecht für Bauer Howell gearbeitet hat, hat er auf dessen Bauernhof gewohnt. Howell hat einen großen Betrieb und viel Personal angestellt.«

»Aber wenn Matthew zurückkommt, wird ihn Howell dann wieder anstellen? Oder wird er dann einfach sein Zimmer wiederhaben wollen?«

»Dann werde ich ihm sagen, dass es nicht frei ist, denn ich werde dich nicht einfach auf die Straße setzen. So herzlos bin ich nicht, Eileen, auch wenn er zur Familie gehört.«

»Oh ... Gut zu wissen.«

»Ich hoffe, dass ich dich beruhigen konnte. Jetzt muss ich schnell wieder zurück in den Laden.«

Sobald Moira die Tür hinter sich geschlossen hatte, ließ Eileen sich auf die Tagesdecke sinken.

Moira hatte es vielleicht nicht so sehr mit der Familie, aber Eileen war bereit, dafür sehr weit zu gehen. Es interessierte sie nicht, was die anderen davon hielten. Wie sollte sie jemals etwas erreichen, wenn sie auf alle Rücksicht nehmen wollte?

12. Kapitel

In der darauffolgenden Woche machte Eileen ansehnliche Fortschritte mit den Kleidern für die Goodwin-Schwestern, während sie nebenbei auch noch einige kleinere Flickarbeiten übernahm. Indem sie hart arbeitete, lenkte sie ihre Gedanken von der Ankunft der Soldaten weg. Es schien tatsächlich so, als würde sich Rosies Mann doch nicht an sein Wort halten. Und das war auch gut so, ohne ihn wäre sie besser dran.

Eileen plante ihre Arbeitsstunden so, dass sie frei war, wenn Maggie aus der Schule nach Hause kam, während Moira in dieser Zeit häufig noch im Geschäft stehen musste. Heute nutzte sie den Vormittag, um dem Haus von Doktor Goodwin einen Besuch abzustatten. Zum ersten Mal ließ sie Charity und Hope die Kleider anprobieren und dabei hielt sie den Atem an. Nicht auszudenken, wenn ihr ein Fehler unterlaufen wäre und sie den kostbaren Stoff verschnitten hätte! Oder wenn die Damen doch nicht von dem Entwurf angetan wären, den sie bis jetzt allein auf Papier und als Modell aus billiger Baumwolle gesehen hatten. Die aktuelle Mode war alles andere als schmeichelhaft für die birnenförmige Figur von Miss Charity, sie hatte allerdings ihr Bestes gegeben, um den Überrock so zu drapieren, dass die Hüften und Schultern der ältesten Schwester in einem günstigen Verhältnis zueinander erschienen.

»Mir gefällt das schon sehr gut«, sagte Miss Hope, während sie vor dem Spiegel die Arme ausbreitete.

Eileen steckte sehr sorgfältig die Ärmel ab. »Wie es scheint, kann ich in der Taille noch etwas abnehmen.«

»Mein Kleid ist auch zu weit.« Miss Charity klang unzufrieden. »Haben Sie sich vielleicht das Modell nicht gut genug angeschaut, Miss Brady? Das hat nämlich sehr gut gesessen.«

Diese Information brauchte sie Eileen nicht zu geben. Sie wusste schließlich, dass die Baumwollmodelle perfekt gepasst hatten. Hatte sie die andere Textur des Stoffes nicht gut genug miteingerechnet? Oder gerade zu gut? Sie hätte sich ohrfeigen können, dass ihr ausgerechnet jetzt so ein Fehler unterlaufen war.

»Das Baumwollmodell gibt immer nur einen Anhaltspunkt«, erklärte sie sachlich in einem Versuch, bei der Wahrheit zu bleiben. »Wenn ich mich in jeder Hinsicht darauf verlassen könnte, hätte ich Sie nicht gebeten, die Kleider anzuprobieren, bevor ich die Details anbringe.«

Prudence, die jüngste Schwester, kam mit dem zweiten Baumwollmodell, das Eileen für sie angefertigt hatte, ins Zimmer. Sie hatte Eileens ersten Entwurf nach langem Zögern abgelehnt, Eileen hatte jedoch den Eindruck, dass es immer noch eher die Halbtrauer war, mit der sie ihre Mühe hatte, weniger das Kleid an sich. Obwohl es für so eine junge Frau naheliegender wäre, sich für ein helles Violett oder Lavendelblau zu entscheiden, hatte Eileen beschlossen, ein Kleid in dunklem Lila für sie anzufertigen. Es würde ihr sicher weniger schwerfallen, das zu tragen.

Sie lächelte zufrieden. Der Schnitt saß perfekt und ließ Prudences schlanken Körperbau gut zur Geltung kommen.

Prudence selbst schien allerdings weniger erfreut zu sein. »Ich finde, für ein Alltagskleid hat es einen seltsamen Ausschnitt, Miss Brady. Sie haben doch sicher verstanden, dass das kein Abendkleid zu werden braucht?«

Mit Mühe bewahrte Eileen ihre Ruhe. »Das ist nur das Modell, Miss. *Sie* haben doch sicher verstanden, dass ich darauf noch nicht alle Details angebracht habe? Entlang des Ausschnitts …«

»Charity!« Eine laute Männerstimme unterbrach sie und ließ alle Damen zusammenzucken.

»Papa braucht mich«, stellte die älteste Schwester fest und fing an, sich aus ihrem Kleid zu schälen.

Eileen schnappte nach Luft. »Vorsichtig, bitte!«

Ohne Vorwarnung stürmte Doktor Goodwin ins Zimmer.

»Nimm deine Schürze mit, Charity! Da ist ein Notfall auf der Oak Hill Farm. Ich spanne den Wagen an.«

»Ich komme sofort, Papa.«

»Bitte, Miss Goodwin«, versuchte es Eileen noch einmal. »Lassen Sie mich Ihnen helfen, sonst reißt der Stoff.«

Prudence fing an zu lachen, von der Eile ihres Vaters augenscheinlich nur wenig beeindruckt. »Aber wir wissen doch, dass Sie Risse so flicken können, dass sie beinahe unsichtbar sind, Miss Brady.«

Entsetzt sah Eileen sie an, während sie vorsichtig den Stoff zusammenfaltete, um zu verhindern, dass die Nadeln sich verhakten. Im Morgenmantel lief Charity aus dem Zimmer.

Hope warf mit einem bedenklichen Gesicht einen Blick in die Runde. »Ich weiß nicht, ob Sie noch viel zu tun haben, Miss Brady, aber hier wird es vermutlich ein bisschen chaotisch, wenn Papa Patienten mitbringt.«

Zum Glück hatte Eileen sich schon im Gedächtnis eingeprägt, was sie an den Kleidern noch ändern musste. Nachdem sie den Schwestern beim Umziehen geholfen hatte, schlenderte sie durch die Hauptstraße zum Gemischtwarenladen zurück.

Vor der Tür hatte sich ein Grüppchen Menschen versammelt und Moira kam in diesem Augenblick gerade mit dem Pferdewagen vorgefahren. »Ich hatte mit Mrs Howell etwas wegen der Frauenvereinigung zu besprechen«, erklärte sie. »Auf dem Heimweg habe ich von der Aufregung auf der Oak Hill Farm gehört.«

»Hast du Doktor Goodwin unterwegs getroffen?«

Kräftig stieß Moira ihren Atem aus. »Er ist da gewesen, aber für Bauer Stubbs hat er leider nichts mehr tun können. Der Mann hat sich das Genick gebrochen.«

Entsetztes Gemurmel ging durch die Menge.

Eileen konnte sich ebenfalls kaum vorstellen, dass sie den alten, etwas ungepflegt wirkenden Mann mit seinem Kautabak nie mehr wiedersehen sollte.

»Wie konnte das passieren?«, fragten die Leute einander. »Er war doch nicht so schlecht zu Fuß wie seine Schwester.«

»Officer Abott sagt, er ist auf dem Heuboden gewesen«, antwortete Moira.

»So ein Unfall ist schnell passiert«, seufzte ein anderer.

In diesem Augenblick stieß Rosie mit der Frau von Hufschmied Downes zu ihnen. »Miss Stubbs ist außer sich«, verkündete sie besorgt. »Die arme Frau hat Angst, dass sie ihrem Bruder keine anständige Beerdigung bezahlen kann.«

Eine Sorge, die viele Menschen teilten, wusste Eileen. Beerdigungen waren teuer.

»Wenn es sein muss, sammeln wir gemeinsam Geld für einen ordentlichen Sarg«, schlug der Eigentümer der Kneipe vor. »Ich stelle eine Dose auf die Bar.«

Zimmermann Clark, der in einer Nebenstraße seine Werkstatt hatte und auch als Bestatter arbeitete, räusperte sich. »Alle meine Särge sind ordentlich. Ich gebe der alten Frau aber gern einen Rabatt. Schließlich hatten sie nie besonders viel Geld, nicht wahr? Ich gehe mal hin und mache ihr ein Angebot.«

»Ich schicke meinen Mann auch zur Oak Hill Farm«, erklärte eine Arbeiterfrau. »Ich weiß nicht, wie viele Wägen Stubbs besaß, aber wir werden den schönsten von ihnen ordentlich schrubben. Es gehört sich so, dass ein Bauer in seinem Wagen zum Friedhof gefahren wird.«

Zustimmendes Gemurmel erhob sich und ein paar andere boten ebenfalls ihre Hilfe an.

Moira seufzte. »Das Mindeste, was ich tun kann, ist, dafür zu sorgen, dass es genügend zu essen gibt. Die Stubbs haben zwar keine Verwandten, die von fern anreisen müssen, aber Miss Stubbs wird sicher nicht die Schande eines kargen Mahles auf sich laden wollen.«

»Und so gehört es sich auch«, ließ Mrs Holmes sich vernehmen. »Pfui, sag ich, was für ein unverhofftes Elend! Ich werde mich auch gleich ans Backen machen.«

Zwei andere Frauen schlossen sich ihr an.

Auf einmal kam sich Eileen vor, als würde sie nicht dazugehören. Das ganze Dorf schien Gewehr bei Fuß zu stehen, um dieser armen Frau zu helfen, die plötzlich den Verlust ihres Bruders zu bewältigen hatte. Aber sie war nicht wirklich von hier. Sie würde auch nie so richtig dazugehören, schließlich blieb sie nicht in Almsbrick. Trotzdem konnte sie in diesem Augenblick nicht schweigen.

»Miss Stubbs wird Schwarz tragen wollen, oder?«, äußerte sie vorsichtig. Die Stimmen um sie herum verstummten.

»Aber natürlich, Kind«, antwortete Mrs Holmes. »Weißt du eigentlich, wer Miss Stubbs ist? Sie mag jetzt zwar wie ein kleines, hutzeliges altes Frauchen aussehen, aber sie war viele Jahre die Bäuerin der Oak Hill Farm. Und diese Rolle hat sie mit Stolz ausgefüllt, obwohl das kein großer Hof ist. Keiner der beiden Geschwister hat je geheiratet.«

»Erst vor zwei Jahren ist sie in ein Häuschen neben der Kirche umgezogen«, ergänzte Moira. »Es ging einfach nicht mehr mit ihrem Alter und dem Rheumatismus. Eigentlich hatte sie gehofft, dass Stubbs zu ihr zieht, aber so schwer es auch für ihn gewesen ist, er wollte seinen Bauernhof nicht verlassen.«

»Er ist mit den Stiefeln an den Füßen gestorben«, seufzte Mrs Holmes dramatisch. »Sie wird sicher auf die passende Weise um ihn trauern wollen, sie weiß, was sich gehört.«

»Ich könnte ihr helfen«, schlug Eileen vor, »vielleicht, indem ich ein vorhandenes Kleid umarbeite.«

Es fühlte sich ein bisschen unbehaglich an, doch Moira lächelte ihr zu. »Das wird ihr sicher gefallen.«

»Ein gutes Angebot, Miss Brady«, nickte Mrs Holmes. »Schließlich sind Sie jetzt eine von uns.«

Schon am nächsten Tag tat es Eileen leid, dass sie so impulsiv ihre Hilfe angeboten hatte. Ihr gefiel es nicht, ihren unvollendeten Auftrag für die Goodwin-Schwestern beiseitezulegen, und eigentlich wollte sie auch nicht an mehreren Projekten gleichzeitig arbeiten. Jetzt musste sie allerdings zunächst ihre Aufmerksamkeit Miss Stubbs widmen.

Sie hatte schon verstanden, dass die unverheiratete Dame ein kleines Frauchen war, und das stimmte auch: Sie reichte Eileen nur bis an die Schulter. Allerdings war sie durchaus nicht still oder schüchtern, wie man vielleicht ob ihrer Körpergröße hätte vermuten können. Angewidert betrachtete Eileen noch einmal das alte schwarze Kleid, das Miss Stubbs über einen Stuhl gelegt hatte und das sie auf jeden Fall tragen wollte.

»Ich habe dieses Kleid anfertigen lassen, als unsere Eltern gestorben waren, und es ist nur passend, dass ich es jetzt erneut trage, jetzt, wo mein Bruder heimgegangen ist«, widersprach sie Eileen trotzig.

Die Eltern von Miss Stubbs mussten jung verstorben sein, wenn das Kleid damals neu angefertigt worden war! Nicht dass es verschlissen gewesen wäre oder ausgebleicht oder auch nur beschädigt, es war allein der Schnitt, der Eileens Abneigung hervorrief.

Doch das alte Frauchen lachte nur, als sie ihr erklärte, dass man so etwas nicht mehr tragen könne. »In meinem Alter kümmert man sich nicht mehr um modische Mätzchen, Miss Brady.«

Also versuchte Eileen zu überlegen, wie sie um Himmels willen etwas Vorzeigbares daraus machen konnte.

»Sie wollen mich doch wohl nicht etwa in so einen engen Rock stopfen, oder? Wenn ich nur Trippelschrittchen machen kann, muss der ganze Trauerzug wegen mir langsamer laufen.«

Eileen schoss Farbe ins Gesicht. »Miss Stubbs!«

»Alte Leute schrumpfen zusammen, also werden Sie den Rock wohl etwas kürzen müssen. Wenn ich es könnte, würde ich das selbst machen, aber meine Hände ...«

»Miss Stubbs, das ist ein Glockenrock. Ein runder Glockenrock, einer, unter dem ein Reifrock getragen werden muss.«

»Und?«

»Haben Sie den noch? Und verzeihen Sie mir, dass ich das so offen sage, aber Sie tragen sicher jetzt auch ein anderes Korsett als damals.«

Empört sah Miss Stubbs sie an. »Ich habe gedacht, Sie wollten mir Ihre Hilfe anbieten, Miss Brady. Bis jetzt habe ich allein Beschwerden gehört. Sie sind eine erfahrene Schneiderin. Was können Sie denn?«

Eileen schluckte eine garstige Antwort hinunter und versuchte daran zu denken, dass diese Frau gerade eben ihren Bruder verloren hatte. »Ich … ich könnte einen Teil des Stoffs abnehmen, sodass der Rock auf der Vorderseite gerade fällt. Hinten kann ich auf der Innenseite verschiedene Bänder anbringen. Daran mache ich den Stoff fest, sodass er nach innen fällt und etwas nach oben gezogen wird. Dann wölbt er sich von selbst auf der Rückseite, so wie das auch bei Ihrem jetzigen Kleid der Fall ist.«

»Gut so. Und weiter?«

»Über das Mieder muss ich noch etwas nachdenken, Miss Stubbs. Ich hätte es gern, dass Sie das Kleid einmal anprobieren.«

»Das mache ich, sobald der Rock fertig ist. Heute tun mir alle Knochen weh.«

Verflixt, sie hätte das gern so schnell wie möglich hinter sich gebracht, damit sie abschätzen konnte, wie viel Zeit sie die ganze Sache kosten würde.

»Sehen Sie den Schmuck dort?«, fragte Miss Stubbs. »Der ist später angebracht worden und muss jetzt wieder weg. Ihr jungen Leute kennt euch da vielleicht nicht mehr so aus, aber ich werde ein halbes Jahr lang ein schwarzes Kleid ohne jeglichen Zierrat tragen.«

»Das weiß ich, Miss.« Sie arbeitete schließlich nicht umsonst schon seit Jahren als Schneiderin. »Ich hatte Ihnen selbst vorschlagen wollen, mehr Krepp anzubringen …«

»Aber den haben Sie jetzt nicht dabei?«

Eileen starrte sie an. »Nein. Ich kann Ihnen aufzeichnen, was ich meine.«

Miss Stubbs winkte ab. »Lassen Sie es gut sein. Ich möchte den Stoff zuerst selbst fühlen. Krepp geht schnell kaputt, wissen Sie, und die Qualität muss stimmen. Können Sie ihn mir schnell holen?«

»Sie meinen … jetzt?«

»Möchten Sie sich denn nicht gleich an die Arbeit machen, Miss Brady? Wir können die Beerdigung schließlich nicht wegen eines Kleides aufschieben, das verstehen Sie doch sicher. Ich weiß genau, wie mein Bruder darauf reagiert hätte, der alte Griesgram.«

In ihren Augen bildeten sich Tränen, sodass Eileen hastig ihre Sachen zusammensuchte. Was sollte sie bloß sagen, wenn Miss Stubbs zu weinen anfing? »Ich bin im Handumdrehen wieder da.«

Die Frau schniefte und zeigte aufs Fenster. »Sehen Sie die dunklen Wolken nicht? Wir kriegen gleich einen Regenschauer. Sie können gern erst nach Hause gehen, ein Häppchen essen und dann heute Nachmittag zurückkommen. Krepp verträgt Regen nicht gut.«

»Das …« … *weiß ich.* Fassungslos schluckte Eileen die letzten Worte hinunter. Dachte Miss Stubbs vielleicht, sie wäre noch eine blutige Anfängerin?

Für einen Augenblick schauten sie sich schweigend an, schließlich blinzelte Eileen mit den Augen und verschwand.

Vor dem Haus versuchte sie erleichtert durchzuatmen, doch das gelang ihr kaum. Was würde sich dieses alte Frauchen noch ausdenken?

»Miss Brady!«

Kaum war sie in die Hauptstraße eingebogen, war Charity Goodwin aus ihrem Haus herausgeeilt. Verärgert blieb Eileen stehen.

»Es dauert länger mit unseren Kleidern, stimmt's?«

Kräftig stieß sie den Atem aus. »Das ist halb so schlimm. Sobald ich das Kleid für Miss Stubbs umgearbeitet habe, mache ich mit dem Ihrigen weiter.«

»Gut. Denn ich habe entschieden, dass ich doch andere Ärmel

möchte. Die mögen dann zwar nicht modern sein, aber wir wohnen ja schließlich nicht in Paris.«

»Nein.«

»Kommen Sie heute Nachmittag einfach kurz vorbei, dann zeige ich Ihnen, was ich mir ausgesucht habe.«

»Miss Goodwin, ich …«

»Und meine jüngste Schwester ist mit dem Entwurf nicht zufrieden.«

Müde schloss Eileen die Augen. »Miss …«

»Sie wissen, dass es schwer ist für sie.«

»Ja, das ist mir bewusst.«

»Dann werden Sie sich etwas Gutes für sie überlegen.«

Eileen erwiderte nicht, dass die letzten beiden Entwürfe auch gut gewesen waren. An den Modellen war überhaupt nichts auszusetzen. Prudence war einfach nicht bereit, ihre schwarze Trauerkleidung abzulegen. »Ich werde mein Bestes tun.«

»Ich erwarte nichts weniger.« Charitys Lächeln wirkte eher wie eine Drohung. »Ihr erster Schneiderauftrag in Almsbrick ist schließlich so etwas wie eine Visitenkarte, nicht wahr?«

Bevor Eileen darauf antworten konnte, drehte sie sich um und ging ins Haus zurück.

»Also wirklich!« Eileen holte ein paarmal tief Luft. Es wurde immer verrückter! Sie konnte doch nichts dafür, dass Prudence so wankelmütig war. Wenn das so weiterging, bekam die jüngste Arzttochter ihr Kleid erst am Sankt-Nimmerleins-Tag. Leider jedoch hatte Charity recht: Andere potentielle Kundinnen würden die Kleider der Goodwin-Schwestern kritisch in Augenschein nehmen. Deshalb musste sie die Schwestern zufriedenstellen. Alle drei.

Frustriert betrat sie den Laden, in dem Ralph sich um einen Kunden kümmerte. »Ist Moira nicht da?«

Er sah sich um. »Nein, sie ist kurz weg. Sie musste …«

»Macht nichts, ich habe auch nur wenig Zeit. Ich kümmere mich darum, dass wir essen können, sobald Maggie hier ist.« Zunächst ging sie schnell in ihren Arbeitsraum und legte die Rolle schwarzen Kreppstoffes bereit, die sie schon vor einiger Zeit bestellt hatte. Die schien ihr ein notwendiger Bestandteil ihres Vorrats, schließlich brauchte jede Frau in ihrem Leben irgendwann Trauerkleidung. Gerade daran sparten die meisten nicht. Und wie traurig das auch sein mochte, Eileen musste davon profitieren.

Anschließend hastete sie durch das Geschäft zur Küche, um nach dem Essen zu schauen. In der Türöffnung erstarrte sie, aber nicht weil der Tisch schon gedeckt war.

Ein großer Mann mit einem Hut und einer bis auf den letzten Faden verschlissenen Jacke wärmte sich die Hände am Herd. Er hatte ihr den Rücken zugewandt und drehte sich erst dann zur Hintertür, als Maggie gerade hereinkam. Das Gesicht des Mädchens wurde bleich und es presste sich an die Tür.

»Keine Angst, Liebes. Ist die Schule schon aus?«

Eileen zitterte, schlug aber energisch die Tür hinter sich zu. Das hatte den gewünschten Effekt. Obwohl Maggie sich ebenfalls erschrak, drehte sich der Mann mit einem Ruck nach ihr um. Er machte einen Versuch, nach dem Tafelmesser zu greifen, besann sich aber im letzten Augenblick. Seine Schultern sackten herab.

Bebend vor Wut machte Eileen einen Schritt nach vorn. »Sie haben zwei Möglichkeiten, mein Herr. Entweder verschwinden Sie ganz schnell durch diese Tür …« Sie zeigte auf die Hintertür, und Maggie sprang hastig zur Seite. »Oder ich lasse unseren Feldschützen kommen.«

Seine Augenbrauen zogen sich zusammen. »Wie können Sie es wagen!«

»Das müssen *Sie* gerade sagen! Sie kommen uneingeladen ins Haus, versuchen das Vertrauen eines fremden Kindes zu gewinnen und wollen ein Tafelmesser als Waffe benutzen!«

»Ich …«

»Glauben Sie bloß nicht, dass ich das nicht gesehen habe. Los, machen Sie Ihre Taschen leer! Was haben Sie gestohlen?«

»Das wird ja immer schöner!« Er rieb sich über sein Kinn, das von Bartstoppeln bedeckt war, und sah sie unter der Krempe seines Hutes hervor drohend an. »Was gibt Ihnen das Recht, mich einfach zu beschuldigen?«

»Im Gegensatz zu Ihnen wohne ich hier. Verlassen Sie jetzt sofort das Haus!« Sie streckte ihre Hand nach dem Mädchen aus. »Komm zu mir, Maggie. Du brauchst keine Angst zu haben. Bei mir bist du sicher.«

»Maggie ist kein fremdes Kind.« Er klang kurz angebunden und sie bemerkte, wie die Anspannung in seine Schultern zurückkehrte.

Das Mädchen hatte sich in der Zwischenzeit ganz hinter Eileens Rock verkrochen. »Kennst du diesen Mann, Maggie?«

»Weiß nicht«, ertönte es gedämpft und Eileen spürte, wie Maggie sich gegen sie lehnte.

»Natürlich kennst du mich«, verteidigte sich der Mann mit einem zögerlichen Lächeln. »Es ist zwar schon rund zwei Jahre her, aber du bist doch ein schlaues Mädel …«

Rund zwei Jahre her? Eileens Kehle schnürte sich zu. Sie ließ ihre Augen an ihm vorbei zu dem Foto auf der Anrichte gleiten. Derselbe breite Mund und dasselbe markante Kinn. Dieselben blonden Haare, obwohl sie nun länger waren und etwas verwahrlost über seinen Hemdkragen und seine Ohren fielen.

Auf seinem Gesicht erschien ein überraschter Ausdruck, während sie weiterhin schwieg. Er folgte ihrem Blick zu dem Foto und sein Mundwinkel zuckte ein wenig. »Zwei Jahre ist doch ganz schön lang«, konstatierte er.

Und in der Tat war in seinem wettergegerbten Gesicht nur noch mit Mühe der jungenhafte Ausdruck von damals zu erkennen.

»Eileen, wie schön! Jetzt seid ihr alle da!« Hinter Eileen ertönte auf einmal Moiras fröhliche Stimme. »Endlich kann ich dich meinem Cousin Matthew Wilson vorstellen.«

Neugierig beobachtete Matthew die Reaktion der rothaarigen Kratzbürste. Sie nickte nur kurz und würdigte ihn mit ihren eisblauen Augen keines Blickes mehr.

»Und Matthew, das ist Eileen Brady.«

Aus Höflichkeit setzte er seinen Hut ab und streckte ihr die Hand entgegen. »Angenehm, Miss Brady.«

»Gleichfalls.« Ihr Händedruck war kräftig und sie erhob trotzig das Kinn, so als bräuchte sie sich für nichts zu schämen. Und das nach all den Anschuldigungen, die sie ihm an den Kopf geworfen hatte!

»Miss Brady hat das Schlafzimmer gemietet, das leer gestanden hat«, verkündete Moira. Sein altes Schlafzimmer. »Und Herberts früheren Arbeitsraum.«

Früheren ... Er musste kurz schlucken. Obwohl er in Indien über Herberts Tod informiert worden war, wurde ihm erst jetzt so richtig bewusst, dass er nicht mehr da war. Dass er nicht mehr länger mit seinem fröhlichen Geplauder hinter der Ladentheke stand oder Bestellungen ausfuhr, nicht mehr in seinem Arbeitsraum Öfen reparierte. Dass Moira sich schon ein Jahr lang allein durchschlagen musste. Sie war dünner geworden und sah müde aus.

Er wollte ihr sein Beileid bezeugen, aber es fiel ihm schwer, die richtigen Worte zu finden. Zumindest im Beisein einer Wildfremden.

Erneut warf er ihr einen Blick zu. Eileen Brady, das hörte sich irisch an. Natürlich hatten Massen von Iren ihr eigenes Land verlassen, um in England ihr Heil zu suchen. Manche in Almsbrick.

Er kniff seine Augen zu Schlitzen zusammen und musterte sie, bis ihm bewusst wurde, dass sie erneut seinem Blick auswich. Ihre Hand ruhte immer noch auf Maggies Schulter, so als müsste sie das Mädchen beschützen. Der Gedanke an die erschrockenen Augen des Kindes schmerzte ihn. Früher hatte ihn die Kleine lachend »Onkel Matthew« genannt, jetzt hatte sie Angst vor ihm.

»Und wofür brauchen Sie Herberts Arbeitsraum, Miss Brady?«

Mit einem Ruck erhob sie ihren Kopf. »Ich bin Schneiderin.«

»Miss Brady hat sich seit Kurzem in Almsbrick niedergelassen«, ergänzte Moira. »Nachdem sie einen Auftrag für die Almsworths ausgeführt hatte.«

»Wirklich? Halten Sie Almsbrick für so ein charmantes Dörfchen, dass Sie gerne hierbleiben wollen?« Er sah sie direkt an.

»Nicht so charmant, wie Sie es offensichtlich finden, Mr Wilson.« Ihre Stimme klang kühl. »Angesichts der Tatsache, dass Sie nach mehr als zwei Jahren gerade hierher zurückgekommen sind.«

»Nun, setzt euch schnell hin, wir können gleich essen«, forderte Moira sie auf. »Maggie, Liebes, könntest du noch einen weiteren Teller für Onkel Matthew holen?«

»Nur keine Umstände …«, antwortete er zögernd, obwohl sein Magen knurrte.

»Ich habe es ein wenig eilig«, fiel ihm Miss Brady ins Wort. »Ich muss zu Miss Stubbs zurück, um ihr die Qualität des Krepps zu zeigen.«

Der Name kam ihm bekannt vor. »Stubbs?«

Moira nickte. »Erinnerst du dich noch an Bauer Stubbs von der Oak Hill Farm? Er ist vom Heuboden gefallen und hat sich das Genick gebrochen.«

Matthew rieb sich den Nacken. »So etwas passiert schnell«, murmelte er, aber das hatte Moira natürlich schon selbst am eigenen Leib erfahren müssen. Ihr Herbert war innerhalb von zwei Monaten tot gewesen. Und er selbst wusste es seit dem vorzeitigen Tod von Luke und seit so viele seiner Kameraden gefallen waren.

Maggie stellte scheu einen Teller auf den Tisch und legte das Besteck daneben. Dann wich sie schnell von ihm ab. »Darf ich heute bei Miss Eileen sitzen?«

Der Hintergrund ihrer Frage war vollkommen offensichtlich, dennoch strahlte das Gesicht von Miss Brady, als hätte sie ein großes Kompliment bekommen. Schon schnell hatte sie ihre Freude allerdings wieder verborgen. Warum war ihr die Zuneigung des Kindes so wichtig? Mit einem Seufzen wurde ihm bewusst, dass für ihn dasselbe galt. Er wollte nicht, dass Maggie Angst vor ihm hatte. Vielleicht hätte er sich vor seiner Ankunft hier rasieren und seine Haare schneiden lassen sollen.

Moira betete mit ihnen, und während sie ihre Augen geschlossen hatte, beobachtete er sie. Er fand sie bleich, aber das konnte auch von dem schwarzen Kleid kommen. Normalerweise würde der Mann als Haupt der Familie vor dem Essen beten. Wie viele Aufgaben hatte Moira noch von ihrem Mann übernehmen müssen? Er wünschte, er wäre nicht so weit weg gewesen.

Das »Amen« ertönte überraschend schnell und hastig richtete er seine Aufmerksamkeit auf seinen Teller.

»Sind deine Verwundungen geheilt?«, wollte Moira wissen.

»So gut wie.«

»Bist du denn jetzt endgültig zurückgekommen oder musst du demnächst wieder nach Indien?«

»Ich bleibe.« Er warf einen verstohlenen Blick auf die Schneiderin. War das wirklich nötig, dass er in ihrer Gegenwart erzählen musste, dass die Armee ihn nicht länger gebrauchen konnte?

»Dann werden Sie sich sicher auf die Suche nach Arbeit begeben«, bemerkte Miss Brady. Sie bemühte sich, ihren Teller möglichst schnell zu leeren.

Matthew aß ebenfalls hastig und er hatte auch Lust auf mehr, aber er wusste, dass Moira ihn nicht eingerechnet hatte. »Ich mache mich so schnell wie möglich auf die Suche nach einer festen Stelle. Oder wenn es sein muss, auch einer Saisonarbeit.«

»Das dürfte im Januar nicht leicht sein.« Versuchte sie ihn etwa zu entmutigen?

»Du brauchst einen Platz zum Schlafen«, erklärte Moira und dadurch fühlte er sich unbehaglich. Wer hätte auch damit rechnen können, dass sie das Zimmer ausgerechnet jetzt vermietet hatte? »Ich werde einen Strohsack und Decken in die Scheune legen, gleich neben die Box unserer Mähre. Dann hast du es schön warm, oder?«

»Bestimmt. Es ist ja nur für die erste Zeit.«

Er sah Miss Brady nicken. Sie wollte ihn offensichtlich nicht hier haben. Oder hatte sie selbst vor zu verschwinden? Das wäre ja zu schön, darauf sollte er besser nicht setzen.

Moira blickte ihn besorgt an. »Matthew, ich …«

»Mrs Trench?« Der junge Ralph Malford streckte seinen Kopf zur Tür herein. Der Junge war noch einen Kopf größer geworden, seit Matthew ihn das letzte Mal gesehen hatte. »Können Sie eben helfen?«

Sie seufzte und zeigte zur Tür. »Wir reden später weiter.«

»Ich gehe jetzt gleich zu Miss Stubbs«, kündigte Miss Brady an. »Und du musst wieder in die Schule, Maggie. Wir können ein Stück gemeinsam gehen.«

Im Handumdrehen stand sie in ihrem Mantel und mit einer Rolle Stoff unter dem Arm wieder in der Küche.

Maggie hatte währenddessen schweigend ebenfalls ihren Mantel angezogen, wobei sie gelegentlich einen verstohlenen Blick auf ihn geworfen hatte. Matthew wünschte sich, er könnte das Kind beruhigen.

»Ich muss Mama noch Auf Wiedersehen sagen.« Sie schlüpfte an Miss Brady vorbei in den Laden.

Das gefiel der rothaarigen Dame überhaupt nicht, die Ungeduld war ihr im Gesicht abzulesen. Hatte sie es wirklich so eilig? Oder steckte etwas anderes dahinter?

Aus einer Eingebung heraus nahm er seinen verbeulten Filzhut vom Tisch. »Ich denke, ich sollte auch ein Stückchen mit Ihnen mitgehen.«

Ihr spitzes Kinn schnellte in die Höhe und sie presste die Lippen zusammen. Es war amüsant, ihren Unwillen zu beobachten.

Maggie kam zurück. Er öffnete mit einer schwunghaften Handbewegung beiden Damen die Eingangstür. Das Mädchen belohnte ihn mit einem zaghaften Lächeln, Miss Brady ignorierte ihn dagegen vollkommen. Er hatte vergessen, dass eine Uniform in der Regel mehr Eindruck auf das andere Geschlecht machte.

Sie liefen durch die Hauptstraße an der Apotheke vorbei in Richtung der großen Kreuzung. Tief in den Kragen seiner Jacke versunken lauschte er Miss Bradys Versuchen, mit Maggie über ihre Unterrichtsstunden zu sprechen. Es hörte sich gekünstelt an. Das war sicher seine Schuld. Doch ihnen blieb schließlich nichts anderes übrig, als sich an seine Gegenwart zu gewöhnen. Hatte er nicht mehr Anrecht auf einen Platz in Almsbrick als diese eingebildete Schneiderin?

Er warf einen heimlichen Blick auf die Schmiede auf der linken Straßenseite, wo Tom ein herzlicheres Willkommen bereitet worden war als ihm. Sowohl von seiner Frau als auch von dem alten Schmied und Mrs Downes. Toms Platz im Dorf war sichergestellt, während Matthew um den seinen kämpfen musste. Nun ja, wie das ging, hatte er in den vergangenen Jahren durchaus gelernt.

Er seufzte. In Indien und Afghanistan war diese Art von Problemen weit weg gewesen. Dort hatte es keine Konkurrenz zwischen Tom und ihm gegeben, keine Zurückweisung, keine ungestillte Sehnsucht …

»Matthew!« Ausgelassen rufend eilte Rosie aus dem Knechtshäuschen neben der Schmiede und ließ seinen Atem stocken. Mit einem Freudenschrei rannte sie zu ihm. »Endlich!«

Für einen Augenblick dachte er, sie würde ihn küssen, doch sie umarmte ihn nur und schmiegte ihren Kopf an ihn. Bestürzt legte er seine Hände auf ihre Schultern.

»Rosie, Mädchen …«

»Ich bin so froh, dass ihr beide mit heiler Haut wieder zurückgekommen seid.«

Mit heiler Haut? Die Schulter, an die sie sich jetzt so schön anlehnte, war tatsächlich geheilt, aber die Narbe an seinem Hals … und sein taubes Ohr … Er schob den Gedanken zur Seite und seufzte.

Nicht jetzt. Ihr weicher, warmer Körper rief eine Sehnsucht in ihm hervor, die er schon sehr lange unterdrückt hatte.

Über Rosies dunkle Haare hinweg sah er Miss Brady ungeduldig mit dem Fuß tippen, während Maggie kichernd danebenstand. Verflixt, er musste damit aufhören, solchen

Gedanken nachzuhängen! Rosie gehörte nicht zu ihm. Nur ungern ließ er sie los und hoffte, dass diese unausstehliche Schneiderin seine Gefühle nicht in seinem Gesicht lesen konnte.

Rosie hatte jedenfalls nichts gemerkt, schließlich schwenkte sie fröhlich ihren Korb. »Ich gehe noch schnell in den Laden, weil ich heute Abend Toms Lieblingsgericht auf den Tisch bringen will.«

Er schaute ihren wehenden Röcken hinterher und räusperte sich. Anschließend warf er einen kurzen Blick auf Miss Brady. »Das war Rosie, die Frau meines besten Freundes Tom.«

»Das weiß ich.« Miss Brady klang kurz angebunden. »Sie war sehr glücklich, als Tom sie hat wissen lassen, dass er zurückkommt.«

Er grinste. »Sie halten also nicht besonders viel von Überraschungen, nicht wahr?«

»Das ist alles eine Frage des Anstands.« Missbilligend sah sie ihn an, während sie sich die Rolle mit dem schwarzen Stoff fester unter den Arm klemmte. Nein, sie mochte es offensichtlich nicht, überrascht zu werden.

»Hat Onkel Matthew etwas falsch gemacht?«, wollte Maggie mit einem Stirnrunzeln wissen. Das hatte er nun davon.

»Nicht wirklich«, erwiderte Miss Brady unwillig. »Aber es wäre netter gewesen, wenn wir gewusst hätten, dass er kommt.«

Es hörte sich an, als hätte sie ihn am liebsten aufgehalten.

»Ich habe selbst nicht gewusst, wie lange das alles dauern wird.« Er zuckte entschuldigend mit den Schultern. »Letzten Endes war die ärztliche Untersuchung in Netley doch schneller erledigt, als ich gedacht hatte. Doch dann hat sich alles noch etwas verzögert, weil es so aussah, als wäre mit Toms Entlassungspapieren etwas nicht in Ordnung.«

Das Mädchen lächelte verlegen. »Auch wenn Mama nicht mit dir gerechnet hat, macht sie heute Abend sicher dein Lieblingsessen.«

»Ich bin schon froh über *irgendeine* anständige Mahlzeit«, murmelte er, doch wegen des Kindes lächelte er schnell. »Das wäre sehr lieb von ihr, meinst du nicht auch?«

Bevor Maggie reagieren konnte, ertönte die Schulglocke.

»Ich komme zu spät!« Mit entsetzten Augen drehte sie sich um und fing an zu rennen.

»Pass auf!« Blitzschnell ergriff er ihre Taille und riss sie an sich, weg von der Straße.

Das Dröhnen von Pferdehufen und das Geratter von Wagenrädern war ohrenbetäubend. Ein lauter Schrei war zu hören. Er spürte ein vertrautes Stechen in seinem Kopf, während sein Herz einen Schlag aussetzte.

Der Wagen kam zum Stehen. »Das war haarscharf, wirklich«, ertönte eine bekannte Männerstimme.

Langsam stieß Matthew den Atem aus und drehte sich um. Sein Blick glitt über den rot lackierten Tilbury-Einspänner, in dem der Bauernsohn und zwei junge Damen saßen. Es sah alles sehr eng aus, aber trotzdem war er beeindruckt. So ein eleganter Einachser war doch etwas anderes als ein plumper Bauernwagen. Wenn man sich so einen Luxus leisten konnte, lief es offensichtlich auf dem Bauernhof nicht schlecht.

Er schob seinen Hut in den Nacken. »Edmund Howell, normalerweise würde ich sagen: Schön, dich wiederzusehen.«

»Nein, wirklich!« Edmund sprang aus der Kutsche. Obwohl der Sohn seines ehemaligen Chefs arrogant sein konnte, war er jetzt augenscheinlich völlig erschrocken. »Lass mich dann mal sagen, dass ich froh bin, dass du wieder da bist, Wilson. Und genau im richtigen Augenblick.«

»Ist mit Maggie alles in Ordnung?«

Matthew lenkte seinen Blick auf die beiden Passagiere von Edmund: seine Schwester Emma und … war das eine der Töchter von Doktor Goodwin? Doch wohl nicht die jüngste? Junge, Junge, während seiner Abwesenheit waren aus den Mädchen – wie sollte er es sagen? – junge Damen geworden.

Emma stieg sogleich aus, Prudence war etwas weniger geschickt. Sie rutschte hin und her und erst als er ihr schlankes Fußgelenk unbeholfen herumbaumeln sah, ohne dass es das kleine Trittbrett fand, kam er auf den Gedanken, Maggie loszulassen und ihr zu helfen. In seinen Armen fühlte sich auch ihre Taille schlank an.

Sie erschrak über die Berührung und landete etwas unelegant halb auf ihm.

»Oh … Danke, Mr Wilson.« Ihr Gesicht allerdings zeigte Unwillen. »Eine Hand hätte vollkommen ausgereicht.«

»Das wäre aber nicht so effektiv gewesen.« Er nahm spöttisch den Hut ab. »Stets zu Ihren Diensten, Miss Goodwin.«

Mit erhobener Nase stellte sie sich neben ihn. »Hast du dir wehgetan, Maggie?«

»Ich habe vergessen, auf die Straße zu schauen.« Maggies Stimme bebte.

»Mit dem Kind ist alles in Ordnung«, erklärte Emma Howell. »Aber mit *ihr* nicht.«

Verdutzt richtete Matthew seinen Blick auf Miss Brady.

Die Frau zitterte wie Espenlaub und ihr Gesicht war kreidebleich geworden. »Du hättest tot sein können!«

Zwei Tränen kullerten über Maggies Wangen. »Es tut mir leid, Miss Eileen.«

Matthew räusperte sich. »Aber ihr fehlt nichts, sie ist quicklebendig.«

»Und sie sollte lieber schnell in die Schule gehen«, ergänzte Emma mit einem Lächeln. »Maggie vergisst sicher nie mehr, sich umzuschauen, bevor sie über die Straße geht.«

»Nein … ja …«, stammelte Miss Brady, während sie nach dem schwarzen ledernen Verdeck des Tilburys tastete, um sich zu stützen. Die arme Frau war völlig außer sich. »Ich werde …«

»Ich bringe Maggie schnell hin.« Entschlossen ergriff Emma Maggies Hand, während Miss Brady noch verwirrt mit ihren Augen blinzelte. »Sie sollten auch lieber kurz mit Prudence hineingehen, Miss.«

Es war, als würde Miss Brady die Arzttochter erst jetzt bemerken. »Oh … nein, ich … ich muss zu Miss Stubbs.«

Sie raffte den schwarzen Stoff zusammen, der ihr aus den Händen geglitten war. Er war jetzt schmutzig geworden, das schien sie jedoch nicht zu bemerken.

»Mein Vater hätte ein Beruhigungsmittel, wenn Sie möchten«, verkündete Prudence auf einmal überraschend freundlich.

»Das brauche ich nicht.« Jetzt begannen sich ihre Wangen zu röten. »Wir waren auf dem Weg zu Miss Stubbs«, wiederholte sie. »Oder jedenfalls ich. Was Mr Wilson tut …«

Sie winkte fahrig mit der Hand ab, bevor sie wegging. *Was Mr Wilson tut, ist mir gleich.*

»Ich bin auf der Suche nach Arbeit«, murmelte er.

Edmund Howell warf ihm einen Blick zu und kratzte sich seinen Backenbart. »Ich fürchte, dass ich dir die Mühe ersparen kann, zur Howell Farm zu laufen, Wilson. Mein Vater braucht vorläufig keine neuen Knechte.«

»Ich habe Erfahrung …«, begann er.

»Du bist nicht der Einzige.«

Du bist nur einer von vielen. Die Botschaft traf ihn wie ein Schlag in die Magengrube. Eigentlich hatte er nicht einmal darüber nachgedacht, was er machen würde, wenn Howell ihn nicht wieder einstellte. Seit wann brauchte so ein großer Landwirt keine zusätzlichen Arbeitskräfte mehr?

Er seufzte. Es war Winter, natürlich … da wurden nicht so viele Arbeiter gebraucht. Genau, wie Miss Brady es schon angedeutet hatte. Er sah, wie sie hastig zur Eingangstür eines kleinen Häuschens lief. Wohnte Miss Stubbs also nicht mehr auf der Oak Hill Farm?

Bevor er seinen Mund öffnen konnte, um Prudence deswegen zu fragen, lächelte Miss Goodwin ihn kühl an. »Sie sollten also schnell woanders suchen, Mr Wilson. Ein ungebildeter Mann wie Sie wird nicht so leicht eine Arbeit finden, auch wenn Sie groß und kräftig sind.«

Seine Kiefermuskeln zuckten. Mit dieser Feststellung beschäftigte er sich lieber nicht näher.

13. Kapitel

Mit kerzengeradem Rücken saß Eileen zwischen Moira und ihrem Cousin auf der hölzernen Kirchenbank, eine Position, mit der sie nicht glücklich war. Sie war dort gelandet, weil Matthew Wilson die beiden Frauen hatte vorgehen lassen. Das war das erste Mal gewesen, dass er sich so höflich benommen hatte. Meistens nahm er einsilbig an den Mahlzeiten in Moiras Küche teil und ließ sich nicht öfter blicken, als unbedingt notwendig war. Aber anscheinend brachte die Feierlichkeit eines Beerdigungsgottesdienstes selbst in ihm das Beste zum Vorschein.

Viele Dorfbewohner und Arbeiter, die verstreut um das Dorf herum wohnten, hatte sich an diesem Nachmittag in der Kirche von Almsbrick versammelt, um Bauer Stubbs die letzte Ehre zu erweisen. Man spürte echte Verbundenheit und Gemeinschaft.

Das änderte jedoch nichts an der Tatsache, dass Eileen sich nicht nur buchstäblich, sondern auch im übertragenen Sinn eingeklemmt fühlte. Wilson mochte zwar seit seiner Rückkehr in der Scheune hinter dem Geschäft schlafen, doch er war trotzdem da. Das bedeutete, dass sie nicht den Schutz der Nacht dazu nutzen konnte, um unbemerkt mit Maggie zu verschwinden. Außerdem vermutete sie, dass er bei jedem unerwarteten Geräusch aufwachen würde. So wurde es ihr praktisch unmöglich gemacht, ihre natürliche Rolle als Maggies Mutter endlich zu übernehmen.

Der Gedanke daran, dass sie das Mädchen beinahe durch die Hufe eines Pferdes verloren hätte, ließ sie immer noch erschauern. Außerdem war es ihr unangenehm, dass Wilson Zeuge ihrer übertrieben emotionalen Reaktion geworden war. Alles in allem hatte sie nicht den besten Eindruck bei ihm hinterlassen, und das war ihrer Sache sicherlich nicht zuträglich.

Sie seufzte und versuchte, den vertrauten Worten des Pfarrers zu lauschen: »*Ich weiß, dass mein Erlöser lebt. Ich selbst werde ihn sehen, meine Augen werden ihn schauen.*«

Das hörte sich so sehr nach einer Verheißung an, dass der Rest der Lesung an ihr vorbeiging. *Werde ich dich sehen, wirst du eingreifen, Herr, mein Gott? Auch in meinem Leben und in dem von Maggie?*

Wenn Wilson doch bloß irgendwo Arbeit finden würde, vorzugsweise inklusive Kost und Logis! Dann bräuchte sie sich nicht mehr mit seinen kritischen Blicken auseinanderzusetzen. Er gönnte ihr natürlich den Platz bei Moira nicht, weil er selbst gern in dem Zimmer gewohnt hätte. Etwas anderes konnte es nicht sein, denn sie hatte nichts über ihre wirklichen Gründe, nach Almsbrick zu kommen, offenbart. Dennoch hatte sie das Gefühl, dass er ihr nicht vertraute. Nun, das beruhte auf Gegenseitigkeit. Sie würde nie mehr so dumm sein, ihr Vertrauen einem Soldaten zu schenken. Das war nun einmal ein besonderer Schlag von Menschen. Sie fühlte sich in ihrem Urteil durch die Tatsache bestätigt, dass niemand ihn hatte anstellen wollen. Schließlich war allgemein bekannt, dass diese Männer sich zwischen ihren Kampfeinsätzen nur durch Trunkenheit und Begierde leiten ließen.

Sie warf einen verstohlenen Blick auf Rosie, die mit dem Schmied und seiner Frau zur Beerdigung gekommen war. Offensichtlich vertrat ihr Mann den Schmied in der Schmiede. Würde ihr Leben jetzt einfacher werden oder schwieriger, weil er zurückgekommen war?

Kurz schüttelte sie den Kopf. Warum machte sie sich darüber überhaupt Gedanken? Rosie musste mit den Entscheidungen leben, die sie getroffen hatte, genau wie sie selbst. Es war doch noch nicht zu spät?

Sie schrak auf, als Wilson sich neben ihr anders hinsetzte. Er bewegte seine linke Schulter, als täte sie ihm weh, und stieß sie mit dem Ellenbogen an. Anschließend räusperte er sich, so als wollte er sich entschuldigen, allerdings sah er sie nicht an. Träge drehte er seinen Hut, der auf seinen Knien lag, in den Händen.

Genauso drehten sich Eileens Gedanken um diese eine Sache, auf die sie sich noch keinen Reim machen konnte. Wie sollte sie ihr Verschwinden vorbereiten, wenn sie nicht genau wusste, was die Zukunft bringen würde? Wenn sie sich nicht ganz sicher war, dass Gott bereit war, ihr zu helfen?

Mittlerweile hatte Pfarrer Greenwood mit seiner monotonen Stimme Psalm 90 vorgelesen und ließ seinen durchdringenden Blick über die Gemeinde schweifen: »*Der Herr, unser Gott, sei uns freundlich und fördere das Werk unsrer Hände bei uns. Ja, das Werk unsrer Hände wollest du fördern!*«

Eileen umklammerte fest ihre Tasche. *Bete und arbeite*, wie oft hatte sie nicht diese Worte zu hören bekommen? Das war es, was sie jetzt tun würde. Wenn Gott ihr gnädig war, würde er das Werk ihrer Hände fördern und ihr den richtigen Weg zeigen.

Ruhiger als zuvor folgte sie dem Trauerzug nach draußen, wo der Sarg in das Grab hinuntergelassen wurde. Flankiert von ein paar Menschen, die Eileen noch nie gesehen hatte, ließ Miss Stubbs als Erste die Erde in die Grube fallen. Sie musste zugeben, dass das alte Frauchen ihr mit seiner resoluten Haltung Respekt abnötigte. Das Kleid mit dem umgenähten Rock und dem neuen Krepp passte zu ihr. Sie ließ sich nicht unterkriegen.

»Da es dem allmächtigen Gott gefallen hat, unseren Bruder zu sich zu nehmen«, sagte der Pfarrer, »übergeben wir seinen sterblichen Leib der Erde – Erde zu Erde, Asche zu Asche, Staub zum Staube – in der festen Hoffnung auf die Auferstehung der Toten und das ewige Leben durch Jesus Christus, unseren Herrn.«

Während er ein Gebet sprach, sah Eileen weiterhin Miss Stubbs an, die aufrecht am Grab ihres Bruders stand.

Lass mich so fest entschlossen sein, Herr. Gib mir die Kraft, den Plan auszuführen. Fördere das Werk meiner Hände.

Sie schlossen mit dem Vaterunser, das sogar Matthew Wilson laut mitbetete. Erst, als er seine grünen Augen wieder öffnete, wurde ihr bewusst, dass sie ihn anstarrte. Sie errötete unwillkürlich und auch in seine Wangen stieg ein wenig Farbe.

»Haben Sie mich für einen Heiden gehalten, Miss Brady?«, wollte er spöttisch wissen, während sie den Friedhof verließen.

Sie hielt ihren Kopf aufrecht. »Sie haben auf mich keinen besonders religiösen Eindruck gemacht.«

»Der Schein kann trügen.« Sein Lächeln war nicht aufrichtig. »Aber ich kann Ihnen schon sagen, dass ich frommes Getue verachte.«

Meinte er etwa sie damit? Unmöglich! Entrüstet sah sie ihn an, doch sein Lächeln war nur noch breiter geworden. Aufrichtiger ebenfalls. Jetzt hatte dieser abscheuliche Mann auch noch sein Vergnügen auf ihre Kosten!

»Pfui, wirklich, was für eine Tragödie!« Mrs Holmes hatte sie unbemerkt eingeholt. »Sie trägt es mit Fassung, die arme Miss Stubbs. Es wundert mich nur, dass Trench heute Nachmittag nicht hier ist.«

Sie gingen schweigend weiter.

⁊ⱷ

»Trench?« Matthews Interesse wurde durch den Namen geweckt, den auch seine Cousine trug. »Meinen Sie den Mann, der die Herberge übernommen hat?«

»Ja, genau den, Leonard Trench.« Sie nickte. »Aber denken Sie nicht, dass das so ein altmodischer Wirt ist! Nein, das ist ein echter Herr und er hat ambitionierte Pläne.«

»So etwas in der Art habe ich schon gehört.« Er warf Moira einen Blick zu, die ihn in ihre Sorgen über den Kredit eingeweiht hatte.

»Seine Angestellten haben übrigens den armen alten Stubbs gefunden«, teilte Mrs Holmes mit. »Ich frage mich, wie. Das Land der Oak Hill Farm grenzt zwar an die Herberge, aber die Gebäude liegen doch ein ganz schönes Stück auseinander.«

»So wie ich gehört habe, sollen die Tiere von Stubbs ungewöhnlich viel Krach gemacht haben«, erwiderte Moira. »Und deshalb ist wohl jemand hingegangen, um nach dem Rechten zu schauen. So haben sie ihn dann unter der Leiter gefunden.«

Matthew bemerkte, dass seine Cousine und Miss Brady erschauerten.

Mrs Holmes entfuhr ein Seufzer. »Es ist nur gut, dass Miss Stubbs nicht mehr auf dem Bauernhof gewohnt hat. Nicht auszudenken, wenn sie ihren Bruder so dort hätte liegen sehen.«

»Sie ist stärker, als es scheint«, bemerkte Miss Brady.

»Aber so einen Anblick möchte man keinem wünschen.« Mrs Holmes musste unbedingt das letzte Wort haben. »Es ist schon schlimm genug.«

Bevor die Frauen um ihn herum zu emotional werden konnten, räusperte Matthew sich. »Ist dieser Mann dort nicht der Rentmeister von Almsworth?«

Moira sah ihn verwundert an. »Der mit dem Schnauzbart, ja. Warum?«

»Ich habe etwas mit ihm zu besprechen.« Er versuchte nicht allzu aufgeregt zu klingen, denn das schien unpassend. Aber das Sprichwort könnte sich vielleicht bewahrheiten: Des einen Leid, des anderen …

»Du wirst ihn doch wohl *jetzt* nicht ansprechen wollen?«, fragte Moira entrüstet.

»Nun, warum denn nicht?«

»Er ist hier, um seinen Respekt zu bezeugen …«

»Ich auch.«

Moira seufzte. »Du hättest dir schon etwas anderes anziehen können als diese alte Jacke. Und die ist noch nicht einmal schwarz.«

»Wo hätte ich denn eine schwarze Jacke hernehmen sollen?« Er presste die Lippen zusammen und hoffte, dass Miss Brady sich nicht einmischte. Diese feine Stadt-Lady hätte sicher alle möglichen Ideen zum Thema Trauerbekleidung gehabt, aber er trug doch schon ein schwarzes Trauerband um den Arm und das war das Einzige, was er sich im Moment leisten konnte.

»Miss Stubbs hat mit Sicherheit andere Dinge im Kopf«, erklärte Mrs Holmes und wenigstens einmal war er ihr dankbar für ihre Einmischung.

»Genau.« Jetzt konnte er das zufriedene Grinsen nicht länger unterdrücken. »Zum Beispiel das Fortbestehen des Hofes, für das Stubbs und sie jahrelang so hart gearbeitet haben.«

»Was meinst du damit?«, fragte Moira argwöhnisch.

»Ich hoffe, der neue Pächter der Oak Hill Farm zu werden.«

Jetzt schauten drei Damen ihn sprachlos an. Er musste sich zusammenreißen, um nicht laut loszulachen. Eigentlich war es fast eine Beleidigung, dass sie alle drei so überrascht waren von der Wendung, die das Gespräch genommen hatte. Dachten sie vielleicht, dass er keinen Bauernhof führen könnte?

»Sie verlieren wohl keine Zeit, was?«, bemerkte Mrs Holmes.

»Den alten Stubbs haben wir doch gerade erst unter die Erde gebracht.« Moira hörte sich missbilligend an.

Er wartete noch auf eine Reaktion von Miss Brady, doch die sah in eine andere Richtung. Lächelnd.

»Miss Stubbs ist bereit, mir den Besitz ihres Bruders zu übertragen«, berichtete er. »Die Tiere, die Geräte … Ich kann sie mit dem Geld bezahlen, das dein Vater mir hinterlassen hat, Moira.«

Ihr Gesicht wurde sanfter. »Mein Vater hat immer gesagt, dass du ein würdiger Nachfolger wärst.«

Leider war er in Afghanistan gewesen, als sein Onkel gestorben war. Wenn es ihm jemals leidgetan hatte, zur Armee gegangen zu sein, dann weil er hatte Abschied nehmen müssen von dem Mann, der mehr als sein eigener Vater verstanden hatte, was ihn zutiefst bewegte. Seinem Vater hingegen war es nur darum gegangen, dass Matthew nicht Luke war und auch nie werden würde. Wenn sein Onkel ihn doch nur in diesem Augenblick sehen könnte!

»Die Oak Hill Farm ist nicht so groß«, sagte er. »Aber wenn ich Miss Stubbs glauben kann …«

»Bist du wirklich so unverfroren gewesen, sie noch vor der Beerdigung aufzusuchen?« Moira hörte sich fassungslos an.

Er zuckte mit den Schultern. »Ja. Irgendjemand musste sich doch um die Tiere kümmern! Die können doch auch nicht bis nach der Beerdigung warten, oder?«

»Ich hätte von dir mehr Anstand erwartet.«

»Wilson?« Mit großen Schritten kam der Rentmeister auf ihn zu. Er zückte seinen Hut vor den Damen. »Guten Tag, Moira, Mrs Holmes … und Sie müssen die neue Schneiderin sein? Miss Brady?«

Er sah, wie sie zusammenzuckte. »Oh … ja, das stimmt.«

»Ich wünsche Ihnen viel Erfolg mit ihrem Vorhaben, Miss Brady. Und dass die Damen von Almsbrick Ihre Nähkünste für lange Zeit genießen können.«

Matthew fiel auf, wie angespannt sie lächelte. Eileen Brady legte keinen Wert auf soziale Kontakte. Also hatten sie doch etwas gemeinsam.

»Wilson, ich höre, Sie haben Interesse an der Oak Hill Farm?«

»Das stimmt, mein Herr.«

»Dann kommen Sie heute Nachmittag nach Almsworth Manor. Sir Alfred wird Ihnen sicher auf den Zahn fühlen wollen.«

»Selbstverständlich.« Sein Herz setzte einen Schlag aus. »In seiner Eigenschaft als Pachtherr oder als Magistrat?«

Der Rentmeister grinste. »Von allem ein wenig, vermute ich.«

Matthew wusste nicht, ob das für ihn gut oder schlecht war. »Ich werde da sein, mein Herr.«

»Brauchst du ein Empfehlungsschreiben?«, wollte Moira wissen. »Hilft es dir, wenn ich mich für dein Verantwortungsgefühl und deine Ehrbarkeit verbürge?«

Anscheinend hatte sie ihre frühere Entrüstung über sein unverschämtes Verhalten schon vergessen. »Moira …«

»Die Almsworths kennen mich schließlich«, drängte sie ihn.

»Das ist wahr«, gab der Rentmeister zu. »Aber Sie wissen sicher, wie gründlich Sir Alfred an eine Sache herangeht. Innerhalb kürzester Zeit weiß er mehr über Ihren Cousin, als Sie ihm jemals erzählen könnten.«

Matthew rieb sich zweifelnd sein Kinn. »Hoffentlich eher gute Dinge ...«

»Sorgen Sie lieber dafür, dass Sie nicht zu spät kommen, Junge.« Der Rentmeister schlug ihm aufmunternd auf die linke Schulter und Matthew erstarrte kurz vor Schmerz. »Bauer Howell hatte doch an Ihrer Arbeit nichts auszusetzen, oder?«

»Davon gehe ich aus«, murmelte Matthew, während der Mann sich entfernte.

»Du bekommst den Hof ganz bestimmt«, beruhigte ihn Moira.

Miss Brady sah eher besorgt aus, aber sie kannte ihn ja auch kaum.

»Lassen Sie sich das mal nicht zu Kopf steigen.« Mrs Holmes lachte. »Also wirklich! Vom Bauernknecht zum eigenen Pachtbauernhof. Das gelingt nicht jedem.«

»Das denke ich auch nicht.« Tief atmete Matthew ein und aus. Er hatte seine zweite Chance bekommen. Das war nicht ausschließlich sein Verdienst, so viel verstand er schon. Also musste es doch die Gnade sein, über die der Pfarrer geredet hatte. Unverdiente Gunst. Würde Gott ihm dann auch helfen, ein guter Landwirt zu sein? *Fördere das Werk meiner Hände, Herr.*

✿

Es dauerte bis nach Ladenschluss, bevor Wilson nach Hause kam. Eileen hatte schon mit Moira und Maggie gegessen und saß nun mit ihnen zusammen im Wohnzimmer über dem Geschäft. Sie hatte angeboten, ein paar Strümpfe von Maggie zu stopfen, während Moira damit beschäftigt war, einen Pullover zu stricken.

Mit einem Seufzen ließ sie die Stricknadeln sinken. »Das dauert aber wirklich lange! Ob das wohl ein gutes Zeichen ist und sie noch eine ganze Reihe von Details besprechen müssen?«

»Es kann auch sein, dass er in die Kneipe gegangen ist, um seine Enttäuschung herunterzuspülen.« Eileen stach mit der Nadel durch die graue Wolle. Sie hoffte, dass das nicht der Fall war.

»Matthew macht so etwas nicht«, widersprach Moira, aber sie vergaß natürlich, dass ihr Cousin Soldat gewesen war.

Würde Sir Alfred das auch vergessen? Er schien ihr zu der Sorte Männer zu gehören, die Wilson im Zweifel eine Chance geben würden. Er würde an die Unschuld eines Menschen glauben, bis das Gegenteil bewiesen war. Aber er war auch Landbesitzer und deswegen würde er wollen, dass die Oak Hill Farm Gewinn abwarf. Wäre Matthew Wilson der Richtige und könnte ihm das garantieren?

Eileen käme es sehr gelegen, wenn er auf die Oak Hill Farm zog. Der Bauernhof befand sich auf der anderen Seite des Bachs, etwas außerhalb des Dorfkerns. Sie würde nur wenig mit ihm zu tun haben, wenn er nicht mehr bei Moira ein und aus ging.

Lächelnd betrachtete sie Maggie, die mit der Zungenspitze zwischen den Lippen versuchte, einen geraden Saum zu nähen. Moira hatte sie gebeten, dem Mädchen Handarbeiten beizubringen, und das war eine gute Übung für den Anfang. »Du machst das schon sehr gut«, lobte sie. Maggie hatte wirklich ihr Talent geerbt.

»Es ist jetzt beinahe Schlafenszeit«, bemerkte Moira mit einem Blick auf die Wanduhr.

In diesem Augenblick ertönte allerdings die Glocke an der Hintertür, gefolgt von Gepolter auf der Treppe. Kurze Zeit später füllten Matthew Wilsons breite Schultern die Türöffnung.

Gespannt schaute Eileen zu ihm hinauf. Es war nicht schwer zu erraten, welche Antwort er von Sir Alfred und dessen Rentmeister bekommen hatte. Zum ersten Mal glich der Mann etwas mehr dem jungen Abenteurer auf Moiras Foto. Ein breites Grinsen lag auf seinem Gesicht und seine Augen, die oft nur trübe ins Nichts gestarrt hatten, strahlten. Diese Veränderung ließ ihn sogar attraktiv wirken.

»Ich habe den Bauernhof bekommen!«

Moira stand auf und umarmte ihren Cousin, der nicht wusste, wie er mit diesem plötzlichen Anflug von Zuneigung umgehen sollte.

»Das sind gute Neuigkeiten«, sagte Eileen wahrheitsgemäß und stand auf, um ihn zu beglückwünschen. Sein Händedruck war warm und kräftig.

Sie sah, wie er einen Blick auf die Uhr warf. »Das hat alles länger gedauert, als ich gedacht hätte. Ich muss die Tiere noch füttern.«

Moira legte ihr Strickzeug zur Seite und warf Maggie einen Blick zu. »Wenn ich könnte, würde ich mitgehen, dann wärst du schneller fertig.«

»Das brauchst du nicht«, entgegnete Wilson.

»Geh ruhig«, ermutigte Eileen sie. »Ich werde Maggie ins Bett bringen, das ist kein Problem.«

»Lesen Sie mir auch eine Geschichte vor?«, fragte Maggie besorgt.

»Ganz bestimmt.« Sie dachte an die Geschichten, die sie während der Nähstunden im Waisenhaus erzählt hatte, und hoffte, sie würden Maggie ebenfalls gefallen.

Der übliche düstere und misstrauische Blick war auf Wilsons Gesicht zurückgekehrt. »Es ist wirklich nicht nötig, Miss Brady allein mit dem Kind zu lassen.«

Ihr Herz klopfte.

Er rieb sich den Nacken. »Ich kann gut …«

»… ein bisschen Hilfe gebrauchen«, ergänzte Moira. »Jetzt sei mal nicht so stur und lass mich zum Bauernhof mitgehen.«

Eileen spürte, wie sein forschender Blick auf sie gerichtet war. Obwohl sie wusste, dass er nichts gegen sie in der Hand hatte, lief ihr ein Schauer über den Rücken.

»Schauen Sie doch mal, wie weit ich schon bin, Miss Eileen!« Maggie hielt stolz die weiße Baumwolle in die Höhe.

Schnell beugte sie sich zu dem Mädchen. »Sehr gut! So, und jetzt sag schön gute Nacht, mein Schatz.«

Das entspannte die Situation etwas. Obgleich nicht überzeugt, wartete Wilson, bis Moira ihren Mantel genommen hatte. Er zündete eine Laterne an. »Wir sind gleich wieder da.«

Eileen fragte sich, ob das als Drohung gemeint war. Sie widmete ihre Aufmerksamkeit wieder Maggie. »Du wirst das schönste Püppchen machen, das ich jemals gesehen habe. Morgen machen wir ihr ein Gesichtchen.«

Unbefangen schaute Maggie zu ihr auf mit einem Blick voller …

Bewunderung? Verehrung? Konnte es Liebe sein? »Sie helfen mir doch mit dem Kleidchen, oder?«

»Natürlich! Wir machen alles gemeinsam.«

Der zufriedene Blick das Mädchens ließ Eileen Tränen in die Augen steigen. Das würde das erste Baumwollpüppchen werden, das sie nicht *für*, sondern *mit* ihrer Tochter anfertigte. Gemeinsam. Die Verbundenheit war überwältigend. Sie machte sie dankbar und gleichzeitig unruhig. Nach all den Jahren, in denen sie sich gegen allzu tiefe Gefühle für wen auch immer gewehrt hatte, begann nun ihre Abwehr zu bröckeln.

»Jetzt ist es Zeit, schlafen zu gehen«, verkündete sie und unmittelbar darauf wurde ihr bewusst, dass sie keine Ahnung hatte, was dem alles vorausging. Sollte sie mit Maggie in ihr Schlafzimmer mitgehen? Oder warten, bis das Mädchen fertig war, und ihr dann eine Geschichte erzählen? »Ich stopfe noch schnell die Strümpfe fertig.«

»Mama bürstet mir immer die Haare, bevor ich schlafen gehe.«

Eileen schluckte. »Dann mache ich das auch.«

In Maggies Schlafzimmer hatte das Püppchen mit dem grünen Kleid einen Ehrenplatz bekommen, bemerkte sie. Sobald das Mädchen sein Nachthemd angezogen hatte, nahm Eileen die Haarbürste vom Nachtschränkchen. Sie setzte sich zu ihr aufs Bett und fing an, mit langsamen Bewegungen ihre Haare zu bürsten. Mit ihren Fingern entfernte sie so vorsichtig wie möglich irgendwelche Knötchen. Maggie protestierte nicht. Eileen bürstete, bis die schwarzen Locken glänzten, und streichelte sie vorsichtig mit ihren Fingern. Seidenweich. Früher hatten Nessa und sie auch gelegentlich einander die Haare gebürstet. Sie selbst hatte es dann erneut für ihre Schwester getan, nachdem diese krank geworden war. Aber noch nie hatte das so ein warmes Gefühl in ihr hervorgerufen wie jetzt. Noch nie hatte sie es mit so viel Liebe getan.

»Sie können das beinahe so gut wie Mama.« Maggies Stimme klang schläfrig.

Beinahe. Sie vermutete, dass sie das als Kompliment betrachten sollte.

Es war schon etwas Besonderes, dass sie so vertrauensvoll miteinander umgingen, wo sie einander doch erst vor knapp zwei Monaten zum ersten Mal getroffen hatten. Dennoch konnte es für Eileen nicht schnell genug gehen. Wenn es ihr noch nicht gelungen war, mit Moira gleichzuziehen, würde sie sich eben noch mehr anstrengen müssen.

Sie seufzte und drehte Maggie zu sich hin, sodass sie sich anschauen konnten. »Was hältst du von einer Geschichte aus Irland, wo meine Familie herkommt?« *Und deine.*

»Kennen Sie viele Geschichten aus Irland?« Voller Bewunderung sah Maggie zu ihr auf.

»Es gibt viele schöne irische Märchen. Soll ich dir dieses Mal von einer Prinzessin erzählen?«

»Dieses Mal? Werden Sie mir denn noch öfter Geschichten erzählen?«

Eileen fühlte plötzlich einen Kloß im Hals. »Das habe ich jedenfalls vor.«

Für heute Abend suchte sie sich eine ziemlich kurze Geschichte aus, weil sie sah, wie müde Maggie war. Und tatsächlich bekam das Mädchen gar nicht mehr mit, dass das Märchen gut ausging, weil ihm vorher schon die Augen zugefallen waren. Auf seinen Lippen lag ein Lächeln.

Vorsichtig strich Eileen Maggie die Haare aus dem Gesicht. »Schlaf gut, liebe Maggie.«

Für einen Augenblick zögerte sie, doch dann neigte sie sich vor und küsste ihr Töchterchen auf die Stirn. »Ich liebe dich.«

Sie konnte sich nicht losreißen von dem friedvollen Anblick, den das Mädchen bot. Oh, wenn sie das doch nur jeden Abend erleben und sie immer bei sich haben dürfte!

Mit einem Seufzen wandte sie sich um und verließ das Schlafzimmer. Jetzt war sie allein. Die Stille sorgte bei ihr für Beklemmungen. Wie lange würde es dauern, bis Moira und ihr Cousin zurückkamen? Sie hatte keine Ahnung, wie viel Vieh Bauer Stubbs besessen hatte. Das Einzige, woran sie sich erinnern konnte, war, dass sie ihn einmal über Schafe hatte sprechen hören. Doch angesichts seines heruntergekommenen Aussehens hatte sie sich nicht vorstellen können, dass es sich um eine große Herde handelte.

Langsam schlenderte sie zu ihrem eigenen Schlafzimmer, wo ihr Blick sofort auf den Koffer fiel. Das war die beste Gelegenheit, die sie bis jetzt bekommen hatte. Besser noch, sie konnten schon ein ganzes Stück Weg zurückgelegt haben, bevor irgendjemandem auffallen würde, dass sie überhaupt verschwunden waren. Was für einen Vorsprung ihnen das geben würde!

Der kleine Koffer mit den Püppchen stand offen und sie holte das Beutelchen mit der Brosche heraus. Das Erbstück ihrer Familie. Resolut legte sie es in den Koffer zurück. Anschließend begann sie, ihre Kleider und ihre Unterwäsche zusammenzufalten. Aus ihren Strümpfen machte sie kleine Röllchen. Jetzt noch Maggies Kleidungsstücke … sie würde eine schnelle Auswahl treffen müssen. Das neue Kleid, welches das Mädchen zu Weihnachten bekommen hatte, wäre eine gute Wahl. Damit konnte es noch eine ganze Weile auskommen.

Leise schlich sie sich in Maggies Schlafzimmer zurück. Das Mädchen hatte sich auf die Seite gedreht und lächelte immer noch im Schlaf. Eileen wünschte sich, dass sie das Kind auch so glücklich machen könnte. *Ich liebe dich, Maggie. Verstehst du das?* Ihr schossen Tränen in die Augen. *Wir werden zusammen glücklich sein, das verspreche ich dir.*

14. Kapitel

Es war kein überflüssiger Luxus, dass er eine Laterne mitgenommen hatte, dachte Matthew, sobald Moira und er die Häuser des Dorfes größtenteils hinter sich gelassen hatten. Hier und da standen noch kleine Arbeiterhäuschen verstreut, doch ansonsten war es rund um den Feldweg weithin still und dunkel.

Er zitterte. Das kam natürlich einfach daher, weil es kalt war. Diese alte Jacke, die er trug, war verschlissen und wärmte nicht mehr. Seit er seine Uniform hatte abgeben müssen, besaß er jedoch nichts Besseres.

Moira marschierte beherzt neben ihm, genauso wie er sich an sie von früher erinnerte, und zum Glück hatte sie nichts von seiner Unruhe bemerkt.

»Miss Stubbs hat noch einen guten Einblick in die Farm«, erzählte er, um das Schweigen zu durchbrechen. »Sie hat mir gesagt, wo ihr Bruder die Futterbohnen aufbewahrt. Insgesamt gibt es rund dreißig Schafe und noch die Lämmer vom vergangenen Jahr.«

»Hast du in den letzten Tagen auch Futterbohnen gefüttert?

»Und Heu. Der Heuboden ist zum Glück noch nicht leer und …« Er schwieg abrupt, als er sich an die Todesursache von Bauer Stubbs erinnerte. »Ich bin zunächst einmal tagsüber dort gewesen, um zu schauen, ob alles sicher ist. Da steht eine ordentliche Leiter.«

»*Eine* falsche Bewegung kann genug sein«, entgegnete Moira leise und er wusste, dass sie daran dachte, wie sich Herbert bei so etwas Alltäglichem wie dem Einladen von Bestellungen verletzt hatte.

Er seufzte. »Ich finde das wirklich furchtbar für dich, Cousinchen. Das habe ich dir vielleicht noch nicht gesagt, aber …«

»Das weiß ich doch. Du hast mir in den letzten Tagen oft geholfen.«

»Die Oak Hill Farm ist in der Nähe. Ich stehe bereit, wenn du mich brauchst, Moira.«

»Danke.«

Wahrscheinlich würde sie erst dann von diesem Angebot Gebrauch machen, wenn es gar nicht mehr anders ging. Moria war eine selbständige Frau, obwohl sie nicht so eine harte Nuss war wie diese neue Schneiderin. »Was weißt du eigentlich über Eileen Brady?«

Für einen Augenblick blieb es still. »Du magst sie wohl ganz und gar nicht, was? Sie ist eigentlich sehr nett, wenn du sie erst ein wenig besser kennengelernt hast.«

»Und das weißt du schon nach nur ein paar Wochen?«

»Sie ist schon Anfang Dezember nach Almsbrick gekommen.«

Er lachte verächtlich. »Nach Almsbrick Manor doch eher, oder? Findest du es nicht seltsam, dass sich eine Schneiderin, die für reiche Damen arbeitet, in einem kleinen Dörfchen niederlässt? Dafür muss es doch einen Grund geben.«

»Den gibt es auch.« Zu seinem Ärger schien sich Moira ihrer Sache ziemlich sicher zu sein. »Sie hat vor Kurzem ihre Schwester und ihren kleinen Neffen verloren und das sind ihre letzten Familienangehörigen gewesen. Jetzt hat sie Ruhe nötig. Das verstehe ich gut.«

Er biss die Zähne zusammen, weil er nicht zugeben wollte, dass er das ebenfalls gut nachvollziehen konnte. Hoffte er nicht auch selbst, in Almsbrick Ruhe zu finden? »Sie ist Irin«, sagte er. »Du weißt, was sie alle über die Iren sagen.«

»Dass sie harte Arbeiter sind.« Offensichtlich wollte Moira kein falsches Wort über Miss Brady hören. »Von dir hätte ich erwartet, dass du vernünftiger bist als die Leute, die einfach nur Vorurteile nachbeten, Matthew Wilson. Was hast du denn gegen sie?«

»Dass sie eine Fremde ist.« Er hielt die Laterne in die Höhe, um die kleine Brücke auszuleuchten. »Trotzdem lässt du sie auf Maggie aufpassen.«

»Sie ist nun einfach verrückt nach dem Mädchen. Und Maggie fühlt sich bei ihr pudelwohl. Für mich ist Eileen keine Fremde mehr, Matt. Ich fange an, sie zu mögen. Irgendwann wirst du auch verstehen, warum.«

Er schnaubte verächtlich. »Machen wir uns lieber an die Arbeit. Wenn du mir eine zweite Laterne anzündest, hole ich eine Fuhre Heu vom Boden.« Anschließend zeigte er Moira, wo die Futterbohnen lagen und wo sie Eimer finden konnte.

»Gib es noch mehr Vieh?«, wollte Moira wissen, während sie zu der Schafweide liefen, die sich dem Bauernhof gegenüber auf der anderen Seite des Feldwegs befand. Ein kleiner Schuppen war an die Einfriedung angebaut, der sah allerdings nicht besonders stabil aus.

»Es gibt einige Hühner, aber die sitzen schon auf ihrer Stange. Und im Stall steht ein Arbeitspferd. Miss Stubbs hat mir gesagt, dass das Schwein im November geschlachtet worden ist. Mehr gibt es nicht.« Ein wenig armselig war es schon. »Der Rentmeister hat mir erzählt, dass auf ungefähr der Hälfte der Äcker Wintergetreide ausgesät worden ist.«

»Das hört sich gut an.«

»Und er meinte sich erinnern zu können, dass Stubbs einen Schafbock zu den Schafen gelassen hat, einen von Bauer Howell. Wenn das so ist, habe ich im Frühjahr neue Lämmer.« Damit konnte er Geld verdienen. Die Schafe von Stubbs hatten eine prima Qualität und die von Howell wurden weit und breit gelobt. Die Kombination musste hervorragende Lämmer liefern. Er fragte sich, wie viel Stubbs für die Dienste des Schafbocks bezahlt hatte. Aufgeregt überlegte er, dass er im kommenden Herbst selbst darüber verhandeln würde. Obwohl er den Bauernhof gepachtet hatte, konnte er größtenteils seine eigenen Entscheidungen treffen. Das war genau das, was er gewollt hatte. Er brauchte keine Befehle mehr auszuführen oder die Forderungen anderer Leute zu erfüllen. Innerhalb von kürzester Zeit würde er genau wie Stubbs als Bauer der Oak Hill Farm bekannt sein. Er hätte es kaum besser treffen können.

Nachdem er den Trog gefüllt hatte, brachten Moira und er die Eimer in die Scheune, wo sie dem Pferd noch Heu geben mussten. Matthew musste zugeben, dass die Arbeit mit Moiras Hilfe sehr viel weniger Zeit kostete. Für heute war das wunderbar. Doch er würde das alles selbst übernehmen, wenn er erst hier auf dem Bauernhof wohnen würde. Das gab ihm ein Gefühl von Freiheit.

»Ich werde es allein problemlos schaffen«, verkündete er, und als es kurzzeitig still war, vernahm er plötzlich Schritte in der Nähe des Stalls.

Er erstarrte und schob Moira hinter sich. »Halt! Wer ist da?«

Eine dunkle Gestalt rannte weg. Schnell griff er sich links an die Hüfte, doch er trug kein Bajonett mehr. Keine einzige Waffe.

»Matt, was ist los?«, flüsterte Moira.

Er hob die Laterne in die Höhe, doch die Person war verschwunden. Zitternd holte er Luft. »Da schleicht jemand herum, ein Eindringling …«

»Bist du dir da sicher?«

Er konnte ihren mitfühlenden Blick beinahe fühlen und vermied es, sie anzuschauen.

»Könnte es nicht ein Vogel gewesen sein?«

»Ich habe ihn weglaufen sehen.« Sein Herz klopfte immer noch.

»Nun, dann ist es sicher einfach nur ein Lausebengel gewesen«, erwiderte Moira in einem besänftigenden Tonfall, so als würde sie ein Kind beruhigen. »Vielleicht wollte er im Wald hinter dem Bauernhof eine Schlinge auslegen.«

»Vielleicht …« Er atmete langsam aus. Natürlich wurde da gewildert, das war schon immer so gewesen. Matthew missgönnte einer armen Familie auch nicht ihr Stück Fleisch, das sie ansonsten nicht bezahlen konnte.

»Du gewöhnst dich schon wieder an das friedliche Leben in Almsbrick«, beschwichtigte ihn Moira.

Er schämte sich ein wenig und wünschte sich von ganzem Herzen, dass sie recht behalten würde. Aber was, wenn er nicht mehr dazu in der Lage wäre, ein normales bürgerliches Leben zu führen und den Bauernhof am Laufen zu halten? Wenn ihn der Oberst zu Recht ausgemustert hatte? Doch Feldwebel McKenzie hatte ihm schon zugetraut, dass er das konnte. Matthew wusste nur nicht, wem er glauben sollte.

»Matt?«

»Hmm?« Er öffnete die Stalltür und ging zur Leiter.

»Aus welchem Grund bist du eigentlich entlassen worden?«

Grübelnd strich er sich über die Narbe in seinem Nacken. »Ich bin auf *einem* Ohr taub, das habe ich dir schon erzählt. Und meine Schulter macht mir manchmal Schwierigkeiten.«

Wenn er nicht ständig so angespannt gewesen wäre, hätte er diese Gebrechen allerdings leicht kompensieren können, indem er sich gut konzentriert hätte.

Bevor Moira eine tröstende Antwort geben konnte, kletterte er auf den Heuboden. Wütend auf sich selbst versorgte er anschließend das Pferd mit Heu, um schließlich wieder mit seiner Cousine ins Dorf zurückzukehren. Keiner von beiden sagte etwas und er konnte nicht anders als dankbar dafür zu sein, dass sie anscheinend begriff, wie groß sein Bedürfnis nach Stille war. Während des Heimwegs hörte er tatsächlich keine seltsamen Geräusche mehr, bis ihn Moira kurz vor dem Laden aufhielt.

Zu seinem Entsetzen merkte er, wie er sich anspannte.

»Sei leise«, sagte sie allerdings nur. »Maggie schläft wahrscheinlich schon.«

Und so öffnete er die Hintertür nur einen Spalt, um zu vermeiden, dass die Glocke läutete, und schlüpfte hinein. Er ließ seinen Hut in der Küche liegen und schlich die Treppe hinauf. Es verschaffte ihm eine gewisse Genugtuung, dass er immer noch in der Lage war, sich so geräuschlos zu bewegen. Außerdem bemerkte er sofort – mit seinem guten Ohr –, dass Moira ihm nicht folgte. Sie bereitete sicher noch etwas für den nächsten Morgen vor.

Einmal oben im schmalen Flur angekommen, erschien ihm

die totale Stille merkwürdig. Er ging durch die Küche und bemerkte den Esstisch, der wie leer gefegt wirkte. Und ohne Miss Brady. Sein Herz setzte einen Schlag aus. Eine erwachsene Frau war doch wohl jetzt noch nicht zu Bett gegangen?

Auf den Zehenspitzen ging er weiter zum Wohnzimmer und entdeckte sie schließlich.

Vor Moiras Kommode.

Von hinten sah sie selbstbewusst wie immer aus, mit ihrem dunklen Kleid und dem strammen Knoten. Doch während sie eine Schublade aufzog und den Inhalt durchwühlte, machte sie einen nervösen Eindruck. Er stemmte abwartend seine Hände in die Seite. In diesem Augenblick hörte er, wie Moira hinter ihm hereinkam und beinahe gegen ihn stieß. »Matt, warum stehst du hier?!«

Miss Brady schnappte nach Luft und drehte sich in Windeseile um, mit einem Taschentuch in ihren Händen. Ihre Wangen wurden rot. Er sah sie durchdringend an. »Haben Sie es finden können?«

Eileen fingerte an dem weißen Baumwollläppchen in ihren Händen herum. *Warte ... das ist ein Taschentuch.* Moiras Taschentuch. Das musste sie in die Schublade legen, sodass es so aussah, als hätte sie nichts Besonderes getan. Angesichts des misstrauischen Blicks in Wilsons Augen war es dafür allerdings schon zu spät.

»Was ist denn los?«, wollte Moira wissen.

»Das würde ich auch gern wissen.« Wilson klang barsch und trat weiter ins Zimmer hinein. Er wirkte plötzlich bedrohlich.

Mit bebenden Fingern legte Eileen das Taschentuch zurück und schob die Schublade zu. Sie hatte es vermasselt. Wenn sie Moiras Vertrauen verlieren sollte, würde sie ihr kleines Mädchen nie wiedersehen. Maggie ins Bett zu bringen, war der schönste Augenblick in ihrem Leben gewesen und ...

»Wonach hast du gesucht?«, fragte Moira nicht unfreundlich.

Nachdenklich biss sich Eileen auf den Nagel ihres Daumens. »Einen Fingerhut«, war das Erste, was ihr durch den Kopf schoss. »Für … für Maggie. Wenn ich ihr Nähunterricht geben soll, sollte sie so etwas besser haben.«

Wilson blickte skeptisch drein, Moira aber lächelte.

»Mein Handarbeitszeug liegt hier.« Moira marschierte an ihr vorbei und öffnete eine Schublade, deren Inhalt Eileen schon kannte. Das war allerdings nicht das, was sie suchte. Irgendwo musste Moira doch die Papiere des Waisenhauses aufbewahren! Eine Bestätigung, dass Maggie ihr und Herbert anvertraut worden war. Etwas, aus dem hervorging, wo sie herkam.

»Vielleicht habe ich im Laden noch einen in einer Kindergröße«, überlegte Moira arglos.

»Daran habe ich gar nicht gedacht.« Eileen schluckte. »Lass uns doch morgen nachsehen und ansonsten einen bestellen. Sie fand meinen Fingerhut so schön.« Ihr Blick schweifte vielsagend zum Tisch hinüber.

Verflixt. Sie hatte alle ihre Sachen eingepackt. Inklusive ihres Nähkästchens. Nichts erinnerte noch an ihren Aufenthalt hier.

Um die Aufmerksamkeit auf etwas anderes zu lenken, begann sie schnell draufloszuplappern. »Ich habe Maggies Haare gebürstet. Sie hat mir gesagt, dass du das jeden Abend machst. Und ich habe ihr ein kurzes Märchen erzählt, aber sie ist schon währenddessen eingeschlafen.«

»Das ist meistens so.« Moiras Blick wurde sanft.

»Sie hat so lieb und friedlich ausgesehen, als sie geschlafen hat.« Und das meinte sie wirklich. Neben ihrer missglückten Suche war genau das der Grund, warum Moira und ihr Cousin sie überhaupt noch hier angetroffen hatten. Sie hatte es nicht übers Herz bringen können, das Mädchen aufzuwecken.

»Ich weiß, was du meinst«, bestätigte Moira mit einem Lächeln. »Ich bleibe gelegentlich auch ein Weilchen bei ihr sitzen. In der Zeit kurz nach Herberts Tod hat es mir auf jeden Fall ein bisschen Trost gegeben, sie so zu sehen.«

Eileen schluckte. »Du bist mit diesem kleinen Mädchen sehr gesegnet.«

»Ich bin immer noch jeden Tag dankbar für sie.« Moira hörte sich wehmütig an. »Aber du brauchst dir keine Gedanken zu machen, hörst du? Deine Zeit kann noch kommen. Gott gebraucht manchmal wundersame Wege, um uns das zu geben, wonach unser Herz sich sehnt.«

Sie spürte, wie ihr Mund offen stehen blieb. Wie konnte Moira wissen, was in ihr vorging?

Wilson seufzte ungeduldig und verschränkte die Arme. Offensichtlich berührte ihn der Gedanke an Maggie nicht so sehr wie Moira und sie. Männer waren sowieso nur an wenigen Dingen interessiert, das hatte sie bei Johnny gelernt. Schlafende Kinder gehörten nicht dazu. Sie machte sich erneut bewusst, dass sie vor Moiras Cousin auf der Hut sein musste.

»Sie spielt dir etwas vor, Moira!« Matthews Stimme war schneidend.

Eileen merkte, wie ihr das Blut aus dem Gesicht wich.

»Benimm dich, Matthew«, mischte Moira sich ein. »Ich habe selbst gesagt, dass Eileen sich hier zu Hause fühlen soll, und ich habe nichts zu verbergen.«

»*Sie* allerdings schon.« Sein Blick war hart wie Stahl. »Wo ist Ihr *eigenes* Nähzeug? Hätten Sie nicht *darin* suchen müssen?«

»Nein, gar nicht.« Die Luft war plötzlich zum Schneiden und machte das Atemholen schwer, aber sie musste die Scharade aufrechterhalten. Dieser Mann sah viel zu viel! »Ich habe mein eigenes Nähkästchen gerade eben ordentlich weggeräumt. Und außerdem weiß ich ganz genau, was dort drinnen ist und was nicht.«

Ein verächtliches Lachen umspielte seine Lippen.

»Du solltest dir einmal ihr Arbeitszimmer anschauen«, verteidigte Moira sie. »Da ist alles nach Material und Farbe sortiert.«

Eileen wurde bewusst, wie gut es ihr in den vergangenen Wochen gelungen war, ihr Vertrauen zu gewinnen. »Und die Knöpfe nach der Größe«, murmelte sie.

Wilson schaute ungläubig von der einen zur anderen. »Wirklich? Aber dann ...«

»Dann habe ich einen guten Überblick über meine Sachen.«

»Den habe ich auch, aber ...«

Aber er hatte bedeutend weniger Besitztümer, dass wusste sie genau. Obwohl sich das jetzt verändern würde, wo er den Bauernhof übernommen hatte.

»War denn mit den Schafen alles in Ordnung?«, fragte Eilen.

Sein Mund öffnete sich erstaunt. Augenscheinlich hatte er diese Frage nicht von ihr erwartet.

Ihr war bewusst, dass er ihre Erklärung nicht glaubte. Sie selbst fand sie auch nicht besonders plausibel, doch was sollte sie sich sonst ausdenken? Sie konnte es nicht fassen, dass sie sich so einfach hatte erwischen lassen! Jetzt würde sie alles daransetzen müssen, um seinen Argwohn zu besänftigen. Es erschien ihr am einfachsten, ihn bei seinem Stolz zu packen.

Wilson erholte sich. »Mit den Schafen ist alles in Ordnung, Stubbs hat prima für sie gesorgt.«

Moira nickte. »Besser als für sich selbst, denke ich manchmal.«

»Das ist sicher so.« Er zögerte. »Der Bauernhof hat einen großen Reparaturbedarf, aber das werde ich sicher schnell in den Griff bekommen. Bevor ich hierhergekommen bin, habe ich bei Tom und Rosie vorbeigeschaut. Wir machen uns morgen gleich an die Arbeit.«

Moira runzelte die Stirn, während Eileen die Worte kurz auf sich wirken ließ. Schon wieder ging es um die Zusammenarbeit im Dorf.

»Es tut mir furchtbar leid, dass ich morgen nicht mitkommen kann«, erklärte Moira. »Du darfst gern mein ganzes Putzzeug mitnehmen, ich fürchte allerdings, dass du mehr von ein paar helfenden Händen hättest.«

»Ich weiß, dass du das Geschäft öffnen musst.«

»Kannst *du* nicht etwas für ihn tun, Eileen?« Moira klang hoffnungsvoll.

»Warum sollte sie das wollen?«, fragte Wilson stur.

In der Tat, *warum sollte sie das wollen?* Gleichzeitig wäre das eine gute Möglichkeit, sein Vertrauen zu gewinnen. »Ich gehe morgen gerne mit«, verkündete sie, bevor sie es sich anders überlegen konnte. »Viele Hände machen der Arbeit schnell ein Ende, und umso früher können Sie auf den Bauernhof ziehen. Schließlich mussten Sie in der letzten Zeit wegen mir in der Scheune schlafen.«

»*Das* werfe ich Ihnen nicht vor«, brummte er, einen herausfordernden Blick in den Augen. Dieser Mann war stur wie ein Esel! Eileen streckte ihr Kinn in die Höhe. »Sie müssen es selbst wissen, Mr Wilson. Aber was sollte dagegensprechen, dass ich Rosie helfe, das Haus in Ordnung zu bringen?«

Verdutzt bemerkte sie den grimmigen Blick, mit dem er sie ansah. Du lieber Himmel, reagierte er genauso empfindlich wie seine Cousine, wenn der Name der jungen Waschfrau genannt wurde? Sie war kurz davor, ihr Angebot wieder zurückzuziehen. Er musterte sie bedächtig von Kopf bis Fuß.

»Ich muss Sie warnen, Miss Brady«, sagte er schließlich.

»Pardon?«

»Ein Bauernhof ist nicht so sauber wie ein Schneideratelier.«

Eileens Wangen glühten.

»Das weiß sie auch«, entgegnete Moira. »Sie ist …«

»Ich habe Bauer Stubbs gekannt«, unterbrach Eileen sie. »Deswegen habe ich eine grobe Ahnung, was mich erwartet.«

Zu ihrer Überraschung fing er an zu grinsen. »Dann seien Sie morgen in aller Frühe bereit. Wir brechen auf, bevor der Laden öffnet.«

Er nickte ihr kurz zu. Es schien wahrhaftig so, als würde er sie … respektieren?

Eileen kannte die kleine Holzbrücke schon, über die sie am nächsten Morgen fuhren. Tom Merchant kutschierte den Wagen, Wilson neben sich auf dem Kutschbock, während sie und Rosie sich hinten auf die Ladefläche gesetzt hatten. Der kleine Tommy lehnte sich gegen seine Mutter und würde zweifellos im Weg herumstehen, wenn sie sich demnächst an die Arbeit machten.

»Führt dieser Weg nicht auch zum Bauernhof von Howell?«, wollte sie wissen.

»Wenn man vor der Brücke links abgebogen wäre.« Wilson drehte sich um und deutete in diese Richtung. »Wir fahren jetzt ein kleines Stück nach rechts. Da kann man schon die Scheune der Oak Hill Farm sehen.«

Eileen blickte zwischen den beiden Männern hindurch nach vorn. Der Bauernhof schien nicht viel größer zu sein, als es der von ihren Eltern gewesen war. Dennoch verstand sie Wilsons Stolz.

»Verflixt«, sagte Tom Merchant, während er die Zügel anzog. »Sehe ich da nicht Miss Stubbs?«

Und tatsächlich, da stand das alte Frauchen in dem schwarzen Kleid, das Eileen für sie umgearbeitet hatte. Sie stützte sich auf ihren Spazierstock und nickte zustimmend. »Schön pünktlich, die jungen Leute. Nicht jeder versteht heutzutage noch, dass ein Arbeitstag früh beginnt.«

»Miss Stubbs!« Wilson sprang als Erster vom Kutschbock. »Sind Sie den ganzen Weg hierher gelaufen?«

»Ein ordentlicher Morgenspaziergang, aber ich habe mir Zeit gelassen. Jemand muss doch schließlich hier sein, um Sie willkommen zu heißen, junger Mann.«

Zu Eileens Vergnügen wirkte er verlegen.

Tom Merchant grinste, während er zunächst seiner Frau und seinem Sohn vom Wagen half und anschließend Eileen seine Hand entgegenstreckte.

Als sie sicher auf dem Boden stand, ließ sie ihren Blick über den Hof schweifen, auf dem ein Grüppchen Hühner und zwei

Enten um eine Schlammpfütze herumscharrten. »Der Bauernhof verdankt seinen Namen sicher der großen Eiche dort, oder?«

Wilson sah überrascht auf, so als hätte er nicht erwartet, dass sie so etwas sagen würde. »Oh ja, die Eiche ... Hinter dem Bauernhof gibt es noch mehr davon.« Er betrachtete mit gerunzelter Stirn die Gerätschaften im Wagen. »Ich führe euch besser erst einmal ein bisschen herum.«

»Lasst uns damit beginnen, dass wir Miss Brady die Eichen zeigen«, entschied Miss Stubbs und marschierte fest entschlossen über den Hof. »Kommen Sie mal mit, mein Kind.«

Wilson zuckte mit den Schultern und konnte nichts weiter tun, als ihr zu folgen. »Da hinter dem Hof sind Weideflächen«, teilte Miss Stubbs mit, »auf denen gibt es auch ein paar Obstbäume. Ach, wie viel Apfelsaft und Apfelwein habe ich hier schon gemacht, den Apfelbrei nicht zu vergessen. Schauen Sie, Miss Brady, dort drüben ist ein kleines Eichenwäldchen auf einem Hügel: Daher der Name *Oak Hill*.«

Wilson blieb neben ihr stehen, etwas zu dicht für ihr Empfinden. »Der Wald bildet die Grenze zwischen dem Bauernhof und Trenchs Herberge.«

»Er gehört zum Teil Ihnen und zum Teil ihm«, erläuterte Miss Stubbs. »Wo die Grenze genau verläuft, weiß niemand mehr, aber das ist noch nie ein Problem gewesen. Ich weiß, dass Sie gern in der Natur herumspazieren, also haben Sie die Gegend sicher schon erkundet.«

»Das stimmt.« Wilson sah aus, als wäre ihm das unangenehm, doch Eileen wusste nun auf jeden Fall, was er getan hatte, wenn er nicht gerade Moira geholfen hatte.

»Dann müssen Sie gemerkt haben, dass mein Bruder da drüben Bäume gefällt hat. Der doppelte Baum ist jetzt besser zu sehen. Da sollten Sie das Mädchen mal mit hinnehmen, Junge.«

Das hörte sich nach einer Art Stelldichein an. Was dachte sich die alte Frau wohl? Eileen schüttelte den Kopf. »Ich denke nicht ...«

»Ein andermal vielleicht«, verkündete Wilson resolut. »Heute gibt es Arbeit zu tun.«

Eileen war sich sicher, dass das an anderen Tagen auch so war.

Miss Stubbs seufzte. »Ja, ich fürchte, meinem Bruder wurde die viele Arbeit zunehmend schwerer. Das Alter hat sich bemerkbar gemacht, aber der Bauernhof war sein ganzer Stolz.«

»Ich bin froh, dass ich jetzt in seine Fußstapfen treten kann«, erwiderte Wilson begeistert. Sie schlenderten zum Hof zurück, wo die herumlaufenden Hühner mittlerweile den Feldweg erreicht hatten.

Merchant nickte in Richtung der Schafweide gegenüber. »Siehst du das Gatter da, Matt? Darum müssen wir uns gleich kümmern, bevor sie es einrennen.«

Miss Stubbs nickte. »Es ist noch zu früh, um sie dort in den Hügeln grasen zu lassen. Da sind gute Weidegründe, aber erst muss der Winter vorbei sein.«

»Hoffentlich dauert das nicht mehr lange.« Wilson ließ seine Augen über den Hof schweifen und Eileen folgte seinem Blick. Sie fragte sich, was Bauer Stubbs in der letzten Zeit getan hatte.

»Sie schaffen das schon, mein Junge«, ermutigte Miss Stubbs ihn. »Ich gehe mal wieder nach Hause und wünsche Ihnen viel Glück.«

»Vielen Dank.« Er hörte sich ein wenig abwesend an.

»Sollten wir Sie nicht lieber nach Hause fahren?«, fragte Eileen besorgt.

»Ach nein, mein Kind.« Miss Stubbs marschierte mit ihrem Spazierstock los und nahm Kurs auf die hölzerne Brücke. »Ich laufe nicht mehr so schnell, aber solange mich diese Beine noch tragen können, werde ich nirgendwo hingefahren.«

Eileen sah, dass Wilson ihr hinterherschaute und sich mit der Hand durch seine viel zu langen Haare fuhr, sodass sie in alle Richtungen abstanden.

»Wirklich eine besondere Dame«, grinste Merchant. »Aber ihr Bruder war auch schon eine Klasse für sich. Hat der alte Stubbs noch etwas mit seinem Land gemacht, bevor das Wetter umgeschlagen ist?«

»Das Wintergetreide ist gesät worden, aber ich habe gesehen, dass das Dach der Scheune nicht mehr gut ist. Das muss ich reparieren, bevor ich im nächsten Sommer das Getreide einlagere.«

Ein Windstoß ließ die Bretter ächzen. Merchant pfiff zwischen den Zähnen hindurch. »Nicht nur das Dach muss repariert werden, wie du siehst. Die halbe Scheune ist verrottet, Mann.«

Wilson blickte grimmig drein und ignorierte die Bemerkung. »Da ist die Wagenscheune, in der Stubbs seine Werkzeuge aufbewahrt hat. Der Stall ist daran angebaut.«

Sie überquerten den Hof. Tommy watschelte fröhlich durch eine große Schlammpfütze und seine Mutter seufzte. »Dieser Mann hat die Löcher und Riefen schon seit Jahren nicht mehr aufgefüllt. Jetzt, wo der Schnee geschmolzen ist, sieht man erst, wie viele es sind. Wenn du da nichts machst, fährst du dir deinen Wagen irgendwann fest.«

»Das weiß ich«, war alles, was Wilson sagte. Er ging zum Stall. »Das ist Smokey.«

Das große graue Arbeitspferd schnaubte und stupste mit der Nase an seine Hand. Eileen lächelte.

»Offensichtlich ein guter Gefährte für die Arbeit«, urteilte Merchant sachlich, Eileen bemerkte jedoch vor allem die Verbindung zwischen dem Tier und seinem neuen Eigentümer. Das erinnerte sie an die Art und Weise, wie ihr Vater seinerzeit mit seinem Arbeitspferd umgegangen war. Manchmal hatte es den Anschein gehabt, als ob er kaum ein Wort zu dem Tier hatte sagen müssen. Es hätte sie nicht überrascht, wenn dasselbe auch bei Matthew Wilson der Fall wäre. Ob sie ihn nun mochte oder nicht, sie hatte den Eindruck, dass das Leben auf dem Land genau das Richtige für ihn war.

Während Merchant Smokeys Hufe untersuchte und verkündete, dass er neue Hufeisen brauchte, blickte Eileen durch die geöffnete Tür hinaus über den Hof. Es gab noch einen Schweinestall und einen Hühnerstall, der krumm und schief zusammengezimmert worden war. Neben dem Misthaufen stand ein vergammelter Karren aus blau lackiertem Holz. Weiter hinten war das hölzerne Toilettenhäuschen, dem zu ihrer Überraschung die Tür fehlte. Wilson sollte bloß nicht meinen, dass sie das jemals benutzte, solange es so aussah! Trotz der deutlichen Spuren der Verwahrlosung rief der Bauernhof viele angenehme Erinnerungen in ihr hervor. Ihre ganze Kindheit hatte sie in einer solchen Umgebung verbracht, hatte kleine Aufgaben übernommen und ihren Vater bei der Arbeit beobachtet. Dieses so ganz andere Leben war auf einmal wieder so nahe und ihr erschien diese Zeit im Rückblick so sorgenfrei und friedlich. Wenn sie mit ihrem Vater doch nur noch *einmal* sprechen und ihm sagen könnte, dass es ihr leidtat …

»Miss Brady ist beeindruckt.«

Mit einem Ruck wandte sie sich um und sah direkt in Wilsons lachendes Gesicht. Er zeigte auf die Türöffnung, die sie blockierte. »Sie sind ganz schön schweigsam, Miss Brady. Ich hatte Sie doch gewarnt, dass das viel Arbeit werden wird.«

»Das ist keine Überraschung«, erwiderte sie schnippisch. »Zufälligerweise bin ich auf einem Bauernhof groß geworden.«

»Wirklich?« Seine Augenbrauen wölbten sich erstaunt und sein spöttisches Lächeln verschwand. »Werden also Erinnerungen wach? Ich hoffe, dass es gute sind!«

»Allerdings.« Papa war zwar streng gewesen und hatte harte Arbeit gefordert und Mama war es zumeist um den guten Ruf gegangen. Aber sie hatte ihnen auch immer wieder Lieder vorgesungen und ihnen die irischen Geschichten erzählt, die Eileen nun an die Waisenkinder von Shrewsbury weitergab. Sie erinnerte sich, wie Papa bei diesen Gelegenheiten zufrieden mit seiner Pfeife neben dem Herd gesessen und die Erzählungen von Mama hin und wieder ergänzt hatte.

»Du vermisst deine Familie bestimmt«, sagte Rosie verständnisvoll. »Das tue ich jedenfalls immer noch, vor allem in besonderen Augenblicken.«

Eileen nickte und sah Wilson an. »Sie hätten Ihre Eltern sicher heute auch gern dabeigehabt.«

»Hier?« Zu ihrer Überraschung schnaubte er verächtlich. »Mein Vater würde mir doch nur Vorwürfe machen! Der soll mal schön in Westwich bleiben.«

Vor Überraschung blieb ihr der Mund offen stehen. »Aber … lebt Ihr Vater denn noch?«

»Soweit ich weiß, ja. Ich nehme an, dass Moira es mir erzählt hätte, wenn es anders wäre.«

»Also … reden Sie gar nicht miteinander?«

Tom Merchant hinter ihr entfuhr ein tiefer Seufzer. »Ist das nicht komisch? Ich habe nie Eltern gehabt. Und du hast welche und willst sie nicht sehen.«

Wütend drehte Wilson sich um. »Du weißt, warum ich weggegangen bin, Tom. Nein, Miss Brady, ich rede mit meinen Eltern nicht und es ist für alle Beteiligten besser, wenn das so bleibt.«

»Auch nach zehn Jahren?«, fragte Tom.

»Es steht noch genauso viel zwischen uns wie damals.« Wilson hörte sich verärgert an. »Das wird sich nicht ändern. Nun los, ich will euch die Wagenscheune zeigen.«

Mit großen Schritten marschierte er vor ihnen her zu der kleinen Holzscheune neben dem Stall.

Eileen folgte ihm nur zögernd über den Hof. Zehn Jahre waren eine lange Zeit, noch länger, als sie weggeblieben war. Sie hatte jedoch keine Chance mehr bekommen, sich mit ihren Eltern zu versöhnen. Sie fragte sich, was Mr Wilson seinem Sohn vorwarf. War die Zeit nicht lang genug gewesen, um wenigstens die schlimmsten Wunden zu heilen? Hätten Papa und Mama sie willkommen geheißen, wenn sie nicht gestorben wären? Gab es so etwas wie Vergebung denn gar nicht?

Wilson riss so fest an der Tür der Scheune, dass die Scharniere knackten. Im selben Augenblick gaben sie vollkommen nach und er konnte nur noch einzelne Türbretter auffangen.

»Du liebe Güte«, stieß Merchant hervor. »Sind wir hier überhaupt sicher?«

Rosie war mit Tommy auf dem Arm erschrocken zurückgewichen.

Wilson ignorierte die Bemerkung. »Miss Stubbs hat gesagt, dass es ziemlich viele Gerätschaften gibt. In jedem Fall einen Pflug und eine Egge, ein …« Seine Stimme erstarb.

Eileen folgte den Männern in die Scheune und sah, warum.

Merchant räusperte sich. »Wie viel hast du eigentlich für die Übernahme der ganzen Sachen bezahlt, Matt?«

»Einen kleinen Betrag, das erschien mir vernünftig.«

Rosie schnalzte mit der Zunge »Sie haben dich in die Falle laufen lassen, der Rentmeister und Miss Stubbs.«

»Sie hätten dir lieber Geld dazugeben sollen.« Merchant fuhr sich mit der Hand durch seine widerspenstigen Haare. »Schau dir doch nur an, wie verrostet das alles ist.«

»Wenn du mir nicht helfen willst, bringe ich die Gerätschaften selbst in Ordnung.« An der Spannung in Wilsons Kiefer war seine Verärgerung abzulesen. »Und ich bezahle dich wirklich gut für deine Dienste als Schmied.«

»Darum geht es mir doch überhaupt nicht!«

Die beiden Männer sahen aus, als würden sie sich jeden Moment an die Gurgel gehen. Eileen warf Rosie einen Blick zu, doch die erschien nicht besonders besorgt.

Wilson machte einen drohenden Schritt in Merchants Richtung.

Oh verflixt, warum hatte sie um Himmels willen angeboten, zur Oak Hill Farm mitzukommen? »Lasst uns doch lieber schauen, wo wir uns drinnen an die Arbeit machen können«, sagte sie laut genug, um die Aufmerksamkeit der Männer auf sich zu ziehen.

Für einen Augenblick standen sie beide da und starrten sie an.

»Natürlich«, erwiderte Wilson barsch. »Kommt mit zum Wohnhaus«

»Ich frage mich, ob da jemals sauber gemacht worden ist, seit Miss Stubbs in ihr Häuschen gezogen ist«, murmelte Rosie.

Das schien eine ziemlich realistische Einschätzung zu sein. Nachdem Wilson ihnen die Tür geöffnet hatte, sah sich Eileen in dem sparsam möblierten Wohnzimmer mit den rotbraunen Steinfliesen auf dem Boden um. Stubbs hatte sich offensichtlich nie die Schuhe abgeputzt. Die cremefarben gekalkten Wände machten den Raum heller, als Eileen es erwartet hätte. Doch die Fensterscheiben waren vor Schmutz fast blind, sodass es die Sonnenstrahlen schwer hatten, einen Weg ins Innere zu finden.

Gleich links war eine schmale, hölzerne Treppe ins Obergeschoss, in dem sich zweifelsohne ein oder zwei Schlafzimmer befanden. In der Kaminnische der hinteren Wand stand ein Ofen, der ziemlich modern aussah. Miss Stubbs hatte ihn sicher nicht lange benutzt, bevor sie ausgezogen war. Mitten im Zimmer befand sich ein Holztisch, an dem vier unterschiedliche Stühle standen, und an der rechten Wand war eine Anrichte mit Geschirr. Neben dem einsamen Lehnstuhl am Fenster lag eine leere Schnupftabaksdose, was sie sofort an den alten Stubbs erinnerte.

»Im Schrank unter der Treppe ist vielleicht noch Putzzeug.« Wilson machte eine fahrige Handbewegung, hörte sich allerdings nicht sehr überzeugend an.

»Gut«, nickte Eileen. »Dann lasst uns doch kurz an den Tisch setzen und eine Liste machen.«

Die anderen schwiegen verblüfft.

»Wenn wir wissen, was wir zu tun haben, können wir die Aufgaben so verteilen, wie es praktisch ist. Wir machen einfach einen Plan und …«

»Einen *Plan*?« Ungläubig sah Rosie sie an. »Ich würde sagen, wir fangen einfach an!«

»Aber dann stehen wir einander im Weg herum. Es ist effektiver, wenn du zum Beispiel hier unten zu putzen beginnst und ich …«

Rosie lachte. »Es ist doch viel netter, wenn wir das Wohnzimmer zusammen sauber machen.«

»Meine Damen, das ist kein Kaffeekränzchen«, neckte sie ihr Mann. »Hier muss hart gearbeitet werden, nicht wahr, Matt?«

Wilson brummte nur etwas in seine Bartstoppeln hinein. Eileen sah, dass sein Blick auf sie gerichtet war. Auch er wirkte so, als hätte sie gerade eben etwas vollkommen Lächerliches vorgeschlagen. Tja, wollte er das Haus nun auf Vordermann bringen oder nicht? Etwas sagte ihr, dass er Rosies Vorgehensweise den Vorzug gab, wie unstrukturiert die auch war. Seine Augen glitten nun auch zu Rosie und seine Gesichtszüge entspannten sich.

Sie hob trotzig das Kinn. Na und? Wenn er sie beide vergleichen wollte, sollte er das eben tun! Ihr Putzergebnis würde letztendlich besser sein.

Wilson zuckte seufzend mit den Schultern. »Ich nehme an, dass ihr das gemeinsam hinbekommt. Dann gehe ich zuerst die Schafe füttern.«

Mit einem breiten Lächeln krempelte Rosie sich die Ärmel hoch. »Siehst du? Lass uns also schnell anfangen.«

Eileen blieb nicht viel anderes übrig, als einen Eimer Seifenwasser anzurühren. Einen großen Eimer.

15. Kapitel

Matthew war sich unsicher, ob er darüber froh sein sollte, dass Tom ihn zur Schafweide begleitete. Jeder von ihnen schleppte einen großen Eimer mit fein gehackten Futterbohnen. Der Häcksler zumindest funktionierte sehr gut.

Er seufzte. Natürlich hatte er gewusst, dass Stubbs schlampig gewesen war und den Bauernhof heruntergewirtschaftet hatte, von der Versorgung der Tiere einmal abgesehen. Dass es jedoch *so* schlimm war, hatte er zuvor tatsächlich nicht geahnt. Jetzt, wo er die Oak Hill Farm durch die Augen seiner Freunde betrachtete, schmolz der Stolz über seinen Besitz immer mehr zusammen, bis schließlich nur noch eine weitere der unzähligen Schlammpfützen auf dem Boden übrig blieb.

»Das wird schon alles werden«, ermutigte ihn Tom. »Ich mache mich gleich in der Wagenscheune an die Arbeit und dann wirst du sehen, dass die Werkzeuge eigentlich noch ganz brauchbar sind.«

»Sagst du das, um meine Stimmung zu heben?« Wütend jagte Matthew mit dem Fuß ein Huhn zur Seite.

»Muss ich das überhaupt, Bauer Wilson? Schließlich bekommt nicht jeder die Möglichkeit, selbst einen Bauernhof zu pachten, und du hast hier eine ordentliche Herde stehen.«

»Die Herde wird ausbrechen, wenn wir nicht bald das Gatter sichern, fürchte ich. Die Gerätschaften sind erst danach dran, wenn du davon überhaupt noch etwas retten kannst.« Er stellte den Eimer ab, um das Gatter zu öffnen. »Ich hatte nicht viel Gelegenheit gehabt, den Bauernhof vorher zu besichtigen. Es schien mir wirklich nicht angebracht herumzuschnüffeln, solange Stubbs hier noch aufgebahrt war.«

»Und du hast sicher Angst gehabt, dass er dir vor der Nase weggeschnappt wird, wenn du noch länger wartest.«

»Ich kenne den Rentmeister nicht so gut, obwohl er nach Aussage von Miss Stubbs sehr fähig sein soll.«

Sobald er den eingezäunten Teil des Weidelandes betreten hatte, drängten sich die Schafe um ihn herum.

»Die kennen dich schon.« Tom blieb stehen und lehnte sich gegen das Gatter.

Er lachte. »Die hören doch nur den Eimer rappeln.«

Es kostete ihn einige Mühe, die Ecke am Schuppen zu erreichen, wo Stubbs den Trog neben dem Gatter aufgestellt hatte. »Ganz ruhig, die Damen.«

Sie schubsten ihn mit ihren schwarzen Köpfen gegen die Beine und den Eimer, sodass er sich an einer Stange festhalten musste, um nicht umzufallen.

»Pass bloß auf, Junge«, sagte eine fremde Stimme. »Die rennen dich sonst um.«

Erschrocken drehte er sich um und in diesem Augenblick ließ ihn ein enthusiastisches Lamm tatsächlich straucheln. Mit einem Kraftausdruck auf den Lippen rappelte er sich wieder auf und versuchte, sich den schlimmsten Schmutz von der Kleidung zu wischen. Der Eimer mit den Futterbohnen war mittlerweile schon gierig von den Schafen in Beschlag genommen worden.

»Ich wollte dich nicht erschrecken«, erklärte der Mann, sobald Matthew wieder auf der anderen Seite des Gatters stand.

Matthew brachte seinen zertretenen Hut wieder in Form. »Dann will ich wenigstens wissen, was Sie hier überhaupt zu suchen haben.«

Der Mann kratzte sich seinen grau werdenden Stoppelbart und trat näher an die Scheune heran. Er war dünn und zuckte zögernd mit seinen knochigen Schultern. »Ich wollte sehen, ob die Schafe gut versorgt sind. Sie haben es nötig, weißt du, jetzt, wo es noch so kalt ist.«

Matthew nickte und betrachtete die kräftigsten Mutterschafe

mit ihrem Winterfell. Der raue Wind bewegte die Wolle auf ihrem Rücken in kleinen Wellen. »Ich gebe ihnen Heu und Futterbohnen, bis es genügend frisches Gras gibt.« Er hoffte, dass das Frühjahr bald anbrechen würde.

»Zum Glück. Das waren Zustände hier, nachdem der alte Stubbs unerwartet gestorben war!« Der Mann schlug die Augen nieder und pulte mit der Schuhspitze an einem Grasbüschel herum. »Echt schrecklich.«

»Haben Sie ihn gut gekannt?«

Überrascht sah er auf. »Ich? Nein, nein, wirklich nicht. Wir waren keine Freunde. Aber es ist doch schrecklich, so zu enden, oder?«

Matthew warf Tom einen Blick zu, doch der schwieg.

»Bist du also der neue Pächter?«, wollte der Mann wissen. »Ich habe gehört, dass es da vielleicht jemanden gäbe.«

»In der Tat.« Er streckte seine Hand aus. »Matthew Wilson.«

»Victor Trench.«

»Trench?« Matthew zog die Augenbrauen hoch. »Von der Herberge?«

»Oh, nein. Die gehört meinem Bruder Leonard. Der sieht ganz anders aus als ich.« Victor Trench lachte heiser. »Er macht aus seiner Herberge ein Hotel.«

»Dann muss er ganz schön reich sein.« Matthew fand es seltsam, dass dieser offensichtliche Geschäftssinn so wenig auf die übrige Familie ausstrahlte.

Das fand der Bruder des Mannes anscheinend auch selbst, denn er trat unbehaglich von einem Fuß auf den anderen und pickte sich verlegen einen Faden vom Ärmel seiner Jacke. »Leonard weiß besser als ich, wie man sein Geld verdienen muss. Ich helfe ihm nur bei einfachen Sachen und in den Ställen. Aber ich habe noch Zeit übrig. Brauchst du vielleicht für die Reparatur des Gatters noch ein paar helfende Hände?«

Aufmerksam studierte Matthew das Gesicht des Mannes. Diese fahlgelbe Hautfarbe hatte er schon des Öfteren gesehen. »Du bist in den Tropen gewesen, nicht wahr?«

»In Indien. Der Hauptmann hat mich weggeschickt, als ich Malaria bekommen habe. Die hat mich ordentlich krank gemacht.«

Genau das hatte Matthew schon vermutet. Er nickte zu Tom hinüber. »Wir sind gerade erst aus Indien zurückgekommen, wir haben gegen die Afghanen gekämpft.«

Das war das erste Mal, dass er das von sich aus erzählte, und eigentlich verstand er auch nicht, warum er das überhaupt tat. Weil Victor Trench einer von ihnen war, weil er aussah, als würde er es verstehen?

»Ich habe gehört, dass das ein schwerer Kampf gewesen ist«, erwiderte der Mann verständnisvoll. »Ich selbst bin die meiste Zeit im nordwestlichen Grenzgebiet stationiert gewesen. Dort war es immer unruhig, immer musstest du auf der Hut vor bewaffneten Kriegern sein.« Er seufzte, wischte sich mit dem Handrücken einen Tropfen von der Nase und holte eine kleine Metallflasche aus seiner Tasche.

Matthew konnte sich gut vorstellen, was darin war. Alkohol, so früh am Morgen! Er selbst hatte bisher nur ein Frühstück im Magen, das aus einem Teller Haferschleim und einer Tasse Tee bestanden hatte. Er wusste allerdings, wie sehr die Erinnerungen einen Menschen herausfordern konnten, wie sehr sie an seiner Gemütsruhe nagen konnten. Manchmal erschien es einem, als gäbe es keinen Ausweg aus diesem Dschungel.

»Zu dritt haben wir das Gatter im Handumdrehen repariert«, erklärte er deshalb. »Meinst du nicht auch, Tom?«

Zufrieden sah er, wie die Augen von Victor Trench aufleuchteten.

Es dauerte nicht lange, bis alle Latten und Bretter wieder ordentlich befestigt waren. Matthew begab sich erneut zwischen die Schafe, um die leeren Eimer einzusammeln. Dieses Mal hielten die meisten von ihnen Abstand.

»Das sind kräftige Lämmer«, sagte Trench und zeigte auf sie. »Bringst du sie auf den Markt?«

»Im Frühling, denke ich. Auf jeden Fall die jungen Böcke.«

Das hätte sein Onkel Wilson auch so gemacht, oder? Oder mästete man die lieber bis zum Herbst? Matthew musste tief in seinem Gedächtnis graben. Das mit der Übernahme des Bauernhofes war so schnell und unerwartet gekommen, dass er noch keine Gelegenheit gehabt hatte, sein Wissen über die Landwirtschaft aufzufrischen. *Wie immer, viel zu impulsiv*, würde sein Vater kopfschüttelnd dazu sagen. Er hätte lieber vorher nachdenken sollen, die Vor- und Nachteile abwägen müssen, und vor allem vor seiner Entscheidung beten sollen.

Aber Matthew wusste, dass er Luke niemals das Wasser würde reichen können, und deshalb war es sinnlos, auf das Einverständnis seines Vaters zu warten. Nach all den Jahren war es ihm mittlerweile im Grunde auch egal. Wenn Miss Brady nicht davon angefangen hätte, hätte er nicht einmal an seine Eltern gedacht.

Er straffte seine Schultern, so als hätte ein Unteroffizier »Achtung!« gebrüllt, und warf einen entschlossenen Blick auf den Bauernhof. Er fragte sich, ob Onkel Wilson ihn wohl wegen dieses armseligen Landwirtschaftsbetriebs ausgelacht hätte ...?

In diesem Moment bemerkte er, wie ein kräftiger Mann in einem Maßanzug auf sie zukam. Er schien über den Hof zu schwanken, um den Schlammpfützen auszuweichen, und als er näher kam, bemerkte Matthew seine glänzenden schwarzen Schuhe.

»Jetzt wird es brenzlig«, murmelte Victor Trench hinter ihm.

Matthew richtete sich zu voller Größe auf.

»Victor!«, rief der Mann und sein Mund sah verdrießlich aus unter dem großen Walrossschnauzer. »Wer macht denn die Pferde fertig, damit sie angespannt werden können, wenn du deine Zeit hier bei diesen Schafen vertrödelst?«

»Es tut mir leid, Leonard. Ich habe hier nur ein bisschen geholfen.«

»Vergiss nicht, dass ich dich für deine Hilfe bezahle.« Victor Trench warf einen missbilligenden Blick auf das kleine Metallfläschchen, das wieder in Victors Hand erschienen war. »Los, beeile dich. Das ist nicht der Ort, an dem ich dich sehen will, und das weißt du ganz genau.«

Verärgert stellte Matthew sich zwischen sie, doch Victor trabte schon mit hängenden Schultern davon. »Ich bin hocherfreut, meinen neuen Nachbarn kennenzulernen«, sagte er zynisch. »Wie ich gehört habe, haben Sie während meiner Abwesenheit die Herberge übernommen.«

»Und nicht allein das.« Leonard Trench strich sich über den Schnurrbart. »Sie haben sicher von den Umbaumaßnahmen gehört.«

Matthew nickte. »Sie haben große Pläne.«

»Das könnte ich auch von Ihnen sagen.« Nachdrücklich betrachtete er den Müllhaufen auf dem Hof. »Wollen Sie einen Gewinn erwirtschaften?«

»Das versteht sich von selbst.« Matthew bemerkte, dass sich Tom direkt neben ihn gestellt hatte, so als müssten sie einem gemeinsamen Feind entgegentreten. Hatte er diesen Mann vielleicht schon kennengelernt?

»Verraten Sie mir, was Sie dafür bezahlt haben. Ich biete Ihnen nämlich mehr, um alles wieder loszuwerden.«

Seine Kinnlade fiel herunter. »Sie wollen das Land!«

»Ich hatte vorgehabt, darüber mit Sir Alfred zu verhandeln.« Trench sah ihn scharf an. »*Nach* der Beerdigung.«

Das entlockte Tom ein Lachen. »Dann ist es ja nur gut, dass Matthew nicht so lange gewartet hat. Der Vertrag ist unterschrieben, mein Herr.«

»Eine unvernünftige Entscheidung. Und das, obwohl Moira ihren Cousin als einen Mann mit Ambitionen beschrieben hat.«

»Wer sagt denn, dass ich die nicht habe?«

Leonard Trench lachte. »Dann frage ich mich, was Sie antreibt. Jeder weiß doch, dass die Oak Hill Farm keinerlei Überlebenschancen mehr hat.«

»Das habe ich noch von niemandem gehört.« Wenn das wahr war, hatten sie es jedenfalls nicht gewagt, ihm so etwas ins Gesicht zu sagen. Er warf Tom einen Seitenblick zu, doch der hielt seinen Mund.

»Natürlich nicht«, erwiderte Trench beschönigend, »aber Sie sind ja auch gerade erst aus Indien zurückgekommen, wie ich vernommen habe. Aus der Armee entlassen.«

»Das hat damit überhaupt nichts zu tun.«

»Und ob es das hat, mein Junge. Ich weiß schließlich, wie es unter den Soldaten so zugeht.« Er sah in die Richtung, in die sein Bruder verschwunden war. »Sie sind es gewohnt, Befehle auszuführen.«

Das wurde ja immer schöner! »Ich bin kein Soldat mehr«, entgegnete Matthew mit Nachdruck und zum ersten Mal schmeckte er die Freiheit in diesen Worten. »Ich bin jetzt Landwirt und ich habe Arbeit zu erledigen.«

»Sie können es sich ja noch einmal überlegen. Sir Alfred nimmt es Ihnen sicher nicht übel.«

Aber er würde es sich selbst übel nehmen, wenn er diese Herausforderung nicht annahm. Er ballte die Fäuste.

»Schauen Sie sich meinen Bruder an, Wilson. Die meisten ehemaligen Soldaten funktionieren am besten im Lohndienst. Ich weiß genau, dass Merchant auch so darüber denkt. Haben Sie sich meinen Vorschlag einmal durch den Kopf gehen lassen?«

»Noch nicht lange genug«, antwortete Tom kurz angebunden.

Verdutzt starrte Matthew ihn an, doch Tom schüttelte den Kopf. Das würde er dann wohl später erklären.

»Ich kann Ihnen sogar zu Arbeit verhelfen«, fuhr Trench fort. »In der Herberge werden immer wieder Arbeitskräfte gebraucht und ich weite auch meine Fuhrdienste aus, wie Ihr Freund hier schon weiß. Es besteht nämlich eine gewisse Nachfrage nach zuverlässigen Fuhrdiensten in die Stadt.«

»Ich bin nicht interessiert, Mr Trench.«

Mitleidig schüttelte der Mann den Kopf. »Und damit setzen Sie Ihre eigene Zukunft aufs Spiel. Ein Pachtbauernhof ist eine große Verantwortung für jemanden, der verwundet ist. Wenn ich Victor nicht helfen würde, wäre überhaupt nichts aus ihm geworden.« Er tippte sich an die Schläfe. »Sie mögen zwar die Armee hinter sich gelassen haben, das bedeutet aber nicht, dass der Kampf aufgehört hat.«

Matthews Nackenhaare stellten sich auf. Er versuchte ein Zittern zu unterdrücken, denn in dieser Hinsicht sagte der Herbergsbesitzer tatsächlich die Wahrheit. In seinen Gedanken und Träumen wütete der Krieg nur allzu oft noch weiter. Aber er würde nun alles dafür tun, um das zu ändern.

»Sie haben recht, Mr Trench.« Seine Kiefermuskeln spannten sich an. »Der Kampf ist noch lange nicht vorbei. Denn ich bin fest entschlossen, die Oak Hill Farm zu behalten.«

Eileen war sich sicher, dass sie ohne Rosies Geplapper und mit ein bisschen mehr Planung doppelt so viel Arbeit hätten erledigen können. Es mochte zwar netter sein, etwas zusammen zu machen, das Ziel für heute war jedoch, das Wohnhaus von Spinnweben, Ungeziefer und Schmutz zu befreien.

Schon bald hatte sie angeboten, sich konzentriert dem Kohleofen zuzuwenden, denn es trieb sie in den Wahnsinn, wie Rosie auf der linken Seite des Zimmers mit dem Abstauben begann und dann rechts weitermachte, daraufhin links noch ein bisschen wischte und anschließend … jetzt stand sie mit dem Tuch in der Hand da und erzählte von ihrem letzten Zusammenstoß mit Mrs Holmes.

Nachdem Eileen gerade den Aschekasten gereinigt hatte, klopfte es an der Tür und im nächsten Augenblick standen Hope und Prudence Goodwin im Wohnzimmer. Eileen fühlte sich staubig und dreckig, als sie aufstand, um die beiden zu begrüßen.

»Wir kommen gerade von einem Besuch bei Emma Howell zurück«, verkündete Prudence.

»Und Edmund.« Hopes Augen zwinkerten. »Der war dir gegenüber besonders aufmerksam.«

Prudence seufzte. »Wie dem auch sei, wir haben bemerkt, dass hier etwas vor sich geht und wollten uns das aus der Nähe anschauen. Ist es wahr, dass Matthew Wilson den Bauernhof übernommen hat? Moiras Cousin?«

»Das stimmt«, bestätigte Rosie. »Sind das nicht gute Neuigkeiten? Es ist ja nicht einfach für ehemalige Soldaten, nach ihrer Rückkehr wieder Fuß zu fassen. Doch jetzt hat Matthew eine Wohnung *und* eine Arbeit, etwas, worauf er stolz sein kann.«

»Im Vergleich mit einem Arbeiter ist das eine Verbesserung«, gab Hope zu. »Aber wenn ich das hier mit der Howell Farm vergleiche …«

»Kein einziger Bauernhof hier in der Gegend kann es mit der Howell Farm aufnehmen«, erklärte Prudence. »Deshalb willst du ja auch, dass ich mit Edmund anbandele.«

»Edmund ist ein sehr liebenswürdiger, junger Mann.«

Mit einem Seufzen strich Eileen sich die Schürze glatt. »Kann ich vielleicht etwas für Sie tun, meine Damen?«

Hope betrachtete sie von Kopf bis Fuß, sodass sie sich ihres alten Kleides und ihrer schmutzigen Schürze besonders bewusst wurde. Trotz ihres Kopftuches spürte sie, dass ein paar Haarsträhnen lose heraushingen, seit sie die Fenster geputzt hatte. Vielleicht hatte sie auch irgendwo Rußspuren im Gesicht.

Langsam schüttelte Hope den Kopf. »Ich nehme an, dass Sie heute nicht an unseren Kleidern arbeiten werden.«

»Es scheint mir besser, das nicht zu tun, nein.« Sie betrachtete ihre Hände.

»Aber Sie bekommen sie doch noch rechtzeitig fertig?«

Am liebsten hätte sie gesagt, dass ihr das keine Mühe machen würde. »Ich werde die verlorene Zeit in den Abendstunden einholen.«

»Aber Eileen!«, protestierte Rosie. »Das ist Unsinn. Ich bin mir ganz sicher, dass Matthew dagegen ist, dass du so etwas machst.«

Sie lächelte verkrampft. »Aber er ist nicht derjenige, der die Kleider für die Goodwin-Damen bezahlt.«

»Nein, ist er nicht.« Prudence fing an zu lachen. »Das würde die Gerüchteküche ganz schön entfachen.« Während ihre Schwester verstört dreinschaute, wurde ihre Aufmerksamkeit auf das kleine Fenster neben der Treppe gelenkt. »Auch draußen wird … hart gearbeitet, wie ich sehe.«

Eileen folgte Prudences Blick auf den Innenhof des Bauernhofes. Merchant und Wilson schleppten einen Pflug aus der Wagenscheune. Was die Männer dort drinnen getan hatten, wusste sie nicht, aber es hatte sie offensichtlich erhitzt, denn alle beide hatten ihre Jacken ausgezogen. Wilson trug nicht einmal mehr seine Weste und sein beiges Hemd spannte an seinen Schultern, wenn er seine Kraft einsetzte. War es das, was Prudence aufgefallen war? Er hatte breite Schultern, und sie konnte sich vorstellen, dass er in seiner roten Uniformjacke eindrucksvoll ausgesehen hatte. Selbst in diesen alten Klamotten sah er noch attraktiv aus. Seine gebräunte Haut bildete einen starken Kontrast zu seinem hellen Hemd und seinen blonden Haaren.

Rosies helles Lachen erklang in ihren Ohren. »Schöne Aussicht, nicht wahr? Wenn ihr mich fragt, rackern sie sich extra deswegen ab, weil wir ihnen zuschauen. Aber nicht vergessen, der, der am besten aussieht, ist meiner.«

Der, der am besten aussieht? Eileen wandte ihren Blick überrascht Tom Merchant zu. Gut, Rosies Mann sah mit seinem dichten Haarschopf aus rostbraunen Locken und seinem fröhlichen Gesicht ganz annehmbar aus. Auch er war muskulös, wirkte aber mit seiner eher schlaksigen Gestalt nicht so … männlich wie Matthew Wilson.

Ihre Wangen fingen an zu glühen. Resolut rief sie sich zur Ordnung. Bald würden die jungen Frauen von Almsbrick sicher Schlange stehen, um die neue Bäuerin auf der Oak Hill Farm zu werden. Aber sie würde sich nicht unter ihnen befinden.

Sie zeigte auf den Ofen. »Wenn es Sie nicht stört, mache ich mich wieder an die Arbeit. Es gibt noch einiges zu tun und ich will das so schnell wie möglich hinter mich bringen.«

Ihre Worte zeigten Wirkung. Nachdem Prudence noch einen sehnsuchtsvollen Blick aus dem Fenster geworfen und Hope ihnen viel Erfolg gewünscht hatte, verschwanden die Goodwin-Schwestern schweigend.

Eileen war mit dem Putzen kaum weiter gekommen, als sich auch schon der nächste Besucher ankündigte. Bäcker Swift sah zumindest so aus, als täte es ihm leid, sie zu stören. »Ich weiß, dass Sie viel zu tun haben, aber ich bin auf meiner Runde hier vorbeigekommen und habe mich gefragt, ob Wilson vorhat, hier demnächst einzuziehen.«

»So schnell wie möglich«, antwortete Rosie. »Er wird auch Brot kaufen wollen, also können Sie ihn zu Ihrer Liefer-Route hinzufügen.«

Eileens Kinnlade fiel herunter. »Das kannst du doch nicht für ihn entscheiden!«

»Wenn er in der Scheune ist, kann ich ihn ja auch selbst fragen«, bot der Bäcker an.

Eileen sah aus dem Fenster, doch die beiden Männer waren mittlerweile verschwunden.

»Was willst du mich fragen, Swift?« Hinter dem Bäcker füllte Wilsons Gestalt auf einmal den Türrahmen aus. Er hatte jetzt eine zerschlissene braune Weste ohne Ärmel lose über sein Hemd gezogen und sich die Jacke lässig über die Schulter geworfen. Es war ihr vorher nicht aufgefallen, wie gut sein grünes Halstuch zu seinen Augen passte. Zu ihrem Ärger bemerkte sie, dass sie für einen Augenblick die Luft angehalten hatte.

»Ich werde tatsächlich Brot brauchen«, bestätigte Wilson. »Und in diesem Augenblick frage ich mich, ob ich euch irgendetwas anderes als Brot zum Mittagessen bieten kann.«

»Wie dumm von mir«, sagte Rosie. »Ich habe ganz vergessen, heute etwas zu essen mitzunehmen.«

Eileen räusperte sich. Endlich konnte sie zeigen, dass ihre strukturierte Vorgehensweise Früchte brachte. »Ich habe mit Moira darüber gesprochen«, verkündete sie. »Und sie hat darauf bestanden, das Geschäft für eine halbe Stunde zu schließen, damit sie unser Mittagessen vorbeibringen kann. Sie müsste eigentlich jeden Moment da sein.«

Verwundert sah Wilson sie an.

»So wie ich Moira kenne«, sagte Bäcker Swift, »könnt ihr euch gleich auf eine wunderbare Mahlzeit freuen.«

Es dauerte allerdings noch eine ganze Weile, bis die Gemischtwarenhändlerin mit Pferd und Wagen auf dem Hof erschien.

»Es tut mir leid, dass ich so spät bin«, begann sie, sobald alle am Küchentisch Platz genommen hatten. Sie sah erhitzt aus. »Ich musste die Einkäufe ausfahren. Ralph ist nicht aufgetaucht und ich hatte mit ein paar Kunden ausgemacht, dass sie ihre Sachen noch am Vormittag erhalten werden.«

»Der Junge kann doch nicht einfach wegbleiben«, sagte Wilson mit vollem Mund. Er hatte sich gleich die erste Pastete genommen. »Wegen solcher Mätzchen kannst du ihn entlassen.«

»Seine kleine Schwester ist da gewesen und hat gesagt, dass er verhindert ist, aber ich weiß nicht, warum.« Moira seufzte. »Herbert hatte Ralph schon als Lehrling eingestellt. Ich kann ihn nicht einfach so auf die Straße setzen. Außerdem brauche ich im Laden jede Hilfe, Matt.«

Wilson nickte grimmig, äußerte sich aber nicht dazu. Anscheinend war er nicht bereit gewesen, seiner Cousine im Laden beizuspringen. In den vergangenen Tagen hatte Eileen ihn zwar Kisten und Fässer schleppen gesehen, das würde jedoch ein Ende haben, sobald er jetzt mehr auf seinem Bauernhof zu tun hatte.

»Ich gehe lieber wieder«, verkündete Moira mit einem Stirnrunzeln. »Dann bin ich zu Hause, wenn Maggie aus der Schule kommt.«

Eileen wünschte, sie wäre mit der Arbeit hier schon fertig, sodass sie sich um Maggie kümmern und Moira sich ganz dem Laden widmen könnte. Nicht weil sie dieser Frau so gern geholfen hätte, sondern weil sie dadurch ihr Töchterchen schneller zurückzubekommen hoffte. Sie musste noch einmal versuchen, einen Beleg für Maggies Herkunft zu finden.

»Kommt ihr denn ein wenig voran?«, wollte Moira wissen.

Eileen schüttelte den Kopf. »Nicht so gut, wie ich es mir wünschte.«

Überrascht sahen die anderen sie an. »Ihr habt doch schon sehr viel gemacht«, bemerkte Wilson.

»Wir haben ein paarmal Besuch bekommen«, erläuterte Rosie, doch das war nicht der einzige Grund. »Als ihr den Pflug nach draußen geschleppt habt, sind die Goodwin-Schwestern gekommen, um sich das mal anzusehen.«

»Prudence?«, fragte Wilson sofort. Eileen fiel auf, dass er sie schon beim Vornamen nannte …

Eileen zweifelte, ob er wirklich eine ernsthafte Konkurrenz für Edmund Howell wäre.

»Prudence und Hope«, ergänzte Rosie. »Ich bin mir so schludrig angezogen vorgekommen, als uns diese beiden Damen zugeschaut haben.«

Eileen sah, wie sich Moiras Mund verzog. Und tatsächlich war Rosie nicht gerade ein Vorbild an Gepflegtheit mit ihrer alten, etwa schmuddeligen Schürze und den losen Haarsträhnen. Doch Eileen war bewusst, dass sie nicht viel besser aussah, und dasselbe würde auch für Moira gelten, wenn sie den ganzen Vormittag über geputzt hätte. Es war nicht gerecht, Rosie das vorzuwerfen, nur weil Moira sie nicht mochte. Eileen war es immer noch ein Rätsel, wo die Feindseligkeit herrührte. Die Männer dachten augenscheinlich auch anders darüber, schließlich sahen sie Rosie voller Bewunderung an.

Mit einem Seufzen versuchte Eileen ihre eigenen losen Haare unter das Kopftuch zurückzustopfen, um genau in diesem Moment den amüsierten Blick von Matthew Wilson einzufangen.

»Es ist nichts verkehrt daran, wenn man sehen kann, dass jemand den ganzen Tag lang ehrliche, harte Arbeit verrichtet hat«, bemerkte er, ohne seine Augen von ihr abzuwenden.

Eileen spürte zu ihrem Entsetzen, dass sie rot wurde. Trieb er nun seinen Spott mit ihr oder war das seine Art und Weise, Komplimente zu machen? Hastig wischte sie sich die Hände an der Schürze ab. »Ich gehe mal nachsehen, ob im Vorratsschrank noch Ofenreiniger ist.«

Matthew wusste nicht, ob er die rothaarige Dame, die in diesem Augenblick sein Haus putzte, jemals begreifen würde. Er selbst war mit Tom und Smokey zur Schmiede im Dorf gelaufen, wo sein Freund das Arbeitspferd neu beschlagen wollte.

»Du warst unterwegs so still«, bemerkte Tom, während er sich seine lederne Schürze umband. »Du bedauerst doch nichts, hoffe ich?«

»Nein, bestimmt nicht, und ich bin froh über eure Hilfe.« Er band Smokey an einen Balken neben der geöffneten Tür der Schmiede. »Wusstest du eigentlich, dass Miss Brady auf einem Bauernhof aufgewachsen ist?«

»*Ich?* Nein.« Tom hob Smokeys linkes Vorderbein hoch, klemmte sich den Fuß zwischen die Knie und fing an, das alte Hufeisen wegzustemmen. »Bis heute habe ich mit Eileen kaum ein Wort gewechselt.«

»Aber du benutzt trotzdem ihren Vornamen?«

Er grinste. »Nur weil Rosie sie so nennt. Gib mir mal das große Messer.«

»Moira macht das auch, ja.« Matthew reichte ihm das Werkzeug.

Ihm hatte sie dieses Vorrecht jedoch nicht eingeräumt. Einerseits war Eileen sehr hilfsbereit, doch gleichzeitig waren die Mauern, die sie um sich herum errichtet hatte, dicker als von jeder Festung, in der er jemals einquartiert gewesen war. Sie war ihm ein Rätsel. »Meinst du, das ist ein großer Bauernhof gewesen?«

»Woher soll ich das wissen?« In Toms Blick war Überraschung zu lesen, während er den Pferdehuf sinken ließ. »Interessierst du dich etwa für sie?«

»Nein, überhaupt nicht! Jedenfalls nicht so, wie du denkst. Ich finde es einfach seltsam, dass sie nach Almsbrick gekommen ist. Findet Rosie das nicht?«

»Soweit ich weiß, nein. Hier gibt es schon eine ganze Weile keinen Schneider mehr, also wird sie ohne Probleme genügend Kunden bekommen können. Dass wir uns so etwas nicht leisten können, heißt ja nicht, dass es allen Leuten im Dorf so geht.«

»Nein, das ist wahr.« In Gedanken versunken streichelte Matthew beruhigend über Smokeys Nüstern, bis Tom die anderen Hufe auf denselben Stand gebracht hatte. »Was war das für ein Vorschlag, über den Leonard Trench gesprochen hat?«

Mit einem Seufzen stellte sich Tom aufrecht hin und warf einen Blick in die Schmiede, in der Downes gerade am Arbeiten war. Er legte sein Werkzeug beiseite und dämpfte seine Stimme. »Trench möchte seine Stallungen erweitern und einen Schmied anstellen.«

»Dich.«

»Ja.« Tom fuhr sich mit den Fingern durchs Haar. »Ich weiß nicht, wie ich mich entscheiden soll.«

»Warum engagiert Trench nicht einfach Downes? Alle wissen doch, dass ihr gute Arbeit macht.«

»Trench scheint mir einer von denen zu sein, die immer alle Fäden selbst in den Händen halten wollen. Er wird mir genau sagen, was ich wann zu tun habe.«

»Hast du noch andere Möglichkeiten?« Matthew nickte in Richtung der Türöffnung.

»Downes hofft, dass ich bleibe. Er wird älter und hat Probleme mit seinem Rücken. Irgendwann kann ich die Schmiede von ihm übernehmen, aber dazu muss ich erst noch ein bisschen sparen.«

»Und wenn du für Trench arbeitest?«

Tom blickte ihn lange an. »Ein vollständig eingerichteter Arbeitsplatz. Alles neu.«

Matthew pfiff leise durch die Zähne. »Das ist schon was! Aber egal wie viel Geld er auch hat, ich finde, Trench ist ein unangenehmer Typ.«

»Ich auch, aber wie schlimm wäre das? Denk doch einmal nach, wie viele von unseren Offizieren sind wirklich anständige Kerle gewesen?«

»Moira hat in geschäftlicher Hinsicht schlechte Erfahrungen mit Trench gemacht.« Mehr wollte er eigentlich nicht sagen, um das Vertrauen seiner Cousine nicht zu verraten.

»Wenn es nur um mich ginge, würde ich gar nicht darüber nachdenken.« Tom schaute besorgter aus, als Matthew seinen Freund jemals gesehen hatte. »Dann würde ich bei Downes bleiben und mich irgendwann selbständig machen, genau wie du. Aber ich muss jetzt eine Familie ernähren. Während wir weg waren, hat Rosie jeden Penny zweimal umdrehen müssen, um über die Runden zu kommen. Ich möchte gut für sie und unser kleines Kerlchen sorgen.«

»Das verstehe ich.« Es hatte sicher seine Vorteile, Junggeselle zu bleiben. Zum Beispiel die Freiheit, nicht auch noch für andere mitdenken zu müssen. »Ich kann nur sagen, dass Trench ziemlich große Ambitionen hat, für meinen Geschmack zu große.«

»Das stimmt.« Tom zuckte mit den Schultern, sammelte die alten Hufeisen ein und ging mit ihnen in die Schmiede. »Aber wer weiß«, rief er über seine Schulter. »Vielleicht ist das gerade gut für Almsbrick.«

Matthew blieb bei seinem Pferd stehen. Er bezweifelte das, aber Tom blickte nun einmal immer optimistischer auf die Dinge als er selbst.

»Na sieh einer an, wen wir da haben!«

Die Stimme ließ ihn und Smokey aufschrecken und er tätschelte den Hals des Tieres, um es zu beruhigen.

Ein roter Tilbury hielt vor der Schmiede und Edmund Howell sprang aus der Kutsche. Dieser Junge hatte wirklich das Talent, in den ungelegensten Momenten aufzutauchen.

»Es gibt sicher noch einiges zu tun, bis alles seine Ordnung hat?«, wollte er mit einem Grinsen wissen.

»Beachten Sie meinen Sohn nicht, Wilson.« Der alte Howell kam ebenfalls auf ihn zu. »Und meine Glückwünsche zu Ihrem Bauernhof.«

»Oder mein Beileid«, murmelte Edmund spottend, während er das Pferd betrachtete. »Sind die Hufe sehr schlecht?«

»Nicht wirklich, einfach nur abgenutzt.« Des älteren Mannes wegen lächelte Matthew, es fühlte sich jedoch eher wie eine Grimasse an. »Man kann viel über Stubbs sagen, aber für seine Tiere hat er gut gesorgt.«

»Das ist bestimmt so«, ließ Howell sich vernehmen. »Er ist langsam zu alt geworden für diese Arbeit, aber die Tiere haben ihm viel bedeutet. Und zu Recht: Er hat Lämmer gehabt, da könnte man neidisch werden.«

Das war sicher übertrieben, schließlich besaß Howell selbst so viele Schafe, dass er zwei Hirten angestellt hatte.

»Mehr noch«, fuhr der Bauer fort, »ich hatte Miss Stubbs fragen wollen, ob ich die Herde nicht übernehmen könnte. Doch bevor ich die Möglichkeit dazu hatte, machte das Gerücht die Runde, dass ein junger Soldat den ganzen Hof übernehmen wollte.«

»Den ganzen Hof«, wiederholte Edmund lachend. »Gute Tiere und einen Haufen Gerümpel dazu.«

»Wilson kann da schon etwas daraus machen.« Howell nickte ihm zu. »Lassen Sie sich durch meinen Sohn nicht beirren, Junge. Der muss über unser Handwerk noch eine ganze Menge lernen.«

Edmund grinste nur.

»Und lassen Sie es mich wissen, wenn ich Ihnen irgendwie behilflich sein kann. Ich habe zum Beispiel einen Guanostreuer. Da können Sie Ihr Pferd davor spannen und dann wird der Dünger schön gleichmäßig verteilt, während Sie gleichzeitig …«

Matthew hustete. »Ich fürchte, ich habe gar keinen Guano. Bevor ich meine erste Ernte eingefahren habe, kann ich den auch nicht bezahlen.«

Der Boden brauchte eine Düngung und er hatte keine Ahnung, inwieweit sich Stubbs mit den Vorteilen von Guano gegenüber Stallmist ausgekannt hatte. Oder ob er überhaupt nachverfolgt hatte, was die Wissenschaft über die Landwirtschaft erforscht hatte. Häufig konnten nur Großbauern wie Howell mit den neuesten Entwicklungen mithalten.

»Haben Sie sich schon einmal den Acker angeschaut, auf dem Stubbs Weizen gesät hat?«

»Ich habe einen kurzen Blick darauf geworfen.« Erneut sank Matthew das Herz in die Hose. Er hatte schon mit größeren Ausgaben gerechnet, jedenfalls am Anfang, aber auf diese Weise würde er das Erbe von Onkel Wilson schnell verjubelt haben.

»Sie können den Dünger von mir bekommen. Sie brauchen unbedingt welchen, Wilson.«

Sein Kiefer spannte sich an. »Das kann ich nicht annehmen. Ich brauche kein …«

»Möchten Sie den Bauernhof behalten oder nicht?« Howell sah ihn scharf an. »Dieser Stolz ist Ihre Rettung und Ihr Fall, Wilson. Aber ich schlage Ihnen ein Tauschgeschäft vor: Wenn die Lämmer vom letzten Jahr auf den Markt kommen, kriege ich ein Vorkaufsrecht. Ich brauche ein paar neue Schafböcke. Abgemacht?« Er streckte vorsichtig seine Hand aus.

Dankbar ergriff Matthew sie. »Abgemacht, mein Herr.«

»Gut so. Ich nehme an, Schmied Downes ist drinnen? Eigentlich bin ich wegen ihm gekommen.«

Matthew nickte und blieb mit Edmund allein draußen stehen. Augenblicklich ebbte seine Freude über die Abmachung ab. Edmund hielt ihn zweifellos für einen Schmarotzer und selbst konnte er auch nicht wirklich sagen, ob das ein gutes Tauschgeschäft gewesen war. Anscheinend hatte Howell großes Interesse an den Schafen von Stubbs. An *seinen* Schafen.

»Nun, das hast du gut hinbekommen«, sagte Edmund. »Da hast du so einen kleinen Bauernhof und trotzdem steht dir die modernste Technik zur Verfügung, dank meinem Vater.«

»Ich habe überhaupt nicht das Bedürfnis, alle neuen Entwicklungen mitzumachen«, verteidigte Matthew sich.

»Ach so? Ich habe gehört, wie du mit Merchant über Neuerungen im Dorf gesprochen hast.«

»Neuerungen sind nicht immer Fortschritte.« Manche Dinge sollte man besser so lassen, wie sie sind. Wenn etwas schon seit Jahrhunderten auf eine bestimmte Weise getan wurde, warum sollte das auf einmal nicht mehr gut sein? Neuheiten brachten auch immer Unruhe und Unsicherheit mit sich. Ganz zu schweigen von Uneinigkeit.

»Wenn du damit Leonard Trench meinst, kann ich dir nicht zustimmen«, erklärte Edmund. »Dieser Mann hat die Belange des Dorfs im Blick.«

»Weg da!« Tom kam mit einem glühenden Hufeisen nach draußen und hob Smokeys Huf an, um es anzupassen. Das Zischen übertönte ihr Gespräch und Matthew musste wegen des Qualms blinzeln, während sich der durchdringende Gestank von verbranntem Horn überall verbreitete.

»Etwas zu groß«, murmelte Tom. »Habt ihr über Trench gesprochen?«

»Ich denke, dass er ein guter Geschäftsmann ist«, nickte Edmund. »Der lässt sich von der Nostalgie nicht aufhalten, sondern sieht, dass wir Veränderungen brauchen.«

»Brauchen wir das?«, brummte Matthew abwehrend. Hatte es in seinem Leben in der letzten Zeit nicht genügend Veränderungen gegeben?

»Natürlich!« Edmund hörte sich an, als sei das vollkommen logisch. »Wir können nicht stehen bleiben, Wilson. Trench schaut nach vorn und das sollten wir alle tun.«

Mit zusammengekniffenen Augen sah Tom Matthew an. *Nach vorn, ja.* Matthew gönnte es seinem Freund inzwischen, dass er bei Rosie das Rennen gemacht hatte. Auf jeden Fall würde *ihn* eine Familie nicht aufhalten, wenn es darum ging, seinen Traum zu verwirklichen.

16. Kapitel

Eileen holte noch einmal tief Luft, während sie das Bestellformular über die Theke des Postamts schob. Das war die richtige Entscheidung, sie hatte eine gute Wahl getroffen.

»Haben Sie alles ausgefüllt?«, wollte der Beamte hilfsbereit wissen und sie nickte, wobei sie die Aufregung, die sie in sich spürte, nicht offenbaren wollte.

Mittlerweile hatte sie die drei Kleider für die Goodwin-Damen abgeliefert und all die neuen Aufträge, die seitdem hereingekommen waren, machten diese Investition umso notwendiger. Wenn sie in diesem Tempo weiterarbeiten wollte, brauchte sie eine neue, gute Nähmaschine. Deshalb orderte sie nun eine richtige Tretnähmaschine bei *Singer*, die hoffentlich schon bald in ihrem Arbeitszimmer stehen würde.

»Alles stimmt«, bestätigte sie, doch als sie das Postamt verließ, begann der Zweifel an ihr zu nagen. Es war unmöglich, mit einer Tretnähmaschine zu reisen. Sie musste darauf vertrauen, dass es dafür eine Lösung geben würde, wenn die Zeit reif war. Hatte Gott ihr seit ihrer Ankunft nicht immerzu beigestanden?

Ihr war außerdem bewusst, dass Maggie und sie noch Zeit brauchten – vor allem Zeit *miteinander* –, bevor sie diesen Schritt in Angriff nehmen konnte. Vorläufig blieb sie also noch im Dorf, und angesichts der Menge an Schneideraufträgen waren darüber auch viele Menschen froh.

Sie warf einen Blick die Straße entlang. Im Grunde war sie durchaus zufrieden mit ihrem Aufenthalt in Almsbrick. Die meisten Dorfbewohner fand sie freundlich.

Zwei Wochen waren ins Land gegangen, seit sie Matthew Wilson auf dem Bauernhof geholfen hatte, und in diesem Zeitraum hatte sie den Mann kaum gesehen. Anscheinend hatte er so viel zu tun, dass er sich nicht länger mit ihrer Anwesenheit beschäftigte. Sie hoffe, dass die Anschaffung einer Tretnähmaschine dazu beitrug, sein Vertrauen zu gewinnen.

Mit einem zufriedenen Lächeln betrat sie den Gemischtwarenladen, um Moira die Neuigkeiten zu berichten. Sofort bemerkte sie die angespannte Atmosphäre. Moira und Ralph standen einander mit hochroten Köpfen gegenüber.

»Mein Mann hat so viel Zeit investiert, um dich auszubilden«, sagte Moira gerade mit erhobener Stimme. »Er hat dir sogar versprochen, dass du sein Nachfolger werden kannst.«

»Das weiß ich, gute Frau«, erwiderte Ralph etwas ungeduldig. »Und ich bin Mr Trench dankbar … *diesem* Mr Trench, meine ich. Aber meine Familie braucht Geld. Es geht nicht anders.«

»Willst du uns verlassen?« Eileen trat einen Schritt nach vorn.

Erschrocken sah Ralph auf, eine Falte auf der Stirn. »Ich muss wohl, Miss Brady. Mr Trench – der andere Mr Trench – erweitert seine Fuhrdienste. Er sucht Kutscher für seine Fuhrwerke.«

»Und er bezahlt einen besseren Lohn als ich.« Moira hörte sich bitter an.

»Mein Vater ist schon sehr lange arbeitslos und …«

»Das verstehe ich ja«, schnitt Moira ihm das Wort ab. Sie schluckte hörbar. »Und ich wünschte, ich könnte selbst mehr für deine Familie tun. Leider verfüge ich nicht über die Mittel, um dir eine Lohnerhöhung zu geben.«

»Das weiß ich. Es tut mir leid, Mrs Trench.« Seine Augen schossen zwischen Moira und Eileen hin und her. »Soll ich denn jetzt den Bürgersteig fegen?«

Moira nickte niedergeschlagen. »Ja, mach das.«

Hastig verließ Ralph das Geschäft.

Als er draußen war, entfuhr Moira ein tiefer Seufzer. »Vielleicht hätte ich das kommen sehen müssen. Leonard Trench hat ihn persönlich gebeten, für ihn Fuhrdienste zu übernehmen.«

»Wie willst du das jetzt mit dem Ausfahren der Einkäufe machen?«

»Mir bleibt nichts anderes übrig, als es selbst zu tun. Wenn ich den Laden etwas früher schließe ... Fändest du es schlimm, dich um Maggie zu kümmern, wenn sie aus der Schule kommt?«

»Überhaupt nicht. Aber wie willst du die schwere Arbeit allein erledigen?«

»Das weiß ich nicht. Es ist fast unmöglich jemanden zu finden, der für einen Lehrlingslohn arbeitet so wie Ralph.«

»Könntest du nicht von Trenchs Fuhrdiensten Gebrauch machen?«

Moira lachte verächtlich. »Dann will er einen Preis von mir haben, der so hoch ist, dass ich ihn doch nicht bezahlen kann. Dieser Mann ist ...«

»Ich bin zu Hause, Mama!« Maggie stürmte herein, sodass Moira abrupt verstummte. »Master Timmons hat uns die ganze Welt gezeigt. Sein Bruder ist immer auf Reisen und der hat ganz viele Ansichtskarten geschickt.«

»Das ist schön, Liebes.« Moira klang abwesend.

»An welche Orte erinnerst du dich noch?«, wollte Eileen wissen.

Auf Maggies Stirn erschien eine Denkfalte. »Irland und Schottland. Auf der einen Karte war eine Burg. Und auf einer anderen Berge in der Schweiz. Oh ja, und in Ägypten gibt es so komische dreieckige Gebäude, haben Sie das gewusst?«

»Das sind Pyramiden.«

»Ja!« Maggie nickte begeistert. »Master Timmons hat gesagt, dass der Pharao die gebaut hat. Ist das dann der Pharao aus der Geschichte von Mose in der Bibel?«

»Vielleicht schon«, überlegte Eileen.

»Sie kennen die Geschichte doch, oder?«

»Natürlich. Die von Mose, der als Baby in ein Binsenkörbchen gelegt und anschließend von der Tochter des Pharaos gefunden wurde.« *Von einer Mutter, die ihr Kind weggab, um es am Leben zu erhalten.* Sie nahm sich vor herauszufinden, was die Bibel über die Mutter von Mose zu sagen hatte. Sie hatte den Eindruck, dass diese Frau eher als tapfer angesehen werden sollte, anstatt sie zu verurteilen. Dieser Gedanke entsetzte sie, doch schnell wurde ihr bewusst, dass es hier nicht um ein unverheiratetes Mädchen ging, das sich hatte verführen lassen.

»Du hast doch auch ein paar Ansichtskarten, Mama? Darf ich sie mir anschauen?«

»Ja, aber ich muss jetzt im Geschäft bleiben.«

Für einen kurzen Augenblick sah Maggie enttäuscht aus. »Macht nichts, Mama. Ich kann sie mir selbst holen.«

Während das Mädchen die Treppe hinaufrannte, seufzte Moira. Eileen wusste, dass sie ihr anbieten könnte, für einen Augenblick den Laden zu übernehmen. Doch das tat sie nicht. »Ich gehe kurz nach oben, um Maggie zu helfen, wenn du nichts dagegen hast.«

»Das ist sehr lieb von dir, Eileen. Du weißt, dass ich nichts dagegen habe. Es tut mir einfach leid, dass alles so ist, wie es ist.«

»Du kannst es ja auch nicht ändern.«

Moira schüttelte den Kopf. »Ich hatte gehofft, dir zeigen zu können, wie wir hier in Almsbrick füreinander einstehen.«

Über Loyalität wollte Eileen lieber nichts hören. »Ich gehe mal lieber nach oben, bevor Maggie das ganze Wohnzimmer auseinandernimmt.«

Insgeheim hoffte sie, dass ihr das die Möglichkeit geben würde, den Schrank zu durchsuchen. Doch als sie im Wohnzimmer angekommen war, hatte das Mädchen bereits ein untrügliches Gespür dafür bewiesen, wo die Ansichtskarten zu finden waren. Sie saß schon am Fenster und hatte die Karten auf dem Boden ausgebreitet. Eileen setzte sich neben sie und ordnete ihre Rockfalten.

»Das ist London«, verkündete Maggie und zeigte auf eine Karte. »Darüber hat Master Timmons auch einmal gesprochen, da ist der Palast, wo die Königin wohnt.«

»Weißt du noch, wie der Palast heißt?«

»Buckingham Palace.« Triumphierend blickte Maggie sie an. Eileens Herz füllte sich mit Stolz. »Sehr gut, mein Schatz. Und was hast du hier noch?«

»Diese Karten hat Onkel Matthew geschickt. Vor sehr langer Zeit aus Irland und aus Indien.«

Wilson war also an mehreren Orten stationiert gewesen. Ach ja, das war natürlich bei den meisten Soldaten so. Auf beiden Karten war ein beeindruckendes militärisches Bauwerk zu sehen. Zweifellos würde Wilson sofort die Unterschiede erkennen, doch für sie waren alle Kasernen im Wesentlichen dasselbe: Orte des Verderbens, um die man besser einen Bogen machte. Und das galt ebenso für die Männer, die darin wohnten.

»Das ist Liverpool«, unterbrach Maggie ihre Gedanken. »Mama ist da in der Gegend aufgewachsen, in Westwich. Das ist nah am Meer.« Ihr Finger glitt über die Mole auf der Karte. »Haben Sie das Meer schon einmal gesehen?«

»Nein, noch nie. Aber meine Eltern sind von Irland über das Meer hierhergekommen, nach Liverpool, weil sie in England wohnen wollten.«

»Hat es ihnen in Irland nicht gefallen? Auf der Karte von Master Timmons sah es da ziemlich schön aus, mit Hügeln und Schafen.«

»Meine Eltern sind in Irland sehr arm gewesen. Deshalb fanden sie es hier besser, denke ich.«

Maggie nickte, als verstünde sie es, und betrachtete weiterhin die Hafenmole von Liverpool.

»Wer weiß«, sagte Eileen. »Vielleicht schaue ich mir selbst einmal an, wie schön Irland ist.«

Maggies Augen wurden groß. »Wirklich? Und Sie fahren dann mit einem Schiff über das Meer?«

»Ja. Meinst du, so eine Fahrt ist schön?«

»Die ist sicher großartig!« Das Mädchen sah sie kurz an. »Aber es ist nicht schön, wenn Sie weggehen.«

»Weißt du was? Dann werde ich dich wohl mitnehmen müssen.« Es gelang ihr, das leichthin zu sagen.

Maggie kicherte, doch bevor sie etwas darauf antworten konnte, betrat Moira das Zimmer.

Eileen schickte ein Stoßgebet zum Himmel, dass Maggie ihr nichts von ihrer kleinen Abmachung enthüllen möge.

»Darf ich dich doch fragen, ob du dich einmal kurz um den Laden kümmern könntest?«, fragte Moira. »Ich habe Ralph nach dem Kehren gehen lassen und ich möchte Matthew gern etwas zu essen bringen.«

»Matthew?« Eileen sah von ihrem Platz auf dem Boden auf. Sie vermutete, dass Moira mit ihm über ihr Problem reden wollte.

»Der Junge arbeitet so hart. Da muss er doch wenigstens einmal eine anständige Mahlzeit bekommen.« Moira zuckte mit den Schultern. »Ich habe noch eine Pastete übrig. Im Laden ist nicht mehr viel los, deswegen dachte ich …«

»Natürlich, geh ruhig. Maggie wird mir schon helfen, wenn ich irgendetwas nicht finden sollte. Nicht wahr, mein Schatz?«

Doch das Mädchen strahlte stattdessen Moira an und Eileen wusste, dass sie nicht den Hauch einer Chance hatte. Am vergangenen Sonntag hatte Maggie die Schafe gesehen und sogar selbst gefüttert. »Darf ich mitkommen zu Onkel Matthew? Bitte!«

»Wir haben aber nicht so viel Zeit wie am Sonntag«, warnte Moira sie.

»Du kannst auch hierbleiben und wir arbeiten an deiner Puppe weiter«, schlug Eileen wider besseres Wissen vor.

»Ich möchte gerne sehen, ob es dem kranken Lamm schon besser geht.«

Wilsons Lämmer waren schon lange keine süßen, kleinen Tiere mehr. Dennoch begriff Eileen, dass sie gegen deren Anziehungskraft nichts ausrichten konnte. Auf einmal merkte sie, wie müde sie nach diesem arbeitsreichen Tag war. Langsam stand sie auf und ging die Treppe hinunter, um auf jeden Fall anwesend zu sein, wenn noch ein Kunde den Laden betrat.

Unten angekommen, rannte Maggie, ohne sich noch einmal umzuschauen, hinter Moira aus der Tür hinaus.

»Jetzt bleib endlich still, du blödes Vieh!« In einem abgegrenzten Teil von Matthews Schafweide beugte Tom sich zum x-ten Mal über ein Mutterschaf, das sich seinem Griff entwinden wollte.

Matthew konnte sich das Lachen nicht verkneifen. »Ich hatte nicht gedacht, dass du so gut mit Tieren umgehen kannst.«

»Mit Pferden schon«, brummte Tom, der endlich die Hand unter den Bauch des Tieres geschoben hatte. »Pferde sind intelligent, Schafe dagegen strohdumm. Ich kann ihre Zitzen nicht finden.«

Wer war denn jetzt strohdumm? Matthew drückte das Schaf auf den Boden und rollte es auf den Rücken. »Schau noch einmal genau hin.«

»Oh ja.« Tom rieb sich die Stirn, während Matthew das Euter abtastete. Er spürte, dass die Milchproduktion in Gang kam.

»Das hier ist auch trächtig«, stellte er zufrieden fest. Mittlerweile hatte er schon drei Viertel seiner Herde kontrolliert. Der Schafsbock von Bauer Howell hatte ganze Arbeit geleistet. Und in Anbetracht der Tatsache, dass Shropshire-Schafe häufig Zwillinge bekamen, erwartete er eine ganze Menge Lämmer.

Auf einmal hörte er eine Kinderstimme. »Schau, Mama, das Schaf sitzt genauso wie wir!«

Er spürte, wie seine Muskeln sich anspannten. Die vertraute Gesellschaft von Tom war das *eine*. Und er war auch froh, dass Maggie keine Angst mehr vor ihm hatte. Doch dass Moira ihn nicht in Ruhe ließ, erfüllte ihn mit gemischten Gefühlen.

Über den Feldweg kamen Mutter und Tochter auf ihn zu. Maggie rannte voraus und lehnte sich an die Hürden, die er aufgestellt hatte. Fröhlich kicherte sie über das sitzende Schaf.

Er musste zugeben, dass das ein unbeholfener Anblick war, und ließ es los. »Es läuft lieber auf vier Beinen.«

Tom lotste es zu einem anderen Teil der Weide.

»Du solltest dir einen Hund zulegen«, bemerkte Moira.

»Ich habe im Augenblick keine Zeit, um ihn abzurichten.« Er presste sein Knie an das Schulterblatt eines neuen Schafs und tastete unter dessen Bauch. »Das hier auch, Tom.«

Als Maggie ihn interessiert beobachtete, lächelte er dem Kind zu. »In diesem Frühjahr wird es wieder Lämmer geben, wie gefällt dir das?«

»Echt? Dauert das noch lange?«

Er fing Moiras Blick auf und verstand, dass er besser seinen Mund hätte halten sollen. »Eigentlich schon, ja. Sicher noch eine Woche oder so. Wenn du dann hierherkommst, musst du nachsehen, ob die Schafe schon dicker werden.«

Maggie nickte begeistert.

Mit einem Seufzen kratzte sich Matthew am Kopf. »Ich hoffe nur, dass es jetzt schnell wärmer wird. Der Winter hat schon lange genug gedauert.«

Immer noch wehte allerdings ein rauer Wind und das Gras wurde noch kein bisschen grüner.

»Du musst dafür sorgen, dass du sie näher beim Haus unterbringst, vielleicht sogar in der Scheune«, erklärte Moira. Sie hob ihren Korb auf. »Ich habe dir eine Pastete mitgebracht.«

Matthew biss die Zähne zusammen. »Du brauchst mir nichts zu essen zu bringen, liebe Cousine.«

»Du hast dich schon seit zwei Wochen nicht mehr im Dorf blicken lassen.«

»Ich hatte zu tun.« Das war auch so. Er hatte viele Aufgaben in und um den Bauernhof zu erledigen gehabt, weil das die besten Monate für Instandhaltung und Reparaturen waren. Wenn erst einmal der Frühling kam, würde er dafür keine Zeit mehr haben. Er hatte sich allerdings auch deshalb in die Arbeit gestürzt, um an nichts anderes mehr denken zu müssen. Hier zwischen den Schafen schien der Krieg weit weg zu sein, und wenn er Bretter scheuerte, Pfähle in den Boden rammte oder von seinen Gerätschaften den Rost herunterbürstete, fühlte er sich friedvoll.

Das Ergebnis seiner Arbeit gab ihm die Hoffnung, dass er hier ein Zuhause finden und dauerhaft seine Jahre in der Armee hinter sich lassen könnte. Er wollte seinen Blick auf die Zukunft richten, so wie er sich jetzt nach dem Frühjahr sehnte.

Tom klopfte sich grinsend auf den Bauch. »Hast du gerade gesagt, dass ich zum Essen bleiben soll, Matt? Das riecht wunderbar!«

Moira zog verächtlich die Augenbrauen hoch. Sie hatte es also immer noch nicht vergessen ... »Kocht Rosie vielleicht nicht so gut für dich?«

»Doch schon.« Tom machte so etwas nichts aus. »Nach ein paar Jahren Soldatenkantine bekomme ich hier jeden Tag ein Festmahl serviert. Meinst du nicht auch, Matt?«

»Es geht doch nichts über die echte englische Küche«, bestätigte Matthew, obwohl seine eigenen Mahlzeiten immer noch verdächtig viel mit dem Fraß gemeinsam hatten, den sie in der Kaserne aufgetischt bekommen hatten. Nur das Fleisch der noch von Stubbs geschlachteten Schweine war von einer besseren Qualität. Und obwohl ihm davor grauste, bemuttert zu werden, ließ Moiras Pastete ihm das Wasser im Mund zusammenlaufen.

»Esst ihr beiden mit, Maggie und du?« Eigentlich hoffte er das nicht, denn dann müsste er sich erst noch ordentlich waschen. Das war aber vergebliche Liebesmühe, wenn man sich anschließend wieder an die Arbeit machte. »Wo ist eigentlich Miss Brady?«

»Sie kümmert sich um den Laden. Wir laufen gleich wieder zurück, und dann essen wir gemeinsam mit ihr.«

Überrascht sah Matthew seine Cousine an. »Du hast ihr den ganzen Laden anvertraut?«

»Sie hilft mir nicht zum ersten Mal.«

»Aber jetzt ist sie allein.« Er kletterte über die Hürde, sodass er auf derselben Seite der Einfriedung zu stehen kam wie Moira. »Sie kann alles Mögliche anstellen ... Sachen wegnehmen.«

»Du unterstellst den Leuten zu viel, Matthew!« Moira klang sehr scharf. »Die Armee hat dich misstrauisch gemacht.«

»*Ihr* vertraue ich tatsächlich nicht.«

»Sei vernünftig, Matt.« Auch Tom kam zwischen den Schafen hindurch auf sie zu. »Welches Vergehen kreidest du ihr denn an?«

Matthew betrachtete Moira kritisch. »Du kannst nicht leugnen, dass sie neulich in deinen Sachen herumgeschnüffelt hat.«

»Sie hat mittlerweile einen Fingerhut bestellt. Du kommst doch gut mit ihm klar, nicht wahr, Maggie?«

Das Mädchen nickte.

»Du hast selbst gesehen, dass sie verschiedene Gegenstände anschafft und sich einen Kundenkreis aufbaut«, fuhr Moira fort. »Sie möchte sich hier niederlassen ... und zu Hause fühlen.«

»Rosie wird das gefallen«, behauptete Tom.

Matthew beschlich das Gefühl, er würde von allen Seiten angegriffen. Trotzdem konnte er sich des Eindrucks nicht erwehren, dass mit dieser Schneiderin etwas nicht stimmte. Er würde schon noch dahinterkommen, denn in Detektivarbeit war er gut.

»Ich würde es ebenfalls wunderbar finden, wenn sie bleibt«, seufzte Moira. »Ralph hat gekündigt und ich bin mir sicher, dass Eileen bereit ist, ab und zu einzuspringen, wenn es brennt.«

»*Gekündigt?* Glaubt dieser Rotzlöffel etwa, dass er anderswo eine bessere Stelle finden könnte?«

»Eigentlich schon, ja.« Moira schlug die Augen nieder. »Und das kann ich ihm nicht einmal übel nehmen. So wie es aussieht, erweitert Leonard Trench seine Fuhrdienste.«

Mit einem Ruck sah Matthew Tom an, der mit den Schultern zuckte und tief seufzte. »Das hat er tatsächlich vor. Er hat mir ebenfalls einen Vertrag angeboten.«

Matthew bemerkte, wie Moiras Blick nüchterner wurde. »Dann nehme ich an, dass man dir gratulieren kann?«

»Das kann man.« Tom grinste. »Aber dazu, dass ich mich entschieden habe, weiter für Downes zu arbeiten.«

»Tatsächlich?« Matthew hätte nicht erwartet, dass Tom das Angebot von Trench ausschlagen würde. »Und das erzählst du mir erst jetzt?«

Ernst nickte Tom. »Ich bin ein Handwerker oder jedenfalls auf dem Weg dazu, einer zu werden. Downes bringt mir systematisch alles bei, was ich für die Arbeit als Schmied wissen muss, sodass ich später alle möglichen Aufträge ausführen kann. Bei Trench hätte ich nur ein paar feste Aufgaben und abgesehen davon kann ich mir nicht vorstellen, dass der Mann auf handwerklich gute Arbeit großen Wert legt. Ich möchte bei der Qualität keine Abstriche machen, um seinen Gewinn zu vergrößern.«

Matthew klopfte ihm auf die Schulter. »Ich bin froh, dass du nicht mit diesem Mann gemeinsame Sache machst.«

»Du hast eine gute Entscheidung getroffen, Tom«, sagte Moira. »Aber ich möchte dich trotzdem warnen. Trench kann es nämlich überhaupt nicht leiden, wenn irgendjemand quer schießt.«

Toms Hand schloss sich angespannt um die Bretter der Einfriedung und Matthew sah, wie seine Knöchel weiß wurden. »Diesen Kampf werde ich kämpfen, wenn es so weit ist.«

»Dann stehe ich hinter dir«, versprach ihm Matthew, ohne zu zögern. Denn manche Dinge änderten sich nie.

Es war immer ein schöner Moment, wenn ein Kleid fertig war und ihre Kundin sich im Spiegel darin bewunderte. Weil es Samstag war, Eileen aber ihre Arbeit nicht vernachlässigen konnte, hatte sie Maggie zu der alten Mrs Plunkett mitgenommen.

Die alte Dame war über das Endergebnis begeistert und das stimmte Eileen zufrieden. Doch die Freude auf dem Gesicht ihres Töchterleins berührte sie noch tiefer. Maggies Interesse für Stoffe und die Schneiderei wärmte ihr das Herz und mehr als Papiere es jemals vermocht hätten, überzeugte es sie von der Abkunft des Mädchens. Eileen wurde bewusst, wie gut es war, das Kind auf die Aufgaben in seinem neuen Leben vorzubereiten, wenn sie ihre Rolle als Mutter wirklich einnehmen würde.

Jetzt hielt Maggie den Kopf ein bisschen schief, genauso wie Eileen das machte, wenn sie ihr eigenes Werk begutachtete. Oh, wie gern würde sie das Mädchen fragen, was es von dem neuen Kleid dachte. Ob es ihm ebenfalls Spaß machen würde, so etwas zu entwerfen und dann zu beobachten, wie es durch die Nähmaschine Wirklichkeit wurde mit Farben, Falten und Ziernähten …

»Es sieht großartig aus«, unterbrach Mrs Plunkett ihre Gedanken. »Ich sehe keine einzige Unvollkommenheit.«

Eileen sah die durchaus. Die etwas gebeugte Gestalt der alten Dame tat ihrer Kreation leider ein wenig Abbruch, aber daran konnte man nichts ändern.

»Die Stickereien am Hals gefallen mir noch nicht so gut.«

»Sie sind eine Pedantin, Miss Brady«, lächelte Mrs Plunkett. »Machen Sie überhaupt noch Gewinn, wenn Sie jedes Kleid so minutiös anfertigen?«

»Ich möchte für die Qualität meiner Kleider geradestehen können.«

»Sie liefern mit Sicherheit gute Arbeit. Nun, denken Sie, dass Maggie mittlerweile Lust auf einen Becher heißen Kakao hat?«

Eileen warf Maggie einen Blick zu.

»Gerne, gnädige Frau«, antwortete das Mädchen schüchtern.

»Dann geh mal schnell mit Betsy in die Küche.«

Das Dienstmädchen lächelte und nahm Maggie mit.

»Sie ist groß geworden«, seufzte Mrs Plunkett. »Es ist mittlerweile natürlich schon eine ganze Reihe Jahre her.«

»Maggie wird im Frühjahr acht.« Eileen fragte sich, ob Moira am richtigen Tag einen Kuchen backen würde. Das Waisenhaus würde ihr das Geburtsdatum doch wohl mitgeteilt haben?

»Sie ist so ein nettes Mädchen geworden.« Mrs Plunkett drehte sich zu Eileen hin.

Eileen beeilte sich, die Verschlüsse am Kleid zu öffnen, während ihr Herz vor Stolz anschwoll. »Maggie ist ein liebes Kind und hat ein schlaues Köpfchen.«

»Ich erinnere mich noch gut daran, wie Doktor Goodwin sie nach Almsbrick gebracht hat.«

»Nicht der Pfarrer?« Ihre Hände hörten auf, sich zu bewegen.

»Nein, nein, unser Doktor hat sich um alles gekümmert. Ach, was für ein bedauernswertes, kleines Häuflein hat er bei sich gehabt. Sie hatte Angst vor großen Leuten, wollte nachts nicht schlafen. Moira hat mir das alles erzählt.«

Eileens Atem ging schwer. Sie erinnerte sich, dass Master Timmons auch etwas über Maggies Entwicklung gesagt hatte. »Ich habe gar nicht gewusst, dass es so schlimm gewesen ist.«

»Das kann man nun nicht mehr sagen, nein. Herbert und Moira haben meine vollste Bewunderung dafür, dass sie ihr ein Zuhause geboten haben. Man weiß ja nie, was so ein Kind in seinen ersten Lebensjahren hat durchstehen müssen.«

»Viele Waisenkinder haben Schweres erlebt.« Eileens Stimme war heiser. Aber das Waisenhaus hatte doch gut für Maggie gesorgt? Darauf hatte sie sich schließlich verlassen. Damals, als ...

»Diese armen Schäfchen.« Mrs Plunkett schüttelte betrübt den Kopf. »Und alles nur, weil die Eltern verlottert sind.«

Eileen schluckte. »Das ist vielleicht nicht immer der Fall.«

Erstaunt blickte die alte Dame sie an. »Natürlich nicht. Aber es ist verständlich, dass Moira Trench die Herkunft des Kindes geheim hält. Diese Frau verdient große Anerkennung.«

Moira hatte viel für das Mädchen getan, sie selbst hatte dagegen gerade erst damit begonnen, einen Platz in seinem Leben einzunehmen. Doch die Rollen wurden getauscht. Alle Schmerzen, die dieses Kind durch *ihre* Leichtsinnigkeit hatte ertragen müssen, wollte sie wiedergutmachen. Würde ihr das gelingen, jetzt, wo sie gehört hatte, dass Maggie sehr viel mehr gelitten hatte, als sie geahnt hatte? Konnte sie die Mutter sein, die das Mädchen brauchte? *Herr, mein Gott, meine Schuld ist noch größer, als ich gedacht hatte. Wie kann ich sie jemals abtragen?*

Auf jeden Fall würde sie bis zum Sommer warten. Wenn die Tage länger waren und die Nächte sich nicht so stark abkühlten, war das Reisen viel einfacher. Außerdem brauchten sie dann nicht so viele Kleidungsstücke mitzunehmen.

Auf einmal schien ihr das Verlassen des Dorfes unangenehm nahe. Es erschien ihr beinahe unmöglich, Maggie auf den Abschied von Almsbrick vorzubereiten. Und sie selbst würde ebenfalls noch eine Weile brauchen, um sich an den Gedanken zu gewöhnen.

17. Kapitel

So musste es richtig sein. Mit nur einem Bruchteil ihres üblichen Selbstvertrauens schob Eileen die kleine, runde Spule in die Spulenkapsel und setzte sie in ihre neue *Singer*-Tretnähmaschine ein.

Heute war sie von Trenchs Fuhrdienst in einer großen Kiste vor dem Laden abgeladen worden. Ralph war mit rotem Kopf hereingekommen und hatte zusammen mit einem anderen Frachtkutscher dabei geholfen, das gusseiserne Untergestell mit dem Pedal auf den richtigen Platz in ihrem Arbeitsraum zu stellen.

Sie lehnte sich nach hinten. Ihre erste eigene Tretnähmaschine! Wie weit war sie nun gekommen, obwohl sie in ihrem Leben schon so viele Tiefen erlebt hatte. Heute fühlte sie sich, als könnte sie die ganze Welt umarmen.

Zur großen Arbeitsplatte mit den Schubladen an der Seite hatte sie noch eine Abdeckhaube aus Walnussholz dazu bestellt, in der die Maschine gut untergebracht werden konnte. Glücklich strich sie mit der Handfläche über das glatte Holz.

Erst in diesem Augenblick bemerkte sie die beiden Augenpaare, die ihren Bewegungen folgten.

»Wissen Sie nicht, wie es funktioniert, Miss Eileen?« In Maggies Stimme klang Besorgnis mit. Sie hatte noch Mittagspause.

»Die Maschine erfüllt doch deine Erwartungen, oder?«, wollte Moira wissen, die Hände auf die Schultern des Kindes gelegt.

Eileen grinste breit, daran konnte sie nichts ändern. »Sie ist großartig! Ich bin so froh über sie, aber sie ist auch ein bisschen anders als die Maschine, mit der ich früher gearbeitet habe. Deshalb bin ich so vorsichtig. Ich möchte nichts falsch machen.«

Maggie kam näher und betrachtete den Arm der Maschine, auf dem der Name des Fabrikanten aufgemalt war, umringt von zierlichen Blümchen. »Ist das echtes Gold?«

Eileen grinste. »Ich vermute, das ist einfach nur Farbe, aber für mich ist diese Nähmaschine Gold wert.«

»Werden Sie jetzt ein bisschen nähen? Mit Ihrem Fuß?« Maggie sah sie mit großen Augen an.

Eileen wurde bewusst, dass das Mädchen noch nie eine Tretnähmaschine in Gebrauch gesehen hatte. Das hatte sie selbst in diesem Alter auch noch nicht. Doch als Mrs Tomkins sie erst einmal für alt genug gehalten hatte ... Sie freute sich auf den Tag, an dem sie Maggie ihre ersten Instruktionen geben und ihr ihre Liebe für ihr Handwerk vermitteln konnte.

»Ich bin gleich so weit«, sagte sie, während sie ihren Hocker nach vorn schob und den Oberfaden einfädelte. »Gibst du mir bitte das Stückchen weißen Baumwollstoff dort?«

Maggie sah enttäuscht aus, als sie das Handrad benutzte, um den Unterfaden heraufzuholen.

»Ein kleines bisschen musst du dich noch gedulden, Schatz.« Sie führte beide Fäden nach hinten und nahm von Maggie das Läppchen entgegen. Während sie langsam ausatmete, ließ sie den Nähfuß auf den Stoff sinken. Ein breites Lächeln füllte ihr Gesicht. »Bist du bereit?«

Maggie nickte begeistert.

»Los geht es!« Sie drehte das Rad zu sich hin, um die Maschine in Gang zu setzen, und fing an zu treten. Obwohl es schon einige Monate her war, dass sie in Madame Carrolls Atelier eine Tretnähmaschine bedient hatte, hatte sie den Rhythmus schnell wieder heraus.

Dennoch hielt sie überrascht die Luft an. Was war sie so schnell! Und sie hatte noch nie gehört, dass eine Maschine so leise sein konnte wie diese. Das kam durch die Spule, behaupteten die Werbeanzeigen und sie hatten nicht übertrieben. Bevor sie es ahnte, hatte sie das Ende des Stoffs erreicht. Sie schnitt den Faden ab und sah abwechselnd Moira und Maggie an.

»Ich bin tief beeindruckt«, sagte Moira.

»Ich auch!« Eileen sprang begeistert auf, wobei sie in Richtung der Maschine gestikulierte. »Das ist genau das Richtige für mich!«

Maggie nahm ihre ausgelassene Stimmung auf und klatschte in die Hände, während sie auf und ab hüpfte. »Das war so schnell!«

»Das kannst du wohl sagen.« Dass sie nun mit so einer modernen Maschine arbeiten konnte, war großartig. Freude sprudelte in ihr hoch und sie lachte befreit. Spontan streckte sie Maggie ihre Hände entgegen und wirbelte sie herum. »Stell dir nur vor, wie schnell du damit eine Puppe fertig bekommst.«

»Ist das nicht schön, Mama?«

Bevor Moira es sich anders überlegen konnte, hakte Eileen sich bei ihr unter und alle drei vollführten einen Reigentanz. Maggie prustete vor Lachen.

»Also gut, also gut«, protestierte Moira lachend. »Ich glaube dir ja, dass du dich darüber freust.«

»*Freust?*« Eileen ergriff sie an beiden Händen. »Ich bin überglücklich! Ich hätte nie gedacht, dass ich mir so etwas leisten könnte. Dass du mir diesen Arbeitsraum angeboten hast, hat mir sehr dabei geholfen.«

»Ich denke, dass dir vor allem dein eigenes Schneidertalent die Aufträge bringt. Aber ich bin froh, dass du dich hier zu Hause fühlst.«

Nun nicht weiter denken. »So soll es doch auch sein, oder?«

Fröhlich tanzten sie noch eine Runde und Maggie jauchzte vor Vergnügen. Moira fing sie schließlich lachend auf.

»Habe ich vielleicht eine Party verpasst?«

Abrupt standen sie still. Mit roten Wangen strich sich Moira den Rock glatt. Eileen unterdrückte die Neigung, dasselbe zu tun.

In der Türöffnung stand Matthew Wilson mit etwas säuerlichem Gesichtsausdruck. »Keine von euch hat die Ladenglocke gehört.«

»Eileens neue Nähmaschine ist angekommen«, verkündete Moira.

»Aha.« Wilson balancierte vor sich einen Korb mit Eiern.

Das war so ein erheiternder Anblick, dass Eileen erneut einen Lachanfall in sich aufsteigen spürte. *Verhalte dich nicht so kindisch*, rief sie sich zur Ordnung. Als ob es noch nicht schlimm genug wäre, dass er gesehen hatte, wie sie wie ein Kind in ihrem Arbeitszimmer ein Tänzchen aufführte. Sie kam sich furchtbar unvernünftig vor.

»Das musst du dir anschauen, Onkel Matthew!« Maggie rannte auf ihn zu.

Er legte schützend seinen Arm um den Korb. »Vorsichtig, Mädchen. Eier sind zerbrechlich.«

»Miss Eileen kann ganz schnell nähen mit der neuen Maschine. Machen Sie das doch bitte noch mal.«

Eileen lächelte – hoffentlich gelassen – wegen des flehenden Blicks. »Ein Mann wie Mr Wilson ist sicher nicht so sehr an Nähmaschinen interessiert, Maggie.«

»Sie unterschätzen mich, Miss Brady.« In seinem Tonfall schwang eine ordentliche Dosis Spott mit. »Ich verstehe sehr gut, wie wichtig so eine Maschine für Sie ist.«

»Ich meinte damit nicht ...«

»Und selbst wenn das nicht so wäre ...« Der amüsierte Blick in seinen Augen wurde langsam wärmer und seine Mundwinkel hoben sich. »Dann wäre ich trotzdem froh, weil Sie meine Cousine wieder zu so einem fröhlichen Lachen gebracht haben.«

Moira sah verlegen aus. »Wir haben zugeschaut, wie Eileen die Nähmaschine ausprobiert hat und es ist wahr, was Maggie sagt. Sie ist rasend schnell.«

Wilson kam nicht näher, betrachtete die *Singer* jedoch und nickte Eileen anschließend zu. »Sie haben also tatsächlich beschlossen, in Almsbrick zu bleiben.«

»Vorläufig.« Selbst dadurch ließ sie sich nicht beirren. Wenn es Zeit wurde zu gehen, würde ihr schon eine Lösung für die Maschine einfallen.

»Sie werden sie sicher gut gebrauchen können.« Wilson klang aufrichtig.

Sie lächelte. »Das können Sie wohl sagen. Vor allem das Nähen von Röcken wird so viel einfacher. Nicht nur wegen der Geschwindigkeit, sondern auch, weil ich jetzt den Stoff mit beiden Händen führen kann.«

»Du kannst doppelt so viele Aufträge annehmen«, neckte Moira sie.

»Ich würde gern etwas für dich machen.« Eileen war jetzt vollkommen ernst. Das hatte sie schon öfter überlegt, wenn sie Moiras verschlissenes Arbeitskleid gesehen hatte. Sie ging zum Regal und nahm eine Rolle schwarzen Baumwollstoffes von guter Qualität heraus. In ihrem Kopf hatte sie sich schon einen passenden Schnitt zurechtgelegt.

»Ach, das ist doch nicht nötig«, wimmelte Moira ab.

Eileen warf Wilson einen Blick mit der Bitte um Unterstützung zu, doch der schwieg weiterhin, die Augenbrauen zusammengezogen. Typisch Mann, der nicht kapierte, dass Frauen manchmal einen kleinen Schubs brauchten, bevor sie sich selbst etwas gönnten.

»Darf ich dann auch ein neues Kleid haben?«, wollte Maggie wissen. Ihre Augen glänzten vor Vergnügen und Vorfreude.

»Selbstverständlich, mein Schatz. Ich habe sicher irgendwo einen sehr schönen Stoff mit …«

»Du hast schon zu Weihnachten ein neues Kleid bekommen«, wies Moira Maggie streng zurecht. »Aus dem bist du noch lange nicht herausgewachsen.«

»Aber Miss Eileen weiß doch viel besser, welche Farben mir gefallen«, protestierte Maggie. »Sie sagt, dass ich es darf.«

»Sie meint damit, dass das möglich wäre«, korrigierte Moira sie sofort. »Aber ich sage, dass du noch kein neues Kleid brauchst.«

Eileen spürte, wie ihre Wangen rot wurden. »Das ist wahr«, bestätigte sie, um Moiras Autorität nicht zu untergraben. Sie hatte keine andere Wahl. »Aber ich werde dir beibringen, wie du sehr schöne Verzierungen auf deine Schürze sticken kannst.«

»Das ist nicht dasselbe«, widersprach Maggie. »Und Beth passt ihr Sonntagskleid auch noch gut, aber trotzdem hat sie von ihrer Tante ein neues bekommen.«

Eileen sah, wie sich Moiras Schultern verspannten. »Das liegt daran, dass Beths Tante vor Kurzem einen Geschäftsmann geheiratet hat.«

Diese Worte sagten genug. Wilson nickte und Eileen wiederholte diese Geste.

Sie betrachtete Moira, die den ordentlichen Stapel Modezeitschriften hin und her schob, bis er noch ordentlicher aussah. Das Geld war knapp. Wie sehr Moira ihrem Kind auch ein neues Kleid gönnte, sie konnte es einfach nicht bezahlen. Das war genau der Grund, warum sie das Geschenk der Goodwin-Schwestern angenommen hatte. Und weil sie das schon so viel Überwindung gekostet hatte, wusste Eileen, dass es sinnlos war, weiter darauf zu bestehen. Sie würde sich einen anderen Weg überlegen, wie Maggie doch noch ein neues Kleid bekam.

Moira seufzte tief. »Lasst uns mal lieber in den Laden gehen, damit wir die Eier abrechnen können«, sagte sie. Ihre Schritte federten nicht mehr so wie eben noch.

Bevor er seiner Cousine folgte, warf Wilson Eileen einen Blick zu. Auch er sah nicht fröhlich aus. Natürlich nicht. Eileen mochte es gelungen sein, Moira wieder zum Lachen zu bringen, anschließend hatte sie sie jedoch wieder ganz schnell an ihre Sorgen erinnert. Sie musste einen Weg finden, um ihr und Maggie dennoch entgegenzukommen. Dann würde er auch sein Misstrauen hinter sich lassen. Sie wandte sich von ihm ab und ordnete erneut den Stapel Modezeitschriften. Zum dritten Mal.

Er wusste, dass Eileen Brady trotzdem ein neues Kleid für Maggie anfertigen würde. Warum bekam Matthew nur den trotzigen Blick der Schneiderin nicht aus dem Kopf? Selbst dann nicht, als er an diesem Abend die Tiere gefüttert und den Stall gründlich –

besonders gründlich – ausgemistet hatte. Diese nachdenklichen Augen, das spitze Kinn. Irgendetwas war mit dieser Frau.

Jetzt sorgte sie auch noch dafür, dass er nicht einschlafen konnte. Diese Miss Brady vereinte so viele Widersprüche in sich, dass er nicht wusste, welcher Teil von ihr echt war. Es gab Augenblicke, da benahm sie sich so distanziert und kühl, dass jeder im Umkreis von fünf Metern in der Gefahr stand zu erfrieren. Doch dann hatte er gesehen, wie sie mit Maggie und Moira durch ihren Arbeitsraum getanzt war. In diesem Moment war sie ihm ganz natürlich und nahbar vorgekommen. Zumindest, bis er auf der Bildfläche erschienen war.

Mit einem Seufzen wälzte er sich im Bett auf die andere Seite. Alle Spontaneität war augenblicklich aus ihrer Haltung verschwunden gewesen. Immerhin hatte sie noch vorgeschlagen, ein Kleid für Moira anzufertigen. Das war nett. Und dann die Art und Weise, wie sie Maggie ebenfalls einfach so ein neues Kleid versprochen hatte. Wo war ihr Geschäftssinn geblieben? Warum fand sie das so wichtig?

Zugegeben, die Tochter seiner Cousine war ein Schatz. Lieb und gehorsam und doch auch ein kleiner Wirbelwind. Er schmunzelte. Es tat ihm gut zu sehen, wie sie sich während seiner Abwesenheit entwickelt hatte. Miss Brady kannte ihren Hintergrund ja nicht. Sie hatte im Dorf höchstens mitbekommen, dass Maggie nicht wirklich Moiras Tochter war, mehr aber auch nicht.

Das war allerdings nicht besonders schwer zu erraten, wenn man Moiras blonde Haare mit Maggies schwarzen Locken verglich. Herbert war ebenfalls nicht so dunkelhaarig gewesen. Matthew wünschte, er könnte etwas tun, um Moira über den Verlust ihres Mannes hinwegzuhelfen. Schließlich hatte sie für ihn auch immer alles stehen und liegen gelassen. Sie verdiente es, glücklich zu sein, darauf hatte er allerdings leider nur sehr wenig Einfluss.

All diese Gedanken, die in seinem Kopf herumspukten, sorgten dafür, dass er sich verspannte. Er sollte lieber noch ein Pfeifchen rauchen gehen, anstatt sich hier im Bett hin und her zu wälzen.

Wütend über sich selbst schlug er die Decke zurück und zog sich Hemd und Hose an. Im Licht einer Öllaterne trottete er die Treppe hinunter ins Wohnzimmer.

Er hielt die Lampe in die Höhe, um herauszufinden, wo er seine Pfeife das letzte Mal hingelegt hatte. Das ließ ihn an den perfekt aufgeräumten Arbeitsraum von Miss Brady denken. Moira hatte nicht übertrieben, als sie vor einer Weile einmal erwähnt hatte, wie ordentlich die Schneiderin war.

Matthew grinste. Dann sollte sie sein Haus lieber nicht allzu oft sehen. Dank ihr und Rosie war es zwar nicht mehr so ein Schweinestall wie noch in Stubbs' Tagen, allerdings machte es ihm nichts aus, seinen Kram unterwegs irgendwo liegen zu lassen. Ein so perfekt geordneter Raum wie der von Miss Brady würde ihn vollkommen verrückt machen.

Er stellte die Laterne auf den Tisch und ließ seinen Blick durch das Zimmer schweifen. Umgekehrt würde Miss Brady bei ihm vermutlich zur Verzweiflung getrieben werden. Trotzdem fand er nicht, dass das Zimmer unordentlich war. Eher … leer.

Zu seiner Überraschung verspürte er einen Stich, als ihm dieses Wort in den Sinn kam. Das war die Wahrheit. Meistens saß er hier allein und deshalb machte er sich keine Mühe, es gemütlich aussehen zu lassen. Dafür hatten Frauen sowieso eher ein Händchen, so viel war ihm klar. Seine Mutter hatte jedenfalls immer versucht, eine heimelige Atmosphäre zu schaffen, womit sie die Gefühlskälte seines Vater teilweise kompensiert hatte. Komisch, dass er sich jetzt daran erinnerte. Vielleicht kam das, weil er jetzt zum ersten Mal eine eigene Wohnung hatte, nicht nur einen Schlafplatz, den er sich mit einer Handvoll Kameraden teilen musste. Deshalb fühlte es sich wahrscheinlich auch so leer an. Er war einfach nicht mehr gewöhnt, so viel Platz für sich selbst zu haben. Aufzustehen und zu frühstücken, ohne in andere schläfrige Gesichter zu schauen, warme Mahlzeiten einzunehmen ohne grobe Scherze und Neckereien.

Er zog die Augenbrauen zusammen. Gestand er sich jetzt ein,

dass er die Armee vermisste? Er hatte sich oft vorgenommen, sich damit nicht länger aufzuhalten, sondern nur noch seine Freiheit zu genießen. Dass er viel allein war, bedeutete ja nicht, dass er einsam war. Er war froh, dass ihm niemand mehr die Ohren vollschnarchte, und dass es keine Trompetensignale mehr gab, die seinen Tag strukturierten. Aber manchmal kam es ihm einfach nur sehr still vor, so wie jetzt.

Wütend schnappte er sich seine Pfeife von der Fensterbank – wie war das Ding denn da gelandet? – und marschierte zur Tür hinaus. Auch draußen war es natürlich still. Mittlerweile sollte er das doch eigentlich zu würdigen wissen. Er stopfte sich die Pfeife und zündete sie an. Sobald er den ersten warmen Rauch in sich hineinsaugte, merkte er, dass er sich ein wenig entspannte.

Es war kein Wunder, dass er sich nach nur sieben Wochen noch nicht vollständig an sein neues Leben gewöhnt hatte. Vielleicht sollte er sich einfach etwas mehr Zeit geben. Wie viel Arbeit hatte er nicht mittlerweile erledigt? Die Scheunen waren repariert und die Gerätschaften brauchbar. Den Pflug hatte er mittlerweile schon einmal benutzt und Smokey und er bildeten ein gutes Team. Die Mutterschafe wurden runder und waren bei bester Gesundheit. Genug, um stolz darauf zu sein.

Er blies ein Rauchwölkchen in die dunkle Nacht und schaute auf zu den Sternen. Er war stolz, aber auch dankbar. Es schien so, als würde jemand dort oben seine Anstrengungen segnen. Moira würde sagen: *Der Herr weiß, was du brauchst.* Immer mehr fing Matthew an zu glauben, dass das wahr war, dass er mit Gottes Hilfe sein Leben wieder auf die Reihe bekommen konnte. Er würde den Menschen beweisen, dass er den Bauernhof wieder zu neuer Blüte führen konnte dass er nicht hilfsbedürftig aus dem Krieg zurückgekommen war.

Zufrieden zog er noch einmal an seiner Pfeife. Wenn sie erst einmal sehen würden, was er konnte, würden sie ihn schon in Ruhe lassen. Das bedeutete allerdings auch, dass er seine Pläne und Träume mit niemandem teilen konnte. Er rieb sich den Nacken und zitterte. Die Kälte begann in seine Kleidung hineinzukriechen. Es wäre schlauer gewesen, wenn er Smokey im Stall aufgesucht hätte. Ein anderes lebendes Wesen versprach Wärme – und ein offenes Ohr oder zumindest so etwas in dieser Art ...

Vielleicht hatte Moira schon wieder recht gehabt, als sie ihm geraten hatte, einen Hund anzuschaffen. Etwas Gesellschaft, aber niemanden, der einem mit seiner Nörgelei auf die Nerven ging ...

Seine Gedanken wurden von gedämpften Stimmen in der Ferne unterbrochen. Er drehte sein rechtes Ohr zu dem Geräusch hin. Hinter dem Bauernhof war ein Kratzen und Stampfen zu hören. War das Smokey? Er zögerte, drehte die Lampe jedoch etwas heller und starrte in die Nacht hinaus. Natürlich sah er nichts. Er tastete nach seinem Taschenmesser und dachte wieder an den Abend, an dem er jemanden hatte wegrennen sehen. Mittlerweile wusste allerdings jeder, dass die Oak Hill Farm ihm gehörte ... und dass hier niemand etwas zu suchen hatte. Grimmig biss er auf den Stiel seiner Pfeife, löschte die Laterne und wartete, bis sich seine Augen an die Finsternis gewöhnt hatten.

Anschleichen war eine Fähigkeit, die er noch nicht verlernt hatte. Im Stall schien alles ruhig zu sein, also ging er weiter, bis er den Eichenwald überblicken konnte. Ein schwacher Schein in der Ferne ließ ihm die Nackenhaare zu Berge stehen. Dort hinten waren Menschen zu dieser späten Nachtstunde. Mit Wilderern hätte er keine Probleme, wenn sie ihm einen der Hasen abgeben würden. Doch wenn sich Diebe oder anderes Gesindel im Wald versteckten, bedeutete das meistens nichts Gutes.

Er klappte sein Messer auf und begab sich in Richtung des Lichts. In diesem Augenblick ertönte ein vertrautes Geräusch in der Stille. Pferdehufe und das Geratter von Rädern. Ein Wagen, der noch unterwegs war. Kurze Zeit später hörte er, wie das große Tor der Herberge knarzend geöffnet wurde. Verspätete Reisende, natürlich. Er stieß erleichtert den Atem aus.

Lernte er denn nie, dass die meisten Geräusche im ländlichen England harmlos waren?

Erneut ertönten Stimmen. Wahrscheinlich hatte Leonard Trench die Kutsche schon erwartet. Und möglicherweise kümmerte sich sein Bruder um die Pferde, wenn er nüchtern genug dafür war. Matthew war Victor Trench ein paarmal im Dorf über den Weg gelaufen und der Mann hatte ihm auch schon einmal bei Arbeiten auf seinem Hof geholfen. Über ihre Dienstzeit sprachen sie nicht, aber es gab so etwas wie ein stillschweigendes Einverständnis zwischen ihnen. Von Anfang an hatte Victor viel Interesse an den Fortschritten auf der Oak Hill Farm gezeigt.

Seufzend steckte Matthew sein Messer ein und drehte sich um. Das war genau das, worauf er seine Aufmerksamkeit richten musste. Die Oak Hill Farm. Hier gab es keine Feinde und auch keine Eindringlinge. Er lebte hier im Frieden und musste einen Bauernhof am Laufen halten.

Es kostete Eileen wenig Mühe, sich an ihre neue *Singer* zu gewöhnen. Schon nach einer Woche kam es ihr so vor, als hätte sie nie anders gearbeitet. Zunächst hatte sie an einem Rock für sich selbst geübt, bis sie genau dieselben geraden und regelmäßigen Stiche machen konnte wie auf ihrer Handnähmaschine. Und anschließend hatte sie mit einem Rock für Moira weitergemacht, damit sie nicht noch länger dieses verschlissene, schwarze Kleid tragen musste, wenn sie hinter der Ladentheke stand.

Wie dem auch sei, die Nähmaschine lief wie ein Uhrwerk und deshalb arbeitete sie heute wieder an einem Auftrag, für den sie bezahlt wurde. Das war eine Arbeit, die alle ihre Aufmerksamkeit erforderte, denn Emma Howell hatte ein Reitkostüm bestellt.

In der Stadt gingen reiche Damen dafür häufig zu einem Schneider, der sich darauf spezialisiert hatte, deswegen hatte sie nur wenig Erfahrung auf diesem Gebiet. Doch sie verfügte über ein gutes Schnittmuster für den Blazer und wusste, dass der Rock asymmetrisch geschnitten werden musste, damit er schön fiel, wenn die Frau im Damensattel saß. Es musste ihr einfach gelingen, auch jetzt ein gutes Ergebnis abzuliefern. Die neue *Singer* kam jedenfalls mühelos mit der schweren Wolle und dem Leder klar, das in den Rock eingenäht werden musste.

Nachdem sie mit dem Umsäumen größtenteils fertig war, wurde ihr bewusst, dass das schwarze Nähgarn zu Ende ging. Sie lockerte kurz ihre Schultern und ging in den Laden, um Moira nach ihren Vorräten zu fragen. Direkt vor der Ladentheke traf sie Charity, die älteste der Goodwin-Schwestern. Höflich lächelte sie. »Wie geht es Ihnen, Miss?«

Charity Goodwin nickte gönnerhaft, während sie Moira Zucker abwiegen ließ. »Miss Brady, ich habe Sie schon seit meiner Rückkehr aus Shrewsbury sprechen wollen.«

»Aus … Shrewsbury?« Eileen wurde schwindelig. »Ich wusste gar nicht, dass Sie die Stadt besucht haben.«

»Ach nein? Meine Schwestern und ich sind regelmäßig ein paar Tage dort. Wir haben dort Verwandte, wissen Sie.«

»Ich verstehe.« Aber das tat sie nicht. Warum war ein Verwandtenbesuch ein Grund, sie sprechen zu wollen? Was hatte Miss Goodwin über sie herausgefunden? Eileen warf einen unruhigen Blick zu Moira hinüber, die darauf wartete, die Einkäufe abrechnen zu können. »Hoffentlich … hatten Sie eine angenehme Zeit.«

»Natürlich. Sie hätte allerdings noch angenehmer sein können, wenn mich meine liebe Cousine nicht auf etwas Verstörendes hingewiesen hätte.«

Fieberhaft überlegte Eileen, was diese Frau entdeckt haben könnte. Sie hatte schließlich alle ihre Spuren verwischt. Sie hatte ihr Baby unter einem anderen Namen bekommen und niemals – wirklich *niemals* – etwas getan, das sie mit dem Kind in Verbindung hätte bringen können. Ihre Brust schmerzte, während sie sich zwang, Miss Goodwin weiterhin geradeheraus anzuschauen.

»Warum erzählen Sie uns nicht einfach, was Sie auf dem Herzen haben?«

»Es geht um das Kostüm, das Sie angefertigt haben. Niemand trägt noch ein Mieder bei diesem Schnitt. Und schon gar nicht mit solchen Ärmeln.«

Eileen schloss die Augen. Tief einatmen. Kühl und professionell bleiben. »Dessen bin ich mir bewusst, Miss Goodwin.«

»Wirklich? Sind Sie sich dann auch bewusst, dass Ihr Kostüm mich zum Spott der Leute machen wird? Sie haben behauptet, bezüglich der Mode auf dem neuesten Stand zu sein, und trotzdem haben Sie mir einen altmodischen Schnitt angedreht.«

»Das ist so nicht ganz zutreffend. Sie erinnern sich sicher daran, dass mein erster Entwurf anders aussah. Der Entwurf, den Sie abgelehnt haben.« Etwas verkrampft lächelte sie die Dame weiterhin an.

»Ihr Entwurf war anders, aber nicht besser.«

Eileen schaffte es nicht mehr, ihre Gesichtszüge unter Kontrolle zu behalten. Trotzig hob sie ihr Kinn. »Lassen Sie mich Ihre Entwurfsmappe holen, Miss Goodwin. Dann wissen wir alle beide wieder, worüber wir sprechen.«

In ihrem Arbeitsraum blies sie kräftig ihren Atem aus. Wie konnte Miss Goodwin es wagen, ihre Qualitäten in Zweifel zu ziehen? Sie hatte lange und gründlich über einen Entwurf nachgedacht, der praktisch und modisch war. Es war die Dame selbst gewesen, die andere Ideen zur Umsetzung gehabt hatte.

Mit der Mappe in den Händen marschierte sie zurück in den Laden. Etwas fester als nötig legte sie diese auf die Ladentheke. »Das ist der Entwurf, den ich Ihnen als Allererstes vorgeschlagen habe. Mit den Puffärmeln, die gegenwärtig in Mode sind, aber nicht so groß, dass sie beim Tragen nicht stören.«

Der Mund von Miss Goodwin verzog sich. »Doch stattdessen habe ich ein Kleid, das jetzt hoffnungslos veraltet aussieht, so wie dieses Ding, das Moira trägt.«

Moiras Wangen färbten sich rot. »Ich trage dieses Kleid nicht, um modisch auszusehen, sondern weil ich um meinen Mann trauere.«

»Und seitdem haben Sie auch abgenommen. Wirklich, Moira, das können Sie nicht länger tragen. Wir bewegen uns schließlich auf das Frühjahr zu.«

»Moira und ich sind darüber schon im Gespräch«, griff Eileen ein. »Lassen Sie uns also nun über Ihr Kleid sprechen. Weil Sie der Ansicht waren, der französischen Mode nicht um jeden Preis folgen zu wollen, habe ich den Entwurf angepasst. Auf Ihre Veranlassung hin.«

Miss Goodwin schnaubte jedoch nur.

»Es tut mir natürlich leid, dass Sie im Nachhinein unzufrieden damit sind. Wenn Sie gerne Puffärmel hätten, kann ich die immer noch für Sie anfertigen. Mit zehn Prozent Rabatt. Sie müssen es mir nur sagen.«

Mit zusammengekniffenen Augen sah Miss Goodwin sie an. »In dieser Woche noch?«

Du lieber Himmel, was würde sie denn noch fordern? »In der nächsten Woche. Sie können Ihr Kleid am Sonntag noch tragen und es anschließend bei mir abliefern. Am Sonntag darauf ist es fertig.«

»Haben Sie so viel zu tun?«

»Ich arbeite im Moment an mehreren Aufträgen, ja.«

»Wie ich gehört habe, hat Emma Howell ein neues Reitkostüm bestellt. Machen Sie das?«

»Ich kann auch Reitkostüme anfertigen, Miss Goodwin.« Und Miss Howell war mit Sicherheit eine sympathischere Kundin als die Arzttochter. Emma mochte zwar einen der größten Gutsbesitzer aus der Gegend zum Vater haben, verwöhnt hatte sie dieser Umstand jedoch nicht werden lassen.

»Es freut mich, das zu hören.« Miss Goodwin lächelte gönnerhaft. »Auch ich bin zu einem Ausritt mit den Damen Almsworth eingeladen worden. Sie können also demnächst mit einem neuen Auftrag rechnen.«

Eileen blinzelte mit den Augen. »Für ein Reitkostüm?«

»Was sollte ich denn sonst tragen, wenn ich ausreiten gehe?«

»Selbstverständlich … ich meine … wir können einen Termin machen, an dem wir Ihre Wünsche besprechen werden.« Wenn sie dieses Mal nicht erneut alles anders wollte, als Eileen es vorschlug … Es überraschte sie, dass die Dame offensichtlich immer noch Vertrauen zu ihr hatte.

»Lassen Sie uns das tun, Miss Brady. Und am Montagmorgen schicke ich Ihnen mein Kleid zum Ändern.« In ihrem Gesicht war nur wenig zu lesen. »Nun, Moira, es ist Zeit abzurechnen.«

Mit dem etwas demütigenden Gefühl, einfach so weggeschickt worden zu sein, nahm Eileen die Entwurfsmappe wieder mit in ihren Arbeitsraum. Sprang Charity Goodwin mit den Patienten ihres Vaters auch so autoritär um? Dann hoffte sie von ganzem Herzen, dass sie niemals krank werden möge.

Sie machte sich wieder an den Rock von Emma Howells Reitkostüm. An diesem Kleidungsstück arbeitete sie auf jeden Fall mit Vergnügen, weil sie wusste, wie begeistert diese Kundin auf das Endresultat reagieren würde.

Kurze Zeit später kam Moira mit roten Wangen und einem großen grauen Koffer herein.

Obwohl Eileen lieber noch ein Weilchen ungestört weitergearbeitet hätte, brachte sie doch die Nähmaschine zum Stillstand.

Moira grinste. »Hättest du dir vorstellen können, dass eine Frau einen bis aufs Blut reizen kann? Und zudem eine Frau mit dem Namen *Charity*, Nächstenliebe.«

»Ich habe an ihr nichts Liebevolles entdecken können.« Eileen schüttelte den Kopf. »Sie hat dich schlichtweg beleidigt!«

»Ich versuche einfach daran zu denken, dass sie ein schwieriges Jahr hinter sich hat.«

»Das ist bei dir doch nicht anders.« *Und in mancher Hinsicht bei mir selbst auch nicht.* »Ich bin mir sicher, dass Charity Goodwin noch sehr genau bewusst war, welchen Schnitt sie sich für ihr Kleid ausgesucht hatte.«

»Es war ein nobler Zug von dir, ihr einen Rabatt auf die Änderungen zu geben.«

Erleichtert zuckte Eileen mit den Schultern und lachte.

»Vielleicht hätte ich dann ›Nobel‹ heißen sollen. Für mich ist es nicht viel Arbeit, aber das werde ich Charity nicht erzählen. Ich hoffe, dass sie anderen gegenüber mit meinem Service angibt.«

Moira lachte ebenfalls. »Sei froh, dass deine Eltern dich nicht nach der einen oder anderen Tugend benannt haben, so wie bei den Goodwins. Das erhöht die Erwartungen ins Unermessliche, meinst du nicht auch?«

»Vielleicht.« Sie dachte an die Namen der anderen beiden Schwestern und presste die Lippen aufeinander. Mit *Prudence* kam sie nur schwer zurecht. Der Name bedeutete so viel wie »Weisheit« oder »Besonnenheit« und Eileen war sich bewusst, dass sie davon bis jetzt nichts gezeigt hatte. Da fühlte sie sich mit *Hope* schon mehr verbunden, weil sie trotz allem die Hoffnung nicht aufgegeben hatte. Doch welchen Namen sie auch bekommen hätte, ihre Eltern hätte sie trotzdem enttäuscht …

»Ich ziehe jedenfalls einen der üblichen englischen Namen vor«, fuhr Moira fort.

Hatte sie Maggie diesen Namen gegeben? Oder hatten sie sie schon im Waisenhaus so genannt? Das war ein guter Name, einer, über den sich Eileen kein bisschen beschweren konnte. Vielleicht sogar etwas *zu* üblich.

»Ich hätte mich für Grace entschieden«, murmelte sie leise.

»Grace?« Moira klang überrascht. »Gnade …«

Eileen tat es sofort leid, dass sie laut gedacht hatte.

Doch in diesem Augenblick wurden die müden Linien in Moiras Gesicht sanfter. »Wir haben alle Segen von Gott empfangen, den wir nicht verdient haben.«

Es war nicht schwer zu erraten, worauf Moira anspielte. Konnte Maggie für sie beide ein Segen sein?

»Zum Glück hängt er nicht von unserer eigenen Leistung ab.«

Nachdenklich kaute Eileen auf ihrer Unterlippe herum. »Willst du damit sagen, dass wir nichts tun können, um Gottes Gunst zu erwerben?« Sie wusste nicht, ob dieser Gedanke ihr gefiel.

Moiras Lächeln wurde noch breiter. »Du brauchst bei ihm überhaupt keine Gunst zu erwerben. Gott liebt dich schon lange, Eileen. Er kennt dich durch und durch und er möchte, dass du seine Gnade annimmst.«

Sie nickte, nicht überzeugt, und zupfte an dem Faden herum, den sie abschneiden musste. Sie wusste schließlich, was über gefallene Frauen gedacht wurde. Niemand würde sie mehr respektieren, wenn erst bekannt wurde, dass sie unverheiratet ein Kind bekommen hatte. Und Gott, der ganz und gar heilig war, sicher erst recht nicht.

Moira betrachtete sie prüfend. »Du glaubst doch schon, dass Gott dich liebt? Warum sonst hätte er deine Strafe durch seinen Sohn tragen lassen?«

»Ich weiß, dass Jesus auch für meine Sünden gestorben ist.« Sie bekannte es zögernd, denn auf einmal klang das so persönlich. Wie konnte sie sich der Liebe Gottes gewiss sein, wenn die Menschen sie verurteilten?

»Vergiss nicht, dass du sein Kind bist, Eileen.« Moiras Stimme klang zärtlich. »Er wird dich nie im Stich lassen.«

Das stimmte sie nachdenklich. Sie betrachtete den Stoff in ihrer Nähmaschine. Väter liebten ihre Kinder, aber sie waren auch streng und verteilten Aufgaben. Eileen hatte hier einen Auftrag zu erfüllen. Würde Gott dann zufrieden sein? Hatten ihre Eltern sie genauso geliebt, wenn ihr irgendetwas nicht gelungen war? Ihre Hoffnung wurde neu entfacht. Würde sie Maggie nicht weiterhin lieben, auch wenn sie etwas getan hätte, was sie nicht durfte? Trotzdem schien ihr das zu schön, um wahr zu sein. Sie blinzelte eine Träne weg und tat so, als würde sie die Einstellungen der Nähmaschine kontrollieren.

»Und jetzt möchte ich dich um einen Gefallen bitten«, verkündete Moira und nahm wieder den grauen Koffer in die Hand.

Eileen lächelte, denn sie wusste, was jetzt kommen würde. Endlich war Moira so weit, sie um Hilfe zu bitten. Dieses Zeichen des Vertrauens machte sie froh. Es gab ihr das Gefühl, dass sie gebraucht wurde, mehr als wenn eine reiche Dame ihr einen Schneiderauftrag gab. »Wenn ich dir irgendwie helfen kann, dann mache ich das gerne«, erwiderte sie und stand auf, um den Koffer entgegenzunehmen. »Frag mich ruhig.«

»Mir ist bewusst, dass du bis zu deiner Ankunft hier nur für Frauen gearbeitet hast«, zögerte Moira.

Eileen runzelte die Stirn. »Es würde sich für mich nicht gehören, einem Herrn die Maße abzunehmen. Aber mit einem gut passenden Kleidungsstück als Modell könnte ich auch Herrenkleidung schneidern.«

Doktor Goodwin fiel ihr ein oder der Pfarrer. Vielleicht sogar Master Timmons. Schließlich gab es keinen Schneider mehr im Dorf. Sie verstand nur nicht, was Moira mit diesen dreien zu tun hatte.

»Das ist für Matthew«, erklärte Moira, während sie den Koffer öffnete.

Mit blinzelnden Augen starrte Eileen auf den Inhalt. »Matthew?«

»Es ist dir sicher schon aufgefallen, wie verschlissen seine Kleidung ist. So gut sorgt unsere Armee für ihre Männer! Er hat seine Uniform abgeliefert, aber kaum etwas dafür zurückbekommen.«

Beinahe hatte sie schon vergessen, dass der schlampig gekleidete Landwirt einmal Soldat gewesen war. In anderen Augenblicken, so wie jetzt, fragte sie sich, wie adrett er in seiner roten Uniform ausgesehen haben musste. Das war nirgendwo festgehalten worden. Es war aber auch egal und sie wollte es nicht wissen.

Moira hob eine dunkelbraune Hose aus dickem Baumwollstoff in die Höhe. »Diese Kleidungsstücke haben Herbert gehört. Ich glaube nicht, dass sie Matthew so passen werden ...«

»Ich werde sie abnehmen müssen«, murmelte Eileen. Sie nahm ein Hemd mit schmalen Streifen aus dem Koffer, das mit Sicherheit zu weit war.

»Es gibt allerdings *ein* Problem.« Besorgt sah Moira sie an. »Ich glaube nicht, dass du von Matthew ein gut sitzendes Kleidungsstück bekommen kannst.«

Abrupt ließ Eileen das Hemd sinken. »Du weißt doch, wie schnell Gerüchte entstehen. Ich werde für deinen Cousin nicht meine Reputation aufs Spiel setzen.«

»Ich bleibe auch dabei«, versprach Moira. »Oder auch Maggie. Aber er braucht wirklich etwas Besseres zum Anziehen, und als ich neulich wieder über diesen Koffer gestolpert bin …«

Während sie den Kragen des Hemdes glatt strich, wurde Moira traurig und ihre Mundwinkel begannen zu zittern.

»Du brauchst das nicht zu machen«, versuchte Eileen einen letzten Trumpf auszuspielen. Sie fühlte sich bei Matthew Wilson einfach nicht wohl.

»Ich habe Herberts Kleidung schon so lange herumliegen«, seufzte Moira. »Es tut gut zu wissen, dass sie wieder eine sinnvolle Verwendung finden können.«

»Wird es für dich nicht schwierig, wenn du Matthew demnächst damit herumlaufen siehst?«

Mit einem wässrigen Lächeln nahm Moira erneut das Hemd in die Hand. »Glaubst du, dass ich davon noch viel erkennen werde? Herbert war dicker als Matthew. Der Junge hat kein Gramm Fett auf den Rippen, nur breite Schultern.«

Eileen war froh, dass sich der Ton veränderte. »Das wird schon noch werden, wenn du ihn weiterhin mit Pasteten und Plätzchen vollstopfst«, neckte sie.

»Wenn das so ist, solltest du lieber nicht zu viel abnähen.« Unsicher sah Moira sie an. »Ich meine, wenn du bereit wärst, das zu machen.«

Mühsam schluckte Eileen. »Ich werde dir helfen.«

Eine Sache wusste sie genau: Matthew Wilson hatte es mit Verwandten wie Moira gut getroffen.

18. Kapitel

»Brrr! Brrr, Smokey!« Am Rand des umgepflügten Ackers zog Matthew kräftig an den Zügeln, bis das Pferd stehen blieb. »Genug für heute. Ich muss noch zum Essen weg.«

Er zog eine Grimasse, mit der das Tier allerdings sicher nichts verbinden konnte.

Wenn Matthew hätte machen können, was er wollte, hätte er das letzte Stück heute Abend noch gepflügt. Weil so viele Steine auf dem Acker lagen, hatte alles etwas länger gedauert. Er hatte allerdings mit Moira ausgemacht, dass er zum Essen vorbeikommen würde, und aus dieser Verabredung kam er jetzt nicht mehr heraus.

Das wollte er eigentlich auch nicht, schließlich hatte sie ihn wegen Maggies Geburtstag eingeladen, obwohl niemand wusste, wann das Mädchen genau geboren worden war. Allerdings war es auch bei niemandem in Almsbrick üblich, ausgiebig Geburtstag zu feiern, er selbst war in der vergangenen Woche unbemerkt 29 Jahre alt geworden. Warum also sollte er protestieren, wenn Moira an einem willkürlichen Tag im März etwas Leckeres backen und ihm eine gute Mahlzeit vorsetzen wollte?

Matthew streckte seinen Rücken und seine Schultern. Es war vielleicht gar nicht so schlecht, heute früher aufzuhören. Er machte den Pflug los und ließ ihn stehen, sodass er sich morgen schnell wieder an die Arbeit machen konnte. Anschließend band er die Zügel auf Smokeys Rücken zusammen und klopfte ihm gegen den Nacken, der feucht war vom Schweiß und dem Nieselregen, der früher am Nachmittag für etwas Abkühlung gesorgt hatte. »Nach Hause, mein Junge.«

Das brauchte er nicht zweimal zu sagen. Rasch warf er noch einen kritischen Blick auf den Acker, den sie heute Nachmittag bearbeitet hatten. Schöne gerade Furchen, er hatte es also noch nicht verlernt. Natürlich hatten auch Smokeys Erfahrung und unerschütterliche Ruhe ihren Beitrag dazu geliefert.

Krähen scharrten in den frischen Furchen herum und flatterten krächzend in die Höhe, während kleine Vögel aus den Hecken hervorschossen, um auch ihren Anteil an der Beute aus Würmern und Raupen zu bekommen.

Er stoppte bei dem doppelten Baum, der die Grenze zwischen zwei Äckern markierte, um die Brotdose und die leere Kanne mitzunehmen, die er dort hatte liegen lassen. Mit einem Lächeln schaute er an den beiden Stämmen hinauf. War das nicht ein wunderbarer Ort, um herumzustreunen und die Schönheit der Natur erneut zu entdecken? Es war einfacher, an dem doppelten Baum vorbeizulaufen, erst recht jetzt, wo Bauer Stubbs verschiedene umstehende Eichen gefällt hatte. Matthew wurde allerdings noch mehr durch die Buche und die Tanne gefesselt, die auf so wundersame Weise ineinander verschlungen waren. Zwei Fremde, die ihren Platz nicht aufgegeben hatten. Niemand hätte damit gerechnet, dass zwei Bäume so dicht beieinander – ihre Zweige ineinander verschränkt – so groß hatten werden können. An manchen Stelle schienen sie völlig ineinander gewachsen zu sein, geradezu miteinander verschmolzen. Und das meterhoch. *Du hast sie wachsen lassen, Herr, mein Gott, gegen alle Erwartungen. Das gibt mir Hoffnung.*

An der Buche waren bereits eine Reihe kleiner hellgrüner Knospen zu sehen und er konnte es kaum abwarten, bis noch mehr saftige junge Blätter und Nadeln sprießen würden.

Allem war nun das Kommen des Frühlings anzumerken: Die Tage wurden länger und die Temperaturen waren gestiegen. Langsam zeigte die Natur ein grünes Gewand. Mit dem feuchten Wetter würde es sich schnell ausbreiten, bis wieder überall Blätter in den Bäumen zu sehen waren, das Getreide in die Höhe schoss und genügend frisches Gras auf den Wiesen wuchs, um die Mutterschafe mit ihren Lämmern grasen zu lassen. Matthew freute sich über die Eichenknospen und Weidenkätzchen, über das intensivere Licht der Sonne. Diesen Wechsel der Jahreszeiten hatte er in Indien immer vermisst. Vielleicht lag es ihm einfach im Blut, auf dem Land zu arbeiten, und jetzt hatte er seine Bestimmung gefunden. Auf jeden Fall hatte er sich seit dem Krieg in Afghanistan nicht mehr so glücklich gefühlt wie jetzt, wo er den ganzen Tag mit seinem Pferd an der frischen Luft gearbeitet hatte.

Er führte Smokey in den Stall, schirrte ihn ab und rieb ihn mit Stroh trocken. Anschließend holte er ein paar Gabeln Heu vom Heuboden. »Das hast du dir verdient, mein Junge.« Er strich dem Pferd über die Nüstern. Es schnaubte und schubste ihn kurz mit dem Kopf an, bevor es zu fressen begann.

Eigentlich war Matthew ziemlich froh darüber, dass seine Mahlzeit heute Abend aus mehr als Brot und kaltem Speck bestehen würde. Der Küchendienst bei der Armee hatte ihm zwar schon beigebracht, etwas Essbares auf den Tisch zu bringen, nach einem langen Arbeitstag hatte er allerdings häufig nur wenig Lust, sich darum zu bemühen.

An der Pumpe in der Waschküche wusch er sich gründlich, schließlich würde er gleich in der Gesellschaft von zwei Damen verkehren. Moira und Eileen mochten zwar auf einem Bauernhof aufgewachsen sein, sie würden jedoch sicher erwarten, dass er nach der Arbeit sauber und ordentlich bei ihnen eintraf.

Mit einem Stirnrunzeln zog er sich seine Jacke über sein schmuddeliges Hemd. Leider konnte er an seiner Kleidung nicht viel ändern, jedenfalls nicht solange er Geld für Reparaturen, Vorräte und Saatgut ausgeben musste. Er nahm an, dass sogar eine modebewusste Frau wie Eileen Brady dafür Verständnis aufbringen konnte. Schließlich wusste sie, dass man ohne Einkünfte nicht überleben konnte.

Pfeifend marschierte Matthew über den Feldweg zum Dorf. Auf dem Bürgersteig vor dem Geschäft spielten Maggie und Beth Hickelkästchen oder welches Spiel auch immer Mädchen von acht Jahren so spielten.

Mit einem Grinsen sah Maggie zu ihm auf. »Onkel Matthew! Mama hat gesagt, dass ich noch so lange draußen spielen darf, bis du kommst.«

Er breitete die Arme aus. »Tja, hier bin ich also.«

»Wir haben Hickelkästchen gespielt«, fügte Beth hinzu. Das hatte er also richtig erkannt. »Sie dürfen gerne auch eine Runde hüpfen.«

Perplex betrachtete er das glatte Steinchen, das sie ihm reichte. »Nun, ich …«

Von der Seite ertönte Gelächter. Joseph Swift kam aus der Bäckerei. »Lass mich dir die Erniedrigung ersparen, Wilson. Beth, komm rein zum Essen.«

Matthew grinste. »Ich bin dir etwas schuldig.«

»Da fällt mir sicher noch was ein.« Mit einem Kopfnicken ermahnte er seine Tochter, sich zu beeilen.

Hinter Maggie her ging Matthew in den Gemischtwarenladen. Zu seiner Überraschung stand Miss Brady hinter der Ladentheke.

Er zog die Augenbrauen in die Höhe. »Eine neue Berufung?«

Kühl sah sie ihn an. »Einander zu helfen, meinen Sie? Ich dachte, dazu sind wir alle berufen. Manche von uns scheinen diesen Ruf nur nicht zu hören.«

Er nahm an, dass sie damit auf seine Neigung, sich zurückzuziehen, anspielte. Als ob sie selbst so umgänglich wäre! Abgesehen davon hatte sie keine Ahnung, was er im Krieg alles so getan hatte. »Und manche von uns«, konterte er scharf, »sind ganz schnell bei der Hand mit …«

»Guten Tag, Mrs Holmes«, übertönte Miss Brady das Gebimmel der Ladenglocke. »Haben Sie noch etwas für die Mahlzeit von Master Timmons vergessen?«

Sein Mund blieb ein Stück offen stehen.

»Das Essen für den Lehrer steht schon auf dem Tisch.« Mrs Holmes schien von dieser Tatsache sehr angetan zu sein. »Aber als ich den Kaffee aufsetzen wollte, habe ich entdeckt, dass die Bohnen beinahe aufgebraucht sind.«

Miss Brady lächelte. Das machte sie zu einer attraktiven Frau. »Und unser Schulmeister liebt es, nach dem Essen ein Tässchen Kaffee zu trinken.«

»In der Tat.« Mrs Holmes stützte sich mit den Händen auf die Ladentheke. »Dass mir das passieren konnte – also wirklich. Ich sorge eigentlich immer dafür, dass genügend Vorräte vorhanden sind.«

»Machen Sie sich keine Gedanken, ich helfe Ihnen gleich.«

Während sie ordentlich auf beiden Seiten der Waage in die Schale jeweils ein Papiertütchen platzierte, noch bevor Mrs Holmes protestieren konnte, verkniff sich Matthew ein Lachen. Offensichtlich hatte sie schon mitbekommen, wie sehr die Frau fürchtete, sie müsste das Gewicht des Papiers mitbezahlen. Ihm gefiel es, wie Eileen behände die Bohnen abwog, genauso wie sie ihm auch auf dem Bauernhof geholfen hatte.

»Moira wartet oben auf Sie, Mr Wilson.«

Er blinzelte mit den Augen und starrte sie an. Ihr Tonfall war immer noch höflich, doch ihre Augen verrieten ihm, dass sie ihn im Grunde wegschicken wollte.

»Sagen Sie ihr bitte, dass ich auch gleich komme.«

Er machte sich nicht die Mühe zu antworten oder Mrs Holmes Auf Wiedersehen zu sagen, sondern marschierte zu der Tür hinten im Laden. Wie bekam sie das nur hin, ihn innerhalb von fünf Minuten zur Weißglut zu bringen? Sie musste in dieser Hinsicht wirklich über ein außergewöhnliches Talent verfügen.

Sobald er allerdings das obere Ende der Treppe erreicht hatte, wurde seine Wut durch die herrlichen Essensgerüche vertrieben, die sich im Raum ausbreiteten. Und dadurch, dass er seine Cousine ein Lied summen hörte, während sie am Kochen war. Mit einem Lächeln ging er weiter und sah sie am Herd stehen.

Neugierig warf er einen Blick in die Töpfe. »Das riecht gut.«

»Das ist ein Curry. In der Zeitschrift, die ich von Mrs Howell bekommen habe, war ein Rezept abgedruckt.«

»Es ist sicher scharf.«

»Das stimmt. Das Huhn ist in einer indischen Gewürzmischung gebraten worden. Und ich habe Zwiebeln und Knoblauch hinzugefügt. Laut der Zeitschrift kommt das Rezept aus Indien, deshalb bin ich gespannt, ob du es erkennst.«

»Bestimmt nicht aus der Kaserne, da bin ich mir sicher.« Vielleicht hatte er in seiner Freizeit etwas in der Art auf dem Basar gekauft. Er wollte allerdings nicht offenbaren, dass er es gegenwärtig vermied, an diese Zeit zurückzudenken. »Bei deinen Kochkünsten kann das Original mit diesem Curry sicher nicht mithalten. Übrigens: Miss Brady kommt nach oben, sobald sie mit Mrs Holmes den Kaffee abgerechnet hat.«

»Schön.« Moira drehte sich um. »Maggie, wenn du draußen gespielt hast, musst du dir die Hände waschen, bevor wir essen.«

»Ja, Mama.«

Mit einer Augenbraue fragend nach oben gezogen sah Moira auch ihn an. Er setzte seinen verbeulten Filzhut ab und fuhr sich durch das noch feuchte Haar. »Kannst du nicht sehen, dass ich mich schon frisch gemacht habe? Sonst hätte ich es nicht gewagt, bei Tisch zu erscheinen.«

»Das lasse ich durchgehen.« Sie nahm den größten Topf vom Herd und stellte ihn auf den Tisch. »Aber ich möchte dir gerne etwas zeigen.«

Er folgte ihr zum Lehnstuhl am Fenster, wo ein alter Koffer stand. Um ihn herum lagen verstreut Kleidungsstücke. »Bist du am Aufräumen?«

»Diese Kleidungsstücke sind noch gut in Schuss, Matt.« Sie nahm ein Hemd an den Schultern und hielt es prüfend vor ihn. Vor *ihn*?

Sein Nacken begann zu kribbeln, sein Stolz begann zu rebellieren. »Nein! Damit laufe ich nicht herum. Das passt mir noch nicht einmal.«

»Sei vernünftig. Du brauchst neue Kleidungsstücke und das kann alles umgenäht werden.«

»Es ist Frühling, Moira. Ich mache mir keine Gedanken über

Klamotten, sondern über das Land, das ich bearbeiten muss. Demnächst werde ich aussäen und Kartoffeln legen. Mit ein bisschen Glück kommen die Lämmer erst danach, weil Stubbs den Schafbock erst ziemlich spät zu den Schafen gelassen hat. Ich habe keine Zeit, um mich mit Nadel und Faden hinzusetzen …«

»Eileen will das für dich übernehmen.« Sie klang sich ihrer Sache sehr sicher, doch er konnte es kaum glauben.

»*Miss Brady?*« Perplex sah er sie an. Dann hatte sie ihre Meinung also geändert. »So eine schicke Schneiderin kommt mir für ein Hemd gerade recht. Außerdem brauche ich mein Geld für Saatgut.«

»Sie hat sich einverstanden erklärt, das ohne Bezahlung zu machen.«

»Du hast das also schon mit Miss Brady abgesprochen?« Wütend riss er ihr das Hemd aus den Händen. »Was hast du ihr denn gesagt? Der arme Matthew kann das nicht bezahlen? Der ist ein armer Schlucker, der nichts zu beißen …«

»Pass auf, was du sagst, wenn Maggie dabei ist!«

»Sie wird schadenfroh in sich hineinlächeln, dass ich es nicht selbst schaffe.«

»Nein, sie möchte einfach nur helfen.«

»Das ist Unsinn! Miss Brady ist keine Person, die einfach nur helfen will.« Er drehte sich um.

»Was hast du denn vor?«

»Ihr sagen, dass sie sich ihr freundliches Angebot schenken kann.« Wütend stürmte er die Treppe hinunter und wieder ins Geschäft.

Mrs Holmes war gegangen und Miss Brady hatte sich über das Kassenbuch gebeugt. Sie zuckte zusammen, als er die Tür zuschlug. Wie ein Soldat, der in Haltung sprang.

Ärgerlich warf er das Hemd auf die Ladentheke. »Moira hat Sie also so weit bekommen, dass Sie das hier ändern wollen?«

Sie warf nur einen kurzen Blick auf das Kleidungsstück. »Das ist nicht viel Arbeit.«

»Und was haben Sie davon?«

Überraschung war in ihren Augen zu lesen. Konnte die gespielt sein? »Ich muss gar nichts davon haben. Aber ich fände es schon schade, wenn Kleidung von solch guter Qualität herumläge, bis die Motten sie angefressen haben.«

»Ich bin Landwirt, kein Händler.«

»Wenn Sie lieber in so einem altmodischen Bauernkittel herumlaufen möchten, müssen Sie das selbst wissen. Aber dabei kann ich Ihnen nicht helfen.«

»Sie brauchen mir überhaupt nicht zu helfen! Wer hat denn Ihrer Meinung nach die Risse in meiner Uniform geflickt, als ich im Dienst war?«

Unbeirrt sah sie ihn an.

»Ich selbst, Miss Brady. Ich weiß, wie man näht.«

»Aber Sie tun es nicht.« Sie hörte sich gelangweilt an und zeigte auf seine Schulter. »In Ihrem Kragen ist schon seit Wochen ein Riss.«

Matthew kniff seine Augen zu Schlitzen zusammen. »Ich hatte wichtigere Dinge zu tun.«

»Und trotzdem weigern Sie sich, Hilfe anzunehmen. Wirklich, ich bin noch nie einem so undankbaren und dickköpfigen Menschen begegnet wie Ihnen.«

Ihm fiel dagegen sofort eine Person ein: Sie stand ihm direkt gegenüber. Obwohl er ihr vielleicht nicht vorwerfen konnte, undankbar zu sein, hatte Eileen Brady ebenfalls die Neigung, alles allein machen zu wollen. Dafür war sie dickköpfig genug.

Sie strich mit der Hand einen Ärmel glatt. »Haben Sie irgendeine Ahnung, wie viel Mühe Moira das gekostet hat, Mr Wilson?« Ihr Tonfall hatte sich verändert, es schwang nun viel mehr Emotion mit.

Er zog die Augenbrauen zusammen.

»Sie hatte Tränen in den Augen, als sie mir den Koffer gezeigt hat. Die Kleidung hat Mr Trench gehört und jetzt ist sie so nett, sie Ihnen zu geben.«

»Das hätte sie nicht …«, begann er.

Miss Brady ließ ihn nicht ausreden. »Genau. Das hätte sie nicht tun müssen. Aber sie hat ihren eigenen Kummer beiseitegelassen, um Ihnen zu helfen. Wenn Sie das nun nicht wertschätzen, sind Sie noch dümmer, als ich gedacht hatte!«

Das brachte ihn zur Weißglut. Die schneidende Stimme seines Vaters klang ihm in den Ohren oder seiner Lehrer, die behaupteten, er würde nicht mitkommen. »Ich warne Sie, Miss Brady. Wagen Sie es nicht noch einmal, mich *dumm* zu nennen.«

»Dann schlage ich vor, dass Sie wieder nach oben gehen und Moira sagen, dass Sie froh darüber sind.« Sie nahm das Hemd und drückte es ihm in die Hand. »Irgendwann in der nächsten Woche machen wir einen Termin, an dem ich Ihre Maße nehmen kann.«

Bevor ihm eine Gegenrede einfallen konnte, wurde die Ladentür aufgerissen, sodass die Glocke schrill bimmelte.

»Wo ist Moira?«, schnaubte Joseph Swift. »Sie soll nicht meinen, dass ich mir das einfach so gefallen lasse!«

Ernst, aber ruhig beobachtete Eileen, wie Bäcker Swift sich mit hochrot angelaufenem Gesicht der Ladentheke näherte.

Sie legte das Kassenbuch zur Seite. »Moira ist oben. Wie Sie sehen, bediene ich gerade die Kunden. Kann ich etwas für Sie tun?«

Aus den Augenwinkeln sah sie, wie Wilson die Kinnlade herunterfiel, sie ignorierte ihn allerdings.

»Sie wissen ganz genau, dass ich kein Kunde bin«, polterte Swift. »Ich will wissen, was das zu bedeuten hat.«

Sie betrachtete das in Papier eingewickelte Päckchen, das er auf die Ladentheke schmiss. Kamen heute etwa alle Männer von Almsbrick in den Gemischtwarenladen, um ihre Wut abzureagieren? Dann hatten sie nicht mir ihr gerechnet!

Mit heftigen Bewegungen begann Swift das Papier aufzureißen. Jetzt erkannte sie es als Moiras eigenes Verpackungsmaterial. Wenn er mit einer Bestellung unzufrieden war, brauchte er doch nicht so ungehalten zu sein. Es kam jedoch etwas Unerwartetes zum Vorschein: ein Kuchenröllchen mit Ingwer und Zimt, das Moira am heutigen Morgen gebacken hatte. Jetzt, wo die Leckerei da so schön auf dem Papier lag, fiel Eileen auf, dass sie sehr professionell wirkte. Moira war wirklich eine Königin in der Küche!

Sobald sie aufsah, wurde ihr allerdings bewusst, dass Bäcker Swift genau dasselbe dachte.

»Das hat Beth in der Tasche ihrer Schürze gehabt, als sie nach Hause gekommen ist.« Er wies mit einem übellaunigen Gesicht darauf, obwohl der süße Duft des Zimts Eileens Magen knurren ließ.

»Moira hat Kuchenröllchen gebacken«, erklärte sie. »Das ist alles, was ich dazu sagen kann.«

»Ach ja? Und wie viel will sie dafür haben? Ich kann das mit Sicherheit nicht gutheißen!«

Das ließ ihr die Haare zu Berge stehen. »Das ist lächerlich, ich …«

»Du lieber Himmel, was macht ihr denn für einen Krach!« Endlich kam Moira selbst von hinten in das Geschäft. »Ich kann euch bis oben hören. Joseph, ist etwas nicht in Ordnung?«

Der Bäcker wandte sich ihr zu. »Soll ich dir zu deinen neuen Geschäften gratulieren, die du machst?«

Moira wurde bleich. »Meinst du meine Abmachungen mit Leonard Trench?«

»Ich meine, dass du mich zu übertreffen versuchst!« Er fuhr sich mit seinen Fingern durch seine lockigen Haare, in denen Eileen regelmäßig Mehlspuren entdeckt hatte. Eigentlich schien er eher entsetzt zu sein als böse. »Ich weiß, dass ich dir eigentlich nicht verbieten kann, mit mir zu konkurrieren. Und du würdest mir sogar Kunden abjagen. Seit Elizabeth gestorben ist, habe ich zu wenig Zeit für luxuriöse Kuchen und für Gebäck.«

Moiras Augen wurden traurig. »Ich will dir gar nichts abjagen.«

»Warum fängst du dann hiermit an?« Er zeigte auf die Ladentheke. »Ich hatte gehofft, dass es dir mehr bedeutet, dass wir Nachbarn sind … vielleicht sogar Freunde.«

»Das ist mir ebenfalls wichtig«, entgegnete Moira. »Und deshalb enttäuscht es mich auch so, dass du mich dessen beschuldigst. Die Kuchenröllchen habe ich für Maggies Geburtstag gebacken.«

Eileens Herz setzte einen Schlag aus. Nein, das konnte nicht sein! Das war das verkehrte Datum.

»Ich mache immer etwas Leckeres an dem Tag, an dem sie zu uns gekommen ist. Deshalb weiß ich nicht, wo du dieses Kuchenröllchen heute herbekommen hast …«

»Von mir, Mama.« Leise war Maggie von hinten hereingekommen. Sie hatte die Augen niedergeschlagen. »Ich habe eins Beth gegeben, weil sie meine Freundin ist. Du sagst doch immer, dass ich geschwisterlich teilen soll, oder?«

Jetzt sah sie auf und Eileen verspürte einen Stich, als sie ihre Tränen sah.

»Ich habe es nur gut gemeint, Mama.«

Am liebsten wäre Eileen hinter der Ladentheke hervorgekommen, hätte sich vor Maggie hingekniet und das Mädchen umarmt. Stattdessen griff sie den Bleistift fester, den sie benutzt hatte, um das Kassenbuch auf den neuesten Stand zu bringen.

Sie warf Bäcker Swift einen Blick zu und sah, wie er mehrmals schlucken musste. »Genau dasselbe versuche ich Beth auch immer beizubringen.«

»Das war nett von dir, Liebes«, sagte Moira. »Wie du siehst, Joseph, versuche ich überhaupt nicht, Kuchen zu verkaufen.«

»Nein …«

»Und wenn du meinst, dass ich den bei dir kaufen soll, solltest du lieber deine Preise senken.«

»Ich möchte dir das Vergnügen nicht nehmen, selbst zu backen.« Er schaute verlegen drein. »Es tut mir leid, Moira.«

»Und ich werde nichts unternehmen, um dir Nachteile zu bereiten.«

Eileen gefiel die Weise, wie Moira ihren Kopf hochhielt. Dem Mann mussten einmal ordentlich die Grenzen aufgezeigt werden. Der Blick in Moiras Augen war allerdings nicht mehr hart, sondern voller Zuneigung und das verwirrte sie.

Direkt neben ihr trommelte Matthew Wilson mit seinen Fingern auf die Ladentheke. Er sah Joseph Swift hinterher, während dieser das Geschäft viel stiller wieder verließ, als er es betreten hatte. Zu ihrer Zufriedenheit fingerte Wilson unbehaglich an dem Hemd in seinen Händen herum.

Moira seufzte. »Kommt ihr mit nach oben? Es wäre schade, wenn das Essen kalt würde.«

Eileen sah, wie Wilson die Stirn runzelte und nochmals mit seinen Fingern trommelte. Er räusperte sich. »Ich bitte dich um Entschuldigung, liebe Cousine. Ich habe viel zu schnell geurteilt. Ich war …« Er warf einen hastigen Blick zur Seite. »Ich war dickköpfig und undankbar.«

Eileen biss sich auf die Unterlippe. Sie hätte von dem Soldaten mit Sicherheit nicht erwartet, dass er seine Fehler so ritterlich zugab. Wollten Männer nicht immer das letzte Wort haben? Aber nun stieg er in ihrer Achtung.

»Das ist schon in Ordnung, Matthew.« Moiras Lächeln war noch ein bisschen verkrampft. »Ich fände es einfach gut, wenn die Kleidungsstücke noch einmal gebraucht würden.«

»Gehen wir jetzt nach oben?«, wollte Maggie mit einem besorgten Blick wissen. »Sonst ist es gleich so spät, dass ich keinen Nachtisch mehr haben darf.«

Sie lachten alle und das löste die Spannung. Voller Stolz sah Eileen zu, wie ihr kleines Mädchen vor ihnen die Treppe hinaufrannte.

19. Kapitel

Eine Woche später öffnete Eileen am späten Nachmittag widerwillig die Schublade ihres Nähmaschinentisches und nahm ihr Maßband heraus. Obwohl sie nicht erwartete, dass Matthew Wilson pünktlich sein würde, konnte sie so auf jeden Fall zeigen, dass sie sich an die Termine hielt, die sie ausgemacht hatte.

In der vergangenen Woche hatte sie Wilson am Sonntagmorgen in der Kirche gesehen, allerdings kein Wort mit ihm gewechselt. Das war vielleicht auch besser so. Es war ihr freilich schon aufgefallen, dass er den Riss in seinem Hemd, auf den sie ihn so hitzig hingewiesen hatte, mittlerweile geflickt hatte. Darüber musste sie lächeln. Hatte er sie etwa insgeheim verwünscht, weil er seine wertvollen Abendstunden mit so etwas vergeuden musste? Sie hätte es auch für ihn getan, wenn er sie darum gebeten hätte.

Nachdenklich rollte sie das Maßband ab und wickelte es danach wieder auf, während sie durch ihren Arbeitsraum lief. Warten hatte sie schon immer für eine sinnlose Beschäftigung gehalten.

»Onkel Matthew ist da!«, kündigte eine helle Kinderstimme an. »Mama hat noch Kunden im Laden, aber sie findet es gut, wenn ich dabei bin. Sie sagt, dass ich ganz genau hinschauen soll, damit ich lerne, wie man Kleidung macht.«

Mit einem Ruck drehte Eileen sich zu dem Mädchen um. Zwei große, dunkle Augen sahen sie unschuldig an.

Hinter Maggie betrat Matthew Wilson das Zimmer. Er hatte sich seinen Hut unter den Arm geklemmt, wodurch er ihn beinahe platt drückte. Seine Haltung war stramm und sein Mund hatte sich zu einem waagerechten, dünnen Strich verzogen.

Eileen vermutete, dass er genau so ausgesehen hatte, wenn

er von einem Offizier herbeizitiert worden war. Nun, das passte wunderbar. Heute war sie diejenige, die die Befehle gab.

Er schenkte ihr ein kleines Nicken. »Moira hat gesagt, ich könnte schon zu Ihnen gehen, weil Sie keine Kunden haben.«

»Das stimmt.« Mit einer weiten Armbewegung forderte sie ihn auf, näher heranzutreten. Am Fenster hatte sie das beste Licht.

Wilson legte seinen Hut auf den Arbeitstisch und sah sich zögernd um. »Nun … muss ich jetzt ganz still stehen bleiben oder wie läuft das?«

»Sie müssen zuerst Ihre Jacke und Ihre Weste ausziehen, sonst kann ich nicht sehen …«

… *wie breit Ihre Schultern sind.* Sie spürte, wie ihre Wangen heiß wurden, gab allerdings ihr Bestes, das zu ignorieren, während sie zu ihrem Arbeitstisch ging, um noch einmal nachzulesen, worauf man bei einem Mann achten musste. Die letzte Kundschaft, von der sie die Maße genommen hatte, war Emma Howell gewesen und das war ihr bei Weitem nicht so an die Nerven gegangen wie dieser Termin mit Wilson. Sie hatte sicherstellen wollen, dass der Blazer von Miss Howell schön eng anlag, und das war ihr außerordentlich gut gelungen. Wahrscheinlich würden die Goodwin-Schwestern demnächst auch Reitkostüme bestellen, wenn sie erst sahen, wie elegant Miss Howell in ihrem aussah.

Mit Matthew Wilson war es allerdings eine ganz andere Angelegenheit. Wenn sie seine Jacke tailliert schneidern würde, würde er ohne jeden Zweifel ungehalten darüber sein. Über Ziernähte brauchte sie sich bei ihm ebenfalls keine Gedanken zu machen. Unwillkürlich musste sie lächeln.

»Ist das so erheiternd, Miss Brady?« Er sah sie scharf an.

»Äh nein …« Hastig nahm sie ihr Maßband und betrachtete das beige Hemd, das lose an ihm herunterhing. Ach du lieber Himmel, welcher Amateur hatte denn da die Ärmel gemacht? Das passte vorne und hinten nicht. Sie schluckte. »Ich fürchte, Ihr Hemd verhüllt immer noch zu viel von Ihrem Körperbau.«

Für einen kurzen Augenblick starrte er sie an. »Nun, daran können wir etwas ändern.« Bevor sie einen Vorschlag machen konnte, hatte er seine Hosenträger abgestreift. »Dort ist eine spanische Wand ...«, fing sie an, doch er zog sich schon sein Hemd über den Kopf.

Zögernd warf sie Maggie einen Blick zu. Das Mädchen schien nicht sonderlich beeindruckt zu sein. Nicht so wie sie selbst.

»Besser so?«

Vorsichtig wagte sie es, ihn wieder anzuschauen. Natürlich, tadelte sie sich selbst, trug er gewöhnliche Wollunterwäsche darunter. Sogar mit langen Ärmeln. Hieran war nichts Unanständiges.

»Darf er das anbehalten, Miss Eileen?«, wollte Maggie wissen.

»Ich denke schon, ja.«

Wilson grinste. »Gut, meine Damen, wie geht es weiter?«

»Jetzt werden wir messen. Möchtest du mir helfen, Maggie?«

Dienstbeflissen reichte Maggie ihr das Maßband.

Eileen fragte sich, wie lange es wohl noch dauern würde, bis Moira dazukam. Selbst in Maggies Gesellschaft war ihr unwohl bei der Sache. Sie marschierte zu ihrer Nähmaschine und holte ihren Hocker. Den stellte sie vor Wilson auf den Boden. »Schau mal, Maggie, auf dem bist du groß genug, dass du den Hals und die Schultern von deinem Onkel erreichen kannst.«

»Darf ich Ihre Arbeit machen?«, wollte Maggie wissen.

Ihre Begeisterung bestätigte, dass das der beste Weg war.

»Soll ich das Maßband um seinen Hals legen, Miss Eileen?«

Wilson räusperte sich. »Nicht zu eng, ja, Liebling? Sonst braucht Miss Brady für mich kein Hemd mehr umzunähen.«

Sie schnappte nach Luft. »Mr Wilson, also wirklich! Machen Sie ihr doch keine Angst!«

»Onkel Matthew macht öfter solche Scherze«, kicherte Maggie.

Nun, so hatte sie den Mann ansonsten noch nicht kennengelernt. Wenn er in ihrer Nähe war, verflüchtigte sich sein Sinn für Humor anscheinend vollkommen. Sie ermahnte sich innerlich – *kühl und professionell bleiben* – und half Maggie mit dem

Maßband. Solange das Mädchen zwischen ihr und Wilson stehen blieb, konnte nichts passieren.

Zum Glück arbeitete der Mann gut mit und er lobte Maggie sogar dafür, dass sie alles so schnell begriff. Das hätte sie nicht von ihm erwartet. Das Mädchen glühte vor Stolz, ebenso Eileen. Obwohl hier niemand Maggie als ihr Kind betrachtete, tat es ihr gut zu hören, wie positiv sich jedermann über sie äußerte. Sie wünschte nur, sie hätte einen größeren Beitrag dazu geleistet.

Irritiert schüttelte sie den Kopf und versuchte, ihre heitere Stimmung wieder zurückzuerlangen. »Jetzt werden wir noch messen, wie lang das Hemd werden muss. Was denkst du, sollen wir es ihm bis über die Knie reichen lassen?«

»Haben Sie etwa insgeheim vor, ein Kleid für mich zu machen, Miss Brady?« Seine Stimme klang amüsiert. Eigentlich hatte sie ihn noch nie in so einer guten Stimmung erlebt.

Sie entspannte sich mehr und mehr, da nun der peinlichste Teil ihrer Arbeit hinter ihr lag. »Ich habe sehr elegante Schnittmuster für Kleider, wissen Sie? Aber ich werde Ihnen erst einmal ein Hemd nähen«, scherzte sie. Dabei drehte sie das Hemd auf links.

»Warum machen Sie das?«, wollte Maggie wissen. Wilson sagte nichts, doch in seinen Augen konnte man auf einmal Neugierde lesen.

»Weil ich dann sofort abstecken kann, wo die Naht hinkommen muss. Ich benutze die Maße, um das zu kontrollieren.«

Gehorsam zog er das Hemd aus leichter Baumwolle an. So wie sie es schon erwartet hatte, war es ihm viel zu weit. Es war ein Glück, dass Wilson breite Schultern hatte, wahrscheinlich brauchte sie dort nichts umzunähen.

Sie stellte sich vor ihn hin und zupfte etwas an dem Hemd herum. »Könnten Sie kurz Ihre Arme ausbreiten, Mr Wilson?«

»Wenn Sie das sagen.« Er zwinkerte Maggie zu. »Wie eine Vogelscheuche, meinst du nicht auch?«

Maggie kicherte. »Vor allem, wo deine Haare so wuschelig sind.«

Er wollte sie glatt streichen.

»Still stehen bleiben«, befahl Eileen. »Sonst steche ich Sie.«

»Sie sind ja noch strenger als mein alter Unteroffizier, Miss Brady.«

»Das glaube ich kaum.« Mit ihrem Maßband kontrollierte sie, ob sie das Hemd auf beiden Seiten gleich abgesteckt hatte.

»Unteroffizier Carey hat nie damit gedroht, mich zu stechen.«

»Wie bist du überhaupt verwundet worden, Onkel Matthew?«

Du lieber Himmel, fiel der Kleinen denn kein anderes Gesprächsthema ein?

Die Frage brachte auch ihn augenscheinlich aus der Fassung. Er räusperte sich. »Das ist passiert, weil ich gegen den Feind gekämpft habe.«

Sie merkte, dass er sich verspannte. Redete er nicht gern über diese Zeit? Dann hätte er nicht selbst davon anfangen sollen. »Lassen Sie jetzt Ihre Arme wieder sinken«, instruierte sie ihn.

Mit einem Seufzer ließ er auch die Schultern hängen.

»Noch einmal Haltung einnehmen, Soldat Wilson«, mahnte sie, während sie sich hinter ihn stellte. Das musste er vertragen können nach so vielen Jahren Militärdienst. »Strecken Sie die Arme nach vorn.«

Er seufzte noch tiefer. »Sie sind schon ganz schön genau, Miss Brady. Ich trage keine Klamotten, um damit anzugeben, sie müssen einfach nur praktisch sein.«

»Aber trotzdem ordentlich.« Die Schulterspitzen saßen perfekt auf den Kanten seiner Schultern und er konnte seine Arme frei bewegen. »Etwas anderes liefere ich nicht. Lassen Sie die Arme wieder sinken.«

»Ich komme mir vor wie bei der Morgengymnastik.« Sie konnte an seinem Tonfall nicht erkennen, ob er jetzt amüsiert oder verärgert war. Irgendwie hatte sich seine Stimmung verändert und es irritierte sie, dass sie nicht verstand, warum.

»Hast du in der Armee auch Morgengymnastik gemacht, Onkel Matthew?«, wollte Maggie wissen. »In deiner Uniform?«

Das Kind schien auf einmal ganz fasziniert davon zu sein, dass Wilson Soldat gewesen war. Eileen nahm sich vor, einmal ein ordentliches Gespräch mit ihm darüber zu führen. Es war gefährlich, sich so sehr dafür zu begeistern, so viel Respekt verdienten die meisten Soldaten ihrer Meinung nach nicht.

»Keine Gymnastik. Wir haben andere Aufträge bekommen«, antwortete Wilson kurz. »Im Krankenhaus habe ich ein paar Übungen gemacht.«

»Aber kannst du denn …«

»Maggie, Schatz«, griff Eileen ein. »Könntest du das Döschen mit den blauen Knöpfen holen und zehn davon heraussuchen?«

»Vielen Dank«, murmelte Wilson. Anscheinend war es ihm tatsächlich unangenehm, wenn man ihn auf seine Zeit in der Armee ansprach. Oder vielleicht rief der Krieg in ihm auch hässliche Erinnerungen wach.

Sie hatte Maggie allerdings nicht abgelenkt, damit er seinen Willen bekam, sondern weil sie selbst gern das Thema wechseln wollte. Dennoch lächelte sie jetzt. »Moira hat mir erzählt, dass Sie schwer verwundet wurden, deshalb erschien es mir …«

»Darüber möchte ich nicht sprechen«, blaffte er plötzlich.

Pardon? Das war doch wohl nicht ihre Schuld. »Ich verstehe«, erwiderte sie kühl. »Dann fangen Sie auch nicht selbst damit an.«

Schließlich hatten alle etwas davon, wenn er nicht jedem auf die Nase band, wie toll und tapfer Soldaten waren.

Die Spannung in seinem Körper schien mit jeder Minute zuzunehmen und das überraschte sie. Konnte es sein, dass Matthew Wilson überhaupt nicht so ein abgehärteter Soldat war, wie sie gedacht hatte? Warum sollte er sonst krampfhaft versuchen, seine Unruhe zu verbergen? Sie fragte sich, was sie wohl verursacht haben mochte …

Sie berührte seine linke Schulter. Ein Zucken fuhr durch seinen Körper, das sie geflissentlich ignorierte. Langsam ließ sie ihre Augen noch einmal an den abgesteckten Nadeln entlanggleiten. Wilson hatte eine perfekte Figur, fand sie. Ob ihm wohl bewusst war, wie attraktiv seine breiten Schultern und seine schlanke Taille waren? Aber selbstverständlich beantwortete sie sich die Frage sofort selbst. Männer wussten, wie sie davon Gebrauch machen konnten, Wilson war in dieser Hinsicht sicher keine Ausnahme. Und sie würde sich dadurch nicht verleiten lassen.

Mit einem Knall stellte Maggie die Knopfdose auf den Tisch und schreckte Wilson dadurch auf. Wie konnte es sein, dass seine Nerven so angespannt waren? Eileen bezwang die Versuchung, ihm beruhigend über den Rücken zu streicheln. Sie schämte sich dafür. Wie konnte sie es wagen, daran auch nur zu denken?

Rasch richtete sie ihre Gedanken wieder auf das Kleidungsstück, das er anhatte. »Ich denke, dass die Ärmel …«

»Wenn Sie so leise sprechen, Miss Brady, könnten Sie sich dann bitte auf die andere Seite stellen?« Jetzt war kein Zweifel mehr möglich, weshalb er so ungehalten war. »Ich kann Sie mit meinem linken Ohr nicht hören.«

Sie bemerkte, wie er seine Lippen zusammenpresste, so als fiele es ihm schwer, das zuzugeben.

»Es tut mir leid, ich habe gedacht …« Sie räusperte sich und hob die Stimme. »Das habe ich nicht gewusst, eigentlich hatte ich auch nur mit mir selbst gesprochen.«

Er warf einen etwas verwirrten, fragenden Blick zur Seite.

»Das hilft mir, mich auf meine Arbeit zu konzentrieren.«

»Dann machen Sie einfach damit weiter.«

Maggie begann laut zu zählen und ließ die Knöpfe auf die Tischplatte fallen.

Eileen sah, wie Wilson seine Faust ballte. Er sollte bloß nicht versuchen, das Mädchen anzufahren, dann bekam er es mit ihr zu tun! Schließlich gab das Kind doch nur sein Bestes.

»Wir sind fast fertig«, verkündete sie. »Ich sehe nur gerade, dass der Kragen hier ein bisschen verschlissen ist.«

Sie betastete die Fasern und konnte nicht verhindern, dass ihre Finger durch seine zu langen Haare glitten.

Ihr Atem stockte, als ihre Fingerspitzen die raue Haut seines

Nackens berührten. Unter seinen Haaren, vermutlich neben seinem Ohr, begann eine lange, wulstige Narbe, die sich bis weit unter sein Hemd zu ziehen schien. Du lieber Himmel, schwer verwundet war mit Sicherheit nicht übertrieben!

»Wie furchtbar«, flüsterte sie und ein Schauer fuhr über seinen Rücken. Mit einem Ruck drehte Matthew sich um, so als hätte sie ihn tatsächlich mit einer Nadel gestochen.

Stolpernd tat sie einen Schritt nach hinten. »Es tut mir leid«, stammelte sie. »Das muss sehr schlimm für Sie gewesen sein.«

»Das geht Sie nichts an«, erwiderte er heftig und abweisend. Oder eher verzweifelt …? »Ich will einfach nur in Ruhe gelassen werden. Versteht das denn niemand?«

Er wartete nicht auf ihre Reaktion, sondern stürmte zur Tür und marschierte nach draußen.

Eileens Herz setzte einen Schlag aus. Sie betete, dass Moira keine Kunden mehr hatte. »Ist Onkel Matthew böse?«, fragte Maggie.

»Nicht auf dich, Schatz.« Mühsam schluckte sie, ihr wurde bewusst, dass sie eine Grenze überschritten hatte. »Ich denke …«

Die Tür zu ihrem Arbeitsraum öffnete sich wieder und sie atmete erleichtert auf.

Es war allerdings nicht Matthew Wilson, der wiedergekommen war. Moira stand mit einem besorgten Gesicht in der Türöffnung, während ausgerechnet die Kundin, die Eileen jetzt lieber nicht gesehen hätte, sich an ihr vorbei nach drinnen drängte.

»Pfui, also wirklich, was sind denn das nun wieder für Zustände?«

Eileen schloss die Augen und schluckte noch einmal. »Wissen Sie, Mrs Holmes, für viele Männer ist alles, was mit Kleidung zu tun hat, eine schwere Prüfung. Mr Wilson musste einmal kurz an die frische Luft. Er kann jeden Augenblick wieder zurückkommen.« Das hoffte und fürchtete sie zugleich.

Matthew zuckte zusammen, als er die Ladenglocke von draußen noch einmal schellen hörte, nachdem er die Tür mit einem Schlag hinter sich zugeworfen hatte. Verkrampft schloss er die Augen und versuchte, tief durchzuatmen. Er musste weg, so schnell wie möglich! Zurück in die Stille der Oak Hill Farm, zu der Gesellschaft von Smokey und der Herde einfältiger Schafe. Sogar das Stimmengewirr, das aus Richtung der Kneipe kam, war zu laut für seine Ohren, da gerade wieder die Bilder des Kampfes vor seinen Augen vorbeizogen. Seit Maggies unschuldiger Frage wegen seiner Verwundung und seit ihm seine Zeit an der Front wieder vor Augen erschienen war, wurde er attackiert von brüllenden Kanonen und Gewehrsalven, von Kampfgeschrei und dem Anblick der Verwundeten und Getöteten. Er hatte versucht, diese Bilder auf Abstand zu halten, aber das rhythmische Ticken der Knöpfe auf dem Tisch hatte ihm einen Strick um den Hals gelegt. Und die sanften Finger der Schneiderin.

Die Heftigkeit seiner Reaktion überraschte ihn selbst. Vorsichtig rieb er sich über die Narbe in seinem Nacken. Der stechende Schmerz, den er gefühlt hatte, als Miss Brady die Narbe berührt hatte, blieb aus. Das war also ebenfalls eine Einbildung gewesen. Und er hatte doch tatsächlich gedacht, dass es mit ihm langsam wieder bergauf ginge!

Verzweifelt versuchte er, sich vor all dem Elend des Krieges zu verschließen. Das Gerassel in seinem Kopf schwächte sich langsam ab, das Klopfen seines Herzens wurde weniger.

Auf einmal vernahm er ein ängstliches Gejammer. Gänsehaut überzog seine Arme und er riss seine Augen weit auf.

Von rechts näherte sich ein elegantes Reitpferd, das offensichtlich durchgegangen war. Die Ohren nach hinten gelegt, schüttelte es den Kopf. Kein gutes Zeichen.

»Brrr! Ruhig ...« Er versuchte das Zaumzeug zu fassen zu kriegen, doch unvermutet sprang das Tier nach links, sodass er einen heftigen Stoß bekam. Neben ihm ertönte ein Schrei und eine Gestalt in Schwarz landete mit einem Schlag im Sand.

Das Pferd schnaubte und wollte bocken, doch er hatte nun das Zaumzeug fest in der Hand und ließ ihm keine Chance. »Ruhig, Mädchen«, begann er leise mit ihm zu reden. »Hier gibt es nichts, vor dem du Angst haben müsstest. Oder tut dir vielleicht etwas weh? Ganz ruhig, ganz ruhig.«

Schließlich erlaubte das Pferd ihm, über seine Nüstern zu streichen. Erst jetzt sah er sich danach um, wen das Tier eigentlich abgeworfen hatte. Aus dem Staub rappelte sich gerade Prudence Goodwin wieder auf und setzte sich ihr Hütchen ordentlich auf den Kopf. Auch, wenn sie gerade ein wenig derangiert aussah, fiel ihm auf, wie hübsch die jüngste Arzttochter geworden war.

»Haben Sie sich wehgetan, Miss?«

Ihre Wangen röteten sich ein wenig. »Mr Wilson! Ich fürchte, dass vor allem mein Stolz verletzt worden ist.«

»Nur wenige Menschen haben Sie fallen gesehen.« Er streichelte weiterhin die Nüstern des Pferdes.

»Ich bin völlig beeindruckt von Ihrem Talent mit Pferden, Mr Wilson. Sie haben meine Stute wirklich sehr schnell beruhigen können.«

Peinlich berührt zuckte er mit den Schultern. »Es ist ein gutherziges Pferd, aber es hat Schmerzen. Wie ich sehe, hinkt es.« Er führte das Tier ein paar Schritte. »Damit würde ich zum Hufschmied gehen.«

»Unsinn. Wir haben selbst einen Knecht im Dienst, der sehr fähig ist.« Miss Goodwin raffte ihren Rock etwas zusammen und versuchte, von ihm Abstand zu gewinnen. Nahezu im selben Augenblick knickte sie mit ihrem Knöchel um.

Er zog die Augenbrauen zusammen. »Ihnen geht es auch nicht besser als Ihrem Pferd!«

Das brachte ihm einen bösen Blick ein. »Sie haben es nicht so mit Komplimenten, Mr Wilson. Wollen Sie mich etwa auch zum Hufschmied bringen?«

Er verdrehte die Augen. »Nein, aber Sie sollten wirklich Tom Merchant nach Ihrem Pferd schauen lassen. Er ist …«

»… besser als unser Knecht?«

»Ja, Miss. Auf jeden Fall erfahrener in der Behandlung von Verletzungen. Lassen Sie mich Sie nach Hause bringen. Wenn Sie nichts dagegen haben, kümmere ich mich anschließend gleich darum, dass er sich Ihr Pferd anschaut.« Die Schmiede befand sich schräg gegenüber der Arztwohnung.

»Sie lassen mir kaum eine andere Wahl.« Sie seufzte dramatisch und lächelte versöhnlich. »Aber ich bin Ihnen für Ihre Hilfe dankbar. Sie sind sehr nett.«

Während sie auf ihn zuhinkte, sah er die Wertschätzung in ihren Augen. Und ihm fiel erneut auf, wie reizend und weiblich sie in ihrem Reitkostüm aussah.

»Darf ich mich auf Sie stützen, Mr Wilson?«

Er zwinkerte mit den Augen. »Ja, selbstverständlich. Ich werde auch Ihr Pferd am Zügel führen.«

So langsam wie möglich ging er mit ihr in Richtung ihres Hauses, um zu vermeiden, dass sie ihren Knöchel belastete. Auf einmal wusste er nicht mehr, was er zu ihr sagen sollte.

Nach einer unbehaglichen Stille ergriff sie selbst das Wort. »Wie läuft es mit Ihrem Bauernhof? Sie wohnen doch nun schon ungefähr zwei Monate dort, wenn ich mich richtig erinnere.«

»Ja, so ungefähr. Ich habe den Reparaturstau größtenteils abgearbeitet, bevor im Frühjahr dafür keine Zeit mehr sein wird. Jetzt habe ich damit angefangen, Kartoffeln zu legen und …« *Welche Dame interessierte sich für so etwas?* »Ich habe auch verschiedene Gemüsesorten ausgesät«, schloss er kleinlaut.

»Bauer Howell behauptet, dass der Markt für Gemüse und Obst am Wachsen ist.«

Matthew lachte spöttisch. »Nun, für die Mengen, die er anbaut, sicher. Aber ich fürchte, dass ich gerade so viel gesät habe, dass ich selbst davon satt werde.«

»Ach, natürlich. Ihr Bauernhof ist nicht so groß wie der Howell Hof.«

»Bei Weitem nicht, Miss Goodwin.« Er spürte einen kleinen

Stich, doch eigentlich war so ein Vergleich völlig unangebracht. »Mr Howell hat den größten Gutshof in der ganzen Gegend.«

Sie seufzte. »Deshalb hält meine Schwester Edmund auch für so eine gute Partie.«

»Da ist etwas dran.«

»*Für mich.*«

»Oh.« Was sollte er denn jetzt darauf sagen? »Sie werden ein gutes Leben in Sicherheit und Wohlstand führen.«

»Zweifellos.« Sie hörte sich nicht zufrieden an. »Aber wen werde ich dabei an meiner Seite haben?«

Die offensichtliche Antwort wollte sie bestimmt nicht hören.

»Sie sind wenigstens ein starker Mann. Sie hatten vor dem Pferd keine Angst. Und Sie sind hilfsbereit.«

»Das versteht sich von selbst, Miss.« Allerdings gefiel es ihm, dass es ihr aufgefallen war. Nach seinem Schwächeanfall gerade erleichterte es ihn, dass er doch zu etwas Gutem im Stande war. Dass er sogar die Bewunderung einer Frau erntete. Ihre Komplimente machten ihn stolz.

Sie waren am Haus angekommen, Miss Goodwin hatte jedoch keine Eile, sich vom ihm zu lösen. Mit einem Lächeln legte sie eine Hand auf seinen Oberarm. *Und nicht auf die Narbe in seinem Nacken.* »Vielen Dank, Mr Wilson.«

Er wusste nicht, wie er reagieren sollte, und wandte sich deshalb zur Straße hin. Auf der gegenüberliegenden Seite verabschiedete Tom gerade einen Mann, der sein Pferd hatte beschlagen lassen.

Matthew winkte ihm und Tom kam sofort auf ihn zu. »Ich habe gesehen, was passiert ist«, sagte er. »Aber du bist gut mit der Stute umgegangen.«

»Ich fand es ebenfalls sehr tapfer«, seufzte Miss Goodwin.

Mit einer hochgezogenen Augenbraue betrachtete Tom das verletzte Bein des Pferdes. Matthew mied seinen Blick.

»Ach du meine Güte!«, stieß Tom hervor.

»Ist es etwas Ernstes?«

»Nein, gar nicht, ich wundere mich nur, wie du herumläufst!«

Matthew runzelte die Stirn. Er sah, wie Miss Goodwin ihre Finger auf ihren Mund legte, doch sie konnte ihr Lächeln nicht verbergen. »Das muss noch umgenäht werden«, erklärte er. »Ich komme direkt von Miss Brady.«

»Braucht unsere Schneiderin etwa neue Aufträge?« Prudence' Lachen klang nicht freundlich. »Anscheinend hat sie es nötig, diese Art von Näharbeiten anzunehmen. Und dann auch noch für einen Mann!«

Matthew richtete sich auf. »Es ist einfach nur nett von ihr, mir das anzubieten ...«

»Hat sie das selbst angeboten?«

»Nein, nicht wirklich.« Er bemerkte sein Missgeschick. »Moira hat sie gefragt, ob es möglich wäre, und sie hat zugestimmt. Es ist nichts Ungehöriges passiert ...«

»Das wäre ja noch schöner«, antwortete Prudence schnippisch. »Wenn sich diese Frau hier niederlassen möchte, sollte sie an ihren guten Namen denken.«

»Meiner Ansicht nach steht der nicht infrage.«

Miss Goodwin hielt fragend ihren Kopf schief.

»Wissen Sie etwa mehr als ich?« Sein Interesse war geweckt. »Sie kommt doch aus Shrewsbury, oder?«

»Und da hat sie für Madame Carroll gearbeitet«, ergänzte Miss Goodwin. »Teure Kleider von höchster Qualität, habe ich gehört. Das ist alles.«

Matthew fühlte sich enttäuscht, gleichzeitig allerdings auch erleichtert. War es nicht naheliegend, dass sie schlichtweg eine hart arbeitende Frau zu sein schien, die ein Plätzchen für sich selbst suchte?

»Nun, dann ist anscheinend alles in Ordnung«, erklärte er, doch das war nicht ganz wahr. Denn vor ihm selbst lagen noch einige Hindernisse, die es zu überwinden galt. »Ich werde mal wieder zurückgehen«, kündigte er mit einem besorgten Blick die Hauptstraße hinunter an. »Dann kann sie ihre Arbeit beenden.«

20. Kapitel

Zwischen den bezahlten Aufträgen arbeitete Eileen beständig an Wilsons Kleidung. Es war jetzt zwei Tage her, dass sie seine Maße genommen und das erste Hemd abgesteckt hatte. Als er etwas kleinlaut in ihren Arbeitsraum zurückgekehrt war, hatte sie ihre Arbeit schnell beenden können. Er hatte sich ganz ruhig und kooperativ gezeigt. Wahrscheinlich hatte er sich für seinen Ausbruch geschämt.

Sie war sich sicher, dass sie mit den Maßen, die sie jetzt von ihm hatte, etwas Gutes zustande bringen konnte. So war es das Einfachste für ihn *und* für sie.

Als Eileen hörte, wie die Kirchenglocke halb zwölf schlug, stand sie von ihrem Hocker an der Nähmaschine auf und ging in den Laden.

Moira schöpfte gerade für eine Kundin grüne Seife aus einem Fass in einen kleineren Behälter, deswegen winkte sie nur kurz. »Maggie wird sicher gleich nach Hause kommen. Ich decke schon einmal den Tisch.«

Zum Glück hatte Moira immer noch kein Problem damit, wenn sie sich an ihren Sachen und Vorräten zu schaffen machte. Eileen hoffte, dass ihr Vertrauen so groß war, dass sie ihr irgendwann selbst erzählen würde, wo Maggie herkam, auch ohne offizielle Dokumente. Auf jeden Fall hatte das Mädchen in der Zwischenzeit gelernt, mit einem Fingerhut umzugehen.

Während sie ein irisches Volkslied summte, das sie von ihrer Mutter gelernt hatte, nahm Eileen die Teller aus dem Regal und stellte sie auf den Tisch. Sie setzte gleich noch den Wasserkessel auf und schnitt das Brot in Scheiben. Es gab noch Schinken vom Abend zuvor, den legte sie dazu.

Dabei fiel ihr auf, wie privilegiert Maggie aufwuchs. Sie selbst hatte früher häufig mit einer Scheibe Brot Vorlieb nehmen müssen, und wenn sie Glück gehabt hatte, war etwas Schweineschmalz dabei gewesen. Für das Abendessen galt oft genug dasselbe. Sie hätte darauf wetten können, dass Maggie noch nie nur Kartoffeln mit Schmalz auf ihrem Teller gehabt hatte. Demnächst würde es ihre Aufgabe sein, den Standard fortzusetzen, an den sich das Mädchen bei seinen Pflegeeltern gewöhnt hatte. Sie würde hart arbeiten müssen, um genügend Geld zu verdienen, das sah sie jeden Tag an Moira. Der große Vorteil ihrer Profession war es, dass sie ihre Arbeitszeiten einfacher anpassen konnte, weil sie kein Geschäft offen halten musste.

Als das Wasser beinahe kochte, holte Eileen die Dose mit dem Tee aus dem Schrank und löffelte die Blättchen in die Teekanne.

In diesem Augenblick flog die Tür auf und Maggie stürmte mit tränenüberströmten Wangen herein. »Ich habe einen Splitter in meinem Finger, Mama! Das tut ganz schlimm weh.«

Rasch wischte sich Eileen die Hände an der Schürze ab. »Da sollten wir schnell etwas dagegen tun, Schatz. Setz dich mal hin.«

»Wo ist Mama?« Stur blieb Maggie stehen.

Eileen blinzelte mit den Augen. »Im Laden, sie hatte noch Kunden. Soll ich dir nicht lieber gleich den Splitter herausholen? Dann tut es sehr viel weniger weh.«

»Tut es weh, ihn herauszuziehen?«

»Ein bisschen.« Es brachte ihrer Meinung nach nichts zu lügen. Im Allgemeinen gefiel es Kindern mehr, wenn man bei der Wahrheit blieb, auch wenn sie das nicht sofort tröstete. »Aber das dauert nicht sehr lange. Du bist ein großes Mädchen und …«

»Ich möchte, dass Mama das macht.« Sie rannte an Eileen vorbei zur Tür und schlüpfte in den Laden.

»Aber da sind …« Aber da war niemand mehr, der sie hätte hören können. Den Blick auf die geschlossene Tür gerichtet, blieb sie stehen. In der letzten Zeit hatte sie den Eindruck gehabt, dass Maggie und sie sich angenähert hatten. Sie hatte sich oft um das Mädchen gekümmert, wenn Moira im Laden zu tun gehabt hatte.

Sie hatte sich von Maggie auch manchmal bei den Näharbeiten in ihrem Arbeitszimmer helfen lassen und Maggie war stolz gewesen, dass sie schon so viel gelernt hatte. Sie war von Eileen Schritt für Schritt ermutigt worden, aber all das zählte offenbar nicht viel, wenn es darauf ankam …

Eileen fühlte sich abgewiesen. Acht Jahre lang hatte sie von dem Moment geträumt, in dem sie ihre Rolle als Mutter übernehmen konnte, doch jetzt ließ sie das Mädchen links liegen. Oh ja, ihr war bewusst, dass Maggie niemals eine andere Mutter gekannt hatte als Moira Trench, aber hätte sie nicht mittlerweile lernen müssen, ihr zu vertrauen? Konnte sie nicht akzeptieren, dass Eileen ebenso für sie sorgen konnte? Sogar noch mehr, weil schließlich nichts die Blutsverwandtschaft zwischen ihr und ihrem Kind ersetzen konnte! Wie lange würde sie sich noch gedulden müssen, bis Maggie das klar wurde?

Sobald die Tür wieder geöffnet wurde, drehte sie sich zum Herd um und goss das Wasser in die Teekanne. Es war nicht nötig, Maggie oder Moira ihre Enttäuschung merken zu lassen. Sie hasste sich dafür, dass sie sich nicht mehr zusammenreißen konnte. In all den Jahren war es für sie zur zweiten Natur geworden, ihre Gefühle zu verbergen. Hier in Almsbrick allerdings – in der Nähe ihrer Tochter – begann ihre Maske Risse zu bekommen. Das war gefährlich, so etwas durfte nicht passieren.

»Setz dich mal hin«, sagte Moira tröstend zu dem Kind, genau wie Eileen es getan hatte.

Eileen verschüttete das Wasser und zog schnell ihre Finger weg.

»Miss Eileen sagt, dass das weh tun wird.«

»Ich habe nur gesagt …«

Die Ladenglocke bimmelte.

Mit einem Seufzen sah Moira zu ihr hinüber. »Könntest du kurz schauen, wer das ist?«

Eileen schluckte. »Natürlich.«

So würdevoll wie möglich begab sie sich in den Laden. War sie nur gut genug, um die Aushilfe im Laden zu spielen? Es schien ihr nicht ehrlich und gleichzeitig schon. Sie war nie Maggies Mutter gewesen. Krampfhaft biss sie die Zähne aufeinander.

Zum Glück bekam sie es jetzt an der Ladentheke einmal nicht mit Mrs Holmes zu tun, die ihre wertvollen Vorräte auffüllen musste. Es war die alte Mrs Broomfield, die in dem Häuschen neben Miss Stubbs wohnte.

»Moira hat gerade zu tun, aber vielleicht kann ich Ihnen helfen?«

»Ganz bestimmt, Kind.« Mrs Broomfield hatte ein liebes, rundes Gesicht. »Ich brauche nur ein bisschen Tee.«

»Das haben wir gleich.« Erleichtert stellte Eileen die großen Dosen auf die Ladentheke. »Welche Sorte soll es denn sein?«

Bestürzt sah Mrs Broomfield sie an. »Moira lässt mich nie eine Sorte aussuchen.«

Eileen lächelte gezwungen, froh darüber, dass Moira ihr alles ausführlich erklärt hatte. »Es gibt indischen und chinesischen Tee, Mrs Broomfield. Hier drinnen haben wir z. B. – einen Moment – Bohea, Congou, Souchong …«

»All diese schwierigen Namen!« Mrs Broomfield schüttelte den Kopf. »Geben Sie mir einfach denselben wie immer.«

Eileen merkte, wie sich ihre Nackenmuskeln verspannten. »Und der wäre …?«

Eigentlich ahnte sie die Antwort schon. Vollkommen verwirrt sah Mrs Broomfield von einer Dose zur nächsten. »Es tut mir leid, Kind, aber das kann ich Ihnen gar nicht sagen.«

In Gedanken zählte Eileen bis zehn, um ruhig zu bleiben. Sie konnte das lösen. Mrs Broomfield war einfach nur vergesslich. Das Problem war, dass sie Moira nicht um Hilfe bitten wollte, weil sie sich nicht noch einmal übergangen fühlen wollte. Das hier musste sie allein schaffen.

»Wissen Sie was?«, sagte sie mit gespielter Begeisterung. »Wenn ich die Dose öffne, können Sie einmal daran riechen. Alle Teesorten haben ihr eigenes Aroma.«

Sie fing an mit einem preisgünstigeren chinesischen Tee und hielt die Dose ein wenig schief.

Mit äußerster Konzentration sog Mrs Broomfield die Luft ein. Eileen sah sie gespannt an. »Und?«

»Ach, Kind, ich weiß es wirklich nicht.«

Eileen sank der Mut. Erneut ertönte die Ladenglocke und kündigte eine Kundin an. Diese kam nun wahrscheinlich mit einer Frage, auf die sie überhaupt keine Antwort geben konnte.

Zu ihrer Erleichterung war es nur Rosie. Sie sah irgendwie verzweifelt aus und kam schnell näher.

»Sind Sie dabei, sich einen Tee auszusuchen, Mrs Broomfield? Deswegen bin ich auch hier.«

»Rosie, Mädchen, wie schön, Sie zu sehen! Wie geht es denn dem kleinen Jungen?«

Eileen wartete voller Ungeduld.

»Ausgezeichnet, wirklich«, antwortete Rosie. »Unser Tommy wächst wie Unkraut. Ich komme demnächst wieder einmal mit ihm vorbei.«

»Das ist schön.«

»Sagen Sie, Sie finden diesen Tee hier doch immer lecker, Mrs Broomfield?« Rosie warf Eileen einen flüchtigen Blick zu. »Das weiß ich, weil Tom ihn ebenfalls mag.«

Das war die billigste Sorte und Eileen vermutete, dass diese Tatsache wichtiger war als der Geschmack.

»Ja, das ist auch wahr, nicht?«, brabbelte Mrs Broomfield. »Nun, dann nehme ich wohl den. Grüßen Sie Tom schön von mir!«

Während Rosie das versprach, wog Eileen den Tee ab und füllte ihn in ein Papiertütchen.

Mrs Broomfield hatte gerade die Tür hinter sich geschlossen, als Moira zurückkam. »Das Elend ist vorbei, es hat auch kaum weh getan, aber ich habe ihr eine Süßigkeit versprochen.«

Eileen versuchte, dem Stich, den sie verspürte, keine Aufmerksamkeit zu widmen. Stattdessen reichte sie Moira hilfsbereit das Glas mit der Lakritze.

Moira warf einen Blick zur Seite. »So, Rosie, du hast dir wirklich den besten Moment zum Einkaufen ausgesucht. Genau zur Essenszeit.«

»Ich bin froh darüber«, erwiderte Eileen sofort. »Rosie wusste, welchen Tee Mrs Broomfield immer kauft.«

»Ja, ja.« Moira lachte kurz auf. »Tom wird allerdings weniger froh darüber sein, wenn gleich nichts auf dem Tisch steht.«

»Tom versteht das schon«, verteidigte sich Rosie, die rot geworden war. »Er wäre noch weniger begeistert, wenn er keine Tasse Tee zu seinem Brot bekäme. Könntest du deshalb für mich auch etwas von dem hier abwiegen, Eileen?«

»Selbstverständlich.« Mit einem Lächeln nahm Eileen ein neues Papiertütchen, es gelang ihr allerdings nicht, ihre plötzlich aufkeimende Besorgnis zu verdrängen. Männer konnten nett erscheinen, aber in Wirklichkeit ein Wolf im Schafspelz sein. »Wenn Tom dich schlecht behandelt …«

Rosie riss die Augen auf. »Mein Tom? Wie kommst du darauf?«

»Es hört sich so an, als würde er Ansprüche stellen.«

»Weil ich Hals über Kopf Tee für ihn holen gehe?« Jetzt lachte Rosie. »Das ist meine eigene Schuld. Ich habe mich noch nicht daran gewöhnt, dass er wieder zu Hause ist und das Zeug literweise trinkt. Eigenartig, nicht wahr?«

»Das sagt eher etwas über deine Qualitäten als Hausfrau aus«, mischte Moira sich ein. »Dein Mann hat den ganzen Vormittag hart gearbeitet und du vergisst seinen Tee!«

Mit niedergeschlagenen Augen holte Rosie ihre Geldbörse aus ihrem Korb. »Ja, nun ja … deshalb bin ich ja gerade hier.«

»Wenn es nur bloß nicht deshalb ist, um ihn friedlich zu stimmen«, ließ sich Eileen vernehmen. Tom schien auf den ersten Blick recht freundlich zu sein, sie hatte jedoch schon einen anderen kennengelernt, bei dem das auch so gewesen war. Sie wollte nicht, dass Rosie allein so eine Last zu tragen hatte.

Rosie schüttelte allerdings nur lächelnd den Kopf. »Warte nur ab, bis dir ein Mann über den Weg läuft, Eileen.«

»Ich habe nicht vor …«

»Du wirst sehen, dass es keine schwere Aufgabe ist, ihn zufrie-denzustellen. Ich tue es aus Liebe.« An ihren strahlenden Augen bemerkte Eileen, dass sie die Wahrheit sagte. Auf einmal fühlte sie sich innerlich leer. Aber war das nicht genau der Grund, wa-rum sie alles für Maggie tat? Aus Liebe?

»Wenn du mich fragst, hast du einfach nur Angst, dass er dir wegläuft«, stellte Moira spöttisch fest. »Schließlich bist du ja in der Vergangenheit nicht immer treu gewesen.«

Eileen sah, wie Rosies Hände zitterten, während sie das Tüt-chen von der Ladentheke nahm. »Können wir diese Geschichte nicht endlich ruhen lassen, Moira? Wenn ich noch einmal die Chance bekäme, würde ich anders handeln, aber letzten Endes ist doch alles gut ausgegangen.«

Eileen wünschte, sie könnte dasselbe sagen. Bald.

»Für dich schon«, widersprach Moira. »Ich bin davon über-zeugt, dass …«

»Das tut nichts zur Sache«, unterbrach Rosie sie und legte ein paar Münzen auf die Ladentheke. »Ich muss jetzt schnell nach Hause und das Essen fertig machen.«

»Wir setzen uns auch an den Tisch. Kommst du mit, Eileen?«

Während sie Moira folgte, sah Eileen, wie Rosie das Geschäft verließ.

»Jetzt musst du mir doch noch etwas erklären.«

»Das mit Rosie?« Mit einem Seufzen setzte sich Moira an den Tisch.

Maggie zeigte ihr stolz den Verband um ihren Finger, doch Eileen ließ sich davon nicht ablenken. »Ich verstehe es einfach nicht. Du hast mir verschiedene Male erzählt, wie liebevoll Gott ist und dass er Gnade walten lässt. Wie kannst du dann weiterhin so gemein zu Rosie sein? Was hat sie dir angetan?«

»Mir nichts, aber Matthew.« Moira rührte in ihrem Tee.

»Matthew?« Auf einmal wusste Eileen nicht mehr so genau, ob sie das wirklich wissen wollte. »War etwas zwischen ihnen?«

»Er war total verrückt nach ihr.«

Du lieber Himmel! »Und das, während Tom …?«

»Nein, gar nicht!«, entgegnete Moira hitzig. »Wie kannst du so etwas von Matthew denken?«

Eileen zuckte mit den Schultern. So seltsam war das nicht. »Und weiter?«

Grübelnd starrte Moira in ihre Teetasse. »Das ist eine kurze Geschichte. Während er nach seiner ersten Dienstzeit bei den Reservetruppen war, hat Matthew auf der Howell Farm gearbeitet. Dort hat er sich in Rosie verliebt. Sie hat ihn dazu ermuntert.«

Eileen schnaubte. Diese Ausrede benutzten Männer immer.

»Sie hat ebenfalls bei Bauer Howell gearbeitet«, erläuterte Moira. »Sie hat ständig Matthews Gesellschaft gesucht, hat mit ihm auf allen Festen getanzt. Wir haben alle gedacht, dass es zwischen den beiden etwas werden wird. Auch Tom hat das gedacht und deshalb hat er seinen Mund gehalten und nicht über seine Gefühle für das Mädchen gesprochen. Erst während des Erntefestes am Ende des Sommers ist es dann schiefgegangen.«

Mit einem Blick auf Maggie überlegte sich Eileen, ob sie weiter fragen sollte. Sie wusste, dass Erntefeste … ausgelassen sein konnten.

Moira fuhr allerdings schon mit ihrer Geschichte fort. »Matthew wollte Rosie offiziell um eine Beziehung bitten, aber da hat sie zugegeben, dass sie schon die ganze Zeit in Tom verliebt gewesen war. Nun frage ich dich: Das ist doch hinterhältig, oder? Sie hatte Matthew nur deshalb ihre ganze Aufmerksamkeit gewidmet, weil sie Tom eifersüchtig machen wollte, sodass er endlich seinen Mund aufmacht und ihr seine Liebe gesteht!«

Auf einmal konnte Eileen sich Matthews Enttäuschung lebhaft vorstellen. So hatte sie sich selbst gefühlt, nachdem sie in der Kaserne von Shrewsbury vergeblich nach Johnny gefragt hatte. Damals hatte sie erfahren, dass sie nicht sein einziges Mädchen gewesen war. »Aber warum hat Tom dann die ganze Zeit nichts gesagt?«

»Er fühlte sich schuldig. In Indien hat Matthew ihm das Leben gerettet und jetzt wollte er seinem Freund kein Leid zufügen.« Moira schüttelte den Kopf. »Er hätte besser von Anfang an ehrlich sein sollen. Aber wenigstens hatte er seine Gründe. Von Rosie war es einfach nur hinterhältig, den einen Mann anzuspornen, während sie den anderen haben wollte. Ein anständiges Mädchen macht so etwas nicht.«

»Ich habe den Eindruck, dass es ihr hinterher leidgetan hat.« Und wie sich das anfühlte, wusste sie ebenfalls.

»Das sollte auch so sein.« Mit einem Schlag stellte Moira ihre Tasse ab. »Matthew ist tot unglücklich gewesen, nachdem sie ihn abgewiesen hatte. Das war der Grund, warum er sich noch mal zum Militärdienst gemeldet hat.«

»Aber Tom ist mit ihm gegangen.« So langsam keimte in ihr Bewunderung für diese Freundschaft auf.

»Es ist ein Wunder, dass sie sich nicht gegenseitig massakriert haben«, bemerkte Moira trocken. »Ich verstehe nicht, warum sie immer noch Freunde sind. Und du weißt, wie schwer Matthew verwundet worden ist. Es hätte nicht viel gefehlt und er hätte das nicht überlebt. Wer hätte dann die Schuld daran gehabt?«

Eileen blinzelte mit den Augen. »Ist es das, was dir immer noch auf dem Magen liegt? Aber … er trifft doch seine eigenen Entscheidungen, wie auch immer sie ausfallen mögen?«

»Weil Rosie ihn hingehalten hat. Wenn sie sich nicht so leichtsinnig verhalten hätte, wäre Matthew nicht so unglücklich gewesen, davon bin ich überzeugt. Und meinst du etwa, dass es nun besser geworden ist?«

»Er hat viel zu tun auf seinem Bauernhof.« Eigentlich hatte sie den Eindruck, dass er mehr durch den Krieg in Beschlag genommen wurde als durch Rosies Entscheidung. Vor allem seit dem Tag, an dem er das Hemd anprobiert hatte.

»Aber bedenke doch nur, wie es für ihn sein muss, wenn er immer wieder damit konfrontiert wird, dass sie einen anderen hat! Und außerdem noch ein Kind von diesem anderen!«

»Er ist allerdings nach Almsbrick zurückgekommen«, bemerkte Eileen zögernd. »Zusammen mit Tom. Das sagt doch auch etwas.«

»Ich denke, er hat gehofft, dass er an einem Ort, den er kennt, trotzdem glücklich wird.« Moiras Gesicht wurde sanfter und Eileen wurde bewusst, wie sehr sie ihren Cousin mochte. »Das hoffe ich auch für ihn. Er braucht eine liebe Frau, der man trauen kann. Eine, die bereit ist, an seiner Seite zu stehen.«

»In Almsbrick stehen doch sicher noch junge Damen zur Verfügung.«

Mit einem vielsagenden Blick sah Moira sie an. »Und dann kommt da auch noch eine Neue aus der Stadt dazu, die sich hier niederlassen will.«

Eileen verschluckte sich prompt an ihrem Tee. Oh nein! Moira konnte doch nicht im Ernst hoffen, dass zwischen ihr und Matthew …

Müde, aber zufrieden, erhob sich Matthew von der schwarzen Erde und blickte zurück. Der größte Teil der Kartoffeln lag nun im Boden und das stimmte ihn glücklich.

»Wenn man sich hinterher alles anschaut, geht es einem immer besser, Chef.« Neben ihm wischte sich Victor Trench die Nase ab. »Den Rest packst du heute Nachmittag sicher.«

»Das denke ich auch. Ich bin froh über deine Hilfe, aber nenn mich doch bitte nicht ›Chef‹. Du weißt, dass ich nicht über die Mittel verfüge, dir einen ordentlichen Lohn zu zahlen.«

»Macht nichts, Ch… Matthew.« Der Mann grinste einfältig. Erneut machte er einen nervösen Eindruck, genau wie vor ein paar Tagen, als er vorbeigekommen war und gesehen hatte, wie Matthew sich allein abrackerte. Schüchtern, so als wäre er sich sicher, dass Matthew ihn zurückweisen würde, hatte er seine Hilfe angeboten. Seitdem war er beinahe jeden Tag wiedergekommen.

Meistens machte Matthew die Löcher im Boden und er füllte sie mit Kartoffelsetzlingen.

Matthew wurde bewusst, dass er den Mann anstarrte, und so räusperte er sich. »Wie dem auch sei, ich finde es schön, dass wir zusammenarbeiten.«

»Geht mir auch so«, murmelte Victor. Ohne Matthew anzuschauen, nahm er den Jutebeutel mit den letzten Kartoffelsetzlingen.

Der Mann war wirklich nervös. Hatte er vielleicht Angst davor, zurück zu seinem Bruder in die Herberge zu gehen? Matthew fand die Aussicht, den Rest des Ackers ganz allein bearbeiten zu müssen, auf jeden Fall nicht berauschend. Er hatte die Gesellschaft schätzen gelernt.

Oft arbeiteten sie schweigend, manchmal stimmte Victor ein altes Volkslied an und Matthew sang mit. Er hatte nie etwas gesagt, wenn den Mann wieder einmal eine Alkoholfahne umgab. Solange Victor noch imstande war, Kartoffeln zu legen, tat Matthew so, als würde er es nicht bemerken. Weil er es verstand. Und weil es seine eigene Willenskraft stärkte, nicht so zu enden. Keiner von beiden brachte den Krieg zur Sprache und darüber war Matthew froh. Sie brauchten keine Worte.

Als im Dorf die Kirchenglocke läutete, setzte Victor seinen Hut ab und kratzte sich am Kopf. »Ich sollte mal lieber zur Herberge zurückgehen, zum Mittagessen und zu den Pferden. Leonard sollte mich hier besser nicht sehen.«

Matthew zog die Augenbrauen zusammen. »Hör mal, es ist nicht meine Absicht, dir Schwierigkeiten zu bereiten. Wenn ich es dir schwer mache …«

»Das machst du nicht, Matthew.« Victor schüttelte den Kopf. »Nicht so wie Leonard.«

»Nun, dann … ich gehe erst noch mal ins Dorf, denn ich habe Moira frische Eier versprochen.«

Sie gingen in verschiedene Richtungen auseinander und Matthew fiel es schwer, den Weg zum Dorf einzuschlagen. Er war seit

Dienstag noch nicht wieder dort gewesen. Miss Brady hatte sich ihm gegenüber zwar nichts zuschulden kommen lassen, aber er war nicht besonders erpicht darauf, die Schneiderin wiederzusehen. Und Moiras besorgte Blicke über sich ergehen zu lassen.

Mit dem Korb voller Eier, die er an diesem Morgen gesammelt hatte, überquerte er den Bach und ging zur Hauptstraße. Eigentlich sollte er besser zur Hintertür hineingehen. Maggie würde um diese Zeit herum wieder zurück zur Schule müssen, und die Chance war groß, dass Miss Brady sich wieder an ihre Nähmaschine gesetzt hatte. Dann könnte er schnell die Eier mit Moira abrechnen und sich wieder auf den Weg nach Hause machen.

Erleichtert über diesen Einfall öffnete er das Gartentürchen und ging an der Scheune entlang zur Hintertür. Dort hielten ihn Stimmen auf. Anscheinend saßen sie noch am Tisch. Nun ja, er konnte einen Augenblick warten.

In diesem Moment hörte er seinen eigenen Namen fallen und den von Rosie. Sein Herzschlag beschleunigte sich. Es war lange her, dass beide Namen in *einem* Atemzug genannt worden waren, aber was Moira suggerierte, gefiel ihm gar nicht.

Als Miss Brady laut zu husten anfing, schob er die Tür auf. »Soll ich auch noch meine Meinung dazu sagen, die Damen?«

»Onkel Matthew!« Maggie sprang auf und kam auf ihn zu. »Ich habe einen Splitter in den Finger bekommen, weil ich über ein Gatter geklettert bin.« Flüchtig warf er einen Blick auf den kleinen Verband und streichelte ihr über die Locken. »Das kann schon mal passieren, Liebes.«

»Du solltest nicht über Gatter klettern, die aus grobem Holz sind«, erklärte Moira. »Irgendwann fällst du noch herunter und brichst dir etwas.«

»Ach komm, du betüttelst sie zu sehr.« Matthew stellte den Korb mit den Eiern auf den Tisch. »Und anscheinend versuchst du das auch mit mir.«

Er warf einen flüchtigen Blick in das rot angelaufene Gesicht von Miss Brady, die mit einem Taschentuch über ihre Augen tupfte.

Moira dagegen wurde ein bisschen bleich. »Matthew …«

»Ich brauche niemanden, der sich um meine Angelegenheiten kümmert. Und ich möchte auch nicht, dass du Rosie in ein schlechtes Licht rückst.«

»Ich mag Rosie sehr«, offenbarte Miss Brady. Ihre Stimme hörte sich noch etwas heiser an, weil sie sich verschluckt hatte.

»Was ich gesagt habe, ist wahr«, behauptete Moira. »Rosies Verhalten war in jeder Hinsicht unverschämt. Zwei Freunde gegeneinander aufzuhetzen …«

»Was weißt du schon davon?«, blaffte er sie an. Aus den Augenwinkeln sah er, dass die anständige Miss Brady noch ein wenig röter geworden war. »Rosie hat keinen von uns beiden verletzen wollen. So ist es überhaupt nicht gewesen.«

Miss Bradys gerunzelte Stirn bereitete ihm so langsam Sorgen.

»Ich hoffe nicht, dass Sie Rosie aufgrund von Moiras Worten anders behandeln werden, Miss.«

»Auf keinen Fall«, versicherte sie ihm.

»Du bist immer noch in sie verliebt«, stellte Moira in betrübtem Tonfall fest.

Verdutzt sah er seine Cousine an. »Darüber bin ich schon lange hinweg. Ich möchte nur nicht, dass jemand sie und Tom keines Blickes würdigt. Wenn ich ihnen vergeben habe, dann solltest du das doch auch hinbekommen, oder?«

Moira seufzte. »Du hast recht, Matt. Ich weiß es eigentlich schon.«

»Und darüber hinaus ist es mit Sicherheit nicht nötig, mich mit jemand anderem zu verkuppeln.«

»Ich wollte dich …«

»Ich schaffe es wunderbar allein.« Er zwang sich dazu, die Schneiderin anzuschauen. »Ich möchte Sie nicht beleidigen, Miss, aber ich brauche schlichtweg keine Frau.«

»Und ich keinen Mann.« Miss Brady stand hocherhobenen Hauptes auf. Von dieser kerzengeraden Haltung hätten sich einige Rekruten noch eine Scheibe abschneiden können. Sie lächelte verschmitzt. »Ihre Kleidung ist übrigens fast fertig.«

Moment mal, machte sie sich jetzt etwa über ihn lustig? Er hatte sie doch gerade in Bezug auf seine Absichten beruhigen wollen.

»Wunderbar«, antwortete er kühl. »Dann komme ich sie demnächst abholen und Sie brauchen mich anschließend nicht wieder zu sehen.«

»Bitte, Matt«, flehte Moira. »Es ist nicht gut, wenn du dich immer so zurückziehst.«

»Ist es besser, wenn ich ins Dorf komme und mitkriege, wie über mich getratscht wird?«

»Es tut mir leid.« Er konnte sehen, dass sie das ernst meinte. »Ich habe nur versucht, es Eileen zu erklären.«

Matthew warf der Schneiderin einen bösen Blick zu. »Dann erkläre ihr auch, dass ich gern allein bin. Wenn ich niemanden brauche, fällt mir auch niemand zur Last.«

Mit schief gelegtem Kopf betrachtete Miss Brady ihn. Das machte ihn nervös. Glaubte sie ihm das etwa nicht? Oder sah er jetzt Mitleid in ihren Augen?

»Und wenn ich die Kleidungsstücke abholen komme, vereinbaren wir auch einen vernünftigen Preis«, fügte er hinzu. »Ich möchte sie nicht geschenkt haben.«

Ihr Mund blieb vor Erstaunen offen. Bevor sie allerdings Widerspruch anmelden konnte, drehte er sich um. Nachdem er die Tür hinter sich ins Schloss hatte fallen lassen, spürte er jedoch nicht die Befreiung, auf die er gehofft hatte.

Mit gemischten Gefühlen sah Eileen, wie Maggie hinter Beth Swift her über die Wiese auf der anderen Seite des Geschäftes rannte. Genau in die entgegengesetzte Richtung von der Oak Hill Farm, zu der sie doch eigentlich hatte mitgehen wollen.

Eileen wusste, dass sie für die Freundschaft zwischen den beiden Mädchen dankbar sein sollte. Nach ihrem schwierigen Start ins Leben war es doch großartig, dass Maggie so ein fröhliches

Kind geworden war und Beziehungen mit anderen Kindern und Erwachsenen hatte knüpfen können. Je mehr sich Maggie allerdings in Almsbrick zu Hause fühlte, desto mehr würde Eileen ihr bald wegnehmen müssen. Sie hatte keine Ahnung, wie sie das Mädchen darauf vorbereiten sollte.

Heute hatte sie eigentlich vorgehabt, Matthew Wilson die neuen Kleidungsstücke zu bringen. Mit Absicht hatte sie bis zum Samstag damit gewartet, weil sie Maggie dann mitnehmen konnte, während Moira im Laden viel zu tun hatte. Doch weil nun Beth aufgetaucht war, um mit Maggie zu spielen, schien es vernünftiger, die Mädchen sich selbst zu überlassen.

Eileen entfuhr ein Seufzer und sie setzte ihren Weg zum Bauernhof fort. Die Hose, die Jacke und das Hemd hatte sie in einen Korb gelegt. Mit ein bisschen Glück konnte sie den einfach vor die Tür stellen, weil Matthew gerade auf dem Acker arbeitete. Das schien ihr die beste Möglichkeit, schwierigen Diskussionen über den Preis auszuweichen. Sie hatte schließlich versprochen, für das Umnähen der Kleidung kein Geld zu verlangen. Dahinter würde sie nicht zurückgehen. Sie hatte ebenfalls ihren Stolz.

Nachdem sie den Bach überquert hatte und in den Hof einbog, sah sie, dass er die trächtigen Mutterschafe in einem eingezäunten Bereich nahe der Scheune untergebracht hatte. Sie erinnerte sich, dass ihr Vater jedes Jahr dasselbe gemacht hatte, um beobachten zu können, ob alles in Ordnung war. Allerdings hatte sie den Eindruck, dass nicht alle Tiere hier standen, also hatte Matthew vielleicht einige schon in die Scheune gelassen.

Die Mutterschafe hier draußen schienen allgemein in guter Verfassung zu sein. Wie oft hatte sie mit ihrem Vater ein Spielchen gespielt, während er mit einem Auge die Schafe im Blick behalten hatte, um mitzubekommen, wenn eins von ihnen Wehen bekam … Auch jetzt suchte sie unwillkürlich die Schafe nach Anzeichen dafür ab, dass es bald so weit war. Links schien eines von ihnen sich abzusondern, doch ansonsten konnte sie nichts erkennen. Im hinteren Bereich der Einhegung, direkt vor der Scheune, hatte sich allerdings ein Mutterschaf hingelegt. Sie erschrak, als sie die Unmengen von Blut rund um den wolligen Schwanz sah. Das Tier war kaum noch in der Lage, den Kopf zu heben, wenn eine Wehe kam. Womöglich war das Lamm zu groß.

Eileen wusste, wie wichtig die neuen Lämmer Matthew waren, doch dieses hier würde es ohne Hilfe nicht schaffen. Sie ging in die Scheune, wo er aus Hürden mehrere Verschläge gebaut hatte und der Boden mit einer Lage Stroh bedeckt war. Das würden intensive Tage für ihn werden. »Matthew?«

Geblöke war die erste Antwort, die sie bekam, bis aus dem hintersten Winkel ein leises »Hier« ertönte.

Rasch lief sie zu dem Verschlag, wo sie ihn auf den Knien im Stroh sitzen sah. »Draußen ist ein Schaf am Werfen, aber es ist sehr schwach.«

»Das hier auch.« Er hörte sich müde an und nickte zu dem Schaf hin, das vor ihm lag. »Ich frage mich, ob das Lamm noch lebt.«

»Du wirst ihm helfen müssen.«

»Ja.« Besorgt blickte er sie an. »Wird es das Schaf draußen schaffen, was meinst du?«

Sie brachte es nicht übers Herz, rundheraus »Nein« zu antworten. Stattdessen stellte sie ihren Korb ab. »Ich werde sehen, was ich tun kann.«

Draußen raffte sie ihre Röcke und kletterte über das Gatter. Sie hatte oft genug geholfen, wenn ihr Vater seinen Schafen bei der Geburt geholfen hatte.

Das Schaf blökte herzzerreißend, aber leise. Eileen näherte sich ihm langsam, das schien es allerdings noch nicht einmal zu merken. Mühelos konnte sie sich neben den Bauch des Tieres setzen, um Tritten zuvorzukommen, so wie ihr Vater es ihr beigebracht hatte. Sie tastete nach dem Lamm und fühlte die Hufe, dann auch den Kopf. Auf jeden Fall lag das Lamm richtig, das war ein Vorteil.

Die Wehen des Mutterschafes waren allerdings längst nicht

kräftig genug. Deshalb nahm sie die Füße mit einem festen Griff und begann zu ziehen. Das Schnäuzchen kam heraus und sie zog fester. Bei der Hüfte blieb das Lamm stecken, doch sie zog vorsichtig weiter, bis es ganz draußen war.

»Reibe es warm.«

Sie erschrak, als sie Matthews Stimme neben sich hörte. Dennoch tat sie, was er sagte, wischte das Häutchen vom Schnäuzchen und fing an, es kräftig mit Stroh abzureiben. Matthew kniff das Lamm ins Ohr, sodass es nach Luft schnappte und zu atmen begann. »Das hier schafft es.«

Erst jetzt bemerkte sie das Bündelchen in seinen Armen und ihr Mut sank. »Das andere hat es nicht geschafft.«

»Nein. Das Lamm war schon tot, ich konnte nichts mehr tun.« Er sah mit einer tiefen Falte auf der Stirn an ihr vorbei. »Dieses Mutterschaf …«

»Es hat ziemlich viel Blut verloren, Matthew. Deshalb habe ich gesehen, dass etwas nicht in Ordnung war. Wenn es nicht schnell zu Kräften kommt …«

Er nahm das lebendige Lamm und legte es direkt vor die Mutter. Sie machte keine Anstalten, ihr Junges trocken zu lecken. Matthew schloss die Augen. »Das wird nichts, wenn ich das Lamm mit der Flasche großziehen muss. Das kostet Zeit und …«

»Es gibt eine andere Möglichkeit.« Fest entschlossen hob Eileen den Kopf. »Wenn die Mutter des toten Lammes Milch hat, kann sie es zu sich nehmen.«

»Mit ihr scheint alles in Ordnung zu sein.«

»Dann sollten wir sie davon überzeugen, dass das hier ihr Lamm ist.« Sie sah ihn ernst an und hoffte, dass sie ihm nicht erklären musste, wie er das zustande bekommen sollte.

Einen Augenblick lang starrte Matthew die Schneiderin an, die nun im Stroh zwischen seinen Schafen kniete. Nicht zu glauben!

Es war offensichtlich, dass sie wusste, wovon sie sprach, schließlich hatte sie soeben ohne Zögern eines seiner Lämmer gerettet.

»Du hast recht«, sagte er langsam. »Wir müssen dafür sorgen, dass sie das Lamm annimmt.«

»Hast du das schon einmal gemacht?«

»Nur zugeschaut.« Dennoch holte er sein Messer heraus.

Eileen stand auf, um das lebendige Lamm zu nehmen, während er nach dem leblosen Bündel tastete. Er erwartete, dass sie ihr Gesicht abwenden würde, sie drehte sich allerdings sofort wieder um und nickte ihm zu, während er rund um die Hufe und den Nacken des toten Tieres einen Schnitt machte.

»Hier.« Gefasst schob sie das mutterlose Lamm zu ihm hin. Rasch zog er dem toten Lamm das Fell ab und band es auf den Körper des lebendigen Lammes, das herzzerreißend blökte.

»Komm mit.«

Sie folgte ihm direkt in die Ecke, wo das Mutterschaf lag, das sein Junges verloren hatte. In einem kleinen Abstand setzte er das Lamm ab und trat einen Schritt zurück. Er schloss den Verschlag. Sie blieben beide davor stehen und beobachteten, was passierte.

Das Lamm stakste zum Mutterschaf und versuchte zu trinken, doch das Mutterschaf sprang zur Seite. Matthew entfuhr ein Kraftausdruck.

»Nicht so schnell aufgeben«, flüsterte Eileen neben ihm, die Augen geradewegs auf das Schaf gerichtet.

Erneut lief das Lamm auf das Schaf zu, und das beschnüffelte es jetzt ausgiebiger.

»Komm schon«, sagte Matthew mit zusammengebissenen Zähnen. »Das ist deins.«

Dieses Mal machte das Mutterschaf nur einen kleinen Schritt nach rechts. Nicht genug, damit das Lamm sich aufhalten ließ. Würde es klappen? Sein Herz schlug ihm bis zum Hals. Wenn das Schaf es nicht annahm, konnte er das Lamm vermutlich abschreiben. Es war einfach viel zu aufwendig, ihm ständig die Flasche geben zu müssen. Auch wusste er nicht, wie das Mutterschaf schließlich auf den Verlust seines eigenen Jungtieres regieren würde. Schafe waren sensibel für Stress. Mit zusammengezogenen Augenbrauen verfolgte er den neuen Versuch des Lammes, die Zitzen des Muttertieres zu finden. Das Lamm blökte leise, bevor es ihm schließlich doch gelang.

Matthews Hals schnürte sich zu. Wenn das Mutterschaf das Lamm nun bloß akzeptierte! Auch Eileen neben ihm atmete angespannt und leise.

Noch nicht ganz beruhigt schüttelte das Mutterschaf den Kopf. Das Lamm saugte gierig und schon gab das Schaf seinen Widerstand auf.

»Das funktioniert.« In Eileens Stimme war Erleichterung zu hören.

Er blickte zur Seite und sah, wie fasziniert sie von dem Schauspiel war, das sich da vor ihren Augen entfaltete. Das Lamm wedelte begeistert mit seinem Stummelschwänzchen hin und her und trank weiter. Die Mutter drehte ihren Kopf zu ihm hin und gab ihm einen sanften Schubs mit der Schnauze. Eher liebkosend als korrigierend.

Die Mutter ... Er lächelte. »Sie fängt an, es in ihr Herz zu schließen, obwohl es nicht ihr eigenes ist.«

Eileen verspannte sich, vielleicht redete er zu laut.

Vorsichtig nahm er sie am Arm und führte sie ein paar Schritte von dem Verschlag weg. »Vielen Dank für deine Hilfe.«

»Ich bin froh, dass wir wenigstens dieses Lamm retten konnten.« Sie wischte sich eine Haarsträhne aus dem Gesicht.

»Zum Glück hast du gewusst, was du tun musstest. Hattet ihr früher zu Hause auch Schafe?«

Mit einem kurzen Nicken marschierte sie zu dem Eimer mit Wasser, den er bereitgestellt hatte, und wusch sich ihre Hände und Arme. »Die Herde von meinem Vater ist ungefähr genauso groß gewesen wie diese hier. Ich bin oft dabei gewesen, wenn die Lämmer gekommen sind.«

»Du bist also gar nicht das Stadtmädchen, für das ich dich

gehalten habe.« Er folgte ihrem Beispiel. »Wie lange hast du in Shrewsbury gewohnt?«

In ihren Augen erschien ein distanzierter Ausdruck. »Rund acht Jahre.«

»Das ist ganz schön lange.« Er reichte ihr ein Handtuch. »Ich habe das alles vermisst, als ich in der Armee war. Die Arbeit mit den Tieren, die Natur … Natürlich gab es da die Kavalleriepferde und einen Haufen anderer Tiere. In Indien hatten wir sogar Elefanten, aber das ist doch etwas anderes.«

»Ich habe mein Heimatdorf auch sehr vermisst.« Es hatte sich eine Wachsamkeit in ihren Tonfall eingeschlichen, die er sich nicht erklären konnte. »Und meine Familie. Das habe ich ihnen nie erzählen können.«

Was er darauf erwidern sollte, wusste Matthew nicht. Moira war seine Familie. Er könnte selbst Tom als solche ansehen. Auch wenn es keine Blutsverwandtschaft war.

Aber seine Eltern? Nein, die hatte er noch nie vermisst! Wenn er seinem Vater nie mehr unter die Augen kommen würde, wäre das nur gut so. Es gab keinen Grund für ihn, Westwich noch einmal einen Besuch abzustatten. Das Bild eines jungen Mädchens mit denselben blonden Haaren wie Moira erschien vor seinem geistigen Auge, aber er schob es weg. Seine Schwester Becky erinnerte sich sicher kaum noch an ihren großen Bruder. Auch das sollte besser so bleiben.

Er bemerkte, wie Eileen an ihren Nägeln kaute. »Warum bist du von deiner Familie weggegangen, wenn der Abschied so endgültig war?«

Ihr Blick blieb starr auf ihre Finger gerichtet. Für einen Augenblick dachte er, dass sie ihn nicht gehört hatte oder vielleicht nur so tat. Doch dann entfuhr ihr ein Seufzen. »Meine Arbeit, Mr Wilson. Mir war klar: Wenn ich es tatsächlich als Schneiderin oder Kleidermacherin zu etwas bringen wollte, musste ich in die Stadt ziehen.«

Prüfend betrachtete er ihr Gesicht. »Soweit ich weiß, hast du eben noch ›Matthew‹ zu mir gesagt.«

Eileen schlug die Augen nieder. Sie musste korrekt bleiben und sich an die Regeln halten.

»Dafür kennen wir uns mittlerweile gut genug, scheint mir.«

Er sah ihr Zögern, ihre plötzliche Abwehr. »Ich hätte beinahe vergessen, wozu ich hergekommen bin«, sagte sie kurz angebunden. »Die Kleidung ist nämlich fertig. Ich habe den Korb …«

Suchend sah sie sich um. »Ich glaube, ich habe ihn im Verschlag stehen gelassen.«

Langsam folgte er ihr dorthin. In der Tat stand der Korb im Stroh auf dem Boden. Ordentlich zusammengefaltet lagen darin eine Hose und eine Jacke. Doch das Hemd …

»Oh …«, stieß Eileen hervor.

Er räusperte sich. »Ich habe mir geschnappt, was da war, um das Lamm warm und trocken zu reiben in der Hoffnung, dass es doch noch zu atmen beginnt. Das war mein erstes Lamm, weißt du?«

»Das verstehe ich.« Sie hörte sich an, als meinte sie es ernst, aber nichtsdestotrotz kam er sich ziemlich dämlich vor.

Er stieg über die Barriere und hob das Kleidungsstück auf. Schleim und Stroh klebten daran.

»Ich nehme es einfach wieder mit, um es zu waschen«, verkündete sie. »Das ist Baumwolle von guter Qualität, die wird ein bisschen Dreck schon überleben.«

»Darum kann ich dich nicht bitten, ich wasche es schon selbst.«

Ihr Kinn wanderte nach oben – eine Bewegung, die er mittlerweile schon gut kannte. »Ich liefere meine Arbeit immer sauber und ordentlich ab. Das habe ich auch dieses Mal vor … Matthew.«

Allein durch das letzte Wort war für ihn die Sache nun glasklar.

21. Kapitel

Der Frühling brachte das Beste in ihm zum Vorschein, dachte Matthew, während er pfeifend über den Hof lief. Es war noch früh, doch es versprach ein schöner Tag zu werden. Der Nebel, der jetzt noch über der Landschaft hing, würde sich in der Wärme der Sonne rasch auflösen. Unter den grünen Hecken blühten wilde Veilchen und Narzissen, während in der Eiche hinter dem Haus Stare in ihrem Nest zwitscherten. Matthew hatte gesehen, dass der Winterweizen in frischem Grün aus der Erde kam und gut wuchs.

Es war zwei Wochen her, dass Eileen ihm mit seinen ersten Lämmern geholfen hatte, und mittlerweile hatten beinahe alle Mutterschafe geworfen. Eine Sorge weniger. Er freute sich darauf, demnächst die Lämmer des letzten Jahres zu verkaufen. Alles wies daraufhin, dass er das Zeug hatte, einen Bauernhof zu betreiben.

Schade eigentlich, dass Eileen nicht noch einmal gekommen war, um zu sehen, wie es den Lämmern ging. Er hätte gern noch etwas mehr mit ihr geplaudert und die andere, sanftere Seite von ihr kennengelernt. Wie sie da auf den Knien im Stroh gesessen hatte, würde er sein Leben lang nicht vergessen. Doch wahrscheinlich hatte sie genauso viel zu tun wie er und das war eigentlich nur gut so.

Grinsend ging er zu der Weide hinüber, auf der Smokey stand, und wartete, bis das Pferd mit seinem Kopf schüttelte und eine Runde lief. Seit es nicht mehr im Stall stand, war das ein festes Ritual geworden, bevor es sich einspannen ließ.

Matthew zeigte ihm seine leeren Hände. »Heute kein Zaumzeug, mein Junge. Ich gehe Unkraut jäten und du hast heute einen Ruhetag.«

Es war eine einsame Arbeit, aber vielleicht kam Victor Trench zufällig an dem Acker vorbei, auf dem er beschäftigt war.

Er lief noch kurz zum Gatter, an dem Smokey unruhig mit dem Kopf schüttelte, und schnalzte mit der Zunge. »Gefallen dir meine Pläne nicht?« Smokey wieherte und machte ein paar Schritte, doch das kostete ihn sichtbar Mühe.

Mit zusammengezogenen Augenbrauen blickte Matthew an ihm herunter. Das Pferd hatte eine Wunde an einem seiner Vorderbeine. Auf einmal bemerkte er, dass auch die Einfriedung der Wiese kaputt war. Er sprang über das Gatter und näherte sich Smokey behutsam. Glücklicherweise vertraute das Tier ihm.

Vorsichtig betastete Matthew die offene Wunde an seinem Bein. Was um Himmels willen war hier passiert? Sein Pferd hatte auf der Weide kaum Möglichkeiten, sich so zu verletzen.

Er ging zu dem kaputten Gatter. Es sah aus, als habe Smokey darüber springen wollen, er war sich allerdings sicher, dass sein Pferd das nicht ohne Grund tun würde. Was hatte Smokey erschreckt? »Ist das vielleicht ein Fuchs gewesen, mein Junge?«

Smokey war ihm gefolgt und schubste ihn sanft gegen die Schulter. Er seufzte und rieb dem Pferd über die Nüstern. »Wir gehen jetzt erst einmal zum Hufschmied.«

Toms Kenntnisse über die Versorgung von Wunden waren größer als die seinen. Dennoch beunruhigte ihn die Situation. Smokey ließ sich normalerweise nicht schnell aus der Fassung bringen. Da musste etwas vorgefallen sein.

Nochmals betrachtete er sich das kaputte Gatter. Konnten Menschen hier ihre Finger im Spiel gehabt haben? Es schien gerade so, als wären da Fußabdrücke und platt getretenes Gras rund um die Pfähle zu sehen. Waren da etwa Pferdediebe in Almsbrick aktiv? War es das, was er das eine Mal in der Nähe des Stalls gesehen hatte? Hatte er ihre Stimmen gehört?

Während das Gefühl, dass etwas nicht stimmte, weiterhin an ihm nagte, nahm er Smokey mit ins Dorf.

Tom zog seine Augenbrauen zusammen, als er hörte, zu welchem Schluss er gekommen war. »Pferdediebe? Von so etwas habe ich bisher noch nichts gehört.« Und das wollte etwas heißen, denn das Feuer der Schmiede war normalerweise der Sammelpunkt für alle, die Neuigkeiten austauschen wollten.

Jetzt kam auch Dickson dazu, der Eigentümer des Dorfkrugs, der gerade dabei gewesen war, den Bürgersteig vor seinem Haus zu fegen. Auch der Knecht des Müllers blieb bei ihnen stehen.

Downes, der Schmied, betastete Smokeys Vorderbein. »Es ist schon eine ganze Weile her, dass hier eine Bande Pferdediebe aufgetaucht ist.«

»Ich könnte ihr erstes Opfer sein«, überlegte Matthew.

»Und dann ist es auch noch schiefgegangen.« Tom kratzte sich am Kopf. »Hoffentlich hat sie das so entmutigt, dass sie sofort weitergezogen sind.«

»Auf jeden Fall werde ich die Polizei informieren. Vielleicht werde ich einige Leute warnen müssen …«

Dickson fing an zu lachen. »Du weißt doch sicher, dass Officer Abott hier immer noch seinen Dienst tut, oder? Es hat sich wenig verändert, seit du weggegangen bist, Junge.«

»Er wird doch schauen wollen, ob da noch Spuren sind.«

»Das kannst du vergessen«, erwiderte Downes, der einen Topf mit ranzig riechender Salbe geholt hatte. »Meistens versucht er so etwas als Kleinigkeit abzutun, die zu untersuchen nicht der Mühe wert wäre.«

»Du weißt selbst doch auch, dass die Chance klein ist, Matt.« Tom begann, das Bein einzuwickeln, und hob kurz den Kopf, um Matthew eindringlich anzusehen. »Es gibt sicher eine harmlose Erklärung dafür. Das ist kein Grund, sich darüber aufzuregen.«

Beleidigt starrte Matthew seinen Freund an. »Was willst du damit sagen? Dass ich mir Sorgen um nichts mache?«

»Nein, das sage ich nicht. Smokey ist schon verletzt.« Tom zögerte. »Aber du weißt auch, wie misstrauisch du sein kannst.«

»Wenn ich misstrauisch bin, gibt es immer einen Grund dafür.« Herausfordernd blickte Matthew ihn an.

»Du witterst hinter jedem Busch eine Gefahr ...« Tom warf einen schnellen Blick auf die anderen Anwesenden. »... seit wir wieder hier sind.«

Matthew lachte spöttisch. »Du meinst, dass meine Fähigkeit, so etwas einschätzen zu können, seit dem Krieg nachgelassen hat.«

»Es gibt Männer, die das Schlachtfeld niemals hinter sich lassen«, wusste Dickson zu vermelden. »Dafür braucht man sich nicht zu schämen.«

»Ich bin kerngesund«, schnaubte Matthew. »Ich kann nur mit meinem linken Ohr nichts hören, aber das hat hiermit nichts zu tun. Ich kann nämlich genau sehen, dass sich jemand an dem Gatter zu schaffen gemacht hat.«

»Guten Morgen, die Herren. Ist etwas nicht in Ordnung?«

Beim Hören dieser jovialen Begrüßung spannten sich Matthews Schultermuskeln an.

Tom stand langsam auf. »Sie sind ziemlich früh dran, Trench.«

Während er sich über seinen Walrossschnurbart strich, stieg der Herbergsbesitzer aus seiner kleinen Kutsche. »Ich nehme heute Morgen Ihre Dienste in Anspruch, Merchant. Ein paar von meinen Pferden müssen so schnell wie möglich neu beschlagen werden. In einer halben Stunde bei den Ställen?«

»Das könnte schwierig werden.« Tom rieb sich das Kinn. »Bauer Howell hat mich für heute angestellt, während ...«

»Sie können Ihren Termin doch verschieben?«

Alle schwiegen. Der Müllersknecht war inzwischen weitergegangen, um nicht zu spät zur Arbeit zu erscheinen, doch Dickson blickte neugierig vom einen zum anderen.

»Ich fürchte, dass Sie derjenige sind, der seine Termine verschieben muss«, erwiderte Tom mit einem Blick auf Downes. Der alte Schmied nickte ihm bestätigend zu. »Nur für Notfälle mache ich eine Ausnahme.«

Um Trenchs Mund erschien ein verbitterter Zug. »Sie werden schon noch lernen, was Notfälle sind. In gewisser Weise hat Ihr Freund das schon gemerkt.«

Matthews Nackenhaare stellten sich auf. »Was wollen Sie damit sagen?«

»Dass es schwierig für Sie werden wird so ohne Arbeitspferd, Wilson.«

»Smokey wird schnell genug wieder gesund.« Das hoffte er jedenfalls.

»Was ist denn mit ihm passiert?«

Matthew kniff seine Augen zu Schlitzen zusammen und studierte Trenchs Gesicht. Es war schwer zu lesen. »Es hat sich über irgendwas erschrocken und wollte über das Gatter springen. Haben Sie vielleicht gestern Abend etwas Verdächtiges bemerkt?«

»Glauben Sie, dass ich bei Nacht und Nebel da draußen herumstolpere? Sie sollten lieber selbst besser aufpassen, Wilson. Aber falls Ihnen das zu schwer fällt – ich habe immer noch Interesse an dem Grundstück.«

»Sie würden die Oak Hill Farm abreißen.«

»Natürlich. Die Aussicht für meine Hotelgäste wäre schöner ohne diese alten Gemäuer.«

»Ich ziehe nicht weg«, erklärte Matthew barsch.

»Schade.« Trotz allem klang Trench lakonisch. »Manch anderer wäre so vernünftig, einen Rückzieher zu machen. Aber gut, ich war auf dem Weg zum Gemischtwarenladen.«

»Was wollen Sie dort?«

Trench sah ihn überrascht an. »Ihre Cousine ist durch ihre Heirat eine Verwandte von mir. Jetzt, wo sie keinen Laufburschen mehr hat, muss ich einmal schauen, ob ich nicht wegen meiner Fuhrdienste mit ihr ins Geschäft kommen kann.«

»Damit würde ich lieber nicht rechnen«, brummte Matthew.

Neben ihm räusperte sich Tom warnend.

»Ach nein?« Trench lächelte. »Wie ich schon gesagt habe, manche Leute machen einen Rückzieher.«

»Halte dich zurück«, murmelte Tom, während der Herbergsbesitzer wieder in sein Fahrzeug stieg. »Er provoziert dich nur.«

»Ich würde ihm gern etwas auf sein arrogantes Maul geben.«

Dickson grinste. »Nun, ich kann dir *eins* garantieren: Wegen so etwas würde Officer Abott bestimmt aktiv werden.«

In diesem Augenblick näherte sich Joseph Swift mit einem müden Schritt der Schmiede. Sein Pferd lief genauso mühsam wie er.

Matthew hielt die Luft an. »Ist dein Pferd verletzt, Swift?«

»Ich fürchte, ja.«

Mit erhobenem Kinn sah er Tom an. »Ich habe doch gesagt, dass …«

»Es hat sich unterwegs über einen frei herumlaufenden Hund erschrocken«, fuhr Swift fort. »Ich konnte es nicht mehr halten. Es hat sich selbst verletzt und der Wagen ist ebenfalls beschädigt.«

Tom sah Matthew bedeutsam an und pfiff, als er entdeckte, wie der Bäckerswagen aussah. »Ich sollte eigentlich wütend werden, weil du das verletzte Pferd den kaputten Wagen hast ziehen lassen. Das Tier wird sowieso zu alt, um zu arbeiten.«

»Das weiß ich.« Der Bäcker seufzte tief. »Aber mit diesem verflixten Bein kann ich mich schwerlich zu Fuß auf den Weg machen, so wie das die Bäcker früher gemacht haben mit dem Korb auf dem Rücken.«

Es wurde still, denn alle konnten sehen, dass Swifts Pferd seine besten Tage hinter sich hatte und morgen noch nicht wieder gesund sein würde.

Matthew sah, wie der Mann seine Zähne zusammenbiss, doch er ließ es sich nicht anmerken. »Ich werde mir schnell etwas anderes ausdenken müssen, wie ich trotzdem Brot ausfahren kann. Ich habe die Runde von heute Morgen erst zur Hälfte geschafft.«

Matthews Blick kreuzte sich mit dem von Tom und er hätte schwören können, dass sie alle beide dasselbe dachten. Keiner von beiden wollte Swift raten, Trenchs Fuhrdienste in Anspruch zu nehmen. Und das brachte sie auf eine außergewöhnlich gute Idee. In einem Dorf wie Almsbrick halfen Nachbarn einander in der Not. Und das konnte für Moira und Swift von Vorteil sein.

»Weißt du, welche Abmachung Matthew gestern getroffen hat?«
Moira lehnte sich an den Nähmaschinentisch, während Eileen an
ihrer Schneiderpuppe stand, um die letzten Falten in einem Rock
glatt zu bügeln.

Sie drehte sich um. »Und?«

»Er hat Joseph versprochen, dass er mein Pferd und meinen
Wagen benutzen darf, um seine Brote auszufahren.«

Eileen dachte nach. Diese Aktion schien ihr für den eigenbröt-
lerischen Matthew, den sie kennengelernt hatte, viel zu unbesonnen zu sein. »Und was macht er dafür?«

»Ja, das ist noch das Beste. Er hat sich überlegt, dass Joseph
dabei auch meine Bestellungen ausfahren kann.«

»Das scheint mir keine schlechte Absprache zu sein.«

Moira entfuhr ein Seufzer. »Aber für mich war es trotzdem
eine Überraschung. Und die Art und Weise, wie Joseph gestern
hier stand mit seiner Mütze in der Hand …«

Während sie die Verschlüsse auf dem Rücken des Kleides befestigte, zog Eileen ihre Augenbrauen hoch. »Ich hätte gedacht,
dass du zu Bäcker Swift eine ziemlich gute Beziehung hast.«

»Ich mag ihn sehr, das ist nicht das Problem. Ich bin froh, dass
ich ihm auf diese Weise aus der Bredouille helfen kann.«

»Und er dir …«

»Es geht mir eher darum, dass Matthew das nicht vorher mit
mir besprochen hat.«

Eileen grinste. »Hat er das vielleicht von einer gewissen Verwandten gelernt?«

»Vielleicht schon.« Jetzt musste Moira ebenfalls lachen. »Aber
ich bin froh, dass du trotz seiner Proteste die Kleidungsstücke für
ihn umgenäht hast. Sie stehen ihm gut.«

»Das finde ich auch«, erwiderte Eileen, ohne nachzudenken.

Sofort war sie peinlich berührt, denn sie ahnte, worauf Moira spekulierte. Und obwohl Matthew netter war, als sie anfangs
gedacht hatte, würde nicht passieren, was Moira sich vielleicht
erhoffte. Ihre Familie würde aus ihr selbst und ihrem Töchterlein

bestehen ohne einen Mann. Sie würde ihr Herz nicht noch einmal aufs Spiel setzen.

Um die Aufmerksamkeit auf etwas anderes zu lenken, zeigte sie auf das Kleid an der Schneiderpuppe. »Was hältst du davon?«

»Wunderschön. Es ist für Emma Howell, nicht wahr? So langsam, aber sicher bekommt sie eine vollständige Damengarderobe.«

»Das stimmt, aber ich finde sie auch sehr, sehr nett.« Sie dachte an die schwierigen Töchter von Doktor Goodwin. »Es ist mir ein Vergnügen, für sie zu arbeiten. Sie hat vor, dieses Kleid auf dem Jahrmarkt zum ersten Mal zu tragen.«

»Dann werden sicher alle jungen Männer mit ihr tanzen wollen.« Moira lachte wehmütig. Deswegen wusste Eileen zunächst nicht, was sie sagen sollte. Hatte Moira Markttage und Kirchweihfeste in guter Erinnerung? Hatte sie das Bedürfnis, sich selbst wieder etwas Vergnügen zu erlauben, auch wenn das ohne ihren Mann geschehen musste, oder genoss sie eigentlich die Beschränkungen, die ihr die Trauerzeit auferlegte?

»Wo wir gerade vom Tanzen sprechen …« Moira hatte sich wieder gefasst. »Lass mich einmal sehen, wie weit du mit deinem eigenen Kleid bist.«

»Fast fertig.« Sie zögerte. »Und wenn du in ein paar Monaten kein Schwarz mehr trägst …«

»Das werden wir dann sehen«, fiel ihr Moira ins Wort. »Im Augenblick habe ich dabei gemischte Gefühle, genau wie Prudence Goodwin, als sie nur noch Halbtrauer getragen hat.«

Moira würde allerdings noch viel länger in Schwarz gekleidet sein müssen. Eileen betrachtete den feinen, bordeauxroten Baumwollstoff, aus dem sie sich selbst ein Kleid genäht hatte. Obwohl sie das Dahinscheiden ihrer Schwester sehr betrauert hatte, fand sie es doch auch schön, dass sie demnächst ihr schwarzes Kleid in den Schrank hängen konnte. *Das nimmst du mir doch nicht übel, Nessa?*

Vielleicht ging es ihr so, weil sie durch ihren Beruf so oft mit schönen Kleidern in Berührung kam. Oder vielleicht spürte sie einfach, dass es wieder Zeit war, richtig zu leben und Schritte zu unternehmen, die sie niemals gewagt hätte, wenn Nessa sie nicht dazu angespornt hätte.

Moira nickte, als sich Eileen das bordeauxrote Kleid anhielt. »Wunderschön. Schau dich doch mal im Spiegel an.«

Insgeheim war Eileen begeistert über das Ergebnis ihrer Arbeit. Sie gönnte sich selbst meist nur wenig Luxus, doch nun hatte sie eine obere Schicht aus Spitze angebracht, die sie eigentlich für die ersten Kleider der Goodwin-Schwestern angeschafft hatte. Es wäre schließlich schade, wenn die unbenutzt liegen bleiben würde. Die Rüschen, die den Ausschnitt und die Schultern verzierten, waren kunstvoll, aber nicht frivol, und das Kleid war hochgeschlossen. Es war eine Art Visitenkarte, sagte sie sich selbst. Sie hatte alles mit viel Vergnügen zusammengestellt, gerade um zu zeigen, dass sich noch mehr Frauen ein Kleid in dieser Art erlauben konnten. Darin würden sie anständig, modisch und elegant zugleich aussehen.

»Wenn sie dich darin herumlaufen sehen, bekommst du sicher ein paar neue Kundinnen«, sagte Moira ihr voraus.

Eileen wusste nicht, ob es sie froh oder unruhig machen sollte, dass Moira ihre Motive so gut durchschaute. »Ich hoffe es«, gab sie zu. »Es befriedigt mich mehr, etwas für eine Frau zu nähen, die sich nur *ein* neues Kleid im Jahr leisten kann, als für Damen, die ihr neues Kleid nur einmal tragen wollen.«

»Diese Damen bringen dir aber leider das meiste Geld in die Kasse«, bemerkte Moira.

»Das weiß ich auch.« Sie faltete das bordeauxrote Kleid ordentlich zusammen und warf Moira einen vielsagenden Blick zu. »Für morgen bin ich nach Almsbrick Manor einbestellt worden, um die neuen Kleider für die Almsworth-Damen zu besprechen. Diesen Auftrag lehne ich wirklich nicht ab.«

In diesem Augenblick unterbrach die Ladenglocke ihr Gespräch. »Wo bist du, Moira, meine liebe Cousine?«, brüllte eine Stimme.

Eileen blinzelte mit den Augen.

Das Lächeln auf Moiras Gesicht verschwand abrupt. »Das ist Leonard«, flüsterte sie bedrückt.

Es entging Eileen nicht, wie sorgfältig Moira die Tür hinter sich schloss. Das konnte sie allerdings nicht davon abhalten, zur Tür zu schleichen und sich mit einem Ohr dagegen zu lehnen.

»Ich werde deine Fuhrdienste nicht in Anspruch nehmen. Dazu kannst du mich nicht verpflichten«, hörte sie Moira sagen, in ihrer Stimme war jedoch ein leichtes Beben zu hören. »Ich habe es satt.«

»Und deshalb hast du in meinen Auslagen auch andere Waren ausgestellt? Hol die mal schnell wieder heraus.«

»Das sind nicht *deine* Auslagen.«

Ein Ticken war zu hören. Eileen vermutete, dass Trench mit seinen Fingern auf die Ladentheke trommelte. »Hör mal zu, liebe Cousine, auf diesem Laden ruht immer noch eine Hypothek. Ich glaube, dass ich dafür sehr wohl ein paar einfache Forderungen stellen darf.«

»Jetzt, wo Herbert nicht mehr ist, bezweifle ich, dass die Genehmigung zum Alkoholverkauf verlängert werden wird.«

»Dafür werde ich schon sorgen.« Eileen konnte sich das selbstgefällige Lächeln des Herbergsbesitzers lebhaft vorstellen. »Es wäre natürlich noch einfacher, wenn du den ganzen Laden an mich verkaufst. Für einen bescheidenen Betrag kannst du …«

»Für kein Geld der Welt«, schnaubte Moira. »Und ich bin nicht deine Cousine. Zum Glück waren mein Mann und du viel weitläufiger verwandt.«

»Du solltest die Menschen, von denen du abhängig bist, lieber nicht wütend machen, Moira.« Seine Stimme hatte einen finsteren Unterton bekommen, der Eileen schaudern ließ.

»Ich schaffe es auch ohne dich.«

Es blieb für ein Weilchen still. Anschließend lachte Trench leise. »Arme Moira. Du wirst noch schnell genug merken, dass dem nicht so ist.«

Die Ladenglocke ertönte und Eileen hastete zurück zu dem Kleid für Emma Howell. Mit zitternden Fingern zog sie noch einmal das Leibchen zurecht. Was hatte Trench vor? Welches Interesse hatte der Herbergsbesitzer daran, Moira in Abhängigkeit zu halten? Sie fragte sich, ob Moira wohl manches kostenlos an ihn liefern musste. So etwas ließ sich doch unmöglich durchhalten?

Minuten verstrichen, bevor Moira zurückkehrte, viel stiller als zuvor. »Ich hasse diesen Mann«, zischte sie. Ihr Gesicht war rot angelaufen, doch Eileen entdeckte neben der Wut auch Angst.

»Kann er dir Schwierigkeiten machen?«, wollte sie wissen. »Würde er so weit gehen?«

»Er ist erbarmungslos.« Moiras Stimme klang dumpf. »Wenn er die Gelegenheit bekommt, mir alles wegzunehmen, wird er nicht eine Minute zögern.«

Alles ... Eileen wischte ihr Schuldgefühl beiseite. »Dann sollten wir uns gemeinsam überlegen, wie wir weiter vorgehen wollen.«

»Wir sollten beten, dass alles gut wird, denke ich eher.« Ihre Stimme enthielt nur wenig Hoffnung.

»Auch das, aber deswegen brauchen wir selbst nicht untätig herumzusitzen. Schau, da ist ...«

»Ich bin zu Hause!«, krähte Maggie und stürmte in den Arbeitsraum.

Auf Moiras Hals erschienen rote Flecken. »Was habe ich dir beigebracht, junge Dame?«

Maggie biss sich auf die Unterlippe. »Dass ich nicht durch den Laden rennen darf und dass ich bei Miss Eileen erst anklopfen soll.«

»Stell dir vor, hier wäre jetzt eine Dame bei der Anprobe gewesen«, wies Moira sie streng zurecht, doch Eileen ahnte, dass sie vor allem fürchtete, das Mädchen könnte etwas von ihrem Gespräch mitbekommen haben.

»Dann hätte Miss Eileen die Tür nicht einen Spalt offen stehen lassen, Mama.« Maggie klang vollkommen ernst. »Und ich hatte schon gesehen, dass keine Kunden im Laden waren.«

Um ihr Lächeln zu verbergen, drehte sich Eileen schnell zu den Regalen an der Wand und verschob die Stoffrollen.

»Brauchen Sie Hilfe, Miss Eileen?«

Die Eifrigkeit in Maggies Stimme ließ ihr das Herz warm werden. »Ich kann immer Hilfe gebrauchen. Heute Nachmittag will ich die Stoffreste ordentlich aufeinanderstapeln.«

»Sortiert nach Farbe«, ergänzte Maggie. »Das machen Sie immer.«

Über ihren Kopf hinweg warf Eileen einen Blick zu Moira, die mittlerweile wieder lächelte. Was das liebe Kind doch nicht alles zustande brachte! »Ich bin im Laden, wenn ihr mich braucht …«

Sie musste Maggie kaum Instruktionen geben. Das Mädchen arbeitete so präzise wie sie selbst und Eileen genoss seine Gegenwart.

»Ist dieses Stück Stoff zu klein zum Aufheben, Miss Eileen?« Mit einem Läppchen aus geblümter Baumwolle in der Hand kam Maggie auf sie zu. »Werfen Sie es dann weg?«

»Bloß nicht!« Eileen beugte sich nach vorn, so als wollte sie sich mit Maggie verschwören. »Du weißt doch, wofür diese kleinen Reste gut sind, oder?«

Maggies Blick wanderte zu dem Lederkoffer in der Ecke. »Natürlich!«

»Schau mal.« Eileen öffnete den Verschluss und holte ein Püppchen heraus. Das Ballkleid aus nachtblauer Seide war die letzte Kreation, die sie in der Stadt angefertigt hatte. Und tatsächlich gab es mehr als genug Baumwollstoff für ein neues Puppenkleidchen.

»Ich stapele sie dann besser extra«, verkündete Maggie und sie legte gleich noch zwei Läppchen dazu.

Ein Geräusch an der Tür ließ beide aufschauen.

»Guten Tag die Damen«, grüßte Matthew Wilson mit seinem Hut in der Hand. »Moira hat gesagt, dass du noch etwas für mich hast, Eileen.«

»Das letzte Hemd.« Sie lachte und reichte ihm ein Päckchen. »Sei sparsam damit.«

»Ich werde guten Gebrauch davon machen.«

Sie konnte ihm ansehen, dass auch er an den Moment in der Scheune hatte denken müssen. Für sie war es nicht viel Arbeit gewesen, das Hemd zu waschen, und es hatte ihr die Möglichkeit gegeben, alle Nähte noch einmal einer gründlichen Prüfung zu unterziehen. Die Kleidung für einen Mann wie Matthew musste fest zusammengenäht sein.

»Wie geht es deinem Pferd, Onkel Matthew?«, wollte Maggie wissen.

»Das müssen wir sehen.« Er lehnte sich lässig gegen den Türpfosten, Eileen bemerkte allerdings die Anspannung in seiner Haltung. Ein Landwirt wie er kam ohne Arbeitspferd nicht über die Runden. »Tom meint, die Wunde würde gut heilen.«

»Zum Glück«, sagte Eileen.

Matthew brummte zustimmend. »Und du hörst sicher gerne, dass Brady vor Gesundheit nur so strotzt.«

Sie blinzelte mit den Augen. »Brady?«

»Das Lamm, das mit deiner Hilfe zur Welt gekommen ist.« Grinsend kam er weiter ins Zimmer. »Ich wollte es nach dir nennen, aber Eileen schien mir nicht so geschickt für einen Bock.«

»Bestimmt nicht.«

»Also ist es ›Brady‹ geworden. Das findest du doch nicht schlimm, oder? Unser erstes Lamm ...«

»Ich fühle mich geehrt«, stammelte sie. *Unser* Lamm. Dann hatte er also auch die Verbundenheit gespürt, als sie gemeinsam darum gebangt hatten, ob das Neugeborene vom fremden Mutterschaf akzeptiert werden würde. An diesem Tag hatte sie keinen sturen, gleichgültigen Soldaten gesehen, sondern einen Mann, der Anteil nahm und besorgt war. Dieses Bild konnte sie nicht vergessen. Die Zärtlichkeit, mit der er das frisch geborene Lamm berührt hatte, die Freude und Erleichterung, nachdem das Mutterschaf es akzeptiert hatte ... Für sie war es ein besonderer Augenblick gewesen und sie fragte sich, ob er ebenfalls das Gefühl hatte, dass sie etwas miteinander teilten. Doch während sie ihn aus den Augenwinkeln betrachtete, erzählte sie ihrem eigenen törichten Herzen, dass es ihm keine Aufmerksamkeit widmen sollte. Daraus konnte nichts Gutes werden. Auf einmal nervös geworden, begann sie ein neues Stofffläppchen zusammenzulegen.

»Ihr seid hart am Arbeiten«, stellte Matthew fest. »Macht ihr noch etwas mit den Resten?«

Einerseits wollte sie, dass er endlich den Laden verließ, andererseits wollte sie gerne noch seine Gesellschaft genießen. *Du lieber Himmel, langsam wusste sie selbst nicht mehr, was sie wollte!*

Er sah sie weiterhin an und ihr wurde bewusst, dass er auf eine Antwort wartete. »Ich habe sie gewöhnlich immer im Waisenhaus von Shrewsbury abgeliefert. Dort haben sie alles gut gebrauchen können. Stoff, aber auch Strickgarn und …« Sie schwieg. Welcher Mann interessierte sich für Details über Handarbeiten?

»Miss Eileen hat im Waisenhaus Nähunterricht gegeben«, ergänzte Maggie hilfsbereit. »Genau wie mir jetzt.«

»Wirklich?« Er hörte sich überrascht an. »Ich hatte gedacht, du hättest in so einem schicken Atelier gearbeitet.«

»Das habe ich nach meiner Arbeit bei Madame Carroll gemacht.« Eigentlich verstand sie selbst nicht, warum sie sich unbehaglich fühlte. Matthew wusste nichts von ihren Beweggründen. »Die Mädchen haben einen Nutzen davon, ganz gleich, ob sie nun heiraten oder in der Hauswirtschaft Arbeit finden.«

»Oder genau wie Sie Schneiderin werden«, sagte Maggie. Es klang, als wäre das für sie die normalste Sache der Welt. Wer weiß, später würde sie vielleicht selbst …

Sie musste an Iris denken und hoffte, dass das Mädchen eine feste Stellung bei Madame Carroll bekam, sodass es sich ein eigenes Leben aufbauen konnte.

In diesem Augenblick merkte sie, dass Matthew sie immer noch ansah. »Sie liegen dir am Herzen«, stellte er fest. »Hast du eine besondere Verbindung zu den Mädchen?«

»Mit einigen«, gab sie zu. »Da gab es zum Beispiel ein Mädchen mit sehr viel Talent, das jetzt für Madame Carroll arbeitet.

Und die kleine Biddy, das war eine freche Göre, aber sehr liebenswert. Wenn ich da nicht aufgepasst habe, hat sie ihre Näharbeiten hingelegt und spielte stattdessen mit …«

Hastig schluckte sie die letzten Worte hinunter, doch Maggies Blick wanderte schon in Richtung des offen stehenden Koffers und der von Matthew folgte ihrem.

»Was hast du denn da?«

Schneller als er war sie beim Koffer. »Ein paar Püppchen.«

»Hast du die alle selbst gemacht?«

»Ja.« Sie schloss den Koffer und hielt ihm nur das Püppchen mit dem blauen Ballkleid vor die Nase. »Aus den kleinen Resten, siehst du? Das ist nichts Besonderes.« Doch es hatte ihr viel Trost gegeben in den Jahren, in denen sie von ihrer Tochter getrennt hatte leben müssen.

»Bewahrst du sie alle in diesem Koffer auf?«

»Ja, noch.« Sie stellte sich davor, nicht gewillt, den Koffer erneut zu öffnen. Am Ende entdeckte er auch noch die Brosche mit den grünen Steinchen und dann würde er deswegen Fragen stellen. Sie hob ihr Kinn. »Ich habe vor, die meisten dem Waisenhaus zu schenken.«

»Und ich habe zu Weihnachten auch eine bekommen.« Maggie klang immer noch entzückt.

Am liebsten hätte Eileen ihr noch ein Püppchen zum Geburtstag geschenkt, aber weil Moira ihr Geburtsdatum offensichtlich nicht genau kannte, hatte sie davon abgesehen.

Nachdenklich biss Maggie sich auf die Unterlippe. »Eigentlich bin ich natürlich auch so etwas wie ein Waisenmädchen. Ich habe schließlich ebenfalls ein Weilchen in einem Waisenhaus gewohnt, oder, Onkel Matthew?«

Er räusperte sich. »Ich glaube schon, ja.«

»Mama findet es nicht gut, wenn ich danach frage.«

»Deine Mama möchte dir schlimme Erinnerungen ersparen, Liebes.« Seine Stimme war sanfter geworden. »Abgesehen davon war sie nicht dabei. Und ich auch nicht.«

Eileen fragte sich, inwiefern Matthew Bescheid wusste. Aus dem, was Moira über ihn und Rosie erzählt hatte und aus ihrer eigenen Berechnung schloss sie, dass er noch in Indien gewesen sein musste, als Herbert und Moira ihr Töchterlein in ihre Familie aufgenommen hatten.

Sie drückte das Püppchen und atmete tief ein. »Ich könnte dir etwas über das Waisenhaus erzählen, in dem ich gearbeitet habe, Maggie.« *In dem du als Baby gewohnt hast.* »Die Mädchen schlafen alle zusammen in einem großen Schlafsaal. Und jeden Morgen versammeln sie sich unten, um mit einem Gebet zu beginnen.« Sie fragte sich, ob sie auch erzählen sollte, dass die Leitung anschließend begutachtete, ob sie sich gut gewaschen hatten. »Die Mädchen essen gemeinsam, und tagsüber haben sie Unterricht, genau wie du in der Schule.«

Maggie hörte aufmerksam zu, man konnte ihr jedoch nicht anmerken, ob sie sich erinnerte.

»Das Waisenhaus hat einen großen Innenhof.« Sie verbannte ihre letzte Begegnung mit George Rivers aus ihren Gedanken. »Jeden Tag spielen die Mädchen dort. Wenn ich bei den Nähstunden früh dran gewesen bin, habe ich manchmal mit ihnen gespielt.«

Erst jetzt wagte sie es, Matthew anzuschauen. Sein bewundernder Blick entsetzte sie. *Nein, nein, nein!* So positiv durfte er nicht über sie denken! Er würde eines Tages erfahren, wodurch ursprünglich ihr Interesse an den Waisenkindern geweckt worden war.

Sie fühlte sich plötzlich ganz miserabel und legte die Stoffstapel zur Seite. Wie viel Mühe es sie auch kosten mochte, sie musste den Abstand wahren.

Wenn er Eileen Brady durchschauen wollte, würde er dafür den Rest seines Lebens brauchen. Matthew folgte ihren Händen, die den Stoff noch ordentlicher aufeinanderstapelten, und er versuchte zu verstehen, warum sie sich so unbehaglich fühlte. Durften die Menschen nicht wissen, dass sich unter der abgehärteten, kühlen Oberfläche ein warmes Herz verbarg?

Vor einer Weile hätte er nicht geglaubt, dass dem so war. Aber er hatte ihren Umgang mit Maggie gesehen, hatte selbst ihre Hilfsbereitschaft erlebt. Nun konnte er sich lebhaft vorstellen, wie sie mit den Waisenkindern im Hof spielte.

»Spielen die Kinder auch Hickelkästchen?«, wollte Maggie wissen. »Genau wie Beth und ich?«

»Ja, natürlich, sie spielen dieselben Spiele wie ihr. Der Unterschied ist nur, dass sie keine Eltern haben, die für sie sorgen.«

Während sie das sagte, umwölkte sich ihr Gesicht. Aber sie war doch bei zwei liebenden Eltern aufgewachsen, wenn er richtig gehört hatte. Er hatte später alle beide verloren.

Dieser Gedanke verursachte ihm plötzlich eine Gänsehaut. Was wäre, wenn er nun mitgeteilt bekäme, dass seine Eltern gestorben waren, dass er sie nie mehr wiedersehen würde? Nach zehn Jahren konnte er schwerlich sagen, dass er sie vermissen würde. Dennoch war der Gedanke, dass sie nicht mehr da wären, sonderbar und hinterließ ein Gefühl der Leere. In diesem Fall würde er sich um Becky kümmern müssen. Nun ja, kümmern … Erneut musste er sich die Tatsache bewusst machen, dass sie siebzehn war. Kein Kind mehr, aber auch noch nicht ganz erwachsen.

Er schüttelte den Kopf und drehte den Gedanken um. Wie hätten seine Eltern reagiert, wenn er im Krieg gefallen wäre? Hätte sein Vater ebenfalls so lange und tief getrauert wie seinerzeit nach Lukes Unfall? Manchmal fragte Matthew sich, ob er jemals darüber hinweggekommen war. Ob er es jemals hatte vergeben können.

Doch das war ein Pfad, den er überhaupt nicht einschlagen wollte. Er war nicht abhängig vom Segen seines Vaters und ließ sich dadurch nicht beeinflussen. Sein Leben war nun hier in Almsbrick, auf der Oak Hill Farm.

»Bist du noch da?«, fragte Moira unvermittelt von der Türöffnung her. »Das passt gut, denn ich habe noch ein Hühnchen mit dir zu rupfen, Cousin.«

Er drehte sich um. »Mit *mir*? Ich hätte eher erwartet, dass du dich bei mir bedankst.«

»Ehrlich gesagt war ich vor allem überrascht.« Mit den Händen in die Seite gestemmt sah sie ihn an. »Weil du Joseph Sachen versprichst, die du nicht mit mir abgesprochen hast.«

»Versprechen ist ein großes Wort.« Er zuckte mit den Schultern. »Das war doch nur ein Vorschlag. Allerdings ein ziemlich guter, wenn du mich fragst.«

»Dir selbst gefällt es doch auch nicht, wenn deine Angelegenheiten für dich geregelt werden.« Sie warf einen vielsagenden Blick auf das Hemd, das Eileen ihm gegeben hatte.

Er mochte es überhaupt nicht, dass sie darauf zurückkam. »Ich habe doch schon gesagt, dass mir meine spontane Reaktion leidtut. In diesem Fall war aber keine Zeit, um mit dir zu überlegen, ob du Bäcker Swift helfen möchtest. Wärst du lieber dazu gezwungen gewesen, Trench für seine Fuhrdienste zu bezahlen? Er hatte vor, dich das zu fragen.«

»Das hat er auch getan.« Sie seufzte. »Du weißt, dass ich nicht von Leonard Trench abhängig sein möchte.«

Eileen ging einen Schritt auf sie zu. »Du brauchst nicht von einem Mann abhängig zu sein, auch wenn viele das leider anders sehen.«

»Einen Moment bitte!« Matthew hob beschwichtigend seine Hände in die Höhe. »Ich habe überhaupt nicht gesagt, dass Moira einen Mann braucht. Nur einen Nachbarn. Es ist doch schön, wenn ihr einander helfen könnt, oder?«

Beide Frauen sahen ihn skeptisch an.

»Und das sagst *du*, Matt?« Moira klang abfällig. »Ich kann die Male, an denen du dich im Dorf hast blicken lassen, an *einer* Hand abzählen.«

»Das ist nicht wahr«, protestierte er. »Ich gehe jeden Sonntag in die Kirche.« Nun, wo er sein Leben neu geschenkt und so eine wunderbare Möglichkeit bekommen hatte, sich eine neue Existenz aufzubauen, sah er das nicht einmal als eine Verpflichtung an. Er wollte seine Dankbarkeit zeigen und mit Gott in Verbindung bleiben.

»Aber nach dem Gottesdienst gehst du immer gleich wieder zurück auf die Oak Hill Farm«, beklagte sich Moira. »Es kann doch nicht so schwer sein, eben noch ein Schwätzchen zu halten mit den Leuten, die du kennst.«

Das hing ganz und gar vom Thema ab, aber so viel wollte er nicht zugeben. Lieber vermied er es, dass Menschen ihm Fragen über den Krieg oder über seine Zeit in der Armee stellen konnten. Oder sich danach erkundigten, wie schwer seine Verwundungen gewesen waren. Er hatte allerdings keine Probleme mit Gesprächen über das Wetter oder über das Wachstum seiner Pflanzen. »Es ist Lämmerzeit«, verteidigte er sich. »Die Tiere kümmern sich nicht um die Sonntagsruhe und ich wäre gern in ihrer Nähe. Eileen kann bestätigen, wie wichtig das ist.«

»Onkel Matthew hat das Lämmchen Brady genannt, Mama.« Maggie kicherte.

»Und es geht ihm gut.« Er fühlte sich stolz und erleichtert. »Dank Eileens Hilfe.«

Sie errötete. Anscheinend konnte sie nicht gut mit Komplimenten umgehen. Das war ziemlich offensichtlich.

»Dann hast du jetzt eine Sorge weniger«, konstatierte seine Cousine.

»Zum Glück.«

Moira kniff ihre Augen zu Schlitzen zusammen. In diesem Augenblick ahnte er, dass er in die Falle getappt war. »Dann hast du also keine Entschuldigung, nicht auf den Jahrmarkt zu gehen.«

War das alles? Er grinste erleichtert. »Stimmt. Ich will die Lämmer aus dem letzten Jahr verkaufen.«

»Und auf die Kirmes.«

Nein, also … »Was hätte ich da zu suchen?«, erwiderte er.

»Freundschaften, Matt. Kontakt mit all den Leuten, die du noch von früher kennst. Du kannst dich nicht immer in dein Schneckenhaus zurückziehen.«

Sie klang besorgt und er wusste, dass sie es gut meinte. Aber sie kapierte nicht, dass er keinen Bedarf hatte, sich die Ansichten all dieser Menschen anzuhören.

»Sogar Eileen geht auf die Kirmes, obwohl sie erst seit kurzer Zeit in Almsbrick wohnt.«

Er sah die Schneiderin an und zog eine Augenbraue in die Höhe. Sie lächelte pflichtbewusst zurück. »Ich treffe dort sicher neue Kundinnen.«

Nun war sie plötzlich wieder ein Vorbild an Geschäftstüchtigkeit.

»Aber dann musst du auch selbst bei den Spielchen mitmachen«, forderte er sie heraus. »Und abends beim Tanzen.«

»Sie hat sogar ein neues Kleid, Onkel Matthew«, plauderte Maggie aus.

Grinsend sah er Eileen an. »Das hast du dir aber gut ausgedacht!«

»Selbstverständlich«, antwortete sie bissig. »Es wäre dumm, sich einfach so in etwas hineinzustürzen.«

Womit sie glasklar ihre Meinung über ihn in Worte gefasst hatte. Er dachte an die Oak Hill Farm. »Ist es nicht manchmal die Mühe wert, ein Risiko einzugehen?«

Es war ihm wieder einmal gelungen, ihr Kinn in die Höhe schnellen zu lassen. »Wenn du das so siehst«, antwortete sie verschmitzt.

Und damit stand fest, dass Matthew auf die Kirmes gehen würde.

22. Kapitel

Heute herrschte reges Treiben auf der Wiese gegenüber von Moiras Geschäft und Eileen hatte allerhand zu bestaunen. Sie fühlte sich genauso aufgeregt wie Maggie.

Die Kinder brauchten nicht in die Schule zu gehen, Moira musste allerdings an so einem Tag den Laden offen halten. Deshalb hatte Eileen sich angeboten, das Mädchen auf die Kirmes zu begleiten und schon bald hatte Beth Swift sich zu ihnen gesellt. Sie hatten einen Zauberer entdeckt und jetzt fuhren beide Mädchen eine Runde in dem Karussell, das durch ein Pferd angetrieben wurde. Eileen winkte fröhlich, wenn die beiden an ihr vorbeifuhren, und nutzte die Gelegenheit, um das ganze Terrain auf sich wirken zu lassen.

Zwischen den Bäumen waren Girlanden aus bunten Wimpeln gespannt und überall waren Buden und Stände. Entlang der Hauptstraße fand der Viehmarkt statt, mit Pferchen voller Schweine, Schafe und Kühe, doch auf der Grasfläche war Raum für Vergnügen. Die Gerüche von heißem Tee, frischen Brötchen, Spezereien und Tabaksrauch vermischten sich in der Luft und erinnerten sie an früher. Am Ententeich ließen etliche Schulkinder Steine über das Wasser springen. Ältere Jungen maßen ihre Kräfte am Hau-den-Lukas und es gab einen Aufruf, beim Tauziehen mitzumachen.

»Miss Eileen!« Anscheinend hatte sie nicht mitbekommen, dass das Karussell gestoppt hatte. Maggie sah mit glänzenden Augen zu ihr hinauf. »Haben Sie diese Kutsche gesehen? Die Familie Almsworth ist auf der Kirmes.«

Sie warf einen Blick in die Richtung, in die das Mädchen deutete. Was für eine Überraschung! Meistens hatte die Elite nur wenig für das Vergnügen des einfachen Dorfvolks übrig.

»Haben Sie die Kleider gemacht, Miss Eileen?«

Es war ein strahlender Tag und die Almsworth-Damen trugen ihre schönsten Kostüme zur Schau.

»Nur das von Miss Alice«, stellte sie fest. »Das ist die jüngste Tochter. Aber die Kleider von Lady Almsworth und Miss Annabel sind mit Sicherheit im Atelier Carroll geschneidert worden.«

»Ich habe schon mehr Kleider von Ihnen auf der Kirmes gesehen, wirklich«, sagte Maggie. »Haben Sie schon Miss Howell herumlaufen sehen?«

»Ja sicher.« Emma Howell besuchte die Kirmes gemeinsam mit Prudence Goodwin und alle beide trugen sie jeweils ein Kleid, das Eileen für sie entworfen hatte.

»Ihr Kleid ist sehr schön geworden«, berichtete Maggie ihrer Freundin Beth. »Blau mit grünen Streifen. Schau, da läuft sie!«

»Nicht mit dem Finger zeigen, Schatz«, korrigierte Eileen, während sie selbst freundlich den jungen Damen zulächelte, die mit einem Korb am Arm an ihnen vorbeischlenderten.

»Das neue Kleid von Miss Goodwin ist auch gut gelungen«, flüsterte Maggie ihr zu. »Aber ich finde das, was Sie anhaben, schöner.«

Eileen wurde davon warm ums Herz. Zugegeben, sie selbst fand ihren eigenen Entwurf ebenfalls sehr gelungen, besonders jetzt, wo sie sah, dass alle Kirmesbesucherinnen ihre beste Kleidung aus dem Schrank geholt hatten. Sie hätte nur nicht erwartet, dass das einem Kind wie Maggie auffallen würde. *Ihrem Kind.* Zu ihrer eigenen Überraschung fühlte sie sich attraktiv in ihrem bordeauxroten Kleid, dessen Farbe so gut mit der ihrer Haare harmonierte. Aus einer Laune heraus hatte sie sich heute Morgen zum ersten Mal die Brosche mit den grünen Steinen angesteckt.

Ihre Hand tastete nach ihrem Hals. Wäre ihre Mutter stolz, wenn sie sie jetzt sehen könnte? Wenn sie wüsste, dass Eileen nicht wenige der Kleider, die heute zur Schau getragen wurden, selbst geschneidert hatte? Von Damen wie Miss Howell waren neue Kleider bestellt worden, aber es waren auch Änderungsarbeiten bei ihr in Auftrag gegeben worden und sie hatte sogar die Anfrage bekommen, ob sie einen Hut neu verzieren könnte. Alles, damit die Damen der Gegend auf dem Frühjahrsmarkt und auf der Kirmes glänzen konnten.

Während sie in der Stadt nie an Festen oder sozialen Aktivitäten teilgenommen hatte, genoss Eileen nun die ausgelassene Atmosphäre, die in Almsbrick herrschte.

»Da ist eine Bude mit Süßigkeiten«, entdeckte Beth. »Sollen wir da mal schauen?«

Maggie zögerte.

Zu ihrem Ärger hatte Eileen nicht daran gedacht, Moira zu fragen, ob sie dem Mädchen ein paar Pennys für heute zugesteckt hatte. Die meisten Eltern machten das, aber Moira hatte nun einmal nicht viel zur Verfügung. Nachdenklich biss sie sich auf die Unterlippe. Na, dann würde sie eben heute diese Rolle übernehmen!

»Was haltet ihr von einem Stückchen Süßholz?«, fragte sie. »Daran kann man schön lange herumknabbern.«

Beide Mädchen sahen begeistert aus.

Auch sie selbst konnte der Versuchung nicht widerstehen und kaufte sich eine Tüte Ingwerplätzchen.

Maggie kicherte. »Essen Sie die alle auf?«

»Nicht alle«, verteidigte sie sich. »Vielleicht verteile ich nachher auch noch ein paar.«

Sie wusste allerdings nicht, an wen. Mittlerweile hatte sie genügend geschäftliche Kontakte in Almsbrick aufgetan, genau wie sie es vorgehabt hatte, aber dabei war es geblieben. Sie sah sich um und konnte nicht anders als zu bemerken, dass jeder auf der Kirmes Gesellschaft hatte.

Doch was erwartete sie auch? So lange war sie schließlich noch nicht im Dorf und außerdem würde sie ja auch nicht lange bleiben.

Vor dem Gemischtwarenladen entdeckte sie Moira, die sich mit Joseph Swift unterhielt. Anscheinend gab es nur wenige Kunden. Sie fragte sich, ob die beiden nach Ladenschluss gemeinsam einen Gang über die Kirmes machen würden. Seit der Bäcker Moiras Wagen benutzte, sprachen sie ziemlich oft miteinander. Eigentlich war Eileen gar nicht bewusst gewesen, dass Moira so gut mit ihrem Nachbarn befreundet war.

Jetzt lachte Bäcker Swift über etwas, was sie gesagt hatte, und neigte sich ein wenig zu ihr. Er schien schon ein besonderes Interesse an ihr zu haben. Was hatte das zu bedeuten? Sie lächelte. Es wäre wunderbar, wenn Moira ein neues Glück finden könnte, und der Bäcker schien ein anständiger Kerl zu sein. Aber … würde sich ihre eigene Rolle dadurch verändern? Moira vertraute immer mehr auf ihre Hilfe im und rund um den Laden, und Eileen nutzte all diese Gelegenheiten, um ihr Band mit Maggie zu stärken. Sollte sie sich damit noch etwas mehr beeilen, bevor Joseph Swift einen festen Platz in Moiras Leben bekam?

»Ich sehe Mary und Flora da bei den Jongleuren«, zeigte Beth. »Sollen wir auch dorthin gehen, Maggie?«

Eileen war etwas enttäuscht, doch sie gab ihr Bestes, um das zu verbergen. »Ich muss sowieso noch zu dem Stand mit den Kurzwaren. Dann sehen wir uns gleich wieder, in Ordnung?«

»Darf ich nicht mit Ihnen mitgehen?«, wollte Maggie wissen. »Dann kann ich Ihnen später noch besser helfen.«

Kurzzeitig stockte Eileen der Atem. »Ich denke …«

»Die Jongleure muss ich wirklich nicht sehen.«

Zögernd warf Eileen Beth einen Blick zu, doch die zuckte mit den Schultern. »Dann kommst du aber danach zu uns, ja, Maggie?«

»Das ist eine gute Idee.« Erleichtert nickte Eileen Maggie zu. War es schlimm, dass sie ihr kleines Mädchen an diesem Tag gern bei sich haben wollte? »Beth und die anderen Mädchen sind nachher bestimmt auch noch da. Ich finde es schön, dass du mir erst helfen möchtest, die richtigen Sachen auszusuchen.«

Am Kurzwarenstand war nicht viel los. Deswegen nahm sie sich die Zeit, um Maggie genau zu erklären, warum sie was aussuchte, und sie mitdenken zu lassen. Dem Verkäufer gefiel das und er gab gelegentlich ebenfalls seine Kommentare dazu. Nachdem Eileen bezahlt hatte, holte er noch ein Stückchen Band zum Vorschein. »Angenehm, mit Ihnen Geschäfte zu machen, gnädige Frau! Und würde Ihrem Töchterchen das hier für seine wunderschönen Locken gefallen?«

Eileen blinzelte überrascht. *Ihrem* Töchterchen.

Maggie kicherte und sah sie mit einem verschwörerischen Blick an. »Darf ich das haben? Bitte?«

Schnell schluckte sie. »Selbstverständlich, wenn du höflich ›danke‹ sagst.«

»Viel Vergnügen damit, Mädel.« Der Verkäufer überreichte ihr das Band. »Sie wird wohl nach ihrem Vater schlagen mit diesem schwarzen Haar, aber sie hat Ihre Nase, gnädige Frau. Das sieht man sofort.«

»Danke sehr«, flüsterte Eileen.

Maggie lachte noch lauter. Ihre Augen glitzerten. »Vielen Dank, mein Herr. Das sagen die Leute öfter. Trotzdem … Mama?«

Zitternd lächelte Eileen. Sie musste etwas antworten, aber sie brachte kein Wort über die Lippen. Ihre Nase? Niemand hatte je so etwas behauptet. Selbst nachdem Maggie geboren war, hatte sie nur mitbekommen, dass das Kind ein Mädchen war. Nicht mehr als das.

»Einen schönen Tag weiterhin, die Damen.« Zu ihrer Erleichterung richtete der Verkäufer seine Aufmerksamkeit auf eine neue Kundin, sodass sie den Stand verlassen konnte, ohne dass es peinlich wurde.

»Sie sind doch nicht böse, Miss Eileen?« Maggie klang besorgt. »Ich weiß, dass ich nicht lügen darf, aber das war doch nur ein Scherz, dass wir beide zusammengehören. Das darf ich doch, oder?«

»Ich bin nicht böse«, versicherte Eileen ihr. »Ich fand es schön, dass er gedacht hat, dass wir beide zusammengehören.«

So, nun hatte sie wenigstens die Wahrheit gesagt, obwohl sie das Wichtigste trotzdem verschwieg. Und obwohl sie dem Mädchen am liebsten noch viel mehr erzählt hätte, suchte sie jetzt nach etwas, mit dem sie es ablenken konnte.

»Magst du Musik, Maggie? Schau mal, das steht ein Flötenspieler.«

Ein älterer Mann mit einem grauen Bart fing an zu spielen. Zu seinen Füßen lag ein kleines Hündchen, neben dem ein Hut verkehrt herum lag, sodass die Leute ihr Kleingeld hineinwerfen konnten.

Die Melodie, die er spielte, verursachte Eileen eine plötzliche Gänsehaut. Sie schloss für einen Augenblick die Augen und wartete, bis die Klänge ihr Trost und Frieden gaben. Genau wie früher.

Dann hockte sie sich neben Maggie. »Dieses Lied hat meine Mutter oft für meine Schwester und mich gesungen. Es kommt aus Irland.«

»Können Sie es auch singen?«

Für einen Moment zögerte sie, doch dann fiel sie in den Refrain mit ein. Leise, um nicht die Aufmerksamkeit der Leute auf sich zu ziehen. Maggie lauschte gespannt den unverständlichen Worten, die Eileen auch nur deshalb kannte, weil sie sie von ihrer Mutter gelernt hatte.

Viel zu schnell hörte die Musik auf. Entzückt blickte der Flötenspieler sie an. »Das hätte ich gleich sehen müssen, gnädige Frau. Sie kommen ebenfalls von der grünen Insel.«

Mit feuerroten Wangen stand Eileen auf. »Nur meine Eltern, ich selbst nicht.«

»Ah, aber sie haben Sie mit dem Erbe Ihres Volkes bekannt gemacht.« Sein Zungenschlag erinnerte sie an den ihres Vaters und ihrer Mutter, ein Akzent, den sie selbst aufgrund ihrer Schulausbildung nicht übernommen hatte.

»Meine Mutter hat das getan«, antwortete sie. »Ihr war es wichtig, dass wir unsere Herkunft kennenlernen.«

Sie wollte, dass auch Maggie die Chance dazu hätte, dass das Mädchen verstand, wo es herkam.

»Dann war Ihre Mutter eine weise Frau. Und Sie sind eine gute Sängerin, wenn ich das so frei heraus sagen darf.«

Maggie blickte voller Bewunderung zu ihr auf. »Sie kennt auch viele Geschichten aus Irland, mein Herr.«

»Ist das so, gnädige Frau? Möchten Sie mir dann helfen, eine Geschichte zu erzählen?«

»Suchst du dir eine neue Einkommensquelle, Eileen?« Rosie tauchte mit einem Augenzwinkern und einem neckischen Lächeln neben ihr auf. Sie trug Tommy auf dem Arm. »Ich habe dich schon gesucht, aber jetzt verstehe ich, was dich festgehalten hat. Ich will sie gerne hören, die Geschichte.«

»Vergiss es lieber. Du glaubst doch wohl nicht etwa, dass ich hier vor Publikum auftreten werde?«

Der Flötenspieler, der offensichtlich auch ein Geschichtenerzähler war, verbeugte sich vor ihr. »Dafür habe ich vollstes Verständnis, gnädige Frau. Möchten Sie mir denn wenigstens die Ehre erweisen, einer Geschichte voller irischem Charme zu lauschen? Und vielleicht kommen Sie heute Abend in die Herberge, wo ich noch mehr Geschichten erzählen werde.«

»Oh nein, das mache ich nicht.«

Doch das Publikum klatschte und jubelte, um den Mann anzufeuern.

»Können wir noch ein bisschen bleiben und zuhören?«, bettelte Maggie. »Ich finde Ihre Geschichten auch immer sehr schön.«

Ihre Geschichten waren jedoch zensiert, denn sie hatte immer davor zurückgescheut, die Waisenmädchen oder auch Maggie mit den bösartigen Aspekten mancher Volksmärchen zu behelligen. Dieser umherziehende Geschichtenerzähler – ein echter *seanchaí*, hätte ihre Mutter gesagt – berücksichtigte das sicher nicht.

»Lass uns noch ein bisschen bleiben und zuhören«, schlug Rosie ebenfalls neugierig vor. »Ich bin ganz verrückt auf Märchen. Er sollte sich die gruseligsten allerdings lieber für heute Abend aufheben.«

»Natürlich, die Damen«, grinste der Mann. »Extra für Sie wähle ich ein romantisches und bezauberndes Märchen.«

Mit einem vergnügten Seufzen schob Rosie ihren Arm unter den von Eileen. Die Geste berührte sie. *Ich habe eine Freundin.* Und weil das euphorische Gefühl, das sie am Anfang der Kirmes erlebt hatte, dadurch zurückkam, wehrte sie sich nicht länger dagegen.

Zufrieden betrachtete Matthew die langen rosa Schnauzen von zwei hübschen rothaarigen Tamworth-Ferkeln, die durch das Stroh wühlten, das ihr Besitzer in ihren Verschlag gestreut hatte. Der *vormalige* Besitzer, denn die beiden gehörten nun ihm.

Während der Verhandlungen hatte er sich großartig geschlagen, allerdings fand er es ziemlich aufregend, eine solche Anschaffung zu machen. Die Tiere sahen gesund und lebendig aus und das gab ihm die Zuversicht, dass er sie aufziehen konnte, bis im Herbst mindestens eines von ihnen zum Schlachter ging.

Der Verkäufer markierte die beiden mit Matthews Initialen. »Heute Nachmittag kommen Sie mit in die Kneipe zum Bezahlen, Wilson. Ich nehme an, dass Sie einen Wagen dabeihaben, um sie am Ende des Tages mit nach Hause zu nehmen?«

»Du kannst sie doch auch an einem Tau hinter dir herziehen«, schlug Edmund Howell vor. Der Bauernsohn war zu Matthews Verärgerung gekommen und hatte sehr interessiert zugeschaut, während Matthew am Feilschen gewesen war.

»Ich transportiere sie auf meinem Wagen«, erklärte er kurz und bündig. »Kann ich nicht hier gleich an Ort und Stelle bezahlen?«

Der Verkäufer lachte und holte sich die Pfeife aus dem Mund. »Wir haben bisher noch keine Geschäfte miteinander gemacht, oder, Junge?«

»Nein«, antwortete Matthew griesgrämig. Der Mann brauchte ihn wirklich nicht wie einen Grünschnabel zu behandeln, er hatte im Lauf seines Lebens schon mehrere Viehmärkte besucht!

»Nun, ich lasse meine Käufer in der Kneipe bezahlen. Und dann genehmigen wir uns noch ein Schlückchen auf das gute Geschäft. Punkt und Schluss.«

Matthew nickte. Er hatte nicht vor, es schwierig zu machen, doch bis jetzt war es ihm gut gelungen, den anderen Männern in seinem Alter aus dem Weg zu gehen. In der Kneipe würde ihm das nicht glücken und er ahnte, was sie von ihm erwarteten. Tapfere Geschichten über den Krieg, einen Bericht über den spannendsten Kampf. Vielleicht hatte er Glück und sie hatten das meiste schon von Tom gehört.

Mit einem unruhigen Gefühl entfernte er sich vom Verschlag.

»Guter Kauf, Wilson.« Leider fand Edmund es nötig, ihm zu folgen.

»Danke.«

»Den konntest du dir natürlich nur leisten, weil mein Vater bereit war, so einen großzügigen Betrag für deine Lämmer auf den Tisch zu legen.«

Der Druck in seiner Brust wurde stärker. »Das waren ehrliche Verhandlungen.«

»Hier auf dem Markt hättest du viel weniger dafür bekommen. Schau dir doch das da drüben an.«

Matthew musste sich das nicht ansehen. Hier auf dem Markt hätten seine eigenen Lämmer tatsächlich weniger eingebracht als das Paar, das er eine Woche zuvor an Howell verkauft hatte. Die Konkurrenz war jetzt natürlich größer.

Spöttisch lächelnd schlenderte Edmund weiter an den Verschlägen mit Ferkeln und Kälbern entlang.

Matthew sah ihm hinterher, während in ihm der Zweifel zu nagen begann. Er konnte nicht leugnen, dass Bauer Howell freundlich gewesen war und ihm ohne mit der Wimper zu zucken Werkzeug und Gerätschaften hatte leihen wollen, damit bei ihm die Dinge in Gang kamen. Nichtsdestotrotz meinte er, dass sie für die Lämmer einen sehr fairen Betrag ausgehandelt hatten. Bauer Howell hatte ihn doch nicht bewusst bevorteilt? Er dachte doch nicht etwa, dass Matthew es sonst nicht schaffen würde? Der Betrag, den er geboten hatte, war nun auch wieder nicht so viel höher, als er ihn auf dem Markt hätte erzielen können.

Er seufzte. Warum gelang es Edmund Howell denn immer, ihm das Gefühl zu geben, er sein nur ein armseliger Wicht, der es allein doch nicht schaffen könnte?

Wild entschlossen marschierte er zu dem Teil des Marktes, in dem die Schafe verkauft wurden, um die Preise von anderen Bauern und Hirten zu erkunden. Ein junger Mann, der einen Hirtenstab trug, wollte gerade mit einer ordentlichen Herde den Markt verlassen. »So einen Kauf habe ich noch nie gemacht«, prahlte er.

Matthew zog fragend die Augenbrauen in die Höhe. »So viele Schafe gleichzeitig, meinst du?«

»Und so billig«, rief der Mann über dem Geblöke aus. »Manchmal muss man einfach Glück haben. Ich bin fertig für heute.«

Mit den Daumen hinter seine Hosenträger gehakt sah Matthew, wie er nach seinen Hunden pfiff und ihnen Anweisungen gab, damit sie die Schafe vom Marktplatz wegtrieben.

Hinter ihm begann ein anderer Hund zu jaulen.

»Ruhig, Junge«, brummte eine heisere Männerstimme.

Matthew drehte sich um und erblickte einen alten Mann mit einem grauen Bart, der an einem Baum lehnte. Er trug einen traditionellen Hirtenkittel und sein Gesicht war so sonnengegerbt, dass seine Haut wie Leder aussah. Neben ihm lag ein schwarz-weißer Border Collie.

»Ich denke, der würde sich gern an die Arbeit machen«, bemerkte Matthew.

»Da haben Sie recht.« Der alte Mann seufzte und strich über den Stock in seiner Hand. »Aber leider hat er keine Arbeit mehr. Genau wie ich.«

Das machte Matthew neugierig. »Haben Sie Ihre Schafe denn verkauft?«

»Ja, alle.« Er zeigte mit dem Stock. »Da laufen sie.«

Der Hund sah der verschwindenden Herde ebenfalls hinterher und jaulte erneut.

»Ich bin alt und gichtbrüchig«, erklärte der Hirte. »Und ich habe nicht mehr lange zu leben. Deswegen ziehe ich zu meiner Schwester. Sie hat ein kleines Häuschen in einem Dorf, das zwei Tagereisen von hier entfernt ist.«

»Sind Sie denn extra nach Almsbrick gekommen, um die Herde zu verkaufen?«

»Natürlich, mein Junge.« Der alte Mann klang empört. »Ich ruhe erst, wenn meine Arbeit in jeder Hinsicht getan ist. Der Frühjahrsmarkt von Almsbrick ist für seinen guten Schafshandel bekannt.«

»Das ist wahr. Ich habe auch Lämmer verkauft.«

»Schau mal an, Sie kennen das Handwerk. Ich wünsche Ihnen viel Glück, Junge. Für Shep und mich war das die letzte Aufgabe.« Er kraulte den Hund hinter den Ohren. Das Tier sah mit einem traurigen Blick zu seinem Herrchen auf.

Matthew lächelte. »Ist Shep zu alt geworden?«

»Nun, er ist kein junger Hüpfer mehr.«

Shep ließ ein kurzes Bellen vernehmen, so als hätte er verstanden, dass sie über ihn sprachen.

»Er wird langsam steif und er rennt auch nicht mehr so schnell wie früher. Aber er würde noch ein Weilchen durchhalten. Es ist schade, dass dieser junge Hirte ihn nicht haben wollte. Er hat kein Vertrauen zu ihm, hat er gesagt.«

Shep setzte sich und warf Matthew einen Blick zu. Das arme Tier fühlte sich wirklich verletzt.

Matthew verstand das sehr gut.

»So ist der Lauf der Welt, Junge«, seufzte der Hirte. »Du arbeitest hart und gibst dein Bestes, aber wenn du alt wirst, musst du alles wieder weggeben. Ich habe nur noch meine Schwester.«

Für einen Augenblick musste Matthew an seine Dienstzeit und die Entlassung denken, doch ihm war bewusst, dass es ihn viel mehr Mühe kosten würde, von der Oak Hill Farm Abschied zu nehmen als von seiner Uniform. Er nahm sich vor, von nun an mehr für den Segen dankbar zu sein, den er empfangen hatte.

»Können Sie denn wenigstens zufrieden zurückschauen?«

»Sicher. Lernen Sie daraus, mein Junge, und sorgen Sie dafür, dass Sie das später auch können. Es kommt die Zeit, wo nur noch das Band zu Ihrer Familie übrig sein wird.«

Familie? Dann kam er schlecht weg. Von einem Band war nie die Rede gewesen, nur von Zwang. Luke war derjenige gewesen, der alles Lob und alle Ehre erhalten hatte, Matthew waren vor allem Vorwürfe gemacht worden. Er war nicht geeignet, in Lukes Fußstapfen zu treten.

Er schluckte und versuchte daran zu denken, dass Moira die Familie war, die ihm am meisten am Herzen lag. »Ihre Schwester findet es sicher schön, für Sie und Shep sorgen zu können.«

»Sie mag keine Hunde.« Der Hirte klang betrübt. »Shep hat viel zu viel Lebensfreude für so ein kleines Häuschen. Ich hätte nicht gedacht, dass ich ihn wieder mitnehmen muss.«

Shep legte seinen Kopf auf seine Pfoten. Ausgebrannt und mutlos. Das war offensichtlich.

»Haben Sie ihm Kommandos beigebracht?«

»Nein, ich habe ihm *Stricken* beigebracht«, schnaubte der Hirte. »*Natürlich* kennt er die wichtigen Kommandos, Junge! Dieser Hund war meine Stütze und mein Halt bei den Schafen.«

Mit gespitzten Ohren erhob sich Shep und setzte sich aufrecht hin.

»Das ist ein gescheites Kerlchen«, konstatierte Matthew.

Shep bellte kurz wie zur Antwort. Er sah Matthew an und neigte seinen Kopf ein wenig zur Seite. Damit war sein Schicksal besiegelt.

Mit Shep neben sich marschierte Matthew am späten Nachmittag über das Kirmesgelände zur Kneipe, um seine Ferkel zu bezahlen. Der alte Schafhirte hatte sich die Zeit genommen, ihm zu erklären, wie er den Hund abgerichtet hatte und auf welche Kommandos das Tier reagierte. So, als wollte er seinen Wert unter Beweis stellen, hatte Shep sich von seiner besten Seite gezeigt. Jetzt hing ihm die Zunge aus dem Hals, er zog jedoch nicht an dem Strick und versuchte auch nicht, zu seinem alten Herrchen zurückzukehren.

»Du verstehst es, oder, Junge?«, murmelte Matthew. »Du bist noch nicht abgeschrieben, solange ich in dieser Angelegenheit etwas zu sagen habe.«

Genau, wie es für ihn selbst galt.

Er sah Officer Abott herbeikommen und tippte sich an den Hut, um den Ortspolizisten zu grüßen. Es war mehr aus Höflichkeit als aus Freundlichkeit, denn Abott hatte auf seine Vermutung hin, ein Pferdedieb habe sein Unwesen getrieben, überhaupt nichts unternommen. Vielleicht hielt er wenigstens heute seine Augen und Ohren offen, doch Matthew erwartete das eigentlich nicht. Abott fand es wahrscheinlich einfacher, in Aktion zu treten, wenn auf der Kirmes Krawall entstand oder wenn er einen Taschendieb auf frischer Tat ertappen konnte.

Auf einmal fühlte Matthew sich durch die Betriebsamkeit auf der Kirmes bedrängt. Er konnte nicht alles, was dort passierte, im Blick behalten. Überall um ihn herum ertönte Lachen und Jubeln, beim Tauziehen und beim Hau-den-Lukas wurde kräftig angefeuert. Händler priesen lauthals ihre angebotenen Waren an.

Er zwang sich dazu, sich wieder auf sein Ziel auszurichten: die Oak Hill Farm, seinen Bauernhof. Er würde jetzt die ganze Sache mit der Bezahlung abrunden und anschließend konnte er verschwinden.

Sein Blick wanderte zum Gemischtwarenladen. Moira hatte ihren Willen bekommen, aber seine Kompromissbereitschaft hatte eine Grenze. An Kirmesvergnügungen lag ihm nichts.

Er sah sie mit Joseph Swift auf dem Bürgersteig stehen und plaudern und lächelte in sich hinein. Das hatte er doch hübsch eingefädelt!

»Wen hast du denn dabei?« Tom kam von der Schießbude, die schräg gegenüber der Kneipe aufgebaut war, auf ihn zu geschlendert. »Hast du den irgendwo gefunden?«

Shep ließ ein kurzes Bellen vernehmen und blickte nach oben, so als erwartete er, dass Matthew seine Ehre verteidigte.

»Ich habe ihn von einem alten Hirten übernommen«, erklärte er. »Du solltest ihn mal in Aktion sehen. Ich kann ihn bei den Schafen gut gebrauchen, angesichts der Tatsache, dass du davon keine Ahnung hast.«

Tom grinste. »Schafe sind seltsame Viecher, kann man wohl sagen.«

»Hey, Matthew!«, rief Charlie, der Knecht von Bäcker Swift, aus der Schießbude heraus. »Lass uns mal sehen, wie gut du noch zielen kannst.«

Frank und Ferdy, zwei Brüder, die bei Bauer Howell im Dienst waren, pflichteten ihm bei.

Matthew gestikulierte in Richtung Kneipentür. »Nein, ich …«

»Jetzt schon am Trinken, Matt?«, neckte ihn Tom. »Komm schon, mach mit.«

»Das sagt der Richtige«, lachte Charlie. »Dein Kamerad war nicht imstande, alle Ziele zu treffen, Matthew. Von einem Soldaten hätte ich mehr erwartet.«

Ich bin kein Soldat mehr. Matthew biss sich auf die Innenseite seiner Wange, um die Worte nicht auszusprechen.

Tom zuckte mit den Schultern. »Ich habe das Kaninchen verfehlt. Wenn du mich fragst, war der Gewehrlauf nicht gerade.«

Die anderen lachten ihn herzhaft aus.

»Sag mal, Junge, was behauptest du da?«, brauste der Eigentümer der Schießbude auf. »Hier geht alles mit rechten Dingen zu. Lass es den anderen Burschen da einmal probieren, wenn er ebenfalls Soldat gewesen ist.«

»Sogar Scharfschütze«, wusste Frank zu berichten. Das musste er von Tom gehört haben, denn Matthew hatte nie mit seinem Platz in der Infanterie angegeben.

»Das ist schon lange her«, wehrte er ab.

»Das ist nur ein Luftgewehr, Matt.« Tom klopfte ihm auf die Schulter. »Versuche die Ehre unseres Regiments zu retten, bitte.«

Zögernd blickte Matthew sich um, fand allerdings keine Ausflucht. Moira stand immer noch da und redete mit Joseph, außerdem würde sie ihn sowieso nur anfeuern.

Mit einem Seufzen kramte er etwas Kleingeld aus seiner Hosentasche und wartete, während der Eigentümer das Gewehr für ihn lud. Er zuckte mit den Schultern und studierte die Zinnfigürchen, die er treffen musste: ein Fuchs, ein Kaninchen, ein Bär … da war sogar ein Äffchen dabei.

Langsam sog er den Atem ein und nahm das Gewehr. Tom hatte recht, das war nur ein Luftgewehr, und während er die Waffe an seine Schulter legte, überraschte ihn das geringe Gewicht. Er konnte sich nicht erinnern, wann er das letzte Mal mit so einem Gewehr geschossen hatte, und traf das Kaninchen deshalb nur an einem seiner langen Ohren. Aber getroffen war getroffen, und er grinste zu Tom hinüber.

»Pures Glück«, murmelte der.

Das fachte Matthews Kampfgeist an. Er zielte ein bisschen tiefer auf den Fuchs und traf erneut. Schließlich lagen alle Tiere. Mit einem klopfenden Herzen, aber einem zufriedenen Gefühl legte er das Gewehr auf die Theke.

»Gut gemacht, wirklich.« Charlies Stimme war voller Bewunderung. »Du hast dir ein Freibier in der Kneipe verdient. Du kommst doch heute Abend, oder?«

»Nun, ich … ich habe gerade Ferkel gekauft und …«

»Die kannst du ja noch nach Hause bringen, bevor das Tanzen beginnt«, überlegte Tom. »Du weißt doch sicher, dass draußen *vor* der Kneipe getanzt wird?« Er nickte zum Eingang hinüber. »Es sind Musiker gekommen und wir haben auch noch unsere eigenen Leute.«

»Ich nehme meine Flöte mit«, verkündete Charlie. Er bezahlte noch eine Runde Schießen. »Und Ferdy holt seine Mundharmonika aus dem Schrank.«

»Du kannst deine Trommel mitbringen, Matthew«, begann Ferdy. »Genau wie früher.«

Er war jedoch nicht mehr derselbe wie früher und hatte deshalb auch kein Bedürfnis zu trommeln. In seinem Kopf begann der Marschrhythmus zu erklingen. *Im Laufschritt, vorwärts!* Er schluckte. »Ich trommle nicht mehr.«

Er zuckte zusammen, als Charlie schoss und danach zur Seite schaute. »Du kannst ja wieder damit anfangen.«

Nie im Leben! »Ich habe mehr als genug Trommeln in der Armee gehört.«

»Kannst du alle Signale trommeln?«, wollte Ferdy wissen. Er trommelte mit seinen Fingern auf der Holztheke herum. »›Zum Angriff!‹ und ›Rückzug!‹ und so?«

Erneut ein Schuss von Charlie.

Das Äffchen fiel um, aber das war nicht das, was Matthew sah.

»Hast du deine Trommel denn noch?«, fragte Tom. »Schließlich hat der Abend heute nichts mit der Armee zu tun.«

»Das weiß ich auch«, antwortete er mit zusammengebissenen Zähnen. Tom wusste doch, was ihm Schwierigkeiten bereitete! Musste er so auf ihn eindringen?

»Na denn.« Charlie klang aufgeräumt. »Was ist dann das Problem?«

Matthew warf einen Blick auf das umgefallene Äffchen und versuchte seinen Atem zu beruhigen. »Trommeln erinnern mich an den Krieg.« An so viele gefallene Kameraden.

»Aber gerade dann musst du wieder trommeln«, urteilte Ferdy.

»Meinst du das ernst?« Verdutzt sah Matthew den jungen Arbeiter an. Kapierte der wirklich nicht, wie viel Mühe es ihm machte, die Erinnerungen auf Abstand zu halten? Nicht überflutet zu werden durch die Bilder seiner gefallenen Kameraden? Durch die Erinnerung an das Gedonner der Kanonen? Um einem Zittern seiner Hände zuvor zu kommen, griff er den Strick von Shep noch etwas fester. »Das ist kein Vergnügen, an die Schlachten erinnert zu werden.«

»Genau deswegen hat Ferdy recht.« Charlie nickte ihm zu und lehnte sich an die Theke. »Gib dir einen Ruck und sorge selbst für gute Erinnerungen. Und eine Kirmes ist dafür wahrscheinlich die beste Gelegenheit. Hole dir also einfach deine Trommel und sei fröhlich.«

Matthew bebte. Die Narbe in seinem Nacken schien zu brennen. Mit geballten Fäusten ging er auf Charlie zu. »Du hast leicht reden, aber du bist nicht dabei gewesen. Du hast noch nie so viele Tote auf einem Haufen gesehen und ich hoffe, dass du so etwas auch nie wirst durchstehen müssen.«

Niemand sagte etwas, selbst Tom sah ihn nicht an.

Matthew wandte ihnen den Rücken zu und ruckte kurz an dem Strick. »Komm mit, Shep.«

Mit großen Schritten ging er zu der offen stehenden Tür der Kneipe. Bezahlen und verschwinden. Die Schnäpse konnten sie behalten. Er würde nach Hause gehen. Da wartete sicher noch die eine oder andere Aufgabe auf ihn, in die er sich stürzen konnte und ansonsten … ansonsten …

»Nicht so hastig, mein Junge.«

Er erstarrte und Shep bellte an seiner Seite.

Auf der hölzernen Bank neben der Tür zur Kneipe begann Victor Trench zu lachen. »Gute Anschaffung, dieser Hund. Er verteidigt dich jetzt schon.«

»Ruhig, Shep.«

»Du solltest nicht gleich hineingehen«, empfahl Victor. »Komm erst mal kurz zur Ruhe.« Er stützte sich mit seinen Ellenbogen auf seine Oberschenkel.

Matthew betrachtete den Flachmann aus Metall, den der Mann in den Händen hielt, und versuchte herauszufinden, wie ernst er diesen Rat nehmen sollte. Aber es hieß doch immer, dass Betrunkene die Wahrheit sagten?

»Du siehst es vor dir, stimmt's?«, fuhr Victor fort. »Immer wenn du denkst, dass es jetzt vorbei ist, passiert was, und du bist wieder mitten im Krieg.«

»Sie haben über die Trommeln gesprochen.« Matthew ließ sich neben ihm auf der Bank nieder und Shep legte sich zu seinen Füßen nieder.

»Weiß ich. Ich konnte euch bis hierher hören. Charlie hat übrigens recht, du musst dir einen Ruck geben.« Er bot Matthew den Flachmann an. Matthew nahm einen ordentlichen Schluck. Billiger Gin, starkes Zeug. Aber keine Lösung. Er schluckte. »Wie soll das denn gehen? Hast du nie Albträume, Victor? Hast du nie Angst wegen dem Lärm um dich herum?«

»Natürlich habe ich das. Manchmal ist es, als könnte ich die Kanonen und Gewehrsalven immer noch hören.«

»Und dann setzt du dich hier direkt neben die Schießbude?«

Mit einem traurigen Lächeln schüttelte Victor den Kopf. »Das siehst du falsch, Junge. Ich sitze nicht neben der Schießbude, sondern neben der Kneipe.«

»Oh.«

»Ach, aber du bist aus einem anderen Holz geschnitzt als ich. Du darfst nicht aufgeben mit diesem Bauernhof.«

Matthews Augen wurden zu Schlitzen. »Hilft das? Auf Dauer?«

»Es hat doch schon geholfen, merkst du das nicht?«

Ausgehend von dem besorgten Blick in Victors Augen fragte Matthew sich wirklich, ob schon etwas zu bemerken war. Außer der Tatsache, dass er nicht einmal einen kleinen Wettkampf mit Freunden durchhalten konnte. »Ich hätte nicht auf die Kirmes gehen sollen.«

»Dann hättest du auch den Viehmarkt verpasst. Wolltest du nicht Ferkel kaufen?« Victor sah sich ängstlich um, sodass ihm Matthew schnell wieder die Flasche in die Hand drückte. Meistens half das. »Wirf die Flinte nicht ins Korn, Matthew. Du hast ein Ziel. Das ist gut, das brauchst du.«

»Die Oak Hill Farm.« Der Bauernhof war ein Gottesgeschenk.

»Genau. Und das hilft mehr als Gin. Wenn ich noch so jung wäre wie du und wenn ich nicht …« Seine Stimme erstarb, so als hätte er vergessen, was er sagen wollte.

Matthew seufzte. »Vielleicht verblassen die Erinnerungen mit der Zeit.«

»Natürlich werden sie das. Und eines Tages hast du dann auf einmal wieder Lust, mit deinen Kameraden auf die Kirmes zu gehen. Oder dir ein hübsches Mädchen anzulachen.«

Ein bisschen weiter weg wurde geklatscht und gejubelt, weswegen er und Victor zur Seite schauten. Matthew erkannte Rosies fröhliches Lachen, weil es so ansteckend war.

Als er genauer hinsah, bemerkte er neben ihr Eileen Brady in einem hübschen dunkelroten Kleid, das ihrer Figur schmeichelte. Er hatte von Frauenbekleidung keine Ahnung, konnte allerdings schon erkennen, dass sie mit den Einsäumungen und der Spitze ihr Bestes gegeben hatte. Sie sah wunderbar darin aus. Und unter einem kleinen Strohhütchen mit Bändern in derselben warmen Farbe quollen ihre feuerroten Locken hervor, die heute im Gegensatz zu sonst nur mäßig gebändigt und nicht in einem strengen Knoten hochgesteckt waren.

»Das ist eine hübsche Dame, stimmt's, diese neue Schneiderin?«, grinste Victor. »Alle Männer finden es schade, dass sie aus der Herberge ausgezogen ist.«

»*Der Herberge?*« Was für ein Unsinn erzählte Victor denn da?

»Ja. Da hat sie gewohnt, bevor ihr deine Cousine ihr Zimmer angeboten hat. Nicht dass sie jemals irgendeinem von uns ihre Aufmerksamkeit gewidmet hätte, natürlich …«

»Aber sie war doch bei den Almsworths untergekommen«, unterbrach Matthew ihn. »Im Landhaus.«

»Zuerst schon, ja. Bis sie beschlossen hat, nicht in die Stadt zurückzukehren. Ich glaube, das ist ziemlich plötzlich gewesen.«

»Das kannst du wohl sagen«, murmelte Matthew. Er hatte mitbekommen, dass ihre Schwester schon zuvor verstorben war. Warum also dieser plötzliche Entschluss? Was hinderte sie daran, an den Ort zurückzukehren, der ihr vertraut gewesen sein musste? Wo sie darüber hinaus die Sicherheit einer festen Anstellung in einem Schneideratelier genoss! Konnte etwas vorgefallen sein, das sie lieber verheimlichen wollte?

Er kniff seine Augen zusammen und starrte in ihre Richtung.

Eileen öffnete lachend eine Papiertüte und verteilte Plätzchen unter Rosie und ein paar anderen, die um sie herumstanden. Er konnte deren Überraschung sehen, während sie die kleine Leckerei entgegennahmen. Auch Maggie bekam eins, sodass sie nun dastand, in der einen Hand ein Stück Süßholz und in der anderen ein rundes Plätzchen. Es war nur gut, dass Moira das nicht sehen konnte. Gleichzeitig war diese generöse Geste ungewöhnlich für die kühle, distanzierte Schneiderin, die Eileen meistens zu sein versuchte. Er war mehr und mehr davon überzeugt, dass das nur eine Rolle war, die sie spielte. *Aber wer war Eileen Brady dann in Wirklichkeit?*

Er brannte darauf, das herauszufinden, und räusperte sich. »Ich glaube, ich gehe mal eben schauen, ob da auch ein Plätzchen für mich übrig ist.«

»Tu das mal, mein Junge.« Victor klopfte ihm auf die Schulter. Mit einem etwas verlegenen Grinsen stand Matthew auf und zupfte sich die Kleidung zurecht.

»Oh, und vergiss eins nicht«, sagte Victor mit einem Augenzwinkern. »Heute Abend wird getanzt. Vielleicht hast du ja doch Lust, dabei zu sein.«

23. Kapitel

Er tat es wirklich! Eileens Herz machte einen Freudensprung, als sie bemerkte, dass Matthew auf sie zumarschierte. Gleichzeitig hätte sie sich am liebsten hinter Maggie und Rosie versteckt. Du lieber Himmel, was war denn bloß in sie gefahren? Sie musste ja nur ein oberflächliches Schwätzchen mit ihm halten, mehr nicht. Dennoch wollten ihr keine passenden Worte einfallen, während er immer näher kam.

Matthew grinste von einem Ohr zum anderen und beschleunigte dadurch erneut ihren Herzschlag. »Junge, Junge, was habe ich für einen Hunger bekommen«, verkündete er laut.

»Hast du Lust auf ein Stück Süßholz, Onkel Matthew?« Maggie hielt ihr eigenes abgeknabbertes Stück in die Höhe.

Dadurch fand Eileen zum Glück ihre Sprache wieder. Sie winkte mit der Papiertüte. »Oder hättest du lieber ein frisches Ingwerplätzchen, in das noch niemand gebissen hat?«

»Dazu sage ich nicht Nein.« Mit einem Augenzwinkern steckte er seine Hand in die Tüte.

»Habt ihr da an der Schießbude einen Wettkampf ausgetragen?«, wollte Rosie wissen. »Und wer hat gewonnen, du oder Tom?«

Eileen bemerkte, wie das Licht in seinen Augen verlosch, doch schon schnell hatte er wieder ein Lächeln auf sein Gesicht gezaubert. »Tom hat leider das Kaninchen verfehlt.«

»Der *arme* Junge.« Rosies Lachen stand allerdings im Widerspruch zu ihren Worten. »Dann essen wir heute Abend eben nur Kartoffeln. Ich sollte wohl besser hingehen und ihn trösten.«

Mit großen Augen blickte Maggie sie an. »Das sind doch keine echten Kaninchen in der Schießbude, oder?«

»Nein, Schatz.« Eileen strich über die schwarzen Locken des

Mädchens. »Das war nur ein Scherz. Schau doch mal, was Onkel Matthew da an diesem Strick bei sich hat.«

»Das ist Shep«, verkündete Matthew, doch der Hund lenkte Maggie nicht genug ab.

»Hast du jedes Mal getroffen?«

»Ja.« Er runzelte die Stirn. »Und was habt ihr gemacht? Euch eine irische Geschichte angehört?«

Jetzt nickte das Mädchen begeistert. »Die war sehr spannend und dieser Herr da hat auch Flöte gespielt. Und weißt du, wie schön Miss Eileen singen kann?«

Eileen spürte, wie sie rot wurde. »Nun, ich …«

»Sie hat eine schöne Stimme«, bestätigte Matthew ruhig. »Ich habe im Gottesdienst schon einmal neben ihr gesessen.«

»Das war ein irisches Lied«, sagte Maggie.

Matthew zog eine Augenbraue in die Höhe und sah Eileen an. »Ein Lied von früher?«

»Meine Mutter hat es mir beigebracht.« Erneut durchströmte sie die Wärme dieser Erinnerungen: wie sie zusammen vor dem Ofen gesessen hatten und ihre Mutter ihr die richtige Aussprache beigebracht hatte.

»Und hat sie dir auch das Tanzen beigebracht?«, wollte Matthew wissen.

Überrascht blinzelte sie mit den Augen. »Volkstänze meinst du?«

»Heute Abend wird getanzt. Da drüben vor der Kneipe.«

Sie betrachtete ihren Rocksaum. Ein paar Schritte hatte sie schon von ihrer Mutter gelernt. »Das ist eher etwas für Jüngere.«

»Ich glaube, halb Almsbrick wird dabei sein«, hielt Matthew dagegen. »An so einem schönen Abend wollen selbst diejenigen, die nicht tanzen können, die Atmosphäre erleben. Also …?«

Nachdenklich biss sie sich auf die Unterlippe. »Meine Mutter hat mir Tanzen beigebracht, aber ich habe nicht mehr getanzt, seit …« Sie schwieg abrupt, doch Matthew lächelte. »Betrachte es als eine schöne Erinnerung, die du erneut durchleben wirst.«

Das löste allerdings nicht den Widerstreit in ihrem Herzen.

»Lasst uns noch ein Liedchen singen«, rief der *seanchaí*. Er klopfte den Takt auf seiner Hutschachtel und sang dieses Mal auf Englisch. Mit seinem schweren irischen Akzent klang es trotzdem besonders. Fremd und vertraut zugleich.

»Ich verstehe ihn nicht«, flüsterte Maggie.

Und das, wurde ihr bewusst, war auch besser so.

»Das ist ein Liebeslied«, erklärte Matthew, aber darin konnte sie ihm nicht in jeder Hinsicht zustimmen. »Über einen tapferen Soldaten.«

»Genau wie du«, kicherte Maggie, während sie zu ihm aufschaute.

Genau wie er, ja. Eileen schnaubte entrüstet. »Ein Soldat, der einem Mädchen alles verspricht. Das hat nur wenig mit Liebe zu tun.«

»Warum denn nicht?« Matthew klang überrascht.

»Ist das nicht lieb?«, wollte Maggie wissen.

Eileen brach der Schweiß aus. »Nein, das ist nicht lieb. Er erfüllt seine Versprechen nicht.«

»Das weißt du doch gar nicht«, murmelte Matthew.

»Das ist ein bekanntes Lied.« Sie verdrehte die Augen. »Soldaten haben keine Ehre, wenn es um ein hübsches Mädchen geht.«

Er hielt ihrem Blick stand, sodass sie sich noch unbehaglicher fühlte.

»Und ich hätte nicht so lange mit Maggie hierbleiben sollen.« Sie ergriff Maggies von Süßigkeiten klebrige Hand. »Komm, wir werden …«

»Bist du wegen ihm in die Stadt gezogen?«

»*Was?*« Erschrocken blieb Eileen stehen und starrte Matthew an.

»Dem Soldaten. Ein Soldat ist es auf jeden Fall gewesen. Ist er in Shrewsbury stationiert gewesen? In meinem Regiment?«

Sie umklammerte den Henkel ihres Korbes. »Fast alle Soldaten aus dieser Gegend gehen bei diesem Regiment in Dienst«, antwortete sie abwehrend. »Aber wie dem auch sei … meine

Zukunftsaussichten erschienen mir einfach besser, wenn ich als Schneiderin arbeiten würde.«

Matthew nickte bedächtig. »Er war doch nicht zufällig in der Leichten Kompanie?«

»Nein«, antwortete sie hastig. »Kompanie B, glaube ich.« Eigentlich wusste sie das noch ganz genau.

»Mit der hatte ich wenig zu tun.«

»Du warst also bei der Infanterie?«, versuchte sie ihn abzulenken. »Dann musst du ziemlich gut gewesen sein. Aber das überrascht mich eigentlich nicht.«

»*Nicht?*« Er klang wirklich verdutzt und das war genau das, worauf sie abgezielt hatte.

»Ich habe gesehen, wie du dich einsetzt, wenn du irgendetwas schaffen möchtest«, erklärte sie.

Er lächelte. »Wenn du mich fragst, gibt es da noch eine Person, der das so geht. Eine, die Abschied von ihrer Familie und ihrem Geliebten nimmt, um als Schneiderin Karriere zu machen.«

Verflixt, jetzt kamen sie doch wieder zurück auf ihre Vergangenheit! Sie fragte sich, ob er seinen Spott mit ihr trieb, wo er doch nun anscheinend wusste, dass ein Soldat der Grund für ihren Umzug in die Stadt gewesen war. Aber das Schlimmste war immer noch verborgen.

»Tut es dir jetzt leid, wo sie gestorben sind?«, fragte er leise.

»Ein bisschen schon.« *Mehr als du ahnen kannst.* Sie wappnete sich innerlich gegen ihre Gefühle. »Das verstehst du ja doch nicht, wenn du nach so vielen Jahren immer noch Streit mit deinen Eltern hast.«

»Kannst du das nicht wiedergutmachen, Onkel Matthew?« Maggie sah zu ihm auf. Eileen konnte nicht anders, als ihr zuzustimmen. »Mama sagt, dass wir das immer versuchen sollen. Vermisst du sie denn gar nicht?«

»Meine Eltern sind nicht so nett«, erwiderte er kurz angebunden und seufzte. »Aber ich vermisse Becky schon. Das ist meine kleine Schwester.«

Sie hatte nicht gewusst, dass er eine jüngere Schwester hatte, doch wenn sie sah, wie er mit Maggie umging, konnte sie sich vorstellen, dass er ganz verrückt auf sie gewesen sein musste.

»Als ich mich verpflichtet habe, war Becky noch kleiner, als du es jetzt bist.« Er tippte auf Maggies Nase. »Ich kann mir fast nicht vorstellen, dass sie in diesem Sommer siebzehn wird. Beinahe alt genug, um sich einen Ehemann anzulachen.«

Beinahe. »Vielleicht beginnt sie damit ja nicht allzu früh.« Es war eine beiläufige Bemerkung gewesen, dennoch spürte sie Matthews scharfen Blick. Er wusste, wie lange sie in der Stadt gewohnt hatte. »Ist Becky genauso blond wie du und Moira?«, erkundigte sie sich hastig.

Er lachte. »Ja, das waren wir alle. Beckys Haare waren beinahe weiß, als sie noch ein kleines Kind war.«

»Ist es schlimm, wenn ich meine Mutter überhaupt nicht vermisse?«, wollte Maggie plötzlich wissen.

»Warum sagst du das?«, fragte Eileen entsetzt.

»Ich weiß nicht einmal mehr, wie sie aussah und ob sie nett gewesen ist.« Das Mädchen zuckte hilflos mit den Schultern. »Und dann bin ich trotzdem traurig.«

»Du hast doch deine Mama«, brummte Matthew.

Und mich, wollte Eileen hinzufügen. *Du kennst mich.*

»Mama spricht nie über sie.«

»Das liegt daran, dass deine Mama sie auch nicht gekannt hat, Liebes. Daran können wir nichts ändern.«

Noch nicht, nein. Eileen fragte sich, ob sie ihren Mund hätte halten können, wenn Matthew nicht dabei gewesen wäre. Natürlich hätte sie das gekonnt, sie wusste, dass sie stark sein musste.

»Weißt du, was ich mache, wenn ich Becky vermisse?« Matthew strich über Maggies Schulter. »Dann versuche ich an das zu denken, was ich wirklich habe. An schöne Sachen.«

Strahlend schaute das Mädchen von Matthew zu ihr. »Das mache ich auch, Onkel Matthew! Denn das habe ich von Miss Eileen gelernt.«

»Miss Eileen ist eine weise Frau.«

Ihre Augen fanden sich und da war sie wieder. Diese Verbundenheit. Dieses Mal nicht wegen eines frisch geborenen Lammes, sondern wegen eines Mädchens, das ihren Rat brauchte. Als wären sie für es gemeinsam verantwortlich. Das Herz schlug ihr bis zum Hals und auf einmal freute sie sich auf den Abend. Ja, sie würde tanzen gehen. Es war schon so lange her, dass sie sich sorglos und unbeschwert vergnügt hatte. Dass sie sich selbst zugestanden hatte, sich so schön wie möglich anzuziehen und ihr Bestes zu geben, um …

»Da sind Sie ja, Mr Wilson!«, gurrte eine Frauenstimme ein Stückchen neben ihnen.

Gleichzeitig mit Matthew drehte Eileen sich um. Und stand Auge in Auge mit Prudence Goodwin.

Matthew riss sich hastig den Hut vom Kopf. Das hatte er für Eileen nicht gemacht. »Miss Goodwin … sind Sie ganz allein?«

»Ja.« Sie machte ein süßes Schmollmündchen. »Emma Howell wollte unbedingt schauen, wie ihr Vater mit seinen Schafen vorankommt. Finden Sie nicht, dass ich arm dran bin?«

»Miss Howell ist nun einmal eine echte Bauerntochter.«

»Natürlich.« Gelangweilt wandte Prudence ihr Gesicht ab. »Nein, wirklich, Miss Brady! Sie sehen so anders aus, dass ich Sie beinahe gar nicht erkannt hätte.«

Eileen erwiderte das mit einem kurzen Nicken. »Anders« konnte positiv und negativ verstanden werden und aus dem Mund dieser Dame klang es nicht gerade wie ein Kompliment.

»Sie haben sich sicher für das Tanzfest heute Abend so herausgeputzt?«

»Ich weiß noch nicht …«, begann Eileen.

»Und Sie, Mr Wilson? Heute Abend sind Sie doch wohl auch mit von der Partie?«

Unverschämt dicht neigte sich Prudence zu ihm hinüber. »Versprechen Sie mir, dass ich nicht den ganzen Abend mit Edmund Howell verbringen muss.«

Eileen bemerkte, wie Matthew Prudence bewundernd ansah. Sie wünschte sich, sie hätte nicht ihr Bestes gegeben, um die weibliche Figur von Prudence in diesem Kostüm so zu akzentuieren. Alles war natürlich vollkommen im Rahmen des Anstands geblieben, sie vermutete allerdings, dass man das von Matthews Gedanken in diesem Moment nicht unbedingt sagen konnte.

Was für eine dumme Gans sie gewesen war! Trotz seiner freundlichen, verständnisvollen Haltung blieb Matthew Wilson ein Mann. Mit den Begierden und den Manieren eines Mannes. Mehr sollte sie von ihm nicht erwarten.

♋

Auf dem Weg zurück blieb Eileen schweigsam. Glücklicherweise plapperte Maggie mit ihrem Onkel gleich für zwei, sodass dieser keine Chance bekam, sie weiter auszufragen.

Seltsamerweise freute sie sich immer noch auf das Tanzen, einfach nur, weil sie schon so lange nicht mehr auf einem Fest gewesen war. Es ging nicht um Matthew, versicherte sie sich selbst, es ging um die Geselligkeit. Um die Tatsache, dass sie ein Teil des Dorfes geworden war. Sie war sich beinahe sicher, dass Rosie ebenfalls dort sein würde, wenn sie jemanden fand, der bereit war, auf den kleinen Tommy aufzupassen.

Weil Matthew den Hund bei sich hatte, nahmen sie den Hintereingang zum Laden.

Moira hatte keine Kunden und goss sich in der Küche gerade eine Tasse Tee ein. Sie sah aufgebracht aus. »Seid ihr schon zurück? Wollt ihr auch etwas trinken?«

»Mach mir bitte ein Schälchen voll Wasser«, antwortete Matthew.

Eileen konnte nicht verhindern, dass sie in Gelächter ausbrach, als sie Moiras fassungsloses Gesicht sah.

»Onkel Matthew hat einen Hund gekauft, Mama«, erklärte Maggie, während sie sich neben Shep hockte.

»Er hat einem alten Hirten gehört, der seine Herde weggegeben hat.«

Moira zog ihre Augenbrauen in die Höhe. »Ich hätte nicht gedacht, dass du für so etwas Geld übrig hast.«

»Er ist mir über den Weg gelaufen.« Hilflos breitete Matthew seine Hände aus. »Ich konnte ihn nicht dahinsiechen lassen.«

Das war genau die Seite von ihm, die Eileen so ansprach. Viele Männer würden mit den Schultern zucken, wenn es um einen ausgemusterten Hund ging. Oder sie würden ihn für Hundekämpfe missbrauchen. Doch Matthew Wilson war da ganz anders.

»Shep ist nicht meine einzige Anschaffung«, fuhr er fort, während er die Arme vor der Brust verschränkte. »Ich habe auch zwei Ferkel gekauft. Tamworths, das sind …«

»Ferkel?« Moira klang entgeistert. »Was hast du dir denn da in den Kopf gesetzt? Du hast doch wirklich andere Dinge zu tun, als ein paar Ferkel großzuziehen!«

»Es wird etwas Mühe kosten, aber am Ende des Jahres würde ich gern ein paar Schinken im Haus haben. Also, tja …« Er rieb sich den Nacken. Über die Narbe, bemerkte Eileen.

»Es ist erst April, Matt! Sind sie schon abgestillt? Du hast schließlich gar keine Milch für sie.«

»Dann musst du wohl auch noch eine Kuh kaufen, Onkel Matthew.« Maggie kicherte, bis ein strenger Blick von Moira sie zum Schweigen brachte. Eileen legte ihre Hände auf die Schultern des Mädchens. »Dafür gibt es sicher eine Lösung.«

Flüchtig warf Matthew einen Blick zur Seite und schleuderte seinen Hut auf den Tisch.

Shep erschrak und bellte kurz.

»Das ist nicht nötig«, schnaubte er. »Sie sind acht Wochen alt und vertragen festes Futter. Glaubst du wirklich, dass ich so dumm bin, Tiere zu kaufen, die noch Milch brauchen?«

Eileen verspürte Mitleid mit ihm. »Ich dachte nicht …«

»So vernünftig finde ich deine Entscheidungen jedenfalls

nicht«, erklärte Moira hartnäckig. Missbilligend sah sie an ihm vorbei. »Maggie, Kind, bleib lieber weg von dem Hund. Du weißt nicht, ob er bösartig ist.«

»Er ist hervorragend abgerichtet.« Eileen fühlte sich berufen, Shep und Matthew zur Seite zu springen.

»Aber Maggie ist nicht an Tiere gewöhnt. Was isst du da überhaupt?«

»Ich habe von Miss Eileen Süßholz bekommen.«

»Alle Kinder sind mit etwas Leckerem herumgelaufen.« Eileen zwinkerte dem Mädchen zu. »Ich fand, dass wir uns das auch verdient haben, meinst du nicht auch?«

»Was andere Eltern auf der Kirmes für ihre Kinder ausgeben, müssen sie selbst wissen«, kommentierte Moira dickköpfig.

Oh, wie gerne hätte sie gesagt, dass sie genau dasselbe getan hatte wie andere Eltern! Sie hatte entschieden, dass ihr Kind sich etwas zum Naschen verdient hatte. »Ich habe Beth ebenfalls eine Süßholzstange gegeben.«

»Wir sind zusammen Karussell gefahren, Mama. Und wir haben einen Zauberer gesehen.«

»Das ist schön, Kind.«

»Aber dann wollte Beth mit Flora und Mary zu den Jongleuren und ich bin mit Miss Eileen mitgegangen.«

Eileen war ganz glücklich, weil dem Mädchen ihre Gesellschaft so gut gefiel. *Ihrem* Mädchen.

»Meine Güte, Eileen, konntest du sie nicht davon überzeugen, etwas mit ihren Freundinnen zu unternehmen?« Missmutig blickte Moira sie an.

Voller Verwirrung schüttelte Eileen den Kopf. »Wir haben einem Geschichtenerzähler zugehört. Das war auch schön. Oder, Maggie?«

»Ja, einem *seanchaí*.« Sie sprach es richtig aus. »Er hat Musik aus Irland gemacht und eine spannende Geschichte erzählt.«

»Aber es ist doch viel netter mit den anderen Mädchen. Das ist gut für dich, Maggie!«

»Ich bin lieber bei Miss Eileen gewesen«, entgegnete Maggie. Eileens Herz tat einen Sprung.

»Und, war es eine schöne Geschichte?«, fragte Matthew, um die Stimmung zu heben.

Maggie nickte begeistert. »Es ging um einen Mann, der gegen einen Drachen kämpfen musste, und erst im letzten Augenblick hat er ganz viel Kraft bekommen, um ihn zu besiegen.«

»Du hast gut zugehört«, lobte Eileen sie. Diese Geschichte fanden die Waisenkinder auch immer großartig. Es stimmte sie glücklich, dass Maggie so viel Interesse an diesen Geschichten hatte, an der Tradition ihrer Vorfahren.

Moira sah allerdings besorgt aus. »Trotzdem wäre es mir lieber, wenn du mit Kindern in deinem Alter spielen würdest, Maggie. Miss Eileen hätte dich mit den anderen Mädchen mitschicken sollen.«

»Was meinst du damit?« Eileens Herzschlag beschleunigte sich. »Wenn sie darauf keine Lust hat, kann ich sie nicht zwingen.«

»Aber schon ermutigen.« Moira klang verärgert. »Begreifst du denn nicht, dass sie das braucht? Es ist wichtig für ihre Entwicklung, dass sie genauso aufwächst wie die anderen Kinder.«

Jetzt verstand Eileen es und ihre Wangen glühten. Durch den schwierigen Start in ihr Leben war es für Maggie besonders wichtig, dass sie gute Kontakte mit anderen Mädchen aufbaute und keine Außenseiterin war. Und sie hatte die Kleine daran gehindert.

»Und von dir, junge Dame«, fuhr Moira fort, »erwarte ich, dass du Miss Eileens Unwissenheit nicht missbrauchst. Du weißt ganz genau, dass ich dir das nicht erlaubt hätte.«

»Das tut mir leid, Mama.« Maggie schlug die Augen nieder.

Die Atmosphäre in der Küche fühlte sich nach Moiras Kritik unbehaglich an. Eileen nahm ihren Korb mit den Einkäufen in die andere Hand. »Ich … sollte besser die Sachen hier wegräumen.«

»Darf ich wieder helfen?«, wollte Maggie wissen, doch Eileen ging weg, ohne darauf zu antworten. In ihren Augen bildeten sich Tränen.

Sie hörte Moira etwas über Aufgaben sagen und verstand, dass ihr das Mädchen nicht folgen würde. Wie hatte sie nur so naiv sein können? Sie wusste doch, wie wichtig es war, dass Maggie ihre Freundinnen hatte. Nachdem sie ihrer Tochter in ihren ersten Lebensjahren so viel Leid zugefügt hatte, bekam sie es offensichtlich immer noch nicht hin. Und was wäre, wenn sie das Mädchen aus Almsbrick wegholte? Konnte Maggie es verkraften, alles, was ihr vertraut war, zu verlassen? *Habe ich es die ganze Zeit über falsch gesehen, Herr? Mache ich es dann nur noch schwerer für mein kleines Mädchen?*

Mit traurigem Blick ließ sie sich auf den Nähmaschinenhocker sinken.

Sobald Maggie nach oben geschickt worden war, um die Wäsche wegzuräumen, neigte sich Matthew zu seiner Cousine hinüber. Er lehnte sich mit seinen Unterarmen auf die Rückenlehne eines Stuhles und sah sie eindringlich an. »So, jetzt solltest du mir zuerst einmal sagen, welche Laus dir über die Leber gelaufen ist.«

»Ich habe keine Ahnung, wovon du sprichst.« Moira rührte weiterhin hartnäckig in ihrer Tasse.

»Du mäkelst hier die ganze Zeit an uns herum, obwohl überhaupt nichts los ist? Hast du nicht gemerkt, dass Eileen beinahe in Tränen ausgebrochen wäre?«

»Eileen hätte es auf jeden Fall besser wissen müssen.«

»Ach, hör doch auf.« Er lachte. »Eileen ist ein wunderbarer Umgang für Maggie. Das Kind kann viel von ihr lernen. Du musst dem Mädchen auch ein bisschen Leben gönnen, Moira. Mit dieser ewigen Besorgtheit hilfst du ihm nicht weiter.«

»Ich will nicht, dass Maggie denselben Weg einschlägt wie ihre

Mutter.« Die Sorgenfalten um Moiras Augen waren aufrichtig, daran hatte er keinen Zweifel. Aber sie waren auch unbegründet.

»Maggie entwickelt sich doch gut, oder? Das sagt auch Master Timmons. Du erziehst sie großartig.«

»Aber manchmal übernehmen Kinder bestimmte Schwächen, Matthew. Dein Vater könnte das bestätigen.«

Er erstarrte. »Es sind eher die Umstände, die Menschen zu falschen Entscheidungen verleiten. In dir hat Maggie ein hervorragendes Vorbild. Außerdem betrachtet mein Vater jede Form von Vergnügen als schwach und sündig. Denn nichts wird dafür sorgen, dass er Luke zurückbekommt.«

»Es ist schwer, jemanden zu verlieren, den man liebt«, erwiderte Moira leise.

Matthew schluckte seine Bitterkeit hinunter. Jetzt kamen sie zum Kern. »Bist du deshalb so empfindlich? Vermisst du Herbert an einem Tag wie heute ganz besonders?«

»Eigentlich hatte ich viel zu viel zu tun, um an ihn zu denken.« Er sah die Scham in ihren Augen, bevor sie den Blick von ihm abwandte.

»Das macht nichts«, flüsterte er. »Es ist gerade gut, wenn du wieder etwas Freude in dein Leben lässt. Ich habe dich mit Joseph Swift lachen sehen, und ich habe gedacht …«

»Du hast uns *gesehen*?« Moiras Wangen wurden rot.

»Äh … ihr habt vor dem Laden gestanden, deswegen …«

»Du lieber Himmel, jetzt wird das ganze Dorf wer weiß was von uns denken.«

»Weil du mit deinem Nachbarn geplaudert hast?« Matthew schüttelte lachend den Kopf. »Ich hatte nur den Eindruck, dass ihr einander gernhabt.«

»Zwischen Joseph und mir ist nichts«, erwiderte Moira etwas zu schnell und abweisend.

Seine Augen wurden groß. »Ist das das Problem? Hat er … sucht er deine Zuneigung?«

»Noch nicht.« Sie war kaum zu verstehen.

»Fändest du es schlimm?« Er versuchte sich die beiden zusammen vorzustellen.

»Natürlich.« Ihre Augen füllten sich mit Tränen. »Ich kann doch nicht zulassen, dass jemand den Platz von Herbert einnimmt! Außerdem trage ich immer noch Trauer.«

»Nun, vorläufig ist doch auch nichts gegen eine Freundschaft einzuwenden, würde ich sagen.« Er rieb sich den Nacken. »Das ist doch nichts, weswegen du dich schuldig fühlen müsstest.«

»Das muss ich nicht, nein.«

»Du nimmst Herbert damit doch nichts weg.«

»Es tut mir leid.« Sie wischte sich mit einem Schürzenzipfel über die Augen. »Ich bin einfach total durcheinander und ihr müsst darunter leiden.«

Weil er nicht wusste, wie er sie aufmuntern konnte, nickte er nur. »Ich werde mal schauen, wie es Eileen geht.«

Als er ihr Arbeitszimmer betrat, starrte sie aus dem Fenster. Der Anblick überraschte ihn. Ihm wurde bewusst, dass er noch nie erlebt hatte, dass die Schneiderin nicht mit irgendwas beschäftigt war.

Zögernd kam er in den Raum. »Ist alles in Ordnung?«

Sie zuckte zusammen und drehte sich um. »Ja, natürlich.« Sie versuchte, ihre Stimme unbeschwert klingen zu lassen. »Ich habe einfach nur nachgedacht.«

Er nickte. Auf ihren Wangen waren Tränenspuren zu erkennen. »Nimm es dir nicht zu sehr zu Herzen. Du weißt doch, dass Maggie ein adoptiertes Kind ist. Deshalb ist Moira besorgter als nötig.«

»Ich hatte keine Ahnung von ihren Sorgen.« Eileen versuchte, sich unauffällig über die Augen zu wischen, er sah es allerdings trotzdem. »Ich wollte Moira nicht wütend machen. Und noch weniger Maggie Schaden zufügen.«

»Das hast du auch gar nicht getan.« Langsam ließ er sich auf den Stuhl sinken, der gegenüber von ihrem Arbeitstisch stand. »Jetzt höre mir mal gut zu: Moira hat manchmal Angst, dass

Maggie einige schlechte Eigenschaften von ihrer Mutter geerbt haben könnte.«

Er sah, wie sie bleich wurde. *Warum bloß?*

»Das glaube ich nicht«, flüsterte Eileen.

»Haben wir nicht alle unsere schwachen Punkte?« Er zuckte mit den Schultern. »Jeder Mensch trifft hin und wieder falsche Entscheidungen.«

Sie schlug die Augen nieder. Dachte sie an den Soldaten, wegen dem sie ihre Familie verlassen hatte?

»Wenn jemand Maggie beibringen kann, den richtigen Weg zu gehen, ist das sicher Moira.« Eileen lächelte schwach mit einem Anflug von Wehmut um die Augen. »Ich habe noch nie so eine gläubige Frau getroffen wie sie. So bin ich nicht.«

Nun, auf geistlichem Gebiet war er auch nicht gerade ein Experte, trotz seiner Erziehung. Allerdings hatte er mittlerweile schon gelernt, dass das strikte Befolgen von Regeln ihn Gott nicht näherbrachte.

Er seufzte. »Moira ist nicht vollkommen, genauso wenig wie du und ich. Weil ihr andere Dinge auf den Magen geschlagen haben, hat sie gerade so um sich geschossen.«

»Wirklich?« Die Besorgnis in Eileens Blick berührte ihn.

»Weil sie Herbert so vermisst … und … « Er machte eine unbestimmte Bewegung mit seiner Hand in der Hoffnung, dass Eileen die Lücken selbst füllen würde. »Vielleicht müssen wir ihr einfach noch ein bisschen Zeit geben. Also … vielleicht sollte ich Maggie und dich auf die Oak Hill Farm mitnehmen, wenn ich meine neuen Ferkel nach Hause bringe.«

Eileen fing an zu lachen und stand auf.

Er folgte ihrem Beispiel. »Natürlich hoffe ich, dass du mit Ferkeln genauso gut umgehen kannst wie mit Lämmern.«

»Ich weiß nicht, ob Moira mir Maggie erneut anvertraut.« Die Unsicherheit schwang immer noch in ihrer Stimme mit.

»Natürlich wird sie das. Ich gehe die Ferkel bezahlen und abholen und dann komme ich mit dem Wagen wieder hierher.« Er ließ seinen Blick über sie gleiten. »Du möchtest sicher ein anderes Kleid anziehen, damit dieses da für heute Abend sauber bleibt.«

Sie zog die Augenbrauen in die Höhe. »Gehst du jetzt etwa davon aus, dass ich tanzen möchte?«

»Ich darf doch hoffen, oder?« Er zwinkerte ihr zu. »Und das würde dich sicher aufheitern.«

»Vielleicht schon.« Jetzt lachte sie aufrichtig und auf einmal konnte er sich vorstellen, wie schön es wäre, sich heute Abend mit ihr über die Tanzfläche zu bewegen.

Von ihrem schönen dunkelroten Kleid bewegte sich sein Blick zu der Nähmaschine auf dem Tisch. Das erinnerte ihn wieder daran, wie Eileen mit Maggie und Moira herumgehüpft war, nachdem das Gerät gerade geliefert worden war. In diesem Moment wusste er sicher, dass er sie heute Abend in seinen Armen halten wollte, auch wenn es nur für *einen* einfachen Tanz war.

Er rieb sich mit der Hand über das Gesicht. »Gut. Ich bin gleich wieder da.«

෴

Tatsächlich dauerte es nicht lange, bevor sie zusammen auf dem Bock seines offenen Wagens saßen mit Maggie zwischen ihnen.

Das Mädchen sah interessiert nach hinten und betrachtete die Lattenkiste mit den beiden grunzenden Ferkeln.

Zu seiner Erleichterung bemerkte Matthew, dass Eileen dasselbe zu tun versuchte, ohne ihre Würde aufzugeben. »Sie haben lange Schnauzen, findest du nicht?«

»Dafür sind die Tamworths bekannt. Sie liefern gutes Fleisch.«

»Sie haben rote Haare, Miss Eileen.« Maggie kicherte. »Genau wie Sie.«

»Na, also, sag mal! Wenn du so weitermachst, wird dein Onkel noch eins von ihnen nach mir benennen.«

Er lachte, froh darüber, dass sich die Stimmung aufgehellt hatte. »Wenn ich das tue, wage ich es nicht mehr, es zu schlachten.«

Eileen schnaubte. »Das kannst du mir nicht weismachen. Das Lamm kommt auch zum Schlachter, ob es nun Brady heißt oder nicht.«

»Wahrscheinlich schon. Es sei denn, es ist außergewöhnlich gesund und stark …«

Abrupt schwieg er. Er hatte nicht vor, Maggie *dieses* Vorhaben zu erklären, Eileen begriff allerdings sicher schon, für wie viele Nachkommen ein kräftiger Bock sorgen konnte.

Nach der Farbe ihrer Wangen zu urteilen wusste sie tatsächlich, woran er dachte. Schließlich war die gesittete Schneiderin eine einfache Bauerntochter.

Grinsend zog er die Zügel an, um den Wagen auf dem Hof zum Stillstand zu bringen. Er sprang herunter und hob Maggie in einem großen Bogen vom Kutschbock. Anschließend wollte er hilfsbereit Eileens Taille umfassen, doch sie schob ihn weg und drehte sich zur Ladefläche um. Na, das würde heute Abend noch eine Herausforderung werden!

»Wenn du die Kiste öffnest, Matthew, halte ich ein Ferkel fest. Dann kannst du sie eins nach dem anderen in ihren Verschlag bringen.«

Er nickte und kletterte auf die Ladefläche des Wagens. »Bereit?«

Sobald er die Lattenkiste öffnete, hielt sie eines der Ferkel fest. Am liebsten wäre er geblieben und hätte ihr zugesehen, aber es gab Arbeit zu tun.

Er nahm das andere Ferkel unter den Arm und marschierte zum Schweinestall am Rand des Bauernhofes. Das Tier fing sofort an zu zappeln und zu kreischen. Er lachte darüber. »Das gefällt dir gar nicht, stimmt's? Nun, du darfst ja gleich wieder im Schlamm wühlen. Schau doch mal …«

Der Schweinestall bestand aus einem Holzverschlag, dessen Dach er im vergangenen Winter repariert hatte, und einem Außengelände, das durch ein Mäuerchen aus unbehauenen Steinen begrenzt wurde. Er öffnete das hölzerne Türchen und schob das

Ferkel hinein. Schon während er zum Wagen zurücklief, hörte er es zufrieden grunzen.

Eileen wartete auf ihn und er zwinkerte ihr zu. »Du kannst auch gut mit Schweinen umgehen, wie ich sehe.«

»Ach, sei bloß still!«

Doch noch bevor er das zweite Ferkel unter seinen Arm klemmen konnte, entfuhr Maggie ein Schrei. »Onkel Matthew, schau!«

Er drehte sich um, gerade noch rechtzeitig, um ein rotes Ringelschwänzchen hinter der Scheune verschwinden zu sehen. Das erste Ferkel war ausgebüxt. Mit einem Kraftausdruck, der Maggie den Atem stocken ließ, schloss er die Holzkiste. »Wir müssen es zurücktreiben.«

»Hast du das Tor nicht zugemacht?« Eileen sprang vom Wagen.

»Ich dachte schon.« Wütend lief er zum Schweinestall zurück, wobei er sich bewusst wurde, dass Eileen direkt hinter ihm herlief.

»Schau doch nur!« Sie sperrte ihre Augen weit auf und ging weiter bis zur Rückseite des Schweinestalls. Zwei große Bretter waren lose und bildeten einen wunderbaren Ausgang für ein neugieriges Ferkel.

»Das ist unmöglich«, murmelte er. »Ich habe mir heute Morgen den ganzen Stall noch einmal angesehen. Ich könnte schwören, dass ich …«

»Es sieht so aus, als wären sie absichtlich losgerissen worden.« Eileen hockte sich hin. »Aber wer würde so etwas tun?«

Er stieß den Atem aus.

»Wer weiß denn, dass du Ferkel gekauft hast?«

Es gab nur *einen* Namen, der ihm sofort durch den Kopf schoss. Er knirschte mit den Zähnen. »Edmund Howell.«

Und wahrhaftig, wer kam genau in diesem Augenblick mit seinem roten Tilbury angefahren! Zufall?

Der Sohn des Großbauern saß mit seiner Schwester Emma und Prudence Goodwin eng beieinander in der schmalen Kutsche.

»Es ist zum Stall gerannt!«, verkündete Maggie diensteifrig. »Schaut, da!«

»Wir müssen es einschließen«, überlegte Matthew.

Emma Howell lachte. »Was ist denn jetzt, Wilson? Bist du auf der Jagd?«

»Das hättest du sicher nicht erwartet, oder?«, knurrte er voller Sarkasmus. »Vielen Dank, dass du die Bretter am Schweinestall gelockert hast!«

»Pardon? Du denkst doch nicht etwa, dass ich mich zu solchen Dummejungenstreichen herablassen würde?«

Emma gab ihrem Bruder einen Schubs. »Mach was! Da wir schon hier sind, sollten wir lieber mithelfen, das Tier zu fangen.«

»Also los.« Edmund sah ihn noch kurz mit zusammengekniffenen Augen an. »Dieses Mal tue ich so, als hätte ich keine Anschuldigungen gehört.«

Prudence Goodwin stand als Erste auf dem Boden, den Kopf erhoben. »Ich weiß auch, wie man ein Schwein aufhält«, verkündete sie eigenwillig. »Und erst recht so ein kleines Ferkelchen.«

Dieses Ferkelchen wog allerdings schon einige Kilo. Matthew warf einen Blick auf ihr hübsches Kleid und fragte sich, ob ihr bewusst war, dass Schweine in der Regel nicht besonders sauber waren.

»Maggie!«, rief er. »Kannst du es in diese Richtung jagen?«

Mit einem Zweig wedelnd verfolgte seine Großcousine das Tier vom Stall auf den offenen Hof, wo es mit einer Menge Gekreische in ihre Richtung rannte.

»Hör auf, ich habe …« Doch als er sich darauf warf, entwischte ihm das Ferkel geschickt und er stand mit leeren Händen da.

»Achtung!«, kreischte Miss Goodwin, während das junge Tier auf seinen dünnen Beinchen direkt auf sie zustürmte. Verflixt, gleich rannte es auf den Feldweg.

»Halten Sie es auf!«, brüllte Matthew.

Miss Goodwin zögerte etwas, machte dann schließlich doch einen Schritt zur Seite und stolperte dabei über das flüchtende Ferkel. Schon lag sie bäuchlings auf dem Boden, das Gesicht im Schlamm.

Mit einigen Gewissensbissen – schließlich war es sein Hof – ging Matthew zu ihr hinüber. »Alles in Ordnung?«

Sie hob ihren Kopf und schlug seine ausgestreckte Hand weg. »Lassen Sie mich in Ruhe«, zischte sie, die Wangen feuerrot.

»Es tut mir leid. Ich wollte nur wissen, ob Sie sich wehgetan haben.«

Ohne auf ihren Protest zu achten, umfasste er ihren Oberarm und half ihr auf die Beine.

»Sie müssen mich wirklich für ziemlich dämlich halten«, flüsterte sie.

Eher für naiv, dachte er. »Das Schwein war nun einmal größer, als Sie gedacht hatten.«

»Sie bleiben höflich, Mr Wilson.« Mit einem kurzen Lachen schüttelte sie den Kopf.

Weil sie dadurch ins Schwanken geriet, ergriff er sie fester.

Sie kippte nach vorn und fiel gegen ihn. *Du lieber Himmel, gleich wird sie noch ohnmächtig!* Aber dann strichen ihre Hände über seine Brust und sie sah verschwörerisch zu ihm auf. »Und Sie haben mich schon wieder gerettet.«

Sie lächelte und er ertappte sich dabei, wie er auf ihren süßen Mund starrte. Sein Puls verdoppelte sich.

»Ich habe es!«, ertönte Eileens Stimme hinter ihnen.

Er schluckte. Wie benebelt schob er die Hände von Prudence weg und drehte sich zur Schneiderin um.

Der Triumph, der soeben noch in ihren Worten zu hören gewesen war, hatte ihr Gesicht offenbar schlagartig verlassen.

So ein Ferkel war natürlich zu schwer für sie, sie konnte es nicht heben. Er eilte zu ihr hin. »Großartig, ich werde …«

»Hier.« Sie presste ihm das zappelnde Tier an den Bauch. »Dann hast du etwas, was du in den Armen halten kannst.«

»Danke.« Er versuchte, seine Gedanken zu ordnen. »Ich werde …«, begann er erneut.

»Ich glaube, du brauchst unsere Hilfe nicht mehr, deshalb werden Maggie und ich nach Hause gehen.«

»Lass es dir nicht wieder entwischen, Onkel Matthew!« Mit einem Grinsen warf Maggie den Zweig weg.

»Bestimmt nicht.« Er musste sich anstrengen, um das kreischende Tier zu übertönen, und machte Anstalten, es in die Kiste auf den Wagen zurückzubringen. »Aber ich fahre euch ins Dorf. Ich muss doch gleich …«

»Ich gehe nicht zum Tanzabend«, erklärte Eileen resolut.

Perplex blieb er stehen. »Warum denn nicht?«

»Weil ich keine Lust darauf habe.« Ihre Stimme klang dumpf. »Komm, Maggie.«

Ihm blieb keine andere Wahl, als zuerst das sich windende Ferkel in seinen Armen wegzubringen. Als er sich mit leeren Händen wieder umdrehte, marschierten die beiden schon auf dem Feldweg. Maggie hüpfend und Eileen gemessenen Schrittes. *Ein Schelm, wer Böses dabei dachte.*

»Das ist das Vorrecht einer Frau«, verkündete Prudence direkt neben ihm mit einem kurzen Lachen. »Wir dürfen unsere Launen haben, das macht uns so unergründlich.«

»Unbegreiflich, meinen Sie«, brummte er.

Edmund versuchte währenddessen das Loch im Schweinestall zu flicken. »Das ist absichtlich herausgerissen worden, Wilson.«

»Das habe ich auch schon bemerkt«, reagierte er mürrisch. »Heute Morgen war noch alles in Ordnung. Es scheint, als wollte mir jemand Schwierigkeiten machen.«

»Hast du hier Feinde?«

Er seufzte. »Nicht dass ich wüsste.«

Doch er hatte sich bisher offensichtlich auch keine Freunde gemacht. Sein Blick wanderte wieder hin zu Eileen in der Ferne. Was machte es schon, dass sie nicht mit ihm tanzen wollte? Da war immerhin noch Prudence und die würde ihm bestimmt keine Schwierigkeiten machen, wenn er sie in den Arm nehmen wollte. Trotzdem hatte er längst nicht mehr so viel Lust auf den Abend wie zuvor.

24. Kapitel

Während Almsbrick drei Wochen später noch über den gelungenen Markttag redete und wie viel Spaß man auf der Kirmes gehabt hatte, stürzte sich Eileen in ihre Arbeit. Falls ihre Gedanken doch einmal abzuschweifen begannen, ermahnte sie sich streng, dass es nicht der Mühe wert war. Dass *er* nicht der Mühe wert war.

Eigentlich sollte sie Prudence Goodwin für ihr schamloses Flirten dankbar sein. Jetzt war sie jedenfalls wieder bei klarem Verstand und erkannte, dass sie von Matthew Wilson nichts erwarten sollte. Obgleich er sie anfangs dazu überredet hatte, auf den Tanzabend zu gehen, hieß das offenbar noch lange nicht, dass sie für ihn irgendeine besondere Bedeutung besaß. Für ihn war sie einfach nur eine von vielen, das konnte man jedenfalls aus seiner Reaktion auf Prudence schließen. Er hätte sie wirklich nicht so lange festhalten oder so dicht an sich ziehen müssen!

Und nun saß sie schon wieder da und dachte an ihn. Zornig ruckte sie an dem Faden, den sie gerade abgekettet hatte. Sie sollte sich lieber auf ihre Näharbeiten konzentrieren. Welchen Unterschied machte es schon, ob Matthew sich von Prudence Goodwin den Kopf verdrehen ließ oder nicht? Überhaupt keinen!

Sie glaubte freilich nicht, dass die Arzttochter ernsthafte Absichten hatte. Dafür war Matthew mit seinem kleinen Bauernhof viel zu weit unter ihrem Stand. Doch wahrscheinlich sah Matthew sie ebenfalls nicht als die zukünftige Bäuerin der Oak Hill Farm. Wahrscheinlich hatte er vor allem ein Auge für deren feminine Formen, deren Maße Eileen ganz genau kannte.

Ungehalten legte sie das abgesteckte Mieder aus leichter Baumwolle auf die Nähmaschine und ließ den Nähfuß mit einem Schlag hinuntersausen.

»Du lieber Himmel, was ist denn jetzt los?« Mit zwei Teetassen und einer Schale frischer Plätzchen auf einem Tablett kam Moira hinein. »Ich weiß, dass du viel zu tun hast, aber …«

»Nein, ich muss sowieso kurz aufhören.« Eileen rieb sich mit der Hand über das Gesicht. »Ich kann mich nicht mehr konzentrieren.«

»Und ich habe heute ein bisschen Zeit. Im Laden ist nur Mrs Holmes gewesen. Ich musste mir ein Klagelied anhören über die Jugend, die sich auf der Kirmes viel zu viele Freiheiten herausnimmt.«

»Davon habe ich nichts mitbekommen.« Eileen versuchte neutral zu klingen. Und sich vor allem nicht vorzustellen, wie ein junger blonder Bauer eine gewisse junge Dame zu einem abgelegenen Plätzchen begleitete. Mit Abscheu erinnerte sie sich auf einmal daran, wie Johnny in seiner Uniform über das Kirmesgelände in ihrem alten Dorf stolziert war. Jetzt wusste sie ja, dass sie nicht die einzige junge Frau gewesen war, mit der er sich Freiheiten herausgenommen hatte.

»Ach, Mrs Holmes hat die üblichen Geschichten erzählt. Zu viel Alkohol, Rivalitäten zwischen den Dörfern, Streitereien um ein Mädchen.« Moira seufzte. »Vor vielen Jahren hat mein Herbert mir hier während der Kirmes einen Heiratsantrag gemacht.«

»Das sind schöne Erinnerungen.« Bei ihr waren es nur Johnnys schmeichelnde Worte und seine liebkosenden Hände. Und seine leeren Versprechungen.

»Trotzdem halte ich die Luft an, wenn Maggie das entsprechende Alter erreicht hat.« Moiras Hände zitterten, als sie Eileen die Teetasse reichte. »Jetzt, wo Herbert nicht mehr lebt … ist sie das Einzige, was ich noch von ihm habe.«

Das war nicht wirklich wahr, Eileen verstand jedoch, worauf Moira hinauswollte. Es erinnerte sie sehr an das, was sie selbst fühlte. Ihre einzige Blutsverwandte. »Früher oder später wirst du Maggie loslassen müssen«, erwiderte sie sanft. *In mehr als nur einer Hinsicht.*

Moira seufzte. »Das weiß ich, aber manchmal wünschte ich mir, sie würde immer acht Jahre bleiben. So unschuldig.«

Eileen nickte nur. Sie empfand genau dasselbe.

»Ich finde es wirklich jammerschade, dass du dich nicht so gut gefühlt hast«, sagte Moira. »Und dass du deshalb nicht tanzen gegangen bist.«

»Das finde ich auch«, bestätigte Eileen schwach.

»Das wäre so eine angenehme Abwechslung für dich gewesen, und Mrs Holmes übertreibt natürlich.« Moira nahm sich ein Plätzchen. »Heute stehen alle diese jungen Arbeiter wieder brüderlich nebeneinander im Bach und waschen die Schafe.«

Genau das war der Grund, warum es im Dorf so ruhig war. Um diese Aufgabe zu erledigen, waren viele Hände nötig. Während ihrer Mittagspause hatte Maggie erzählt, dass ein paar von den älteren Jungen dafür sogar die Schule schwänzten.

Eileen zitterte. »Ich arbeite an einem Sommerkleid, aber egal wie schön das Wetter an diesem Maitag auch sein mag, es scheint mir kein Vergnügen zu sein, stundenlang im Wasser zu stehen.«

»Die Jungs halten sich warm, indem sie hin und wieder einen ordentlichen Schluck zu sich nehmen.« Moira lachte. »Und du kannst davon ausgehen, dass sie hart arbeiten müssen, wenn sie alle Schafe auf der richtigen Seite *und* sauber aus dem Wasser bekommen wollen. Ich habe Matthew gefragt, ob er nicht heute Abend zum Essen hierherkommen möchte. Er wird sicher eine kräftige Mahlzeit vertragen können.«

Nun, vielleicht wollte ihm ja auch Miss Goodwin etwas zu essen vorbeibringen! Eileen überlegte, dass das verwöhnte Mädchen wahrscheinlich keine ordentliche Mahlzeit zubereiten konnte, die ein Mann aber brauchte, wenn er den ganzen Tag arbeitete. Dennoch gefiel ihr der Gedanke nicht, dass Matthew in den Laden kommen würde. Sie wollte ihn lieber nicht sehen.

Gereizt wickelte sie den neuen Faden von der Spule ab, um die kleinen Verzierungen von Hand anzunähen.

Moira sah ihr interessiert zu. »Ein Sommerkleid, sagst du? Für das jährliche Gartenfest von Sir Alfred und Lady Almsworth?«

»In der Tat, ich habe dafür mehrere Aufträge bekommen. Anscheinend ist alles, was in Almsbrick Rang und Namen hat, eingeladen.« Auf ihrem Gesicht erschien ein breites Grinsen. »Ich darf sogar die Kleider für die Almsworth-Damen selbst entwerfen. Nicht Madame Carroll, so wie ich es erwartet hätte.«

»Und das erzählst du mir *erst jetzt*?« Moira stellte ihre Teetasse ab. »Liebes, das müssen wir doch zusammen feiern! Das sorgt dafür, dass du in Almsbrick bleiben kannst, nicht wahr?«

»Das denke ich schon, ja.« In Eileens Kehle bildete sich ein Kloß. Eigentlich hatte sie noch nie gefeiert, dass sie so viel erreicht hatte. Mit wem hätte sie auch feiern sollen, nachdem Madame Carroll sie eingestellt hatte oder nachdem ihr erster eigener Entwurf für gut befunden worden war? Jeder Meilenstein zeigte ihr aufs Neue, wie viel er sie gekostet hatte, was sie hatte aufgeben müssen, um so weit zu kommen.

Und wenn Moira darüber Bescheid wüsste, hätte sie mit Sicherheit ganz anders reagiert. In Bezug auf ihre Einkünfte konnte sie in Almsbrick bleiben, ja. Aber wenn sie ihre Pläne umsetzen wollte, wenn sie Maggies Mutter werden wollte, dann war das ganz und gar unmöglich.

Moira war nichts davon bewusst und so stand sie mit einem breiten Lächeln auf. »Das Mindeste, was ich dazu beitragen kann, ist, dir Schokoladenplätzchen zu backen!«

»Aber ich…«

»Nein, sage lieber nichts. Ich weiß, dass das deine Lieblingsplätzchen sind. Gestatte es mir, sie für dich zu backen, Eileen.«

Der Protest erstarb auf ihren Lippen. Wie konnte sie sich jetzt noch dagegen wehren?

Bevor Moira allerdings das Nähzimmer verlassen konnte, ertönte laut und alarmierend die Ladenglocke. »Mrs Trench! Miss Brady!«

Eileen sprang auf.

Charlie, der Knecht von Bäcker Swift, stürmte ins Nähzimmer. »Da kommt Rauch aus dem Dach. Der Laden brennt!«

Wie erstarrt blieben sie beide stehen. Eileens Hand fuhr unwillkürlich an ihre Kehle. Da waren so viele Sachen, die sie retten mussten – es gab keine Zeit zu verlieren. Doch als Moiras Gesicht kreidebleich wurde, erkannte sie, dass sie sofort das Haus verlassen mussten.

»Kommen Sie schnell«, forderte Charlie sie auf.

Hastig nahm sie Moira am Arm und zog sie hinter sich her. *Herr, lass sie nicht ohnmächtig werden!* Sie warf einen Blick auf die Tür hinten im Verkaufsraum und sperrte die Augen weit auf. Rauch schlängelte sich wie dünne Finger durch die Schlitze.

»Mein Gott, nein!«, kreischte Moira und wollte sofort darauf zurennen.

Eileen griff sie wieder am Arm. »Es ist zu spät, Moira. Wir müssen nach draußen. Wenn die Küche brennt, sollten wir diese Tür lieber zulassen.«

Charlie schob Moira an der Ladentheke entlang zur Vorderseite des Geschäfts. »Wir brauchen Wasser, um alles nass zu halten. Vielleicht können wir …«

»Die Pumpe ist hinter dem Haus«, unterbrach ihn Eileen. Sie mussten erst um den ganzen Laden herumlaufen.

»Lass uns das Wasser lieber aus dem Ententeich auf der anderen Straßenseite holen. Nehmen Sie die Eimer aus dem Laden mit.«

Eileen griff so viele Eimer und Kannen, wie sie tragen konnte, und zerrte Moira mit nach draußen.

Über das leere Kirmesgelände kamen ein paar Leute angerannt. Mrs Holmes marschierte von der Bank schräg gegenüber über die Straße. »Sind alle unverletzt?«

»Nein! Das Pferd!« Moira schnappte nach Luft.

»Bäcker Swift hat es dabei«, wusste Eileen und Charlie bestätigte das.

»Du lieber Himmel, sein Laden ist auch in Gefahr!«, stammelte Moira. »Und die Apotheke auf der anderen Seite. Wir müssen alle Leute warnen.«

Währenddessen begann sich schon eine Menschenkette vom Teich bis zum Geschäft zu bilden. Officer Abott machte sich von der Gruppe los und kam auf sie zu.

»Miss Brady! Laufen Sie bitte zum Küster, damit er die Kirchenglocken läutet. Wir haben jede Hilfe nötig, die wir kriegen können.«

»Selbstverständlich.« Sie rannte los in der Hoffnung, dass sich andere Menschen um Moira kümmern würden. Die arme Frau stand zu sehr unter Schock, um vernünftig handeln zu können.

Zum Glück kam der Küster ihrem Anliegen sofort nach. Während er zur Kirche rannte, sah Eileen, wie auf der anderen Straßenseite die Schulkinder nach draußen strömten. Sie blieben mit großen Augen auf dem Schulhof stehen.

Du lieber Himmel, die Rauchwolken, die durch die Hauptstraße waberten, waren noch größer geworden! Eileen atmete panischer. Würden die Flammen auf die anderen Häuser übergreifen?

»Miss Eileen!«

Diese Stimme würde sie unter Tausenden heraushören. Ein Schauer lief ihr über den Rücken.

Maggie lehnte sich weit über das steinerne Mäuerchen und hatte Tränen in den Augen. »Ist das unser Laden? Nein, bloß nicht, Miss Eileen!«

»Ich fürchte, doch.« Sie legte einen Arm um das Mädchen. »Deine Mama ist unverletzt herausgekommen.«

»Darf ich zu ihr? Bitte?«

Besorgt suchte Eileen das Gesicht von Master Timmons. Der nickte kurz.

»Gut, dann komm mit.«

Maggie schlüpfte durch das Törchen und ergriff fest Eileens Hand. »Ich habe Angst.«

»Denke einfach daran, dass wir alle in Sicherheit sind, Schatz. Das ist das Wichtigste.« Sie betete dafür, dass das auch für die Menschen in den angrenzenden Geschäften galt.

Auf dem Kirmesgelände stand Moira wie gelähmt und schaute zu, wie ein viel zu kleines Grüppchen Menschen mit Eimern voller Wasser versuchte, das Feuer aufzuhalten.

»Mama!« Maggie ließ ihre Hand los und rannte auf Moira zu.

Das holte sie ins Leben zurück. Sie beugte sich hinunter und breitete die Arme aus. Mit Schwung rannte Maggie hinein und sie umarmten einander fest. Überrascht wurde Eileen bewusst, dass sie vor allem erleichtert war, das zu sehen.

Mrs Holmes kam mit weiteren Eimern angelaufen. »Pfui, also wirklich! All die neuen Anschaffungen für Ihr Arbeitszimmer!«

Eileens Augen füllten sich mit Tränen. Vielleicht war gleich alles weg, vielleicht musste sie ganz von vorn beginnen. Die *Singer* war eine teure Investition gewesen, eine, die sie sich nicht noch einmal würde leisten können. Doch in diesem Augenblick schaute sie hinter sich auf die Wiese, riss sich zusammen und schluckte. »Das Wertvollste konnte gerettet werden, Mrs Holmes«, erklärte sie heiser.

Die Frau folgte ihrem Blick zu Moira und Maggie. »Da haben Sie vollkommen recht, Kind. Wir sollten dankbar sein, dass Sie es alle lebend nach draußen geschafft haben.«

Und bevor Eileen es ahnte, wurde sie von der Haushälterin in eine Umarmung gezogen, die sie beinahe erdrückte.

»Nun«, sagte Mrs Holmes. »Hoffentlich rufen die Kirchenglocken viele kräftige Männer zu Hilfe.«

Eileen nickte. Leider hielten sich jedoch gerade heute viele dieser Männer gemeinsam am Bach auf.

Im Laufe des Tages war das Gefühl aus Matthews Beinen komplett verschwunden. Nichtsdestotrotz machte ihm die Tätigkeit Spaß, weil bei ihr verschiedene Bauern und Knechte aus der Umgebung zusammenarbeiteten. Allein große Bauern wie Howell hatten ihr eigenes Wasserbassin und genügend Hirten im Dienst, um ihre Schafe selbst zu waschen. Die anderen waren darauf angewiesen, einander an diesem Ort hier zu helfen, am Fluss, der durch Almsbrick floss.

Heute Morgen hatten sie ihre Schafe zusammengetrieben und mittlerweile kamen sie ganz ordentlich voran. Das war auch gut so, denn das Wasser war immer noch furchtbar kalt.

Auf dem einen Ufer schoben Tom und ein paar weitere Männer die Schafe in den Bach hinein. Matthew stand an der tiefsten Stelle, um die Wolle gründlich von allem Dreck zu reinigen. Mit einigen anderen trieb er die Tiere dazu, gegen den Strom zu schwimmen, sodass sie schließlich sauber und wohlbehalten auf der anderen Seite an Land geholfen bekamen.

Das Wasser lief mittlerweile in kleinen Bächen von Matthew herunter und seine Haare klebten ihm an den Schläfen und auf der Stirn. Das nächste Mutterschaf war nicht allzu kräftig und drohte unterzugehen, als seine Wolle sich mit Wasser vollgesaugt hatte, es gelang ihm jedoch, es über Wasser zu halten.

Er warf einen Blick zu den Männern neben ihm. »Jetzt noch zwei, ja?«, schlug er vor. »Und dann erst einmal eine Pause.«

Zustimmendes Johlen ertönte, doch insgeheim ärgerte es ihn, dass seine eigene Herde noch nicht dran gewesen war. Shep blieb, wie es sich gehörte, bei den Schafen und passte auf. Alles zu seiner Zeit, sagte er sich selbst. So wird es immer gemacht.

Plötzlich hörte er einen Schrei, gefolgt durch einen lauten Plumps. Spuckend und zappelnd tauchte Tom neben ihm auf. »Wofür soll das denn gut gewesen sein?«

»Ich dachte, wir sollten dir mal den Rost aus den Locken waschen!«, rief einer der Knechte von der Seite. »Du brauchst auch mal eine ordentliche Wäsche.«

Erneut ertönte Gelächter und Gejohle. Matthew watete auf ihn zu. »Soll ich dir helfen?«

Er hakte sein Bein hinter das von Tom, sodass der erneut mit dem Kopf unter Wasser kam, und griff anschließend nach seinem dichten Lockenschopf, der nun patschnass war.

Tom war jedoch nicht so schnell zu fassen und schleuderte Matthew ebenfalls ins Wasser. Vom Ufer aus waren Anfeuerungsrufe zu hören, es war allerdings nicht klar, wem sie galten.

»Kinder!«, rief ein älterer Bauer scherzhaft. »Wenn ihr mit dem Spielen fertig seid, könnt ihr dann vielleicht aus dem Wasser kommen für einen Becher heißen Apfelwein? Oder wollt ihr damit sagen, dass ihr schon genug davon habt?«

»Gieß mir lieber einen Schluck ein, damit ich warm bleibe.« Matthew klopfte Tom auf die Schulter, dass die Tropfen nur so flogen. Tom wartete, bis sie bei den anderen waren, bevor er sich wie ein Hund das Wasser aus den Haaren schüttelte. Um ihn herum wurde laut protestiert.

»Seid doch mal still«, rief einer der Knechte mit einem Krug in der Hand. »Ich glaube, ich höre die Kirchenglocken.«

Matthew wischte sich die Haare aus den Augen. »Dann ist etwas passiert.«

»Da ist Rauch zu sehen«, verkündete der ältere Bauer. »Wir dürfen keine Zeit verlieren, Jungs.«

»Es steht ein Feuerwehrwagen beim Dorfhaus«, überlegte ein anderer. »Lasst diejenigen, die ihn bedienen können, die Pferde nehmen.«

Matthew konnte das nicht und deshalb rannte er, so schnell er in seinen alten, triefnassen Schuhen konnte, zum Dorf. Je näher er den Geschäften kam, desto schneller fing sein Herz an zu schlagen.

»Nein!«, keuchte er, als kein Missverständnis mehr möglich war. »Nein!«

Verschiedene Gesichter zogen vor seinem geistigen Auge vorbei. Moiras liebes Lächeln, Maggies unschuldige Augen ... sogar Eileens stolz erhobenes Kinn. *Gott, lass mich sie nicht verlieren!*

»Es ist Moiras Laden«, stellte auch Tom fest. »Meine Güte, davon bleibt nicht mehr viel stehen!«

Währenddessen wurde der Feuerwehrwagen mit der Pumpe und der Spritze geholt. Seine wichtigste Aufgabe bestand jetzt darin, dafür zu sorgen, dass das Feuer nicht auf die Apotheke oder die Bäckerei überschlug.

»Matthew! Matthew!« Mit einem verzweifelten Schrei klammerte sich Eileen an ihm fest. Auf ihren Wangen waren schwarze Rauchspuren zu sehen, die von Tränen verwischt worden waren. »Sie ist wieder hineingegangen, ich habe sie nicht mehr aufhalten können. Moira ist wieder hineingegangen!«

Er blickte auf den Rauch und die Flammen. Sein Herz klopfte ihm bis zum Hals. Schnell riss er sich das Taschentuch von seinem Hals und tauchte es in einen Eimer Wasser. Seine Kleider waren noch nicht getrocknet, er musste es wagen. Während er sich das Tuch vor die Nase presste, rannte er zur Ladentür. »Moira!«

Der Rauch brannte ihm in den Augen und er konnte kaum etwas sehen. Sofort schlug ihm die Hitze ins Gesicht. Wie weit konnte seine Cousine gekommen sein?

Eine kräftige Gestalt kam ihm an der Türschwelle entgegen. Es war Dickson von der Kneipe. »Den Arzt, hol den Arzt«, krächzte er. In seinen Armen lag Moira, schlapp wie eine Stoffpuppe.

»Ich habe versucht, sie zurückzuziehen«, erklärte Dickson keuchend und sofort wurde er von einem solchen Hustenanfall überwältigt, dass er sie loslassen musste.

Mit einem Kloß im Hals hob Matthew seine Cousine hoch. Was hatte sie sich bloß dabei gedacht, vielleicht sogar erhofft? Sie holte rasselnd Luft, öffnete jedoch nicht die Augen.

»Mr Wilson!« Charity Goodwin kam auf ihn zu. »Sie hat Brandwunden. Bringen Sie sie schnell ins Behandlungszimmer meines Vaters.«

Erst jetzt bemerkte er, wie schrecklich Moiras Arme aussahen. Während der Tumult um ihn herum hinter einem Schleier verschwand, trug er seine Cousine zum Haus des Arztes.

»Überlassen Sie sie mir, Wilson«, sagte der Arzt, während er seine Sachen zusammensuchte. Charity fing schon damit an, Moiras Kleid aufzumachen. Im inneren Zwiespalt blieb Matthew stehen, doch hier konnte er weiter nichts tun.

»Ich muss beim Löschen helfen«, verkündete er knapp und eilte nach draußen. Fieberhaft suchten seine Augen die Menge ab. Auf der Wiese beim Teich entdeckte er ihre roten Haare. Eileen hatte ihre Arme um Maggie gelegt. Endlich wurde sein Herzschlag etwas ruhiger. *Danke, Herr, dass du sie verschont hast.*

Eileens Augen leuchteten auf, als sie ihn sah – oder war das nur der Wiederschein der Flammen?

»Ich habe sie zum Doktor gebracht«, erklärte er heiser.

»Sie hat nach Papa gerufen«, verkündete Maggie ernst. »Weiß sie etwa nicht mehr, dass er im Himmel ist?«

»Manchmal vergessen Menschen Dinge, wenn sie in Panik sind«, erwiderte Eileen zitternd. Sie sah ihn erschöpft an. »Ich bin froh, dass du hier bist, Matthew.«

Das war er selbst auch.

Mit einem lauten Krachen stürzte plötzlich der rechte Dachgiebel ein und Matthew zuckte zusammen. Er sah, wie Eileen einen ängstlichen Blick auf das brennende Gebäude warf, und ihm wurde bewusst, dass sich ihre gesamte Existenz darin befand.

Wider besseres Wissen reihte er sich in die Kette von Menschen ein, die beim Löschen halfen. Wenn sie schon den Laden nicht mehr retten konnten, sollten sie auf jeden Fall versuchen, den Schaden zu begrenzen.

Trotzdem war vom Laden bei Einbruch der Dämmerung nicht viel mehr als ein Gerippe übrig. Es erschien wie ein Wunder, dass die Apotheke nicht mehr Schaden erlitten hatte als eine schwarz gerußte Mauer. Die Bäckerei auf der linken Seite war sogar noch besser weggekommen.

Vor dem Giebel stehend blickte Matthew hinauf zu dem Platz, wo einst stolz Herberts Name geprangt hatte. Innerlich vorbereitet auf den Trümmerhaufen, auf den er treffen würde, machte er einen Schritt über die Schwelle. Es war besser, wenn er Moira alles berichtete, als wenn sie sich das selbst anschauen müsste. Der Rauch biss ihm in den Augen, doch erst, als er wie durch einen

Nebel hindurch die verkohlten Überreste des Ladens betrachtete, trieb ihm das wirklich die Tränen in die Augen.

Er wandte sich nach rechts. Die Auslagen und Regale waren vollkommen verwüstet. Links von ihm stand die Ladentheke noch, sie war jedoch schwarz und beschädigt durch Trümmerteile, die von ob auf sie heruntergefallen waren. Und ganz links hinten im Laden war die Tür …

»Lass mich schauen.« Hinter ihm erklang Eileens gedämpfte Stimme. Er sah, dass sie sich einen Schal vor die Nase hielt.

»Sei vorsichtig.« Er ging ihr voraus. Es musste ihr wehtun, die Trümmerteile zu sehen, nicht zu wissen, wie ihr Arbeitszimmer aussehen würde.

An der Tür warf er ihr einen fragenden Blick zu. Sie zögerte nur kurz, straffte dann aber ihre Schultern und ging vor ihm hinein. Während sie sich ihrer *Singer* näherte, erinnerte sie sich an ihre Freude über diese Investition und ihre ausgelassene Stimmung, während sie die brandneue Maschine ausprobiert hatte.

Sie fuhr mit ihrem Finger auf der Oberseite entlang. Rabenschwarz.

»Ruß«, bemerkte er leise. »Alles ist voller Ruß.«

Eileen sah sich um, es war allerdings zu schummerig, um den Schaden wirklich beurteilen zu können.

»Es tut mir leid, Eileen, aber du kannst hier jetzt nichts machen.«

»Ich weiß nicht, ob ich die Nähmaschine noch mal in Gang bekomme, aber ich lasse sie hier nicht stehen«, erklärte sie. »Hier kann jeder herein. Das gilt auch für Moiras Sachen im Laden.«

Er nickte. »Ich kümmere mich darum. Es gibt sicher ein paar Männer, die helfen könnten.«

»Gut«, erwiderte Eileen mit bemerkenswerter Entschlossenheit. »Lass uns dann jetzt noch einen Blick in die Küche werfen.«

Er neigte den Kopf zur Seite. Diese Frau war entweder unglaublich stark oder sie besaß überhaupt kein Herz. Er hatte mittlerweile allerdings zu oft einen Schimmer ihrer Gefühle wahrgenommen, um Letzteres noch zu glauben.

»Was haben Sie vor?« Officer Abott kam hinter ihnen her. »Es ist unvernünftig, dieses Grundstück jetzt zu betreten.«

»Wir wollen sehen, wie groß der Schaden ist.« Matthew hatte nicht vor, sich vertreiben zu lassen.

»Es wird schon dunkel«, hielt ihm der Polizist entgegen.

»Dann sollten Sie eine Laterne holen und uns leuchten«, schnaubte Matthew. »Müssen Sie denn keinen Rapport über die Ursache einreichen?«

So wie er es erwartet hatte, war auch die Küche dem Feuer nicht gewachsen gewesen. Die Treppe nach oben war völlig verschwunden und von den hölzernen Möbeln war ebenfalls kaum noch etwas übrig. Er warf einen Blick auf den Herd, entdeckte aber nichts Besonderes.

Erst als er einen Schritt näher herantrat, stieß er gegen einen Gegenstand aus Metall. Er winkte Abott.

Eileen folgte ihm. »Das sieht aus wie eine Laterne«, stellte sie fest. »Aber keine von denen, die Moira besaß.«

Mit der Spitze seines Schuhs stupste Matthew gegen das verformte Metall. »Nein, diese dreieckige Verzierung habe ich noch nie gesehen.«

Abott lachte abfällig. »Soll ich glauben, dass Sie genau wissen, welche Sorte Lampen Moira in ihrem Haus gehabt hat?«

»Ich habe hier ebenfalls gewohnt, Officer.« Eileens Stimme zitterte, Matthew konnte allerdings nicht sagen, ob vor Wut oder wegen einer anderen Emotion.

»Natürlich. Entschuldigen Sie, Miss Brady. Aber wer würde eine fremde Laterne in Ihre Küche stellen?«

»Oder werfen«, kommentierte Eileen matt.

»Es ist Ihre Aufgabe, das herauszufinden«, erklärte Matthew.

»Ich glaube nichts davon.« Abott drehte sich um. »Wer würde Moira schon ruinieren wollen?«

»Leonard Trench.« Nur der Name kam über Eileens Lippen, doch Matthew verstand es sofort.

Abotts Augen wurden groß. »Ich werde so tun, als hätte ich

das nicht gehört, Miss Brady. Wir wissen alle, dass Mr Trench ein allseits geachtetes Mitglied unserer Gemeinschaft ist.«

Sie widersprach ihm nicht, sondern richtete ihren Blick auf Matthew. Um ihr zu zeigen, dass er sie tatsächlich ernst nahm, nickte er ihr zu.

Nachdem Abott unverrichteter Dinge wieder gegangen war, hockte Matthew sich neben die Laterne. »Ich glaube nicht, dass ich die schon einmal irgendwo anders gesehen habe. Wir müssen herausfinden, woher sie kommt.«

Es war allerdings schon zu spät, um noch etwas zu unternehmen. Er konnte heute Abend nur noch die übrig gebliebenen wertvollen Gegenstände in Sicherheit bringen, wollte jedoch zunächst herausfinden, wie es Moira ging.

»Miss Goodwin hat Maggie mitgenommen«, berichtete Eileen, und deshalb ging sie mit ihm zum Haus des Arztes. Schweigend liefen sie nebeneinanderher, jeder in seine Gedanken versunken.

An der Eingangstür hielt er sie auf. »Lass uns noch nichts über die Laterne sagen. Es ist auch so schon schlimm genug für sie, sie muss nicht wissen, dass es Brandstiftung gewesen sein könnte.«

Eileen nickte ernst. »Es gibt außer Trench niemanden, der etwas gegen Moira hat.«

»Vielleicht war es gar nicht speziell gegen Moira gerichtet.«

Er sah, wie sie die Augenbrauen zusammenzog.

»Hör zu, Eileen, ich verstehe, dass du es schlimm findest, lügen zu müssen …«

Sie schlug die Augen nieder. Das hatte er also richtig erraten.

»Aber denkst du nicht auch, dass es vorläufig besser wäre zu schweigen?«

Er konnte die Gefühle in ihrem Gesicht nicht richtig einordnen. »Ich werde sie nicht noch mehr aus der Bahn werfen«, versprach sie.

Mit einem Seufzen folgte er ihr nach drinnen.

Charity Goodwin kam ihnen schon entgegen. »Mein Vater ist bei ihr im Behandlungszimmer. Sie können gerne hineingehen.«

Erneut ließ er Eileen vorangehen, über ihre Schulter hinweg erkannte er jedoch sofort, was nicht in Ordnung war. Moiras zitternde Hände, ihr abwesender Blick. So etwas hatte er nach Gefechten regelmäßig gesehen. Er hatte auch Soldaten gekannt, die einfach drauflosredeten, schnell und unzusammenhängend. Oder die plötzlich scheinbar unbeeindruckt in schallendes Gelächter ausbrachen. Alles verursacht durch den Schock.

Eileen wusste das offensichtlich nicht, denn sie ging besorgt zu Moira und betrachtete die Verbände um ihre beiden Arme. »Keine Angst, ich werde dir bei allem helfen. Ich lasse dich jetzt nicht im Stich, hörst du?«

Diese Information nahm er erleichtert auf. Trotz des Rückschlags hatte sie anscheinend nicht vor, in die große Stadt zurückzugehen. Das wäre die naheliegendste Entscheidung gewesen. Er musste sich selbst gegenüber zugeben, dass er es schade gefunden hätte, wenn sie weggezogen wäre.

Moira schüttelte den Kopf. »Herbert ist weg«, sagte sie. Ihre Stimme war rau, aber tonlos. »Alles ist weg.«

Verdutzt machte Eileen einen Schritt zurück.

Matthew griff ein und nahm sie am Arm. »Sie kann es noch nicht verarbeiten«, bemerkte er leise, und anschließend kniete er neben Moira auf dem Boden. »Herbert ist in der Tat nicht mehr da, liebe Cousine, aber du hast noch deine Erinnerungen. Ob der Laden noch steht oder nicht.«

»Er ist weg«, wiederholte sie erneut und fing an zu husten.

Doktor Goodwin räusperte sich. »Ich habe ihr ein beruhigendes Mittel gegeben, damit sie gleich schlafen kann.«

»Vielen Dank.«

»Die Frage ist, *wo* sie das tun soll.«

Fassungslos blinzelte Matthew mit den Augen. Darüber hatte er überhaupt noch nicht nachgedacht. Langsam stand er auf. »Auf der Oak Hill Farm gibt es genügend Platz, wenn ich meine Sachen auf den Dachboden räume. Ich kümmere mich um einen Wagen.«

»Lass mich nicht allein.« Jetzt hörte Moiras Stimme sich ängstlich an. »Ich weiß nicht, was ich machen soll.«

»Du brauchst auch gar nichts zu machen«, beruhigte er sie. »Vorläufig ziehst du einfach zu mir auf den Bauernhof.«

»Wo ist Eileen?« Verwirrt blickte sie sich um. »Sie muss mit uns mitkommen.«

Es blieb beängstigend still neben ihm. Natürlich hatte Eileen das nicht vor. Sie fürchtete sich vermutlich viel zu sehr davor, dass das zu Gerede führen könnte.

»Bitte!« Moira klang verzweifelt und streckte ihre Hand aus. Sofort verzog sich ihr Gesicht vor Schmerz. »Ich brauche dich, Eileen.«

Eileen nahm Moiras Finger tröstend zwischen ihre beiden Hände. »Wenn es dich beruhigt, komme ich mit. Ich werde dich doch nicht im Stich lassen!« Sie warf einen flüchtigen Blick zur Seite. »Es sei denn, Matthew hat etwas dagegen.«

Mühsam schluckte er. »Ich bin damit einverstanden. Ich fürchte allerdings, dass du dir erst mal das Schlafzimmer mit Maggie teilen musst.«

»Das ist kein Problem.« Ihre Wangen färbten sich. »Ich möchte jetzt gern bei ihr sein.«

Er nickte und rieb sich den Nacken. Mit seiner selbst gewählten Einsamkeit war es nun vorbei, mit der Absonderung, die ihm Frieden hatte bringen sollen. Diese Aussicht fand er allerdings nicht mehr so abschreckend wie noch vor ein paar Monaten.

Er holte einmal tief Luft und dachte dankbar daran, dass er schon seit einer ganzen Weile ungestört durchschlief. Kein Geschrei und keine Panikattacken mehr. Glücklicherweise. Dass er Hausgenossen bekam, war unvermeidbar, aber sie brauchten nicht auch noch mit den Schreckensbildern konfrontiert zu werden, die ihn so lange geplagt hatten.

Nochmals nickte er, weil ihn alle abwartend ansahen.

»Ich gehe mal einen Wagen holen.«

25. Kapitel

Über ihrem Kopf war ein Knarzen zu vernehmen. Schon die ganze Nacht über hatte Eileen allerlei undefinierbare Geräusche gehört. Zusammen mit der Anspannung des vorherigen Tages hatte das dafür gesorgt, dass sie kein Auge zugetan hatte.

Im Unterschied dazu schlief Moira im Zimmer neben ihr dank des Mittels von Doktor Goodwin vermutlich wie ein Stein. Es hatte einige Mühe gekostet, bis Maggie endlich im Bett geblieben war, aber mittlerweile schlummerte auch das Mädchen tief und fest.

Das Knarzen ging in einen anderen Rhythmus über. Wahrscheinlich bedeutete das, dass Matthew aufgestanden war und nach unten ging. Gestern Abend hatte er zuerst mit Toms Hilfe die wichtigsten Dinge, die das Feuer überlebt hatten, zu Bäcker Swift gebracht. Er wohnte ja ganz in der Nähe und hatte auf Eileen einen zuverlässigen Eindruck gemacht. So jemand würde sich nicht an Plünderungen beteiligen. Anschließend hatte Matthew auf der Oak Hill Farm innerhalb kürzester Zeit seine Sachen aus dem Schlafzimmer im ersten Stock geholt, sodass sie sich den Raum mit Maggie teilen konnte. Zu ihrer beider Überraschung war die Frau des Pfarrers so nett gewesen, ihnen Bettzeug zu leihen.

Sie hatten Moira recht schnell davon überzeugen können, im zweiten Schlafzimmer zu übernachten. Matthew hatte sich nun auf dem Dachboden eingerichtet, der über eine steile, offene Treppe zu erreichen war. Er behauptete, genügend Platz zu haben, um es dort oben eine Weile auszuhalten. Dennoch ahnte Eileen, dass sich diese Situation nicht allzu lang würde aufrechterhalten lassen.

Jetzt hörte sie wieder Geräusche. Offenbar hatte Matthew das Wohnzimmer erreicht. Würde er sich das Frühstück verkneifen?

Sie hörte die Eingangstür – ja, offensichtlich. Wahrscheinlich ging er erst einmal den Stall ausmisten.

Sie seufzte und streckte ihre Glieder. Es hatte keinen Sinn, weiter liegen zu bleiben. Außerdem konnte sie besser nachdenken, wenn ihre Hände beschäftigt waren.

Widerwillig dachte sie daran, dass sie keine andere Wahl hatte, als ihr Kleid vom Vortag erneut anzuziehen. Der starke Brandgeruch, den es immer noch ausströmte, tat ihr in den Augen weh. Derselbe Geruch hing auch in ihren Haaren, die sie gestern Abend hastig zu einem Zopf zusammengeflochten hatte. Jetzt hatte sie die Gelegenheit, sie ordentlich hochzustecken. Besaß Matthew überhaupt einen Spiegel?

Sie öffnete leise die Schlafzimmertür und ging die Treppe hinunter, die ins Wohnzimmer führte. Dort begab sie sich sofort zum Herd, den sie vor einigen Monaten sauber gemacht hatte. Er sah immer noch überraschend gepflegt aus. Der Rest des Wohnzimmers ließ deutlich erkennen, dass hier ein Junggeselle wohnte, doch abgesehen von den herumliegenden Gebrauchsgegenständen schien alles ziemlich sauber zu sein.

Sie beschloss, zunächst einmal den Herd anzuheizen, sodass sie wenigstens Tee machen konnten. Der Gedanke an Frühstück ließ ihren Magen knurren. Gestern Abend hatte sie kaum noch etwas gegessen, und wenn sie sich nicht irrte, galt für Matthew dasselbe. Jetzt, wo sie hier wohnte, konnte sie sich auch ruhig nützlich machen. Darüber würde er sich sicher nicht beschweren.

Als schließlich der Herd gut angeheizt war – der Anblick der Flammen ließ sie für einen Augenblick erzittern –, holte sie ein kleines Stück Speck aus der Vorratskammer und lief nach draußen, um Eier zu sammeln. Sie sah, dass die Stalltür offen stand, so wie sie es eigentlich schon erwartet hatte. Er würde von selbst gleich wieder hereinkommen.

Und das tat er. Genau zu dem Zeitpunkt, als sie das übrig gebliebene Brot von gestern in Scheiben geschnitten, den Speck gebraten und Spiegeleier gemacht hatte.

»Was geschieht *hier* denn alles?« Er blieb in der Türöffnung stehen. Mit einem Ruck drehte sie sich um, bereit, sich zu verteidigen. »Ich habe Frühstück gemacht. Ich dachte, du hättest vielleicht Appetit.«

»Nun …« Seine Augen wanderten zum Herd.

»Wenn du das für Verschwendung hältst, werde ich dafür bezahlen«, erklärte sie hastig.

Ungläubig lachte er. »Überhaupt nicht. Es ist einfach nur schon so lange her, dass ich ein warmes Frühstück bekommen habe. Meistens mache ich mir noch nicht einmal die Mühe, Tee aufzusetzen. Es riecht herrlich hier.«

»Setz dich.« Sie nickte in Richtung eines Stuhls, nahm einen Teller und schob Speck und Ei darauf. Das Brot stellte sie neben ihm auf den Tisch und nahm anschließend ebenfalls eine Scheibe davon.

Matthew zog eine Augenbraue hoch. »Und du? Du musst auch ordentlich essen!«

Sie errötete, weil ihr bewusst wurde, dass sie exakt dem Beispiel ihrer Mutter und so vieler anderer Frauen gefolgt war. Wenn es nur wenig Fleisch gab, hatte sie das immer an ihren Vater abgetreten, von dem ihre Mutter immer gesagt hatte: »Dieser Mann arbeitet den ganzen Tag hart auf dem Acker …«

Ihre Wangen glühten noch mehr, als Matthew einen Teil des Specks für sie abschnitt, dennoch holte sie eilig einen zweiten Teller. »Und mach dir selbst auch ein Ei«, forderte er sie auf, während er einen ordentlichen Bissen zu sich nahm. »Ich bin mir sicher, dass unsere Damen draußen im Stall mehr als *eins* gelegt haben.«

»Ich habe fünf gefunden.«

»Das meine ich. Schau, wir leben hier nicht im Überfluss, aber hier muss auch keiner hungern.«

Er aß mit Appetit, was sie zubereitet hatte, und sonderbarerweise erfüllte sie das mit demselben Stolz, wie wenn eine Dame in einer ihrer Kreationen vor dem Ankleidespiegel stand. Es war lächerlich und trotzdem konnte sie ihre Augen nicht von ihm wenden.

»Lecker.« Er lächelte mit vollem Mund und schluckte. »Du kannst das gern zu deiner täglichen Routine werden lassen, solange ihr hier seid.«

Eileen bemerkte, dass sie das sehr gerne wollte. Natürlich nur wegen seiner Gastfreundschaft, sagte sie sich. Wenn sie etwas zurückgeben konnte, tat sie das mit Vergnügen. Und die Schmetterlinge in ihrem Bauch hatten damit überhaupt nichts zu tun.

»Maggie schläft noch«, verkündete sie, ohne dass er danach gefragt hätte. »Ich glaube auch nicht, dass Moira allzu früh aus den Federn kommen wird.«

»Doktor Goodwin sagt, dass sie viel Ruhe braucht, um wieder gesund zu werden. Brandwunden können sich leicht entzünden. Und natürlich muss sie verarbeiten, was passiert ist.«

»Sie hat viel durchgemacht und stets den Kopf über Wasser gehalten.« Eileen wusste, wie viel Mühe das manchmal kostete, allerdings ebenso, wie gefährlich es war, sich auch nur für einen Augenblick dem Selbstmitleid hinzugeben.

»Sie ist stark, aber da gibt es eine Grenze.« Matthew starrte grübelnd auf seinen Teller und anschließend auf Eileen. »Fändest du es schlimm, wenn du dich vorerst mehr um Maggie kümmern müsstest?«

Sie verschluckte sich beinahe.

Sein Gesicht bewölkte sich. »Ich möchte nicht zu viel von dir verlangen, aber … du weißt sicher besser als ich, was so ein Mädchen braucht. Bevor sie in die Schule geht und so.«

»Natürlich.« Sie drohte in einer Welle von Gefühlen zu ertrinken und versuchte, sie mit aller Macht einzudämmen. Ruhig durchatmen. »Ich sorge dafür, dass sie sich fertig macht, und bringe sie nachher zur Schule.«

»Das ist gut.« Er aß erleichtert weiter. Anscheinend hatte er sich tatsächlich gefragt, was er mit ihr anfangen sollte. Maggie brauchte eine Mutter. Er konnte nicht ahnen, wie gern sie diese Rolle übernahm. Es war ihr egal, wie viel Zeit das kostete.

Auf einmal fiel ihr auf, dass er wieder seine alten, verschlissenen Kleidungsstücke trug. »Macht ihr heute mit dem Waschen der Schafe weiter?«

»Ja.« Er nahm mit sichtbarem Genuss noch einen Bissen Speck zu sich. »Sie sind immer noch auf einem Wiesenstück am Bach untergebracht. Wir müssen heute wieder an die Arbeit.«

Sie nickte. »Weil immer noch schönes Wetter ist.«

»Und damit wir rechtzeitig zur Schur fertig sind. Im anderen Dorf sind die Scherer schon aufgetaucht.«

Mit dem »anderen Dorf« meinte er Almsworth, so wie es Eileen seinerzeit zum ersten Mal aufgefallen war, als eine Kundin ihrem Unmut über den Standort des Bahnhofs Luft gemacht hatte. Das Dorf war schließlich viel kleiner als Almsbrick. Eileen fand es vor allem interessant, dass sich auch dort keine Schneiderin oder Zuschneiderin niedergelassen hatte. Demnächst würde sie dem »anderen Dorf« einmal einen Besuch abstatten und vielleicht die Möglichkeit nutzen, um durch eine Anzeige …

Ihr Herz krampfte sich zusammen. Sie hatte ja keinen Arbeitsraum mehr! Keinen Platz und keine Ausrüstung. Alle ihre Zukunftspläne lösten sich in Luft auf. Was sollte sie jetzt machen?

»Gehst du noch ins Dorf?«, wollte sie wissen.

»Ja, bevor ich zum Bach gehe. Ich spanne Smokey vor den Wagen, sodass wir die Gegenstände, die noch brauchbar sind, wegbringen können. Möchtest du mitkommen?«

»Gern. Ich habe noch nicht nachgesehen, ob …« Es gelang ihr nicht, den Satz zu Ende zu bringen.

In Matthews Augen war Verständnis zu sehen. »Dein Arbeitsraum befand sich auf der linken Seite des Hauses. Der Seite, die noch am besten davongekommen ist.«

Die Frage war allerdings, ob das Beste gut genug war.

Voller Überraschung beobachtete Matthew nicht viel später, wie entschlossen die Schneiderin ans Werk ging. Sie hatten Maggie, die stiller gewesen war als sonst, vor dem Schulgelände abgesetzt. Anschließend hatten sie vor dem Laden Tom und Rosie getroffen, die schon erwartet hatten, dass sie nach dem Rechten schauen würden.

Mittlerweile hatte Matthew eine Anzahl großer Kisten besorgt, während Eileen mit Rosie ihren Vorrat an Stoffen durchging.

Rosie hatte schon ein paarmal geflüstert, wie schlimm sie das alles fand, Eileen arbeitete jedoch stoisch weiter.

Obgleich der Raum hinter der Ladentheke und damit auch das Schneiderzimmer größtenteils vom Feuer verschont geblieben waren, hatte sich trotzdem auf alles eine Schicht aus Ruß und Asche gelegt, die nicht so einfach wegzuwaschen war.

Matthew räusperte sich. »Können wir schon etwas einladen?«

Weil Eileen vor den Schubladen kniete, reagierte Rosie als Erste. »Die Stoffe in dieser Kiste dort versuchen wir noch zu waschen, vielleicht bekommen wir den Brandgeruch heraus.«

Es waren nur ein paar wenige Rollen Stoff, fiel ihm auf.

Eileen stand auf. Sie sah bleich aus, doch das konnte am Schlafmangel liegen. Er selbst hatte auf dem Dachboden auch kein Auge zugetan. Er fühlte mit ihr mit, denn er wusste, wie sehr sie sich angestrengt hatte, um Aufträge an Land zu ziehen und sich einen Kundenkreis aufzubauen.

»Deine Nähmaschine steht schon auf dem Wagen«, verkündete er. »Wir können sie auf der Oak Hill Farm in die zweite, kleine Küche stellen.«

»Meinst du, du kriegst sie wieder in Gang?«, fragte Tom, der hinter ihm hereingekommen war.

»Das denke ich schon«, antwortete Eileen. »Doch zuerst muss ich sie gründlich sauber machen, auch von innen. Sie ist rabenschwarz.«

»Kannst du das selbst machen?«, wollte Matthew wissen.

Mit einem Mal hatte sie Mühe, ihm in die Augen zu schauen, oder bildete er sich das nur ein? Sie leerte die Schublade mit den Knöpfen. »Ich habe das bei meiner letzten Nähmaschine auch gemacht«, murmelte sie.

Das schien ihm nun eine Sache zu sein, auf die sie stolz sein konnte. Er wandte seinen Blick nicht von ihr, doch sie arbeitete verbissen weiter. Er bewunderte diese Tatkraft und dennoch … konnte er sich noch immer nicht des Eindrucks erwehren, dass sie etwas verschwieg.

Tom gab ihm einen Knuff in den Rücken. »Wolltest du nicht eigentlich diese Kiste hier wegtragen?«

»Natürlich.«

Gemeinsam luden sie noch mehr Kisten auf den Wagen, wonach Matthew erneut den Laden betrat und die lange, hölzerne Ladentheke untersuchte. Die war nicht zerstört so wie die gesamte rechte Seite des Geschäfts, aber schon beschädigt. In den Fächern hinten fand er noch einen Teil der Buchhaltungsunterlagen, die allerdings durch das Löschwasser feucht geworden waren. »Das sollte ich auf jeden Fall trocknen lassen.«

Tom nickte verständnisvoll. »Moira wird alles inventarisieren wollen.«

»Vorläufig nicht, fürchte ich.« Er schüttelte den Kopf. »Sie ist zwar aufgestanden, aber ihre Arme tun ihr sehr weh und es sieht aus, als hätte sie alle Hoffnung verloren.«

Er rieb sich den Nacken und sah nach oben in den blauen Himmel. Auf dieser Seite waren die Zwischendecke und der Dachstuhl verschwunden. Was nicht verbrannt oder rußgeschwärzt war, war durchnässt. Dass Moira niedergeschlagen war, konnte er sehr gut verstehen.

Eileen trug einen kleinen Lederkoffer aus dem Arbeitszimmer heraus. »Soll ich den auch einfach auf den Wagen tun?«

»Ja, gern.« Zum ersten Mal seit dem Brand sah er ihre Augen glänzen, Tränen flossen allerdings keine. Das war der Koffer mit den Stoffpüppchen, erinnerte er sich. Und die bedeuteten für sie mehr als nur eine Nettigkeit für benachteiligte Waisenkinder. Was und warum, wusste er nicht genau, aber er war froh, dass ihre kleinen Kreationen verschont geblieben waren.

Er ging mit ihr nach draußen und nahm ihr den Koffer ab, als sie ihn hoch hinaufheben musste. »Schön, dass die es überlebt haben.«

»Ja.« Ihre Stimme war leise.

Er sah sie an. »Alles in Ordnung, Eileen?«

»Ja, schon. Wir haben beinahe alles durchgesehen. Die größeren Gegenstände, zum Beispiel die Spanische Wand …«

»Das meine ich nicht.« Diese verflixte Sachlichkeit, die sie immer an den Tag legte! »Du hast dir seit deiner Ankunft in Almsbrick so viel aufgebaut.«

Sie lachte kurz auf, vermied jedoch seinen Blick. »Versuchst du mir jetzt Mut zuzusprechen? Ich habe schon vor langer Zeit gelernt, dass ich mit Weinen und Trauern nichts erreiche.«

»Das ist wahr, trotzdem …«

»Ich mache mich an die Arbeit, damit ich herausfinde, welche Möglichkeiten mir noch bleiben. Wie ich weitermachen kann.«

Ernst schüttelte Matthew den Kopf. »Ich mag zwar Soldat gewesen sein, aber mir scheint, die eigentliche Kämpferin bist du.«

Sie reckte ihr Kinn. »Es musste sein. Nur dadurch bin ich so weit gekommen.«

Eine ehrliche Antwort. Dennoch fragte er sich, welchen Kampf sie hatte kämpfen müssen. Welche Umstände hatten sie gelehrt, sich so abzurackern?

»Hast du dir noch mal die untere Küche angeschaut?« Sie zog eine Grimasse. »Was davon übrig ist, meine ich. Es müssen sich doch Hinweise finden lassen, wie das Feuer entstanden ist.«

»Ich fürchte, der Brand hat die meisten Spuren verwischt.« Dennoch ging er noch einmal hin und Eileen folgte ihm.

Sie betrachtete als Erstes den beschädigten Herd. Das erinnerte ihn daran, wie sie am Morgen noch an seinem eigenen Herd Frühstück zubereitet hatte. Als er in der Türöffnung gestanden hatte, war er von dem Gefühl überwältigt worden, in ein vertrautes Heim zu kommen.

Tom würde sicher sagen, dass es für ihn an der Zeit war, sich eine Frau zu suchen. Während all der Jahre in den Armeekasernen hatte er nur wenig Häuslichkeit kennengelernt. Und im Moment hatte er zu viele andere Dinge um die Ohren und zu wenig Geld in der Tasche, um ernsthaft auf Brautschau zu gehen.

Mühsam riss er seinen Blick von Eileen los und ging in den hinteren Garten.

»Siehst du da etwas Auffälliges?«, rief sie.

Er ging in die Hocke. »Fußspuren, glaube ich.«

»Sind sie gut erkennbar?« Sie kam zu ihm, wobei sie sorgfältig darauf achtete, wohin sie trat.

Doch er musste sie enttäuschen. »Das können alle möglichen Leute gewesen sein vor und nach dem Brand. Wir sind hier sogar mit Officer Abott herumgelaufen.«

»Sind die Spuren nicht älter?«

»Dann hat Joseph Swift noch den Wagen geholt. Er war ja gerade auf seiner Mittagsrunde, als das Feuer ausgebrochen ist.«

»Höre ich da etwa meinen Namen?« Der Bäcker öffnete das Türchen zum hinteren Garten und kam auf sie zu.

Matthew bemerkte, dass sein Hinken heute deutlicher zu sehen war als sonst. »Dein Laufjunge hat uns die Sachen herausgegeben, damit wir sie mitnehmen können, Joseph.«

»Das ist gut, auch wenn es nur bedrückend wenige sind.« Er seufzte. »Moiras Pferd habe ich bei mir in den Stall gestellt.«

»Danke.«

»Ist sie …?«

»Auf dem Bauernhof geblieben. Sie braucht Ruhe, sagt der Doktor.«

Joseph fuhr sich mit der Hand durchs Haar und nickte. »Sie hat innerhalb kurzer Zeit so viel verloren. Meinst du, sie würde sich über einen Besuch freuen?«

In Josephs Augen las Matthew Besorgnis. Oder war da mehr? Er erinnerte sich an seinen eigenen Rat für Moira. Gegen eine Freundschaft lässt sich nichts einwenden. Aber er musste auch ehrlich sein. »Im Moment weiß ich nicht, wie sie darauf reagieren würde, Joseph. Oder wie wir sie ermutigen können.«

Plötzlich ertönte hinter ihnen eine vertraute und gefürchtete Stimme. »Ah, habe ich es mir doch gedacht, dass da Stimmen sind! Pfui, wirklich, was für eine schreckliche Geschichte!«

Matthew hörte, wie Eileen leise etwas vor sich hin murmelte, das nicht sehr freundlich klang. Doch unmittelbar darauf sagte sie mit professioneller Freundlichkeit: »Mrs Holmes, wie schön, Sie zu sehen! Ach, bleiben Sie lieber auf der anderen Seite des Tores. Sie könnten sich sonst furchtbar schmutzig machen.«

»Das sehe ich.« Mit Sorgenfalten auf der Stirn betrachtete Mrs Holmes einen nach dem anderen. »Zum Glück habe ich erfahren, dass die Frau des Pfarrers und die Goodwin-Schwestern schon damit angefangen haben, Kleidung und Gegenstände zu sammeln, jetzt, wo Sie nichts mehr haben.«

»Was?« In Eileens Stimme war Abscheu zu vernehmen. »Aber wir können doch nicht …«

»Das ist sehr nett, Mrs Holmes«, griff Matthew ein. »Wie Sie sehen, ist das gesamte Obergeschoss mit den Wohnquartieren abgebrannt.«

Eileen warf ihm einen bösen Blick zu, dem er ohne mit der Wimper zu zucken standhielt. Langsam veränderte sich ihr Ausdruck in pure Verzweiflung. In diesem Augenblick hätte er sie gern in den Arm genommen, getröstet und beruhigt. Und sie wissen lassen, dass sie die Last nicht ganz allein zu tragen brauchte.

Sie drehte sich schnell um. »Das ist wahr«, bestätigte sie leise. »Wir haben nur noch die Kleider, die wir auf dem Leib tragen, Moira, Maggie und ich. Der Rest ist … weg.«

Er sah, dass sie kurz vor dem Zusammenbruch stand. Wenn sie das jetzt in aller Öffentlichkeit ereilen sollte, fände er es furchtbar. »Wir fahren zum Bauernhof zurück«, entschied er hastig. »Ich muss wieder zu den Schafen und ich fürchte, dass wir Ihnen bis auf Weiteres doch nicht zu Diensten stehen können, Mrs Holmes.«

»Nein … aber wie soll ich das denn jetzt mit meinen Einkäufen machen?«

Joseph hustete. »Ich glaube, ich habe in dieser Hinsicht eine Idee.«

Zu dem Zeitpunkt, an dem Matthew nass und verdreckt, aber mit gewaschenen Schafen auf die Oak Hill Farm zurückkehrte, hatte Joseph Swift seinen Plan bereits enthüllt.

Matthew beobachtete, wie er eine Liste vor Moira auf den Küchentisch legte. »Das ist meine Inventarliste von den Dingen, die immer noch verkauft werden können. In meinem Laden, meine ich. Ich kann mit dir abrechnen, nachdem ich sie verkauft habe, aber ich möchte dir auch jetzt gleich etwas dafür bezahlen.«

Moira zuckte mit den Schultern. »Was immer du praktischer findest. Ich glaube, Matthew hat eine Preisliste mitgenommen.«

»Die Papiere müssen erst noch trocknen.« Matthew trat einen Schritt ins Zimmer hinein. »Das meiste ist noch lesbar. Morgen sollten wir eine Gesamtsumme zusammenstellen können.«

»Hervorragend«, nickte Joseph. »Und lass uns dann auch besprechen, was ich dir für dein Pferd bezahlen kann. Mein eigenes altes Pferd wage ich nicht mehr vor einen Wagen zu spannen, deswegen würde ich gern deins übernehmen.«

Erleichtert blies Matthew den Atem aus. »Das scheint mir eine gute Lösung zu sein, die Moira sofort ein paar Einkünfte beschert. Meinst du nicht auch, Cousinchen?«

»Gute Idee«, murmelte sie.

Josephs Blick wanderte zögernd zwischen beiden hin und her. »Ich habe auch eine Bestellung angenommen, die geliefert wird. Es sind sicher noch mehr Vorräte unterwegs, daher habe ich gedacht … Hoffentlich presche ich damit nicht zu weit vor …«

»Du solltest dir nicht so viel zusätzliche Arbeit aufhalsen.« Moira seufzte müde. »Der Laden ist ja doch nicht zu retten.«

»Aber man kann ihn doch wieder aufbauen!« Joseph beugte

sich über den Tisch, so als könne er auf diese Weise besser zu ihr durchdringen. »Denk an die Zukunft, Moira.«

»Während mir alles genommen ist?«

»Nicht alles.« Matthew schüttelte den Kopf. »Du sagst doch selbst immer, dass Gott einem auch etwas zurückgibt.«

»Momentan kann ich das nicht erkennen, Joseph.« Sie hörte sich niedergeschlagen an.

Matthew schon. Er sah, wie Eileen den Kessel auf den Herd stellte und Joseph seine Hilfe anbot. Maggie und Beth hatte er zusammen draußen spielen gesehen. Freundschaften … waren die kein Geschenk von oben?

»Du musst dich auch gar nicht allein darum kümmern«, erklärte er. »Geh es lieber ruhig an.«

Joseph stand auf und fuhr sich durchs Haar. »Und ich hoffe, du weißt, dass ich jederzeit bereit bin zu helfen, wo es nötig ist.«

»Natürlich.« Sie hörte sich allerdings an, als wäre es ihr lieber, wenn er ginge.

Mit einem Seufzen setzte sich Joseph seinen Hut auf. Im Vorbeigehen klopfte er Matthew auf die Schulter. Der begleitete ihn nach draußen. »Vielen Dank für deine Hilfe, Joseph.«

»Was hat Doktor Goodwin gesagt?«, wollte der Bäcker leise wissen, während er die Zügel seines Pferdes in die Hand nahm.

»Er hat ihr gestern Abend ein Beruhigungsmittel gegeben.« Matthew rieb sich den Nacken. »Er möchte heute noch einmal vorbeischauen.«

»Ich glaube nicht, dass du noch lange darauf warten musst.«

Matthew folgte Josephs Blick zu dem Weg, auf dem in diesem Augenblick die vertraute schwarze Kutsche anhielt. Es war allerdings nicht der Arzt, der ausstieg, sondern seine jüngste Tochter. Mit einem großen Korb in den Händen lief sie vorsichtig auf den Hof.

Matthew konnte es nicht verhindern, dass er grinsen musste. »Keine Panik, Miss Goodwin. Die Schweine sind alle sicher in ihrem Verschlag.«

»Wirklich?« Sie konnte den Humor in seiner Bemerkung offensichtlich nicht erkennen und betrachtete ihn mit hochgezogenen Augenbrauen. »Mr Wilson, Sie haben es sich anscheinend zur Gewohnheit gemacht, sich immer dann besonders herauszuputzen, wenn wir uns begegnen.«

»Ich habe …« Doch sie drückte ihm den Korb in die Hand und stolzierte an ihm vorbei ins Haus. Joseph sah ihn fragend an. »Ich habe die Schafe gewaschen«, vollendete Matthew seinen Satz, bevor er und Joseph den eleganten, rauschenden Röcken über die Türschwelle folgten.

»Für Sie, Miss Brady«, erzählte Prudence im Wohnzimmer mit großzügigen Gesten, »hat Emma Howell zwei ihrer Kleider abgetreten. Sie wissen ja sicher selbst, dass Sie beide ungefähr dieselbe Statur haben.«

Er sah Eileens bestürzten Blick und wie ihr Gesicht rot anlief. Ging ihr diese Bemerkung in Anwesenheit von zwei Männern etwa zu weit? Hatte sie vielleicht geglaubt, dass er ihre hübsche Figur nicht schon längst bemerkt hätte? Dafür brauchte sie sich wirklich nicht zu schämen!

Er sah, wie sie dezidiert Atem holte. »Das ist sehr freundlich von Miss Howell, aber ich kann nicht …«

»In der Tat, sehr freundlich«, unterbrach Matthew sie, während er den Korb abstellte. »Sie wissen doch sicher, dass alle Kleidung von Moira, Eileen und Maggie verloren gegangen ist.«

»Maggie kann ein Kleid von Beth anziehen«, verkündete Joseph.

Prudence lächelte. »Wir haben an alles gedacht, Miss Brady. Bringen Sie das in Papier eingeschlagene Päckchen lieber gleich ins Schlafzimmer.«

Darin befand sich sicher Unterwäsche. Matthew musste beinahe lachen, als er die Verzweiflung in Eileens Gesicht bemerkte.

»Miss Goodwin«, erwiderte diese mit zitternder Stimme. »Ich fürchte, Mrs Howell weiß noch nicht, dass ich ihren Auftrag nicht ausführen kann.«

Es wurde totenstill. Verblüfft starrte Matthew sie an.

»Es gab noch ein paar Kleinigkeiten an ihrem Kleid zu tun, weswegen ich den Stoff vor dem Brand auf den Tisch gelegt hatte. Aber durch den Qualm ist er völlig unbrauchbar geworden. Sie sollten also ihre Kleider lieber wieder mitnehmen, damit …«

»Bist du verrückt geworden?«, blaffte Matthew sie an. »Emma Howell weiß das ganz genau. Sie hat genügend Kleider zum Anziehen und du hast gar keine. Dann vereinbare eben etwas Neues mit ihr.«

»Du lieber Himmel, da haben wir also gerade noch mal Glück gehabt«, bemerkte Prudence, während ihre Hand zu ihrem Hals fuhr. »Der Stoff für unsere Kleider ist doch noch unterwegs, oder?«

»Das stimmt«, bestätigte Eileen. »Mr Swift hier hat sich bereit erklärt, alles in Empfang zu nehmen.«

»Und Sie können *hier* arbeiten?« Prudence ließ ihren Blick durch das Zimmer schweifen, wobei Matthew bewusst wurde, wie unordentlich es in ihren Augen aussehen musste. Er spürte, wie seine Entrüstung zunahm.

»Meine Nähmaschine steht in der Küche«, antwortete Eileen. »Da werde ich in der nächsten Zeit meine Schneiderarbeiten verrichten. Ich werde mein Bestes geben, damit die Kleider *vor* dem Gartenfest der Almsworths fertig sind.«

»Das freut mich zu hören.« Flüchtig schaute Prudence zur Seite auf Matthew und Joseph. »Es ist *so* wichtig, bei dergleichen Zusammenkünften einen guten Eindruck zu machen. Vielleicht können Sie ja mit Emma Howell noch eine Übereinkunft erzielen, dass Sie ein bereits existierendes Kleid umarbeiten.«

Matthew kochte. Prudence Goodwin mochte ein schönes Gesicht haben, doch viel Anstand besaß sie offensichtlich nicht. »Hören Sie, ich habe den Rentmeister von Sir Alfred heute am Bach getroffen. Die Almsworths wissen über den Brand Bescheid. Niemand erwartet, dass Eileen unter diesen Umständen genauso viele Arbeiten ausführen kann wie sonst.«

»Aber das habe ich auf jeden Fall vor«, erklärte Eileen. Ihr Kinn fuhr in die Höhe. »Denn dann kann ich die Miete bezahlen.«

»Die Miete?«, brauste er auf. »Du hast doch wohl nicht ernsthaft geglaubt, dass ich von dir Miete haben will?«

»Es erscheint mir angemessen, solange ich hier wohne.«

Er sah, wie Prudence vielsagend und offensichtlich missbilligend zwischen ihnen hin und her blickte.

»Nun kommen Sie schon«, schnaubte er. »Sie teilt ihr Schlafzimmer im Augenblick mit Maggie, bis es Moira etwas besser geht. Daran ist nichts Unschickliches. Sie wissen doch, wie das Personal auf der Howell Farm untergebracht …« Zu spät erkannte er seinen Fehler. »Nicht dass ich von Eileen irgendwelche Arbeitsleistungen erwarten würde.« Doch vor seinem geistigen Auge sah er wieder, wie sie an diesem Vormittag mit dem Frühstück beschäftigt gewesen war. Wenn auch nicht als Angestellte …

In diesem Moment war in ihrem Blick wenig Häusliches zu erkennen. »Ich kenne mich mit vielen Arbeiten auf einem Bauernhof aus«, verkündete sie. »Wenn du also keine Miete von mir annimmst, bezahle ich auf diese Weise für Kost und Logis.«

»Das ist …«

Sie nahm einen Behälter mit Kartoffelschalen und marschierte mit einem zuckersüßen Lächeln an ihm vorbei. »Ich gehe die Schweine füttern.«

»Eine ziemlich selbständige Frau«, murmelte Prudence.

Matthew musste zugeben, dass er das trotz seiner Verärgerung ebenfalls bewunderte. »Sie musste schon in jungen Jahren auf eigenen Beinen stehen«, erklärte er in der Hoffnung, damit etwas Verständnis zu wecken.

Prudence verzog das Gesicht. »Dann wünsche ich Ihnen viel Kraft.«

Matthew fürchtete allerdings, dass es schwieriger werden würde, mit Moira und Maggie umzugehen. Seine vorwitzige kleine Nichte hatte sich diesmal jedoch kein einziges Mal in das Gespräch eingemischt.

26. Kapitel

Eileen hatte ganz vergessen, wie viel Geschäftigkeit jedes Jahr mit der Ankunft der Schafscherer verbunden war.

Einige Tage, nachdem Matthews Schafe gewaschen worden waren, ließen sich zwei umherreisende Scherer auf der Oak Hill Farm nieder. Auch Tom und Rosie waren dabei, um zu helfen, genauso wie das Ehepaar Oats, das wohl schon häufiger von Stubbs angeheuert worden war. Die beiden hatten ihren Teenagersohn bei sich und ihre Tochter ging mit Maggie in dieselbe Klasse, sodass die beiden Mädchen um zwölf Uhr gemeinsam zum Bauernhof gerannt waren. Zum Glück schien Maggie sich schnell an die neue Situation gewöhnt zu haben.

Eileen hatte sie mit einem einfachen Butterbrot an den Küchentisch gesetzt, aber sie ahnte, dass die Scherer mehr als das zum Mittagessen erwarteten.

Während des Vormittags hatte sie einen dankbaren Blick von Matthew geerntet, weil sie allen Tee und frische Brote gebracht hatte. Jetzt hatte sie Schinken und Lammfleisch zubereitet, Kartoffeln gekocht und einen Apfelkuchen gebacken. Selbst Salat und Pudding durften nicht fehlen. Doch sie fürchtete, dass alle zum Abendessen ein noch ausgiebigeres Mahl erwarten würden.

Der Gedanke daran ließ ihr Tränen in die Augen schießen. Von Moira hatte sie nur ganz wenig Hilfe bekommen, doch viel Arbeit konnte diese ohnehin nicht übernehmen. Es war selbstverständlich, dass die Aufgabe in diesem Fall allein auf ihren Schultern lastete. Sie merkte allerdings recht schnell, dass ihr Moiras Erfahrung in der Küche fehlte. Sie konnte so nur hoffen, dass ihr Apfelkuchen gut genug war. Und eine Schafscherer-Mahlzeit ohne Apfelkuchen war undenkbar, ihre Mutter hatte ihn auch immer gemacht. Meistens mit Nessas Hilfe, während sie selbst ihrem Vater bei der Schur beigestanden hatte.

Mit einem tiefen Seufzen ging sie nach draußen, wo eine sanfte Brise ihren vom Ofen erhitzten Wangen ein wenig Abkühlung verschaffte. Es war nicht so, dass sie eine Abscheu gegenüber Hausarbeit hatte, aber sie kostete so viel Zeit. Und von der hatte sie schon allzu viel verloren, weil sie die Nähmaschine einer gründlichen Totalreinigung hatte unterziehen müssen. Sie kam lange nicht so gut mit den Sommerkleidern für die Goodwin-Schwestern voran, wie sie wollte, und zu allem Überfluss hatte sie bei den Maßen von Miss Charity einen Fehler gemacht. Das war ihr zuvor noch nie passiert! Sie hatte gehofft, heute irgendwann zwischendurch den Fehler korrigieren zu können. Sobald sie jedoch die Scheune betrat, wurde ihr klar, dass sie sich das getrost aus dem Kopf schlagen konnte.

Rosie und Mrs Oats sammelten gerade die Wollvliese auf und banden sie zusammen, sie konnten allerdings kaum mit dem Tempo der Scherer mithalten. Eileen ahnte, dass sie heute Nachmittag würde helfen müssen, in jeder Minute, die sie nicht in der Küche sein musste.

Durch die offen stehenden Scheunentore schien das Licht auf die sauber geschrubbten Bohlen des Dreschbodens, auf dem die Scherer knieten. Matthew hatte sich die Ärmel seines Hemdes hochgekrempelt und um seinen Mund lag ein entschlossener Zug, während seine Schere schnell über den Bauch des Schafes unter ihm fuhr. Das Klappern und Klicken der Schurwerkzeuge erinnerte Eileen an früher, doch diesen Gedanken schüttelte sie schnell von sich ab. In der letzten Zeit hielt sie oft inne und dachte über die Vergangenheit nach, aber das war nicht hilfreich.

Als Matthew das Mutterschaf herumdrehen musste, ging sie zu ihm hin. »Wenn ihr so weit seid, können wir essen.«

»Danke.« Er setzte sein Knie auf den Kopf des Schafes und bewegte die Schere von seinem Hals über die Flanke und den Rücken zum Schwanz. Seine gebräunten Arme bildeten einen

Kontrast zur weißen Wolle und sie beobachtete fasziniert, wie geschickt er arbeitete.

»Den Farbtopf, Bobbie!« Sein Ruf ließ sie aufschrecken.

Der Junge kam sofort mit der Farbe angerannt und markierte das geschorene Tier mit den Buchstaben »O. H.«, so wie es Stubbs ebenfalls immer getan hatte.

Matthew schob das ängstliche Schaf nach draußen in Richtung seiner Artgenossen, die auch schon alle ihre Wolle verloren hatten. Er wischte sich den Schweiß von der Stirn und sah zu, wie Rosie das Vlies zusammenrollte. Rosie lächelte Eileen zu. »Soll ich dir helfen, draußen den Tisch zu decken?«

»Gern.« Fragend sah Eileen zu Matthew.

Der nickte und warf einen Blick auf das Fanggitter, in dem Tom etliche Schafe für die Scherer bereithielt.

Was sollte Eileen nun davon halten, dass Victor Trench bei ihm stand? Das war keiner von denen, die sie zur Hilfe angeheuert hätte. Aber vielleicht war seine Hilfe heute willkommen, wie verlottert der Mann ansonsten auch wirkte. Matthew betonte stets, dass es an seiner Arbeit nichts auszusetzen gäbe.

»Noch eins und dann ist Pause!«, rief Matthew und er schleppte selbst noch ein weiteres Schaf zum Schurplatz.

Es war sehr schreckhaft, bemerkte Eileen, und ihr Vater hätte das Tier als dürres Gerippe bezeichnet. Die dicksten Schafe waren am einfachsten zu scheren und deshalb hatten sich die Tiere den ganzen Vormittag auf der Wiese direkt neben der Scheune ihre Bäuche rundfressen dürfen.

Matthews Schere klickte wieder und ihr fiel ein, dass sie dafür sorgen musste, dass sich die Männer das Wollfett von den Händen waschen konnten, bevor sie sich an den Tisch setzten.

Unmittelbar nachdem sie zwei Eimer Wasser nach draußen getragen hatte, begannen die geschorenen Schafe laut zu blöken.

Matthews Schaf zuckte zusammen und Eileen sah, wie es zu bluten anfing. Das Geräusch hatte ihn abgelenkt und er hatte es verletzt.

Er brummte einen Kraftausdruck und blickte in ihre Richtung. »Eileen?«

Hastig eilte sie zu ihm. »Ist es ein tiefer Schnitt?«

»Geht so. Gib mir bitte diese Flasche dort.« Er nickte mit hochrotem Kopf in Richtung einer braunen Flasche, die etwas weiter weg auf dem Boden stand. Eileen holte sie, damit er die Wunde einreiben konnte, und stellte sie anschließend wieder zurück.

»Sollen wir denn jetzt den Tisch decken gehen?«, fragte Rosie und schob ihren Arm unter den von Eileen. »Ich fürchte, das wird mehr Zeit in Anspruch nehmen, als Matthew gehofft hat. Sie werden sich nicht so lange beim Scheren unterbrechen lassen wollen.«

Sie hatte also mit dem Essen ihr Bestes gegeben, damit sich die Männer schnell vollstopfen und anschließend gleich weitermachen konnten? Eileen wusste, dass es ungerecht war, so zu denken. So verrückt sie es auch fand, sie waren alle abhängig geworden von diesem Bauernhof, von Matthews Broterwerb. Wo wären sie und Maggie – und Moira – geblieben, wenn er sie nicht in sein Haus aufgenommen hätte? Momentan konnte sie nicht einmal für ihren eigenen Lebensunterhalt sorgen. Der Gedanke an das Armenhaus in der Stadt ließ sie erschaudern.

Erneut wurden die Schafe unruhig und sie drehte sich um.

»Verflixt«, rief Matthew. »Eileen, könntest du die beiden Mädchen von der Herde wegholen? Sie bringen die Tiere durcheinander.«

Erst jetzt entdeckte sie Maggie und ihre Klassenkameradin, die am Gatter standen. Hätte Moira nicht ein paar Minuten auf sie aufpassen können? Das Essen war noch nicht einmal fertig und sie konnte sich nur um *eine* Sache gleichzeitig kümmern.

»Schauen Sie mal, Miss Eileen«, kicherte Maggie. »Sie sind ganz kahl.«

»Das stimmt und sie finden es nicht schön, dass ihr sie so anstarrt. Komm mit, schließlich musst du gleich wieder zur Schule.«

»Darf ich nicht hierbleiben? Beim Schafscheren kann ich auch viel lernen.«

»Du kannst nicht einfach so von der Schule wegbleiben.« Eileen seufzte. »Und wenn du nicht endlich vom Gatter weggehst, wird Onkel Matthew böse.«

Mit so etwas hatte sie noch nie drohen müssen, aber das war nicht die Zeit für Diskussionen oder Erklärungen. Dennoch war sie nicht stolz auf sich. War sie denn nicht Maggies Mutter? Auf jeden Fall hörte das Mädchen auf sie. Erleichtert wollte Eileen ihr über die schwarzen Locken streicheln, ihre Hand blieb jedoch stecken. »Maggie, was hast du da in deinen Haaren?«

»Gefällt es Ihnen?« Strahlend vor Stolz sah das Kind zu ihr hinauf. »Sie haben einen Rest von dem Band liegen gelassen …«

»Und davon sollst du deine Finger lassen!« Der Schreck fuhr ihr ins Herz. »Hast du das ganze Band genommen?«

Maggies Mund blieb offen. Sie nickte langsam. »Ich habe doch schon öfter ein Stückchen von Ihnen bekommen.«

»Aber jetzt hast du mich noch nicht einmal gefragt! Maggie, dieses Band ist für das Kleid von Miss Goodwin.«

Maggie schlug die Augen nieder. »Ich habe es durchgeschnitten, und Beth hat jetzt die Hälfte.«

»Du hast also auch noch meine Schere benutzt? Wie kannst du es wagen, dir ohne meine Einwilligung an meinen Sachen zu schaffen zu machen?«

»Sie haben doch noch viel mehr von dem Band, oder?« Maggies Stimme klang kleinlaut.

Eileen versuchte, tief Luft zu holen. »Miss Goodwin hat sich extra dieses Band ausgesucht.«

»Das tut nichts zur Sache.« Matthews barsche Stimme hinter ihr ließ Eileen zusammenzucken. »Du sollst auf jeden Fall deine Finger von Miss Bradys Sachen lassen, Maggie.«

»Ja, Onkel Matthew.« Aus ihren Augen tropften Tränen und auch Eileen war mehr zum Weinen als zum Lachen zumute.

»Zur Strafe kommst du sofort nach der Schule zurück zum Bauernhof«, fuhr Matthew fort. »Ich gebe dir für den Rest des Tages etwas zu tun.«

410

Maggies Augen wurden groß. »Aber ich wollte mit Beth …«

»Dann sage ihr, dass daraus nichts wird.«

Eileen bekam Mitleid. Das Mädchen hatte so viel durchmachen müssen. »Ach, Matthew. Ich dann das sicher anders lösen.«

»Das kommt nicht infrage«, erwiderte er.

Eileen fühlte sich machtlos. »Du bist nicht ihr Vater.«

»Das ist wahr.« Aufgebracht sah er sie an. »Aber soweit ich weiß, bist du auch nicht ihre Mutter.«

Innerlich zitterte sie vor Wut und wäre am liebsten davongelaufen. Aber sie musste das Essen fertig machen. Nein, sie musste sich einen Weg überlegen, wie sie das Kleid für Miss Goodwin anders verzieren konnte! »Dann kümmere dich selbst darum«, schnaubte sie. »Ich habe genug zu tun.«

Doch als sie ins Haus marschieren wollte, hielt Rosie sie mit festem Griff auf. »Gibt es noch mehr Brot, Eileen?«

Obwohl sie die Goodwin-Damen pünktlich beliefern wollte, war Eileen bewusst, dass sie die Scherer nicht verhungern lassen konnte. Sie musste einen Weg finden, all ihre unterschiedlichen Arbeiten gut auszuführen.

⁋

Er hätte den Brief nicht lesen sollen. Wütend auf sich selbst faltete Matthew das Blatt Papier zweimal zusammen und lehnte sich müde auf der hölzernen Bank vor der Kneipe zurück, auf der er während der Kirmes noch mit Victor Trench gesessen hatte. Er fühlte sich niedergeschlagen und gleichzeitig ermutigt. Welchen Schritt sollte er nun gehen?

Es war zwei Tage her, seit seine Schafe geschoren worden waren, und er war seitdem zum ersten Mal wieder im Dorf. Dass er am Postamt vorbeigefahren war, erschien ihm als Selbstverständlichkeit, aber dass dort ein Brief lag, der an *ihn* gerichtet war, hatte er nicht erwartet.

Mutter … Er wusste, dass Moira ihr gelegentlich schrieb und

dass seine Eltern deshalb über seine Rückkehr nach England Bescheid wussten. Nach dem Brand war es ihm nur höflich erschienen, sie ebenfalls auf den neuesten Stand zu bringen. Seine Mutter würde sicher wissen wollen, was mit ihrer Nichte passiert war. Weil Moira immer noch schnell ermüdete, hatte er sie informiert. Kurz und sachlich. Und dabei hätte er es belassen sollen.

»Schlechte Neuigkeiten, Wilson?« Mit einer Kanne Bier kam Dickson nach draußen.

In diesem Augenblick bedauerte er seine Entscheidung, den Brief vor der Kneipe zu lesen. Aber nicht so sehr wie die Entscheidung, den Kontakt wieder aufzunehmen.

»Gespenster aus der Vergangenheit«, antwortete er bitter und nahm einen gefüllten Becher von Dickson entgegen. »Ich habe jahrelang zu meinen Eltern keinen Kontakt mehr gehabt.«

»Haben sie die Geschichte mit dem Brand mitbekommen? Deine Eltern sind doch die Tante und der Onkel von Moira, oder?«

»Stimmt. Ich habe selbst einen Brief an meine Mutter geschrieben.« Er rieb sich den Nacken. »Ich hatte gedacht, sie würde vielleicht wissen, wie sie Moira aufmuntern könnte, wo sie doch jetzt so viel Ruhe halten muss.«

Dickson seufzte und setzte sich neben ihn. »Aber …?«

Er schluckte. Es war kein Schreiben für seine Cousine auf dem Postamt gewesen. »Sie hat den Brief an *mich* geschrieben.«

»Wie lange ist es her?«, wollte Dickson wissen. »Ich gebe nichts auf Gerüchte, aber soweit ich mitbekommen habe, hast du Streit mit deinem Vater gehabt.«

Mathew trank einen Schluck von seinem Bier. »Seit dem Tod meines Bruders hatten wir ständig Meinungsverschiedenheiten, eigentlich davor auch schon. Und seitdem ich vor zehn Jahren Soldat wurde, bin ich nie mehr nach Westwich zurückgekehrt.«

»Das ist eine lange Zeit«, stellte Dickson fest.

Das stimmte. Dennoch enthielt der Brief keine Vorwürfe.

»Hättest du es gern, dass deine Mutter nach Almsbrick kommt?«

Er lächelte schwach. Die Nachrichten von ihr sorgten bei ihm für Heimweh. Sie schrieb, dass sie froh war über ein Lebenszeichen, darüber, dass er eine Stütze für Moira war. Anschließend hatte sie über einige Ereignisse in Westwich berichtet, die ihn nicht wirklich interessierten, ihm jedoch das Gefühl gaben, dass sie ihm nahe war. Sie hatte wenig über seinen Vater geschrieben und das schien ihm auch das Beste zu sein. Am meisten hatte ihn jedoch ihr Bedauern überrascht, dass sie nicht kommen konnte, um ihn zu besuchen. Darum hatte er sie noch nicht einmal gebeten.

»So wie es aussieht, ist meine kleine Schwester krank«, sagte er. »Sie hat eine Lungenentzündung, und obwohl sie nicht in Lebensgefahr ist, möchte meine Mutter sie nicht allein lassen.«

Oder sein Vater hatte ihr verboten, nach Almsbrick zu reisen. Doch eigentlich war es nicht die Art seiner Mutter, sich dann irgendeine Geschichte auszudenken.

»Nach zehn Jahren ist ein Brief doch schon was«, stellte Dickson fest. »Hoffentlich geht es Moira ein bisschen besser, wenn sie Nachrichten von ihrer Familie bekommt. Ich bin kein Arzt, aber ich denke, dass es ihr hilft, sich auf etwas zu freuen.«

»Ich hoffe, dass wir den Laden wieder aufbauen können.« Matthew hatte deswegen gemischte Gefühle. Er war erleichtert, dass er etwas tun konnte, aber gleichzeitig kämpfte er auch mit seinem gekränkten Stolz. »Meine Eltern haben Geld geschickt …«

Eine Bewegung auf der anderen Straßenseite zog seine Aufmerksamkeit auf sich.

»Was ist denn da los?«, fragte Dickson.

Ein Wagen von Trenchs Fuhrdienst stand halb vor der Bäckerei von Joseph Swift und halb vor den Überresten von Moiras Geschäft. Sein größter Wagen, wenn Matthew es richtig sah. Ein paar Packer gingen in der Bäckerei aus und ein.

»Was laden die denn da auf den Wagen?«, fragte Dickson.

Angespannt stand Matthew auf. »Das würde ich auch gern wissen.« Er marschierte mit großen Schritten über die Straße und entdeckte zu seiner Überraschung den Herbergsbesitzer selbst zwischen den verkohlten Trümmern.

»Was soll das denn werden, Trench? Haben Sie etwas verloren?« Mit den Händen in die Seite gestemmt blieb er stehen, während ihm die verbrannte Laterne durch den Kopf schoss. Seine Nackenhaare stellten sich auf. Aber nein, danach konnte der Mann doch wohl nicht suchen? Sie hatten ihren Fund noch nicht einmal bekannt gemacht.

Leonard Trench drehte sich um. »Etwas verloren? Das kann man wohl sagen, Wilson«, antwortete er wütend.

»Matthew, gut, dass du hier bist!« Charlie kam mit einem frustrierten Blick aus der Bäckerei. »Du solltest lieber mal kommen.«

Er hatte keine andere Wahl, als Trench stehen zu lassen und zu schauen, was die Packer in den Wagen legten. »Wartet mal, das sind Moiras Sachen!«

»Ich konnte sie nicht aufhalten, Matt.« Charlie wirkte verzweifelt. »Bäcker Swift ist nicht hier. Ich habe versucht, ihnen zu erklären, was wir ausgemacht haben.«

Mit einem Ruck drehte Matthew sich um. Trench war ihm zur Bäckerei gefolgt und von der anderen Seite kam Dickson angelaufen. Wütend sah Matthew den Herbergsbesitzer an. »Was soll das bedeuten?«

Trench lächelte arrogant und strich sich über den Schnurbart. »Das nennt man Pfändung, Junge. Es bedeutet, dass ich diese Güter übernehme.«

»Moira hat Absprachen mit Bäcker Swift getroffen«, hielt Matthew dagegen. »Sie können sich nicht einfach ihre Sachen aneignen.«

»So würde ich das auch nicht nennen.« Trench kniff seine Augen zu Schlitzen zusammen und reckte das Kinn in die Höhe. »Ich hatte vor, meine Cousine über meine Forderungen zu informieren, wie es sich gehört. Aber diese rothaarige Hexe hat mich gar nicht erst hereingelassen.«

Der Gedanke an Eileens entschlossene Haltung brachte ein Lächeln auf Matthews Lippen, löste aber das Problem nicht. »Und deshalb legen Sie einfach los?«, schnaubte er. »Sie haben überhaupt kein Recht dazu. Nicht ohne einen Bescheid.«

»Wilson, bitte.« Mitleidig sah der Mann ihn an.

Matthews Atem beschleunigte sich. Er hatte das furchtbare Gefühl, dass er in einen Hinterhalt geraten war.

»Wenn Sie lieber den Magistrat dazu holen möchten, können Sie das natürlich.«

»Sir Alfred wird …«

»Aber ich hatte gehofft, ich könnte Ihrer Cousine die Schande ersparen. Möchten Sie wirklich, dass ihre finanzielle Situation in einer öffentlichen Sitzung besprochen wird?«

Ihm wurde übel und er warf Dickson einen Blick zu. Sie wussten alle beide, dass Moira das schrecklich finden würde. »Trotzdem können Sie nicht einfach alles mitnehmen.«

»Das scheint mir schon so«, entgegnete Trench hart. Er holte ein Dokument aus der Tasche und überreichte es ihm. »Moiras Exemplar ist sicher verloren gegangen. Passt das nicht wunderbar?«

»Was ist das?«, wollte Dickson wissen.

»Der Vertrag über einen Kredit«, antwortete Matthew tonlos.

»In der Tat.« Trench blickte triumphierend. »Und deshalb wird Sir Alfred mir recht geben. Da Moira den Kredit nicht abbezahlen kann, muss ich auf diese Weise meine Verluste in Grenzen halten. So, wie ich bereits gesagt habe: durch Pfändung.«

Matthew schluckte. Normalerweise brauchte er alle seine Konzentration, um ein Dokument wie dieses zu lesen. Jetzt glühte er vor Wut, weswegen die Buchstaben vor seinen Augen verschwommen. Das Einzige, was er entziffern konnte, war ein hoher Betrag, wobei er nicht wusste, wie viel davon Moira mittlerweile zurückgezahlt hatte. Wahrscheinlich stand noch ein größerer Geldbetrag aus und Trench war vollkommen im Recht.

»Gibt es keinen anderen Weg?«, fragte Charlie, der sich angespannt die Hände rieb. »Und hat Bäcker Swift kein Wörtchen mitzureden?«

»Die Güter gehören ihm nicht«, antwortete Trench kühl. »Es sei denn, er ist bereit, Moiras Kredit zu tilgen …«

»Das ist doch lächerlich«, schnaubte Matthew. Swift war anständig und hatte schon viel Hilfe angeboten. Aber es gab eine Grenze bei dem, was Nachbarn füreinander taten, ohne dass Gerede entstand. »Er ist nicht einmal mit Moira verwandt.«

»Aber *du* schon.« Dickson stieß ihn in die Seite und hielt ihm den Briefumschlag von seiner Mutter vors Gesicht. »Das hier solltest du lieber nicht auf der Bank vor der Kneipe herumliegen lassen. Hier laufen eine Menge geldgieriger Leute herum.«

»Wie meinst du das?«, blaffte Trench.

Auf Matthews Lippen erschien der Anflug eines Lächelns. »Dickson meint«, sagte er mit Nachdruck, »dass Ihre Männer die Sachen schnell wieder zurücktragen sollten. Morgen komme ich in die Herberge und bezahle alles.«

»Das können Sie gar nicht.« Verärgert gestikulierte Trench in Richtung des Briefumschlags. »Wie sollte denn jemand wie Sie an so viel Geld kommen?«

Um ruhig zu bleiben, ballte Matthew seine Hände zu Fäusten und straffte seine Schultern. »Das geht Sie nichts an. Aber lassen Sie mich eins sagen: Moiras gesamte Buchhaltung ist erhalten geblieben, ich werde also alles bis auf den Penny genau ausrechnen. Sie können mich nicht betrügen.«

Sichtbar erleichtert begann Charlie zu grinsen. »Nun, Jungs, dann macht euch mal an die Arbeit. Und sorgt dafür, dass alles wieder an den richtigen Platz kommt.«

Trench machte einen Schritt auf Matthew zu, doch der ließ sich nicht beirren. Der Herbergsbesitzer erhob drohend einen Zeigefinger. »Sie sind mich noch nicht los!«

»Soll ich Officer Abott rufen?«, bot Dickson an.

Matthew wechselte einen Blick mit ihm. Beide wussten, wie wenig Sinn das hatte. Der Polizist hatte immer noch nicht untersucht, wer Smokey verletzt hatte, und weigerte sich zu glauben, dass der Brand vorsätzlich gelegt worden sein könnte.

»Und *Sie* sind *mich* noch nicht los, Trench«, entgegnete Matthew mit mehr Bravour, als er fühlte. »Ich warte hier, bis Ihre Männer fertig sind.«

»Vernünftig, Matt.« Dickson klopfte ihm auf die Schulter.

Leonard Trench nickte seinen Angestellten widerwillig zu und beobachtete sie schweigend bei ihrer Arbeit.

Erst am Abend fand Matthew die Gelegenheit, sich die Buchhaltung des Ladens näher anzusehen. Moiras Angaben nach musste es für jeden Betrag, den sie getilgt hatte, eine Quittung geben. Anstatt ihm zu helfen, hatte sie sich allerdings schon vor dem Abendessen mit dem Brief seiner Mutter in ihr Schlafzimmer zurückgezogen.

Er seufzte. Doktor Goodwin hatte gesagt, sie würde vorläufig viel Ruhe brauchen, aber er fragte sich, ob sie nicht auch vor der Realität zu fliehen versuchte. Vor den Fragen nach der Zukunft. Vielleicht bot ihr der Brief ein wenig Hoffnung.

Die Summe, die er errechnet hatte, bot sie auf jeden Fall. Im Licht einer Petroleumlampe am mit Papieren übersäten Küchentisch kam Matthew zu dieser Schlussfolgerung. Obwohl sich seine Cousine einen ordentlichen Betrag geliehen hatte, hatte sie ihn zuverlässig nach und nach zurückbezahlt. Mit dem Geld, das seine Mutter geschickt hatte, konnte er morgen den Rest tilgen, und anschließend waren sie Leonard Trench nichts mehr schuldig.

Es blieb dann allerdings auch nur wenig übrig, das man in den Wiederaufbau des Geschäfts investieren konnte, und dafür fiel ihm keine andere Lösung ein.

In diesem Augenblick drang ein Geräusch aus der Küche an sein Ohr. Das Geratter einer Nähmaschine. Verflixt, war Eileen jetzt immer noch am Arbeiten?

Erschöpft stand er auf, streckte seine Muskeln und schlenderte zur Tür. Im sparsamen Licht einer Petroleumlampe sah er, wie sie äußerst konzentriert am Werk war. »Meine Mutter würde sagen, dass du dir deine Augen ruinierst.«

Erschrocken blickte sie auf. Es dauerte einen Augenblick, bevor sie etwas sagte. »Deine Mutter muss auch nicht mehrere Kleider für ein Gartenfest nähen.«

»Das ist wahr.« Er lächelte. »Aber ich erinnere mich schon, dass sie immer beschäftigt gewesen ist. Im Haushalt oder …«

»Es tut mir leid, dass ich heute Abend keine bessere Mahlzeit serviert habe.« Sie sah ihn ernst an. »Es ist nämlich …«

Beruhigend hob er die Hand. »Es hat sehr gut geschmeckt, Eileen. Ich weiß, dass du viel zu tun hast.«

»Morgen werde ich …«

»… mit den Kleidern weitermachen.« Er grinste. »Hast du eine Ahnung, was Soldaten in einer Kaserne vorgesetzt bekommen?«

Verlegen wandte sie ihren Blick ab. War das eine falsche Bemerkung gewesen? In diesem Moment erinnerte er sich an ihre Offenbarung auf der Kirmes, dass sie einen Soldaten gekannt hatte. *Sehr gut* gekannt hatte. Er versuchte, sich die sittsame Schneiderin in einer leidenschaftlichen Umarmung vorzustellen, doch er gab auf, bevor seine Fantasie mit ihm durchging.

»Schau, ich habe deine Socken gestopft.« Mit einer schnellen Bewegung schob Eileen die sauberen, geflickten Strümpfe zu ihm hin. »Beim Wegräumen habe ich die Löcher bemerkt.«

In seinem Hals bildete sich ein Kloß. Eigentlich wollte er sie am liebsten gleichzeitig umarmen und durchschütteln. »Das hätte ich auch selbst machen können.«

Ihr Gesicht bewölkte sich.

»Aber nicht so ordentlich, fürchte ich.« Er schluckte und grinste kurz. »Und auch nicht, bevor der Winter anbricht.«

Ein Lächeln erhellte ihre Miene und ihren Blick. »Es muss doch erst noch Sommer werden, du Witzbold.«

»Ich will einfach nicht, dass du dich verpflichtet fühlst, alle diese Dinge zu machen. Ich bin schon froh, dass du es auf dich genommen hast, dich um Maggie zu kümmern, wo Moira doch erst einmal wieder gesund werden muss.«

Besorgt nickte Eileen. »Das ist keine schwere Last, ich liebe Maggie wie ... wie wenn sie mein eigenes Kind wäre.«

»Du machst das gut.« Hatte sie vielleicht Sehnsucht nach einer eigenen Familie? »Trotzdem habe ich Angst, ich könnte zu viel von dir verlangen, Eileen. Das ist nie meine Absicht gewesen.«

»Ich finde es nur richtig, dass ich mithelfe.« Sie zuckte mit den Schultern, sah aber dennoch angespannt aus. »Das ist das Mindeste, was ich tun kann. Ohne dich wäre ich wieder auf die Herberge angewiesen.« In ihrem Blick war eine aufrichtige Anerkennung zu lesen. »Da hätte ich kaum den Platz, um meine Arbeit zu machen.«

Er betrachtete den leichten, geblümten Stoff, der vor ihr lag. Selbst ohne Modeverstand konnte er sehen, dass das ein Sommerkleid werden würde. »Ich denke, dass sie dir etwas mehr Zeit geben sollten.«

»Leider wird Lady Almsworth ihr Gartenfest kaum so lange hinausschieben, bis das Kleid von Prudence Goodwin fertig ist.«

»Die ist doch im letzten Jahr sicher auch schon eingeladen worden. Dann soll sie eben ihr Kleid von letztem Jahr noch mal anziehen mit ein bisschen neuem Firlefanz.«

Eileen lachte. »In diesen Kreisen funktioniert das so nicht.«

»Ich weiß, wie es bei diesen reichen Leuten zugeht«, erwiderte er. »Das wäre nichts für mich, aber ich werde ja auch zu so etwas nicht eingeladen.«

»Ich ebenfalls nicht«, antwortete sie lakonisch. »Aber als arbeitende Frau muss ich nun einmal die vereinbarten Termine einhalten. Und sparen für die Zukunft.«

Er sah, wie müde der Blick war, den sie auf die Nähmaschine warf. Er verspürte Mitleid und auch ein leichtes Schuldgefühl. Sie half mit, wo sie nur konnte, nachdem er sie mit Moira und Maggie in seinem Haus aufgenommen hatte. Sie machte mehr ein Zuhause daraus, als er es jemals für möglich gehalten hätte.

Er schaute sie an und auf einmal schien die Küche für sie beide zu klein und zu eng. Aber er wollte auch nicht allein sein. »Komm doch mal kurz mit nach draußen.«

»Nach draußen?«, wiederholte sie überrascht. »Es ist schon dunkel!«

»Es ist um diese Zeit ruhig und friedlich. Ich gehe regelmäßig abends zur Schafweide.« Er nahm ihr wollenes Schultertuch und hielt es ihr hin. »Du hast Maggie doch schon ins Bett gebracht, oder?«

»Ja, aber ich muss die Säume von diesem Mieder noch fertig machen.« Nichtsdestotrotz stand sie auf. Das Licht der Lampe ließ ihr Antlitz weich erscheinen und machte sie sehr attraktiv. »Aber nur ganz kurz.«

Draußen war es kühl, allerdings nicht unangenehm. Sie schlenderten zum Weg und überquerten ihn in Richtung Schafweide. Er vermisste seine Pfeife als zuverlässigen Weggefährten und richtete stattdessen seine Aufmerksamkeit auf seine heutige Gesellschaft.

Eileen stand angespannt neben ihm und legte erst nach einigem Zögern die Hände auf das Gatter.

Er spürte, wie verkrampft sie war, und legte seine rechte Hand sanft auf ihre. »Hole einmal tief Luft.«

Sie reagierte mit einem gezwungenen Lächeln. »Das würde besser funktionieren, wenn die Kleider schon fertig wären.«

»Weiß ich.« Er streichelte mit seinen Fingern über ihre überraschend weiche Haut. »Aber manchmal lohnt es die Mühe, für einen Augenblick Abstand zu nehmen. Einfach mal nichts zu tun.«

Ihre Schultern wirkten immer noch angespannt.

»Ich finde es wunderbar, dass es hier so still ist«, erklärte er. »In Indien war immer irgendwas zu hören, aber hier nicht. Hör doch mal.«

Ein Weilchen standen sie schweigend beieinander, seine Hand immer noch auf ihrer. Eileen zog ihre Finger nicht zurück. Er spürte, wie sie sich langsam entspannte.

»Ist es nicht schön?«, flüsterte er. »Nach einem harten Arbeitstag komme ich oft hierher, um die Ruhe zu genießen.«

»Das finde ich schwierig«, gab sie zu.

»Was denn? Auszuruhen oder zu genießen? Du sollest dir das gönnen, Eileen. Damit fängt es an.«

»Hmm.«

»Oder ist es wegen der Sorgen, die dich nach Almsbrick gebracht haben?«

Nun zog sie ihre Hand doch weg. »Meine Arbeit hat mich nach Almsbrick gebracht. Mehr noch, meine Anwesenheit hier hat mir gerade ein paar Sorgen abgenommen.« Es folgte ein verwundertes Lachen, so als sei sie durch diese Feststellung selbst überrascht.

»Das freut mich«, erwiderte er leise. »Wenn ich bei der Armee eins gelernt habe, dann ist es das, dass unsere Tage zu kostbar sind, um sie zu verschwenden.«

»Dafür braucht man nicht zur Armee zu gehen.«

»Nein.« Er starrte in die Ferne. »Aber wenn du deine Kameraden neben dir fallen siehst, verändert das schon deinen Blick auf die Welt. Du willst den Tag auskosten, solange du es noch kannst.«

Er sah, dass sie zitterte.

»Eileen?« Vorsichtig berührte er sie am Arm.

Sie wandte sich von ihm ab. »Bis das Vergnügen dafür sorgt, dass wir unsere Verantwortung aus dem Auge verlieren«, entgegnete sie eigensinnig. »Ich muss wieder zurückgehen.«

Überrascht starrte er sie an. *Was habe ich Falsches gesagt?*

Mit einem Seufzen lehnte er sich gegen das Gatter. Anscheinend war er doch nicht in der Lage, zu ihr durchzudringen. Er runzelte die Stirn. Als ob er seine Verantwortung nicht wahrnahm! Er arbeitete hart, um etwas aus der Oak Hill Farm zu machen. Und morgen würde er zu Leonard Trench gehen, um Moiras Kredit zu tilgen. Das war der Beitrag, den er leisten konnte.

Und vielleicht, wenn Gott es wollte, würde die Zeit ihnen allen dann Frieden bringen.

27. Kapitel

Im Juni brach eine Trockenperiode an und das versetzte ganz Almsbrick in Aufruhr. Viele Bewohner des Dorfes waren auf die eine oder andere Weise mit dem Mähen des Grases und dem Einbringen des Heus beschäftigt.

Matthew war bewusst, dass er Geld brauchte, um Arbeitskräfte anzuheuern, und deshalb hatte er die ganze Woche für Bauer Howell gemäht, genau wie früher. Das gab ihm das gute Gefühl, mit vielen alten Bekannten zusammenzuarbeiten, sowohl mit den fest angestellten Knechten von Bauer Howell wie auch mit den angeheuerten Kräften, die während dieser Zeit des Jahres durch England zogen.

Das sorgte allerdings faktisch dafür, dass er sein eigenes Heu erst einholen konnte, als das Wetter schon wieder umzuschlagen drohte. Es begann ein ängstliches Rennen gegen die Zeit.

Angespannt beobachtete Matthew den Himmel, während er seine Heugabel nach oben schwenkte, um eine neue Ladung auf den Wagen zu werfen.

»Wir schaffen das schon, Chef«, zischte der große Pat neben ihm. Er war – im Unterschied zu seinem Kollegen, der »kleiner Pat« genannt wurde – ein kräftiger Ire, der schon seit Jahren in den Sommermonaten Almsbrick ansteuerte. Er nickte in Richtung der beiden Wagen, die Matthew einsetzte, einen, der ihm gehörte, und einen geliehenen.

»Wenn wir diese Ladung weggebracht haben, müssen wir nur noch eine Fuhre machen, schätze ich.«

»Ich hoffe, dass wir die noch vor dem Regen hereinbekommen.« Matthew lehnte sich auf seine Heugabel und sah zu, wie Tom eine Ladung Heu auf den anderen Wagen warf und seine Frau damit komplett bedeckte. Rosie protestierte lautstark und

Eileen lachte sie aus. Auch das Ehepaar Oats war heute wieder dabei; Matthew betrachtete die beiden mittlerweile als seine festen Arbeitskräfte. Doch in den Monaten, die vor ihm lagen, würde er ihre Hilfe nicht gebrauchen können. Er warf einen Blick auf das sonnengegerbte Gesicht des Iren neben ihm. »Was machst du, wenn du hier fertig bist?«

»Ich ziehe weiter nach Norden.« Vage winkte der Arbeiter in die richtige Richtung. »Wir sind zu dritt unterwegs: der kleine Pat, Mikey und ich. Ein paar Wochen in Cheshire und dann geht es wieder südwärts.«

»Wenn das Getreide reif ist, bist du also wieder da?« Hoffnungsvoll nahm Matthew seine Arbeit wieder auf. Bauer Howell hatte eine viel größere Gruppe Iren beschäftigt, aber er selbst war schon froh, wenn er diese drei wieder anheuern konnte.

»Wenn du im August Schnitter brauchst, stehen wir wieder vor der Tür, Chef«, versprach der große Pat mit seinem schweren Akzent. »Ich kann mich nicht erinnern, wann wir das letzte Mal einen Sommer ausgelassen haben.«

Mit den vollgeladenen Wagen fuhren sie vom Feld zurück zum Bauernhof. Der Heuboden über Smokeys Stall war schon gefüllt, und der zugedeckte Heuberg hinten auf dem Hof begann auch schon ordentlich Form anzunehmen. Wenn sie an diesem Tag bis zum Ende weitermachen konnten, war Matthew zufrieden. Dann wäre genügend Heu für den Winter da.

»Schau doch mal«, rief Eileen, bevor sie herunterkletterte, und er folgte ihrem Blick.

Über die Brücke fuhr Edmund Howell mit einem leeren Heuwagen. Zwei Knechte sprangen von dem Wagen, gefolgt von Emma und Prudence.

»Auf Anordnung meines Vaters kommen wir, um dir auf den letzten Metern zu helfen«, verkündete Edmund. »Nach deiner harten Arbeit auf der Howell Farm wäre es schade, wenn du selbst dein Heu nur nass hereinbekommst.«

Erleichtert stieß Matthew den Atem aus. »Das freut mich sehr.«

»Soll ich gleich wieder rausfahren?«

»Ich komme mit«, kündigte Emma an mit einem Blick auf Prudence. »Hat Moira in der Küche zu tun?«

»Ja.« Zu Matthews Erleichterung war seine Cousine mittlerweile so weit wieder hergestellt, dass sie einfache Hausarbeiten übernehmen und heute auf den kleinen Tommy aufpassen konnte. Dennoch konnte sie die Hilfe von Prudence sicher gut gebrauchen, so wie er Eileens Hilfe auf dem Hof benötigte. Die Schneiderin wusste, wie man anpackt.

Emma nickte Prudence zu, doch die reckte selbstbewusst die Nase in die Höhe. »Ich bin auf einem Bauerndorf aufgewachsen. Ich weiß genau, wie das mit dem Heumachen läuft. Lass mich mal dort einspringen.«

»Na, dann mal los, die Dame«, rief Mikey ausgelassen oben vom Wagen herunter. »Aber ganz vorsichtig mit der Heugabel, verstanden?«

Die Männer johlten, als es ihr mit einiger Mühe gelang, auf den Wagen zu klettern. Matthews Blick fiel auf ihre schlanken Waden, aber er wandte seine Augen nicht ab. Wenn sie so eigensinnig sein wollte …

Eileen stand ebenfalls unten und er sah, dass sie mitleidig dreinschaute. War das wegen der Arzttochter oder wegen ihm? Ihre bitteren Worte während der Kirmes gingen ihm durch den Kopf. *Soldaten kennen keine Ehre, wenn es um ein hübsches Mädchen geht.* Doch er war kein Soldat mehr. Und er machte nichts verkehrt, wenn er eine schöne Frau bewunderte.

Herausfordernd grinste er sie an. »Brauchst du einen Schubs?«

»Los jetzt, Miss Brady, wofür brauchen Sie so lange?«, rief Prudence mit roten Wangen, während sie oben auf dem Wagen ihre Röcke sittsam über ihre Beine drapierte. »Wenn das so weitergeht, wird auch bei Matthew alles viel später fertig, so wie sich das bei uns mit unseren Sommerkleidern hingezogen hat.«

Matthew sah hinauf. »Miss Brady hat unglaublich viel gearbeitet.«

»Lass sie ruhig tratschen«, zischte Eileen, während sie Anstalten machte hinaufzuklettern.

Er reichte ihr die Hand, aber es gab keinen Weg, um eine Frau elegant auf einen Heuwagen klettern zu lassen. Weil er ahnte, dass sie sich deswegen genieren würde, gab er sein Bestes, um nicht zu sehen, wie viel von ihren Beinen während des Aufstiegs sichtbar wurde.

»Wir sind bereit«, rief Prudence und hielt eine Heugabel im Anschlag, so als stünde sie kurz davor, damit in den Kampf zu ziehen. Matthew grinste. So eine verrückte Frau.

»Dieses Weib macht mir Angst«, murmelte Tom neben ihm.

»Ja, wenn sie nicht so hübsch wäre, könnte man es wirklich mit der Angst bekommen«, stimmte er ihm zu.

Er kletterte über die Leiter auf den Heuhaufen, um dort die Leitung der Arbeiten zu übernehmen. Wenn das Heu nicht gut gestapelt wurde, könnte der Berg später in sich zusammensinken, und dann hätte er ein großes Problem.

Gemeinsam arbeiteten sie zügig weiter, auch nachdem Edmund mit dem letzten vollgeladenen Wagen vom Feld hereingekommen war. Sobald der Wagen leer war, ertönten Freudenschreie um ihn herum.

Matthew kletterte hinunter, wo die Männer einander auf die Schultern klopften, da die Arbeit erledigt war.

Eileen versuchte vom Wagen zu springen und er lief zu ihr, um sie aufzufangen. Mit den Händen auf seinen Schultern grinste sie ihn an. »Es hat geklappt, Matt, bevor es zu regnen angefangen hat!«

»Vielen Dank für deine Hilfe, Eileen.«

Ihre Wangen röteten sich leicht. »Ich gehe mal schauen, ob wir Essen und Bier für die Männer haben.«

Er ergriff ihre Hand, bevor sie vor ihm weglaufen konnte. »Ich meine das wirklich, Eileen. Du machst so unglaublich viel.« Ihre Hände fühlten sich etwas schwielig an. Er runzelte die Stirn. »Du hast so lange weitergemacht, bis du Blasen bekommen hast! Hoffentlich kannst du nun noch nähen mit deinen rauen Händen?«

»Das ist nicht der Rede wert.« Sie lächelte tapfer. »Und für die Alltagskleider der Almsworth-Damen muss ich keine feine Seide nehmen. Also kein Problem.«

Ein warmes Gefühl durchzog ihn. Er glaubte nicht, dass es immer noch allein um die Frage ging, wie Kost und Logis bezahlt werden sollten. Machte ihre Freude das nicht mehr als deutlich? Sie erkannte schlichtweg, wie wichtig die Oak Hill Farm für ihn war, und wollte ihm helfen, seinen Traum zu verwirklichen. Der mitfühlende Blick in ihren Augen offenbarte ihm, dass sie verstand, was ihn antrieb. Er wollte ihr erzählen, wie viel ihm das bedeutete, doch die Worte blieben ihm im Hals stecken.

»Wo ist ein echter Gentleman, wenn man einen braucht?« Mit einem niedlichen Schmollmund saß Prudence am Rand des Wagens. »Kannst du mir eine Hand reichen, Matthew?«

Eileen zog scheu ihre Finger zurück.

Mit einem Schreck sah Matthew auf. »Miss Goodwin …«

»Sag einfach Prudence.«

»Ich hatte kurz vergessen, dass Sie noch dort sitzen.« Er half ihr schnell hinunter und wandte sich wieder Eileen zu.

Prudence ließ ihre Hand auf seinem Oberarm liegen. »Du machst das unglaublich gut, Matthew. Ich kann sehen, dass du das Landleben im Blut hast.«

»Danke.«

»Und die Oak Hill Farm ist ein ganz entzückender Bauernhof. Trotz dieser rothaarigen kleinen Ferkel-Bestie.« Sie warf Eileen ein liebliches Lächeln zu. »Ich schäme mich immer noch dafür, dass ich mich dadurch habe abschrecken lassen. Für Sie ist das sicher etwas anderes.«

Eileens Unterkiefer verspannte sich und sie setzte wieder ihre Maske auf.

»In der Tat, Miss Goodwin«, antwortete sie kühl. »Nicht jede Frau ist für das Landleben geeignet. Angesichts der Arbeit, die ich zu tun habe, bitte ich Sie, mich zu entschuldigen.«

»Eileen …« Matthew machte Anstalten, hinter ihr herzulaufen.

Prudence zog ihn jedoch am Ärmel. »Lass sie doch. Deine Männer werden etwas zu essen haben wollen.«

»Sie ist nicht mein Dienstmädchen.« Das zufriedene Gefühl von eben war verschwunden.

»Natürlich nicht.« Mit einem fröhlichen Lachen wischte Prudence seine Bemerkung beiseite. Sie schob ihren Arm unter den seinen. »Komm, lass uns einmal schauen, wie es den Ferkeln geht. Ich verspreche dir auch, dass ich mich nicht erschrecke, wenn sie grunzen.«

»Nun …« Sie gab ihm jedoch keine Chance. Mit gemischten Gefühlen ließ er sich zum Schweinestall im hinteren Teil des Hofes schleifen.

Prudence schob sich immer dichter an ihn heran, er konnte die Wärme ihres Körpers spüren. Ihre Angst vor den beiden unschuldigen Wesen amüsierte ihn. »Sie sind hinter dem Gatter, hörst du? Du brauchst also keine Angst zu haben. Sie sind allerdings ein bisschen gewachsen, seit ich sie gekauft habe.«

Sie starrte über den Rand des Gatters. »Kräftige Jungen, so wie du.«

»Danke.« Mit gerunzelter Stirn betrachtete er die beiden langen Schnauzen, die in der Erde herumwühlten. Unwillkürlich musste er in sich hineinlachen. Wahrscheinlich hatte sie es als Kompliment gemeint, sonst wäre sie nicht hierhergekommen.

»Matthew …« Jetzt stand sie wirklich ziemlich dicht vor ihm. Ihre Hand reichte in die Höhe, um ihm ein paar Heuhalme aus den Haaren zu ziehen. Quälend langsam. »Jedes Mal, wenn wir uns sehen, bewundere ich dich mehr.«

Er lachte. »Ich wüsste nicht, womit ich das verdient hätte.«

»Du hast mir mehrere Male geholfen.«

»Das würde jeder Mann tun.« Er erwartete es jedenfalls von Edmund Howell. Schließlich wurde mehr als genug über eine Verbindung zwischen ihm und Prudence spekuliert. Konnte eine Dame wie sie wirklich einem abgedankten alten Soldaten den Vorzug vor dem Sohn eines Großbauern geben? Er konnte das nur als Unsinn abtun, als die spontane Laune einer jungen Dame, die kaum etwas vom Leben wusste.

»Mach dich nicht so klein, Matthew.« Sie strich ihm mit einem Finger über die Wange und ihre Augen wanderten über sein Gesicht.

Ihm wurde unbehaglich zumute. »Prudence … was machst du da?«

»Ich möchte mich einfach nur bei dir bedanken«, murmelte sie. Sie näherte sich ihm immer mehr. Offensichtlich hatte sie keine Ahnung, was sie da eigentlich tat.

Matthew blies seinen Atem aus und machte einen Schritt zurück. »Nicht auf diese Weise«, erwiderte er leise.

Zu seinem Entsetzen verzog sich ihr Mund zu einem senkrechten Strich. »Das musst du selbst wissen«, entgegnete sie bissig. Resolut und mit wehenden Röcken drehte sie sich um.

Entgeistert rieb sich Matthew über sein Gesicht. Er hatte sie nicht beleidigen wollen. Für einen Augenblick kam er in Versuchung, sie zurückzurufen. Was konnte schon ein Kuss bedeuten? Die Frage war allerdings, ob er anschließend jemals wieder von ihr loskam.

Sein Gewissen meldete sich und Eileen spukte ihm durch den Kopf. *Soldaten kennen keine Ehre …* Aber er war kein Soldat mehr. Und er war sehr wohl dazu in der Lage, seine eigenen Entscheidungen zu treffen.

❧

Wütend bis in die Zehenspitzen stampfte Eileen über den Hof zum Haus. Ein Schweinestall, wirklich? Ging es noch romantischer? Es war geradezu unvorstellbar, wie durchschaubar Prudence war, wenn es um ihre Ziele ging. Und wie blind Matthew war, um so in die Falle zu tappen. Oder wusste er ganz genau, was sie wollte, und ließ sich nur allzu gerne darauf ein?

In diesem Fall wäre Eileen diejenige, die blind gewesen war, schließlich hatte sie geglaubt, er wäre anders als die meisten Männer. Ehrbarer *und* intelligenter.

Was um Himmels willen wollte er mit einer Frau wie Prudence? Er brauchte jemanden, der zupackte, keine kleine Dame, die nur versuchte, die Aufmerksamkeit auf sich zu ziehen. Oder glaubte er vielleicht, dass sie auch nur eine einzige Gabel Heu auf den Wagen geworfen hatte?

Eileen selbst wusste jedenfalls, wie sie die Arbeit auf dem Bauernhof angehen musste. Neben dem Beitrag, den sie leisten wollte, machte es ihr auch Vergnügen, mit Matthew zusammenzuarbeiten. Wenn es an ihr lag, würden sie aus der Oak Hill Farm einen rentablen Betrieb machen. Wenn er jedoch so dumm war, sich von dem hübschen Gesichtchen der Arzttochter verführen zu lassen, würde er das bald sehr bereuen. Eileen wusste schließlich, wie *ein* unbesonnener Augenblick der gesamten Zukunft eine andere Richtung geben konnte.

Und sie war wütend darüber, dass es ihr überhaupt etwas ausmachte, was er tat. Wenn sie ihren Gefühlen die Oberhand ließ, war sie genauso dumm wie er. Sie musste ihren Kopf gebrauchen, nicht ihr Herz.

»Denk jetzt einmal gut nach«, flehte eine Stimme aus dem Wohnzimmer. Eileen hielt inne und blieb regungslos stehen.

In ihrer Eile, den Hof zu verlassen, hatte sie den Bäckerwagen von Joseph Swift übersehen. Er stand mit gerunzelter Stirn am Esstisch und hielt Moira ein Blatt Papier hin. Seine Stimme wurde lauter. »Du musst an die Zukunft denken, Moira, damit du deinen Laden wieder aufbauen kannst.«

Moira sah bleich aus und schüttelte mit zusammengepressten Lippen den Kopf.

»Ich schätze deinen Einsatz, aber ich weiß nicht, wie. Der Kredit, den ich aufgenommen hatte, ist getilgt, und dafür bin ich dankbar. Aber für mehr habe ich nicht die Mittel.«

»Dann lass mich einen Beitrag liefern.«

»Niemals!« Die Farbe kehrte schnell in Moiras Gesicht zurück.

»Du machst schon so viel, Joseph. Das kann ich wirklich nicht von dir verlangen.«

Eileen wusste, dass das stimmte. Das ganze Dorf würde sonst darüber mutmaßen, was wohl zwischen den beiden war.

»Du verlangst es ja auch nicht, ich biete es dir selbst an.« In der Stimme des Bäckers war immer mehr Frustration zu vernehmen. »Oder willst du lieber für immer bei deinem Cousin einziehen und die Rolle der Bäuerin übernehmen?«

»Das hatte ich nicht vor.« Moira seufzte. »Und ich fürchte, dass die meiste Arbeit in den vergangenen Wochen auf Eileens Schultern gelandet ist.«

»Daran konntest du nichts ändern.« Eileen kam weiter ins Zimmer hinein. »Deine Verletzungen mussten heilen und es ist immer noch wichtig, dass du dir Ruhe gönnst. Aber möchtest du nicht wieder ein Geschäft führen, Moira?«

»Ich traue mich nicht.« Eine Träne rann über Moiras Wange. »Obwohl ich immer noch um Herbert trauere, hatte ich gerade wieder einen Lichtblick gesehen. Aber nun ist der Laden weg und es fühlt sich so an, als hätte ich ihn zum zweiten Mal verloren.«

Joseph ließ sich auf einen Küchenstuhl sinken. »Es wird immer Augenblicke geben, in denen du ihn vermisst, Moira. Darüber weiß ich mehr, als mir lieb ist. Seit Elisabeth mit unserem Söhnchen im Wochenbett gestorben ist, habe ich gute und schlechte Tage gekannt. Ich bin wütend gewesen, weil Gott das zugelassen hat, und habe mich gefragt, ob ich etwas falsch gemacht habe. Aber du hast mir gezeigt, dass er nicht so handelt.«

»Ich habe immer versucht, die Menschen von Gottes Liebe zu überzeugen«, flüsterte Moira.

»Gott hat sich nicht verändert. Er wird dir helfen, wieder auf die Beine zu kommen, wenn du ihn lässt.«

Eileen sah, wie Joseph schluckte, und sie spürte selbst ebenfalls einen Kloß im Hals. *Du bist da, Vater. Jeden Augenblick bist du dabei gewesen, auch wenn ich vom Weg abgekommen bin und es nicht gewagt habe, dir unter die Augen zu treten.*

Moira setzte sich aufrecht hin und hörte sich mit einem Mal entschlossen an. »Dann lass mich mal die Liste sehen. Ich werde dir sagen, welche Dinge die Leute am meisten brauchen und wo du die am besten bestellen kannst.«

»Ich wusste, dass du das kannst.« Da war Zuneigung in Josephs Stimme. »Du musst da nicht allein durch, Moira.«

Moira sah Eileen an. »Es tut mir leid«, sagte sie leise. »Ich habe dir, ohne es zu wollen, viele Lasten aufgeladen.«

»Das Wichtigste ist, dass du wieder gesund wirst.«

»Das geschieht schon und ich werde mithelfen, wo ich kann. Lass uns jetzt erst einmal fürs Essen sorgen.«

Eileen lächelte. Diese praktische Seite von Moira war ihr vertraut und bewies, dass sie dabei war, gesund zu werden. Doch das bedeutete auch, dass Moira sich bald wieder selbst um Maggie kümmern würde.

»Höre ich da etwas über *Essen*?« Matthew trat direkt hinter ihnen über die Türschwelle und sah fröhlich von einem zum anderen. »Schön, dich zu sehen, Joseph. Ich vermute, dass jeder inzwischen Appetit bekommen hat, und sie haben sich alle eine Mahlzeit verdient. Meinst du nicht auch, Eileen?«

Sie konnte nun nicht anders, als ihn anzuschauen, und suchte nach verdächtigen Zeichen in seinem Gesicht. Nach diesem lässigen Lächeln und dem selbstzufriedenen Blick, den Johnny immer gehabt hatte, nachdem er einen Kuss von ihr gestohlen hatte.

Mit einem Ruck drehte sie sich um und nahm ein Messer, um Brot zu schneiden. »Alle haben hart gearbeitet. Vor allem Miss Goodwin hat ihr Alleräußerstes gegeben.«

Matthew besaß den Anstand, wenigstens verschämt dreinzuschauen. »Ach ja ...«

»Ist sie hier?«, wollte Moira verdutzt wissen.

»Sie ist mit Edmund und Emma Howell mitgekommen«, erklärte Matthew. Eileen entdeckte nur wenige Emotionen in seiner Stimme. »Dank der Howells haben wir das Heu vor dem Regen reinbekommen.«

Eileen schnaubte. »Vergiss nicht zu erzählen, dass Prudence ein plötzliches Interesse an Tamworth-Schweinen entwickelt hat.«

Ungläubig fing Joseph an zu lachen.

Matthew zuckte mit den Schultern. »Sie hat selbst danach gefragt, deswegen habe ich sie ihr gezeigt.«

»Sie hing dir sicher an den Lippen.« Fester als notwendig schob Eileen das Messer durch das Brot.

»Muss ich dir gegenüber etwa Rechenschaft ablegen?«, brauste er auf.

»Komm schon, Matthew …«, sagte Moira beruhigend. »Jeder bekommt so langsam mit, dass Prudence hinter dir her ist.«

»Und was denn noch?«

Eileen zuckte über die Arroganz zusammen, die in seiner Stimme durchklang.

»Sie ist ein verwöhntes Kind«, urteilte Moira unverblümt. »Und sie wird bestimmt in große Schwierigkeiten kommen, wenn sie nicht aufpasst.«

»Dann wird sie schnell genug erwachsen«, meinte Joseph.

In diesen Worten lag mehr Wahrheit, als ihnen bewusst sein konnte. Für einen kurzen Augenblick war Eileen wieder in Johnnys Armen, sorglos und unbesonnen. Was konnte schon passieren? Nur wenige Monate nach ihrem achtzehnten Geburtstag hatte sie jedoch einsam und allein im Armenhaus von Shrewsbury ihr Kind zur Welt bringen müssen – Maggie.

»Prudence Goodwin denkt, dass sich die ganze Welt nur um sie dreht«, stellte Moira fest. »Und ich habe gemerkt, wie geringschätzig sie Eileen behandelt.«

Langsam drehte Matthew Eileen den Kopf zu. Dachte er an ihren Moment neben dem Wagen, den Prudence beendet hatte? Vermutete er, dass Eileen durch ihre unfreundlichen Worte verletzt worden war?

»Man kann kaum etwas anderes erwarten«, erklärte sie leichtherzig. »Damen wie Prudence sind es nun einmal gewöhnt, dass alles nach ihrem Kopf geht.«

»Und jetzt versucht sie dich um ihren Finger zu wickeln, Matt.« Besorgt sah Moira ihren Cousin an. »Du musst das beenden, bevor Gerüchte über euch entstehen.«

Sein Mund verzog sich. Er lachte spöttisch. »Wenn die Leute es wollen, wird ja trotzdem getratscht. Ist das nicht genau das, was ihr jetzt macht?«

»Du bist störrisch wie ein Esel.«

»Ich habe Hunger. Bringt ihr das Essen nach draußen?« Ohne eine Antwort abzuwarten, drehte er sich um und schlug die Tür hinter sich zu.

Moira entfuhr ein Seufzen. »Ich kümmere mich wieder viel zu sehr, fürchte ich.«

»Du hast trotzdem recht«, beschwichtigte sie Joseph. »Abgesehen davon sagen die Leute, dass Edmund Howell ernsthafte Absichten in Bezug auf dieses Mädchen hat. Auf so einem großen Bauernhof kann sie sich wenigstens noch wie eine Dame aufführen.«

»Darüber wird der alte Howell auch nicht glücklich sein«, vermutete Moira. »Seine Frau ist aus einem ganz anderen Holz geschnitzt.«

»Seine Tochter ebenfalls«, ergänzte Eileen. »Sie arbeitet genauso hart wie alle anderen.« Sie lächelte. »Ich verstehe nicht, warum ich solche schicken Kostüme für sie nähen sollte.«

»*Eine* Sache ist sicher«, behauptete Joseph. »Mit der ganzen Arbeit, die in den Sommermonaten ansteht, hat kein Landwirt Zeit für irgendwelche Techtelmechtel.«

Eileen hoffte, dass es ihr selbst in dieser Zeit gelingen würde, sich Matthew aus dem Kopf zu schlagen. Sie musste wehrhafter werden genau wie früher. Sie durfte sich von ihm nicht beeinflussen lassen. Sie wusste allerdings auch, dass sie sich nicht verweigern würde, wenn er wieder einmal ihre Hilfe brauchte.

28. Kapitel

Die warme Luft schien über dem goldgelben Feld zu flirren und Matthew spürte, wie ihm die Hitze auf den Rücken brannte. Er freute sich über den breitrandigen Strohhut von Bauer Stubbs, der nun auf seinem Kopf prangte. Ein leichtes Lüftchen sorgte für ein wenig Abkühlung und bewegte die reifen Getreidehalme. Der Gesang der Schnitter, die er anführte, erfüllte die Luft, während ihre Sensen mit regelmäßigen Hieben durch das Korn glitten.

Das Ganze erinnerte Matthew ein wenig an das Marschieren mit einer Einheit Soldaten, allerdings stimmte es ihn viel zufriedener. Die staubigen Wege Indiens waren bei Weitem nicht so attraktiv wie ein glühender goldgelber Getreideacker – *sein* Getreideacker –, umgeben von dem dunkleren Grün der kräftigen Hecken und hier und da einer großen Eiche. Selbst der Schweiß, der ihm über den Rücken lief, konnte daran nichts ändern und die langen Arbeitstage, die sie hatten, ebensowenig.

Zum Glück hatte der große Pat sein Versprechen gehalten und war mit den anderen Iren pünktlich Anfang August für die Ernte ins Dorf zurückgekehrt. Matthew war froh, dass er sie alle zusätzlich zur Familie Oats und noch einer Familie aus Almsbrick hatte anheuern können. Einer wie der andere waren sie harte Arbeiter für einen bescheidenen Lohn.

Matthew warf einen flüchtigen Blick über seine rechte Schulter, wo Tom ein paar Meter schräg hinter ihm ebenfalls die Sense schwang. Es gab noch mehr Handwerker, die sich in den Sommermonaten auf dem Land etwas hinzuverdienten, und Tom hatte die Schmiede für einige Tage Downes überlassen, um mit seiner Erfahrung seinem Freund in dieser geschäftigen Zeit beizustehen. Mrs Downes kümmerte sich um den kleinen Tommy, sodass Rosie frei war, um die Garben zu binden.

Matthew war für die Hilfe seiner Freunde dankbar. Er atmete noch einmal tief ein, während er seinen Blick über das Feld schweifen ließ und sich mit einer fließenden Bewegung von rechts nach links drehte. Und noch einmal.

Auf einmal ließ Tom einen Kraftausdruck vernehmen. »Verflixt, Matt. Ich bekomme hier mehr Steine vor die Sense, als auf dem ganzen Khaiberpass herumliegen.«

»Dort drüben ist schon der Feldweg. Ich hoffe, dass wir diesen Teil noch fertig machen können.«

Tom entfuhr ein tiefer Seufzer. »Ich sage: Zeit für *tiffin*. Während des Essens kann ich meine Klinge schärfen. Aber du hast das Kommando.«

Matthew nickte kurz. Er musste zugeben, dass auch seine Sense zu oft beschädigt worden war, um noch sauber durch das Getreide zu gleiten. Es wäre dumm, noch weiterzumachen. In der Ferne sah er Moira mit dem Mittagessen ankommen. Also gut. Sie würden ihre Pause etwas früher machen und die verlorene Zeit heute Nachmittag aufholen.

»Dann ist eben Zeit für *tiffin*.« Er grinste wegen des indischen Worts in Toms Richtung. Mit einem Schrei stoppte er die irischen Schnitter rechts hinter seinem Freund. Links hinter ihm schaute Victor Trench auf, der die von Matthew gemähten Halme einsammelte, sodass die Frauen die Garben zusammenbinden und anschließend aufrecht hinstellen konnten.

Matthew ließ seine Augen über sie hinweggleiten auf der Suche nach *einer* Frau im Besonderen. Um sich vor der Sonne zu schützen, hatte sie ihre roten Haare unter einer Haube mit einem breiten Rand versteckt. Das funktionierte gut.

Dennoch war die Hitze hier draußen nicht zu vergleichen mit der Wärme, die er von innen spürte, jetzt, wo er Eileen eifrig das Band um die letzte Garbe festmachen sah. Sie hatte darauf bestanden, aufs Feld mitzukommen. »Als Kind bin ich schon hinter den Schnittern hergegangen, um die Ähren einzusammeln. Das habe ich wirklich nicht verlernt.« Und dabei war ihr Kinn nach oben gegangen in dieser wunderbaren, eigensinnigen Geste, die im Augenblick immer öfter in seinen Träumen auftauchte.

Tief atmete er ein und aus. Wieder einmal hatte sie sich dafür entschieden, zu seinen Gunsten ihre Näharbeiten liegen zu lassen. Er wusste, wie schwer das für sie war, wie hart sie arbeitete, um die Erwartungen aller zu erfüllen. Die seinen ebenfalls?

Mit gerunzelter Stirn versuchte er das Blatt seiner Sense zu schärfen, indem er den Wetzstein, den er bei sich trug, an ihm entlang bewegte. Tom hatte allerdings recht: So viele Beschädigungen verlangten nach größeren Reparaturarbeiten.

Eileen sah kurz zu ihm und ging anschließend mit Rosie in die entgegengesetzte Richtung, wo die mannshohe Schlehenhecke für sehr willkommenen Schatten sorgte. Er ließ seine Schultern sinken. Der Wortwechsel über Prudence stand immer noch zwischen ihnen. Obwohl er die Arzttochter in den vergangenen Wochen weder gesehen noch gesprochen hatte, hatte es auch mit Eileen kaum so etwas wie ein Einvernehmen gegeben. Ihr gelang es außerordentlich gut, die Distanz zu wahren und nicht mehr Kontakt mit ihm zuzulassen, als unbedingt nötig war, wenn man gemeinsam in einem Haus wohnte. Ihr Verhalten schien vollkommen natürlich, aber dennoch hatte er ihre Nähe vermisst.

»Matthew!« Victor stand mit dem Hammer in der Hand bereit und lenkte seine Aufmerksamkeit auf sich. »Lass mich mal deine Sense dengeln. Ich habe vermutlich mehr Erfahrung damit als du.«

»Danke.« Es überraschte ihn immer noch, dass Victor Trench so ein guter Arbeiter zu sein schien, jedenfalls solange er die Finger von der Flasche ließ. Manchmal kam es ihm so vor, als hätte er ein persönliches Interesse daran, dass Matthew erfolgreich war.

Tom hatte in der Zwischenzeit ebenfalls den Feldrand aufgesucht, hatte sich mit dem Rücken gegen eine große Eiche gesetzt und einen kleinen Amboss in den Boden gesteckt. Das rhythmische Klopfen der Hämmer, mit denen die Unebenheiten aus dem Metall der Klinge herausgedengelt wurden, war schnell das Geräusch, das hauptsächlich zu vernehmen war. Matthew war froh, dass sich Victor um seine Sense kümmerte. Das Dengeln war eine Präzisionsarbeit, die er selbst nicht gut genug beherrschte. Er bemerkte, dass Mikey diese Arbeit dem großen Pat überließ.

Eileen und Rosie holten Krüge mit kaltem Tee und Bier unter der Hecke hervor und gossen jedem den Becher voll. Während er eine Scheibe Brot mit Speck aus seinem roten Taschentuch auspackte, folgte Matthew Eileens Bewegungen. Er konnte sehen, dass sie müde war, aber das hätte sie ihm gegenüber natürlich nie zugegeben. Vielleicht war es doch nicht so schlimm, dass das Dengeln der Sensen etwas Zeit in Anspruch nahm.

Kurze Zeit später kam Moira mit Maggie zu den Schnittern. Sie trugen einen großen Korb voller selbst gebackener Brote sowie Pasteten, Speck und neue Krüge mit kalten Getränken. Sie wurden mit Jubel empfangen.

Matthew grinste. »Du verwöhnst meine Arbeiter, Cousinchen. Sie liegen gleich mit vollen Bäuchen in der Sonne und machen ein Nickerchen, wenn ich weiterarbeiten möchte.«

»Sie arbeiten härter, wenn sie gut essen.«

Er widersprach ihr nicht, sondern lehnte sich zufrieden mit dem Rücken gegen die Hecke und überkreuzte die Beine. Am liebsten hätte er sich seinen Hut über die Augen gezogen und ebenfalls ein kurzes Nickerchen gemacht. Stattdessen betrachtete er die Menschen um sich herum.

Die Iren saßen beieinander, während sie sich eine von Moiras Pasteten einverleibten. Der kleine Pat kaute mit vollen Backen und reckte zufrieden einen Daumen in die Höhe. Die Arbeiter aus Almsbrick und ihre Frauen standen mit Eileen und Rosie zusammen und lachten über etwas, während Maggie mit ihren Schulfreundinnen durch das Feld rannte, auf der Suche nach Schmetterlingen und Klatschmohn. Moira sah ihr besorgt hinterher, sodass Matthew neben sich auf den Boden klopfte. »Lass das Kind doch und setz dich.«

»Ich möchte nicht, dass sie sich verletzt oder …«

Er schüttelte den Kopf. »Oder was, Moira? Du bist selbst durch das Feld gerannt, als du in diesem Alter gewesen bist, oder hast du das vergessen?«

»Nein, natürlich nicht.« Sie seufzte. »Ihr seid gut vorangekommen, Matt. Eine reife Leistung.«

»Sicher.« Er kühlte seine Kehle mit ein paar großen Schlucken Tee. »Es läuft unglaublich gut.«

Erneut verbreitete sich von innen heraus die Wärme in seinem Körper. Diese Leute waren alle gekommen, um für ihn zu arbeiten, eine vollwertige Arbeitstruppe während seiner ersten Erntezeit in Almsbrick. Dennoch musste er auch an früher denken, an die Zeit, in der er von einer Familie umringt gewesen war. Er war stolz auf die Tatsache, dass er nun seinen eigenen Bauernhof hatte, aber was würden seine Eltern sagen, wenn sie einmal vorbeikämen und ihn mit eigenen Augen sehen könnten? Was würde sein Vater davon halten? Seine Mutter hatte geschrieben, dass sie stolz war, und das galt sicher auch für Becky. Sie wussten schließlich, wie gern er immer auf dem Bauernhof seines Onkels ausgeholfen hatte. Er ließ seinen Kopf sinken. Schließlich wusste das sein Vater ebenfalls und doch bezweifelte er, ob er seine Entscheidung verstehen würde, die Oak Hill Farm zu pachten.

Moira legte ihre Hand auf sein Knie. »Du hast in einem halben Jahr ganz schön viel auf die Beine gestellt. Mein Vater wäre stolz auf das, was du erreicht hast, Matt. Wenn er dich vom Himmel aus sehen kann, reibt er sich bestimmt zufrieden die Hände.«

»Und anschließend würde er mit der Faust in der Luft herumfuchteln, um mich anzutreiben, die Ernte rechtzeitig einzuholen.«

Moira lachte. »Er würde den Ton vorgeben. Du bist wie ein Sohn für ihn gewesen, Matt.«

»Das weiß ich.« Er räusperte sich. »Ich verstehe seine Liebe für das Land.«

»Du teilst sie. Es ist, als würdest du sein Werk fortsetzen.«

»Wenn das so ist, bin ich stolz darauf, dass ich ihn mein Vor-

bild nennen darf.« Das beklemmende Gefühl war verschwunden.
»Hast du denn noch so ein leckeres Pastetchen für mich?«

Er hatte gerade einen Bissen genommen, als das Geräusch von
Pferdehufen jedermann aufschauen ließ.

Joseph Swift kam von seiner Auslieferung an einen entlegenen
Bauernhof zurück. Er hielt den Wagen an und stieg vom Kutschbock. »Wie läuft es hier, Jungs?« Mit einem Lächeln schaute er
sich um. »Schön, Sie wieder in Almsbrick zu sehen, Pat.«

»Es ist auch schön, Sie zu sehen, Bäcker«, antwortete der Ire.
»Wir haben gerade über Sie geredet. Sie müssen wirklich besser
auf der Hut sein.«

»Weswegen?«

»Haben Sie mal probiert, wie gut Mrs Trench backen kann?«
Pat bekam Beifall von den anderen Männern, während Moiras
Augen groß wurden.

Joseph grinste jedoch nur. »Natürlich habe ich das, wir sind
Nachbarn gewesen. Aber sie hat mir versprochen, dass sie mir
keine Konkurrenz macht.«

Der warme Blick, mit dem er Moira ansah, überraschte Matthew nicht mehr. Er gönnte seiner Cousine von ganzem Herzen
ein neues Glück, er würde sie allerdings vermissen, wenn es irgendwann einmal so weit war. Sie *und* Eileen, schließlich war es
undenkbar, dass die Schneiderin allein auf der Oak Hill Farm
wohnen bliebe. Trotzdem konnte er es nicht lassen, sie ein bisschen aufzuziehen.

»Wer weiß, Joseph, vielleicht kannst du Moira ja dazu überreden, eure Zusammenarbeit ein wenig auszuweiten«, faul streckte
er seine Beine aus, »sodass sie speziell für dich backt.«

Der Bäcker verzog keine Miene. »Das solltest du nicht zu laut
sagen, sonst kann ich sie nicht mehr damit überraschen.«

So wie er gehofft hatte, schnappte Moira nach Luft. Ihre Wangen waren rot geworden. »Mich überraschen? Denkt ihr vielleicht, dass ich so einfach zu beeinflussen bin?«

»Da hörst du es, Joseph.« Matthew grinste. »So wie es aussieht, musst du ihr schon mit einem ziemlich attraktiven Angebot kommen.«

»Ich werde mein Bestes geben«, murmelte Joseph. Und wahrhaftig, war da auch etwas Röte in seinem Nacken erschienen?

»Wenn ihr so anfangt«, brauste Moira auf, »dann packe ich gleich mein Zeug zusammen und gehe wieder zurück.«

Und bevor Matthew reagieren konnte, hatte sie ihm den Rest der Pastete aus der Hand gerissen. »Hey!«

»Was tust du uns an, Chef?«, wimmerte Mikey.

»Glaubst du vielleicht, dass wir ohne Moiras Pasteten genauso hart arbeiten können?« Tom sammelte seine Gerätschaften zusammen.

»Das wirst du wohl müssen.« Moira ließ ein hinterlistiges Lächeln sehen. »Es sei denn, Matthew kommt mit einem ziemlich attraktiven Angebot daher.«

»Ich gebe mich geschlagen.« Matthew griff nach dem Rest der Pastete.

Doch bevor er sie sich wieder schnappen konnte, zog erneut das Geratter eines Wagens auf dem Feldweg jedermanns Aufmerksamkeit auf sich.

»Der hat es eilig«, murmelte Tom und richtete sich auf, um besser sehen zu können. »Hey Leute, das ist der junge Ralph.«

»Mr Wilson!« Hektisch rufend zog Ralph die Zügel an. Er fuhr auf einem Wagen von Trenchs Fuhrbetrieb und stürzte beinahe vom Bock. »Es geht um Ihr Pferd, Mr Wilson!«

Matthews Nacken begann zu kribbeln. Hastig sprang er auf seine Füße. »Was ist mit Smokey?«

»Als ich eben an der Oak Hill Farm vorbeigefahren bin, lag es auf seiner Seite. Es hat versucht, sich herumzurollen, und den Kopf ganz komisch bewegt.«

»Das habe ich befürchtet«, murmelte Victor.

Joseph und Moira warteten mit gerunzelter Stirn auf eine Reaktion von Matthew. Oder vielleicht auch auf die von Tom.

Besorgt sah Ralph ihn an. »Er scheint auch viel dicker als

sonst zu sein, aber das kommt vielleicht auch einfach dadurch, dass ...«

Tom warf seinen leeren Becher zur Seite. »Das hört sich nach einer Kolik an, Matt. Wir sollten uns lieber beeilen.«

Für einen Augenblick war Matthew hin- und hergerissen zwischen seiner Verantwortung für die Schnitter und der Angst um sein Pferd.

»Auf die Beine, Männer!«, rief der große Pat in diesem Moment und nickte Matthew beruhigend zu. »In der Zwischenzeit bringen wir die Arbeit hier zu Ende.«

Matthew hastete mit Tom quer über die Felder zurück zum Bauernhof.

Leider hatte der junge Ralph nicht übertrieben. Smokey lag am Rand der Weide und versuchte schwach, seinen Kopf zu heben. Er war schweißgebadet und brachte nur ein klägliches Geräusch heraus.

Sofort kletterte Matthew über das Gatter und rannte zu ihm.

»Vorsichtig!«, warnte ihn Tom. »Er hat ziemliche Schmerzen.«

Smokey bewegte sich, als wollte er durch das Gras rollen, aber er kam nicht von der Stelle. Ohnmächtig streichelte Matthew die Nüstern des Tieres.

Tom legte seine Hand auf Smokeys aufgeblähten Bauch und neigte sein Gesicht zu ihm. »Viel zu schnelle Atmung. Mit was hast du ihn gefüttert?«

»Mit nichts Besonderem. Auf der Weide gibt es gutes Gras.«

»Wenn es noch das Frühlingsgras wäre, könnte ich die Kolik verstehen, denn damit haben sie öfter Schwierigkeiten.« Tom betrachtete sich die Nüstern und das Maul des Pferdes. »Du musst Smokey auf die Beine bekommen. Laufen bringt die Verdauung in Gang.«

»Ist das das Problem?« *Oh Gott, lass es bitte nichts Ernstes sein!* Matthew schnalzte mit der Zunge und versuchte, Smokey anzuspornen. Anschließend versuchte er es mit einem Strick und schließlich sogar mit einem Klaps. Der brachte Smokey auf die

Beine und sorgte dafür, dass das Tier ein paar wackelige Schritte machte. »Komm schon, mein Junge.«

»Ich hole ihm Wasser«, verkündete Tom.

Als er jedoch mit einem Eimer zurückkam, hatte sich Smokey schon wieder hingelegt. Er hob zwar seinen Kopf, wollte allerdings nichts trinken.

Matthew brauchte nur Toms Sorgenfalten zu betrachten, um zu wissen, dass es nicht gut um sein Pferd stand. »Hat er noch eine Chance?«

»Ich kann versuchen, ihm ein Abführmittel zu geben, aber das muss ich erst aus der Schmiede holen.« Fragend sah Tom ihn an.

Matthew nickte. »Mach das. Ich schaffe es nicht ohne ihn, Tom.«

»Das weiß ich.«

Während Tom ins Dorf lief, blieb Matthew bei dem Pferd auf dem Boden sitzen. Er hatte die Wahrheit gesagt: Auf seinem Bauernhof schaffte er es nicht ohne ein gutes Arbeitspferd. In all den Monaten, die er für Smokey gesorgt hatte und mit ihm auf dem Feld gewesen war, hatte er allerdings auch ein Band mit dem Tier geknüpft. Das war nicht mehr nur Stubbs' altes Arbeitspferd, sondern seine eigene Hilfe und Stütze bei der schweren Arbeit.

»Halte durch, mein Junge«, flüsterte er. »Du wirst mich doch nicht im Stich lassen? Tom macht dich wieder gesund.«

Es dauerte jedoch eine ganze Weile, bis Tom zurückkehrte. Er hatte nicht nur die Flasche mit dem Abführmittel bei sich, sondern auch ein Gewehr. »Das habe ich mir von Downes geliehen. Du weißt, dass es sein muss, Matt.«

Matthews Schultern verspannten sich. Trotzdem nickte er. »Smokeys Zustand hat sich verschlechtert, seit du weggegangen bist.«

Das Tier hob noch nicht einmal mehr den Kopf.

Tom seufzte. »Ich bezweifle, dass ich noch etwas für ihn tun kann … oder ob er dadurch nicht einfach nur länger leiden muss.«

»Ich weiß.« Matthew rieb sich über sein Gesicht und streckte anschließend seine Hand nach dem Gewehr aus. Seine Finger zitterten.

»Geh du lieber zurück aufs Feld«, erklärte Tom leise. »Dann kümmere ich mich hier um alles.«

»Ich muss es selbst können.«

»Wer sagt das?«

Matthew schluckte. War das nicht das, was jeder erwartete? Er war der Landwirt, er war Smokeys Eigentümer. Und so wie immer versagte er. Auf einmal kam er sich wieder vor wie der kleine Junge im Arbeitszimmer seines Vaters. *Du hast uns sehr enttäuscht, mein Sohn. Gib jetzt endlich einmal dein Bestes.*

»Mach es dir nicht schwerer als es ist, Matt. Geh.«

Ein letztes Mal strich er über Smokeys feuchten Hals. Dann nickte er Tom kurz zu und drehte sich um. Sein Freund hatte recht, das wusste er auch. Er konnte für das Pferd jetzt nichts mehr tun. *Es tut mir leid, mein Junge.*

Seine Schuhsohlen schienen aus Blei zu sein, als er zu dem Gatter ging und darüberkletterte. Zögernd sah er sich noch einmal um. Tom stand steif aufgerichtet da, so als hätte er Wachdienst. Matthew wusste, worauf er wartete, und ging weg. Über das Feld, zurück zu den Schnittern.

Noch bevor er bei ihnen war, durchbrach ein Schuss die Stille. Das Geräusch hallte von den Hügeln wider und ließ ihn zusammenzucken. Es war geschehen.

Als sie ihn herankommen sahen, hörten die Schnitter mit dem Singen auf und blieben stehen. In seinem Hals bildete sich ein Kloß und er wünschte sich, sie würden ihm nicht so entgegensehen. Die Iren traten etwas verlegen mit ihren verschlissenen Schuhen gegen die Stoppeln auf dem Feld, Eileens Gesicht war angespannt. Verflixt, in ihrem Beisein wollte er keinesfalls wie ein Kind zu schluchzen anfangen.

Der große Pat seufzte. »Ich habe nie ein eigenes Pferd besessen, aber die Leute sagen, das einem so ein Tier manchmal mehr bedeutet als ein guter Freund.«

Mit zusammengebissenen Zähnen schärfte Matthew seine Sense. »Ihr seid gut vorangekommen.«

»Wir tun alle, was wir können, Chef. Nicht mehr und auch nicht weniger.«

Dasselbe galt auch für ihn. Dennoch kam er sich wieder einmal wie ein Versager vor.

In dieser Nacht wachte Eileen mit einem Schreck auf, ohne genau zu wissen, warum. Sie blieb einen Augenblick auf ihrem Rücken liegen. Ihre Muskeln taten ihr weh von der schweren Arbeit auf dem Land, während sie das als junges Mädchen kaum gekümmert hatte. Trotzdem hatte sie nicht vor, aufzugeben und zu Hause zu bleiben.

Matthew konnte Hilfe jetzt mehr als je zuvor gebrauchen. Gestern Abend hatte er lange vor der leeren Weide gestanden und war schließlich mit roten Augen wieder ins Haus gekommen, als es Zeit zum Schlafen war.

Sie fühlte mit ihm mit. Sie selbst war schon acht Monate in Almsbrick und Matthew seit rund sechs Monaten. Die ganze Zeit über hatte er sich mit Herz und Seele für die Oak Hill Farm eingesetzt, so wie sie alles gegeben hatte, um eine angesehene Schneiderin zu werden. Jetzt musste er die Arbeit ohne das große graue Pferd stemmen, das ihm von Anfang an geholfen hatte. Abgesehen von dem persönlichen Verlust war das eine schwierige Situation für einen Bauern. So ein großes, starkes Arbeitspferd kostete mehr als ein paar Penny.

Sie versuchte, für Matthew zu beten, die Worte blieben ihr allerdings im Hals stecken. Es war schon eine Weile her, dass sie die Zukunftspläne von jemand anderem vor Gott gebracht hatte.

Langsam setzte sie sich im Bett auf. In der Dunkelheit starrte sie in Richtung der Wand, hinter der Maggie schlief. *Ihr Mädchen.* Alle Geschehnisse der vergangenen Zeit hatten ihre eigenen Pläne in den Hintergrund gedrängt. Wie hätte sie Maggie in diesem Sommer mitnehmen können? Abgesehen von ihrer eigenen finanziellen Situation wäre Moira niemals über diesen Verlust hinweggekommen. Außerdem wollte Eileen überhaupt nicht wegziehen. Hier in Almsbrick würde das Mädchen allerdings immer Moira als seine Mutter betrachten. Wie um Himmels willen sollte sie ihm erklären, dass das anders war? Wenn sie die Wahrheit enthüllte, konnte sie unmöglich im Dorf bleiben. Und wenn sie nicht im Dorf bleiben konnte …

Was willst du, himmlischer Vater? Mein Weg schien so deutlich vor mir zu liegen, als ich nach Almsbrick gekommen bin. Sie hatte fest an Gottes Führung geglaubt, aber jetzt erschien ihr das beinahe lächerlich. Wie konnte es Gottes Wille sein, wenn sie so vielen Menschen damit Kummer bereitete? Wie konnte sie Moira noch mehr wegnehmen, die doch jetzt schon alles verloren hatte?

Mit einem Seufzen wischte sie sich die fest klebenden Haare aus dem Nacken. Die Sommerhitze war bis ins Schlafzimmer vorgedrungen, Eileen wusste freilich, dass sie dennoch versuchen musste, sich auszuruhen. Morgen früh würde sie ihre Kraft wieder brauchen und wenn sie …

Da war es wieder. Sobald Eileen das ängstliche Stöhnen hörte, wusste sie, dass sie von diesem Geräusch geweckt worden war. In dem Zimmer neben ihrem blieb es ruhig, Moira und Maggie schliefen weiter.

Waren Matthews Tiere in Not? Seine Schafe waren im Augenblick über die Hügel verteilt, also mussten es die Schweine sein. Sie erinnerte sich an die Verletzung, die sich Smokey im letzten Jahr zugezogen hatte. Trieben doch Viehdiebe ihr Unwesen? Hatte Matthew gemerkt, dass etwas nicht in Ordnung war?

Leise stieg sie aus dem Bett und tastete sich aus dem Schlafzimmer heraus. Zögernd blieb sie stehen.

Das Geräusch ertönte erneut, diesmal lauter, ein Angstschrei, der einem durch Mark und Bein ging. Jetzt wurde ihr klar, dass draußen alles in Ordnung war. Der Schrei war von oben gekommen. Vom Dachboden, wo Matthew schlief.

Bevor sie es sich anders überlegen konnte, legte sie ihre Hand auf das Treppengeländer und kletterte die steile Treppe hinauf. Ein schwacher Lichtschein fiel unter der Tür hindurch und begrüßte sie, als sie die Tür vorsichtig aufschob. Hatte er eine Lampe angezündet?

»Matthew?« Nur ein Flüstern kam über ihre Lippen.

Er stöhnte und drehte den Kopf herum. Die Öllampe neben seinem Bett brannte schwach und verbreitete ein angenehmes Licht, sodass Eileen sehen konnte, dass ihm die Haare an der Stirn klebten. Unmittelbar unter dem schrägen Dach war es noch heißer als im Geschoss darunter. Unschlüssig blieb sie am Fußende des Bettes stehen.

Er jammerte wie ein Tier, das Schmerzen hat, und wälzte sich unruhig im Bett herum, während er vor sich hin murmelte. Doch dann wurde seine Stimme lauter und seine Worte verständlicher. »Nein! Hilf mir!« Groß und ängstlich richtete er seinen Blick auf die Wand hinter ihr, ohne jedoch wirklich etwas zu sehen. »Ich kann nicht …« Er schluchzte und seine Stimme erstarb.

Sein von panischer Angst verzerrtes Gesicht beunruhigte sie. Sie kniete neben dem Bett nieder und legte beruhigend ihre Hände auf seine Schultern. »Ganz ruhig, ich bin bei dir.«

Ein Zittern erfasste seinen Körper. »Nein, ich muss …«

»Gar nichts.« Sie streichelte seine Wange, die Bartstoppeln waren rau unter ihren Fingern.

Mit einem Schrei erfasste er ihren Arm mit einem stahlharten Griff. Sie schnappte nach Luft. »Matthew!«

Mit all ihrer Kraft versuchte sie ihn wegzuschieben, er war jedoch zu stark. Schließlich zog sie ihn mit einem festen Ruck an den Haaren. »Matthew, wach auf!«

In diesem Augenblick wurde sein Griff schwächer. Verwirrt schaute er sie an, so als wüsste er nicht, welchen Bildern er vertrauen sollte. Er sah sehr verletzlich aus.

Erneut legte sie ihre Hand an seine Wange. »Es ist alles in Ordnung.«

»Ja …«, flüsterte er. Aus seinem Augenwinkel glitt eine Träne nach unten, bevor er es verhindern konnte. Er blickte sie beschämt an und wandte dann den Kopf zur Seite. »Es tut mir leid.«

»Du kannst nichts daran ändern.« Sie hielt ihn weiterhin fest, so als wäre er ein Kind, das Trost nötig hatte, und drehte sein Gesicht wieder zu sich hin. »Ist es jetzt vorbei?«

Seine grünen Augen wurden warm. »Ich denke schon. Habe ich dich geweckt?«

»Ja, aber ich glaube, dass Moira und Maggie nichts mitbekommen haben.«

Langsam strich sie ihm die nassen Haare aus der Stirn.

Er schluckte. »Zum Glück. Ich wollte dir nicht wehtun.«

»Das hast du auch nicht«, log sie.

Er schob jedoch den Ärmel ihres Nachthemds hinauf und enthüllte die Abdrücke, die morgen wahrscheinlich blaue Flecken sein würden. Trotz der Hitze schauderte ihn. Kummer und Ärger waren auf seinem Gesicht zu lesen. Und erneut ein Anflug von Angst. »Ich fürchte, ich habe dich für einen Feind gehalten.«

»Du hast Todesängste ausgestanden.«

Er schwieg und strich sanft mit seinen Fingerspitzen über die Sommersprossen auf ihrem Arm.

Sie ließ ihn gewähren, gönnte ihm die Zeit, um wieder zu sich selbst zu kommen.

Trotz der Schwielen an seinen Händen war seine Berührung sanft.

»Manchmal kommt der Krieg zurück«, erklärte er schließlich.

»Es muss furchtbar gewesen sein.«

»Der Kampf war heftig, schwerer als wir alle erwartet hatten. Wenn direkt vor dir eine Kanonenkugel einschlägt, wenn dir bewusst wird, dass der feuchte Nebel, der dir ins Gesicht weht …, Blut ist …« Seine Stimme zitterte.

Um ihn zu ermutigen, nahm sie seine Hände in die ihren.

»Ich weiß noch, wie ich meine Kameraden um mich herum habe fallen sehen … als ob keiner übrig bleiben würde. Und ich habe geschrien … ich habe geschrien, so laut ich konnte, bis ein Angreifer zu Pferd mit einer großen Machete über mich kam …«

Ein Beben durchzuckte seinen Körper, doch Matthew bemerkte es nicht. Seine Augen starrten in die Finsternis, seine Hände zitterten. »Ein Kavallerist hat ihn mit seinem Säbel getötet.«

»Und dein Leben gerettet.«

»Als ich aufgeschaut habe, hat er sein Gleichgewicht im Sattel verloren. Er ist von seinem Pferd gefallen, aber sein Fuß ist im Steigbügel hängen geblieben. Es war genau wie bei Luke.«

Nur ein einziges Mal hatte Eileen den Namen seines verstorbenen Bruders in einem Gespräch mit Moira mitbekommen.

»Damals habe ich gesehen, wie Luke mitgeschleift worden ist, aber ich habe nichts machen können.« Seine rot umrandeten Augen suchten ihre. »Wenn ich in der Zeit zurückgehen könnte …«

»Aber das kannst du nicht«, erwiderte sie leise. »Das ist eine Last, die du loslassen musst, Matt.«

Er lächelte schwach. »Ich hätte gedacht, dass ich das längst getan habe. Es ist schon einige Monate her, seit ich das letzte Mal einen Albtraum hatte.«

»Lass dich durch diesen nicht entmutigen. Vielleicht ist es gar nicht so sonderbar, wenn man überlegt, was gestern geschehen ist.«

»Nein.« Er schüttelte den Kopf und umfasste ihre Hände kräftig mit den seinen. »Du musst mir glauben, Eileen. Ich konnte nichts mehr tun, um Smokey zu retten.«

»Natürlich glaube ich dir. Ich komme von einem Bauernhof, erinnerst du dich? Mein Vater hat auch einmal ein Pferd ersch– …« Sie biss sich auf die Zunge und korrigierte sich. »… von seinem Leiden erlösen müssen. Die Frage ist, wie du jetzt weitermachst.«

»Ich hätte mir sowieso noch andere Pferde leihen müssen, um die Ernte einzubringen. Jetzt geht es gar nicht anders.« Er zog die

Augenbrauen zusammen. »Das Problem ist, dass ich kein Geld habe, um ein neues Pferd zu kaufen.«

»Bringt das Getreide nicht genug ein?«

»Ich habe noch mehr Ausgaben.«

»Deine Eltern haben doch Geld für Moiras Laden geschickt«, erinnerte sie ihn leise. »Vielleicht würden sie noch einmal …«

»Nein!« Er richtete sich ruckartig auf, erneut mit Panik in den Augen.

Ihre Hände hielt er weiterhin fest. »Du kennst sie nicht, Eileen. Du hast nicht gesehen, wie sie mich mit ihren Blicken verurteilen. Das will ich nie mehr erleben.«

»Das verstehe ich.« Jedenfalls konnte sie sich etwas darunter vorstellen. »Dann musst du schauen, ob du dir irgendwo Geld leihen kannst.«

»Daran habe ich auch schon gedacht.« Mit müden Augen blickte er sie an. »Das werde ich wohl müssen, schließlich kann ich ohne ein Arbeitspferd auch gleich aufgeben. Dann wäre alle Arbeit umsonst gewesen …« Er seufzte. »Aber ich nehme an, dass du weißt, wie es sich anfühlt, wenn man alles verliert, nachdem du so einen großen Schaden durch den Brand hattest.«

Sie wusste es sogar schon viel länger, das sagte sie allerdings nicht. »Wenn *ich* den Kopf wieder über Wasser bekommen kann, findest du sicher ebenfalls einen Weg.«

»Aber ich fühle mich nun auch für Moira und Maggie verantwortlich. Und für dich.«

Ihr Herz setzte einen Schlag aus. »Nun«, versuchte sie leichtherzig zu sagen. »Meiner Meinung nach können wir uns nicht beklagen.«

Seine Daumen streichelten ihren Handrücken. »Ich würde dich vermissen, wenn du dich dazu entscheidest, woanders dein Glück zu versuchen.«

»Ich gehe nicht weg.« Ihr Mund wurde trocken. »Gemeinsam finden wir sicher eine Lösung.«

»Vielen Dank«, flüsterte er heiser. Bevor sie reagieren konnte, zog er ihre Hände an seinen Mund und drückte einen Kuss darauf. »Du hast mich die ganze Zeit über unterstützt.«

»Das versteht sich von selbst.«

»In mehr als einer Hinsicht.« Er ließ seine Hände sinken und schlug die Augen nieder.

Sie begriff, dass er den Augenblick meinte, den sie gerade miteinander teilten. Und ihr wurde klar, dass sie überhaupt nicht hier sein sollte. Es gehörte sich nicht. Allein im Schlafzimmer eines Mannes.

Abrupt riss sie ihre Hände los und stand auf. Sie spürte, wie er sie betrachtete, und fühlte sich noch unwohler. Das Baumwollnachthemd war zwar lang und sittsam, aber ganz zart und mit Spitze besetzt. Miss Howell hatte es ihr geliehen.

Sie schluckte. »Versuche lieber noch ein bisschen zu schlafen.«

Seine Mundwinkel verzogen sich etwas. »Ich weiß nicht, ob ich mich das traue.«

Obwohl seine Ehrlichkeit sie berührte, hatte sie nicht den Mut, näher heranzutreten. »Du weißt, dass ich nicht bleiben kann.«

»Nein.« Sein verlegenes Lächeln beruhigte sie nicht. »Du hast nichts Verkehrtes getan, Eileen.«

Noch nicht, nein. Außerdem würde nicht jeder so darüber denken. Sie wollte keine kritischen Blicke sehen, nicht Moiras Missbilligung spüren.

»Ich muss gehen«, stammelte sie und gehetzt verließ sie den Dachboden. Dennoch machte auch sie für den Rest der Nacht kein Auge mehr zu.

29. Kapitel

Die gesamte Ernte war eingeholt. Nach all der Schufterei unter der brennenden Sonne durfte dieser Höhepunkt ausgiebig gefeiert werden und deshalb war in und um die Kneipe herum sehr viel los. Eigentlich zu viel, wenn es nach Matthew ging, aber heute wollte er dennoch nicht fehlen.

Am gestrigen Nachmittag hatte es schon Spiele für die Kinder gegeben, bei denen auch Maggie fröhlich mitgemacht hatte. Er gönnte ihr allemal das Vergnügen, denn gerade die Arbeiterkinder hatten ordentlich etwas geleistet, als es darum ging, die Garben einzuholen.

Mittlerweile hatten sich die meisten an den Leckereien gütlich getan, die auf langen Tafeln aufgebaut waren. Schinken und Rindfleisch für alle, Pudding und Kuchen und Rosinenbrot. Die Frauen schenkten Tee und Bier aus, doch nun, am Abend, hatte Dickson auch stärkere Getränke im Angebot.

Unter der Leitung von Familie Howell lieferten alle Bauern der Umgebung ihren Beitrag zu dem Fest. Matthew allerdings hatte vor allem praktische Hilfe geleistet. Aber niemand erwartete von ihm eine Summe Geld, wo er doch gerade ohne Arbeitspferd seinen Bauernhof über Wasser halten musste.

Mit einem Krug Bier in der Hand beobachtete er die ausgelassene Stimmung unter der Jugend, die mit einem Ball oder mit Murmeln spielte; unter den Frauen, die Neuigkeiten und Rezepte austauschten; und unter den Männern, die sich ihren Teller noch einmal vollschaufelten. Vor dem Eingang zur Kneipe begannen ein paar Musikanten ihre Instrumente zu stimmen, und die jungen Leute konnten es kaum erwarten, dass es gleich mit dem Tanzen losging.

Für einen Augenblick kam sich Matthew wie ein Außenseiter

vor. Er war kein Arbeiter mehr, aber eben auch noch kein voll-
wertiger Landwirt. Er wünschte, dass …

»Onkel Matthew! Schau doch mal, was ich gewonnen habe!«
Mit einem neuen Häubchen aus geblümtem Stoff in der Hand
rannte Maggie auf ihn zu.

»Gut gemacht, Mädchen.« Er war froh über die Ablenkung
und strich ihr über die Locken. »Dann setz sie doch gleich mal
auf. Sonst bist du bald so braun wie ich.«

»Bestimmt nicht«, kicherte Maggie, denn unter der englischen
Sonne war die Chance dazu recht klein. Trotzdem tat sie, was er
sagte, und nestelte an dem Band unter ihrem Kinn herum.

»Brauchst du Hilfe?«

Beleidigt schaute sie auf. »Ich bin doch kein kleines Kind
mehr.«

»Kleines Kind oder nicht, bald ist es Zeit, ins Bett zu gehen.«
Ruhiger als ihre Tochter kam Moira angelaufen. »Ich finde, es war
sehr schön.«

Er vermutete, dass sie es nicht gerade angenehm fand, die ganze
Zeit mit dem Anblick ihres abgebrannten Geschäfts konfrontiert
zu werden. Es war schwer, mit Verlusten umzugehen, da konnte
er ein Wörtchen mitreden. »Soll ich dich nach Hause bringen?«

»Natürlich nicht!« Sie klang entrüstet. »Das Fest ist noch nicht
vorbei und außerdem ist Eileen auch noch hier.«

Das brauchte sie ihm nicht zu erzählen. Es gab kaum einen
Moment, in dem er nicht an Eileen dachte. Das hatte schon angefangen, als sie auf den Bauernhof gezogen waren, und es hatte
danach nur noch zugenommen, als sie immer mehr aufeinander
angewiesen waren. Und seit sie ihm geholfen hatte, über seinen
Albtraum hinwegzukommen …

Moira lächelte. »Aber für uns wird es höchste Zeit, nach Hause
zu gehen.«

»Ich muss morgen nicht in die Schule«, behauptete Maggie
hoffnungsvoll.

»Schulfrei oder nicht, du gehst rechtzeitig ins Bett.« Moira grinste. »Ich habe gesehen, dass Eileen noch mit Rosie und den anderen zusammensteht und plaudert. Könntest du sie später nach Hause bringen?«

»Selbstverständlich, das ist kein Problem.« Er ließ seinen Blick über die Wiese schweifen und entdeckte sie in der Nähe des Ententeichs.

Das Grüppchen hatte sich vor allem um Tom herum gebildet, der mit wilden Armbewegungen eine interessante Geschichte erzählte. Vielleicht einen Vorfall aus ihrer Dienstzeit?

Sein Herzschlag wurde schneller, er behielt sich jedoch unter Kontrolle. Der Krieg gehörte der Vergangenheit an. Das war eine Last, die er loslassen musste. Anstelle des Kampfes erschien Eileen vor seinem geistigen Auge. Ihr besorgter Blick, ihre tröstende Berührung. Und der zarte Spitzenbesatz ihres Nachthemdes.

Kurz schüttelte er den Kopf. In der Armee hatte er Soldatenfrauen kennengelernt, die genauso viel Willenskraft aufgebracht hatten wie Eileen Brady, aber keine von ihnen war genauso mitfühlend gewesen. Genauso verständnisvoll. Dass sie zugehört hatte, ohne sich über ihn lustig zu machen, bedeutete ihm mehr, als er zuzugeben wagte. Er wollte sie erneut nah bei sich haben, mit ihr teilen, was ihm auf dem Herzen lag. Er wollte ihre sanften Hände in die seinen nehmen und erkunden, ob die Sommersprossen, die er auf ihrem Unterarm entdeckt hatte, auch über ihren ganzen Arm verteilt waren, über ihre Schultern …

»Matt?«

»Hmm?« Verschämt blickte er auf. »Ich gehe mir noch etwas zu trinken holen.«

»Wenn Onkel Matthew noch bleiben darf …«, fing Maggie an.

»Onkel Matthew ist alt genug um daran zu denken, dass er morgen wieder an die Arbeit muss.« Moira hob eine Augenbraue. »Treibst du es auch nicht zu bunt?«

»Nein, Mama«, grinste er, wobei er ihr mit seinem leeren Becher zuprostete. »Mach dir mal keine Gedanken.«

Maggie lachte, hörte auf zu protestieren und schlenderte folgsam mit Moira die Hauptstraße hinunter.

Matthew sah ihnen hinterher, dankbar dafür, dass das Band zwischen ihnen seit seiner Rückkehr wieder so eng geworden war. Seinerzeit hatte er erkennen müssen, dass sich seine Cousine nicht einfach so damit zufriedengeben würde, wenn er sich von allem und jedem zurückzog. Im Nachhinein betrachtet war er sehr froh über ihre Bemühungen.

Nichtsdestotrotz zögerte er, sich Tom und den anderen anzuschließen. Es ging ihm zwar im Augenblick gut, aber wozu sollte er sein Schicksal herausfordern? Dafür war ihm die Geschichte an der Schießbude auf der Kirmes noch viel zu frisch im Gedächtnis.

Er schlenderte zu den hölzernen Tischen, um sich ein weiteres Stück Kuchen zu holen, solange am Buffet noch etwas zu holen war. Am Ende des Abends würden dort nur noch ein paar Krümel liegen.

Sowohl Emma Howell als auch ihre Mutter marschierten mit einer großen Kanne herum, bemerkte er, und – verflixt, war das Prudence Goodwin?

Er betrachtete den Boden seines Bechers, doch die Arzttochter reckte die Nase in die Höhe und ignorierte ihn vollends.

Auch gut. Die Tatsache, dass sie gemeinsam mit der Familie und dem Personal der Howells die Ärmel hochkrempelte, bedeutete allerdings etwas. Auf jeden Fall mehr, als dass sie mit Emma befreundet war. Im Augenblick konnte er Edmund jedoch nirgendwo entdecken.

»Soll ich nachschenken, Wilson?« Emma Howell ließ ihn nicht auf dem Trockenen sitzen.

»Danke.«

»In diesem Jahr war es besonders heiß, aber mein Vater sagt, dass die Ernte dennoch gut ausgefallen ist.«

»So, sagt dein Vater das?«, brummte Emmas Vater vergnügt hinter ihm. »Dann gieß mir doch auch noch einmal nach, meine Tochter.«

Mit einem Lächeln tat sie das und ging wieder weiter.

Matthew fühlte sich neben dem älteren Bauern plötzlich unbehaglich. Immer noch stand Howell meilenweit über ihm. Mehr Land, mehr Erfahrung, mehr Arbeiter. Und während des Heumachens und der Ernte war Matthew dort erneut *einer* von ihnen gewesen, um seine eigene Arbeitstruppe bezahlen zu können. Die Arbeiter und die Pferde. Er seufzte.

Von der Seite blickte Howell ihn an. »Essen Sie mal schnell Ihren Kuchen auf, Junge, meine Tochter hat schließlich recht. Wir haben schon etwas zu feiern.«

»Wie ich gehört habe, sind die Getreidepreise in den letzten Jahren eher niedrig gewesen.«

»Das ist wahr, aber es ist noch zu früh, sich Sorgen zu machen. Der Preis für Gerste ist außerdem nicht so sehr gefallen wie der für Weizen.«

Matthew nickte nur. Das bewies einmal mehr, dass Stubbs nicht mehr so gut beobachtet hatte, was auf dem Markt geschah. Auf seinen Äckern hatte nämlich nur Weizen gestanden.

»Machen Sie sich keine Gedanken, mein Junge. Wenn ich es recht besehe, werden Sie noch keine Verluste machen, aber Sie täten gut daran, in Zukunft mehr Gerste anzubauen.«

»Das habe ich vor.«

»Trotzdem haben Sie einen guten Anfang gemacht. Das kann Ihnen niemand mehr wegnehmen.«

Freudlos lachte er. »Aber sicher doch. Sie wissen, dass ich ohne Pferd nicht lange überleben werde. Ich überlege, mir dafür etwas Geld zu leihen … wenn das geht.«

»Mit dem größten Vergnügen lasse ich eines meiner Pferde auf Ihrer Weide grasen, solange Sie es brauchen.«

»Das ist sehr nett.«

»Das haben Sie sich verdient. Ich habe Sie bei der Arbeit beobachtet, sowohl auf Ihrem eigenen Land als auch bei mir.« In seinen Augen erschien ein melancholischer Ausdruck. »Sie machen das besser als mein eigener Sohn, Wilson.«

Ihm wurde unbehaglich zumute. »Ach, ich …«

»Sie haben genau die richtige Autorität unter den Arbeitern. Das ist wichtig.«

»Dann war die Zeit bei der Armee doch noch für etwas gut«, bemerkte Matthew trocken. Er gelang ihm sogar, dabei zu lächeln. »Der Feldwebel hat mich öfter die neuen Rekruten trainieren lassen.«

»Warum, kann ich mir gut vorstellen.« Howell nahm noch eine Schluck von seinem Bier. »Sie finden bestimmt einen Weg, sich ein neues Pferd anzuschaffen, Wilson. Zur Not besprechen Sie die Sache mit Sir Alfred und seinem Rentmeister.«

Dieser Gedanke sorgte bei ihm für Magenkrämpfe. Langsam schluckte er den letzten Bissen Kuchen hinunter. Er würde seinen Stolz beiseiteschieben müssen und mehr Abhängigkeit zulassen, als ihm lieb war. Aber er wollte doch gerade zeigen, dass er alles allein schaffen konnte!

Sein Blick wanderte zu der Person, die das mit Sicherheit verstehen konnte. Eileen war das Musterbeispiel einer selbständigen Frau gewesen, als er sie kennengelernt hatte. Kühl und sachlich. Doch nun war sie vollkommen in die Dorfgemeinschaft aufgenommen worden, weil sie Nähe zugelassen und etwas von ihrer Unabhängigkeit aufgegeben hatte.

Sie schaute in seine Richtung und ertappte ihn, doch er versuchte gar nicht zu verbergen, dass er sie angestarrt hatte. Stattdessen zwinkerte er ihr zu. Hastig wandte sie ihre Aufmerksamkeit wieder Rosie zu.

Bauer Howell gab ihm einen Stoß. »Sie sollten diese Frau lieber nicht aufziehen, wenn Sie noch mit ihr tanzen wollen, mein Junge.«

Die Musiker waren dabei, ihre Instrumente zu stimmen: Ferdy seine Quetschkommode, Charly die Flöte und der kleine Pat die Geige.

Matthew trank seinen Krug leer. »Ich kann mir nicht vorstellen, dass sie so lange bleiben möchte.«

Doch das sollte ihn nicht daran hindern, danach zu fragen.

Eileen hatte es genossen, während des Festes so viel mit Menschen zu tun zu haben, die nicht zu ihrem potenziellen Kundenstamm gehörten. Am Nachmittag hatte sie begeistert die Kinder angefeuert, was sie an ihre Nähstunden im Waisenhaus hatte zurückdenken lassen. Manchmal vermisste sie die Mädchen und fragte sich, was aus ihnen geworden war. Doch dann hatte Maggie das von ihr gestiftete Häubchen aus geblümter Baumwolle gewonnen und ihre Freude war vollkommen gewesen.

Sie war sich wohl bewusst, dass ihre sorglose Begeisterung für neugierige Blicke sorgte. War das schlimm?

Sie hatte kein Band mit den Dorfbewohnern knüpfen wollen, jetzt wurde ihr allerdings klar, dass sie ernsthaft unterschätzt hatte, wie schwierig es sein würde, ihre Tochter einfach so mitzunehmen. Hatte sie sich doch von ihren Gefühlen blenden lassen, auch wenn sie immer noch ihr Bestes gab, um einen kühlen Kopf zu bewahren? Jetzt, wo sie Maggie kennengelernt hatte, jetzt, wo sie die Leute im Umfeld des Mädchens kannte, erschienen ihr ihre früheren Pläne als schlichtweg undurchführbar.

Daran versuchte sie nicht zu denken. Wollte Matthew ihr nicht beibringen, dass sie manchmal ihre Sorgen beiseiteschieben musste? Er würde sagen, dass sie ja doch nichts daran ändern konnte. Angesichts des Ernstes, der in seinem Gesicht zu lesen war, während er mit Bauer Howell sprach, fragte sie sich allerdings, ob er sich seinen eigenen Rat selbst zu Herzen nahm. Der Verlust von Smokey lastete schwer auf ihm.

»Eileen, bist du noch bei uns?« Rosie wedelte mit einer Hand vor ihrem Gesicht herum. »Mandy hat gefragt, ob du immer noch für die Almsworth-Damen schneiderst.«

»Oh, es tut mir leid.« Sie wandte sich Mandy zu, die auf der Howell Farm arbeitete und niemals ein neues Kleid würde bezahlen können. »Ich habe meine letzten Aufträge Anfang des Sommers fertiggestellt. Danach habe ich nur noch Änderungsarbeiten übernommen, um auf dem Bauernhof aushelfen zu können.«

»Das ist nett. Sie werden sich sicher schnell einen neuen Arbeitsraum mieten wollen.«

Eileen zögerte. *Wollte sie das?* Dann würde sie schließlich die Oak Hill Farm aufgeben müssen. »Ich werde dafür erst noch ein bisschen sparen müssen«, wehrte sie ab und auf diese Weise beruhigte sie sich auch selbst. »Aber damit das klappt, hoffe ich schon, dass Lady Almsworth demnächst wieder meine Hilfe in Anspruch nehmen möchte.«

Die anderen Frauen lächelten verständnisvoll.

»Oder die Töchter des Doktors«, schlug Rosie scherzhaft vor. Sie wusste, wie anspruchsvoll das Dreiergespann war.

Eileen versuchte, professionell zu bleiben und ihre Meinung über ihre Kundinnen für sich zu behalten. »Vielleicht auch Miss Howell«, ergänzte sie diplomatisch.

Mandy schüttelte den Kopf. »Ihre Eltern meinen es sicher gut, aber sie können aus Emma Howell beim besten Willen keine feine Dame machen. Es tut mir leid, Miss Brady. Ihre Kostüme sind wundervoll, aber es ist nicht Emmas Art, bei irgendeinem sinnlosen Zeitvertreib herumzusitzen.«

»Ihre Eltern sollten dennoch stolz darauf sein, dass sie ihr so viel bieten können«, urteilte Rosie. »Möchte nicht jede Mutter, dass es ihr Kind einmal besser hat als sie selbst?«

Da war es wieder. Eileen konnte die Wahrheit in Rosies Worten nicht leugnen. Und dabei musste sie sich selbst die Frage stellen, ob sie diejenige war, die ihrem Töchterlein so viel bieten konnte. Ging es Maggie bei ihrer eigenen Mutter tatsächlich am besten? Sie sah sich um, um herauszufinden, wo das Kind geblieben war, fand es jedoch nicht. »Ich denke …«, begann sie.

In diesem Augenblick stand Matthew auf einmal direkt vor ihrer Nase. »Suchst du Moira?«, wollte er wissen.

»Und Maggie.« *Nur Maggie.* Waren diese beiden noch zu trennen?

»Sie sind nach Hause gegangen«, erklärte Matthew. »Moira wollte keine Spielverderberin sein, sie hat gesehen, dass du hier noch deinen Spaß hast. Deshalb habe ich mich als deine Begleitung angeboten. Du brauchst nur zu sagen, dass du nach Hause möchtest, und ich stehe zu deiner Verfügung.«

Mandy lachte herzlich. »Ich habe gar nicht gewusst, dass der Bauer der Oak Hill Farm so ein Charmeur ist.«

Eileen begriff, dass er in der Vergangenheit mit ihr zusammengearbeitet haben musste. Mit vielen der Arbeiter hier übrigens. Als Gleicher unter Gleichen, während er nun selbst Landwirt war. Doch obwohl er eine natürliche Autorität über seine Arbeitstruppe gehabt hatte, hatte sie nie den Eindruck gehabt, dass er sich über sie erhaben fühlte. Das war noch so eine Eigenschaft, die sie an ihm schätzte.

»Hast du Matthew gerade als charmant bezeichnet?«, spottete Rosie. »Es ist Dicksons Bier, das ihm die Zunge löst. Morgen ist er wieder genauso sauertöpfisch wie immer.«

»Moment mal, ich bin nicht sauertöpfisch«, verteidigte sich Matthew. »Eileen, könntest du bitte kurz bestätigen, dass ich zu Hause allezeit gut gelaunt bin?«

Zu Hause ... Sie bekam von dem Wort eine Gänsehaut und konnte für einen Augenblick nichts über die Lippen bringen.

Die Gruppe fasste ihr Zögern anders auf und alle fingen an zu lachen.

Mandy warf ihr einen vielsagenden Blick zu. »Wir verstehen schon, dass Sie für einen neuen Arbeitsraum sparen.«

Eileen fing Matthews überraschten Blick auf und schlug die Augen nieder. Da musste sie sich tatsächlich Mühe geben. Hier oder an einem anderen Ort. Mit oder ohne Maggie. Bedeutete es etwas, dass das Mädchen mit Moira nach Hause gelaufen war? *Vater, lass mich erkennen, was dein Plan ist!* Sie wusste es selbst nicht mehr.

Von den anderen bemerkte keiner ihre Unruhe. Matthew grinste sie gerade neckend an. »Ich werde bestimmt sauertöpfisch werden«, sagte er, »wenn du dich entschließt wegzugehen, ohne dass wir auch nur *einmal* getanzt haben.«

Sie zögerte.

»Kommt alle her!«, rief der kleine Pat mit einer Stimme, die nicht zu seiner Statur passte, und die Musiker legten los.

»Kommen Sie schon, Miss Brady«, sagte Mandy, die ihre Zweifel falsch einordnete. »Das ist sicher nicht nur für die Arbeiterfrauen, Sie können also ruhig mitmachen.«

Eileen wurde feuerrot. »Ich habe nicht gedacht …«

»Schaut doch, selbst Miss Goodwin geht mit Edmund Howell tanzen.«

»Im nächsten Jahr wird auf der Howell Farm geheiratet«, prophezeite ein Knecht.

Mandy schnaubte. »Eine schöne Bäuerin wird das werden! Ich denke, ich sollte nach einer anderen Anstellung Ausschau halten.«

Eileen sah, dass Matthew sich auf die Unterlippe biss. Doch zum Glück fühlte er sich nicht berufen, Prudence zu verteidigen. Mehr noch, er blickte noch nicht einmal in ihre Richtung.

Statt dessen war sein Blick direkt …

Oh, er sah *sie* an. Sie blinzelte kurz in Richtung seiner ausgestreckten Hand, legte ihre dann aber doch hinein. Sein Daumen strich über ihre Finger und verursachte ihr erneut eine Gänsehaut. Er hatte sie um den allerersten Tanz gebeten!

Ihre Tanzschritte waren etwas holperig, er schien sich jedoch nicht daran zu stören. Sie wurden mitgenommen vom Rhythmus der Menschen um sich herum, die mehr Begeisterung als Finesse zeigten.

Als der zweite Tanz einsetzte, tanzten sie erneut miteinander. Und anschließend noch einmal.

Eileen war etwas schwindelig, doch sie fand es herrlich. Ausgelassen hakte sie sich bei den anderen unter. Das blieb den Menschen um sie herum nicht verborgen genauso wenig wie Matthew, der sie mit intensivem Blick ansah. Sie lachte und wurde rot und drehte sich im Kreis. Wirbelnde Röcke, wehende Bänder, stampfende Füße.

Viel zu schnell war das alles vorbei und es tanzte nur noch ihr Herz, während sie in Matthews grüne Augen blickte.

Sein Blick war prüfend. »Bist du müde? Sollen wir nach Hause gehen?«

»Nun …« Sie wusste es nicht. Sie war tatsächlich müde, sie wollte jedoch auch weitertanzen, seine Gesellschaft weiterhin genießen.

»Meine Jacke und mein Hut sind noch drinnen.« Er zeigte auf die Kneipe. »Wenn du kurz wartest, hole ich sie.«

»Natürlich.« Es musste zu einem Ende kommen. Dieser Abend, sogar ihr Aufenthalt in Almsbrick. *Aber noch nicht. Bitte jetzt noch nicht.*

»Sie haben einen guten Fang gemacht, Miss Brady.«

Ein neuer Tanz setzte ein und Prudence Goodwin stellte sich neben sie, während Edmund Howell in die Kneipe ging. War nicht zufällig irgendein anderer reicher Bauernsohn anwesend, der sie um einen Tanz bitten könnte?

Ihr süßliches Parfüm schwebte in Eileens Richtung. »Jetzt, wo Sie auf der Oak Hill Farm wohnen, geben Sie natürlich Ihr Bestes, um Ihre guten Seiten zu zeigen.«

Eileen straffte ihre Schultern. »Das ist eine Haltung, die jedem Menschen gut ansteht, wenn es ohne Hintergedanken geschieht.«

Ein kurzes Lachen entfuhr Prudence. »Das kann ich in Ihrem Fall kaum glauben. Würden Sie für Ihren geschäftlichen Erfolg nicht alles tun?«

»Ich bin bereit, dafür viel einzusetzen.«

»Und haben Sie beschlossen, dass Matthew Wilson in dieses Bild passt?«

Darüber hatte sie tatsächlich nachgedacht, sogar mehr, als ihr lieb war. Trotzdem war sie in dieser Hinsicht kein bisschen vorangekommen. »Es ist eine schlichte Tatsache, dass Moira, Maggie und ich nach dem unerwarteten Verlust des Ladens einen Ort zum Wohnen gebraucht haben. Sie wissen zweifellos, dass Matthew Wilson Moiras Cousin ist.«

Eine andere junge Dame stellte sich neben Prudence. Eileen kannte sie nicht, sie hatte noch nie ein Kleid bei ihr bestellt. Eine Verwandte aus der Stadt vielleicht oder aus einem Nachbardorf? Prudence machte sich nicht die Mühe, die beiden einander vorzustellen. Eileen hoffte deshalb, dass das Gespräch damit beendet war.

»Sie gehören nicht zur Familie«, fuhr Prudence in diesem Moment fort. »Trotzdem wohnen Sie immer noch bei ihm.« Sie warf der Dame neben sich einen vielsagenden Blick zu. »Bestimmt schon drei Monate.«

»Ist das wirklich so?« Die Dame hielt sich schockiert die Fingerspitzen an den Mund.

Eileens Wangen glühten. »Es war notwendig …«

»Weil Sie die Zeit gebraucht haben, um ihn von Ihren … Qualitäten zu überzeugen?«

Eileen schnappte nach Luft und zwang sich zur Ruhe. »Wenn Sie damit sagen wollen, dass ich auf der Oak Hill Farm mitgeholfen habe, dann haben Sie recht. Ich bin auf einem Bauernhof aufgewachsen und habe Erfahrung mit dieser Arbeit.« Deswegen kreischte sie nicht, wenn sie ein Schwein sah, und fuchtelte auch nicht sinnlos mit einer Heugabel in der Luft herum. Sie reckte ihr Kinn in die Höhe. »Dafür schäme ich mich nicht.«

»Aber gleichzeitig sind Sie schamlos, wenn es um Ihre weiblichen Qualitäten geht«, behauptete Prudence, ohne rot zu werden. »Die Oak Hill Farm ist doch klein. Ein sehr begrenzter Raum, wenn man mit einem Junggesellen zusammenwohnt, finden Sie nicht?«

»Leben Sie denn mit ihm zusammen?«, wollte die andere Dame mit großen Augen wissen.

»Absolut nicht!« Ihre Stimme zitterte. »Wie können Sie es wagen – und vor allem Sie, Miss Goodwin –, so etwas anzudeuten? Matthew Wilson ist zweifelsohne ein Gentleman. Er hat sich immer anständig verhalten …«

Mit einem zuckersüßen Lächeln sah Prudence sie an. »Ich habe auch nicht über *sein* Verhalten gesprochen, Miss Brady.«

»Eileen ist eine in jeder Hinsicht ehrbare Frau.«

Sie zuckte zusammen, als sie plötzlich seine tiefe Stimme an ihrer Seite hörte.

Matthew klang gefährlich ruhig und trat einen Schritt nach vorn. »Sie sollten Ihre Nase lieber in Ihre eigenen Angelegenheiten stecken, Miss Goodwin. Über Eileen möchte ich kein böses Wort mehr hören.«

»Du lieber Himmel, Matthew.« Prudences Stimme klang schrill, doch sie nannte ihn hartnäckig bei seinem Vornamen. »Ich finde, jetzt klingst du doch sehr offiziell.«

»Du bist schlauer, als ich gedacht hätte.« Er stand nun direkt vor Prudence, näher, als es schicklich war. Eileen zupfte ihn am Ärmel, doch er ging nicht darauf ein. »Ich meine es auch sehr *offiziell.*«

»Sagt mal, was ist denn hier los?« Mit großen Schritten kam Edmund Howell auf sie zu. »Wenn du sie auch nur mit *einem* Finger berührst, kannst du dein Testament machen, Wilson.«

»Sie berühren?« Matthew schnaubte verächtlich. »Ich werde mich hüten. Sonst könnte noch irgendwas von ihren schmierigen Tratschgeschichten auf mich abfärben.«

»Pass auf, was du sagst, Wilson. Dir ist doch wohl klar, wen du da vor dir hast?«

»Mir schon, Mr Howell. Die Frage ist nur, ob sie das auch weiß.«

Als Edmunds Faust nach vorne schnellte, entfuhr Eileen ein Schrei.

Matthew duckte sich gerade noch rechtzeitig und fiel Edmund in die Parade. Mühelos warf er den Bauernsohn um.

Edmund landete auf dem Rücken und stöhnte, drehte sich jedoch rasend schnell und holte Matthew von den Beinen.

»Hört bitte auf!«, rief Eileen.

»Erteil ihm eine Lektion!«, feuerte Prudence Edmund an.

Die Männer rollten sich im Gras herum, rangen miteinander und schlugen aufeinander ein. Gerade hatte Edmund Matthew im Würgegriff, im nächsten Augenblick wurde ihm jedoch der Arm auf den Rücken gedreht. Schwankend zog Matthew ihn auf die Beine. Edmund hakte sein Bein hinter das von Matthew, sodass dieser wieder strauchelte, allerdings nicht ohne Edmund mit nach unten zu ziehen. Es ertönte ein Schrei, gefolgt von einem lauten Plumps. Wild schnatternd flogen die Enten auf.

Schimpfend und spuckend watete Edmund durch den Teich.

»Wie kannst du es wagen!«, kreischte Prudence und rannte ans Ufer, ihren modischen Rock gerafft.

Matthew grinste träge und wischte sich mit dem Ärmel die Nase ab. »Er war derjenige, der eine kleine Lektion nötig hatte. Wenn du auch ein bisschen Abkühlung brauchst …«

»Wage es ja nicht! Ich werde dich verklagen, ich werde …«

Matthew richtete seinen Blick auf Eileen und streckte seine Hand aus. »Komm, wir gehen nach Hause.«

Sie zitterte wie Espenlaub. Was war nur in ihn gefahren, sich mit dem Sohn des reichsten Bauern von Almsbrick anzulegen? Wegen ihr?

Matthew wartete nicht, sondern ergriff fest ihre Hand und führte sie vom Festgelände weg. Bevor die Musik verstummte, bemerkte sie. Und bevor alle Tänzer die Lust verloren hatten.

»Warum hast du das getan?« Sie hatte Mühe, mit ihm Schritt zu halten, während sie an der Bäckerei vorbei in Richtung des Baches liefen.

»Was glaubst du?«, brummte er und das war die einzige Antwort, die sie bekam.

Sie ließen das Dorf hinter sich. Am Wegrand standen nun nur noch ein paar vereinzelte kleine Häuschen.

»Es tut mir leid«, sagte er auf einmal. »Ich habe dich gar nicht gefragt, ob du noch irgendwelche Sachen holen musst.«

»Ich habe nur dieses Umschlagtuch. Das ist noch warm genug.« Dennoch durchfuhr sie ein Schaudern.

An der Brücke über den Bach blieb er stehen und drehte sie zu sich hin. Er zog das wollene Tuch enger um ihre Schultern und blickte sie an. »Sehe ich arg ramponiert aus? Ich möchte Moira keinen Schrecken einjagen.«

»Nur ein bisschen schmutzig.« Zum Glück hatten sie sich kein blaues Auge geschlagen. »Tut dir irgendwas weh?«

»Nein.« Er lachte kurz. »Der Bursche kann nicht kämpfen.«

»Sei bloß nicht stolz darauf, dass du das kannst.« Sie zog die Augenbrauen zusammen. »Das ist der Sohn von Bauer Howell, Matt. Diesen Mann brauchst du mit Sicherheit irgendwann.«

Sein linker Mundwinkel verzog sich. »Er hat mir angeboten, mir für eine längere Zeit ein Pferd zu leihen. Darauf sollte ich ihn jetzt wohl lieber nicht mehr festnageln.«

»Das meinst du nicht im Ernst!« Ihr Atem stockte.

»Nun, irgendjemand musste dich doch verteidigen, oder?«, brauste er auf. »Ich habe genau gehört, was diese blöde Kuh alles über dich behauptet hat, und das konnte ich doch nicht einfach auf dir sitzen lassen.«

Sie fasste die Spitzen ihres Umschlagtuches fester, um ihre Gefühle unter Kontrolle zu behalten. Betrübt schlug sie ihre Augen nieder. »Das ist es nicht wert gewesen.«

»Das entscheide ich schon selbst.« Er legte seine Finger unter ihr Kinn und hob es langsam hoch. »Du bist von Anfang an für mich da gewesen, Eileen. Du hast für Moira und Maggie gesorgt, ohne dich auch nur *einmal* zu beklagen.«

Natürlich hatte sie das.

Sein Grinsen wurde breiter. »Du bist furchtbar strukturiert, aber ich habe auch gesehen, mit wie viel Geduld du Maggie das Nähen beigebracht hast. Ich sehe dir gerne zu, wenn du konzentriert an deiner Nähmaschine sitzt. Aber genauso gerne gehe ich mit dir zusammen über die Felder.«

»Nun, ich ...«

»Und ich bin ganz verrückt nach deinen Sommersprossen.«

Ihr gingen die Worte aus und sie lachte leise, etwas nervös.

Er legte seine Hände um ihre Taille und zog sie sanft zu sich. Dann küsste er sie, behutsam zuerst, dann leidenschaftlicher. Eileen ließ es zunächst nur geschehen, doch dann legte sie ihre Hände um seinen Hals und zog ihn noch näher an sich heran. Ihr Herz schlug wie verrückt und sie überließ sich den Gefühlen, die sie überwältigten. Nichts war noch wichtig, allein seine Nähe, seine Berührung.

»Hey, Matthew! Wo bist du denn abgeblieben?«

Matthew schob Eileen schnell von sich weg. Etwas außer Atem sah er sie an, zufrieden, aber auch ein wenig schuldbewusst.

Ihr Gesicht fühlte sich ganz warm an. Konnte er hören, wie schnell ihr Herz schlug? Wusste er, wie sehr sie sich nach ihm sehnte?

»Matthew?« Toms Stimme klang jetzt lauter und näher.

Und auf einmal schlugen die Scham und der Ärger über sich selbst wie eine Welle über ihr zusammen. Warum hatte sie seinen Kuss so leidenschaftlich beantwortet? Was musste er von ihr denken? Tränen sprangen ihr in die Augen und im Affekt holte sie aus und gab ihm eine schallende Ohrfeige.

Verdutzt griff er sich an die Wange. »Eileen …«

»Mach das nie wieder!«, zischte sie. Und so schnell ihre wankenden Knie sie tragen konnten, eilte sie in die Richtung der Oak Hill Farm davon.

30. Kapitel

Sie war sehr gut darin, den Schein zu wahren. Das hatte Eileen in Shrewsbury getan, als sie nach ihrer Schwangerschaft allen hatte vorspielen müssen, dass sie eine anständige Frau war. Jetzt machte sie es wieder.

Matthew war auf diesem Gebiet bedeutend weniger begabt. Er reagierte kurz angebunden und ein paarmal ertappte sie ihn dabei, wie er sie nachdenklich anstarrte. Indem sie die Gespräche bei Tisch dominierte, hoffte sie, dass es Moira nicht auffiel. Er war auf jeden Fall so vernünftig, ihrem Beispiel zu folgen und sich den Rest des Tages auf seine Arbeit zu konzentrieren.

Eileen war froh, dass sie in der vor ihnen liegenden Zeit nicht aufs Feld mussten, sondern jeder seiner eigenen Arbeit nachgehen konnte. Heute hatte Matthew zu ihrer Erleichterung angekündigt, dass er sich zu dem Hügel aufmachen wollte, um bei den Schafen nach dem Rechten zu sehen.

Moira und Eileen waren mit dem Einkochen des Gemüses aus dem Nutzgarten beschäftigt gewesen. Heute Nachmittag war Moira allerdings ins Dorf gegangen, Rosie leistete Eileen stattdessen Gesellschaft. Gemeinsam saßen sie unter einer großen Eiche und pulten Bohnen, während der kleine Tommy ein Huhn zu fangen versuchte. Sie mussten alle beide über seine Kapriolen lachen.

»Wie nett vor dir, dass ich ein paar Bohnen mitnehmen kann«, seufzte Rosie. »Wir haben selbst nur so einen kleinen Gemüsegarten.«

»Wir können deine Hilfe gut gebrauchen.« Eileen warf einen Blick auf die vollen Eimer, die noch auf sie warteten, und zog ihre Augenbrauen zusammen. »Ich kann so langsam aber sicher keine Bohnen mehr sehen.«

Rosie lachte. »Das sind die letzten. Lass uns einfach weitermachen, dann sind wir gleich fertig. Ich habe den ganzen Nachmittag Zeit, weißt du. Und den Rest der Woche ebenfalls.«

Für einen Augenblick zögerte Eileen. »Was hältst du davon … wenn ich demnächst in die Stadt fahre?«

»Wirklich?« Rosies Hände hörten auf, sich zu bewegen. »Zurück nach Shrewsbury?«

»Hättest du Lust mitzukommen?«

»Du lieber Himmel, was sollte ich denn da machen?« Überrascht und verwirrt sah Rosie sie an. »Du hast mich ganz schön erschreckt! Ich hatte gedacht, du willst endgültig weg.«

Darauf antwortete Eileen nicht. Es fiel ihr schwer, eine gute Entscheidung zu treffen. »Ich muss neue Bestände einkaufen«, erklärte sie. »Die letzten Stoffe habe ich aus einem Katalog bestellt und die haben so eine minderwertige Qualität gehabt, dass ich sie mir jetzt erst einmal mit eigenen Augen anschauen möchte.«

»Aber willst du denn ganz allein in die Stadt fahren? Mit dem Zug?«

»So bin ich auch nach Almsbrick gekommen. Allerdings muss ich zugeben, dass Lady Almsworth damals eine Kutsche geschickt hat, die mich vom Bahnhof in Almsworth abgeholt hat.« Sie biss sich auf die Unterlippe. Das würde eine Wanderung von anderthalb Stunden werden, und wenn sie dann auch noch ihre Einkäufe tragen musste … Vielleicht konnte sie sich die später nachschicken lassen.

»Vermisst du die Stadt?«, wollte Rosie wissen. »Ich glaube, ich bin in meinem ganzen Leben nur ein paarmal dort gewesen. Und ich fand es furchtbar.«

»Ich hätte dich gern als Gesellschaft dabeigehabt.« Eileen seufzte. »Aber eigentlich vermisse ich das Stadtleben nicht.«

»Diese abscheulichen Menschenmassen.« Rosie machte sich wieder an den Bohnen zu schaffen. »Und all diese unbekannten Leute. Hier weiß man wenigstens, wer einem auf der Straße entgegenkommt.«

»Das ist wahr.« Verdrießlich starrte Eileen in die Ferne. Hier war man allerdings auch schnell Gesprächsthema. Sie hatte das Dorf schon seit zwei Tagen gemieden. Was wäre, wenn Prudence nun doch Gerüchte über sie verbreitet hätte und die anderen auch Zweifel über ihren Aufenthalt auf der Oak Hill Farm bekämen? Aber es bedeutete doch sicher etwas, dass sie sich die ganze Zeit über untadelig benommen hatte, oder? Niemals hatte sie Anlass zu Tratschgeschichten gegeben und zum Glück hatte niemand gesehen …

»Erzähl mir jetzt doch mal, wie es so steht zwischen dir und Matthew.«

Die Bohne in ihrer Hand brach in der Mitte durch. Entsetzt sah sie Rosie an. »Dass er sich für mich eingesetzt hat, braucht weiter nichts zu bedeuten.«

Auf jeden Fall versuchte sie sich das immer wieder einzureden.

»Und dass er dich geküsst hat, auch nicht?« Vielsagend grinste Rosie. »Matthew hat Tom erzählt, dass du dadurch völlig aus der Fassung geraten bist.«

»Hat er das erzählt?« Ihre Wut wurde noch größer.

»Tja, nun ja, er hatte keine andere Wahl.« Rosie zuckte mit den Schultern. »Weil Tom hinter euch hergelaufen war, hat er schon mitbekommen, dass irgendwas passiert war. Ich habe ihm noch gesagt, dass er euch in Ruhe lassen soll.«

»Tom redet doch wohl nicht mit anderen darüber?«

»Nein, warum sollte er denn?« Mit einem provozierenden Grinsen beugte sich Rosie zu ihr hinüber. »Aber musstest du Matthew denn wirklich gleich eine scheuern?«

Ruhelos stand Eileen auf. »Was hätte ich denn sonst machen sollen?«

»Möchtest du darauf ausgerechnet von mir eine Antwort haben?« Rosie lachte. »Wirklich, Eileen! Ich weiß, dass Matthew seine Gefühle nicht gerade subtil äußert, aber er ist auf alle Fälle aufrichtig.«

Eileen wandte ihr Gesicht ab.

»Und ich habe gedacht, du fändest ihn auch attraktiv.«

Jetzt wagte sie es überhaupt nicht mehr, ihrer Freundin ins Gesicht zu schauen aus Angst, ihr Blick könnte sie sofort verraten. »Wie ich schon gesagt habe, hat das nichts zu bedeuten.«

»Nein, das hast du nicht gesagt.« Rosie stellte ihren Topf ebenfalls beiseite und stand auf. »Du hast gesagt, dass es nichts zu bedeuten *braucht*. Aber was ist, wenn es das jetzt trotzdem tut?«

»Ja, was ist dann?«, wiederholte Eileen störrisch. *Denn es war nicht möglich.* Sie würde es niemals wagen, Matthew ihr Geheimnis anzuvertrauen. Und außerdem, was sollte dann mit Maggie geschehen?

»Er ist dir auf jeden Fall nicht einerlei«, stellte Rosie fest, während sie Eileens Gesicht studierte. »Leugne das bloß nicht. Ich weiß wie keine andere, wie viel Elend damit verbunden ist.«

»Ich leugne gar nichts«, erwiderte Eileen hastig. »Wir passen einfach nicht zusammen. Innerhalb kürzester Zeit würden wir nur noch miteinander streiten.«

»Macht ihr das denn nicht jetzt schon?«, wollte Rosie lachend wissen. »Und wenn man sieht, wie ihr umeinander schleicht, könnte man glatt verrückt werden.«

Eileen zuckte mit den Schultern. Es war ermüdend. Sie wollte vor Moira verbergen, dass etwas passiert war, und sie musste gleichzeitig vor Matthew verbergen, was sie für ihn empfand. Obwohl die Andeutungen von Prudence nicht wahr waren, hatte die Arzttochter doch dafür gesorgt, dass die Situation unhaltbar geworden war. Eileen würde sich einen anderen Aufenthaltsort suchen müssen.

Rosies Blick wurde sanfter und sie legte ihre Hand auf Eileens Schulter. »Ich weiß nicht, wovor du Angst hast, aber Matthew ist eigentlich ein feiner Kerl.«

»Zweifellos.«

»Er hat ein gutes Herz«, fuhr Rosie fort. »Und einen tugendhaften Charakter.«

Eileen lachte spöttisch, etwas anderes fiel ihr nicht ein. »Dann hat er das am Sonntagabend bestimmt vergessen. Erst die Rauferei und dann …« Sie atmete tief ein. »Er hat mich einfach geküsst, Rosie, ohne mich um Erlaubnis zu fragen.«

»Dann wäre es ja auch nicht mehr spannend, oder?« Rosie grinste. »Er hat mit Sicherheit nichts Falsches im Sinn gehabt. Kurz davor hat er schließlich noch deine Ehre verteidigt.«

»Da schon, ja. Anscheinend fand er die später dann doch nicht so wichtig.« Er hatte sicher keine hohe Meinung von ihr, erst recht nicht, nachdem sie den Kuss auf diese Weise beantwortet hatte. Verzweifelt wünschte sie sich, sie könnte das alles noch einmal durchleben, ohne ihren Verstand zu verlieren. Aber das ging nicht. Hatte sie denn nichts gelernt? »Komm«, sagte sie knapp. »Die Bohnen pulen sich nicht von selbst und bald ist schon wieder Zeit fürs Abendessen.«

Rosie lächelte verständnisvoll. »Ich höre auf damit, aber ich hoffe trotzdem, dass alles gut wird.«

»Ich auch«, murmelte Eileen. Doch wie konnte das für sie alle der Fall sein?

»Ihr seid wirklich gut vorangekommen«, lobte Moira an diesem Abend bei Tisch. Sie war die Einzige, die das Gespräch in Gang zu halten versuchte, sodass sie nicht einfach nur schweigend ihr Essen in sich hineinlöffelten.

Eileen lächelte verkrampft. »Die Bohnen sind fertig, aber morgen machen wir mit den Karotten weiter.«

»Muss ich euch auch helfen?«, wollte Maggie wissen.

»Sicher«, antwortete Moira sofort. »Du willst doch im Winter auch davon essen, oder etwa nicht?«

Das Mädchen rümpfte die Nase, sagte aber weiter nichts. Und das war deutlich genug.

Mit dem Anflug eines Lächelns spießte Matthew ein paar frische Bohnen auf seine Gabel. »Ich weiß auch nicht, was mich geritten hat, so viel Gemüse anzubauen.«

»Ich schon.« Moira grinste herausfordernd und war sich keiner Schuld bewusst. »Du hast einfach insgeheim gehofft, dass du hier nicht so lange allein wohnen musst.«

Es wurde still.

»Nun, diesen Weg hätte ich mir nicht ausgesucht, wenn es mir darum gegangen wäre, Hausgenossen zu bekommen«, erklärte Matthew schließlich. »Irgendwann möchte ich schon eine Familie gründen, denke ich.«

Obwohl Eileen stur auf ihr Essen starrte, spürte sie, dass er seinen Blick einfach auf sie gerichtet hatte. Doch als sie ihren Kopf hob, hatte er seine Aufmerksamkeit ebenfalls wieder seinem Teller gewidmet.

Irgendwann, hatte er gesagt. Das bedeutete also auch, dass er keine ernsthaften Absichten mit ihr gehabt hatte. Natürlich brauchte auf *einen* Kuss nicht gleich ein Heiratsantrag zu folgen, aber sollte nicht wenigstens eine ernsthafte Absicht dahinterstecken? Gab sie Matthew zu viel Ehre, wenn sie erwartete, dass er anders war als Johnny? Dass er nicht nur das Vergnügen suchte, sondern auch die Verantwortung übernahm?

»Übermorgen fahre ich in die Stadt«, kündigte er vollkommen unerwartet an. »Nun, da das Heu eingeholt ist, sollte ich mich am besten gleich an die Arbeit machen.«

»An welche Arbeit?«, fragte Moira überrascht. Sie war mit ihrem Kopf offensichtlich noch bei seiner Bemerkung hängen geblieben, eine Familie gründen zu wollen.

»Ein neues Pferd zu kaufen«, antwortete er, als wäre das die normalste Sache der Welt. »Ich habe mir bei der Bank einen Betrag leihen können, der ausreichen müsste. Was hast du denn gedacht?«

»Keine Ahnung.« Moira seufzte. »Ich wünschte, du müsstest dir dafür nichts leihen.«

»Es geht nun einmal nicht anders. Und ich brauche ein neues Arbeitspferd.«

Eileen nickte verständnisvoll, vor allem weil Moira auch sie anschaute. Auf die nächste Frage war sie allerdings nicht vorbereitet.

»Und du? Wann fährst du nach Shrewsbury?«

Matthew ließ seine Gabel klappernd auf den Tisch fallen. In seinen Augen erkannte sie Kränkung, doch die wurde schnell durch Anschuldigung ersetzt. »Du hast gar nicht gesagt, dass du in die Stadt zurückwillst.«

»Ich muss ein paar Einkäufe erledigen«, erklärte sie. »Stoffe und andere Materialien. Schließlich muss ich mich selbst versorgen können.«

Er hielt ihrem Blick über den Tisch hinweg stand, sie konnte allerdings nicht ergründen, was er dachte. Bis jetzt hatte er ihre selbständige Existenz noch nie in Zweifel gezogen.

»Könntet ihr nicht zusammen fahren?«, wollte Moira begeistert wissen.

»Ich habe vor, den Zug zu nehmen«, erwiderte Eileen schnell.

Matthew runzelte die Stirn. »Ist das dann nicht schwierig mit deinen Einkäufen? Ich miete ein Pferd und nehme den Wagen mit.«

»Was machst du dann mit dem neuen Pferd?«, wollte Maggie wissen.

»Das spanne ich hinter den Wagen.« Er grinste.

»Mit Pferd und Wagen bist du viel länger unterwegs.« Eileen versuchte sich fieberhaft Gründe auszudenken, die dagegensprachen.

»Wir werden in der Stadt übernachten müssen«, gab er zu.

»Stimmt es, dass in der Stadt viele Kutschen und Wagen mit Luxuspferden herumfahren?« Maggie sah mit großen Augen zu ihnen auf. »Mehr als in der Herberge von Mr Trench ankommen?«

»Das stimmt«, bestätigte Eileen. »Da ist immer viel los und ich finde es nicht praktisch, in der Stadt zu übernachten.«

Matthew zog eine Augenbraue in die Höhe. »Hast du auf einmal so viele neue Aufträge, dass du keine Zeit mehr hast?«

»Du hast letztens doch noch gesagt, dass du die Einkäufe nicht länger hinausschieben möchtest«, erinnerte sie Moira. »Ich denke, das wäre eine gute Gelegenheit.«

»Ich ebenfalls.« Demonstrativ hielt Matthew ein Stück Kartoffel in die Höhe. »Schau, ich bin auch lieber nicht zu lange weg, aber es passt noch gut, bevor ich diese Kerlchen hier lesen muss ...« Er schwenkte die Kartoffel. »Außerdem will ich möglichst schnell ein neues Arbeitspferd.«

»Verständlich«, nickte Moira, immer noch begeistert von ihrer Idee. Eileen griff nach dem letzten Strohhalm. »Wie dem auch sei, es wäre unschicklich, wenn wir zu zweit reisen würden. Ihr wisst genauso gut wie ich, wie schnell darüber Gerede entsteht.«

»Ich habe im Dorf gehört, was auf dem Erntefest geschehen ist«, sagte Moira tadelnd. Doch dann wurde ihre Stimme verständnisvoll. »Ich glaube nicht, dass irgendjemand Prudence Goodwin ernst nimmt.«

»Ich hätte sie in den Teich werfen sollen«, brummte Matthew.

Maggie kicherte bei dem Gedanken.

»Aber so, mein lieber Cousin, behandelt man keine Dame.«

»Zum Glück wusste Matthew, wie man das macht«, murmelte Eileen sarkastisch.

Er sah sie geradewegs an. »Wenn du gern nach Shrewsbury willst, finden wir schon eine Lösung.«

»Ich könnte doch mitkommen.« Maggies Augen zwinkerten. »Ich bin noch nie in der großen Stadt gewesen.«

»Ja sicher«, entgegnete Moira streng. »Und jetzt iss deinen Teller leer, Kind.«

»Jedenfalls kann ich mich nicht mehr daran erinnern. Und wir haben diese Woche noch keine Schule, weil Master Timmons in London ist.«

Matthew zog seine Augenbrauen in die Höhe und Eileen hoffte von ganzem Herzen, dass er dagegen war. »In London, schau mal einer an«, sagte er nur. »Es hätte ihm gut angestanden, wenn er in der arbeitsreichen Erntezeit hier die Ärmel hochgekrempelt hätte.«

»Er ist Lehrer, kein Bauer.« Maggie lachte fröhlich. »Und er ist auf Familienbesuch.«

So wie das Matthew ebenfalls tun sollte, dachte Eileen, sie sagte es allerdings nicht laut. Auch Moira ging nicht darauf ein.

»Deswegen kann ich gut mitkommen«, fuhr Maggie fort. »Beth ist auch sehr oft mit ihrer Tante und ihrem Onkel unterwegs gewesen, als die beiden sich den Hof gemacht haben.«

Matthew hatte gerade einen Bissen genommen und sah Eileen mit einem herausfordernden Grinsen an.

Eileens Herz klopfte ihr bis zum Hals, während sie ihre Gabel niederlegte.

»Dein Onkel macht mir nicht den Hof, Maggie. Merk dir das gut.«

Matthews Mund und Teller waren nun leer und er wischte sich mit dem Handrücken über die Lippen. »Ich finde das eigentlich keinen schlechten Gedanken.«

Er stand auf und ging zur Tür hinaus, ohne zu erklären, welchen Gedanken er genau meinte.

Wütend schnappte sich Matthew den Topf mit den Essensresten und marschierte über den Hof zum Schweinestall. Junge, Junge, hätte sie ihre Meinung nicht noch deutlicher herausposaunen können? Ein weiterer Schlag ins Gesicht wäre nicht effektiver gewesen.

Er konnte nicht glauben, dass er sich so getäuscht hatte. Ihr ganzes Handeln ließ doch erkennen, dass er ihr nicht egal war, oder? Ihre uneigennützige Hilfe auf dem Bauernhof, ihre Verlegenheit, als er ihre Nähe gesucht hatte. Das war nicht gespielt gewesen und Eileen hatte eine Abscheu vor bedeutungslosen Flirts.

Und als sie dann auf dem Erntefest miteinander getanzt hatten, war er sich sicher gewesen, dass sie ihr Zusammensein genauso genoss wie er. Ganz zu schweigen von ihrer Reaktion auf seinen Kuss. Er rieb sich übers Gesicht und versuchte, seine Aufmerksamkeit auf die beiden Tamworth-Ferkel zu richten, die gegen seine Schienbeine stupsten, weil sie Futter wollten. Doch es fiel ihm schwer. Die Art und Weise, wie sie sich an ihn geschmiegt hatte, war in sein Gedächtnis eingebrannt.

War es also doch um seine Menschenkenntnis ziemlich erbärmlich bestellt? Er wäre besser damit gefahren, wenn er weiter dabeigeblieben wäre, niemanden so dicht an sich heranzulassen. Vor allem keine Frau.

Jetzt war es allerdings schon viel zu spät, zu diesem Plan zurückzukehren. Und verflixt, wie sehr würde er sie vermissen, wenn sie schließlich wegginge! Wenn er ihr doch nur mehr zu bieten hätte, wenn er ihr nur zeigen könnte, dass die Oak Hill Farm florieren würde. Im Moment allerdings sah seine Zukunft als Landwirt nicht besonders rosig aus, da er nun erst einmal Smokey ersetzen musste.

Zu einem Leben in Armut wollte er sie nicht verurteilen, zur Abhängigkeit von der Güte der anderen, die ihm ihre Mittel zur Verfügung stellten. Dafür hatte sie zu hart für ihre Unabhängigkeit kämpfen müssen. Er bedauerte es, dass sie ihm immer noch nicht genug vertraute, um ihm zu erzählen, was genau sie durchgemacht hatte. Aber dass sie das geformt hatte, war offensichtlich. Konnte das der Grund für ihre schroffe Abweisung sein?

»Matthew?«

Mit einem Ruck drehte er sich um und sah sie mit schnellen Schritten auf den Schweinestall zulaufen. Er stellte den Topf zur Seite. »So, auf einmal weißt du, wo ich zu finden bin.«

»Wie bitte?« Eileen blieb auf der anderen Seite des Gatters stehen.

»Was ich meine, ist, dass es langsam auffällt, wie du mir aus dem Weg gehst.« Eigentlich hatte er nicht vorgehabt zuzugeben, wie verschnupft er darüber war.

»Soweit ich mich erinnere, bist du derjenige gewesen, der sich entschieden hatte, heute in den Hügeln unterwegs zu sein.«

»Und bist du darüber nicht froh gewesen?«

Sie antwortete nicht, blickte ihn aber auch nicht an. Verflixt, er wollte gern sehen, was in ihr vorging.

»Was willst du besprechen?«, fragte er kurz angebunden. Sie sollten es am besten so schnell wie möglich hinter sich bringen.

»Dass du am Donnerstag doch mit nach Shrewsbury möchtest?«

»Hast du mit Absicht versucht, Maggie ein falsches Bild der Situation zu vermitteln?«

Er zog seine Augenbrauen zusammen. »Wenn du mich fragst, habe ich nicht viel gesagt.«

»Genau, aber das hättest du eigentlich tun müssen.« Ihre Wangen wurden rot. »Es kann doch keine Rede davon sein, dass du mir den Hof machst, Matthew.«

»Nein, natürlich nicht«, gab er gelassen zu. Anscheinend hatte sie nur wenig Vertrauen in seine Fähigkeiten, für eine Familie, für *sie* zu sorgen. Oder einen Bauernhof am Laufen zu halten. »Ich würde so etwas noch nicht einmal zu denken wagen«, legte er noch eine Schippe drauf. *Lügner!*

Eileens Wangen röteten sich, ob aus Verlegenheit oder Entrüstung, wusste er nicht. »Ist das alles, was du dazu zu sagen hast?«

Verblüfft starrte er sie an. »Willst du, dass ich mehr sage? Deine Reaktion war deutlich.«

Die Farbe ihrer Wangen wurde noch dunkler. *Einen Moment … sie dachte nicht an die Ohrfeige, sondern an den Kuss selbst,* kam es Matthew in den Sinn. Wenn er sie tatsächlich gleichgültig gelassen hätte, wäre ihr jetzt nicht so unbehaglich zumute.

Amüsiert und insgeheim auch ein bisschen erleichtert grinste er. Dennoch versuchte er, ihr Unbehagen zu mildern, indem er sich über die Stoppeln auf seiner Wange rieb und sein Gesicht schmerzlich verzog. »Sehr deutlich.«

Sie schnaubte und kam einen weiteren Schritt auf ihn zu. Unwillkürlich blieb sein Blick an ihren Lippen hängen. Er verwünschte das laute Klopfen seines Herzens.

»Ich möchte noch etwas deutlicher werden, Matthew Wilson. Ich bin nicht die Sorte Frau, die sich für etwas hingibt, was einfach nur ein kurzes Vergnügen ist.«

»Ich habe auch nicht gedacht, dass du …«

»Wenn du nach so etwas auf der Suche bist, hättest du lieber Prudence Goodwin hinterherlaufen sollen, als du die Möglichkeit dazu gehabt hast. Vielleicht hätte sie mit sich machen lassen, wonach dir der Sinn steht. Ich werde das niemals tun und ich schäme mich, dass du so gering von mir denkst.«

»Ich habe nicht gedacht …«, begann er erneut, aber sie gab ihm nicht die Gelegenheit, den Satz zu beenden, sondern drehte sich um.

Dennoch entgingen ihm die hektischen roten Flecken auf ihrem Hals nicht. Und die Tränen in ihren Augen, die wahrscheinlich mehr durch das Gefühl des Unrechts als durch Trauer ausgelöst worden waren.

Er hatte Mitleid mit ihr. Ihre krampfhaften Versuche, ein untadeliges Leben zu führen, beraubten sie einer ganzen Menge Vergnügen. Vielleicht hätte er beleidigt sein sollen, weil sie seine Absichten in Zweifel zog, er konnte sich jedoch des Eindrucks nicht erwehren, dass sie vor allem versuchte, sich selbst zu beschützen. So wie er das bei seiner Rückkehr nach Almsbrick auch für sich selbst gewollt hatte.

War er in der Lage, ihr einen anderen Weg zu zeigen? Sie sehen zu lassen, dass sie das genießen sollte, was ihr gegeben war? Traute er sich, dafür sein eigenes Herz aufs Spiel zu setzen?

»Donnerstagmorgen«, rief er ihr hinterher. »Wir fahren gleich nach dem Frühstück los und nehmen Maggie mit. Kümmere dich darum, dass sie bereit ist.«

31. Kapitel

Vor dem Spiegel im Schlafzimmer steckte Eileen eine letzte Nadel in ihren Hut und kontrollierte das Ergebnis. Sie sah tadellos aus, eine selbstbewusste Dame. Heute hatte sie ihr sittsamstes Kleid angezogen, eines aus rotbraun karierter Baumwolle, das sie normalerweise nur am Sonntag trug. Mit einem Lächeln strich sie über die Brosche mit den grünen Steinchen an ihrem Hals. Seit der Kirmes hatte sie die nicht mehr getragen, doch ein Besuch in der Stadt schien ihr ein hervorragender Anlass zu sein, das Schmuckstück wieder zum Vorschein zu holen.

»Eileen!«, brüllte Matthew von unten. »Bist du so weit?«

Sie eilte die Treppe hinunter. »Lass mich noch kurz in die Küche ...«

»Keine Zeit mehr.« Er stand schon in der Eingangstür, genau wie sie adrett gekleidet in einem Anzug, den sie für ihn umgenäht hatte. »Ich habe gerade die letzte Kiste Wolle eingeladen, die kann ich hoffentlich verkaufen. Wenn du dein Geld bei dir hast, müssen wir jetzt wirklich gehen.«

»Das habe ich.« Sie atmete tief ein. Unvorstellbar, dass sie so nervös war. Sie fuhr doch nur zurück in die Stadt, in der sie mehrere Jahre gewohnt hatte. In der Gesellschaft eines Mannes, dessen Avancen sie sehr deutlich abgewiesen hatte. Und mit ihrem Töchterchen, das nicht wusste, dass Eileen seine richtige Mutter war. Was sollte also schiefgehen?

Ohne Matthews Hilfe abzuwarten, raffte sie ihre Röcke ein wenig und kletterte auf den Kutschbock, auf dem bereits Maggie saß. Zwischen ihnen, genau richtig. Die Tasche, in die sie ihr Geld gesteckt hatte, stellte sie auf ihren Schoß und hielt sie fest. Das gesamte Geld, das sie seit dem Brand verdient hatte, befand sich darin. Diese Tatsache ließ sie noch unruhiger werden, als sie ohnehin schon war. Sie ging nicht gern Risiken ein. Ihre Zeit im Armenhaus, als sie hochschwanger und mittellos gewesen war, wollte sie mit Sicherheit nicht noch einmal durchleben.

Matthew ging um den Wagen herum und kontrollierte noch ein letztes Mal das Geschirr des Pferdes, das er am frühen Morgen bei Trench geholt hatte. Anschließend lächelte er Moira zu. »Hast du für uns etwas zum Mittagessen fertig gemacht?«

»Mehr, als ich dir jetzt aufzählen könnte, ich kenne deinen Appetit ja mittlerweile.«

Sein Grinsen war entwaffnend und Eileens Herz setzte einen Schlag aus.

Worauf hatte sie sich da um Himmels willen eingelassen? Sie würde zwei volle Tage in seiner Gesellschaft verbringen.

Matthew wurde wieder ernst. »Und hast du auch das eingepackt, was ich dir gesagt habe?«

Es war normalerweise nicht seine Art, so pedantisch zu sein, sie vermutete jedoch, dass er ebenfalls nervös war. Er mochte zwar mehr von der Welt gesehen haben als sie, das bedeutete allerdings nicht, dass ihm das Geschäftemachen in der großen Stadt leichter von der Hand ging. Sie wünschte, sie könnte ihn beruhigen.

»Und die alten Decken?«, zögerte Matthew.

Sie fragte sich, wofür er die nun wieder brauchte.

Moira blickte amüsiert. »Es ist alles so weit fertig und jetzt fahrt endlich los. Aber passt ja gut auf mein kleines Mädel auf.«

Erst jetzt betrachtete Eileen sie eingehender und erkannte, dass es Moira gar nicht leichtfiel, Maggie ihrer Fürsorge zu überlassen. Sie musste ihr Bestes geben, um den Abschied so leicht wie möglich zu machen. Und dabei ging es doch nur um zwei Tage! Wie würde es erst werden, wenn sie für eine viel längere Zeit von Maggie würde Abschied nehmen müssen …

Nüchtern schaute Eileen zu, wie Matthew von der anderen Seite des Wagens auf den Kutschbock kletterte und mit der Zunge schnalzte, um das Pferd in Bewegung zu setzen. Nun ging es also tatsächlich los.

»Tschüss, Mama!«, rief Maggie, die begeistert winkte, während sie zum Bach hinunterrollten.

Auf der Brücke griff Matthew nach ihrem Arm. »Fall nicht vom Wagen, während deine Mama zuschaut, Mädchen.«

»Später lieber auch nicht«, murmelte Eileen.

»Ach, Onkel Matthew!« Maggie rollte mit den Augen. »Ich bin doch nicht so dumm herunterzufallen. Oh, hallo Mr Swift!«

Der Bäcker kam ihnen entgegen und grüßte.

»Wir fahren in die Stadt«, verkündete Maggie.

»Das habe ich gehört, ja.« Von Beth wahrscheinlich. Oder von Moira?

»Viel Erfolg in Shrewsbury, Matthew. Und für Sie natürlich auch, Miss Brady. Sie wollten doch Stoffe einkaufen, oder?«

»In der Tat.«

Matthew zog kurz die Zügel an. »Kannst du ein Auge auf Moira werfen, während wir weg sind, Joseph?«

»Das versteht sich von selbst.«

Sie folgten weiter ihrem Weg.

»Wie konntest du ihn nur um so etwas bitten?«, ließ Eileen sich vernehmen.

»Hmm?« Matthew warf einen Blick zur Seite. »Das tut er doch sowieso schon.«

»Aber deshalb brauchst du das doch nicht noch einmal extra zu unterstreichen.«

»Mama und Mr Swift sind gute Freunde«, erklärte Maggie zufrieden und es war deutlich, dass sie diese Worte bei jemandem aufgeschnappt hatte.

»Genau. Und gute Freunde passen aufeinander auf.« Er lächelte entspannt. »Möchtest du deine Tasche nicht lieber hinten in den Wagen legen?«

»Nein, danke.« Eileen umklammerte mit beiden Händen fest die Griffe. »Ich halte sie gut fest.«

»Wir sind noch ein Weilchen unterwegs.«

»Das weiß ich.« Shrewsbury war weit weg. Im Moment erschien ihr die Fahrt dahin wie eine Reise in ein anderes Leben. Die jungen Frauen in Madame Carrolls Atelier, die Pension von Mrs Jones. Nessa und Seamus.

Auf einmal schnürte sich ihre Kehle zu. Wo war sie zu Hause? Sie brauchte Ablenkung, ganz schnell. »Lasst uns ein Spielchen spielen«, sagte sie begeistert. »Maggie, du darfst anfangen. Nenn mir eine Pflanze mit einem A.«

Das Mädchen dachte einen Augenblick nach. »Ein Ahornbaum.«

»Gut.« Dann musste Eileen eine mit T finden. Sie versuchte sich etwas Schwieriges auszudenken. »Tabakpflanze.«

Es war lange still.

»Du bist dran, Matt.«

Verdattert sah er sie an. »Soll ich mir einen *Blumennamen* ausdenken?«

»Mit einem K am Anfang, Onkel Matthew.«

»Christrose?«

Maggie lachte schallend. »Falsch! Das schreibt man doch nicht mit einem K!«

»Oh.« Schmollend zuckte er mit den Schultern. »Ich mag keine Wortspiele.«

Eileen zog neckend eine Augenbraue in die Höhe, er hielt jedoch seinen Blick starr auf den Pferderücken gerichtet. *Einen Moment ... meinte er das ernst?* Hatte er etwa nicht deswegen die falsche Pflanze genannt, weil er Maggie aufziehen wollte ... sondern weil er tatsächlich Schwierigkeiten mit dem Buchstabieren hatte? Verwirrt betrachtete sie sein Profil und sah seine zusammengezogenen Augenbrauen und wie angespannt sein Kinn plötzlich war.

Sie hätte ihm gern gesagt, dass das keine Rolle spielte, dass sie ihn als den intelligenten Mann kennengelernt hatte, der ...

»Kamille!«, rief Maggie triumphierend.

Sie richtete ihre Aufmerksamkeit wieder auf das Spiel. »Enzian.«

»Narzisse.«

Die Zeit verging schneller, während sie verschiedene Spiele spielten, und sobald die nichts mehr mit Sprache zu tun hatten, spielte auch Matthew wieder mit. Eileen war erleichtert, dass er den Vorfall so schnell vergessen konnte.

Nachdem Maggie die Idee gehabt hatte, dass sie auch singen könnten, kramten sie gemeinsam ein paar alte Volkslieder hervor. Eileen bemerkte, wie Matthew mit einer Hand auf die hölzerne Bank trommelte und viel Spaß dabei zu haben schien. Endlich konnte sie sich selbst ebenfalls entspannen, die lange Fahrt sogar genießen.

Schließlich war sie auf dem Weg, alle Sachen einzukaufen, die sie für eine Anzahl neuer, schöner Kleider benötigte. Sie war dankbar, dass sie in der Lage war, so viel anzuschaffen, nachdem sie durch den Brand das meiste verloren hatte. Sie fand Freude in der Tatsache, dass Maggie bei ihr saß und daneben …

»Die zweite Stimme, Eileen!« Matthew stimmte ein neues Lied an.

Ja, daneben genoss sie auch seine Gesellschaft und war froh, dass sie nicht allein in die Stadt gefahren war. Fröhlich sang sie mit und ein bisschen später ließ sie sich sogar von Maggie dazu überreden, eine Geschichte zu erzählen. Matthew lauschte ebenfalls andächtig. Deshalb entschied sie sich für ein Märchen, das sie gut kannte. Trotzdem ging sie so sehr darin auf, dass sie es kaum bemerkte, dass sie nach Shrewsbury hineingefahren waren, bis die vollen Straßen und die großen Gebäude ihre Aufmerksamkeit auf sich zogen. Mit einem Mal kehrte auch ihre Nervosität zurück.

Sie klammerte sich fest an ihre Tasche. »Wir müssen noch absprechen, wie wir das machen wollen … wo wir uns treffen.«

»Darüber können wir gleich reden.« Abrupt lenkte Matthew das Pferd nach rechts in eine Seitenstraße. Dort kam es zeitgleich mit dem bösen Schrei eines anderen Fuhrmanns zum Stillstand. Matthew grinste einfältig. »Sorry, ich habe mich noch nicht an den vielen Verkehr gewöhnt.«

Schnaufend atmete Eileen aus. Ihre Schultermuskeln verspannten sich und auf einmal saß sie kerzengerade auf der Bank. Nicht weil sie Matthews Fahrkünsten misstraute, sondern weil sie diese Häuser entsetzlich gut kannte. Und weil das der letzte Ort war, an dem sie sich mit ihm zusammen sehen lassen wollte.

Atemlos zählte sie die Fachwerkhäuser bis zum Eingang des ehemaligen Herrenhauses. Mühsam schluckte sie. »Was hast du vor?«

»Es erschien mir angebracht, hier einen Besuch abzustatten.« Ihr Magen verkrampfte sich.

»Warum?«, fragte sie scharf. »Was hast du hier verloren?«

»Aha. Für einen Augenblick hatte ich schon gedacht, du würdest die Straße nicht wiedererkennen.«

»Natürlich tue ich das«, schnaubte sie. »Aber es gibt überhaupt keinen Grund, heute zum Waisenhaus zu gehen.«

»Zum Waisenhaus?« Maggies Augen wurden groß. »Ist das das Haus, in dem ich auch einmal gewohnt habe?«

»Ja«, antwortete Eileen geistesabwesend genau in dem Augenblick, in dem Matthew mit den Schultern zuckte.

»Es gibt noch mehr Häuser, in denen Kinder aufgenommen werden.« Für einen Moment sah er Eileen an. »Aber es könnte hier gewesen sein.«

Sie atmete tief ein. »Matthew, das haben wir nicht abgesprochen.« Unbeugsam setzte sie sich auf der hölzernen Bank etwas anders hin, um ihn besser ansehen zu können. Am liebsten hätte sie allerdings das Gesicht vor ihm verborgen. »Außerdem gibt es keinen Grund …«

»Doch, den gibt es.« Er stoppte den Wagen direkt vor dem Eingang, sprang behände vom Kutschbock und lief um die Ladefläche herum. Anschließend hob er einen Stapel alter Decken heraus und sah sie triumphierend an.

Eileen konnte ihn nur wortlos anstarren. Zwei vertraute Koffer kamen zum Vorschein und schienen sie hämisch anzugrinsen. »Du hast meine Sachen eingeladen!«

»Stimmt.« Gleichgültig lehnte er sich mit seinen beiden Armen auf die Wand der Ladefläche. »Und der Pfarrer hat mir erklärt, wie ich fahren muss.«

Ihre Kinnlade fiel herunter. »Du hast mit dem Pfarrer darüber gesprochen?«

»Tja …« Er schenkte ihr ein schiefes Grinsen. »Ich bin schließlich hier noch nie gewesen.«

Und das hätte auch so bleiben sollen. Diesen Teil ihres Lebens brauchte er nicht zu kennen. Hiermit hatte er nichts zu tun. Du lieber Himmel, George Rivers könnte sie entdecken! Was würde er dazu sagen?

»Dürfen wir uns drinnen umschauen, Miss Eileen? Ich würde es so gerne sehen.«

»Nein!« Sie blinzelte mit den Augen in Richtung der Koffer, den mit den Stoffresten und den mit …

»Eileen!« Sie machte beinahe einen Satz in die Luft, als er seine warme Hand auf die ihre legte. Seine Stimme klang sanft. »Ich verstehe schon, was das mit dir macht. Du brauchst nicht so zu tun, als würde es dir nichts ausmachen.«

Fassungslos richtete sie ihren Blick auf ihn. Hatte er wirklich keine Ahnung, wie aufgebracht sie war? Ihre Wangen glühten. »Wenn ich mich nicht mehr zusammenreiße, Matthew Wilson, solltest du dir lieber eine Deckung suchen.«

»Wie meinst du das? Ich weiß, wie viel dir die Waisenmädchen bedeuten. Nach all dieser Zeit in Almsbrick … All die Stoffreste, die du gesammelt hast, und all die Püppchen, die du …«

Unwirsch zog sie ihre Hand zurück. *Maggies Püppchen.* »Du weißt doch gar nicht, was ich vorgehabt habe und ob ich überhaupt …«

»Miss Brady, was für eine Überraschung!«

Das konnte man wohl sagen. Mit einem flüchtigen Lächeln

drehte sich Eileen zu der Dame um, die das Waisenhaus leitete. »Guten Tag, Miss Hepworth. Ich habe Mr Wilson gerade erzählt, wie ungelegen es ist, wenn man unangekündigt vor der Tür steht.«

Sie sah, wie Matthews Augen groß wurden. Suzanne Hepworth war ungefähr in ihrem Alter und ziemlich hübsch. Man erzählte sich, sie sei als junge Dame vor ungefähr fünf Jahren erfolgreich in die feine Gesellschaft von Shrewsbury eingeführt worden, habe aber trotzdem keinen Mann finden können. Deshalb habe sie sich nun vollzeitlich der Unterbringung von Waisenkindern gewidmet. Mittlerweile leitete sie das Waisenhaus vollkommen selbständig.

Matthew räusperte sich. »Entschuldigen Sie, Miss Hepworth. Ich hatte gehofft, Sie würden vielleicht eine Ausnahme machen, um Eileen zu empfangen.«

Eileen warf ihm einen bösen Blick zu. Musste er sie beim Vornamen nennen, um bei allen die entsprechenden Vermutungen auszulösen?

»Aber selbstverständlich, kommen Sie schnell herein.« Miss Hepworth lächelte ihr zu. »Ich würde gerne hören, wie es Ihnen im letzten Jahr ergangen ist und was für wundervolle Neuigkeiten Sie mitgebracht haben.«

Eileen lächelte krampfhaft weiter, während Miss Hepworth Matthew ansah. Das meinte sie also.

Doch dann fasste die Dame zum Glück Maggie ins Auge. »Und wen haben wir denn hier?«, fragte sie begeistert.

»Maggie Trench, Miss. Vielleicht habe ich hier schon einmal gewohnt.«

»Wirklich? Dann müssen wir aber schnell schauen, an was du dich noch erinnern kannst.«

Verzweiflung schnürte Eileen die Kehle zu, sodass sie keinen Protest über ihre Lippen bekam.

»Und du hast Glück, Maggie, denn die anderen Mädchen kommen gleich für etwas Leckeres nach unten und um draußen zu spielen.«

»Da hast du wirklich Glück.« Mit einem breiten Grinsen hob Matthew seine Nichte vom Kutschbock.

In Eileens Augen brannten Tränen, als sie bemerkte, wie begeistert Maggie zu Miss Hepworth aufsah. Dennoch blieb sie selbst hinten bei Matthew, der die Koffer auslud.

Sie riss ihm den Koffer mit den Püppchen aus den Händen. »Wie kannst du es wagen, ungefragt an meine Sachen zu gehen?«

»Ich wollte dich überraschen.« Er zog die Augenbrauen zusammen. »Warum bist du denn jetzt so böse?«

»Weil ich nicht überrascht werden möchte.« Zu ihrem Entsetzen bemerkte sie, dass ihre Stimme zitterte. »Ich hatte überhaupt nicht vor hierherzukommen.«

»Es schien mir ein guter Augenblick zu sein, um die Sachen abzuliefern. Stell dir doch mal vor, wie begeistert die Mädchen von den Puppen sein werden.«

Ja, stell dir das einmal vor ... Wehmütig dachte sie an Maggies Freude am ersten Weihnachtsfeiertag.

Mit einem Ruck drehte sie sich um. Das Mädchen war mit Miss Hepworth verschwunden. Du lieber Himmel, was würden sie entdecken? »Es ist nicht gut, dass Maggie hier ist«, stellte sie entrüstet fest.

»Diese Miss wird schon wissen, wie sie damit umzugehen hat.« Er zuckte mit den Schultern. »Und Maggie fragt immer öfter nach ihrer Herkunft. Wir werden bald sehen ...«

Wir? Davon kann keine Rede sein! »Du musst ein Pferd kaufen gehen«, erklärte sie entschieden. »Und ich gehe hinein.«

»Wo denkst du hin?«, brauste er auf. »Um dir zu zeigen, dass ich mich wie ein Gentleman benehmen kann, trage ich dir erst die Koffer hinein. Oder möchtest du lieber, dass ich sie wieder einlade, sodass du Miss Hepworth mit leeren Händen folgen kannst?«

Am liebsten wäre sie selbst ebenfalls auf den Wagen gestiegen. Ihr wurde hier überhaupt keine Wahl gelassen. Sie reckte trotzig ihr Kinn in die Höhe. »Bring sie in die Eingangshalle, wenn du möchtest.«

»Ganz wie Sie wünschen, Miss«, spottete er und marschierte vor ihr durch die offen stehende Tür.

»Miss Eileen!« Maggie rannte auf sie zu. »Miss Hepworth hat gesagt, dass ich mit den Mädchen spielen darf. Bitte, bitte … darf ich?«

Sie zögerte. Etwas weiter hinten stand die Miss und wartete geduldig, die Waisenkinder um sich geschart. Mehrere von ihnen sahen erfreut aus, als sie Eileen wiedererkannten. »Natürlich darfst du mitspielen«, sagte sie in gedämpftem Tonfall. »Ich komme auch gleich in den Innenhof.«

Sie drehte sich zu Matthew um und bemerkte seinen besorgten Gesichtsausdruck. Das konnte sie jetzt überhaupt nicht gebrauchen. »Ich wünsche dir Erfolg«, verkündete sie gleichmütig. »Du findest sicher ein brauchbares Pferd.«

Sein Kiefer verspannte sich.

»Und anschließend treffen wir uns vor der Herberge an der Ecke der …«

»Vor dem Kurzwarengeschäft, in dem du deine Einkäufe erledigen willst«, fiel er ihr ins Wort.

Musste er sich denn wirklich um alles kümmern? »Du weißt doch noch nicht einmal, wo das ist.«

Er rollte mit den Augen. »Neben dem Atelier von Madame Carroll.«

»Warum tust du das?« Sie schüttelte den Kopf. »Willst du vielleicht auch noch ein Mitspracherecht bei meinen Einkäufen haben?«

»Natürlich nicht.« Er spuckte die Worte aus und seufzte anschließend tief. »Verflixt, Eileen, du machst es einem Mann ganz schön schwer, höflich zu sein. Ich möchte deine Einkäufe einfach nur auf den Wagen laden, damit du sie nicht durch die ganze Stadt schleppen musst.«

»Oh …« Ihr Herz verkrampfte sich. So nett sollte er sich nicht ihr gegenüber verhalten, sondern sie am besten in Ruhe lassen. Wie sollte sie denn sonst über ihre Verliebtheit hinwegkommen?

»Nein, wirklich, wenn das nicht unsere irische Geschichtenerzählerin ist!«

Sobald sie die Stimme erkannte, wünschte sich Eileen, sie könnte sich spontan in Luft auflösen genau wie die Kobolde in ihren Geschichten. Sie gab Maggie einen kleinen Schubs in Richtung der anderen Mädchen und blickte auf. George Rivers sah noch genauso distinguiert aus wie das letzte Mal, als sie ihn gesehen hatte.

»Miss Hepworth hat schon gesagt, dass du wieder da bist, aber ich musste es mit eigenen Augen sehen.«

Neben ihr nahm Matthew unwillkürlich seine stramme Soldatenhaltung ein. Schultern gerade, Brust heraus. Musste sie die beiden nun einander vorstellen? Für einen Augenblick überlegte sie, Matthew etwas Kleingeld in die Hand zu drücken, sodass George ihn für einen Frachtkutscher hielt. Sie traute sich allerdings nicht, eine wütende Reaktion von Matthew zu riskieren. Wie sollte sie seine Anwesenheit erklären?

»Bis gleich, Onkel Matthew!«, rief Maggie und nahm ihr damit die Regie aus den Händen.

Beide Männer sahen dem Kind hinterher, während Eileens Herz schneller zu schlagen begann.

George strich sich bedächtig über sein Bärtchen.

Matthew kniff seine Augen zu Schlitzen zusammen und um seinen Mund erschien ein entschlossener Zug. »Bevor ich ein Pferd kaufen gehe«, verkündete er langsam, »möchte ich erst noch sehen, ob Maggie sich hier auch wohlfühlt.«

»Ich bin mir sicher, dass …«, begann Eileen, doch er ließ sie einfach bei den Koffern stehen und folgte den Kindern auf den Innenhof. Es entstand eine peinliche Stille.

»Du hast sie also gefunden«, bemerkte George schließlich.

»In der Tat.«

Er forderte sie mit einer galanten Handbewegung zum Vorangehen auf, sie hatte allerdings wenig Eile, den Innenhof zu erreichen.

»Das ist ein hübsches Mädchen«, stellte er fest.

Sie nickte und sah zu, wie Maggies schwarze Locken auf und ab tanzten, während sie gemeinsam mit den anderen Mädchen einem Ball hinterherrannte. Liebe und Stolz erfüllten sie. »Ein schlaues Mädchen ist sie auch. Der Schullehrer sagt, dass sie im letzten Jahr schon das zweite Lehrbuch angefangen hat.«

George seufzte. »Tja, ich habe ihre Mutter früher auch immer für eine intelligente Frau gehalten.«

Sie wagte es nicht, ihn anzuschauen. »Aber jetzt nicht mehr?«

»Jetzt finde ich sie eher gerissen.«

»George!« Mit einem Ruck blickte sie zur Seite. Die Flammen schlugen ihr aus den Augen.

Sein Blick war kühl. »Ein geschickter Schachzug, um diesen Mann zu betören, Eileen. Er ist ihr … Onkel?«

»Zwischen Mr Wilson und mir ist nichts. Und er ist auch nicht ihr richtiger Onkel.« Du lieber Himmel, was hinterließ das jetzt für einen Eindruck? »Aber er ist der Cousin von Maggies Pflegemutter, gehört also schon zur Familie.«

Schweigend starrte er sie weiterhin an, bis sie ihre Augen niederschlug. »Hörst du selbst, was du sagst, Eileen? *Sie hat eine Familie.*«

»Glaubst du, dass ich das nicht weiß?«, zischte sie. »Ich habe Moira gut kennengelernt. Sie ist eine unglaublich liebe Frau. Ihrer Fürsorge ist es zu verdanken, dass es Maggie so gut geht nach allem, was sie hat durchstehen müssen.«

»Was hast du denn jetzt vor?«, bohrte er nach. »Wenn du diesen Mann so weit bekommen hast, dass er auf den Pferdemarkt geht, nimmst du das Mädchen dann mit? Ist das der Grund, warum du hier bist?«

Über Eileens Rücken lief ein Schauer. Nur wie durch einen Schleier sah sie die spielenden Kinder. Sie hatte nicht eine Sekunde daran gedacht, dass sie diese Reise dazu nutzen könnte, um ihre Pläne auszuführen. Diese Tatsache an sich sagte eigentlich schon alles. Langsam atmete sie ein und aus. »Ich bin hier, weil ich eine ganze Menge Baumwollpüppchen angefertigt habe«, erklärte sie fest entschlossen und nahm die Koffer. »Die werde ich verteilen.«

George folgte ihr nicht, während sie in den Innenhof ging, und darüber war sie froh. Mit zitternden Fingern öffnete sie die Verschlüsse und holte ihre kostbaren Kreationen zum Vorschein.

»Miss Brady!« Biddy mit den roten Zöpfen bemerkte sie als Erste. »Sie haben die Püppchen mitgebracht!«

»Komm mal her und such dir eine aus.«

Strahlend rannte das Mädchen auf sie zu. In Eileens Kehle bildete sich ein Kloß. Biddy war genauso alt wie Maggie und sie hatte immer eine Schwäche für dieses Mädchen gehabt. Sie gönnte ihm ein schönes Püppchen, das war nicht das Problem. Dennoch machte es sie betrübt.

Die anderen Mädchen folgten. Viele von ihnen wussten, was in Eileens Koffer war, allerdings gab es auch neue Kinder, die zögerten. Eileen winkte ihnen und half ihnen beim Aussuchen. Krampfhaft blinzelte sie gegen ihre Tränen an, während sich der Koffer langsam leerte.

In dem Augenblick, in dem alle Püppchen verteilt waren, sah sie, dass Maggie mit den Händen auf dem Rücken dastand und zuschaute. Bestürzt starrte sie das Mädchen an. »Du hast … du hast dir gar keine Puppe ausgesucht!« *Dabei waren sie doch alle für dich gedacht gewesen!*

Maggie zuckte mit den Schultern. »Ich habe gedacht, es wäre besser, wenn diese Mädchen sich zuerst welche aussuchen«, flüsterte sie Eileen zu. »Schließlich haben sie sonst nichts und Sie können mir auch andere machen, wenn wir wieder in Almsbrick sind.«

Für eine Weile bekam Eileen kein Wort heraus. Das Mädchen vertraute ihr, rechnete mit ihrer Rückkehr ins Dorf.

»Eileen?« Mit großen Schritten kam Matthew auf sie zu und das konnte sie nun gar nicht gebrauchen. Nicht in dem Moment, in dem sie ihre Rührung kaum verbergen konnte.

Sie richtete sich gerade auf. »Musst du nicht bald auf den Pferdemarkt?«

»Ja, aber wir müssen noch besprechen …«

»Am späten Nachmittag vor dem Kurzwarengeschäft.«

»Ja … genau.« Er zögerte sichtlich.

»Viel Erfolg auf dem Markt, Matthew.« Sie wandte sich von ihm ab und neigte sich zu Maggie hinunter. »Sobald wir wieder in Almsbrick sind, mache ich dir das schönste Püppchen, das du je gesehen hast.«

Was war sie doch für eine unbegreifliche Frau. Während Matthew aus dem imposanten Gebäude des Getreidemarktes herauslief, konnte er sie noch nicht aus seinen Gedanken verbannen.

Er wusste schließlich, wie viel Bedeutung sie diesen Püppchen beimaß. Und den Waisenmädchen, denen sie Unterricht gegeben hatte. Dann sollte sie doch eigentlich froh darüber sein, dass er auf die Idee gekommen war, ihnen einen Besuch abzustatten? Sie selbst hätte ihn niemals um diesen Gefallen gebeten, so gut kannte er sie mittlerweile schon. Und das, obwohl es inzwischen ungefähr neun Monate her war, seit sie das letzte Mals hier gewesen war. Obwohl sie einen vollen Koffer mit Stoffresten *und* einen Koffer mit unzähligen Püppchen zusammengesammelt hatte!

Mit einem Seufzen setzte er seinen Hut auf und warf einen Blick auf die geschäftige Straße. Es war offensichtlich schwer zu akzeptieren, dass ihm das eingefallen war und nicht ihr selbst. Zugegeben, Moira hatte ihre Bedenken gehabt, als er sie gebeten hatte, die beiden Koffer einzuladen, ohne dass Eileen das merkte. Er hatte ihr entgegengehalten, dass es sich um eine schöne Überraschung handelte, dass Eileen erfreut sein würde über die Gelegenheit, ihre kleinen Geschenke zu verteilen.

Er hatte sich Maggies Püppchen schon einmal heimlich angeschaut und gesehen, mit wie viel Sorgfalt sie das Baumwollfigürchen gemacht und angekleidet hatte. Allein schon um der Liebe willen, die sie in ihre Arbeit gesteckt hatte, wäre es schade, wenn die Püppchen nicht bei den Kindern landeten, für die sie bestimmt waren.

Da konnte sie noch so hartnäckig behaupten, sie wolle nicht überrascht werden, für diese armen Waisenmädchen aber war so eine Überraschung sehr bedeutsam. Das wusste er, weil Tom seine Jugend in einem Waisenhaus verbracht hatte. Die Kinder verdienten es zu merken, dass sie jemandem wichtig waren.

Obwohl es ihm also nicht gelungen war, seine eigenen Empfindungen Eileen gegenüber zum Ausdruck zu bringen – durch ihre offensichtliche Freude war sein Plan dennoch nicht ganz missglückt. Er wünschte sich nur, er könnte das selbst auch glauben.

Müde blickte er zurück zu dem Gebäude, in dem er sich soeben einen Eindruck von den Getreidepreisen verschafft hatte. Die größte Herausforderung des heutigen Tages lag noch vor ihm. Eine schnelle Rechnung lehrte ihn, dass sein Weizen nicht so viel einbringen würde, wie er gehofft hatte. Er hatte zwar die letzte Wolle verkaufen und damit sein Budget für das Pferd etwas aufbessern können. Dennoch bestand das Risiko, dass er seinen Kredit nicht zurückbezahlen konnte, und was sollte er dann machen? Das Pferd wieder weggeben? Seine Schafe verkaufen?

Mit sorgenvoller Miene marschierte er die Straße entlang. Ihm blieb nichts anderes übrig, als sich diese Sorgen für später aufzuheben. Zunächst musste er ein gutes Pferd finden, das nicht allzu teuer war, und das war eine Aufgabe für sich. Eine, die er nicht ganz allein lösen wollte.

Deshalb fragte er einen der Vorübergehenden nach dem Weg zum *Pirate's Place* und begab sich entschlossen dorthin.

Die kleine Herberge war nicht schwer zu finden und das Aushängeschild sah einladend aus. Das war kein Ort, an dem man ein hochstehendes Publikum antreffen würde, so wie das Leonard Trench mit seiner Herberge zu etablieren versuchte, aber das hatte Matthew auch nicht erwartet. Wenn es nur ordentlich war und er die richtige Person dort antraf.

Er ignorierte die Verspannung, die sich in seinem Körper auszubreiten begann, und machte einen Schritt über die Schwelle. Seine Augen mussten sich für einen Augenblick an das Schummerlicht im Inneren gewöhnen. Es war ruhig im Speisesaal. Die geschäftige Mittagessenszeit war mittlerweile vorüber.

Mit dem Rücken zu ihm wischte ein Mann mit einem feuchten Tuch einen Tisch sauber. Erst als er zum nächsten Tisch ging, wusste Matthew sicher, dass es der Mann war, den er suchte. Der der Herberge ihren Namen gegeben hatte.

Er holte einmal tief Luft und erhob seine Stimme. »Soldat McNeill, Aaaach-tung!«

Mit einem Schock stand der Mann kerzengerade. Würde es jemals einen altgedienten Soldaten geben, der das ablegte? Der Unglaube stand ihm ins Gesicht geschrieben, als er sich umdrehte. »Matthew Wilson, du alter Schurke!«

»Lange nicht gesehen, Kieran.«

»Und wessen Schuld ist das? Verflixt, Mann, wie lange bist du schon wieder in England? Ich war völlig verdutzt, dass du noch ein zweites Mal unterschrieben hast.«

»Das war nicht meine beste Entscheidung«, gab er zu.

»Och, das weiß ich nicht. Ich hätte auch gegen die Afghanen kämpfen wollen, wenn ich mir nicht das hier eingebrockt hätte.« Er klopfte auf sein linkes Hosenbein, unter dem – das wusste Matthew – sich ein Holzbein verbarg. »Nach allem, was ich über den Krieg in den Zeitungen gelesen habe …«

Traurig schüttelte Matthew den Kopf. »So spektakulär war das doch nicht.«

Kieran betrachtete ihn prüfend. »Du bist ebenfalls verwundet worden.«

»Ja. Es ist nur nicht so deutlich sichtbar.« Er betastete die Narbe in seinem Nacken. Auf einmal schämte er sich, dass es ihn so viel Mühe kostete, den Kampf zu vergessen. Was hatte Kieran nicht alles durchstehen müssen, nachdem sie ihm sein Bein abgesägt hatten? Es war eine schlechte Idee gewesen hierherzukommen. Er schluckte. »Sie haben mich weggeschickt, weil ich auf dem linken Ohr taub bin. Ich habe mich wieder in Almsbrick niedergelassen und pachte da jetzt einen kleinen Bauernhof.«

»Geht es dir gut?«

Kierans forschender Blick gab ihm das Gefühl, sein ehemaliger Kamerad könne ihm direkt ins Herz schauen. »Den Umständen entsprechend«, brummte er. »Das ist auch der Grund, warum ich hier bin. Mein Pferd ist gestorben und ich brauche jemanden, der sich auf dem Pferdemarkt auskennt. Bei welchen Händlern ich eine gute Chance habe und welche ich lieber meiden sollte.«

»So …« Kieran dachte eine Weile nach. »Wenn du einen Moment Zeit hast, lasse ich ein paar Instruktionen hier und hole noch meine Jacke.«

Hoffnung machte sich in Matthew breit. »Du kennst also jemanden?«

»Ja sicher. Ich gehe selbst mit.«

»Du?«

Kieran grinste. »Hast du gedacht, ein Herbergsbesitzer hätte keine Ahnung von Pferden? Vor allem einer, der es nicht so sehr mit langen Fußmärschen hat?«

»Nun …«

»Außerdem bin ich hier jetzt schon vier Jahre. Ich weiß, wem du vertrauen kannst. Erzähl mir mal, was für ein Pferd du suchst.«

»Groß, stark genug, um den Pflug zu ziehen. Am liebsten eins, das drei oder vier Jahre alt ist. Aber ich habe kein Kapital zur Verfügung.«

Provozierend zog Kieran eine Augenbraue hoch. »Kaum Ansprüche, wie ich höre.«

»Meine ganze Existenz hängt davon ab, Kieran.«

»Das weiß ich, Junge.« Kieran klopfte ihm auf die Schulter. »Ich bin dir gern zu Diensten.«

Matthew hoffte, dass er das tatsächlich sein konnte.

Während sie sich mit der Hand an einen Laternenpfahl stützte, blieb Eileen vor dem Schaufenster mit dem hellblauen Rahmen stehen. Der Anblick war vertraut, allerdings nicht mehr so ganz.

»Haben Sie diese Kleider genäht?«, wollte Maggie neben ihr wissen.

Wehmütig schüttelte Eileen den Kopf. »Nein, diese hier sind viel neuer und ausgefallener.«

»Das klingt teurer.«

»Genau.« Eileen sah nach oben, wo in reich verzierten Buchstaben der Name des Ateliers stand. Der Blickfang im Schaufenster war ein weißes Kostüm mit einem Überrock aus Tüll. Mit diesem Material hatte sie schon sehr lange nicht mehr gearbeitet. Daneben prangten drei verschiedene Hüte, die zu dem Kostüm passten, ebenso wie Handschuhe aus Spitze. Das war etwas, was sie sich für später merken sollte. Es konnte nicht besonders schwer sein, eine Dame, die ein neues Kostüm haben wollte, davon zu überzeugen, dass sie dazu keinen alten Hut tragen konnte. Abgesehen davon konnte sie die Hüte auch einzeln verkaufen. Die Frage war nur, wann sie in der Lage sein würde, ihre Arbeit wieder richtig aufzunehmen. Wie lange würde sie noch in Matthews Küche arbeiten müssen? Das war eine Frage, auf die sie keine passgenaue Antwort hatte. »Komm«, forderte sie Maggie mit gespielter Fröhlichkeit auf. »Lass uns den Mädchen Guten Tag sagen.«

Beim Öffnen der Tür klingelte ein melodiöses Glöckchen, ganz anders als die laute Ladenglocke in Moiras Gemischtwarengeschäft.

»Guten Tag, womit kann ich …« Lucys höfliche Begrüßung endete in einem überraschten Ausruf. »Eileen! Ich hätte dich beinahe nicht erkannt.«

Sie lachte. »Habe ich mich denn so verändert?«

»Nicht wirklich«, stammelte Lucy. »Aber ich glaube, ich habe dich noch nie in etwas anderem gesehen als in unserer Arbeitskleidung.« Sie deutete auf sich selbst, auf das vertraute dunkelblaue Kleid mit weißem Kragen, zu dem Madame Carroll alle ihre Angestellten verpflichtete.

»Das hast du vermutlich nicht, nein.« Ihr Leben hatte größtenteils aus ihrer Arbeit bestanden, weil sie nichts anderes gehabt hatte, auf das sie sich hätte ausrichten können. Weil sie sich an nichts und niemanden hatte binden wollen. In Almsbrick hatte sich das tatsächlich geändert. Ziemlich geändert.

Sie warf einen Blick zur Seite, wo Maggie sich mit großen Augen umschaute und sich an sie lehnte. »Ist so ein Kleid wirklich die Arbeitskleidung in der großen Stadt?«

»In einem Schneideratelier schon, mein Schatz.« Sie lächelte Lucy an. »Ich habe einige Monate auf einem Bauernhof gewohnt, nachdem die Zimmer, die ich gemietet hatte, abgebrannt waren. Da bekommt das Wort ›Arbeitskleidung‹ eine ganz andere Bedeutung.«

Lucy rümpfte die Nase. »Das glaube ich gern.«

»Maggie ist die Nichte des Bauern. Er war so freundlich, mich in die Stadt mitzunehmen.«

»Ich habe noch nie so viele schöne Kleider auf einem Haufen gesehen!« Maggie wusste augenscheinlich nicht, wo sie zuerst hinsehen sollte.

»Das allerschönste hast du noch nicht einmal gesehen.« Lucy zwinkerte Eileen geheimnisvoll zu. »Wir arbeiten an einem Brautkleid. Komm mal mit.«

»Bist du dir da sicher?«, zögerte Eileen.

»Natürlich! Madame Carroll ist heute nicht da. Außerdem findet es Mary sicher auch schön, dich wiederzusehen. Und Iris erst.«

Iris! Eileen erinnerte sich, mit wie viel Stolz das Mädchen ihr sein kompliziertes Stickmusterläppchen gezeigt hatte, wie froh es über seine Anstellung in dem Atelier gewesen war.

Jetzt befand es sich in dem größten Arbeitsraum, wo ein schneeweißes Brautkleid auf einer Schneiderpuppe hing, und reichte Mary kleine Perlchen, mit denen ein kompliziertes Stickmuster akzentuiert werden sollte.

Als sie Eileen bemerkte, ließ die junge Frau beinahe ihr Döschen fallen. Ihr ganzes Gesicht leuchtete auf. »Miss Brady, Sie sind wieder in der Stadt!«

»Es schien mir höchste Zeit zu sein, um einmal zu schauen, ob es dir hier gefällt.«

Iris nickte begeistert. »Madame Carroll überträgt mir immer mehr Aufgaben und sie sagt, dass ich sie gut mache. Aber ich muss noch ganz schön viel lernen, wirklich.«

»Das ist normal, Iris.« Eileen lächelte.

»Was haben Sie alles gemacht, Miss Brady?«

»Fühlst du dich in Almsbrick zu Hause, Eileen?

»Hast du viele Kundinnen?«

»Arbeitest du für die Almsworth-Damen?«

»Was hast du als Nächstes vor?«

So neutral wie möglich berichtete Eileen über die vergangenen Monate, vermied es jedoch, die letzte Frage zu beantworten. Auf die wusste sie schlichtweg selbst keine Antwort.

Natürlich ließen die jungen Frauen die Sache nicht auf sich beruhen. »Das klingt ja gerade so, als hättest du dir einen Namen in diesem Dorf gemacht«, bemerkte Lucy.

»Dort gab es keinen Schneider und auch keine Zuschneiderin mehr«, gab Eileen ehrlich zu. »Dann merken die Leute ziemlich schnell, wer du bist und was du kannst.«

»Zweifellos«, urteilte Mary. »Aber du bist auch einfach gut in deinem Fach. Ich wollte, ich hätte auch nur die Hälfte von deinem Talent! Verschiedene Kundinnen haben extra nach dir gefragt.«

»Wirklich?« Es war ihr ein Vergnügen zu hören, dass ihr Einsatz so geschätzt wurde.

»Wenn du möchtest, kannst du jederzeit wieder zurückkommen. Und vielleicht ist da auch noch ein Plätzchen, um Maggie anzulernen.« Mary grinste zu dem Mädchen hinüber.

»Ich glaube nicht, dass ich in die Stadt zurückkehren werde«, hörte Eileen sich selbst sagen, während sie ihre Augen auf Maggie gerichtet hatte. »Ich … ich weiß nicht, ob ich mich hier wieder zu Hause fühlen würde.«

Sie hatte einen neuen Anfang gemacht, jedenfalls kam es ihr so vor. Sie mochte die Dorfbewohner, die sie kennengelernt und für die sie gearbeitet hatte. Miss Stubbs fiel ihr ein, wie sie sich neben dem frisch ausgehobenen Grab ihres Bruders auf ihren Spazierstock gestützt hatte. Und die alte Mrs Plunkett, die voller Stolz in ihrem neuen Kostüm in der Kirche aufgetaucht war.

Maggies Hand klammerte sich fester an ihre.

»Außerdem ist dieses kleine Mädel in Almsbrick zu Hause. Es ist schön, euch wiederzusehen, aber morgen fahren wir wieder zurück ins Dorf. Und jetzt müssen wir erst einmal unsere Bestände auffüllen.«

Über der Tür klingelte erneut das fröhliche Glöckchen. Der Abschied fiel Eileen nicht schwer.

»Wollen Sie wirklich nicht wieder zurück und solche schönen Kleider machen?«, fragte das Mädchen auf dem Bürgersteig.

Eileen lächelte schwach. »Die Kleider, die ich in Almsbrick mache, sind doch auch schön, oder?«

Schließlich gab sie bei jedem Auftrag ihr Bestes. Die Stoffe waren vielleicht nicht so luxuriös wie die in diesem Atelier, aber sie hatte verschiedene Kundinnen strahlen gesehen, wenn sie zum ersten Mal ihr neues Kleid trugen. Das Wichtigste war, dass das Kleidungsstück zu der Frau passte, die es tragen sollte, und das war ihr bisher immer wieder gelungen.

»Jetzt ist es Zeit, einkaufen zu gehen«, kündigte sie an. Zeit, um sich auf die Zukunft zu konzentrieren. Selbstbewusst betrat sie das Kurzwarengeschäft.

Hier wurde sie ebenfalls sofort erkannt, das konnte auch kaum anders sein, weil das Atelier direkt daneben lag. Sehr schnell bekam Eileen beim Aussuchen ihrer Waren alle Hilfe, die sie sich nur wünschen konnte.

Bei den Stoffen zögerte sie am längsten, vor allem bei der

schwarzen Baumwolle. »Was denkst du, Maggie, welchen Stoff würde deine Mama am liebsten anziehen?«

Das Mädchen überlegte nicht lange und zeigte auf eine Rolle Stoff, der so gewebt war, dass ein feines Streifenmuster zu erkennen war. »Den. Machen Sie ein neues Kleid für sie?«

»Das habe ich vor.«

»Soll ich die Länge abmessen, Miss?«, wollte der Verkäufer wissen.

»Bitte für drei Kleider.«

Maggies Augen wurden groß.

Eileen lachte. »Es gibt viele Menschen, die schwarze Kleider brauchen, Schatz. Die sind nicht alle für deine Mutter bestimmt.«

Kaum hatte der Verkäufer den Stoff eingepackt, da ertönte die Ladenglocke. Jemand räusperte sich. Der Ton kam aus der Kehle eines Mannes, ohne jeden Zweifel. Eileen drehte sich um. Neben der Auslage mit Spitze und Stoffblüten wirkte Matthew furchtbar deplatziert. Das war ihm offensichtlich ebenfalls bewusst, denn er klopfte sich beim Stehen nervös mit dem Hut gegen das Bein.

»Äh … kann ich schon etwas einladen?«

»Wir sind gerade fertig. Danke.«

»Miss Eileen macht auch für meine Mama ein Kleid.«

Während er eine Kiste mit Nähutensilien hochhob, starrte Matthew sie an. Seine grünen Augen verursachten ihr eine Gänsehaut.

Sie neigte sich hastig zu Maggie hinunter. »Das erzählen wir ihr aber erst, wenn das Kleid schon fertig ist.«

Du lieber Himmel, musste er sie immer noch so anschauen? Sie war doch keine Kirmesattraktion!

»Das ist sehr nett von dir«, sagte Matthew. »Moira hat Angst, dass sie dir zu viel Arbeit macht, wenn sie dich um ein neues Kleid bittet.«

Unter seinen bewundernden Blicken begannen in ihrem Bauch Schmetterlinge zu tanzen. Unbeholfen zuckte sie mit den Schultern. »Das ist nun mal einfach meine Arbeit«, erklärte sie eilig. »Und sag selbst: Wenn jemand, der mit mir in einem Haus wohnt, in einem verschlissenen Kleid herumläuft, ist das nicht gerade Werbung für mich!«

Zu ihrer Überraschung grinste er. »Schlau bedacht, aber du kannst mich nicht hinters Licht führen, Eileen Brady. Es ist einfach nett von dir.«

Mit ein paar Paketen Stoff im Arm folgte sie ihm zur Tür. Sie wusste nicht, was sie in diesem Moment von ihm denken sollte.

»Hast du ein Pferd gekauft?«, fragte sie ihn deshalb.

»Ja sicher. Einen Wallach mit dem Namen Captain.«

»Das scheint mir … passend.«

»Du bist nicht die Erste, die das sagt.«

Sie fragte sich, ob er dem Händler wohl erzählt hatte, dass er Soldat gewesen war. Vielleicht hatte er auch Bekannte getroffen. Neugierig sah sie nach dem Wagen, vor den immer noch das gemietete Pferd gespannt war.

»Captain steht im Stall«, erklärte Matthew. »Du kannst ihn gleich bewundern.«

»Im Stall? Hast du denn schon Zimmer gemietet?«

»Ja sicher.« Er holte eine zweite Kiste von drinnen.

»Ich habe gehört, dass die Herberge an der Ecke sehr gut ist, und …«

»Kann schon sein.« Mit einem Schlag stellte er die Kiste auf den Wagen. »Aber wir wohnen im *Pirate's Place*.«

Obwohl Matthew dabei lächelte, schien Eileen der Name eher Unheil verkündend zu sein.

32. Kapitel

Was konnte sie schon Gutes erwarten, wenn jemand seine Herberge »Pirate's Place« nannte? Mit wenig Begeisterung kletterte Eileen neben Matthew auf den Kutschbock.

»Der Eigentümer, Kieran McNeill, ist ein ehemaliger Kamerad von mir«, erklärte er. »Er hat mir einen fairen Pferdehändler gezeigt.«

»Ist das wirklich ein Pirat?«, wollte Maggie fassungslos wissen.

»Nein, aber er hat schon ein Holzbein.«

Eileen spürte, wie ihr das Blut aus dem Gesicht wich. »Du weißt doch, was deine Mama immer sagt? Wenn Menschen anders aussehen, darfst du sie nicht anstarren.«

»Ich werde höflich sein.«

»Gut so.« Sie umklammerte ihre Tasche. »Hat er sich diese Verletzung bei der Armee zugezogen?«

»Ja.« Offensichtlich wollte Matthew nicht weiter darüber reden.

Sie schluckte. »Bist du dir sicher, dass seine Herberge geeignet ist, wenn …«

Entrüstet sah er zur Seite. »Was denkst du eigentlich, wo ich dich hinschleppe?«

»Ich meine ja nur …«

»… dass er *Soldat* gewesen ist.« Matthew klang kurz angebunden. »Das macht ihn noch nicht zu einem Verbrecher, Eileen. Ich verstehe ja, dass du schlechte Erfahrungen mit Soldaten gemacht hast, aber glaub mir, sie sind nicht alle gleich.«

»Das verstehe ich.« Steif nickte sie. Das hatte Matthew ihr tatsächlich gezeigt.

»Vermutlich müsste man eher dich bitten, höflich zu sein«, brummte er.

Sie riss entrüstet die Augen auf. »Matthew! *Selbstverständlich* werde ich zu dem Mann höflich sein. Ich … wusste nicht, dass du noch Kontakt zu deinen alten Kameraden hast.«

»Ich habe Kieran schon lange nicht mehr gesehen.« Er fuhr an einem Aushängeschild mit einem gemalten Freibeuterkapitän vorbei und anschließend in einen Innenhof zu den Ställen.

Das war keine große Herberge, stellte Eileen fest, während sie sich vom Kutschbock helfen ließ. Lange nicht so groß wie die von Leonard Trench. Im Großen und Ganzen sah sie zum Glück ganz ordentlich aus. Auf dem Weg von den Ställen zum Hauptgebäude sah sie sich neugierig um.

»Komm mal hierher, Mädchen.«

Sie schrak auf, als Matthew Maggie hochhob und sie einen Blick in eine Box werfen ließ.

Er grinste. »Dieses Kerlchen kommt morgen mit uns nach Hause.«

»Captain«, erinnerte Eileen sich, während sie sich neben ihn stellte. Das braune Pferd spitzte die Ohren und bewegte den Kopf auf und nieder, so als wollte es sie begrüßen.

Aus seiner Tasche kramte Matthew ein halbes Plätzchen hervor und fütterte es damit. »Ein starker Name für ein starkes Pferd.«

»Gibst du ihm jetzt dein letztes Haferplätzchen?«

»Hmm.« Matthew strich dem Pferd über die Nüstern. »Schaut euch doch bloß einmal sein Hinterteil an, das sind alles Muskeln. Dieser große Junge hier kann den Pflug ganz allein ziehen.«

»Es sieht ziemlich kräftig aus.« Eileen hatte nicht viel Ahnung von Pferden.

Captain schnüffelte an Matthews Kleidung. »Aber egal wie du heißen magst, ich gebe hier die Kommandos«, grinste er.

»Nun, Matt, können die Damen sich mit unserer Entscheidung anfreunden?«

Mit einer hochgezogenen Augenbraue sah Matthew Eileen an, doch sie wandte sich von dem Pferd ab und hin zu dem Mann, der die Frage gestellt hatte.

»Sie müssen Mr McNeill sein.« Wenn sie es auch nicht aus der Art und Weise ableiten konnte, wie er Matthew angesprochen hatte, verriet doch sein holpriger Gang seine Identität sofort.

»Der Pirat!«, entfuhr es Maggie.

Eileen sah, dass Matthew ihr in den Arm kniff. Glücklicherweise fing McNeill herzhaft an zu lachen. »Mein guter Name eilt mir voraus, wie ich sehe.«

Eileen musste ebenfalls lachen. »Wenn Sie den Mumm haben, Ihrer Herberge einen solchen Namen zu geben …«

»Der Betrieb gehört meinem Bruder und mir«, erzählte McNeill, der eine ganze Ecke jünger war, als sie erwartet hatte.

Matthew und er konnten kaum mehr als ein paar Jahre auseinander sein. Dabei war Matthew mindestens einen Kopf größer als sein Freund. Sie hatte sich einen wettergegerbten, alten Mann vorgestellt.

»Mir schien der Name passend, nachdem mein Bruder zur See gegangen ist und ich mit einem Holzbein hiergeblieben bin.« Er grinste fröhlich. »Ich gebe zu, dass es etwas Mühe gekostet hat, bis ich Molly davon überzeugt hatte.«

»Molly?« War es seltsam, dass Eileen von einer Welle der Erleichterung durchströmt wurde? Der Pirat hatte eine Frau. Jemanden, der ihn und eventuelle grobe Gäste in Zaum halten konnte.

»Sie wird dir gefallen, Eileen.« Matthew legte seine Hand auf ihren Rücken, um sie sanft in Richtung der Herberge zu schieben.

McNeill ging mit ihnen. »Molly wird euch gleich euer Zimmer zeigen. Miss Brady und Miss Trench teilen sich ein großes Zweibettzimmer.«

Maggie kicherte über diese formelle Bezeichnung.

»Das ist doch in Ordnung?«, wollte Matthew mit einer Spur von Unsicherheit in der Stimme wissen. »Diese Einteilung erschien mir am besten.«

»Natürlich.«

»Doch zuerst steht eine Mahlzeit für euch bereit«, verkündete McNeill. Im Haus führte er sie zu einem Tisch in einer Ecke des

Speisesaals. Augenblicklich kam eine Frau mit blonden Locken auf sie zu. »Möchtest du ihnen nicht das private Esszimmer zeigen, Kieran?«

Verblüfft sah McNeill Eileen und Matthew an.

»Dieser Platz ist prima«, erklärte Eileen hastig. »Heben Sie sich das private Esszimmer lieber für höhergestellte Gäste auf.« Sie war nicht bereit, extra dafür zu bezahlen, und außerdem konnte sie von hier aus die anderen Gäste im Auge behalten.

Molly McNeill lächelte. »Ich meinte *wirklich privat*. Wir hätten es gern, dass ihr bei uns mitesst. Kieran und Matthew haben sicher eine Menge zu besprechen … und ich würde Sie gerne kennenlernen.«

Überrascht blickte Eileen sie an. Was hatte Matthew eigentlich alles über sie erzählt?

Letztendlich aßen sie doch alle gemeinsam im Speisesaal. Das Fleisch war hervorragend gebraten und es gab eine üppige Menge an Kartoffeln und Gemüse, das Mollys Angaben nach komplett aus dem eigenen Garten kam. Zu Eileens Überraschung servierte sie zum Schluss einen frisch gebackenen Apfelkuchen.

Nach ein paar Bissen klopfte sich Matthew zufrieden auf den Bauch. »Immer noch so gut wie früher, Molly. Ich kann mich erinnern, dass das ganze Regiment damals für deine Kuchen Schlange gestanden hat.«

Eileen lächelte. »Und ich bin ganz beeindruckt, wie Sie gemeinsam in so einer kurzen Zeit so eine gut laufende Herberge auf die Beine gestellt haben.«

Es wurde still. Kieran McNeill hielt seinen Kopf ein wenig schief. »In so einer kurzen Zeit, Miss Brady? Mittlerweile sind das auch schon wieder vier Jahre.«

»Oh, aber ich habe gedacht …« Ihre Wangen wurden heiß. »Ich habe gedacht, Sie wären in Afghanistan verwundet worden.«

»Nein, das war 1876 in Nordindien.« Nun, da er die Verwirrung begriff, lächelte er verständnisvoll und nickte Matthew zu. »Es war derselbe Einsatz, bei dem er Tom das Leben gerettet hat.«

Matthew starrte weiterhin stur auf seinen Teller. »Das war nicht der Rede wert.«

»Ich vermute, Tom denkt anders darüber, alter Junge. Genau *das* sind die Augenblicke, auf die es ankommt. Die musst du in Erinnerung behalten.«

Mit einem Ruck schnellte Matthews Kopf in die Höhe. »Kannst du es dadurch bewältigen?«

Eileen sah den Schmerz in seinen Augen und wie sein Blick schnell zu Maggie hinüberirrte und wieder zurück.

Glücklicherweise bemerkte Molly dasselbe. »Nun habe ich noch eine Überraschung«, verkündete sie dem Mädchen. »Unsere Katze hat Junge bekommen. Hast du Lust, mit in den Stall zu kommen und dir die kleinen Kätzchen einmal anzuschauen?«

»Darf ich?« Maggie legte sofort die Gabel zur Seite.

»Vielleicht hätte Miss Brady ebenfalls Gefallen daran?« Mit einem fragenden Blick sah Molly Eileen an.

»Natürlich.« Sie verstand Mollys Absicht und stand eilig auf. »Lass sie uns auf der Stelle anschauen!«

Draußen warf Molly ihr einen vielsagenden Blick zu. »Ich glaube, die Männer sollten mal ein Gespräch miteinander führen.«

»Matthew fällt es offenbar schwer, den Krieg zu vergessen.« Obwohl sie wusste, dass er sich dafür schämte, sprach ihrer Meinung nach nichts dagegen, es dieser Frau zu erzählen.

»Es hat Kieran auch eine gewisse Zeit gekostet. Außerdem fühlte er sich vollkommen wertlos, nachdem ihm das Bein abgenommen worden war.« Ihr Blick wurde sanft und Eileen konnte erkennen, wie sehr sie ihren Mann liebte.

Deshalb überraschten sie die Worte, die darauf folgten.

»Ich bin mehrmals an dem Punkt gewesen, ihn aufzugeben und wegzugehen«, erzählte Molly. »Er war nicht zu genießen. Konnte und wollte nichts. Die Herberge hat ihm wieder ein Ziel gegeben, für das es sich zu leben lohnt.«

Eileen nickte verständnisvoll. »So wie Matthew die Oak Hill Farm.«

»Genau. Ich glaube allerdings nicht, dass der Bauernhof das Einzige ist, was Matthew motiviert.«

Verwirrt sah Eileen sie an.

»Matthew Wilson ist ein guter Mann, Miss Brady. Mein Vater war Unteroffizier, deswegen bin ich in Kasernen und Armeestützpunkten groß geworden. An Matthew erinnere ich mich noch gut, weil er immer freundlich und hilfsbereit gewesen ist. Sie hätten mit Sicherheit eine schlechtere Wahl treffen können.«

»Eine Wahl treffen?« Du lieber Himmel, jetzt verstand Eileen, worauf die Frau des Herbergsbesitzers hinauswollte. Das Blut stieg ihr in die Wangen. »Sie sollten nicht denken …«

»Sag doch bitte Molly zu mir. Matthews Freunde sind auch meine Freunde. Und erst recht in diesem besonderen Fall …«

Leidenschaftlich schüttelte Eileen den Kopf. »Das ist es ja gerade. Wir sind Freunde. Nichts weiter als Freunde.«

»Tatsächlich?« Molly sah sie so überrascht an, dass es Eileen im Herzen wehtat.

Aber es war wahr. Es *musste* einfach wahr sein. Gerade weil sie schon einmal eine schlechte Wahl getroffen hatte, bevor ihr bewusst geworden war, wie viel Einfluss das auf den Rest ihres Lebens haben würde.

»Es tut mir leid.« Mollys Stimme klang besorgt und auch ein bisschen zögerlich. »Weil ihr euch auf so eine bestimmte Art und Weise angeschaut habt, habe ich wirklich gedacht … Aber das habe ich mir wohl nur eingebildet.«

Eileen schwieg.

Unmittelbar darauf wandte Molly ihren Blick wieder Maggie zu, die neugierig zuhörte. »Was ich mir nicht eingebildet habe, ist, dass da junge Kätzchen in diesem Stall sind. Komm mit.«

Eileen folgte ihnen langsam und blieb stehen. Sie sah zu, wie die Frau mit Maggie im Stroh niederkniete. Die Katzenmutter behielt sie im Auge, beschwerte sich aber nicht, als Molly ein kleines, sich windendes Wesen hochhob und in Maggies Hände legte.

»Wie süß«, flüsterte Maggie beeindruckt.

Das Katzenjunge begann zu zappeln.

»Leg es dir auf den Schoß«, wies Molly Maggie an. »Ihm gefällt es, wenn du es um seinen Kopf herum kraulst.«

Das tat sie und das Kätzchen begann zu schnurren.

»Sie haben alle unterschiedliche Farben«, bemerkte Maggie.

»Das stimmt. Der Vater und die Mutter sind auch ganz unterschiedlich.«

Maggie runzelte die Stirn. »Ich habe Mama gefragt, ob meine Mutter auch schwarze Haare hat.«

Eileens Kehle schnürte sich zu. Gleich musste sie erklären …

»Du hast hübsche Locken«, verkündete Molly allerdings ruhig. »Was hat deine Mama gesagt?«

»Dass sie es nicht weiß.«

»Schade.« Molly legte ein schwarzes Kätzchen mit weißen Pfötchen auf Mollys Schoß. »Aber wie jemand aussieht, sagt nicht alles über seine Herkunft. Wenn ich richtigliege, haben Miss Brady und ich beide irische Wurzeln, allerdings habe ich nicht diese schönen roten Haare.«

»Ihre Haare sind auch sehr schön«, versicherte Maggie ihr.

»Genau wie deine.« Sie strich Maggie über die Locken.

Das junge Kätzchen begann, an Maggies Hand zu lecken. Sie kicherte. »Das kitzelt!«

Das Kätzchen miaute kläglich.

»Ich hole ein Schälchen Milch«, verkündete Molly.

Nachdem sie weggegangen war, setzte sich Eileen neben Maggie. Sobald sie sich anschaute, wie das Kind mit seinem Finger über das dunkle Köpfchen des Kätzchens streichelte, verschwand ihr Drang, über Mütter und Herkünfte zu sprechen. Das Mädchen sollte nicht *noch mehr* verwirrt werden.

»Schauen Sie mal, Miss Eileen, das Kätzchen mag Sie!« Ein getigertes Kätzchen legte sein Pfötchen auf ihren Rock.

Eileen streichelte das Tier.

»Mir kommt gerade ein guter Einfall.« Molly kehrte mit einem kleinen Schälchen zurück, das sofort die Aufmerksamkeit aller

Kätzchen auf sich zog. »Matthew hat doch sicher noch keine Katzen auf seinem Bauernhof, oder?«

Maggies Augen wurden groß. »Dürfen wir eine davon haben?«

»Nur wenn er damit einverstanden ist.« Mollys schelmisches Lächeln machte deutlich, dass sie aus Erfahrung davon ausging, dass Matthew es nicht übers Herz bringen würde, sich zu weigern. Eileen vermutete, er würde ein wenig meckern, sich aber schließlich doch einverstanden erklären.

»Darf ich mir schon einmal eins aussuchen?« Maggie nahm das schwarze Kätzchen mit den weißen Pfötchen in die Hand. »Ich finde Fleckchen am schönsten.«

Eileen grinste. »Sollen wir dann mal schauen, ob wir Onkel Matthew davon überzeugen können, dass Fleckchen auf dem Bauernhof sehr nützlich sein könnte?«

Maggie hatte keine Zeit zu verlieren, sondern rannte zum Speisesaal zurück. Dort hatten die Männer zu Eileens Erleichterung damit begonnen, lockere Anekdoten über ihre gemeinsame Dienstzeit auszutauschen.

Sobald Maggie die Geschichte mit den Kätzchen erzählt hatte, sah Matthew mit einem verzweifelten Gesichtsausdruck zu ihr hinauf. »So ein junges Kätzchen macht mit seinen scharfen Krallen vieles kaputt. Und dann wird es auch bald mit Eileens Nähgarn spielen.«

Eileen grinste. »Ich sorge schon dafür, dass sie gut verwahrt sind.«

Auf seiner Stirn erschien eine Falte. »Und was ist mit Shep?«

»Seinem Collie«, erläuterte Eileen.

»Der fängt doch keine Mäuse, oder?« Kieran rollte mit den Augen. »Gib es lieber auf, Junge. Frauen sind unglaublich gut darin, wenn es darum geht, dich glauben zu lassen, du hättest auf einmal etwas unbedingt nötig, was du bisher nie vermisst hast.«

»Ich denke nicht …«, begann Matthew, und Eileen wollte ebenfalls widersprechen.

Kieran spitzte allerdings die Lippen. »Außerdem würde ich

mich besser fühlen, wenn wenigstens eins von diesen kleinen Kerlchen am Leben bleibt und es gut hat.«

Matthew sprang beinahe vom Stuhl. »Du willst den Rest doch nicht …?«

»Ich kann hier nicht noch mehr Katzen herumlaufen haben.«

»Fleckchen nehmen wir mit, Maggie«, knurrte er.

Molly lachte vergnügt. »Wusste ich es doch, dass wir dich überzeugen können, Matt! Du wirst viel Spaß mit dem Tier haben.«

Anschließend warf sie einen vielsagenden Blick auf Eileen, die sehr genau wusste, was die Frau des Herbergsbesitzers sagen wollte. Ein Mann, der gegen das »Aufräumen« eines Nestes junger Kätzchen protestierte, musste ein gutes Herz haben. Aber wie konnte sie deutlich machen, dass sie daran auch gar nicht zweifelte? Damit würde alles nur noch komplizierter werden.

Mit einem Seufzen setzte sie sich, während Molly Tee einschenkte. Das Gespräch drehte sich glücklicherweise schon bald wieder um Gott und die Welt. Wie die Männer über den Preis für das Arbeitspferd verhandelt hatten und ob in den vergangenen Wochen in der Herberge viel los gewesen war. Welche Fortschritte Matthew auf dem Bauernhof machte und welche Schneideraufträge Eileen in Almsbrick gehabt hatte.

Nach einer Weile begann Matthew zu lächeln und nickte in Maggies Richtung. Das Mädchen war auf seinem Stuhl eingeschlafen. »Moira sollte besser nicht erfahren, wie lange wir sie haben aufbleiben lassen.«

Erschrocken sah Eileen ihn an. »So spät ist es doch noch nicht, oder?«

»Nein, aber das war ein anstrengender Tag. Ich werde sie nach oben tragen.«

Mit dem Gefühl, dass sie versagt hatte, folgte Eileen ihm die Treppe hinauf. »Ich bleibe auch lieber hier, denke ich.«

Obwohl Maggie ihre Augen öffnete, war sie so schläfrig, dass sie beim Ausziehen Hilfe brauchte. Außerdem wollte Eileen das Mädchen nicht allein lassen.

Matthew nickte. »Mein Zimmer ist gegenüber von eurem.«

»Gut, dann sehen wir uns beim Frühstück.« Sie beugte sich über Maggies Schnürschuhe.

»Eileen?« In der Türöffnung drehte er sich um. Seine Stimme hörte sich sanft und warm an. »Ich bin froh, dass du in die Stadt mitgekommen bist. Schlaf gut.«

Diese Worte sorgten allerdings dafür, dass Eileen in jener Nacht nicht besonders gut schlief.

༄

Am nächsten Morgen bemerkte Matthew, dass seine Reisebegleiterin müde aussah. Sie war natürlich nicht an ein Kind in ihrem Zimmer gewöhnt, obgleich Maggie in den ersten Tagen nach dem Brand auch schon bei ihr geschlafen hatte. Er glaubte zwar nicht, dass ein Kind im Raum schlimmer als zweiundzwanzig schnarchende Männern sein könnte, er wusste jedoch, wie sehr Eileen an einer festen Struktur und ihren Gewohnheiten hing.

Deshalb nahm er sich nach dem Frühstück die Zeit, um in aller Ruhe den Wagen fertig zu machen und die Pferde zu versorgen, sodass sie sich nicht zu beeilen brauchte. »Genieße es nur«, flüsterte er Captain zu, während er mit der Bürste über seine Flanken striegelte. »So eine ausgiebige Schönheitsbehandlung bekommst du nicht oft, mein Junge.«

Kurze Zeit später kam Maggie mit einer Holzkiste angelaufen. Wie konnte er das nur vergessen? Fleckchen …

»Mrs McNeill hat mir geholfen, sie einzufangen.« Sie war offensichtlich stolz auf die gemeinsame Aktion.

»Wie nett«, brachte Matthew über sich. Dass er gestern Abend darauf hereingefallen war! Jetzt hatte er diese Katze am Hals. Wenn Moira mit Maggie in eine neue Wohnung zog, musste er dafür sorgen, dass sie das Vieh bloß mitnahmen! Doch im Grunde hoffte er, dass es noch eine ganze Weile dauern würde, bis sie die Oak Hill Farm verließen. Bis Eileen umzog.

In diesem Moment kam die Schneiderin nach draußen, bereit zur Abfahrt. Das Kleid schmeichelte ihr und passte wunderbar zu ihren roten Haaren, die im Sonnenlicht glänzten. Er kannte sich zwar mit Kleidung nicht aus, aber er erkannte schnell, ob eine Frau schön war oder nicht. Sie war bildhübsch.

Ein Lächeln erleuchtete ihr Gesicht, als Maggie auf sie zurannte und sie sich zu dem Mädchen hinunterbeugte. Sie redeten bestimmt über Fleckchen, denn kurze Zeit später richtete sie sich wieder auf und sah zu ihm, immer noch mit einem Lächeln.

Es konnte nicht normal sein, dass sein Herz beim Anblick einer Person so schnell zu schlagen begann. Er tat so, als würde er sich auf das Geschirr des Pferdes konzentrieren, beobachtete währenddessen allerdings jeden Schritt, den sie in seine Richtung machte.

Auch Molly kam nach draußen und drückte Eileen ein Paket in die Hand. »Für unterwegs. Da ist auch Apfelkuchen drin, bewache es also gut. Sonst hat Matthew den schon gegessen, bevor ihr die Stadt verlassen habt.«

»Das habe ich gehört!«, sagte Matthew lauter als notwendig. »Gib es mir, dann lege ich es hinter den Kutschbock.«

Eileen drehte sich jedoch von ihm weg. »Es wäre sicher besser, wenn *ich* ein Plätzchen dafür suche.«

Kieran, der ihm mit dem Wagen geholfen hatte, pfiff zwischen den Zähnen hindurch. »Das ist eine Dame, die es mit Leichtigkeit mit dir aufnimmt. Pass bloß auf, Matt.«

»Das wird schon werden«, versprach dieser, während er seine Hand ausstreckte, um Eileen auf den Kutschbock zu helfen.

Maggie wollte lieber hinten auf der Ladefläche sitzen, damit Fleckchen nicht so allein wäre. Matthew fand das wunderbar.

Der erste Teil der Reise verlief schweigend. Vielleicht musste Eileen erst noch wach werden. Zu Hause schien sie allerdings nie Schwierigkeiten zu haben, schon am frühen Morgen aktiv zu sein. Nach einer Weile vermutete er deshalb, dass da noch etwas anderes war. Sie war zwar nicht so angespannt wie auf der Hinfahrt, aber ihre Gedanken wurden dennoch von irgendwas in Beschlag genommen.

»Bist du mit deinen Einkäufen zufrieden?«, wollte er wissen.

Seine Stimme ließ sie aufschrecken. »Ja ... ja sicher.«

Sie blinzelte mit den Augen, so als würde sie erst jetzt bemerken, dass er neben ihr saß, während er sich in jeder Minute ihrer Nähe bewusst gewesen war. Er versuchte, sich nicht gekränkt zu fühlen.

»Es war schön, dass ich mir alles erst einmal selbst anschauen konnte«, erläuterte sie. »Jetzt bin ich von der Qualität überzeugt. Es hört sich vielleicht seltsam an, dass ich jedes Stück Stoff erst einmal anfassen möchte ...«

»Im Gegenteil. Meinst du etwa, ich hätte auf Captain geboten, bevor Kieran und ich ihn nicht gründlich untersucht hatten?«

»Ich hoffe, dass er dir genauso gut gefallen wird wie Smokey. Dass du genauso eine Beziehung zu ihm aufbaust.«

Mit grübelndem Blick nickte er. Dann drehte er sich nach dem Tier um. »Es ist schon verrückt, wie sehr einem ein Pferd wie ein Teil der Familie vorkommen kann.«

»Du arbeitest mit ihm zusammen. Vielleicht noch viel mehr als mit deinen richtigen Familienangehörigen.«

Er blickte zur Seite, fand jedoch nichts Kritisches in ihrem Blick. »In gewisser Weise vermisse ich meine Familie schon«, gab er schließlich zu. »Aber noch mehr vermisse ich, dass sie nicht so sind, wie ich gehofft hatte.«

»Können Menschen sich nicht ändern? Hast *du* dich im Laufe der Zeit nicht verändert?«

Er lachte nur kurz auf.

Ihr Kinn schob sich nach vorn. »Der Mann, der nach Almsbrick zurückgekommen ist, hätte kein junges Kätzchen mit nach Hause genommen.«

Jetzt grinste er. »Nein.«

»Mehr noch, er hätte überhaupt keine Gesellschaft haben wollen.«

Das war der Fall gewesen, *bevor* er sich bis über beide Ohren in eine eigensinnige Schneiderin verliebt hatte. »Wie es scheint, hat die Dorfgemeinschaft von Almsbrick doch einen gewissen Einfluss auf mich gehabt«, sagte er tatsächlich. »Ich kann kein Einsiedler mehr sein.«

»Das brauchst du ja auch überhaupt nicht mehr.«

Er blickte sie an, wobei er wusste, dass sie die Gründe für seine Absonderung kannte. »Sobald die Dämmerung hereinbricht, bin ich immer noch besonders wachsam.«

»Dafür brauchst du dich nicht zu schämen, Matt.«

»Mein Vater würde es nicht verstehen«, warf er ihr hin. »Der war immer nur von mir enttäuscht.«

»Warum?« In der Frage klang einige Überraschung mit.

Seine Kehle wurde trocken. »Mein Bruder Luke war besser. Schlauer.«

»Du bist ein intelligenter Mann, Matthew Wilson.«

Noch nie war dieser trotzige Blick ihm so lieb und teuer gewesen. Dennoch musste er ehrlich zu ihr sein. »Ich hatte schon immer Mühe mit dem Lesen und Schreiben.«

»Aber nicht mit anderen Dingen.« Es hörte sich an, als hätte sie ausgiebig über diese Antwort nachgedacht. »Du kennst dich mit Pflanzen und Tieren aus. Du führst die Buchhaltung. Ich habe gesehen, wie du mit Maschinen und Geräten umgehst …«

»Der Bauernhof von meinem Onkel, von Moiras Vater, war mein Spielplatz und mein Schulhaus. Ich habe davon geträumt, ihn eines Tages zu übernehmen, was auch gar nicht so unwahrscheinlich war, weil er keine Söhne hatte.«

»Und trotzdem bist du weggegangen.«

»Ich konnte nicht länger bleiben.« Er wartete auf ihr »Warum nicht?«, doch die Frage blieb aus. Nichtsdestotrotz beantwortete er sie. »Ich bin schuld daran, dass mein Bruder gestorben ist.«

Eileen sagte immer noch nichts, sondern legte ihm nur die Hand auf den Arm.

Er seufzte tief. »Ich hätte ihn niemals dazu anstiften dürfen, auf dieses Pferd zu steigen. Ich habe gewusst, dass Luke mit diesem Tier nicht umgehen konnte. Es war endlich etwas gewesen, worin ich besser war als er.«

»Ihr wart noch Kinder, Matt.«

»Ich war fünfzehn und er zwei Jahre älter. Alt genug.«

»Trotzdem denke ich nicht, dass du dir die Schuld dafür geben solltest. Du hast ihn doch nicht dazu gezwungen, oder?«

Er lachte kurz. »Wenn Luke noch am Leben wäre, wäre er jetzt schwer beleidigt, weil du ihm unterstellt hast, dass er sich zu irgendetwas zwingen ließe. Ganz bestimmt nicht von mir.«

»Dann hast du deine Antwort. Mach dir keine Vorwürfe.«

»Mein Vater hat seinen Nachfolger verloren. Du weißt, dass er Pfarrer ist?« Er blickte zur Seite und sah sie nicken. »Ich habe versucht, Lukes Platz einzunehmen, aber das hat alles nur noch schlimmer gemacht. Ich konnte meinen Bruder nicht ersetzen.«

»Ich dachte immer, dass man eine Berufung braucht, um Geistlicher zu werden.«

»Ach ja?« Er zog seine Augenbrauen hoch. »Meinst du nicht, dass eine Berufung oder ein Talent vom Vater an den Sohn weitergegeben werden kann?« Mit seinem Ellenbogen gab er ihr einen sanften Schubs. »Ich sehe deine zukünftige Tochter schon in Gedanken vor mir, wie sie eifrig an der Nähmaschine arbeitet.«

Das erwartete Lächeln blieb aus.

Ihm wurde bewusst, dass sie das überhaupt nicht witzig fand. *Denk nach, Wilson.* »Es tut mir leid. Das muss manchmal schwer für dich sein.«

Ihre Augen wurden groß. »Wie meinst du das?«

»Nun, ich …« Er bewegte die Hände. »Ich nehme an, du hoffst, den richtigen Mann zu treffen und eine Familie zu gründen.«

Mit einem Seufzen ließ sie sich mit dem Rücken gegen die Lehne der Holzbank sinken. »Vielleicht schon«, gestand sie ein. »Aber in diesem Augenblick hoffe ich vor allem, dass ich mehr Aufträge für Kleider an Land ziehen und meine neuen Materialien verwenden kann.«

Sodass sie die Oak Hill Farm verlassen konnte? Mittlerweile dachte sie sicher darüber nach. Er seufzte. Wenn er doch nur zu ihr durchdringen könnte, wenn sie doch nur ihren Schutzwall fallen ließe!

»Ich sehe den Bauernhof!«, rief Maggie schließlich begeistert. »Wir sind gleich da.

Auch Eileen lachte. »Beinahe zu Hause.«

So fühlte es sich also doch für sie an.

Vom Hof her kam ihnen Shep schon fröhlich bellend entgegengerannt, obwohl er einen gemessenen Abstand zu den Pferden einhielt. »Ich habe dich auch vermisst, alter Junge.«

»Ob er wohl mit Fleckchen klarkommen wird?« Maggie klemmte sich die Kiste unter den Arm.

»Das werden wir schnell merken«, sagte Matthew trocken.

Eileen sah Matthew eindringlich und etwas missbilligend an.

»Ich kümmere mich darum, dass Shep der Katze aus dem Weg geht«, ruderte er zurück. Das würde er wohl müssen, jedenfalls soweit das in seinem Einflussbereich lag, sobald die Tiere frei herumliefen. Eileen schien zufrieden zu sein, als er den Wagen direkt vor der Tür abstellte. Sie drehte sich zu dem Kind um. »Geh schnell ins Haus und sag deiner Mama, dass wir wieder da sind.«

Moira stand jedoch schon in der Eingangstür, um ihre Tochter in ihren Armen aufzufangen. »Hattet ihr eine gute Reise?«

Das bejahten sie alle beide, bevor Maggie fröhlich über Püppchen, Brautkleider und junge Kätzchen zu schnattern begann.

Eileen lächelte Matthew zu, sodass sein Herz einen Schlag aussetzte. Um das zu verbergen, lud er sie mit einer ausladenden Handbewegung ein, vor ihm ins Haus zu gehen.

»Und wie ist es dir ergangen, Cousinchen?«, fragte er, während Maggie für einen Augenblick Luft holen musste. »Hast du hier alles gut hinbekommen?«

»Hervorragend. Oats ist genau wie besprochen zum Arbeiten vorbeigekommen.«

»Zuverlässiger Kerl.« Er nickte wertschätzend und legte seinen

Hut auf den Esstisch. »Joseph Swift hast du nicht zufällig ebenfalls gesehen?«

Die hellrote Farbe auf Moiras Wangen verriet ihm genug. Sie nickte. »Er hat vor, die Bäckerei zu erweitern, sodass dort auf Dauer auch genügend Platz für Gemischtwaren ist. Dafür werden wir einen Teil meines Grundstücks nehmen und ...«

»*Wir?*« Seine Augenbrauen schossen in die Höhe.

»Joseph hat mich gefragt, ob ich ihn heiraten möchte.« Moiras Mundwinkel zitterten. »Und ich habe Ja gesagt.«

»Wird er dann mein Vater?«, wollte Maggie außer Atem wissen.

Wieder nickte Moira. »Aber du musst ihn nicht so nennen, wenn dir das schwerfällt.«

»Das ist ja lustig.« Nachdenklich zog Maggie ihr Näschen kraus. »Dann wird Beth meine Schwester.«

»So ist es, Liebling.« Moira klang gerührt. »Ich bin so froh, dass ihr jetzt schon gute Freundinnen seid. Wegen des Ladens möchten wir nicht lange warten. Der Umbau sollte Mitte Oktober schon zum Großteil fertig sein und um diese Zeit herum wird auch die Hochzeit stattfinden. Dann werden wir bei Joseph wohnen und sind wieder eine richtige Familie.«

Maggie saugte ihre Wangen nach innen. Auf einmal sah sie zu Matthew auf. »Aber was soll dann mit Fleckchen passieren?«

»Mit Fleckchen?« Matthew räusperte sich und strengte sich furchtbar an, um nicht schadenfroh zu grinsen. »Nun, ich denke, für einen Bäcker ist es sehr wichtig, dass die Mäuse nicht an sein Mehl gehen. Da kann eine Katze schon sehr hilfreich sein. Meinst du nicht auch?«

Begeistert über diesen Einfall zwinkerte er Eileen zu. Erst jetzt sah er, dass ihr Gesicht bleich geworden war. Anscheinend stimmte Moiras Hochzeit nicht jeden freudig.

33. Kapitel

Sie hatte keinen Plan mehr. Nach all den Monaten in Almsbrick musste Eileen sich das eingestehen. Sie konnte Maggie nicht mitnehmen – und einen anderen Plan hatte sie nie gehabt.

Es war nun vier Wochen her, seit sie mit Matthew in der Stadt gewesen war, vier Wochen, nachdem Moira ihre überraschende Neuigkeit mit ihnen geteilt hatte. Und sie hatte immer noch nichts unternommen.

Während sie ins Dorf zurücklief, war ihre Freude über den neuen Auftrag, den sie soeben in Almsbrick Manor bekommen hatte, eher verhalten. Neue Kleider und Kostüme für den anstehenden Winter – Aufträge wie dieser ermöglichten es ihr, in Almsbrick zu bleiben, das wusste sie. Und wenn sie die Wahl gehabt hätte, hätte sie sich augenblicklich auf die Suche nach einem bescheidenen Arbeitsraum mit einem eigenen Schlafzimmer begeben.

Dann könnte sie weiterhin für die Menschen arbeiten, die ihr lieb und teuer geworden waren, und mit Moira und Rosie befreundet bleiben. Und vor allem könnte sie dann Maggie aufwachsen sehen, wenn auch nicht in ihrem eigenen Haus.

Aber warum hatte sie dann nichts unternommen? Du lieber Himmel, in ein paar Wochen heiratete Moira und anschließend brauchte sie wirklich einen anderen Platz zum Wohnen! Bis jetzt hatte sie behauptet, dass sie problemlos ohne fremde Hilfe ein Plätzchen finden könnte. Es würde schmerzhaft sein, Maggie niemals als eigene Tochter betrachten zu dürfen, und tief in ihrem Herzen zweifelte sie daran, dass es vernünftig war, in Almsbrick zu bleiben. Sie wagte es nicht, daran zu denken, was das bedeutete. *Zeige mir bitte den Weg, Vater.*

Sobald sie sich dem Dorf näherte und rechts von sich auf einmal die vertraute Kirche mit dem dicken Turm sah, schnürte sich ihre Kehle zu und das Atmen fiel ihr schwer. Wie konnte sie Abschied nehmen?

Die Kirchenglocke schlug, es war halb fünf, die Schule war aus. Während die Kinder in alle Richtungen davonrannten, ging Eileen ruhig auf den Schulhof.

Maggie war eine der Letzten und ihr Gesicht hellte sich auf, als sie sie bemerkte. »Miss Eileen!« Sie holte ein Papiertütchen zum Vorschein. »Schauen Sie mal, was ich von Beth bekommen habe!«

Beim Geruch der Schokolade lief Eileen das Wasser im Mund zusammen. Ihre Lieblingsplätzchen!

»Beth ist jetzt meine Beinaheschwester«, erklärte Maggie.

Eileens Appetit verschwand sofort wieder, von Maggie unbemerkt.

»Sie ist schon weg, weil Mr Swift gesagt hat, dass sie gleich nach der Schule nach Hause kommen soll.« Sie rümpfte die Nase. »Er ist dann wohl mein Beinahevater, aber das finde ich immer noch ein bisschen komisch.«

Eileen schluckte. »Ich bin mir sicher, Mr Swift erwartet nicht von dir, dass du ihn sofort als deinen Vater betrachtest, Schatz.«

»Beth denkt, dass ich mich daran schnell gewöhnen werde«, vertraute Maggie ihr an. »Schließlich ist Mama auch nicht meine richtige Mutter, aber ich sehe sie schon so.«

»Das ist wahr.« Jetzt sollte sie dem Kind – *ihrem* Kind – erzählen, wie wunderbar das war und dass es dankbar sein sollte für Moiras aufrichtige Fürsorge. Und in der Tat war Eileen ebenfalls dafür dankbar. Ihr Töchterchen hätte keinen besseren Platz zum Aufwachsen finden können.

Und jetzt, da Maggie demnächst wieder einen Vater und auch noch eine Schwester dazubekommen würde, konnte sie es noch viel weniger … Aber sollte sie überhaupt in Almsbrick bleiben und dabei zusehen, wie das Mädchen mit anderen glücklich wurde?

Maggie hing an ihrem Ärmel. »Machen Sie bald das Kleid für meine Mama fertig?«

»Das habe ich heute Morgen schon getan.« Sie zwang sich zu einem Lächeln. »Du hast mir außerordentlich viel geholfen, sonst hätte ich das nie so schnell fertigbekommen.«

»Finden Sie wirklich, dass der Kragen gut gelungen ist?«

Eileen hatte Maggie den Kragen von Hand nähen lassen, was das Mädchen äußerst sorgfältig getan hatte. »Ich bin in jeder Hinsicht zufrieden. Lass es uns gleich deiner Mutter geben!«

»Ja!« Maggies Schritte wurden bei dieser Aussicht schneller. Eileen ließ sie ziehen. Wenn es das Beste für Maggie war, sollte Eileen sie loslassen. Aber jetzt noch nicht. Das konnte sie nicht übers Herz bringen. Langsam folgte sie ihrer Tochter ins Haus.

Moira war am Herd beschäftigt, ließ sich aber von Maggie und Eileen ins Schlafzimmer schieben, um das neue Kleid anzuprobieren. Zu Eileens größter Zufriedenheit saß es wie angegossen. Sie hatte die verschiedenen Teile so zugeschnitten, dass das in den Stoff gewebte Muster gut zur Geltung kam. Außerdem war sie froh über den kleinen grauen Kragen und die grauen Biesen, die das Kleid etwas weniger streng aussehen ließen. Sie musste nichts mehr ändern.

Moira stiegen Tränen in die Augen. »Das ist dir wunderschön gelungen, Eileen. Du hast wirklich großes Talent.«

»Vielen Dank, aber ein Teil der Ehre gilt in diesem Fall deiner Tochter.« Sie lächelte Maggie zu. *Ihrer* Tochter. »Sie hat mir in der vergangenen Woche außerordentlich viel geholfen.«

Begeistert zeigte das Mädchen die Teile, an denen es gearbeitet hatte. Eileen biss die Zähne zusammen. Sie konnte nicht leugnen, dass Maggie ebenfalls ein Talent dafür hatte. Würde sie jemals erfahren, ob das Mädchen aus diesem Talent etwas machte?

»Aber Mama, wenn du den Bäcker Swift heiratest, ziehst du dann auch dieses Kleid an?«

Es wurde still, Eileen sah, wie Moira schluckte. »Nein, Liebling, ich habe nicht vor, in Schwarz zu heiraten.«

»Das muss auch nicht sein«, erklärte Eileen.

»Ich bin davon überzeugt, dass Herbert mir dieses Glück gön-

nen würde. Einen neuen Anfang.« Sie lächelte. »Und ich hätte es
sehr gerne, dass du mein Brautkleid nähst, Eileen. Möchtest du
den Auftrag annehmen?«

»Natürlich«, antwortete sie gerührt.

»Darf ich dann wieder helfen?«, wollte Maggie begierig wissen.

Der Kloß in Eileens Hals wurde immer größer. »Damit rechne
ich fest. Wir werden gemeinsam dafür sorgen, dass deine Mama
ein wunderschönes Brautkleid bekommt.«

Das würde auch gleichzeitig das Letzte sein, was sie gemeinsam unternahmen, Maggie und sie. Wie Moira gesagt hatte: Es
war Zeit für einen neuen Anfang.

»Warum lässt du das Kleid nicht gleich an?«, schlug sie vor. »Ich
suche Matthew und sage ihm Bescheid, dass das Essen fertig ist.«

Sie fand ihn auf dem Feld, auf dem schon Klee gewachsen war,
in der Nähe des Eichenwäldchens. In gebührendem Abstand
blieb sie stehen und beobachtete, wie Captain den Pflug durch
den Acker zog. Matthew spornte ihn gelegentlich an, aber das
geschah nicht oft. Sie bewunderte das muskulöse Tier und seine
ruhigen Schritte über das Feld.

Noch mehr bewunderte sie allerdings die Kraft, die Matthew
ausstrahlte. Er hatte seine Jacke ausgezogen und die Ärmel aufge-
rollt, dennoch stand ihm der Schweiß auf der Stirn. Sobald er sie
bemerkte, grinste er und nickte ihr zu.

Am Ackerrand kam sie auf ihn zu.

»Brrr, mein Junge.« Er ließ Captain eine halbe Kurve drehen
und anschließend stehen bleiben.

»Willst du hier Getreide säen?«

»Ja. Ich bin wegen des Regens ein bisschen spät dran, aber das
ist das letzte Stück.«

Er machte den Pflug los und betrachtete sie prüfend. »Musstest
du kurz mal etwas anderes tun, als über die Hochzeit zu reden?«

Mit gerunzelter Stirn warf sie einen Blick über das Land. Anscheinend war es ihr nicht gut genug gelungen, ihre Unruhe zu verbergen. »Ich bin froh, dass sich Moira und Joseph einig geworden sind«, erklärte sie. Und solange sie nicht an Maggie dachte, entsprach das auch der Wahrheit. Nur noch ein paar Wochen …

»Das freut mich.« Er holte einen Krug unter einem Baum hervor, goss sich ungeniert eine Ladung Wasser über den Kopf und rieb sich über Gesicht und Nacken. »Aber es ist nicht alles nur eitel Sonnenschein. Ich verstehe sehr gut, dass du dir Sorgen machst.«

»Ach ja?« Sie riss die Augen auf.

Er benutzte sein grünes Halstuch, um sich abzutrocknen. »Sobald es an der Zeit ist, helfe ich dir beim Zusammenpacken und Umziehen. Du hast doch sicher eine Wohnung in Almsbrick im Auge, oder? Du möchtest doch hierbleiben?«

Schweigend starrte sie ihn an.

Unbeholfen zuckte er mit den Schultern. »Irgendwo anders kann ich nur schwer vorbeikommen, wenn irgendwelche kleineren Arbeiten zu erledigen sind, fürchte ich.«

Du lieber Himmel, wie konnte sie diesen Mann verlassen? »Ich denke schon, dass ich bleibe«, verkündete sie leise und verwarf ihre vorherige Entscheidung.

»Zum Glück.« Ein breites Grinsen erschien auf seinem Gesicht. Mit seinem blonden Haar, das völlig zerzaust war, sah er sehr jungenhaft aus. »Komm«, forderte er sie plötzlich auf. »Miss Stubbs wäre böse, wenn sie wüsste, dass ich dir das immer noch nicht gezeigt habe.«

Ohne nachzudenken legte sie ihre Hand in die seine und folgte ihm zu dem Wäldchen, wo er stehen blieb. Sie zog die Augenbrauen in die Höhe. »Wagenspuren?«

Er grinste. »Darum geht es nicht. Ich frage mich aber schon, wer hier gewesen ist.«

»Jemand, der Eicheln gesucht hat?«

»Unwahrscheinlich. Aber ich wollte dir etwas anderes zeigen.«
Er legte eine Hand auf ihren Rücken und zeigte mit der anderen
auf den Baum vor ihnen. Eigentlich waren es zwei Bäume. »Darf
ich dich mit dem doppelten Baum bekannt machen?«

Voller Bewunderung betrachtete Eileen, wie der Stamm der
Tanne und der der Buche sich umeinanderwanden. Alle beide
hatten sie Zweige ausgebildet, alle beide waren voller Grün.

»Ist es nicht etwas Besonderes, dass sie gemeinsam so groß
geworden sind?« Seine Stimme ertönte dicht neben ihrem Ohr.
Ein Schauer durchfuhr sie. »Man sollte eigentlich erwarten, dass
einer von ihnen den anderen überschattet, aber das ist nicht passiert.«

»Vielleicht haben sie einander eher beschirmt.« Sie strich über
die raue Rinde der Tanne.

Matthew tat dasselbe mit der glatten Buchenrinde. »Vielleicht
ergänzen sie sich gerade durch ihre Unterschiedlichkeit.«

Sein Blick war leidenschaftlich, herausfordernd. Oh, sie hatte
überhaupt keine Angst vor den Unterschieden. Wenn Liebe im
Spiel war, würden sie einander gut ergänzen.

»Siehst du, wie sie im Laufe der Jahre miteinander verwach-
sen sind?«, fragte er, wobei er auf die Zweige zeigte, die geradezu
ineinander verschmolzen zu sein schienen. »Sie haben sich angepasst.«

Eileen wurde immer beklommener zumute. »Matthew …«

»Du hast mich vor einiger Zeit dazu gebracht, über meine Familie nachzudenken.« Er ließ den Stamm los und trat auf einmal
verlegen gegen einen Grasbüschel. »Wenn ich mit der Ernte der
Kartoffeln und der Futterbohnen fertig bin, werde ich Westwich
einen Besuch abstatten.«

Abwartend sah er sie an. Du lieber Himmel, was wollte er mit
diesem Blick bezwecken? Er hoffte doch wohl nicht etwa, dass sie
ihm erneut Gesellschaft leistete? Sein Vater war Pfarrer! Geistliche waren Frauen wie ihr gegenüber im Allgemeinen nicht besonders positiv eingestellt. Im Armenhaus hatten sie sie schon

eine gefallene Frau genannt. Diese Demütigung sollte sie ihm und auch sich selbst besser ersparen.

Matthew seufzte. »Ich habe mir die ganze Zeit über eingeredet, dass Zorn mich von einer Heimkehr abgehalten hat, weil mein Vater nicht verstanden hat, was mir wichtig war. Doch je mehr ich darüber rede, desto mehr erkenne ich, dass es etwas anderes ist.«

»Schuldgefühle«, flüsterte Eileen.

»Ja.« Er schluckte. »Und ich habe Angst, dass es nur noch schlimmer wird, wenn ich wieder dorthin gehe.«

Auch das verstand sie. Genau aus diesem Grund hatte sie selbst so lange gewartet. Und dann war es schließlich nicht mehr möglich gewesen.

»Du musst dorthin gehen, solange es noch geht«, sagte sie leise, und bevor sie sich zurückhalten konnte, legte sie ihre Hand an seine Wange. »Es sieht jetzt vielleicht unmöglich aus, aber es ist einen Versuch wert. Wenn du deine Eltern nach all den Jahren wiedersiehst, könntest du vielleicht sogar Frieden finden.«

Genau das hatte Nessa ihr immer vorgehalten.

Matthew presste seine Lippen zusammen. »Und Vergebung?«, fragte er mühsam. »Werde ich die ebenfalls finden? Vergibt Gott immer?«

Schnell ließ sie ihre Hand sinken. »Ich hoffe doch schon. Ich würde nicht …« Sie schwieg abrupt.

Er sah sie überrascht an und begann dann leise zu lachen. »Habe ich dich mit meiner Frage erschreckt? Jemand, der seine Angelegenheiten so gut unter Kontrolle hat wie du, kann doch nicht so viel verkehrt gemacht haben, oder?«

Ihr Blick trübte sich ein, sie wagte es nicht, ihn anzuschauen.

Kurze Zeit später spürte sie sanft seine Finger unter ihrem Kinn und musste ihn wieder ansehen.

»Was liegt dir auf dem Herzen, Eileen? Erzähle es mir doch.«

Sie wusste nicht, wo sie anfangen sollte. Was konnte sie sagen, ohne dass sie riskierte, dass er den Stab über sie brach? Und wenn er sie wie durch ein Wunder nicht verurteilte, wie konnte sie dann verhindern, dass ihre Taten nicht erneut einen Keil zwischen ihn und seinen Vater trieben?

Es gab nur einen Weg.

Erneut berührte sie seine Wange. »Geh jetzt einfach«, sagte sie. »Warte nicht, bis es zu spät ist.«

Traurig blickte er sie an.

»Und wo wir gerade vom Zuspätkommen sprechen, wir sollten jetzt schnell nach Hause gehen. Moira müsste das Essen längst fertig haben.«

Matthew nickte und ging zu seinem Pferd. Auf dem Weg zum Bauernhof sprach keiner der beiden ein Wort, dennoch empfand Eileen die Stille nicht als beklemmend. Wenn sich doch nur der Sturm in ihrem Herzen legen würde!

»Sobald ich Captain versorgt habe, komme ich rein«, verkündete Matthew auf dem Hof.

In diesem Augenblick kam Moira allerdings selbst schon nach draußen und schwenkte aufgeregt ein Blatt Papier. »Matt! Deine Mutter hat geschrieben, dass Becky wieder krank geworden ist.«

Eileen sah, wie sich sein Kiefer verspannte. »Wie schlimm ist es?«

»So schlimm, dass sie ein Telegramm geschickt hat, um uns zu informieren. Sie fragt nach dir.« Moiras Gesicht sah besorgt aus. »Du hast keine Zeit zu verlieren.«

»Lass *mich* lieber für Captain sorgen«, bot Eileen an und streckte ihre Hand nach den Zügeln aus.

»Es fährt heute sowieso kein Zug mehr«, erwiderte Moira. »Du solltest am besten morgen früh in Almsworth den ersten Frachtzug nehmen. Lass dich durch deinen Stolz nicht abhalten, Matt.«

Er schüttelte grimmig den Kopf. »Ich werde Tom fragen, ob er mich morgen zum Bahnhof bringen kann.«

Besorgt sah Eileen ihm hinterher. Sie konnte nur beten, dass er nicht zu lange gewartet hatte.

34. Kapitel

Nach einer langen Reise auf einer Holzbank im Zug tat die kleine Wanderung Matthew gut.

Westwich hatte einen eigenen Bahnhof. Das Dorf war wenigstens genauso groß wie Almsbrick und Almsworth zusammen und konnte deshalb eher eine Kleinstadt genannt werden. Die anglikanische Kirche mit dem Pfarrhaus befand sich vom Bahnhof aus gesehen genau auf der anderen Seite von Westwich und Matthew entschied sich dafür, einen Weg zu nehmen, der durch die Felder um das bebaute Gelände herumführte.

Er war noch nicht bereit dafür, alte Bekannte wiederzutreffen, zuerst wollte er seinen Eltern unter die Augen treten – und seiner Vergangenheit. Während er durch die Felder lief, drangen die Erinnerungen mit der Geschwindigkeit eines Dampfzuges auf ihn ein. Er blieb stehen und ballte die Hände zu Fäusten.

Das war der Ort. Er sah wieder lebhaft vor sich, wie es passiert war. Er sah Luke, der sich schwerfällig nach oben in den Sattel gezogen hatte. Und das Pferd, das durchging. Und den jungen Matthew, der ohnmächtig hatte zusehen müssen, wie sein Bruder über eine weite Strecke mitgeschleift worden war. Wütend auf sich selbst versuchte er, die Tränen zurückzuhalten.

Der Turm der Kirche war schon zu sehen, das Pfarrhaus war nun nicht mehr weit, also war er auf dem richtigen Weg. Widerwillig und voller Angst, so wie damals. Herr Gott, ich möchte ihm nicht unter die Augen treten. Ich *kann* es nicht.

Da war die Kirche auf der linken Seite des Feldwegs. Und auf der gegenüberliegenden Seite, rechts, stand das Pfarrhaus. Seine Schritte wurden zögerlicher und er hielt sich an den alten, verwitterten Grabsteinen auf. Immer wieder kehrte sein Blick zurück.

Die großen Linden vor dem Haus standen immer noch voll im Laub. Der Zaun war in seiner Abwesenheit erneuert worden. Unruhig ging er darauf zu. Der Giebel sah gut instandgehalten aus. Neben der Eingangstür wuchs immer noch eine Kletterrose, der Stolz seiner Mutter, und die frisch gestrichenen Klappläden …

Matthews Herz setzte einen Schlag aus. Die Klappläden waren geschlossen. Um die Tageszeit zu schätzen, blickte er in Richtung Sonne und anschließend zur Sicherheit noch einmal auf die Turmuhr, denn er wollte es nicht glauben. Dennoch gab es nur *eine* Erklärung dafür, warum die Läden am helllichten Tag geschlossen waren. Anscheinend gab es einen Todesfall.

Mit wankenden Knien machte er noch zwei Schritte in Richtung des Weges. Seine Hände zitterten, während er langsam den Hut absetzte. Er war zu spät.

Genau in diesem Augenblick hielt eine Kutsche vor dem Haus, die Matthew als die des Bestattungsunternehmers wiedererkannte. Der ältere Mann im schwarzen Mantel stieg aus und ging zur Eingangstür.

Wie angewurzelt blieb Matthew stehen. Er konnte es nicht glauben. Nicht Becky, nicht seine kleine Schwester! In Gedanken sah er sie lachend nach draußen rennen mit ihren langen blonden Zöpfen und ihre dünnen Ärmchen um ihn schlingen. Er blinzelte. Jetzt war sie kein kleines Mädchen mehr, sie war überhaupt nicht mehr …

Die Eingangstür ging auf und Matthew erstarrte. Vater …

Wie war der Mann so alt geworden! Selbst von der anderen Wegseite aus konnte Matthew die Falten in seinem Gesicht erkennen, die grauen und dünner gewordenen Haare. Aber es war vor allem die Haltung, die ihn traf. Niemals zuvor hatte sein Vater seine Schultern hängen lassen. Das … das war kein stolzer Geistlicher, sondern ein Mann, der eine schwere Last zu tragen hatte.

Matthews Hände zitterten, während er den Hut wieder aufsetzte und sich die Krempe tief über die Augen zog. Langsam trat er ein paar Schritte zurück. Die angestrengten Muskeln in seinen

Beinen protestierten. Er stieß mit der Hüfte gegen einen schiefen Grabstein und hielt kurz die Luft an.

Am Pfarrhaus hatte sein Vater den Bestattungsunternehmer ins Haus gelassen. Doch bevor er die Tür wieder schloss, glitt sein Blick über die Kirche und die Gräber und blieb auf ihm haften.

Ihre Blicke trafen sich. Für einen Moment stand Matthew stocksteif da. Seine Atmung wurde schneller. Was war im Gesicht seines Vaters zu lesen? Dass er es nicht glauben, nicht fassen konnte? Sein Magen drehte sich um und er biss die Zähne zusammen. Er war wahnsinnig gewesen, nach Westwich zurückzukehren, wahnsinnig zu denken, dass die Vergangenheit auf die eine oder andere Weise ausgelöscht werden könnte. Niemals würde er wiedergutmachen können, dass sein Vater seinen Erstgeborenen verloren hatte … und jetzt auch noch sein jüngstes Kind. Er war nicht in der Lage, seinen Eltern unter die Augen zu treten, sicher nicht unter diesen Umständen.

Bevor der Mann in der Türöffnung etwas unternehmen konnte, drehte Matthew sich brüsk um und rannte zwischen den Gräbern hindurch. Fort vom Pfarrhaus, weg von dem Schmerz. *Vater, vergib mir.*

***

»Glaubst du, Onkel Matthew ist schon in Westwich?« Maggie saß während des Mittagessens am Tisch Eileen gegenüber und es war offensichtlich, dass sie ihn vermisste.

Für Eileen galt dasselbe. Sie seufzte. »Ich schätze, der Zug müsste mittlerweile angekommen sein, aber es ist eine lange Reise für ihn gewesen.«

»Länger als nach Almsworth?«

»Ja sicher.« Joseph und Moira waren heute im Nachbardorf, um verschiedene Dinge zu erledigen. Es wäre gut, wenn wenigstens ein Teil von Moiras Grundstück wieder bebaut werden würde, obwohl das Sortiment des neuen Ladens beschränkter sein würde, als das in Moiras ehemaligem Geschäft der Fall gewesen war. Andere Geschäftsleute würden im Laufe der Zeit bestimmt die Lücke füllen. Wenn Eileen selbst in Almsbrick blieb, würde sie sicher die Gelegenheit ergreifen, Knöpfe, Nähgarn und Zubehör zu verkaufen. Doch würde sie bleiben?

Sie seufzte erneut. »Bis Westwich ist es sogar noch weiter als bis nach Shrewsbury, Schatz. Dein Onkel hat stundenlang im Zug gesessen.«

»Meinst du, dass Tante Becky wieder gesund wird? Ich habe sie noch nie gesehen.«

»Lass uns dafür beten.« Sie selbst war ebenfalls gespannt auf das Mädchen, das in all den Jahren einen Platz in Matthews Herzen behalten hatte. Mehr als für Beckys Genesung betete sie jedoch dafür, dass Matthew sich mit seiner Familie versöhnen würde. Wenn er das allerdings tat, dann blieb ihr nur *eine* Wahl.

Sie stand vom Tisch auf. »Komm, du musst noch ein sauberes Kleid anziehen, bevor du wieder in die Schule gehst.«

Dem Mädchen war es auf welche Weise auch immer gelungen, einen enorm großen Fleck auf seinen Rock zu bekommen. Eileen hoffte, dass sie ihn wieder auswaschen konnte.

Maggies betretenes Gesicht offenbarte ihr, dass sich das Kind dessen auch sehr bewusst war. »Das tut mir wirklich leid. Ich weiß nicht, wie das passiert ist.«

»Wir finden schon eine Lösung. Auf jetzt, nach oben mit dir.«

Sie folgte dem Mädchen, ging jedoch in ihr eigenes Schlafzimmer. Die Stoffrollen lagen an einer Wand aufeinandergestapelt und Matthew war so nett gewesen, ein paar Bretter zu befestigen, auf denen sie ihre anderen Bestände lagern konnte.

Ihr Auge fiel allerdings auf die beiden Koffer in der Ecke. Die *leeren* Koffer. Eigenartig, wie sehr sie die Püppchen vermisste, die sie all die Jahre darin aufbewahrt hatte! Sie öffnete die Verschlüsse und starrte die Verkleidung auf der Innenseite an. Schon bald würde Maggie zu alt sein, um mit solchen Püppchen zu spielen, dann brauchte sie sie nicht mehr. Jetzt, wo sie ihre Tochter leibhaftig getroffen hatte, brauchte sie selbst diese Andenken ebenfalls nicht mehr. Oder doch?

Sie legte den Koffer aufs Bett und holte das Kistchen, in dem sie ihr Geld aufbewahrte. Es war zu wenig, um wirklich weit zu reisen, aber mit einer Fahrkarte dritter Klasse würde sie Almsbrick doch ein ganzes Stück hinter sich lassen können.

»Miss Brady, können Sie mir mit meinen Haaren helfen?« Maggie kam herein und schaute sich stirnrunzelnd um. »Wollen Sie verreisen? Müssen Sie noch mehr Einkäufe erledigen?«

»Vielleicht schon«, log sie. »Ich fand es schön, nach Shrewsbury zu fahren.«

»Ich ebenfalls«, erklärte Maggie, die in der Erinnerung daran grinsen musste. »Aber ich würde am liebsten auch all die Orte besuchen, die uns Master Timmons auf seinen Ansichtskarten gezeigt hat.«

»Das ist ganz schön weit weg.« Sie erinnerte sich, dass Maggie von den Pyramiden erzählt hatte.

»Nun, vielleicht dann doch nur Irland. Reden da alle so wie der *seanchaí* auf der Kirmes?«

Eileen lächelte. »Oder so wie der große und der kleine Pat und Mikey.«

»Sie wollen doch auch noch einmal nach Irland, oder?« Bildete sie sich das nur ein oder war da ein Hauch von Hoffnung in der Stimme des Mädchens?

Eileens Herz schlug immer schneller. Sie legte das Geldkistchen zur Seite und ging in das Schlafzimmer, das sich Moira und Maggie teilten. Geistesabwesend nahm sie ein Haarband und ließ ihren Blick über die Kleiderhaken an der Wand gleiten. Wie viel davon würden sie mitnehmen können? Mit ihrer Hand strich sie über den Rock von Maggies bestem Kleid. Das war auch das dickste und damit die vernünftigste Lösung, da nun der Herbst vor der Tür stand.

»Was machen Sie da?«

Ertappt zuckte sie zusammen. »Ich schaue einfach nur.«

Abwartend blieb Maggie stehen.

»Ich ... schaue, ob du demnächst wieder ein neues Kleid brauchst.«

Maggie zog nachdenklich die Nase kraus. »Das findet Mama sicher nicht gut.«

Mama? Verdutzt blinzelte Eileen mit den Augen. In der Tat, *Mama.* Das hier war der Ort, an den Maggie gehörte, an dem sie glücklich war. Wo sie aufwachsen würde mit dem Vater, den sie so dringend brauchte, und der Schwester, die sie jetzt schon als Freundin betrachtete.

»Du sollst jedenfalls schön aussehen auf der Hochzeit«, sagte sie mit schwankender Stimme.

»Beinahe genauso schön wie Mama.«

»Beinahe.« Niemand durfte die Aufmerksamkeit von der Braut weglenken, doch für Eileen würde dieses Mädchen immer das Wichtigste sein. Trotzdem konnte sie Maggie nichts Besseres bieten. Nichts Schöneres als ein neues Kleid. Sie schluckte. »Komm, ich flechte dir deine Zöpfe neu.«

Maggie wandte ihr den Rücken zu, dennoch versuchte Eileen, ihre Gefühle zu verbergen. Sie hoffte, dass das Mädchen nicht bemerkte, wie sehr ihre Hände zitterten oder wie sie bedächtig ihre Finger durch die schwarzen Locken gleiten ließ. Nur noch einmal ... Sie hatte Moira ein Brautkleid versprochen und dieses Versprechen würde sie halten. Nebenbei würde sie Maggie mit dem schönsten Kleid ausstatten, welches das Mädchen jemals besessen hatte.

Sorgfältig befestigte sie das Haarband. »Es ist Zeit zu gehen.«

Sie erschrak selbst über die tiefere Bedeutung dieser Worte, Maggie aber lachte unbeschwert. »Und nach der Schule ist Mama wieder da!«

Eileens Herz zog sich zusammen. »So ist es.«

Sie sah Maggie hinterher, während diese vom Hof herunterrannte. Über die Brücke, ins Dorf. Anschließend nahm sie ihr Schultertuch und ging nach draußen. Eigentlich sollte sie sich an den neuen Schneiderauftrag der Almsworth-Damen machen, aber sie konnte sich nicht dazu aufraffen.

Sie ging zu dem Platz, an dem sie Matthew gestern getroffen hatte. Der Pflug stand immer noch da. Wenn er lange fortblieb, würden sie vermutlich Oats anheuern müssen, damit der die Arbeit rechtzeitig beendete, aber momentan wollte Matthew sich die Kosten natürlich sparen.

Zwischen den Bäumen waren frische Wagenspuren zu sehen und sie dachte an das, was sie gestern über das Eichelsammeln gesagt hatte. Daran, was Matthew ihr gezeigt hatte. Sie sah an den beiden Stämmen hinauf. *Vielleicht ergänzten sich die Unterschiede der beiden gut …*

Seine Worte waren geheimnisvoll geblieben, er hatte nicht wirklich zum Ausdruck gebracht, dass sie auf ihn und sie passten. Vielleicht hatte er vor allem auf die Versöhnung mit seinem Vater abgezielt, denn das war jetzt das Wichtigste. Sie musste ihm diese Chance geben, sie musste ihn ziehen lassen.

Eine Träne glitt über ihre Wange. *Auch Maggie muss ich ziehen lassen, Vater.* Sie musste ihr kleines Mädchen loslassen. Die ganze Zeit über hatte sie es falsch gesehen. Die Entscheidung, die sie vor acht Jahren getroffen hatte, konnte sie nicht wieder rückgängig machen. Ihre Tochter hatte sie für immer verloren. *Es tut mir leid, es tut mir so leid!* Maggie ihrer Pflegemutter wegzunehmen, war die schlechteste Idee, die sie jemals gehabt hatte. Oh ja, sie liebte dieses Mädchen. Sie würde alles für es geben, und Maggie würde nie wissen, wie viel.

Sie musste Maggie davor bewahren, sich für sie, ihre wahre Mutter, schämen zu müssen. Maggie hatte eine gute, ehrbare Pflegemutter, die sie so liebte, wie Eileen es sich nur wünschen konnte. Die ihr ein richtiges Familienleben ermöglichen konnte. Ein Leben ohne Schande, ohne Geheimnisse. *Vergib mir, Vater, ich kann es nicht wiedergutmachen, was ich getan habe.* Sie fiel auf die Knie und schlug sich die Hände vors Gesicht. Matthews verzweifelte Frage klang ihr in den Ohren: Vergibt Gott immer?

Während ihr die Tränen liefen, wurde sie von den Worten überflutet, die sie einst von Moira gehört hatte. Gnade … Gnade … unverdiente Gunst. Sie sah Moiras breites Lächeln vor sich, das ihr ganzes Gesicht zum Strahlen brachte. *Gott hat dich schon die ganze Zeit geliebt, liebes Kind.*

Sie schluckte. *Ist das wahr, Vater? Geht deine Liebe so weit?*

Es war nicht notwendig, laut die Antwort zu hören, schließlich trug sie diese bereits im Herzen. So wie sie Maggie bedingungslos liebte, so konnte sie sich der Liebe Gottes ihr gegenüber sicher sein. Trotz all der Fehler, die sie gemacht hatte, der zerbrochenen Träume … *Ich weiß, dass Jesus auch für meine Sünden gestorben ist.*

Sie sah hinauf zu dem doppelten Baum. Ein Wunder der Natur, ein Zeichen Gottes. Aus einer Lage, die alles andere als ideal gewesen war, hatte er hier etwas Schönes entstehen lassen. Und als sie für Maggie nicht hatte sorgen können, hatte er das Mädchen einem kinderlosen Paar anvertraut, das ihm die Liebe geben konnte, die es brauchte. Und so wie es unmöglich war, die Buche und die Tanne voneinander zu scheiden, konnte sie nicht in Maggies Leben eingreifen, ohne einen Schaden zu verursachen. Ohne ihrem kleinen Mädchen Leid zuzufügen.

Sie schloss die Augen, versuchte zur Ruhe zu kommen und dankte Gott, dass sie Maggie wenigstens hatte kennenlernen können. *Ich weiß, dass ich sie verlassen muss, Vater.* Wie könnte ich in Almsbrick bleiben, wenn sie nie zu mir gehören kann?

Schon einmal hatte sie mit blutendem Herzen ihre Tochter weggeben müssen. Es zerriss sie, dass sie erneut von ihr Abschied nehmen musste. Trotzdem würde sie das tun, was das Beste für Maggie war.

❧

Das flache Steinchen schoss über das Wasser. Fünf-, sechsmal, bevor es unterging. Schweigend starrte Matthew auf die konzentrischen Kreise, die sich auf der Wasseroberfläche bildeten. Er hatte keinen Blick für die wundervollen Spiegelungen des Sonnenlichtes im Bach, denn vor seinem geistigen Auge stand das Bild seines Vaters, der ein alter Mann geworden war.

Von Kummer gezeichnet. Er warf noch ein Steinchen. Gezeichnet vom Verlust seiner Kinder. Mit einem verzweifelten Aufschrei warf er erneut. Ein lautes Klatschen war das Ergebnis.

»Ich hatte schon gehofft, dass ich dich hier finde.«

Langsam drehte Matthew sich um. Nach zehn Jahren stand er nun seinem Vater gegenüber von Angesicht zu Angesicht.

»Du bist immer schon zum Bach gegangen, wenn du deine Ruhe haben wolltest. Deinen Ärger loswerden musstest.«

Matthew nickte. Es machte ihm nichts aus, dass sein Vater sah, wie nass seine Wangen waren. »Ist Becky …?«

»Gestern Abend ist sie glücklicherweise in Frieden heimgegangen. Nur viel zu jung.« Die Unterlippe seines Vaters zitterte.

Das war das erste Mal, dass Matthew einen Riss in der Mauer seiner Selbstbeherrschung entdeckte. »Ich bin so schnell gekommen, wie ich konnte.«

Doch das war eine Lüge, und das wussten sie alle beide. Es hätte so viele Möglichkeiten gegeben, so viele Augenblicke, in denen er in den Zug hätte steigen können oder auch nur einen Brief oder eine Karte hätte schicken können.

Matthews Augen füllten sich erneut mit Tränen, seine Stimme war heiser.

»Es tut mir leid, Vater.«

Es wurde still. »Wie sehr musst du mich verabscheuen«, stellte sein Vater schließlich fest. »Zehn Jahre sind eine lange Zeit, mein Junge.«

Matthews Kehle brannte. »Ich hätte früher zurückkommen sollen. Dann hätte ich Becky aufwachsen sehen können.«

Seinem Vater entfuhr ein tiefer Seufzer. »Ich habe ihr die Möglichkeit genommen, mit ihrem großen Bruder aufzuwachsen.«

»*Du?*« Der Schmerz in Matthews Brust wurde heftiger.

»Du bist doch wegen mir weggegangen, nicht wahr? Weil ich

dich dazu gezwungen habe, so zu werden wie Luke, obwohl ihr so unterschiedlich seid wie Tag und Nacht.«

Matthew schluckte. »Ich habe mein Bestes gegeben.«

»Das weiß ich, mein Junge. Kannst du mir vergeben?«

»*Dir* vergeben?« Fassungslos sah Matthew den älteren Mann an. »Vater, wenn Luke nicht gestorben wäre …« Er schüttelte den Kopf, schlug die Augen nieder und trat einen Schritt zurück. »Ich habe dir deinen Nachfolger genommen.«

»Was sagst du da?« In der Stimme seines Vaters war Überraschung zu hören. »Habe ich dir jemals die Schuld für Lukes Tod gegeben? Auch wenn ich nicht verstehe, warum das passiert ist, so weiß ich doch, dass es ein Unfall gewesen ist. Ja, ich habe dir viel vorzuwerfen, aber nicht, dass du am Tod deines Bruders in irgendeiner Weise beteiligt gewesen wärst.«

»Aber Vater …« Matthews Stimme brach.

»Ihr habt getan, was heranwachsende Jugendliche immer tun: Herausforderungen gesucht, seid Risiken eingegangen. Vielleicht wäre die Rivalität zwischen euch beiden weniger stark gewesen, wenn mir bewusst gewesen wäre, wie unterschiedlich ihr beide wart. Seinerzeit habe ich das nicht verstanden.« Er blickte Matthew an. »Mein Bruder hat dich besser gekannt als ich.«

»Onkel Wilson und ich waren uns ziemlich ähnlich.«

»Und jetzt bist du in seine Fußstapfen getreten.« Langsam, aber kräftig legte er seine Hand auf Matthews Schulter. »Moira hat uns über die Geschichte mit der Oak Hill Farm geschrieben. Ich bin stolz auf alle Schritte, die du getan hast, seit du wieder von der Armee zurückgekommen bist.«

Matthew erstarrte. »Aber nicht auf meine Zeit in der Armee«, sagte er zwischen zusammengebissenen Zähnen hindurch, den Blick auf den weißen Priesterkragen gerichtet. »Du hast versucht, die Seelen von Menschen zu retten, während ich sie in den Tod gejagt habe. Es kann dich nicht stolz machen, dass ich Scharfschütze gewesen bin.«

»Du hast dein eigenes Leben riskiert, um das von anderen zu

schützen und zu verteidigen. Ist das nicht auch etwas, was zum Soldatenberuf dazugehört?«

»Manchmal weiß ich das nicht mehr«, bekannte Matthew matt.

»Ich hoffe, du hast nicht vergessen, dass du Gott jederzeit um Rat fragen kannst.«

»Nach dem Krieg habe ich mich daran erinnert«, erwiderte er ehrlich. »Davor war ich zu wütend und zu dickköpfig, um auf so etwas zu hören.«

»Das tut mir leid.«

»Ja … Nun, es gibt mich noch, also hat Gott mir offensichtlich eine zweite Chance gegeben.«

»Und mir auch. Mehrere Male habe ich kurz davor gestanden, nach Almsbrick zu fahren, um mit eigenen Augen zu sehen, dass du den Krieg überlebt hast.«

»Was hat dich davon abgehalten?«, wollte Matthew wissen.

Sein Vater lächelte müde. »Der Stolz, denke ich. Sowohl meiner als auch deiner. Moira hat mir geschrieben, wie du über mich gedacht hast, und ich habe nicht gewusst, ob du mich überhaupt empfangen würdest.«

Matthew schwieg, denn er wusste es ebenfalls nicht.

»Deshalb habe ich gewartet«, fuhr dieser fort. »Aber seit dem Briefwechsel, in dem es um den abgebrannten Laden ging, hatte ich gehofft, dass du von dir aus zurückkommen würdest.«

Doch das hatte er nicht getan. Erneut drohten die Schuldgefühle ihn zu verzehren. Er kämpfte mit einem etwas sarkastischen Lächeln gegen die Tränen an. »Hast du nach dem verlorenen Sohn Ausschau gehalten?«

Sein Vater drückte seine Schulter. »Ich fürchte, ich kann dir keinen Ring und auch keine Sandalen anbieten. Und in dieser Situation noch nicht einmal ein Festmahl. Aber ich denke, deine Mutter hat mittlerweile den Tisch gedeckt … auch für dich.«

35. Kapitel

Matthew fand es seltsam, hinter seinem Vater ins Haus hineinzugehen durch dieselbe Tür, aus der er sich vor zehn Jahren hinausgeschlichen hatte nur mit einem Seesack und einem Brot bewaffnet, das er sich heimlich aus dem Vorratsschrank stibitzt hatte.

Seiner Mutter entfuhr ein Schrei, als sie ihn sah, und sie umarmte ihn fest. Sie war kleiner, als er sie in Erinnerung hatte. Er legte vorsichtig seine Arme um sie und wagte es nicht, seinen Vater anzuschauen.

Sobald er allerdings tatsächlich einen Blick zur Seite warf, bemerkte er das schwache Lächeln auf dem Gesicht seines Vaters. »Becky ist oben.«

Matthew trat einen Schritt zurück. Für einen Moment sah er vor seinem geistigen Auge, wie sie in ihrem Zimmer mit ihren Puppen spielte. Auf ihren Knien vor dem Puppenhaus, das er aus Holzresten für sie zusammengeschustert hatte.

»Möchtest du sie sehen?«, wollte seine Mutter wissen.

Alles in ihm wehrte sich dagegen. Als er zum letzten Mal einen Toten gesehen hatte, war er in Afghanistan gewesen. Eine Erinnerung voller Blut und Gewalt. Ihn schauderte.

»Sie liegt ganz friedlich da«, offenbarte sein Vater und zitierte: »Ein Frieden, der höher ist als alle menschliche Vernunft.«

Matthew nickte und folgte seinen Eltern auf dem Weg zu Beckys Zimmer. Auf den ersten Blick schien die junge Frau, die dort aufgebahrt war, eine Fremde zu sein. Doch je länger Matthew sie betrachtete, desto vertrauter wurden ihre Gesichtszüge. Das Kindliche, Mädchenhafte war verschwunden. Möglicherweise hatte die Krankheit dazu beigetragen. Um ihre Lippen schien der Anschein eines Lächelns zu liegen, das von etwas erzählte, was sie wusste, was ihm aber noch verborgen war.

»Mach's gut, Mädchen«, murmelte er.

Seine Mutter strich ihm über den Rücken, so wie sie es getan hatte, als er noch ein kleiner Junge gewesen war.

Er sah sie an. »Sie sieht dir immer ähnlicher.«

»Im letzten Jahr ist sie oft krank gewesen«, berichtete sein Vater. »Das hat im letzten Winter mit einer Lungenentzündung angefangen. An Weihnachten ging es ihr dann wieder besser, aber ganz erholt hat sie sich davon nicht mehr.«

»Im Frühjahr ist sie wieder krank geworden«, ergänzte seine Mutter. »Damals haben wir einander geschrieben.«

»Ich hatte nicht gewusst, dass es so schlimm war.« Matthew umklammerte den Bettpfosten mit seinen Fingern.

»Sie schien sich schnell wieder zu erholen.« Seine Mutter führte ihn sanft aus dem Zimmer heraus, zurück nach unten. »Letzte Woche hat sie allerdings wieder eine Lungenentzündung bekommen. Es ging so schnell, dass ich schließlich beschlossen habe, ein Telegramm zu schicken.«

»Ich bin froh, dass du das gemacht hast.« Obwohl es dennoch zu spät gewesen war.

Im Esszimmer stellte ein Dienstmädchen, das ihm unbekannt vorkam, die Schüsseln auf den Tisch. Sein Vater bedeutete ihm, Platz zu nehmen, und sprach ein Gebet. Es war so seltsam, wieder hier bei seinen Eltern zu sein, dass Matthew kaum einen Bissen herunterbrachte. Auch schien es nicht angemessen, ausführlich und begeistert die Fragen seines Vaters über den Gang der Dinge auf dem Bauernhof zu beantworten.

Er war froh, als seine Mutter schließlich nach Moira fragte. »In ihren letzten Briefen schien sie lebhafter als davor zu klingen. Geht es mit dem Laden gut voran?«

»So könnte man es sagen.« Er grinste. »Unserer Cousine wurde unlängst ein Heiratsantrag gemacht.«

»Wirklich?« Die Wangen seiner Mutter wurden rot. »Ist er von einem guten Mann?«

»Sicher. Joseph Swift ist der Bäcker von Almsbrick, ein Witwer mit einer Tochter in Maggies Alter. Ich denke, die beiden passen gut zusammen.«

»Was für eine Überraschung! Obwohl sie geschrieben hat, dass ihr der Bäcker beim Verkauf der vom Feuer verschont gebliebenen Waren geholfen hat …«

»Und seitdem auch von neuen Waren.« Matthew nahm einen ordentlichen Bissen Kartoffeln. »Die Bäckerei befindet sich neben ihrem … nun ja, neben der Stelle, wo der Laden gestanden hat. Sie haben vor, die Bäckerei zu erweitern.« Jetzt warf er seinem Vater einen Blick zu. »Das Geld, das du geschickt hast, haben wir benutzt, um ihren Kredit bei einem Dorfbewohner abzuzahlen.«

Sein Vater nahm seine Serviette. »Hervorragend.«

»Und wie sieht es bei dir aus, mein Junge?«

Mit einem Ruck sah Matthew auf. Sein Kiefer verspannte sich. »Hat euch Moira von meinem Pferd geschrieben? Das habe ich mit einem kleinen Kredit kaufen können. Ich komme prima klar.«

Seine Mutter lächelte betrübt. »Ich wollte wissen, ob es in deinem Leben jemanden Besonderen gibt.«

»Ob du eine Frau im Auge hast«, erläuterte sein Vater.

Sofort sah Matthew sie vor sich, konzentriert hinter ihrer Nähmaschine oder mit Stroh in ihren roten Haaren. Fröhlich singend neben ihm auf dem Weg nach Shrewsbury, ernst zuhörend. »Ich glaube schon, dass da jemand ist«, erklärte er zögerlich.

Seine Mutter zog eine Augenbraue in die Höhe. »Und wie ist da genau der Stand der Dinge?«

»Sie wohnt unter meinem Dach.« Er erschrak, als sein Vater sich mit seinem Essen verschluckte, und schämte sich. Er war noch keine Stunde bei seinen Eltern und verfiel schon wieder in dieselben rebellischen Redegewohnheiten wie früher. »Das muss ich erklärten«, fügte er hastig hinzu. »Daran ist nichts unanständig. Moira hat euch sicher von der Schneiderin geschrieben, der sie ein Zimmer vermietet hatte? Nun, nach dem Brand brauchte Eileen ebenfalls einen neuen Wohnraum und außerdem konnte sie sich so um Moira kümmern.«

»Aber sie wohnt immer noch bei dir auf dem Bauernhof?«, fragte sein Vater vorsichtig nach.

»Im Augenblick ja. Und sie krempelt auch immer noch ganz ordentlich die Ärmel hoch. Das kann sie, weil ihr Vater Landwirt gewesen ist.« Ihm fiel ein wunderbares Bild ein. »Sie hat mir geholfen, mein erstes Lamm auf die Welt zu bringen. Ihr hättet sie sehen müssen … Ich glaube, dass ich mich damals schon ein bisschen in sie verliebt habe.«

»Weiß sie über deine Gefühle Bescheid?«

Er dachte an das Erntefest und rieb sich die Wange. »Ich nehme an, dass sie so ihre Vermutungen hat …«

»Ach, Junge.« Seine Mutter legte ihr Besteck zur Seite. »Weißt du denn nicht, dass eine Frau so etwas manchmal auch einfach hören möchte?«

Röte stieg ihm in den Nacken. Sein Hals wurde heiß. Er dachte an Becky, die oben aufgebahrt lag. »Das ist kein geeigneter Augenblick, um mein Liebesleben zu besprechen.«

»Das ist es wohl«, antwortete sie leise. »Beckys Tod lehrt uns, dass wir keine Zeit zu verlieren haben. Erzähl dieser jungen Frau, dass du sie liebst.«

Sein Vater sah ihn mit einem schärferen Blick an. »Es ist dir doch ernst, mein Junge, oder?«

Matthew fragte sich, ob Moira ihnen damals von Rosie berichtet hatte. Oder ob Eileen manchmal dachte, dass es für ihn nicht mehr als das war. Doch dann lag sie falsch. Rosie hatte sein Herz nie so vollkommen erobert, wie Eileen das getan hatte.

»Das geht nicht einfach so vorüber«, behauptete er entschieden. »Mir wird jetzt bewusst, wie sehr ich sie liebe.«

Später an diesem Abend zog er in seinem alten Schlafzimmer die Decke über sich und erinnerte sich daran, wie Eileen während seines Albtraums zu ihm gekommen war. Er sehnte sich danach, zu ihr zurückzukehren. Sie würde verstehen, dass er um Becky trauerte, sie würde sich seinen Kummer anhören.

Und sie würde nicht länger an der Ernsthaftigkeit seiner Gefühle zweifeln. Sobald er sie nur wiedersah, würde er dafür sorgen.

❦

»Ist das wahr, dass Sie auf der Suche nach neuen Arbeitsräumen sind?« Neugierig drehte Emma Howell sich um, sodass Eileen gerade noch rechtzeitig die Stecknadel zurückziehen konnte, bevor sie diese in ihre in Seide gehüllte Schulter gestochen hätte.

»Wenn Sie nicht stillhalten, Miss Howell, wird das hier nichts.«

»Entschuldigung.« Miss Howell breitete die Arme aus. »Ich kann mich in diesem Kleid kaum bewegen.«

»Das wird sehr viel besser werden, wenn es nicht länger nur abgesteckt ist.«

»Natürlich.« Dennoch seufzte sie. »Ich verstehe nicht, warum mich die Almsworths auf das Fest in ihr Landhaus eingeladen haben. Ich bin doch nur eine Bauerntochter!«

»In dieser Gegend kommen Sie ihrem eigenen Stand ziemlich nahe. So viele adelige junge Damen gibt es hier nun einmal nicht.«

»Das ist wahr.«

»Und Sie werden vermutlich einen guten Einfluss auf ihren Charakter ausüben können.«

Emma Howell brach in Gelächter aus, sodass sich Eileen erneut Gedanken um das abgesteckte Kostüm machte. »Meine Mutter hofft, dass ich einen jungen Mann von Stand kennenlerne«, vertraute Emma ihr an. »Können Sie sich das vorstellen?«

Eileen versuchte ein Lächeln zu unterdrücken. Emma Howell würde verrückt werden, wenn sie sich den ganzen Tag nur mir Fragen der Etikette zu beschäftigen hätte. »Ich glaube, Ihre Mutter wünscht Ihnen vor allem ein sorgenfreies Leben.«

»Das kann ich genauso gut auf einem Bauernhof haben«, widersprach Emma entschieden.

Weise hielt Eileen ihren Mund. Wenn Emmas Vater die Howell

Farm gut führte, sollte er tatsächlich genügend Reserven aufgebaut haben, um auch durch schwierige Zeiten zu kommen. Für jemanden wie Matthew, der praktisch von der Hand in den Mund lebte, war das eine ganz andere Geschichte.

Sie betrachtete ihre Arbeit kritisch in dem großen Spiegel.

»Das sieht aus wie ein Ballkleid«, stellte Emma fest.

Aus dem Tonfall konnte Eileen nicht schließen, ob sie froh darüber war. »Dafür hätte ich die Ärmel kürzer machen müssen. Dieses Kostüm passt für ein Fest ausgezeichnet.«

»Sie sind die Expertin, Miss Brady.« Emma lächelte. »Können Sie auch tanzen?«

Eileen schüttelte den Kopf. »Nur die Volkstänze, die während des Erntefests getanzt werden.«

»Oh ja, ich habe Sie da mit Matthew Wilson tanzen gesehen.« Emmas Augen zwinkerten. »Bevor er meinen Bruder in den Teich geworfen hat.«

Eileens Wangen begannen zu glühen. »Es tut mir leid, ich hätte Sie nicht an diese Situation erinnern sollen.«

»Machen Sie sich keine Gedanken, Miss Brady. Männer machen doch häufig solche undurchdachten Sachen, besonders, wenn während so einem Fest das Bier in Strömen fließt.«

Matthew war aber nicht betrunken gewesen, als er sie geküsst hatte. Hatte er sich dann also einfach von der ausgelassenen Stimmung mitreißen lassen?

»Nach dem Fest vergessen sie es meistens schnell.«

»Ist das so?« Galt das nur für die Rauferei oder auch für den Kuss? Warum konnte sie selbst den Kuss dann nicht vergessen?

»Ganz bestimmt.« Emma grinste. »Es ist schwer zu glauben, aber ich habe Wilson sogar schon einmal auf Tom Merchant mit den Fäusten losgehen sehen.«

Das musste wegen Rosie gewesen sein.

»Letzten Endes kommen die Männer immer wieder darüber hinweg und machen weiter, als wäre nichts geschehen.«

Eileen schluckte. Würde das auch Matthews Reaktion auf ihren Auszug sein? Würde er sie für einen kurzen Augenblick vermissen und sie anschließend wieder vergessen? Würde er seine Aufmerksamkeit einfach einer anderen Frau schenken? Tief in ihrem Herzen wusste sie, dass es nicht allein ihm so gehen würde. Maggie würde sie ebenfalls vergessen, selbst wenn sie trotz allem in Almsbrick bliebe. Sie würde mit ihrem eigenen neuen Leben genug zu tun haben, ihrem Platz in der Bäckerfamilie, ihrer neuen Schwester. Da wäre nur wenig Platz übrig für die Schneiderin, die zufälligerweise auch in demselben Dorf wohnte.

»Sie haben meine Frage noch nicht beantwortet«, stellte Emma fest. »Sind Sie nun wirklich auf der Suche nach anderen Arbeitsräumen? Sie werden es wohl müssen, wenn Moira heiratet.«

»Das ist wahr.« Aber das war nicht die ganze Wahrheit. Nun, da Moira heiratete, wurde sie gezwungen, eine Entscheidung zu treffen, die sie unbewusst immer wieder hinausgeschoben hatte. Sie hätte das viel früher tun sollen. Dann hätte diese unmögliche Situation nicht so lange angedauert. Dann wären ihre Gefühle für Matthew bereits im Keim erstickt worden. Mehr noch, wenn sie nie den Fehler gemacht hätte, nach Almsbrick zu kommen, wäre ihr viel Leid erspart geblieben.

»Machen Sie sich mal keine Sorgen«, sagte Emma freundlich, während sie sich im Spiegel betrachtete. »Einige Bewohner von Almsbrick halten ihre Augen und Ohren offen. So eine gute Schneiderin wollen wir nicht gern verlieren.«

Das sollte sie eigentlich stolz machen. Sie hatte sich immer etwas eingebildet auf ihr Talent und die Position, die sie sich in Madame Carrolls Atelier erworben hatte. Auf die Aufträge, die sie hier in Almsbrick ausgeführt hatte. Das reichte allerdings nicht mehr länger aus. Sie sehnte sich danach, wirklich gebraucht zu werden, für einen Menschen wirklich lieb und teuer zu sein. Mit weniger konnte sie sich nicht mehr zufriedengeben.

Dennoch würde sie nach ihrem Auszug aus der Howell Farm von hier fortgehen, weg von Maggie, weg von Matthew. Mit dem versprochenen Brautkleid für Moira würde sie so schnell wie möglich anfangen. Aber danach würde sie Abschied nehmen. Am liebsten würde sie verschwinden, bevor er aus Westwich zurückkehrte. Wenn sie Glück hatte, blieb er noch einige Wochen dort, bis seine Schwester wieder gesund war. Dann brauchte sie ihm vielleicht gar nicht mehr unter die Augen zu treten.

Mit seinem scharfen Blick hatte Matthew von Anfang an mehr in ihr gesehen als die anderen. Er würde versuchen, ihre Beweggründe zu begreifen.

Sie schlenderte ins Feld, noch nicht bereit, zur Oak Hill Farm zurückzukehren, wo sie aus Rücksicht auf Moira und Maggie so tun musste, als wäre alles in bester Ordnung. Wann hatte sie verlernt, ihre Gefühle sorgfältig zu verbergen? Wer hatte die Mauern um ihr Herz herum abgebrochen?

Gibt es keinen anderen Weg, Vater?

Sie kam zu der Stelle, wo der Bach sich teilte, und trottete ein Weilchen an dem strömenden Wasser entlang, um ihre Gedanken zu ordnen. Es wollte ihr nicht gelingen.

Auf einmal kam aus dem hohen Gras Shep auf sie zugerannt und begrüßte sie mit einem kurzen Bellen. Anschließend winselte er und lief neben ihr her.

Wehmütig lächelte Eileen zu dem Collie hinunter. »Du vermisst Matthew auch, nicht wahr?«

Der Hund blickte sie so mitleiderregend an, dass sie sich bückte, um ihm über den Kopf zu streicheln.

»Ich verstehe es, alter Junge.« Sie kraulte ihn zwischen den Ohren, aber … was spürte sie da? »Du bist verschmiert.«

Sie betrachtete ihre Finger und erschrak. Das war Blut!

»Bist du verletzt?« Besorgt bückte sie sich, um besser sehen zu können, doch Shep sprang weg und bellte. »Was ist denn los?«

Er lief vor ihr her und schaute sich um, ob sie ihm folgte. Dieser Pfad führte zu der Wiese, auf der Matthews Schafe standen. Er hatte gesagt, dass sich die Tiere zu dieser Zeit des Jahres selbst versorgen konnten. Oats würde schon ab und zu einen Blick auf sie werfen, bis er wieder zurück war.

Dennoch klopfte Eileens Herz immer lauter.

Shep bellte und sprang verärgert hin und her, so als sei seine Geduld langsam zu Ende.

Das Gatter stand offen, da stimmte etwas nicht. Sofort begann Eileen zu zählen, doch damit kam sie nicht wirklich voran. Und in diesem Augenblick sah sie es. Ihr Atem stockte. Shep jaulte.

In der Nähe des Bachs lagen bestimmt zehn Schafe auf der Seite. Sie stellte ihren Korb ab und rannte zu ihnen hin. Ihre Ohren bluteten und an ihren Hälsen und Bäuchen waren Bisswunden zu erkennen. »Das hat ein Hund getan.«

Shep bellte zur Bestätigung, während Eileen von einem Schaf zum nächsten rannte. Nur zwei von ihnen waren noch am Leben. Die übrigen Schafe liefen panisch hin und her innerhalb und außerhalb der Einzäunung. Eileen bemerkte, dass ein paar von ihnen lahmten.

Geübt wie er war, versuchte Shep die Tiere zusammenzuhalten, aber das konnte er unmöglich allein. Sie hatte Angst, dass er ebenfalls in Panik geraten war, nachdem er wild bellend zum Bach hinuntergerannt war.

Doch das war es nicht. Auch dort lagen Schafe, ungefähr fünf, allerdings im Wasser. Einige von ihnen versuchten, das Ufer zu erklimmen, aber ihre Wolle war so mit Wasser vollgesogen, dass sie viel zu schwer waren.

Während Eileen fieberhaft nach einer Lösung suchte, kam über den Feldweg ein Wagen angefahren. Sie erkannte in ihm den roten Tilbury von Edmund Howell und rannte darauf zu. »Mr Howell!«

Zu ihrer Erleichterung war Prudence nicht bei ihm.

»Sie kommen doch gerade von der Howell Farm, Miss Brady, oder? Ich würde Sie gerne mitnehmen … Oh, was ist passiert?« Er sprang sofort vom Wagen. »Das sind doch Wilsons Schafe.«

»Sie sind angefallen worden. So habe ich sie gefunden.«

Edmund sah zunächst nach den verletzten Tieren. Sein Gesicht verdunkelte sich immer mehr. »Wir brauchen Verbandszeug.«

Für einen Moment zögerte Eileen, doch dann raffte sie ihr

Kleid und riss ein Stück von ihrem Baumwollunterrock ab. »Versuchen Sie sie bitte zu retten, Mr Howell. Matthew hat schon wegen seines Pferds so viel Geld ausgeben müssen.«

Edmund wurde durch Shep abgelenkt, der die erschrockenen Schafe im Bach anbellte. Er murmelte einen Kraftausdruck. »Wir müssen ihnen ans Ufer helfen, Miss Brady.«

»Sagen Sie mir, was ich tun soll.«

Sein Blick glitt zweifelnd über sie. Er zögerte. »Unsere Hirten sind heute Morgen weit in die Hügel hineinmarschiert, sodass ich sie nicht …«

»Sagen Sie mir, was ich tun soll«, wiederholte sie scharf.

»Versuchen Sie, sie ans Ufer zu ziehen.« Er zog seine Schuhe aus und watete in den Bach hinein.

Er schob ein Schaf von hinten und Eileen zog es von vorne. Sie rutschte auf dem nassen Gras aus und konnte kaum ihre Kraft einsetzen. Deshalb stapfte sie ins Wasser, das ihr bis zu den Knien reichte. Jetzt, wo sie gemeinsam das Schaf nach oben schieben konnten, fand es endlich festen Boden unter den Hufen. Eileen war erschöpft und sie fror, als die fünf Tiere vollkommen verschlammt, aber lebendig wieder auf dem Trockenen standen.

»Das hier ist auch verletzt«, keuchte Edmund. Er hatte das letzte Schaf beinahe tragen müssen. Sein Blick schweifte von der Herde zu seinem Wagen und anschließend zu Eileen. »Können Sie einen Wagen lenken, Miss Brady?«

»Ein bisschen. Soll ich zu den Hirten in den Hügeln fahren?«

»Mir wäre es lieber, wenn Sie ins Dorf fahren könnten und dort Tom Merchant holen. Die Wunden der Tiere müssen versorgt werden …« Mit gerunzelter Stirn schüttelte er den Kopf und blieb mit einem Streifen ihres Unterrocks in der Hand stehen. »Ich könnte ansonsten auch selbst fahren, aber …«

»Kümmern Sie sich bitte lieber um die Tiere«, erwiderte sie schnell. »Ich fahre ins Dorf.«

Es kostete sie nur wenig Mühe, Edmunds leicht zu führendes Pferd auf die Hauptstraße zu lenken.

An der Schmiede machte sich Tom sofort von dem Grüppchen Männer los, das um das Schmiedefeuer herumstand. Er rannte auf sie zu und ergriff das Zaumzeug des verschwitzten Pferdes. »Eileen! Was ist denn los?«

So knapp wie möglich erklärte sie ihm, was sie gesehen hatte. »Edmund Howell tut, was er kann, aber einige Schafe sind schon tot.«

»Diesem Hund sollten sie den Hals umdrehen«, brummte der alte Schmied Downes. Die anderen Männer am Feuer murmelten ihre Zustimmung.

»Wenn man je dahinterkommt, wem der gehört«, bemerkte Dickson von der Kneipe her.

»Das wird man sicher nicht.«

Dickson schüttelte den Kopf. »Ich meine mich erinnern zu können, dass Victor Trench vorhin auch etwas von Schafen erzählt hat. Ich konnte mir allerdings keinen Reim darauf machen.«

Eileen spürte einen Funken Hoffnung. »Er kennt sich mit Schafen gut aus. Könnte er nicht kommen und uns helfen?«

»Ich fürchte, nicht, Miss.« Mit einem mitleidigen Lächeln blickte Dickson sie an. »Solange er noch auf seinen Beinen stehen konnte, habe ich ihn nach Hause geschickt. Von dem haben Sie nicht mehr viel.«

»Ich komme mit«, erklärte Tom sofort und bekam Beifall von zwei anderen. »Aber ich denke nicht, dass ich genügend Desinfektionsmittel für so viele verletzte Tiere habe.«

»Ich kenne jemanden, der einige Vorräte hat«, verkündete Dickson mit einem kleinen Nicken.

Tom strich sich fahrig durch seine Locken und betrachtete grübelnd die Arztwohnung auf der anderen Straßenseite »Ich weiß, dass es peinlich ist, Eileen, aber … könntest du ihn bitten mitzukommen?«

Deswegen klopfte Eileen wenig später an der Tür von Doktor Goodwin. Matthew bedeutete ihr viel. Sie wusste, dass sie ihn nicht im Stich lassen konnte.

36. Kapitel

Matthew blieb bis nach Beckys Beerdigung bei seinen Eltern in Westwich. Es war seltsam, wieder neben seiner Mutter in der Kirche zu sitzen und seinen Vater von der Kanzel herunter predigen zu hören.

Unwillkürlich wappnete er sich gegen eine Gerichtspredigt, obwohl er wusste, dass die Beerdigungsagende dafür eigentlich keinen Raum ließ. Er schämte sich, dass er solche negativen Gedanken hatte, denn vor ihnen stand einfach ein gebrochener Mann in seinem schwarzen Talar. Auch sein Vater brauchte Trost.

Sein Vater ließ seinen Blick über die volle Kirche schweifen und las die vertrauten Worte aus dem Buch Hiob vor: »Der Herr hat's gegeben, der Herr hat's genommen.« Seine Stimme brach, während er weiterlas. »Der Name des Herrn sei gelobt.«

Matthew wusste, was er jetzt sagen würde: dass Becky für immer beim Herrn war, nach Hause gegangen, erlöst von Kummer und Leid. Dass er vor allem dankbar sein sollte und sich auf die Aussicht freuen, sie im Himmel wiederzusehen. Sein Kiefer verspannte sich, denn dazu war er nicht in der Lage. Jedenfalls noch nicht, so sehr er seinen Vater damit auch enttäuschte. So stark war sein Glaube nicht.

Zu seiner Überraschung schwieg sein Vater für einen Moment. Anschließend seufzte er. »Ich bete, dass ich eines Tage diese Worte von ganzem Herzen sprechen kann, doch heute frage ich mich vor allem, warum uns dieses liebe Mädchen genommen wurde.«

Sein Blick schweifte zur vordersten Kirchenbank. Zum armseligen Rest seiner Familie, dachte Matthew.

»Bis dahin«, fuhr sein Vater fort, »will ich darauf vertrauen, dass Gott uns nicht aus seiner Hand fallen lässt, obwohl wir seine Wege nicht verstehen.«

In seinen Augen waren Tränen und Matthews Blick trübte sich ebenfalls ein. Verschwunden war der stolze Geistliche, der mit seinem stechenden Blick selbst die hartnäckigsten Sünder zur Reue bewegen konnte. Oder war Matthews eigener Blick immer getrübt gewesen, weil er das Gefühl gehabt hatte, in allem zu versagen?

Seine Mutter neben ihm bewegte sich und legte ihre Hand auf die seine, die er auf seinem Knie unbemerkt zur Faust geballt hatte. Das gab ihm Trost und in diesem Augenblick spürte er doch einen Funken Dankbarkeit.

Daran klammerte er sich fest, als er später mit dem Versprechen wiederzukommen Abschied von seinen Eltern nahm und dann während der Zugfahrt stundenlang auf die vorbeigleitende Landschaft starrte.

Er bedauerte, dass er Becky nicht mehr hatte sprechen können und keine Möglichkeit gehabt hatte, erneut ein Band mit seiner kleinen Schwester zu knüpfen. Aber dass er sich mit seinen Eltern versöhnt hatte, gab ihm mehr Ruhe, als er zuvor für möglich gehalten hätte.

Dennoch freute er sich darauf, nach Almsbrick zurückzukehren. Er wollte seine Erlebnisse mit Eileen teilen, seine Tiere wiedersehen und den Tag mit Captain im Feld verbringen. Er lächelte. Sogar nach Moiras gelegentlich allzu gut gemeinter Fürsorge und Maggies fröhlichem Geplapper sehnte er sich zurück.

In Almsworth stieg er aus dem Zug und beschloss, den Weg nach Almsbrick zu Fuß zurückzulegen. Es kostete ihn rund anderthalb Stunden, aber es half ihm, seine Gedanken zu ordnen und seine Sorgen hinter sich zu lassen.

Er atmete auf, als er den Weg entlang des Baches einschlug. Er winkte Miss Stubbs zu, die anscheinend einen Morgenspaziergang machte und immer noch behauptete, sie sei froh über ihn als Nachfolger ihres Bruders.

Kurz vor der Brücke blieb er stehen. Das war der Ort, an dem er Eileen geküsst hatte, an dem er auf eine andere Zukunft gemeinsam mit ihr gehofft hatte. Er runzelte die Stirn. Eigentlich wusste er nicht genau, worauf er gehofft hatte, er hatte sich einfach nicht länger zurückhalten können. Ihre Reaktion war zunächst so gewesen, wie er es sich erhofft hatte, und dennoch war es dann schiefgelaufen. Das würde er nicht noch einmal geschehen lassen.

Sobald er die Brücke überquert hatte, kam Shep ihm fröhlich bellend entgegengerannt. Er ging in die Hocke, um den Hund zu begrüßen. Doch kurz vor ihm blieb das Tier stehen, den Schwanz zwischen den Beinen, den Kopf nach unten gesenkt, so als hätte es Angst, bestraft zu werden.

»Was ist denn jetzt los, mein Junge?« Matthew streckte seine Hand aus. »Du hast doch sicher gut auf die Damen aufgepasst, während ich weg gewesen bin, oder?«

Shep kam vorsichtig auf ihn zu. Das bereitete ihm Sorgen.

War etwas passiert? Ein Unfall, eine Krankheit? Mit plötzlicher Hast stand er auf und marschierte weiter.

Während rechts das Wohnhaus und die Scheunen in seinen Blick kamen, sah er auf der linken Seite des Weges die Schafe auf der Wiese stehen. So dicht am Haus? Das war nicht der Ort, an dem er sie zurückgelassen hatte. Er war sich auch sicher, dass das nicht seine ganze Herde war. Sein Herz begann zu hämmern.

Shep lief neben ihm weiter und er wünschte sich, der Hund könnte mit ihm reden. Er fing an, das Schlimmste zu befürchten. Warum hatte Oats die Tiere abgesondert? Hatte es einen Ausbruch der Maul-und Klauenseuche gegeben? Diesen Schlag würde sein Bauernhof nicht überleben.

Am Gatter angekommen bemerkte er, dass einige Schafe humpelten.

»Matthew!« Eileen kam über den Hof angelaufen.

Ihr Anblick nahm ihm den Atem. So sollte es immer sein, wenn er nach Hause kam.

Ihre roten Haare glänzten wie verfärbtes Buchenlaub in der Herbstsonne, als sie auf ihn zulief. In diesem Moment stand für ihn unumstößlich fest: Diese Frau wollte er für sich gewinnen!

Doch genau wie Shep zögerte sie, als sie näher kam. Ihr Blick heftete sich auf das schwarze Trauerband um seinen Arm. Seine Mutter hatte Moira einen Brief geschrieben, sie wusste es also vielleicht schon.

»Es tut mir so leid«, sagte Eileen leise. Er hatte allerdings den Eindruck, dass sie nicht nur von Beckys Tod sprach. »Hast du sie noch einmal sehen können? Kamst du noch rechtzeitig?«

Er schluckte und schüttelte den Kopf. »Nur zur Beerdigung.«

Hinter ihr sah er Moira herankommen, Arm in Arm mit Joseph. Und da kamen auch Tom und Rosie, die anscheinend ebenfalls auf dem Bauernhof gewesen waren.

Matthews Unruhe kehrte zurück. »Was ist hier passiert?«, fragte er angespannt. »Es ist etwas geschehen, oder?«

Eileen seufzte. »Deine Schafe sind von einem Hund angefallen worden, vielleicht sogar von mehreren.«

Er hörte mit zunehmender Wut zu, während sie ihm berichtete, was vorgefallen war. »Sobald es möglich war, haben Howells Hirten geholfen, sie auf diese Weide zu bringen, damit wir sie besser im Auge behalten können.«

»Wir haben nicht viele der verletzten Tiere retten können«, ergänzte Tom und stellte sich neben sie.

Matthew nickte, übermannt von unterschiedlichen Gefühlen. Keinem der Menschen, die ihm lieb waren, war etwas passiert. Trotzdem waren seine Schafe für den Fortbestand seines Bauernhofes wichtig. »Um wie viele handelt es sich?«

»Fünfzehn«, sagte Tom. »Und es könnten noch mehr werden.«

»Doktor Goodwin hat mitgeholfen, die Wunden zu versorgen«, erzählte Eileen. »Aber für die meisten konnte er auch nichts mehr tun. Ich habe mit dem Metzger verhandelt, um wenigstens noch einen angemessenen Betrag für sie zu bekommen.«

Er wollte sie beruhigen, fand jedoch keine Worte.

Eileen knetete nervös ihre Hände und sah ihn besorgt an. »Ich hoffe, dass du mit dieser Entscheidung einverstanden bist. Ich habe das Geld beiseitegelegt.«

»Das ist gut so«, antwortete er kurz. »Ich hätte dasselbe getan.«

»Zum Glück.« Sie entspannte sich. Hatte sie wirklich solche Angst gehabt, dass er ihr böse sein könnte? Auf den Eigentümer der Hunde vielleicht, aber sicher nicht auf sie.

»Eileen, ich …« Er wurde sich bewusst, dass die anderen um ihn herumstanden. »Komm doch mal kurz mit, ich muss dir etwas erzählen.«

Ihre Augen wurden groß.

»Aber Matthew, du bist gerade erst wiedergekommen«, protestierte Moira.

»Ich komme gleich rein.«

Joseph nickte ihm zu, er verstand vielleicht mehr von seinen Plänen. Das half allerdings nicht, seine Nerven unter Kontrolle zu bekommen. Er führte Eileen den Pfad zu dem Acker hinunter, auf dem sie sich das letzte Mal getroffen hatten. Und auf einmal hatte er keine Ahnung mehr, was er ihr sagen sollte.

✢

Weil Matthew weiterhin schwieg, begann Eileen sich immer unwohler zu fühlen. Er sah so ernst aus und sie war so verwirrt.

Nach der Tragödie mit den Schafen war es ihr vernünftig erschienen, seine Rückkehr noch abzuwarten und erst dann zu gehen. Doch nachdem sie ihn nun wiedergesehen hatte, fing ihr Herz an, gegen den Gedanken zu rebellieren, Almsbrick zu verlassen. Sie flehte Gott um denselben Frieden an, den sie zuletzt am doppelten Baum verspürt hatte. Zu ihm schien Matthew nun mit ihr hinzulaufen. Doch dieses Mal blieb das Gefühl des Friedens aus.

»Ich bin froh, dass du noch da bist«, verkündete Matthew auf einmal.

Sie erschrak. »Was haben sie dir erzählt?«, fragte sie heftig. »Gibt es …?«

Warte. Niemand wusste von ihrer Entscheidung wegzugehen,

sie wussten nur, dass sie nicht auf dem Bauernhof bleiben konnte. Sie atmete auf. »Ich finde in der nächsten Zeit sicher einen geeigneten Arbeitsraum.«

»Es sind noch ein paar Wochen bis zu Moiras Hochzeit.« Wieder runzelte er die Stirn und pflückte geistesabwesend ein Blatt von der Buche.

»Wie hat dein Vater reagiert?«, wollte sie wissen, denn das war es sicher, was ihn umtrieb.

Matthew blickte sie an. »Gut. Besser, als ich erwartet hatte. Ich muss zugeben, dass du die ganze Zeit recht gehabt hast.«

»Darum ging es mir nicht«, erwiderte sie hastig.

»Weiß ich, weiß ich. Aber wenn du mich nicht angespornt hättest, wäre ich jetzt vielleicht immer noch nicht dort gewesen, während mein Vater …« Er schwieg für einen Augenblick. »Mein Vater hat sich sehr verändert, Eileen. Er ist milder geworden.«

»Das gilt auch für dich, denke ich. Ihr habt alle beide viel durchgemacht.«

»Und wir haben einander vergeben.« Er lehnte sich an den Baum. Entspannt, auf einmal beinahe heiter. »Ich hätte nicht gedacht, dass mich das so erleichtern und so viel Friede bringen würde.«

»Da bin ich froh.« Sie wusste nicht, was sie sonst sagen sollte, denn in ihrem Herzen tobte ein Sturm. Ja, es hatte eine Zeit gegeben, in der sie gedacht hatte, sie würde in Almsbrick Frieden finden. Und sie hatte Frieden mit Gott gefunden. Sollte ihr das nicht genügen? Konnte sie auf die Gnade von Menschen hoffen, wenn ihre Vergangenheit jemals offenbar werden sollte?

»Wir machen alle Fehler«, sagte Matthew. Es war, als hätte er ihre Frage beantwortet. »Ich weiß jetzt, dass Lukes Tod nicht mehr auf mir lasten muss. Oder der Tod meiner Kameraden. Erinnerst du dich noch, dass du selbst so etwas zu mir gesagt hast?«

Ja, wie wenn es gestern gewesen wäre. »Das ist eine Last, die du loslassen musst«, flüsterte sie. Genau, wie sie das tun sollte: die Vergangenheit hinter sich lassen.

»Ich hoffe, dass du das ebenfalls kannst, Eileen.« Er stieß sich vom Baumstamm ab und tat einen Schritt in ihre Richtung. »Und dass in deiner Zukunft auch ein Platz für mich ist.«

Ihr Atem stockte. »Matthew …«

»Ich weiß, dass du es schwierig findest, mir Vertrauen zu schenken. Aber du brauchst nicht an mir zu zweifeln. Ich möchte mein Leben mit dir teilen.«

»Wie soll das funktionieren?«

Er verzog schmerzlich das Gesicht. »Ich spiele gewiss kein Spielchen mit dir. Als ich dich nach dem Erntefest geküsst habe, war das vielleicht nicht durchdacht, aber es hat mir tatsächlich etwas bedeutet. Und wenn ich mich nicht irre, war das bei dir auch so.«

Sein Blick forderte sie heraus, das zu leugnen, doch sie konnte ihn nicht anlügen. Deshalb schlug sie die Augen nieder. »Sag so was nicht, bitte.«

»Das werde ich immer wieder tun«, entgegnete er entschlossen. »Nimmst du dir denn deinen eigenen Rat nicht zu Herzen? Kannst du nicht loslassen, was früher geschehen ist? Kannst du ihn nicht loslassen, diesen Soldaten aus der B-Kompanie?«

»Johnny«, erklärte sie mit Nachdruck, insgeheim überrascht davon, dass er sich das behalten hatte. »Er hieß Johnny.«

Matthews Kiefer verspannte sich. »Hast du ihn geliebt? Hat er immer noch einen Platz in deinem Herzen?«

»Du lieber Himmel, nein!« Nachdem er sie betrogen und verlassen hatte? »Aber das bedeutet nicht, dass …«

»Und wie ist es mit mir?«, bohrte er weiter. »Gibt es einen Platz für mich, Eileen?«

Sie schluckte. »Es wäre besser, wenn es keinen gäbe.«

»Vielleicht«, gestand er zu ihrer Überraschung ein. »Ich kann dir nicht den Luxus des Stadtlebens bieten, das weiß ich. Aber ich habe gesehen, wie kurz das Leben sein kann, und deshalb möchte ich nicht länger schweigen.«

Glaubte er wirklich, dass ihr harte Arbeit etwas ausmachte?

Sie hatte doch gerade ordentlich mit angepackt. Sie versuchte tief einzuatmen und zu überlegen, wie sie reagieren sollte. Mit zitternden Fingern strich sie sich eine lose Haarlocke aus dem Gesicht.

Als sie ihre Hand wieder senkte, ergriff er sie. »Wenn es sein muss, bitte ich meine Eltern um Unterstützung, Eileen.«

Das hatte er noch mit Bestimmtheit ausgeschlossen, als es darum gegangen war, ein neues Pferd zu kaufen.

»Das meine ich wirklich. Ich möchte dich gerne heiraten.«

Ihr Augen füllten sich mit Tränen.

»Also ... was möchtest *du*?«, fragte er leise.

»Ich möchte dich auch heiraten«, gestand sie zögerlich.

Mit seinen Händen umfasste er ihr Gesicht und küsste sie zärtlich. In diesem Augenblick wusste Eileen, dass sie nichts lieber wollte, als ihr Leben mit ihm zu verbringen. All ihr Widerstand verschwand und sie lehnte sich an ihn.

Schließlich beendete Matthew den Kuss und strich Eileen sanft über die Schultern. »Wir schaffen das schon gemeinsam«, verkündete er leise.

Sie fragte sich, ob sie besorgt ausgesehen hatte.

»Du brauchst keine Angst zu haben.«

»Vielleicht sind deine Eltern nicht so glücklich mit mir«, begann sie vorsichtig.

»Unsinn.« Er lachte. »Mach dich nicht so klein, Eileen. Sie waren sehr erfreut, als ich ihnen von dir erzählt habe.«

»Du hast ihnen von mir erzählt?«

»Natürlich. Sie wollen mich gerne verheiratet sehen. Ich denke, dass sie auch bald Enkel haben wollen.« Er grinste und versuchte sie erneut zu küssen.

Sie wehrte ihn ab und suchte verzweifelt nach den richtigen Worten. Kinder, eine Familie ... Maggie.

Kraftvoll zog Matthew sie an sich und strich ihr über den Kopf. »Du denkst zu viel nach, Liebes. Versuche doch einfach mal, nicht so weit in die Zukunft zu schauen.«

Für einen Augenblick ließ sie ihre Wange an dem rauen Baumwollstoff seiner Jacke ruhen. Konnte es so einfach sein?

»Komm«, forderte er sie mit einem Lächeln auf, während er wieder ihre Hand nahm. »Einen Schritt nach dem anderen. In diesem Augenblick warten ein paar Menschen ungeduldig darauf, uns Glück zu wünschen.«

»Meinst du wirklich?« Eileen gelang es zu lächeln. Sie sollte sich ausgelassen fühlen, überglücklich sogar. Matthew Wilson wollte sie zur Braut nehmen. Ein Teil von ihr war auch zufrieden, beruhigt durch sein beständiges Vertrauen. Dennoch machte sie sich Gedanken darüber, was wohl passieren würde, sollte er jemals hinter ihr Geheimnis kommen.

»Müssen wir es jetzt schon allen verkünden?«, fragte sie nervös.

Matthew grinste. »Ich vermute, dass Joseph schon geahnt hat, was ich vorhabe, und Tom ebenfalls. Wenn wir jetzt nichts sagen, werden sie denken, du hättest mich abgewiesen.«

Genau das hätte sie tun sollen. »Es … könnte ein Problem geben«, offenbarte sie leise.

Matthew wurde durch das Geräusch von Pferdehufen abgelenkt. Auf einem prächtigen, geschmückten Pferd kam Prudence Goodwin aus dem Eichenwäldchen herausgeritten. Sobald sie ihn bemerkte, schossen ihre Augenbrauen in die Höhe. »Schau mal einer an, störe ich da ein Stelldichein?«

»Wir wollten gerade zum Bauernhof laufen«, entgegnete Eileen schnell. Sie versuchte ihre Hand aus der von Matthew zu ziehen, aber seine Hand schloss sich nur noch fester um ihre. Du lieber Himmel, wollte er vielleicht, dass Prudence es sah?

»Nicht so hastig, Miss Brady«, erklärte die Arzttochter bissig. »Sie haben unlängst meinen Vater und auch meinen Verlobten beleidigt und das werde ich nicht auf sich beruhen lassen.«

Eileen versuchte, es nicht persönlich zu nehmen, sondern daran zu denken, dass Miss Goodwin ihre Kundin war und dass sie zum ersten Mal ihr Reitkostüm in Aktion bewundern konnte. Doch das interessierte Miss Goodwin offenbar kaum.

Prudence warf ihr aus dem Sattel einen gekränkten Blick zu. »Mein Vater ist Arzt, Miss Brady. Ihm obliegt eine wichtige Arbeit. Aber Sie haben ihn kommen lassen, um für Matthews dumme Schafe zu sorgen.«

Matthew räusperte sich. »Diese dummen Schafe bilden meinen Lebensunterhalt, Miss Goodwin. Ich bin sehr stolz darauf, dass Miss Brady so vernünftig gewesen ist, den Arzt einzuschalten. Und ich bin dankbar für jedes Tier, das mit seiner Hilfe gerettet worden ist. Und durch die Hilfe Ihres Verlobten.«

»Edmund ist klatschnass nach Hause gekommen!«

Eileen sah, dass Matthews Mundwinkel verdächtig zitterten. »Das scheint bei ihm zur Gewohnheit zu werden.«

Prudence blickte ihn verächtlich an. »Ich bin nicht zu Scherzen aufgelegt. Sie beleidigen meinen Verlobten.«

»Und Sie die meine.«

Während Prudence mit offenem Mund auf ihre verschränkten Finger starrte, wurde Matthews Griff nur noch fester.

»Ich schlage vor, dass Sie Ihren Ausritt fortsetzen, dann können wir nach Hause gehen.«

Die Dame blickte triumphierend. »Wie ich es schon vermutet hatte: Sie hat versucht, Sie sich zu angeln.«

Eileen spürte, wie sich ihre Wangen vor Wut röteten, Matthew aber lachte unbesorgt. »Das ist noch eine Sache, auf die sie stolz sein kann. Es ist ihr in jeder Hinsicht geglückt.«

Am nächsten Morgen kam Eileen in ein verlassenes Wohnzimmer. Du lieber Himmel, wann hatte sie zum letzten Mal verschlafen? Am Abend zuvor hatte sie noch lange wach gelegen und sich im Bett herumgewälzt. Und gegrübelt. Wie konnte sie ihre Vergangenheit vor Matthew verbergen? Doch auf der anderen Seite: Wie konnte sie ihm alles erzählen? Es gab keinen einfachen Ausweg, was sie sich auch auszudenken versuchte.

Mit einem tiefen Seufzen ging sie zum leeren Tisch. Moira hatte ihr eine Nachricht hinterlassen.

Hoffentlich hat die Ruhe dir gutgetan. Matthew ist auf dem westlichen Acker, um Getreide zu sähen. Ich selbst habe Joseph versprochen, heute Morgen in der Bäckerei auszuhelfen. Maggie habe ich mitgenommen.

Eileen blinzelte. So war es jetzt also: Moira nahm Maggie mit. Sie sollte sich lieber an diese Distanz gewöhnen, nahm sie sich vor. Entschlossen schob sie das Gefühl des Verlustes in den Hintergrund und las weiter.

Es ist noch Speck für dich da. Außerdem hat Matthew am Strauch noch ein paar reife Brombeeren entdeckt. Genieße sie, solange sie noch da sind!

Sie sah auf und bemerkte, dass er sie auf einen Teller gelegt hatte. Sie schluckte. Er hatte sogar versucht, sie in einer Herzform zu drapieren. Wie hatte sie es doch so gut getroffen mit so einem Mann! Mit ihm an ihrer Seite sollte es ihr doch gelingen, Maggie loszulassen, oder?

Sofort kehrten ihre Zweifel wieder zurück. Sie war sich ihrer Sache nicht mehr so gewiss wie damals, als sie nach Almsbrick gekommen war. Ihre Liebe machte sie verletzlich und sie wünschte, sie könnte vor den Folgen fliehen, die das haben würde. Abstand, sie brauchte Abstand.

Eilig schnappte sie sich ihr Schultertuch und rannte zur Tür hinaus. Die Hühner stoben gackernd auseinander. Dieses Mal würde sie stark sein und nicht vor ihren Gefühlen kapitulieren.

Nachdem sie sich wenig später um ihre Angelegenheiten in Trenchs Herberge gekümmert hatte, fühlte sie sich immer noch nicht besser. Mutlos schlenderte sie die Hauptstraße hinunter, um Rosie einen Besuch abzustatten, die sie sogleich dazu überredete, mit ihr ein Tässchen Tee zu trinken.

»Ich hatte immer befürchtet, dass du nur eine Zeit lang in Almsbrick bleiben würdest«, vertraute Rosie ihr an. »Aber jetzt, wo du und Matt ein Paar geworden sind, kann davon zum Glück keine Rede mehr sein.«

Eileen schüttelte den Kopf und verzog das Gesicht. »Ich habe mich gerade um ein Zimmer in der Herberge gekümmert. Oder eigentlich müsste ich ja jetzt ›Hotel‹ sagen.«

»Da steckt viel Arbeit drin«, nickte Rosie. »Ich erkenne die alte Herberge kaum noch wieder.«

»Ich habe mit Trench vereinbart, dass ich während meines Aufenthaltes Gardinen nähen werde. Das hat mir ein ziemlich geräumiges Zimmer eingebracht.« Sie seufzte. Warum war sie dann immer noch so unzufrieden?

»Es ist ja nur für eine Übergangszeit«, ermutigte Rosie sie.

»Das weiß ich.« Doch alles, an dem sie sich festgehalten hatte, schien jetzt in Bewegung geraten zu sein. Die jüngsten Entwicklungen hatten sie einfach überrollt: Moiras Hochzeit und Maggies Freude, dass sie nun zu einer richtigen Familie gehören würde. Matthews Liebe und sein Vertrauen, deren sie überhaupt nicht wert war.

Sie schluckte. »Es passiert auf einmal so viel, dass ich einfach noch ein bisschen Zeit brauche, um mich daran zu gewöhnen.«

»Dann pass mal auf, denn es steht noch eine Veränderung vor der Tür.« Rosie lachte begeistert. »Ich mache mich nämlich auch wieder ans Nähen.«

»Wie meinst du das?«

Rosie holte eine Tasche zum Vorschein. Der entnahm sie eine Anzahl von Stoffläppchen.

Eileen runzelte die Stirn. »Sind die nicht alle ein bisschen klein?«

»Sie sind ja auch für etwas Kleines.« Rosie strich sich über das Kleid. »Aber das hier wird schon bald etwas größer sein.«

»Oh.« Jetzt begann es Eileen zu dämmern. »Meinst du, du bist wieder …?«

Strahlend nickte Rosie. »Tom *und* ich erwarten ein Baby. Ist das nicht eine gute Nachricht?«

»Eine sehr gute.« Eileen dachte an ihre eigene Schwangerschaft und wie sie damals so lange wie möglich versucht hatte, ihren Bauch zu verbergen, indem sie ihr Korsett so eng wie möglich zusammengeschnürt hatte. »Ich freue mich für dich«, brachte sie heraus und starrte auf die Stoffläppchen. »Und wenn ich dir dabei helfen kann, dann lass es mich wissen.«

Rosie schüttelte den Kopf. »Du weißt doch, dass ich das nicht bezahlen könnte.«

»Ich biete es dir auch nicht geschäftlich an, sondern als Freundin.«

»Dann fände ich das ganz wunderbar.« Das breite Lächeln kam zurück. »Habe ich dir schon gesagt, wie froh ich bin, dass du nach Almsbrick gekommen bist? Und dass wir Freundinnen geworden sind? Ich finde es wirklich großartig, dass ihr euch gefunden habt, Matthew und du. Stell dir doch einmal vor, unsere Kinder werden vielleicht bald gemeinsam über die Wiese rennen!«

Eileen wich jegliche Farbe aus dem Gesicht. Abwehrend legte sie ihre Hand auf ihren Bauch. »Du denkst doch nicht …? Matthew und ich haben nicht … Ich meine, es kann nicht die Rede davon sein, dass wir heiraten müssen!«

»Das habe ich doch auch gar nicht gesagt!« Rosie brach in schallendes Gelächter aus. »Schau dir doch die Schulkinder an. Ein oder zwei Jahre Altersunterschied machen in der Regel wenig aus.«

»Aber trotzdem …« Sie holte tief Luft und versuchte ruhig zu werden. Es war alles in Ordnung, ihr guter Name stand nicht zur Diskussion.

Rosies Augen glänzten neckend. »Und viel länger wird es bestimmt nicht dauern. Wenn ich sehe, wie Matthew dich anschaut …«

Das brachte sie zur Weißglut. »Während meines Aufenthalts auf der Oak Hill Farm ist nichts Ungebührliches passiert. Ich fände es furchtbar, wenn die Leute das denken würden.«

»Da hast du natürlich recht.« Rosies Lächeln verschwand. »Dann denkst du sicher auch, dass es mir nur recht geschehen ist, dass ich so hart schuften musste, um Tommy und mich durchzubekommen. Nur sieben Monate nach der Hochzeit und schon war das Kind da, während Tom in einem fernen Land versuchte, die zerbrochene Freundschaft zu Matt zu kitten.«

»Nein, Rosie!« Wie könnte sie über ihre Freundin den Stab brechen? Sie wusste, wie einsam Rosie gewesen war. »Ich glaube an die Gnade«, flüsterte sie, die Finger um ein Stoffläppchen gekrampft. Aber würde sie die auch bei Matthew finden?

»Danke.« Rosies Freude kehrte zurück. »Denk doch nur daran, wie anders es dieses Mal sein wird. Damals, als ich vermutet habe, dass ich Tommy bekommen würde, war Tom bereits auf dem Weg zur Kaserne in Shrewsbury.«

Mit großen Augen blickte Eileen sie an. »Also hast du es gewusst … bevor er sich eingeschifft hat?«

»Ich war mir nicht ganz sicher, aber was hätte ich tun können? Wir haben ohne Zustimmung der Armee geheiratet, es war also völlig klar, dass ich nicht mitkommen durfte. Außerdem hätte ich dann in Indien herumgesessen, während Tom an die Front marschiert wäre.«

»Hast du es ihm die ganze Zeit verschwiegen?«

»Bis nach seiner Abfahrt.« Mit einem Seufzen sah Rosie aus dem Fenster, wo der kleine Junge mit denselben rotbraunen Locken wie sein Vater im Gras spielte. »Wie ich dir schon einmal erzählt habe, wäre er sonst wahrscheinlich in Almsbrick geblieben. Nach allem, was sich hier abgespielt hatte, wusste ich auch, dass er sich niemals vergeben hätte, wenn in der Fremde etwas mit Matthew passiert wäre. Deswegen wollte er mitkommen, um auf ihn aufzupassen. Also musste ich meinen Mund halten … wegen Tom und Matthew.«

Hatte sie etwa jemals gedacht, Rosie wäre oberflächlich?

»Nun bin ich einfach nur dankbar, dass Tom mit heiler Haut zurückgekehrt ist und Matthew ebenfalls. Ich gönne euch dasselbe Glück, das uns zuteilwurde.« Rosie legte ihre Hand auf den Bauch. »Einschließlich des Unwohlseins, das dazu gehört, aber das hast du schnell wieder vergessen.«

»Das weiß ich.« Eileen verschluckte sich beinahe an ihrem Tee. Hatte sie das wirklich laut gesagt? »Ich meine, das habe ich schon oft gehört.«

Rosie kniff ihre Augen zu Schlitzen zusammen. »Wenn du mich fragst, bist du einfach nervös, Eileen Brady.«

»Wegen unserer Hochzeit?« Ihre Atmung wurde schneller. »Überhaupt nicht.«

Oder doch? Sollte eine Braut nicht nervös sein, wenn sie an ihr Eheleben dachte?

»Da gibt es nichts, wovor du Angst haben müsstest«, erklärte Rosie leise. »Matthew wird sicher behutsam und zärtlich mit dir umgehen.«

»Das ist es nicht.« Du lieber Himmel, konnte dieses Gespräch noch unangenehmer werden?

An der Tür hinter ihr wurde geklopft und vor Schreck wäre Eileen beinahe vom Stuhl gefallen. Das Letzte, was sie jetzt gebrauchen konnte, war, dass Tom hereinkam und auch noch seinen Senf dazu gab.

»Matthew!«, begrüßte Rosie den Besucher allerdings fröhlich. »Ich brauche nicht zu fragen, was dich hierherführt.«

»Nein.« Er setzte seinen Hut ab, während er Eileen angrinste. »Aber wenn ich ganz ehrlich bin, bin ich ins Dorf gekommen, um Officer Abott wegen der Schafe zu fragen.«

»Und?«, wollte Rosie wissen, während Eileen sich zu sammeln versuchte.

»Er hat noch keine Ahnung, wo dieser herumstreunende Hund hergekommen sein könnte.« Matthew seufzte, bevor er sich mit einem Lächeln nach Eileen umsah. »Aber als ich dann gehört habe, wer hier ist, hat sich meine Stimmung sofort verbessert.«

»Ich wollte nur kurz mit Rosie reden.« Sie merkte selbst, wie sehr sich ihr Tonfall nach einer Verteidigung anhörte. Als bräuchte sie eine Entschuldigung, wenn sie ihre Freundin besuchte. Er hatte doch wohl nichts von ihrem Gespräch mitbekommen?

»Das passt gut«, erwiderte er. »Ich möchte nämlich auch gern etwas mit dir besprechen.«

»Dann nimm sie mal schnell mit«, befahl Rosie gutmütig. »Liebespaare brauchen ein bisschen Zeit füreinander, nicht wahr?«

Matthew zwinkerte einfach nur, während Eileen spürte, wie ihre Wangen heiß wurden. Er nahm sie mit nach draußen, zum hinteren Teil des Hofes. Seine Hand fühlte sich warm auf ihrem Rücken an.

Sobald sie über das Gras liefen, umfassten seine Finger die ihren. Johnny hatte mit ihr niemals Hand in Hand gehen wollen. Jetzt begriff sie, dass er überhaupt keine Verpflichtungen gewollt hatte. Matthew wollte sich dagegen wirklich mit ihr verbinden. Ängstlich blickte sie zur Seite. Ob er das wohl immer noch wollte, wenn er wüsste, dass sie sich einen anderen Mann hingegeben, ja sogar ein Kind von ihm bekommen hatte? Sie erschauerte.

Matthew legte seinen Arm um ihre Schultern und zog sie enger an sich. Er drückte ihr einen Kuss auf die Schläfe. »Bist du auch noch bei Joseph und Moira in der Bäckerei gewesen?«

»Nein, gar nicht. Ich würde ihnen nur im Weg herumstehen.« Beim Umbau, aber auch bei der Gründung der neuen Familie, die demnächst offiziell sein würde. Eileen mochte anschließend zwar in Almsbrick bleiben, sie wusste aber auch, dass sie so viel wie möglich Abstand von Maggie nehmen musste. Das war für das Mädchen das Beste, das Sicherste. Und für ihr eigenes Herz ebenfalls. Dennoch wurde ihr kalt bei dem Gedanken, dass sie Maggie dann nicht mehr über den Schulhof auf sich zurennen sehen würde. Oder erwartungsvoll am Tisch sitzen sähe. Dass Maggie nicht mehr stolz ihre Schulergebnisse Eileen mitteilen oder um Nähunterricht bitten würde. Erneut lief ihr ein Schauer über den Rücken.

»Ist dir kalt?«, erkundigte sich Matthew dicht neben ihrem Ohr. Seine Stimme klang neckend. »Dafür weiß ich eine Lösung.«

»Matt …«, warnte sie.

Er grinste nur, drehte sie zu sich und küsste sie leidenschaftlich. Nachdem sich Eileen aus seiner Umarmung gelöst hatte, grinste er zufrieden. »Ist dir immer noch kalt?«

Sie kam in die Versuchung, das zu bejahen, obwohl ihre Wangen bereits förmlich glühten.

Matthew seufzte. »Du verstehst doch bestimmt, dass du nicht auf der Oak Hill Farm bleiben kannst, oder?«

Eileen wurde unter seinem intensiven Blick noch wärmer. »Natürlich weiß ich das.«

»Deshalb solltest du noch einmal mit Joseph und Moira reden.«

»Warum?« Von ihnen wollte sie sich doch gerade fernhalten, von ihnen und Maggie. Der Schmerz kehrte zurück, zusammen mit der Einsamkeit. Sie musste stark bleiben. Das war sie in all den Jahren gewesen.

»In den Anbau kommen neue Zimmer für Charlie«, berichtete Matthew. »Ein Wohnzimmer und ein Schlafzimmer. Joseph hofft, dass er weiterhin für sie arbeiten möchte, wenn er erst einmal eine Frau gefunden hat und heiraten möchte.«

»Aha.«

»Sie haben die Räume wirklich schön hergerichtet. Man könnte da selbst mit einer kleinen Familie wohnen. Charlie ist bereit, noch ein Weilchen in seinem alten Zimmer wohnen zu bleiben. Ungefähr bis zu unserer Hochzeit.«

Ihre Ohren sausten. »Du meinst …?«

»Sie würden die Zimmer gern für eine Zeit lang an dich vermieten. Wäre das nicht ideal? Maggie möchte dich sicher gern in der Nähe haben, solange das möglich ist.«

Aber es ging nicht länger. »Meiner Meinung nach wäre es nicht gut …«, entgegnete sie schwach.

»Normalerweise würde ich sagen, dass Moira ebenfalls froh über deine Gesellschaft wäre, aber die hat sicher gerade andere Dinge im Kopf.« Seine Augen glänzten, während er sich zu ihr neigte. »Was ich sehr gut verstehen kann.«

Dieses Mal wandte sie ihren Kopf ab. Sein Kuss landete auf ihrer Wange.

Matthew zog die Augenbrauen hoch. »Hältst du das etwa für keine gute Idee?«

»Ich denke nicht, dass ich da wohnen sollte«, erklärte sie kurz und bündig. »Sie gründen eine neue Familie. Maggie wird sich nicht viel um mich scheren.«

Er lächelte verständnisvoll. »Sie liebt dich sehr, Eileen.«

»Aber … das ist nicht gut.« Sie stotterte. »Sie gehört zu ihnen und nicht zu mir.«

»Das hier ist ein Dorf und keine große Stadt«, erwiderte er verwundert. »Ihr werdet euch also noch oft sehen. Du kannst mit deinem Nähunterricht weitermachen und vielleicht müssen wir auch gelegentlich auf sie aufpassen.«

Sie schüttelte aufgebracht den Kopf. »Ich denke nicht …«

»Joseph und Moira hielten es für einen guten Plan. Und Charlie selbstverständlich auch. Er hat es sofort verstanden.«

»Also ist alles schon beschlossene Sache?« Entrüstet wich sie vor im zurück. »Du hast wieder einmal alles geregelt, ohne mich einzubeziehen.«

Sie dachte an all die Püppchen, die ihr jahrelang Trost gespendet hatten. Und an die nun leeren Koffer. Sie hatte noch nicht einmal ein neues Püppchen für Maggie angefertigt!

Matthew zuckte hilflos mit den Schultern. »Eileen, Liebes … ich werde bald dein Mann. Es ist meine Aufgabe, mich um dich zu kümmern.«

Fassungslos sah sie ihn an. »Um mich braucht sich niemand zu kümmern, Matthew. Ich habe mich selbst schon in der Herberge um ein Zimmer gekümmert.«

»Bei Trench? Das kann doch nicht dein Ernst sein!«

»Das ist meine Entscheidung. Ich kann meine Angelegenheiten selber regeln.«

Er schüttelte verdutzt den Kopf. »Das bedeutet aber noch lange nicht, dass du das auch musst. Ich habe gedacht, du vertraust mir, Eileen.«

Das war keine Frage des Vertrauens. Sie musste sich einfach selbst schützen.

»Ich sollte lieber gehen«, verkündete sie mit tonloser Stimme. Wie weit würde sie fliehen müssen, um das wirklich alles hinter sich zu lassen? War das denn überhaupt möglich?

Es schmerzte, dass Matthew keinen Versuch unternahm, sie aufzuhalten.

Mit den Händen in den Taschen trottete Matthew zurück zu seiner Arbeit. Ihm war bewusst gewesen, dass es schwer werden würde, ihr Vertrauen zu gewinnen, aber er hätte nicht gedacht, dass es so schnell schiefgehen würde.

Tom sah von seinem Amboss auf. »Ist Eileen nicht bei dir?«

»Nicht mehr. Sie ist wütend auf mich.«

Auf Toms Gesicht erschien ein mitfühlendes Lächeln. »Was hast du denn getan?«

»Moment mal, warum muss es denn an *mir* liegen? Ich habe versucht, ihr eine Wohnung zu besorgen.« Er berichtete, wie sie reagiert hatte. »Sie vertraut mir einfach nicht.«

»Gib ihr ein bisschen Zeit.« Tom holte eine Feile von der Werkbank. »Dann kommt alles in Ordnung.«

Matthew bezweifelte das allerdings. Er hatte die große Angst in ihren Augen gesehen. »Sie hat irgendetwas erlebt, worüber sie nicht sprechen möchte.«

»Dann versuche auch nicht, sie dazu zu zwingen.« Tom seufzte. »Als wir gerade zurückgekommen waren, wollte Rosie ständig alles Mögliche über den Krieg erfahren.«

»Aber du redest doch ansonsten auch häufig darüber.«

»Ich erzähle nur, was ich erzählen möchte. Was ich erzählen kann. Manche Dinge kann man nur schwer mit jemandem teilen, der nicht dabei gewesen ist. Nach ein paar heftigen Wortgefechten können Rosie und ich mittlerweile damit umgehen.«

»Wirklich?« Es berührte ihn, dass Tom den Krieg ebenfalls nicht vergessen konnte. »Dann werde ich versuchen, Eileen entsprechend Raum zu geben, wenn sie wieder mit mir reden möchte.«

»Tu das.« Tom zwinkerte. »Das Schönste am Streit ist die Möglichkeit, sich wieder zu versöhnen.«

»Ich werde mein Bestes geben.« Matthew grinste, sah jedoch sofort wieder vor seinem geistigen Auge, wie sie Abstand von ihm genommen hatte. »Sie hat ein Zimmer in der Herberge gemietet. Wie kann sie lieber bei Trench als bei Moria und Maggie wohnen wollen?«

»Vielleicht hat sie einfach etwas Mühe, sich an all die Veränderungen zu gewöhnen.«

Gutmütig klopfte Tom ihm auf die Schulter. »Ich verstehe sehr gut, dass es dir nicht schnell genug gehen kann, aber Eileen wird sicherlich ein bisschen mehr Zeit brauchen, um sich an den Gedanken zu gewöhnen, dass sie dich heiraten wird.«

Matthew schnaubte entrüstet. »Bin ich so abschreckend?«

»Weiß sie schon, dass du schnarchst?«

»Ach, hör doch auf!« Er versuchte, die Geschichte von ihrer Seite aus zu betrachten, doch was konnte falsch sein an einem geräumigen Zimmer in der Bäckerei?

»War Rosie auch so zurückhaltend?«

»Ist Rosie das jemals?« Lachend schüttelte Tom den Kopf. »Du kannst die Frauen nicht durchschauen, Matt. Glaube mir, manchmal erreichst du am meisten, indem du ihnen einfach ein bisschen Zeit gibst.«

»Das werde ich wohl müssen.« Matthew fuhr sich durch die Haare. »Ich habe keine Ahnung, wo sie hingegangen ist.«

»Verflixt«, murmelte Tom mit einem Blick auf die offen stehenden Tore. »Und schon steht ihr neuer Vermieter auf der Matte.« Er straffte seine Schultern und ging zum Eingang. »Mr Trench, womit kann ich Ihnen helfen?«

»Deine Dienste habe ich nicht mehr nötig, mein Junge.« Mit stolz erhobenem Haupt marschierte der Herbergsbesitzer achtlos an ihm vorbei. »Ich muss Wilson sprechen.«

»Ach ja?«, fragte Matthew widerspenstig.

»Wie ich vernommen habe, haben Sie Ihr Reich demnächst wieder für sich selbst.«

»Für eine kurze Zeit.« Dachte er. *Hoffte er.* So schwer konnte das doch nicht für Eileen sein, ihn zu heiraten?

»Hoffen Sie, dass Sie mit einer Frau an Ihrer Seite besser den Kopf über Wasser halten können?«

»Ich wüsste nicht, warum es mir nicht gelingen sollte.« Er ließ seine Stimme kühl klingen, fragte sich allerdings, ob das das Problem sein könnte. Hatte Eileen Angst, dass er nicht imstande wäre, sie beide zu versorgen? Sträubte sie sich dagegen, auf dem Bauernhof mitzuarbeiten? Er wollte nicht, dass sie ihre Schneiderei völlig an den Nagel hing, ein paar Kompromisse würde sie allerdings schließen müssen.

»Sie können Ihre Meinung immer noch ändern, Wilson.«

Er zwinkerte mit den Augen.

»Nach all den Rückschlägen sollten Sie sich vielleicht Ihre Niederlage eingestehen. Verkaufen Sie die Tiere und kündigen Sie die Pacht. Ich übernehme Ihren Grund und Boden gern. Sir Alfred wird sicher nichts dagegen haben.«

»Ich gebe mein Land nicht weg.« Fest entschlossen stemmte Matthew die Hände in die Seite. »Sie vergessen, dass Sie es mit einem Soldaten zu tun haben. Ich habe gelernt zu kämpfen.«

Trench strich sich lächelnd über den Schnurrbart. »Sie werden kämpfend untergehen, wollten Sie sagen. Ich denke, wir sollten eine gute Vereinbarung treffen, was mit dem Land zwischen meinem Hotel und dem Bauernhof geschehen soll.«

»Ich wüsste nicht, warum.« Matthews Nackenmuskeln spannten sich. »Das Eichenwäldchen bildet eine schöne, natürliche Grenze. Auf meiner Seite befindet sich nur Ackerboden, der zur Oak Hill Farm gehört. Wenn sich in dieser Hinsicht etwas ändern soll, bespreche ich das mit dem Rentmeister von Sir Alfred. Wenn nicht, dann bearbeite ich das Land, so wie ich es bisher auch getan habe.«

Auf Trenchs Gesicht zeigte sich immer größere Verärgerung. »Seien Sie doch vernünftig, Mann! Wie lange, denken Sie, wird Miss Brady mit so einer Existenz zufrieden sein? Erwarten Sie etwa, dass sie Sie dann auch noch unterstützen wird, wenn sie selbst auf dem Land mitarbeiten muss?«

Matthew zuckte zusammen. Er wusste, dass er viel von Eileen verlangte. Während ihrer Jahre in der Stadt hatte sie einen Wohlstand kennengelernt, den er ihr nicht bieten konnte. Aber hatte sie den nicht schon zurückgelassen, als sie sich entschied, nach Almsbrick zu ziehen?

»Selbstverständlich werde ich meinen zukünftigen Ehegatten unterstützen, Mr Trench.«

Hell und klar ertönte Eileens Stimme in der Schmiede.

Mit offenem Mund starrte Matthew sie an. Aus dem Augenwinkel bemerkte er, wie Tom breit grinste.

Eileen hob ihr Kinn in die Höhe. »War das alles, was Sie mit ihm besprechen wollten? Denn dann würde ich Matthew gern für einen Moment unter vier Augen sprechen.«

Ihr Blick wanderte zu ihm und er sah in ihren Augen einen Anflug von Angst, der den anderen verborgen blieb.

»Komm«, sagte er und streckte seine Hand nach ihr aus. Es tat ihm leid, dass ihm kein anderer Ort einfiel als der, an dem sie sich eben erst gestritten hatten, doch Eileen folgte ihm ohne Widerwillen.

»Du hattest recht«, offenbarte sie. Es klang ein bisschen gehetzt. »Der Anbau von Joseph und Moira ist der beste Platz. Und es wäre schön, wenn ich Maggie weiterhin sehen könnte.«

Er lächelte. Nicht weil sie ihm recht gab, sondern weil sie sich entschieden hatte, nicht mehr länger wegzulaufen. »Auch wenn Moira wieder heiratet, wird sie immer noch mit dir befreundet bleiben«, erklärte er ruhig.

»Das weiß ich.« Ihre Atmung wurde schneller.

»Und Maggie wird sich immer noch darauf freuen, ›Miss Eileen‹ zu sehen. Oder *Tante Eileen,* wenn wir verheiratet sind.«

Jetzt wandte sie ihren Blick ab. Er hatte das Gefühl, dass sie an seinen Worten zweifelte. Sie würde schon selbst merken, dass er die Wahrheit sagte. Dass die Menschen, denen sie wirklich am Herzen lag, sie nicht einfach so im Stich ließen.

Er war erleichtert, dass sie den Mut aufgebracht hatte zurückzukommen. Von außen betrachtet schien sie so eine starke Frau zu sein, er wusste jedoch, dass ihr Herz verwundet war. Er wollte ihr helfen, das Vertrauen in Menschen wiederzufinden. Vor allem in ihn.

Sanft streichelte er mit seinem Daumen über ihren Handrücken, verschränkte seine Finger mit ihren. »Kommst du mit zu Joseph und Moira?«

»Was hast du mit ihnen denn ausgemacht?« Ihr Ton war ernst.

»Dass ich mit dir darüber nachdenken werde.«

Ungläubig sah sie ihn an.

Er grinste jungenhaft und strich ihr mit dem Finger über die Wange. »Du hast mir noch keine Gelegenheit gegeben, dir das zu sagen. Aber ich weiß doch mittlerweile, dass du Überraschungen nicht magst.«

37. Kapitel

»Ich habe alle Döschen mit Knöpfen in den großen Schrank neben der Tür getan«, verkündete Rosie an diesem Montagabend.

»Danke.« Eileen schüttelte ihr Kissen auf und schaute sich um. Sie hatte das Bett gemacht und die Gardinen, die sie in den vergangenen Tagen genäht hatte, vors Fenster gehängt. Das Schlafzimmer war fertig. Nach einigen Nächten in der Herberge war sie nun auf dem besten Weg, sich wieder ihr eigenes Plätzchen einzurichten.

»Ihre Tretnähmaschine steht direkt unter dem Fenster, Miss Brady.« Charlie warf einen Blick ins Zimmer und tippte sich an die Mütze. »Matt hat gesagt, dass Sie dafür viel Licht brauchen.«

»Das stimmt.« Sie lächelte, weil sie früher nie gedacht hätte, dass Matthew sich für solche Details interessierte. Vielleicht war das ja auch nicht so, sondern seine Aufmerksamkeit wurde nur durch sie gefesselt.

Sie hätte ebenfalls niemals gedacht, dass sie sich in Almsbrick so am richtigen Platz fühlen könnte als Teil der Dorfgemeinschaft. Gestern nach dem Gottesdienst hatte es so ausgesehen, als wüsste mittlerweile jeder über ihren Umzug Bescheid. Und verschiedene Menschen hatten ihre Hilfe angeboten. Der eine hatte noch einen Tisch übrig, den sie bis zu ihrer Hochzeit benutzen konnte, bei dem anderen stand noch ein alter Schrank in der Scheune.

Matthew hatte seine Arbeit damit, aber er hatte gesagt, dass er das nicht schlimm fand. Es lenkte ihn von Beckys Tod ab und von den Problemen mit den Schafen.

Mrs Holmes hatte ein Geschirrservice vorbeigebracht, das zwar nicht zueinander passte, aber immer noch in Ordnung war. »Sie möchten Ihren Kundinnen sicher auch ein Tässchen Tee anbieten können«, hatte sie lächelnd erklärt. »Und wir könnten es nicht mitansehen, wenn Sie demnächst direkt aus dem Topf essen müssten. Pfui wirklich, was für ein Gedanke!«

In Wahrheit würde sie ihre Mahlzeiten genau wie Charlie mit der neuen Familie Swift einnehmen, nachdem Joseph und Moira geheiratet hatten. Sie hatte für sich entschieden, dass es nur gut war, wenn sie noch ein Weilchen eng an Maggies Leben Anteil nahm. So konnte sie jedenfalls mitbekommen, wie das Mädchen mit all den Veränderungen umging. Und anschließend, nachdem Maggie sich daran gewöhnt hatte, konnte Eileen ruhigen Herzens Matthews Braut werden und wieder auf die Oak Hill Farm ziehen. Dieser Zeitabschnitt schien ein Geschenk von Gott zu sein, auch, wenn sie das anfänglich ganz anders gesehen hatte.

Sie bemerkte, dass Charlie stehen geblieben war, und grinste ihn an.

»Bist du mit der Auswahl der Gardinen zufrieden?« Sie hatte sich für einen einfachen grünen Stoff entschieden und hart gearbeitet, um ihn noch rechtzeitig zu säumen.

Charlie grinste. »Ich habe doch schon gesagt, dass mir alles gefällt, oder? Solange Sie hier bloß keine kitschigen Blümchengardinen aufhängen.«

»Magst du keine Blümchen, Charlie?«, ließ sich Matthews Stimme aus dem Wohnzimmer vernehmen. »Wie kommt das denn jetzt?«

»Pass bloß auf«, rief Charlie zurück. »Ehe du dich versiehst, hängt die Oak Hill Farm voll mit so einem Frauenzeug.«

»Solange Eileen selbst ebenfalls mitkommt, habe ich nichts dagegen.« Sein heiteres Gesicht erschien im Türrahmen und er zwinkerte. Als er etwas weiter ins Zimmer hineinkam, zögerte er für einen Augenblick. »Hier sind deine Koffer.«

Sie hatte sie nun mit allem möglichen Krimskrams vollgestopft, wusste jedoch, dass er sich nur zu gut an ihren früheren Inhalt erinnerte. Und an ihre ärgerliche Reaktion, als sie gesehen hatte, dass er die Koffer einfach mit nach Shrewsbury genommen hatte. Im Nachhinein begriff sie schon, dass er das als nette Überraschung gemeint hatte. Vielleicht hätte sie es selbst auch mehr wertgeschätzt, wenn das Waisenhaus nicht so ein belasteter Ort für sie gewesen wäre. Doch darum wollte sie sich nun keine Gedanken mehr machen. Demnächst war sie einfach Maggies Tante und in dieser Rolle wäre sie auch in der Lage, ihr Mädchen aufwachsen zu sehen. Sie war an den Punkt gekommen, an dem sie dankbar dafür sein konnte, und in den vergangenen Tagen war sie zufriedener gewesen als jemals zuvor. So, als wäre ein Hebel umgelegt worden, genau wie bei ihrer Nähmaschine.

»Tom und ich müssen jetzt gehen«, rief Rosie in diesem Moment. »Schlaf heute gut in deinem neuen Zimmer, Eileen.«

»Vielen Dank für eure Hilfe!«, rief sie ihnen hinterher.

»Für mich wird es auch Zeit«, sagte Charlie. »In der Bäckerei wird es immer schon früh Tag. Daran werden Sie sich gewöhnen müssen, Miss Brady.«

Sie lachte. »Was denkst du, wie ein Sommer auf einem Bauernhof aussieht? In der Erntezeit stehen wir schon bei Tagesanbruch auf dem Feld.«

»Das hatte ich vergessen.«

Charlie verließ das Zimmer, sodass Eileen plötzlich mit Matthew alleine war. »Wo ist eigentlich Moira?«

»Unten bei Joseph und den Mädchen.«

»Oh.« Sie sah sich etwas verlegen um, stellte den geblümten Wasserkrug und die Waschschüssel anders hin, rückte den Spiegel gerade. Matthew stellte sich hinter sie und legte seine Arme um sie. »Frauenzeug …«

Sie lachte, als er sie aufs Ohr küsste.

Er legte seine Hände auf ihre Hüften. »Ich glaube, ich mag so etwas sehr.«

»Gut so.« Herausfordernd sah sie ihn im Spiegel an. »Denn in unserem Schlafzimmer werde ich sicher Blümchengardinen aufhängen.«

»Kein Problem, ich sehe sowieso woandershin.« Er wickelte sich eine lose Haarlocke um seinen Finger.

Sie bemerkte, dass er sich an ihren Haarnadeln zu schaffen machte, protestierte aber nicht.

»Lass uns doch schon mal ein Hochzeitsdatum heraussuchen, Eileen«, flüsterte er sehnsüchtig.

»Gern, das kann ja nicht so schwer sein.« Sie versuchte, unbeschwert zu klingen. »Gehe ich recht in der Annahme, dass es möglichst bald sein soll?«

»Hättest du denn lieber eine lange Verlobungszeit?« In seinen Augen erschien Panik.

»Ich denke nicht«, beruhigte sie ihn.

»Schön, schließlich hätte ich dich gern schnell wieder bei mir auf dem Bauernhof.«

Wäre es unschicklich, wenn sie zugab, dass es ihr genauso ging? Sie sehnte sich nach seiner Berührung, seiner Umarmung. Aber auch nach der Freundschaft, die sich in der vergangenen Zeit zwischen ihnen entwickelt hatte. Das Gefühl, dass sie einander ohne Worte verstanden und sich gut ergänzten, war ihr wichtig geworden.

Matthew spielte weiterhin mit ihren Haaren. »Wir bekommen irgendwann sicher ein Mädchen, das so aussieht wie du«, verkündete er voller Vertrauen. »Mit ganz vielen Sommersprossen und wunderschönen roten Haaren.«

Ihr fiel ein, dass es zwischen Maggie und ihr kaum äußerliche Ähnlichkeiten gab. Ihre dunklen Augen und schwarzen Locken hatte sie offensichtlich von ihrem Vater geerbt. »Vielleicht wird unser Töchterchen aber auch genauso blond wie du und Moira.«

»Und Becky«, ergänzte er.

Sie spürte, wie er sich verspannte, als er an seine Schwester dachte, und wollte ihn ablenken.

»Aber wer weiß«, überlegte sie laut und legte ihre Hand auf ihren Bauch. »Vielleicht wird es dieses Mal ja dann ein Junge.«

Langsam ließ er sie los. Mit gerunzelter Stirn fragte sie sich, warum. Dann drang es zu ihr durch, was sie gesagt hatte. Ihre Haut begann zu kribbeln.

»*Dieses Mal?*«, wiederholte Matthew tonlos. »Wie meinst du das?«

Eileen musste dreimal schlucken, bevor sie sich zu ihm umdrehen und ihm antworten konnte. »Vor acht Jahren habe ich schon einmal ein Kind bekommen.«

Er nickte nur.

Mittlerweile standen sie einige Schritte weit auseinander, doch es erschien ihr wie eine unüberbrückbare Kluft.

»Mit diesem Soldaten«, stellte Matthew fest. »Mit Johnny.«

»*Von* ihm«, korrigierte sie ihn. »Er hatte mich schon verlassen, bevor ich bemerkt habe, dass ich schwanger war.«

»Ist sie … gestorben?«

»Nein.« Es kam nicht mehr als ein Flüstern über ihre Lippen. Sie wusste allerdings, dass sie es dabei nicht belassen konnte. Matthew verdiente die ganze Wahrheit. »Sie ist hier, Matt, in Almsbrick. Maggie ist meine Tochter.«

»Das kann nicht sein.«

»Es steht in ihrer Akte. Deswegen bin ich nach Almsbrick gekommen. Ich wollte sie holen. Sie mitnehmen und selbst für sie sorgen.«

»Du hast Moira das Mädchen wegnehmen wollen?« Entsetzen lag in seiner Stimme.

»Ich bin Maggies Mutter, Matt.« Sie musste ihm verständlich machen, wie sie auf ihren Plan gekommen war.

Doch er hörte nicht zu. »Unglaublich! Du hast die ganze Zeit ein Spielchen mit uns gespielt.«

»So war es nicht.«

»Du hast vorgehabt, uns das Kind vor der Nase wegzunehmen!«

»Nein!« Sie näherte sich ihm. Ihre Hände zitterten. »Bitte, hör mir zu, Matthew.«

»Willst du mir noch mehr vorspielen?« Mit großen Schritten eilte er zur Tür, durchquerte ihr neues Wohnzimmer und polterte die Treppe hinunter, an deren Fuß sich eine kleine Küche befand.

»Warte!« So schnell sie konnte, folgte sie ihm nach unten. »Geh bitte nicht weg, bevor du nicht die ganze Wahrheit gehört hast!«

Unten an der Treppe drehte er sich mit einem Ruck zu ihr um. Sein Blick war provozierend.

An der Hintertür begegnete er Joseph, der sich gerade von Moira und Maggie verabschieden wollte.

»Die ganze Wahrheit?«, rief er aufgebracht. »Bitte! Aber ich bin nicht der Einzige, dem du sie schuldig bist.«

»Was ist denn los?«, wollte Moira entsetzt wissen.

Joseph sah auf seine Tochter und auf Maggie. »Mädchen, geht draußen spielen. Zieh deinen Mantel an, Beth.«

»Ist Miss Eileen traurig?« Maggie blickte sie mit großen Augen an.

Eileen presste die Lippen zusammen und schüttelte den Kopf.

»Miss Brady ist nur etwas verwirrt, weil alles so neu ist«, versuchte Joseph die Lage zu entschärfen. »Weißt du noch, dass du selbst auch ein bisschen Angst gehabt hast, als du gehört hast, dass ich deine Mama heiraten werde?«

Das Mädchen nickte. »Sie haben gesagt, dass alles gut wird.«

»Nun, das ist auch so. Morgen ist mit Miss Eileen alles wieder in Ordnung.«

Eileen wünschte, sie könnte das selbst ebenfalls glauben.

»Lasst uns ins Wohnzimmer gehen«, sagte Joseph.

Sie folgte den anderen. Nach diesem Abend würde nichts mehr so sein, wie es war.

⁊ᴐ

»Du wolltest sie also mitnehmen und selbst erziehen?«

Es fiel Matthew auf, dass sich Moira eher überrascht als böse anhörte. Er konnte es selbst noch kaum glauben, nicht einmal jetzt, wo Eileen mehr Details über ihr Leben enthüllt hatte. Von ihrer Schwangerschaft im Armenhaus bis hin zu ihrer Karriere bei Madame Carroll, wo sie niemand wirklich kannte.

Doch hier in Almsbrick hatte ebenfalls niemand ihre wahren Motive gekannt. Nicht einmal er, obwohl er gedacht hatte, er wäre ziemlich nahe an ihr Geheimnis herangekommen.

»Ich hatte gedacht, dass es besser wäre, wenn sie bei mir aufwachsen würde«, erklärte Eileen. Sie sah bleich und angespannt aus. »Ich hatte geglaubt, dass Gott das von mir erwartet.«

»Unsinn.« Matthew lachte spöttisch. »So etwas ist unmenschlich, das würde Gott nie erwarten.«

Für einen Augenblick wurde ihr Blick aufgewühlt und ärgerlich. »Du musst es wissen, schließlich bist du der Sohn eines Pfarrers.«

»Lass sie ausreden, Matt«, wies Moira ihn leise zurecht.

Na wunderbar, jetzt war er auf einmal der Böse?

»Der Rest ist nicht so schwer zu erraten«, bemerkte Eileen kleinlaut. »Ich bin hierhergekommen und habe euch alle kennengelernt. Dann habe ich es nicht mehr übers Herz gebracht, sie mitzunehmen.«

»Das sagst du *jetzt*«, hielt Matthew ihr entgegen. »In Wirklichkeit hast du einfach keine Ahnung gehabt, wie du dich heimlich mit ihr wegschleichen könntest.«

»Darüber habe ich mir am Anfang tatsächlich Sorgen gemacht«, gab Eileen zu. »Aber mir ist auch bewusst geworden, wie viel Leid ich Maggie damit zufügen würde.« Ihr Stimme brach und sie wandte ihr Gesicht ab.

Moira würde sich bestimmt von ihren Tränen beeinflussen lassen, Matthew wollte allerdings nicht glauben, dass sie echt waren.

»Was mir schon auffällt«, begann Joseph mit seiner normalen, freundlichen Stimme, »ist, dass Maggie dir überhaupt nicht ähnlich sieht.«

»Das stimmt«, bestätigte Eileen und Matthew konnte nicht ergründen, ob sie das bedauerte.

»In der Tat.« Moira seufzte tief. »Und das kommt daher, dass sie überhaupt nicht Eileens Tochter ist.«

Endlich. Er hatte sich schon gefragt, wann sie das offenbaren wollte. Denn er kannte Maggies Herkunft und war sich ziemlich sicher, dass seine Cousine Joseph ebenfalls eingeweiht hatte, schließlich wollte sie ihn heiraten. Nur Eileen blickte schockiert von einem zum anderen. »Wie meinst du das? In ihrer Akte stand, dass sie von Geschäftsleuten in Almsbrick adoptiert worden ist.«

»Es ist wahr, dass Lady Almsworth in dieser Zeit Familien gesucht hat, in denen Waisenkinder untergebracht werden konnten, sowohl hier als auch im anderen Dorf. Herbert und ich hatten damals nach drei Jahren immer noch keine Kinder bekommen.«

Matthew bemerkte, dass sie Joseph einen hastigen Blick zuwarf.

»Wir haben sogar schon ein Gespräch mit ihr und dem damaligen Schulmeister gehabt. Aber genau in diesem Moment hatte Doktor Goodwin besondere Neuigkeiten für uns.« Nervös fingerte sie an ihrem Nagel herum, bis Joseph schützend seine Hand auf die ihre legte.

Matthew schlug die Augen nieder. So behutsam, zärtlich und beschützend wie Joseph hätte er gerne mit Eileen umgehen wollen. Wenn er jedoch an ihren Verrat dachte, kostete es ihn nicht mehr viel Mühe, diese Sehnsucht zu unterdrücken.

Moira hatte sich wieder gefangen und fuhr fort. »Wir haben die Nachricht bekommen, dass Herberts jüngere Schwester gefunden worden war. Lily war mit siebzehn von zu Hause weggelaufen, genau wie du, Eileen.«

Eileen wurde rot, sagte allerdings nichts.

»Herbert hat gesagt, dass er schon seit rund zwölf Jahren nichts mehr von ihr gehört hatte. Niemand wusste, wohin sie gezogen war oder warum. Doktor Goodwin hat uns erzählt, dass sie in einem Bordell tot aufgefunden worden war.« Moiras Unterlippe zitterte. »Und dass in der Ecke des Zimmers ein kleines Mädchen gekauert hatte.«

»Oh Moira.« In Eileens Stimme war Mitleid zu hören. Matthew hätte nicht erwartet, dass sie diese Geschichte sofort glauben würde.

»Herbert und ich haben viel geredet und gebetet. Wir haben gewusst, dass es nicht einfach werden würde, weil das Kind in seinen ersten Lebensjahren so viel gesehen und durchgemacht hatte. Aber jetzt, wo wir wussten, dass es existiert, konnten wir es auch nicht einfach seinem Schicksal überlassen.«

Matthew erinnerte sich, wie überrascht er gewesen war, als er ein Jahr später aus Indien zurückgekehrt war. Maggie hatte wegen der Uniform, in der er vor der Tür gestanden hatte, Todesängste ausgestanden. Wahrscheinlich hatte ihre Mutter viele Soldaten als Freier gehabt. Nachdem er allerdings bei Herbert und Moira in ein Zimmer gezogen war und für Bauer Howell zu arbeiten angefangen hatte, war zwischen Maggie und ihm eine vertrauensvolle Beziehung gewachsen. Er war stolz gewesen, als sie zum ersten Mal in die Schule gegangen war. Darauf hatte Master Timmons bestanden, damit sie sich gut entwickelte. Und damit hatte er recht gehabt.

Maggie war in der Vorschule aufgeblüht, die von einer jungen Lehrerin mit einem lieben Lächeln geleitet worden war, an deren Namen Matthew sich zu seiner Schande nicht mehr erinnern konnte. Seine Aufmerksamkeit hatte in dieser Zeit vor allem Rosie gegolten. Nichtsdestotrotz erinnerte er sich noch daran, wie sich seine Großcousine durch all die freundlichen Menschen um sie herum immer weiter geöffnet hatte. Wie sie fröhlicher geworden war und ihm die Ohren vollgeplappert hatte. Und wie sie ihren fürsorglichen Pflegeeltern gegenüber immer vertrauensvoller geworden war.

»Merkst du jetzt, was du Moira und Maggie angetan hättest?«, fragte er Eileen in scharfem Ton.

»Das war mir schon seit einer ganzen Weile klar«, antwortete sie leise.

»Und dann hättest du dir auch noch das falsche Kind geschnappt!«

»Ich glaube, ich kann das erklären.« Moira blieb ruhig. »Erinnerst du dich noch an die McDuffys mit ihrem Eisenwarengeschäft, Matthew? Die müssen gerade noch hier gewohnt haben, als du das erste Mal nach Almsbrick gekommen bist.«

»Ja, die kenne ich noch.« Er nickte. »Sie hatten Kinder.«

»Zwei Jungen und ein Mädchen.«

Mit roten Haaren. Er starrte Eileen an. War es nicht erst vor Kurzem gewesen, dass er darüber seine Scherze gemacht hatte? Dass er ihr mit seinen Fingern durch dir Haare gefahren war und sich danach gesehnt hatte, mit ihr zusammen zu sein? Er wandte sein Gesicht ab. »Du willst doch nicht etwa sagen, dass das das Mädchen aus dem Waisenhaus gewesen ist?«

»Doch, das war es. Ihre eigene Tochter war gestorben und Mrs McDuffy ist lange Zeit untröstlich gewesen. Deshalb haben sie sich entschieden, ein Waisenmädchen aufzunehmen, das ungefähr so alt war wie ihr Töchterchen.« Moira lächelte. »Es hatte genauso rote Haare wie du, Eileen.«

»Aber ... sie wohnen jetzt nicht mehr hier?« Eine Träne glitt über Eileens Wange.

»Sie sind kurz nach meiner Ankunft weggezogen«, erinnerte sich Matthew. »Danach hat Warren den Eisenhandel übernommen. Nicht wahr, Moira?«

»Das stimmt. In der Zeit nach dem Tod ihrer Tochter hat Mrs McDuffy so viel Heimweh bekommen, dass sie lieber näher bei ihrer Familie in Irland hat wohnen wollen. Vielleicht tröstet es dich ein bisschen, dass das Mädchen bei einer Familie mit deinen irischen Wurzeln eine neue Heimat bekommen hat.«

Eileens Augen waren feucht geworden. Matthew hatte sie noch nie weinen sehen. Aber er würde sich nicht von ihren Tränen beeinflussen lassen, die sicher nur flossen, um sie alle für sich einzunehmen.

»Wenn ich mich richtig erinnere, wohnen sie jetzt in Dublin«, überlegte Moira.

»Das solltest du ihr nicht erzählen«, schnaubte Matthew. »Sonst wird sie dort auch noch versuchen, eine Familie auseinanderzureißen.«

»Das will ich überhaupt nicht!« Eileens Stimme bebte.

»Matthew, Junge, beruhige dich doch«, besänftigte ihn Joseph.

»Du hast Eileen im vergangenen Jahr doch kennengelernt«, bemerkte Moira. »Wie kannst du sie dann als gewissenlose Entführerin betrachten?«

»Anscheinend hat sie keiner von uns so richtig kennengelernt.« Seine Nackenmuskeln spannten sich. »Sie gibt es doch selbst zu, oder?«

»Ich hatte tatsächlich vor, Maggie mitzunehmen«, gestand Eileen ein. »Aber es ist so viel geschehen, dass ich das nicht mehr konnte.«

»Du meinst wohl, weil du durch den Brand dein Geld verloren hast«, spottete Matthew. »Seht ihr denn überhaupt nicht, dass sie uns alle betrogen hat?«

Und er hatte sie auch noch ins Vertrauen gezogen und ihr von seinen Eltern und seiner Angst, abgewiesen zu werden, erzählt. Sie hatte ihn sogar in seinem schwächsten Moment gesehen, nachdem er aus einem Albtraum aufgewacht war. Dies war nun erneut wie ein böser Traum. Er fühlte sich betrogen und gedemütigt.

Brüsk stand er auf. »Ich habe nichts mehr zu sagen, und ich weigere mich, mir dieses falsche Geschwätz noch länger anzuhören.«

»Matthew …«, begann Moira in flehendem Ton.

Eileen hielt ihren Blick weiterhin gesenkt.

Er schnaubte verächtlich. »Ich gehe zum Bauernhof zurück.«

Mit einen lauten Knall schlug er die Tür hinter sich zu.

Doch obwohl Shep ihm entgegengerannt kam und Captain auf der Weide wieherte, hatte die Oak Hill Farm noch nie so leer gewirkt.

38. Kapitel

In dieser Nacht schlief Eileen nicht. Sie versuchte es auch gar nicht erst, schließlich musste sie eine Arbeit zu Ende bringen. Das war der einzige Weg, wie sie ihre Versprechungen einhalten konnte.

Mit der Hand vollendete sie die Verzierungen an Moiras Brautkleid. Anschließend machte sie sich wieder an die Kleider für die beiden Mädchen, die zueinanderpassen sollten, aber dennoch so unterschiedlich waren, dass sie nach der Hochzeit als Sonntagskleider weitergetragen werden konnten.

Tränen brannten in ihren Augen, als sie daran dachte, dass sie nicht hier sein würde, wenn Maggie ihr Kleid zum ersten Mal zu sehen bekam. Es war auch keine Zeit mehr, um Moira das Brautkleid noch ein letztes Mal anprobieren zu lassen, obwohl das sicher nicht notwendig werden würde. Sie hätte Moira nur zu gerne noch einmal in diesem Kleid gesehen.

Es wäre auch alles viel zu schön gewesen, um wahr zu sein: die Art und Weise, wie Maggie in ihr Leben getreten war, die Freundschaften, die entstanden waren, schließlich sogar Matthews Liebe. Wie hatte sie denken können, dass so viel Glück Bestand haben könnte?

Sie glaubte jetzt, dass Gott ihr vergeben hatte. Auf jeden Fall hatte sie *das* in Almsbrick gelernt. Wenn die Botschaft schneller zu ihr hindurchgedrungen wäre, hätte sie sich selbst viel Leid erspart. Vergebung bedeutete allerdings nicht, dass die Folgen ihres Tuns einfach ungeschehen gemacht wurden. So sehr es auch schmerzte, sie musste ihr Mädchen loslassen. Und nicht nur das Kind …

Sie hatte Matthew nicht verdient. Und seine Verärgerung war gerechtfertigt. Es war nicht weniger als ein Wunder, dass Moira so gnädig gewesen war und sie nicht weggeschickt hatte.

Nachdem es Morgen geworden war, ging sie nicht zu den anderen, sondern blieb auf ihrem Zimmer und fädelte zum letzten Mal in Almsbrick ihre Nähmaschine ein. Aus der weichesten Wolle und der sanftesten Baumwolle aus ihren Beständen machte sie die schönen Kleidchen, die sie nie ihrem eigenen Kind hatte schenken können. Irgendwann jedoch brannten ihre Augen so sehr und waren ihre Fingerspitzen so gefühllos, dass sie kaum noch eine Nadel halten konnte.

Weil sie wusste, dass Moira zum Mittagessen in die Bäckerei kam, ging sie nicht nach unten. Es war besser, wenn sie Maggie und Beth nicht mehr sah. Wenn sie niemanden mehr sah.

Es funktionierte immer am besten, ganz praktisch an eine wichtige Sache heranzugehen. Deshalb hatte sie gut darüber nachgedacht, welche Dinge sie auf jeden Fall mitnehmen musste, und alles zielstrebig in *einen* Koffer gepackt.

Sie zog ihr sittsames kariertes Kleid an und musste dabei an ihre Fahrt nach Shrewsbury denken und an Matthew, der sie ungeduldig zur Abfahrt gerufen hatte. Nur steckte sie sich dieses Mal nicht ihre Brosche mit den grünen Steinen an. Die hatte sie sicher zwischen ihren Sachen verborgen. Wenn sie dieses Erbstück, doch nur nie in die Finger bekommen hätte!

Fest biss sie die Zähne zusammen, um sich gegen die Tränen zu wehren, während sie vor dem Spiegel ihre Haare hochsteckte und ihren Hut aufsetzte. Hier hatte Matthew gestern hinter ihr gestanden. Hatte sie geneckt und liebkost. Ihr Magen verkrampfte sich. Erneut wurde ihr bewusst, dass er Johnny in keiner Hinsicht ähnlich war. Denn obwohl er aus seinem Verlangen kein Geheimnis gemacht hatte, hatte er keinen Augenblick lang versucht, sie zu verführen. Warum hatte sie nicht früher begriffen, dass er ihr Vertrauen wert war? Vielleicht hätte sie dann den Schaden begrenzen können, vielleicht wäre er dann nicht so wütend geworden wie gestern Abend. Wie sehr musste sie ihn wohl mit ihrem Betrug gekränkt haben?

Entschlossen drehte sie sich vom Spiegel weg. Die Mädchen

waren in der Schule und alle anderen waren wieder an der Arbeit. Das war die beste Zeit, um das Dorf zu verlassen.

Leise ging sie die Treppe hinunter in die Küche und zwang sich, sich nicht noch einmal umzuschauen, während sie zur Tür lief.

»Schreibst du mir, wenn du in Dublin angekommen bist?«

Eileen erstarrte vor Schreck. »Du lieber Himmel, Moira!« Sie drehte sich um und versuchte, ruhig zu bleiben. »Ich habe nicht gewusst, dass du noch hier bist.«

»Nein, das habe ich gemerkt«, erwiderte Moira mit einem breiten Lächeln. »Als du nicht zum Essen gekommen bist, war mir klar, was du vorhattest.«

»Ich habe gedacht, du hättest mich lieber nicht mehr in Maggies Nähe.« Ihre Wangen wurden rot.

»Du hättest so viele Möglichkeiten gehabt, sie mitzunehmen.« Moira lachte. »Und doch hast du von keiner Gebrauch gemacht.«

»Ich konnte es einfach nicht«, flüsterte Eileen. »Du bist so nett zu mir gewesen und so gut zu Maggie.«

»Ich glaube, dass ich schon um Weihnachten herum geahnt habe, dass du irgendwas aushecksts. Dass du irgendwas gesucht hast. Ich hatte gehofft, dass ich dir den Weg zu unserem himmlischen Vater zeigen kann.«

»Das hast du auch getan.« Eileens Augen füllten sich mit Tränen. »Und damit ist meine Suche beendet. Ich gehe nicht nach Dublin.«

»Wo dein Töchterchen auch sein mag, es ist in Gottes Händen.«

»Das weiß ich.« Weil sie ihre Tränen kaum noch unter Kontrolle halten konnte, atmete Eileen tief ein. »Dein Brautkleid hängt oben. Und die Kleider für die Mädchen ebenfalls.«

»Das ist nicht gut, Eileen.«

»Ich hatte es versprochen«, hielt sie Moira entgegen. »Da liegt auch noch ein Päckchen für Rosie. Und ich fürchte, ich brauche noch deine Hilfe. Kannst du mir meine Sachen hinterherschicken, sobald ich eine neue Adresse habe?«

»Natürlich, dann weiß ich wenigstens, wo du gelandet bist. Aber Eileen, solltest du Matthew nicht lieber die Chance geben, seinen Ärger zu überwinden?«

Sie schluckte. »Wie lange wird das wohl dauern?«

Wie erwartet antwortete Moira nicht darauf. Sie wussten beide, wie dickköpfig Matthew sein konnte … und wie verletzt er war.

»Wo ist er jetzt?«

»Kartoffeln ernten auf dem nördlichen Acker.«

Er setzte also wieder sein vertrautes Heilmittel gegen ein gebrochenes Herz ein: hart arbeiten. Zu Eileens Bedauern hatte das bei ihr nicht funktioniert, als sie die Kleider fertiggestellt hatte. Jedenfalls würde sie den nördlichen Acker meiden.

Moira warf einen Blick auf ihren Koffer. »Joseph könnte dich auf seiner Nachmittagsrunde ein gutes Stück mitnehmen.«

»Ich laufe lieber.« Sie musste gehen, solange alle an der Arbeit waren und die Kinder die Schulbank drückten. »Das ist kein Problem, Moira.«

Abrupt drehte sie sich um und schlüpfte zur Hintertür hinaus, bevor der Abschied zu emotional werden konnte. Sie hatte noch nie in ihrem Leben so viele Tränen vergossen, wie sie es seit gestern Abend getan hatte. Damit musste es jetzt vorbei sein.

Sie straffte ihre Schultern und verschwand in Richtung Almsworth. Hoffentlich dachten die Dorfbewohner auf der Straße, dass sie Stoffe in ihrem Koffer trug. Als sie bei der Schmiede vorbeikam, hatte sich Tom zum Glück gerade über ein Pferdebein gebeugt. Sie warf einen letzten Blick auf die Schule, wo Maggie nun saß und dem Unterricht von Master Timmons lauschte, und auf die Kirche, in die sie sich seit gestern mit Sicherheit nicht mehr hineintrauen würde. Noch ein paar Schritte und Almsbrick lag hinter ihr und würde nur noch der Vergangenheit angehören.

Doch ihr Herz ließ sich nicht betrügen.

Am Ende des Tages hatte Matthew gewaltigen Muskelkater, aber um seine Gemütsruhe war es auch nicht besser bestellt als am Morgen. Er hatte Moira gesagt, sie solle mit dem Abendessen nicht auf ihn warten, aber natürlich hatte sie etwas für ihn warm gehalten.

Sobald er die Mahlzeit in sich hineingeschlungen hatte, ging er zur Schmiede. Eigentlich wollte er das Dorf im Augenblick lieber meiden, doch er hatte keine andere Wahl.

Tom kam aus dem Knechtshäuschen heraus, als Matthew über den Hof lief, und wischte sich den Mund ab. Manche Menschen hatten eben ein Familienleben und Gesellschaft bei Tisch.

Matthew hatte Gewissenbisse, weil er diese Eintracht störte. »Wenn du schon zugeschlossen hast, komme ich später wieder.«

»Nein, alles gut.« Tom zeigte auf die offen stehenden Tore seines Arbeitsplatzes. »Möchtest du etwas reparieren lassen?«

Mit stolzem Gesicht zeigte Matthew auf die krummen Zinken seiner Kartoffelhacke.

Tom blinzelte für einen Augenblick mit den Augen, nachdem er einen Blick darauf geworfen hatte. »Junge, Matt! Die meisten Leute machen erst nach dem Ernten Püree aus ihren Kartoffeln und nicht, solange sie noch unter der Erde liegen.«

»Ich bin heute ziemlich gut vorangekommen. Sogar ganz ordentlich, wenn du mich fragst«, brummte Matthew. Er war immer noch in einer Stimmung, in der er am liebsten etwas zerstört hätte. Hart zuschlagen, treten … arbeiten. »Wenn du für die Gabel nichts mehr tun kannst, bestelle ich einfach eine neue bei dir.«

»Die kriege ich schon wieder in Form.« Tom seufzte. »Komm doch mal kurz mit ins Haus. Wir wissen, was passiert ist.«

Weil er das Gefühl hatte, dass er sich nicht weigern konnte, ließ Matthew die misshandelte Grabegabel an Ort und Stelle liegen und folgte seinem Freund ins Haus.

Rosie hatte gerade mit dem Abwasch begonnen und drehte sich nach ihm um.

»Matthew! Wir haben uns schon Sorgen um dich gemacht.«

»Das war nicht nötig«, murmelte er unbehaglich.

»Natürlich nicht«, sagte Tom. »Dieser Kerl hat einfach an *einem* Tag seinen gesamten Kartoffelacker abgeerntet. Oder etwa nicht, Matt?«

Er klopfte Matthew auf die linke Schulter, wodurch ein heftiger, stechender Schmerz seinen ganzen Oberkörper durchschoss. Matthew krümmte sich zusammen.

»Was?«, fragte Tom verdutzt. »Du willst mir doch nicht erzählen, dass sich deine Verwundung wieder meldet?«

Sauer nickte Matthew. »Ich fürchte, ich habe mich heute etwas übernommen.«

»Oh Matthew!« In Rosies Augen war Verständnis zu erkennen. »So bekommst du Eileen nicht zurück.«

»Wer sagt denn, dass ich sie zurückhaben will?«

Rosies Kinnlade fiel herunter. »Du liebst sie doch!«

»*Liebte*«, korrigierte er sie. »Das war, bevor ich die Wahrheit über sie erfahren habe.«

Oh nein, Rosies Augen füllten sich mit Tränen. Er hätte daran denken sollen, dass schwangere Frauen wegen jeder Kleinigkeit zu weinen begannen. Verflixt, er hätte überhaupt nicht mit hineingehen sollen.

»Hast du denn schon alles andere vergessen?«, wollte Rosie leise wissen. Sie ging zum Schrank und holte ein in Papier eingeschlagenes Päckchen heraus, das sie auf dem Tisch auspackte.

Matthew brauchte nicht zu fragen, wer die Babybekleidung gemacht hatte. Solche feinen Stiche, so viel Liebe für die Details. Waren sie einst für ihr eigenes Kind bestimmt gewesen? Nein, das war unmöglich, wenn sie es im Armenhaus zur Welt hatte bringen müssen. Sie hatte diese Kleidung speziell für Rosie genäht. Obwohl er es eigentlich nicht wollte, streckte er doch seine Hand aus und strich über den weichen Stoff eines perfekten, blütenweißen Mützchens.

Mit zusammengebissenen Zähnen blickte er auf. »Schade, dass sie selbst nicht so unschuldig zu sein schien.«

»Kannst du darüber wirklich nicht hinwegsehen?«, fragte Rosie. »Wenn sie kein gutes Herz hätte, hätte sie das hier nicht mehr für mich gemacht. Dann hätte sie dir nicht den ganzen Sommer über auf dem Feld geholfen.«

»Als ob du selbst so ein unbeschriebenes Blatt wärst, Matt.« Mit einer hochgezogenen Augenbraue blickte Tom ihn an, forderte ihn heraus, das zu leugnen. »Und jetzt behaupte bloß nicht, dass das bei Männern anders ist. Nach dieser ganzen Zeit kann ich Eileen nicht als leichtes Mädchen ansehen. Ja, sie hat einen Fehler gemacht. Aber das hast du ebenfalls. Jeder von uns trifft manchmal falsche Entscheidungen.«

»Darum geht es doch überhaupt nicht. Ich weiß genau, wo ich versagt habe. Und wenn das das Einzige wäre, könnte ich auch bei ihr darüber hinwegsehen.« Im Grunde juckte es ihn in den Fäusten, sich diesen Kerl, der Eileen mit einem Kind hatte sitzen lassen, einmal ordentlich zur Brust zu nehmen.

Er fuhr sich mit den Händen durch die Haare. »Sie war schließlich auch erst siebzehn. Ich habe mehr Probleme mit dem, was sie Moira antun wollte.«

Tom und Rosie schwiegen.

Seine Wut flammte wieder auf. »*Das* hat sie euch sicher nicht erzählt, oder?«

»Doch, hat sie, sie hat alles in einem Brief erklärt.« Rosie hielt ein Blatt Papier in die Höhe.

Ungeduldig winkte er ab. »Sie hat erklärt, warum wir es ihr nicht übel nehmen sollten, dass sie ein Kind entführen wollte?«

»Nein, sie weiß, dass das nicht in Ordnung war.«

Matthew schnaubte. »Nun, das ist ja wenigstens etwas. Ich kann nicht begreifen, dass sie so herzlos sein konnte.«

»Ich auch nicht.« Rosies Gesicht bewölkte sich.

Tom räusperte sich. »Ich weiß nur, wie schrecklich es ist, wenn man niemanden hat. Als Kind im Waisenhaus war ich neidisch auf die Jungen, die in eine richtige Familie aufgenommen wurden. Und als ich zu arbeiten angefangen habe, habe ich dich beneidet, Matt. Wegen des Bandes, das du mit deinem Onkel gehabt hast, einfach weil ihr miteinander verwandt wart.«

»Ich glaube nicht, dass Eileen noch weitere Verwandte hat«, bemerkte Rosie.

Matthew schüttelte den Kopf. »Die hat sie nicht, nein.«

»Und doch ist sie heute aus Almsbrick weggezogen.«

Er schluckte, schließlich wusste er, dass sie nicht einfach zu Madame Carroll zurückkonnte. Selbst das Waisenhaus würde sie jetzt vermutlich meiden. Sie stand ganz allein da. Komischerweise brachte ihm diese Erkenntnis nicht die Befriedigung, die er erwartet hatte. Sie war noch einsamer als er.

Tom entfuhr ein tiefer Seufzer, und er ging zur Tür. »Ich gehe deine Gabel reparieren. Versprich mir, dass du sie morgen nur dazu benutzt, die Kartoffeln vorsichtig aus der Erde zu rütteln, und nicht, um … äh…«

»Einen Baum zu fällen«, gab Matthew zu, während er Tom folgte. Der Gedanke, einen weiteren Tag gebückt und auf den Knien auf dem Feld zu verbringen, kam ihm im Moment nicht besonders attraktiv vor. Einen weiteren Tag *allein* zu verbringen. Er hätte Eileen bestimmt nicht um ihre Hilfe bei der Kartoffelernte gebeten, aber er hätte sich schon darauf gefreut, sie am Ende des Tages wiederzusehen.

»Matthew!« Kaum waren sie an der Schmiede angekommen, da rannte schon Moira auf sie zu. »Sie ist weg!«

Er erstarrte. »Das weiß ich schon.«

»Nein, ich meine Maggie.« Angst stand Moira ins Gesicht geschrieben. »Sie ist nach der Schule nicht nach Hause gekommen. Ich hatte gedacht, dass sie mit Beth mitgegangen wäre, aber …«

Moira vollendete den Satz nicht. Das war auch nicht notwendig, Matthew wusste, was sie dachte, und schüttelte den Kopf.

»Ich kann nicht glauben, dass sie es trotzdem getan hat«, flüsterte Moira heiser.

»Nein«, sagte er zu seiner eigenen Überraschung. »Das glaube ich auch nicht.«

Zwei Stunden später trafen sie sich wieder bei der Schmiede, ohne etwas Neues herausgefunden zu haben. Niemand hatte das Mädchen gesehen, bei keinem der anderen Schulkinder hatte es an diesem Nachmittag gespielt. Mittlerweile brach die Dämmerung herein und es gab immer noch keine Spur von Maggie.

»Könnte Eileen Maggie dazu überredet haben wegzulaufen?«, fragte Moira sich verzweifelt. »Das ist doch eigentlich undenkbar, oder? Sie weiß doch jetzt, wer Maggie ist.«

»Ich bin mir ganz sicher, dass sie das nicht getan hat«, entgegnete Matthew barsch. »Es muss eine andere Erklärung geben.«

Tom kam von der anderen Seite her angelaufen, Edmund Howell folgte ihm auf den Fersen. »Ich bin noch bis zur Howell Farm gelaufen, aber da wussten sie auch von nichts. Wohin könnte sie gegangen sein?«

»Das wird meine Tochter euch erzählen.« Mit großen Schritten marschierte Joseph auf sie zu, wobei er Beth am Arm mitschleifte. Das Kind trug einen Mantel über seinem Nachthemd und hatte offensichtlich geweint. »Ich habe in der Schule gesagt, dass Maggie krank ist«, schluchzte Beth. »Sie hat gesagt, dass sie mit Miss Eileen mitgehen wollte.«

»Also doch«, zischte Moira.

Matthews Nacken begann zu kribbeln.

»Sie hat gehört, wie Sie zu Papa gesagt haben, dass Miss Eileen weggeht, und … und als wir gestern Abend draußen haben spielen müssen, haben wir heimlich gelauscht.«

»Nein, wirklich, Beth!«

»Es tut mir ganz furchtbar leid. Aber wir haben gehört, dass Miss Eileen für Maggie sorgen wollte. Maggie weiß also, dass sie eigentlich ihre Mutter ist.«

»Aber das ist doch überhaupt nicht so!«

Mit großen Augen blickte Beth Moira an. »Nicht? Aber Maggie denkt das schon! Ich habe ihr versprochen, nichts zu sagen, aber jetzt wird es dunkel, und ich weiß nicht, ob sie Miss Eileen tatsächlich noch gefunden hat.«

Das Mädchen fing wieder an zu weinen. Matthew sah, wie Joseph seine Schultern hängen ließ, so als ruhte die Verantwortung für Beths Verhalten allein auf ihm.

»Wir müssen auch in der weiteren Umgebung suchen«, verkündete er, wobei er auf Tom und den Schmied Downes zeigte, die Laternen geholt hatten.

»Sie wollte zum Eichenwäldchen hinter Ihrem Bauernhof, Mr Wilson«, erzählte Beth. »Weil sie von da aus sehen kann, wenn eine Kutsche von Mr Trench abfährt.«

»Eileen hatte vor, zu Fuß zu gehen«, wusste Moira. »Da wird sie mit Sicherheit nicht gewesen sein.«

»Trotzdem gehe ich zuerst zum Eichenwäldchen.« Matthew nahm eine Laterne von Tom entgegen.

»Soll ich mitkommen?«, erkundigte sich sein Freund in gedämpftem Tonfall. »Es wird schnell dunkel.«

Matthew schluckte, schüttelte jedoch den Kopf. »Ich schaffe das schon allein. Es ist wichtiger, dass wir gleichzeitig an so vielen Orten wie möglich suchen.«

Immer mehr Menschen versammelten sich vor der Schmiede. Edmund Howell nickte Matthew zu. »Ich nehme ein Pferd und reite in Richtung Almsworth Manor. Miss Brady ist sicher in diese Richtung gegangen, um im anderen Dorf den Zug zu nehmen.«

Aber wusste Maggie das ebenfalls? Ein Schauer durchfuhr Matthew, während er durch das Feld in Richtung des Eichenwäldchens lief. Seine Schultern verkrampften sich und sein Nacken kribbelte. Kam das wegen der Dunkelheit oder weil Maggie verschwunden war? Einen Augenblick lang wünschte er, Tom hätte ihn begleitet, andererseits war es ihm jedoch auch peinlich, sich zu offenbaren. Verflixt, ein Mann wie er hatte doch keine Angst vor der Dunkelheit!

Noch im Feld begann er damit, ihren Namen zu rufen. Er war

sich sicher, dass sie antworten würde, wenn sie noch irgendwo hier draußen war. Maggie war intelligent genug, um zu begreifen, dass ihr Versuch, Eileen zu folgen, missglückt war. Allerdings nur, wenn sie noch irgendwo hier herumlief …

Ihn schauderte, und er versuchte tief durchzuatmen. Er hatte keine Zeit, um in Panik zu geraten. Jetzt, wo er sich dem Wäldchen näherte, hob er die Laterne höher, um nicht zu straucheln.

»Maggie? Bist du noch hier?«

Keine Reaktion. Er ging tiefer in das Wäldchen hinein, gab sein Bestes, um ungewohnte Geräusche zu vernehmen. Geraschel, Schluchzen … irgendetwas, was ihn zu seiner Großcousine führen könnte. *Bitte, Herr, lass ihr nichts passiert sein.*

Plötzlich blieb er stehen. Sah er dort in der Ferne etwa ein Licht? Aber Maggie hatte gar keine Laterne dabei. Einer Eingebung folgend löschte er seine eigene Lampe. Ein paarmal atmete er tief durch und gab seinen Augen die Zeit, um sich an die Finsternis zu gewöhnen. Mit der Sorge um Maggie im Hinterkopf konnte er allerdings auch nicht ignorieren, was da vor seiner Nase passierte. Auf dem Land, das offiziell sein eigenes sein könnte, wenn sich jemand die Mühe machte, genau zu erkunden, wo die Grenze verlief.

So geräuschlos wie möglich schlich er sich auf den schwachen Lichtschein zu. Konnte er sich noch so mucksmäuschenstill fortbewegen, wie man das von einem Soldaten der Leichten Kompanie erwartete? Er strengte sich bis zum Äußersten an, damit ihm ja kein Geräusch entging. Seine Hand schloss sich um sein Taschenmesser. Verflixt, hätte er nicht lieber eine bessere Waffe mitnehmen sollen?

Da, Männerstimmen! Er wagte noch ein paar Schritte, um besser sehen zu können, was geschah. Da schnaubte ein Pferd. Das erinnerte ihn an Smokey. Waren das Diebe? Dieselben Schurken, die das Tier dazu gebracht hatten, sich zu verletzen?

Er zählte auf jeden Fall drei Männer. Sie luden Kisten aus einem Planwagen und stellten sie … auf den Boden? In eine Grube? Er hörte etwas kratzen, es knarzten Scharniere. Er konnte nicht gut sehen, was da genau geschah, er wagte es allerdings nicht, noch näher heranzuschleichen.

Einer der Männer blieb bei dem Pferd stehen. »Macht schon«, kommandierte er mit gedämpfter Stimme. »Leo wartet auf uns in der Herberge.«

Leo? Seine Nackenmuskeln verspannten sich. War das der Grund, warum Leonard Trench so viel Interesse an dem Land zwischen der Oak Hill Farm und der Herberge gezeigt hatte? Was war hier versteckt?

Ein Zweig knackte. Der Mann neben dem Pferd hielt die Laterne in die Höhe und starrte angestrengt in den Wald hinein.

Matthew ging in Deckung und verhielt sich einige Sekunden lang mucksmäuschenstill. Das war eine andere Anspannung von der Art, wie er sie verspürt hatte, wenn es ihm gelungen war, den Feind auszuspionieren, ihn zu überrumpeln.

Du bist unbewaffnet, Wilson. Außerdem zählte Moira auf ihn. Und Maggie brauchte ihn. Langsam atmete er aus.

Sobald die Männer Anstalten machten, wieder zu verschwinden, tat er das ebenfalls. Nachdem er auf dem Weg angekommen war, hielt er sich bedeckt, um nicht doch noch Aufmerksamkeit zu erregen. Aber verflixt, was war, wenn sich Maggie trotz allem noch irgendwo in diesem Wäldchen befand? Verzweifelt starrte er in die Finsternis. Das Geräusch von Pferdhufen und Rädern durchbrach die Stille. Er erstarrte.

»Bist du das, Wilson?«, rief Edmund Howell.

»Ja, ich bin hier.« Mit einem Seufzen wartete er, bis der Tilbury vor ihm anhielt.

»Was stehst du da im Dunkeln herum, Mann? Hast du keine Laterne mitgenommen?«

Er räusperte sich. »Die ist mir blöderweise ausgegangen.«

Edmund leuchtete ihm und zog mitleidig die Augenbrauen hoch.

Dachte er vielleicht, dass Matthew tatsächlich so tollpatschig war? Dann wäre er nie und nimmer in die Leichte Kompanie befördert worden.

»Ich habe gerade mit einem Frachtwagenfahrer gesprochen, da hinten beim Landhaus«, verkündete Edmund. »Er hat ein Mädchen mit schwarzen Haaren ein Stück mitgenommen.«

»Das muss sie sein!«

»Ja, sie hat ihm irgendeine Geschichte erzählt, dass sie zu ihrer Familie müsste.«

Matthew schloss die Augen. Wahrscheinlich war das in Maggies Augen noch nicht einmal gelogen, schließlich glaubte sie jetzt, dass Eileen ihre Mutter war. »Dann wird sie mittlerweile in Almsworth sein.«

»Das vermute ich auch. Aber ein allein reisendes Kind kann sich nicht einfach so ein Zimmer in einer Herberge nehmen.« Edmund runzelte die Stirn. »Sollten wir Moira informieren und dann …?«

»Eigentlich möchte ich so schnell wie möglich nach Almsworth.«

»Dann mach dich gleich auf den Weg.« Edmund stieg vom Wagen und übergab ihm die Zügel. »Und hier ist meine Laterne. Lass sie nicht wieder ausgehen.«

»Danke, Howell.« Etwas ungeschickt kletterte Matthew in das kleine Fahrzeug.

»Ich laufe zur Schmiede zurück, um alle auf den neuesten Stand zu bringen.«

Mit einem Nicken lockerte Matthew die Zügel und wendete den Tilbury. Er betete, dass er rechtzeitig genug kam, bevor Maggie böswilligen Menschen in die Hände fallen konnte. Er betete, dass das Kind zu spät gekommen war, um Eileen dort noch zu treffen.

Und wenn nicht …. dann betete er dafür, dass sein anfängliches Vertrauen in die Schneiderin doch gerechtfertigt gewesen war.

39. Kapitel

Eileen hatte den Nachmittagszug verpasst. Der Mann auf dem Postamt hatte ihr mitgeteilt, dass später am Abend noch ein Zug fahren würde, nachdem er zunächst versucht hatte, ihr einen ganzen Katalog mit Abfahrtszeiten zu verkaufen. »Das ist nur ein kleiner Bahnhof, gute Frau. Hier fahren nicht so viele Züge wie auf den wichtigen Routen. Schauen Sie mal, von Shrewsbury aus fährt jede Stunde ein Zug nach …«

»Davon habe ich nur wenig, solange ich nicht in Shrewsbury bin«, hatte sie spitzzüngig geantwortet.

Der Mann war allerdings letzten Endes so freundlich gewesen, ihr den Weg zur Postkutschenstation zu zeigen. Während sie dorthin gelaufen war, hatte sie sich bewusst gemacht, dass es nicht besonders geschickt wäre, einen Pferdewagen zu mieten. Sie hatte schließlich nicht vor, jemals wieder hierher zurückzukehren. Oder … vielleicht hatte dieser Aufenthalt trotzdem eine Bedeutung. Sie runzelte die Stirn. *Das kann doch nicht dein Ernst sein, Vater? Warum sollte ich mich hier niederlassen, eine Tagereise entfernt von Maggie … und Matthew?*

Dennoch beschloss sie, ihre Gefühle nicht zu ignorieren. Sie hatte nicht vor, doch noch den Abendzug zu nehmen und erst spät in der großen Stadt anzukommen ohne Adresse und ohne ein Dach über dem Kopf. Ihre Sicherheit war ihr zu wichtig, um dieses Risiko auf sich zu nehmen, und so dachte sie wehmütig an Almsbrick zurück, wo sie im Dunkeln keine Angst gehabt hatte. Streng ermahnte sie sich selbst, damit aufzuhören. Es hatte keinen Sinn, in Erinnerungen an die gute Zeit zu schwelgen, die sie dort erlebt hatte. Sie musste neue Wege gehen.

Seltsamerweise fand sie dieses Dorf bei Weitem nicht so lebendig wie Almsbrick, wo es um die Geschäfte in der Hauptstraße herum immer etwas zu sehen gab und wo ständig jemand vorbeikam, um ein Schwätzchen zu halten. Nun verstand sie die Entrüstung ihrer Dorfgemeinschaft, dass nicht Almsbrick, sondern Almsworth den Bahnhof erhalten hatte.

Oh ... hatte sie das wirklich gerade gedacht? *Ihre* Dorfgemeinschaft? *Hör auf, dir etwas vorzumachen,* ermahnte sie sich selbst. Almsbrick war nicht mehr ihr Dorf. Das Beste, was sie tun konnte, war weiterzureisen, ganz gleich, wohin die Reise sie auch führen würde. Auf jeden Fall weg von allen, die ihr ans Herz gewachsen waren.

»Alles in Ordnung, gnädige Frau?«

Mit einem Schock kehrte sie in die Wirklichkeit zurück.

Ein Mann mittleren Alters blickte sie neugierig an. Oder war es besorgt? »Ich habe für einen Augenblick gedacht, Sie würden ohnmächtig werden. Sind Sie auf der Durchreise?«

Sie straffte ihre Schultern und war schon drauf und dran, ihm einzuschärfen, dass er seine Nase nicht in ihre Angelegenheiten stecken solle. Doch was würde sie damit erreichen? »Ich habe den Nachmittagszug verpasst«, gestand sie ein. »Und ich möchte eigentlich nicht heute Abend noch spät unterwegs sein.«

»Dort hinten ist eine kleine Herberge«. Der Mann zeigte ihr die Richtung. »Nicht teuer, aber sehr ordentlich. Und wenn Sie möchten, können Sie dort auch ein Häppchen essen.«

»Danke.« Anscheinend hatte er immer noch Angst, sie könnte ohnmächtig werden. Nun, so schwach war sie nicht.

Sie bemerkte allerdings, dass sie Hunger bekommen hatte. Es war schließlich schon dämmerig geworden. Sie sollte sich also lieber gleich ein Zimmer nehmen.

Der Mann schien nicht zu viel versprochen zu haben, was die Größe der Herberge anging. Das musste sie Leonard Trench doch lassen, dass er wusste, wie man einen Betrieb leiten musste. Sie seufzte. Alle ihre Gedanken schienen sie nach Almsbrick zurückzuführen, wie sehr sie sich auch bemühte, diesen Ort zu vergessen.

»Kann ich Ihnen helfen, Miss?« Es erleichterte sie, dass eine Frau sie ansprach.

Sie mietete sich ein Zimmer für eine Nacht, fragte, ob sie sich frisch machen könne, und bestellte eine Mahlzeit.

»Ich trage das Essen am besten in dem kleinen Wohnzimmer auf«, bot die Frau an. »Dann müssen Sie nicht zwischen all den Arbeitern im Speisesaal sitzen.«

»Danke.« Unwillkürlich musste sie an Kieran und Molly Mc-Neill denken. Wie gerne würde sie sie besuchen, wenn sie in Shrewsbury übernachten müsste. Sie waren jedoch Freunde von Matthew …

Sie ließ sich zunächst zu ihrem Zimmer führen, um ihr Gesicht zu waschen und ihre Haare in Ordnung zu bringen. Als sie wieder nach unten kam, winkte sie der Wirtin und ließ sich das Wohnzimmer zeigen. Das befand sich direkt neben dem großen Speisesaal, der einen Eingang hatte, der in vielem an ein Tor erinnerte. Es gab keine Tür, sodass die Geräuschkulisse der anderen Gäste trotz allem zu ihr hinüberdrang. Eileen war jedoch dankbar, dass ihr zumindest ein wenig Privatsphäre ermöglicht worden war. Ein Moment der Ruhe ohne neugierige Blicke.

»Guten Appetit, Miss. Ich komme gleich noch einmal vorbei und schaue, ob Sie noch etwas brauchen.«

Obwohl das Essen gut schmeckte, merkte Eileen, dass sie schnell satt war. Es passte nicht zu ihr, dass sie keinen Plan hatte, aber in diesem Augenblick entsprach das der Realität. Sie hatte sich verloren gefühlt, nachdem Nessa und ihr Sohn gestorben waren und sie nicht mehr gebraucht hatten. Damals hatte sie sich allerdings immer ihr eigenes Töchterchen vor Augen gehalten und ihre Sehnsucht, das Mädchen zu finden, hatte sie angetrieben. Diese Sehnsucht war nun ausgelöscht worden. Das Verlustgefühl war immer noch da, aber auf eine andere Weise. Sie verspürte keinen Drang, nach Dublin zu gehen und das Kind für sich zu gewinnen. Das Wissen, dass es in einer liebevollen Familie aufgenommen worden war, genügte ihr. Musste ihr genügen.

Hatte Maggie nicht bewiesen, dass Blutsverwandtschaft nicht nötig war? Sie hatte dieses Mädchen unglaublich lieb gewonnen, obwohl es nicht ihr Töchterlein zu sein schien.

Eine Träne glitt an ihrer Wange herunter und tropfte auf die Kartoffeln auf ihrem Teller. Durch ihre eigene Schuld musste sie nun ohne Maggie auskommen, ohne alle, die ihr ans Herz gewachsen waren. Ihr Magen verkrampfte sich.

In Wirklichkeit war es vollkommen egal, was sie jetzt tun würde. Wen würde es interessieren, ob sie nach Norden oder nach Süden aufbrach? Woran sollte sie festmachen, ob der Osten oder der Westen ein besseres Ziel wäre? Moira würde ihr ihre Sachen noch hinterherschicken müssen, aber ansonsten wusste niemand, wo sie war und was sie tun würde. Ihre Entscheidung beeinflusste niemanden.

Nein, das war nicht wahr! Sie wusste schließlich, dass sie niemals vollkommen allein war. Gott ließ sie nicht aus den Augen. Er hatte schon ein Ziel für sie bestimmt. Mühsam schluckte sie. *Zeig mir bitte den Weg, Vater. Lass mich auf meinem Weg neuen Menschen begegnen, so wie das in Almsbrick auch passiert ist. Zeige mir, wo ich zu Hause bin.*

Am Eingang räusperte sich jemand. Besorgt blickte die Wirtin sie an. »Miss Brady … ich glaube, da ist Besuch für Sie …«

»Für … für mich?« Konnte Gott ihr Gebet so schnell beantwortet haben? Sprachlos starrte Eileen die Frau an. Hinter ihrem Rock erschien plötzlich ein kleiner Kopf mit schwarzen Locken, die völlig zerzaust waren.

Tränen schossen in Eileens Augen.

»Nicht weinen, Miss Eileen«, sagte Maggie. »Ich weiß jetzt, dass ich eigentlich zu Ihnen gehöre. Deshalb habe ich beschlossen, dass ich mit Ihnen mitgehen will.«

Was konnte sie anderes tun, als ihre Arme wie eine Einladung auszubreiten und das Mädchen mit all der Liebe zu umarmen, die sich in ihrem Herzen aufgestaut hatte?

Matthew dankte Gott, dass der Abendzug noch nicht abgefahren war, als er in Almsworth ankam. Leider schien der mürrische Eisenbahnbeamte seine Freude nicht zu teilen. Der Mann wollte wahrscheinlich gern nach Hause.

Im Licht der Gaslaternen studierte Matthew sein Gesicht. »Können Sie mir vielleicht sagen, ob Sie heute Nachmittag gesehen haben, wie ein Mädchen mit schwarzen Locken in den Zug gestiegen ist?«

Der Beamte zog eine Augenbraue hoch.

»Ein Kind«, erläuterte Matthew. »Maggie ist acht und von zu Hause weggelaufen.« Sie konnte den Zug nicht bekommen haben, wenn er die Zeiten richtig überschlug. Eigentlich musste sie sich also noch irgendwo im Dorf befinden.

»Ich habe nicht die Angewohnheit, mir von allen Passagieren die persönlichen Daten einzuprägen, mein Herr«, erwiderte der Beamte abwehrend.

»Aber wenn ein Kind allein reist?« Matthews Atmung wurde schneller. »Oder … mit einer rothaarigen Frau?«

»Ist die Kleine nun von zu Hause weggelaufen oder nicht?«

»Sie ist weggelaufen, weil sie sich nicht von dieser Frau verabschieden wollte.« Matthew runzelte die Stirn. »Wenn sie nicht eingestiegen sind, wo könnten sie sonst sein?«

»Hören Sie mal, ich habe nicht gesagt, dass sie nicht eingestiegen sind. Nur dass ich es nicht weiß.«

Matthews Geduld neigte sich dem Ende entgegen. Das musste der Beamte seinem Gesicht ansehen können.

»Was Sie am besten tun sollten, mein Herr, ist herauszufinden, wo das Kind die Nacht verbringen wird.«

Darauf wäre Matthew auch allein gekommen. Maggie war intelligent genug, um zu wissen, dass sie im Augenblick nicht weiterkam. Was würde sie also jetzt tun? *Denk nach, Wilson.* Sie kannte die Herberge von Leonard Trench.

Er hoffte von ganzem Herzen, dass Maggie bei Einbruch der Dämmerung zur Herberge gegangen war ... und dass sich das im ganzen Dorf herumgesprochen hatte.

Der Beamte ergriff ihn an der Schulter und drehte ihn in eine bestimmte Richtung. Matthew ließ es geschehen. »Da«, zeigte der Beamte. »Dort ist ein gutes kleines Gasthaus. Lassen Sie uns mal hoffen, dass das Kind dorthin gegangen ist. Die alte Tina überlässt so ein Mädchen nicht seinem Schicksal.«

»Danke.« Matthew marschierte sofort in die angegebene Richtung los. Die vorsichtige Erleichterung, die er verspürte, wurde durch den Schmerz in seinen Beinen überlagert. Der lange Tag auf dem Feld und die ungewohnte Fahrt in dem Tilbury forderten ihren Tribut. Während er sich angespannt umsah, betrat er die Herberge.

»Kann ich Ihnen behilflich sein, mein Herr?« Die Frau mit den grauen Haaren war sicher die »alte Tina«.

Erneut beschrieb er Maggie, wobei er nicht wusste, ob er hoffen oder bangen sollte.

Als sich das Gesicht der Frau aufhellte, wäre er vor Erleichterung beinahe umgefallen. »Schwarze Locken, sagen Sie? Und ein paar große, dunkle Augen?«

»So ist es, gnädige Frau.« Höflich nahm er seinen Hut ab. »Sie ist weggelaufen, weil ihr ein Abschied schwergefallen ist.«

»Der Abschied von einer jungen Dame mit roten Haaren und Sommersprossen?«

»Ja!« Er schrie beinahe. »Haben Sie sie zusammen gesehen? Ist die Frau hier gewesen?«

»In der Tat, ich habe es nicht für unrecht gehalten, das Mädchen zu ihr zu bringen.«

Auf ihrer Stirn erschienen Sorgenfalten. »Habe ich etwas falsch gemacht?«

»Nein, sie ist ... sie wird dem Kind kein Leid antun.« Er ignorierte die Spannung in seinem Bauch. »Können Sie mir sagen, wohin sie gegangen sind?«

Die Frau spitzte die Lippen. »Wohin? Jetzt, wo es schon so spät ist? Sie müssen keine besonders hohe Meinung von dieser Frau haben.«

»Doch schon, sie war … sie ist …«

Meine Verlobte, hätte er am liebsten gesagt. Die Frau, mit der er sein Leben hatte teilen wollen. Die Frau, die ihm geholfen hatte, in Almsbrick ein neues Leben aufzubauen. Die ihm gezeigt hatte, dass das Leben noch Schönes für ihn bereithielt. Aber … sie war auch die Frau, die sie alle betrogen hatte. Die Moira das hatte wegnehmen wollten, was ihr am teuersten war.

Er schluckte und starrte in den Speisesaal. »Also … sind sie noch hier?«

»Ich habe ihnen das Wohnzimmer gegeben.« Die Frau zeigte auf einen offenen Durchgang. »Das erschien mir ein bisschen ruhiger. Und sie haben alle beide einen Teller Essen gehabt.«

»Das ist nett von Ihnen.«

»Nun, so wie die Frau darin herumgestochert hat, könnte man meinen, es wäre ungenießbar gewesen.«

Er weigerte sich, Mitleid zu haben.

»Kommen Sie, dann bringe ich Sie …«

»Hör mal, Tina!« Ein anderer Gast zog ihre Aufmerksamkeit auf sich.

Langsam ging Matthew selbst auf das Wohnzimmer zu. Froh, dass mit Maggie alles in Ordnung war, wütend, dass er Eileen erneut unter die Augen treten musste. Vor dem Durchgang blieb er stehen. Er wollte sie nicht sehen, wollte nicht wissen, wie es ihr ging. Oder vielleicht doch?

Müde schloss er die Augen und seufzte.

Die hohe Kinderstimme, die zu hören war, war unverkennbar die von Maggie. »Aber wenn Sie es doch nicht sind, Miss Eileen, wer ist dann meine Mutter? Oder habe ich überhaupt keine?«

»Natürlich hast du eine«, hörte er Eileen antworten. Er unterdrückte seinen Wunsch, einen Blick ins Zimmer hineinzuwerfen. »Deine Mutter ist diejenige, die immer für dich sorgt.«

Es kam keine Reaktion.

»Wer kocht dir dein Essen und wer wäscht deine Kleider? Und zu wem gehst du, wenn du dir wehgetan hast oder traurig bist?«

»Zu Mama«, antwortete das Mädchen leise. »Zu Moira.«

»Genau. Und deshalb ist sie deine richtige Mutter, nicht ich oder irgendjemand anderes.«

»Aber Sie haben doch gesagt, dass Sie meine Mutter sind, das habe ich gehört.«

Es blieb für einen Augenblick still. Wahrscheinlich hatte auch Eileen hierauf keine Antwort. »Das stimmt nicht«, verkündete sie schließlich. »Ich habe mein Töchterlein verloren und ich hoffe nur, dass es ein bisschen so ist wie du.«

Maggie schien diese Erklärung auszureichen. Matthew wünschte, er könnte das von sich ebenfalls sagen. »Wenn Sie nicht meine Mutter sind«, sagte Maggie langsam, »darf ich dann *Tante Eileen* zu dir sagen?«

»Ach, Kind.« Matthew bemerkte die Emotion in Eileens Stimme. »Ich werde deinen Onkel Matthew nicht heiraten. Ich bin nicht ehrlich zu ihm gewesen.«

»Muss er dir das dann nicht vergeben?«

Matthew erstarrte.

»Das möchte Gott schon von uns, aber das ist nicht immer so einfach.« Eileens Stimme zitterte.

Langsam blies Matthew seinen Atem aus. *Gut gesagt, Eileen.* Auf einmal wollte er nicht mehr abwarten, ob Maggie mit ihrer kindlichen Logik dazu etwas zu sagen hatte. Er trat in den Raum hinein und räusperte sich.

Eileen sprang erschrocken auf. »Matthew!«

»Einen guten Abend, die Damen.« Er verzog sein Gesicht zu einer Grimasse. »Seid ihr mit dem Essen fertig?«

Der Teller, der vor Maggie stand, war ziemlich leer. Eileen hatte allerdings nicht mehr als ein paar kleine Häppchen heruntergekommen. Das war ihm jedoch egal, ebenso wie die Tatsache, dass sie ihn mit großen Augen anstarrte.

»Ist meine Mama böse?«, wollte Maggie schließlich wissen.

»Damit würde ich an deiner Stelle rechnen, Mädchen.« Er lachte kurz. »Sie hat furchtbare Angst, dass dir etwas passieren könnte. Was hast du dir dabei gedacht, einfach so wegzulaufen? Allein unterwegs zu sein, während es dunkel wird?«

Maggies Unterlippe zitterte. »Ich wollte Miss Eileen sehen.«

»Nun, sie wollte sich offensichtlich nicht von dir verabschieden.«

»Matthew!« Er hatte noch nie so viel Schmerz in Eileens Stimme gehört. »Es ist für alle Beteiligten besser gewesen, dass ich in aller Stille gegangen bin.«

Darauf hatte er nichts zu entgegnen.

»Maggie hatte Hunger, nachdem sie hierhergekommen war, und deshalb habe ich ein Essen für sie bestellt.« Sie hob trotzig ihr Kinn. »Anschließend wollte ich Moira ein Telegramm schicken und sie morgen früh zurückbringen.«

Er glaubte ihr, wollte das jedoch nicht laut zugeben. »Du kannst dir die Mühe sparen. Ich nehme sie mit zurück.«

Mit einem grimmigen Blick in ihren blauen Augen schaute Eileen ihn an. »Ich komme mit. Ich möchte Moira selbst erzählen, was passiert ist.«

»Verflixt, Eileen, zweifelst du etwa an meiner Ehrlichkeit?«

Jetzt wandte sie ihr Gesicht ab. »Ich weiß, wie es aussieht – nach allem, was ich getan habe. Ich kann es Moira nicht übel nehmen, wenn sie mir nicht vertraut.«

Seine Atmung wurde schwerer. »Nun, dann musst du selbst schauen, wie du dort hinkommst. Ich habe den Tilbury von Edmund Howell geliehen. Und der ist nur für zwei Personen.«

Eileen sah traurig aus.

Maggie biss sich auf die Unterlippe. »Aber Mr Howell sitzt immer zusammen mit seiner Schwester *und* Miss Goodwin darin.«

»Und dafür ist der eigentlich viel zu eng.« Könnte das Kind nicht wenigstens *einmal* seinen Mund halten?

»Aber ich bin doch ganz dünn und Miss Eileen auch!«

Das wusste er. Er hatte ihre schlanke Taille umfasst, sie in seinen Armen gehalten. Um die Erinnerung zu vertreiben, schüttelte er den Kopf.

»Ich gehe meinen Mantel holen«, kündigte Eileen an. »Lass mich der Wirtin kurz die Situation erklären, dann können wir gehen.«

Mit einem Seufzen nickte Matthew. »Beeile dich aber«, fügte er hinzu, um einfach nur das letzte Wort zu behalten. Viel Befriedigung verschaffte ihm das jedoch nicht.

Die Heimfahrt verlief schweigend, die Stille war allerdings nicht so friedvoll wie seinerzeit, als sie von Shrewsbury nach Hause gefahren waren.

Eileen saß neben Matthew. Anfangs hatte Maggie zwischen ihnen gesessen, aber nachdem das Mädchen eingeschlafen war, gab es Eileen ein besseres Gefühl, es auf den Schoß zu nehmen und festzuhalten.

Matthew neben ihr hielt seine Augen fest auf den Weg gerichtet. Obwohl ihr bewusst war, dass er sich in der Dunkelheit stark auf den Weg konzentrieren musste, vermutete sie, dass es ihm auch willkommen war, sie nicht anschauen zu müssen. Sie saßen dicht nebeneinander – die kleine Kutsche war bedeutend schmaler als ein Bauernwagen – und es schien ihr, als könne sie seine Anspannung spüren. Wie konnte sie ihm verdeutlichen, wie sehr ihr das alles leidtat?

Leise räusperte sie sich. »Moira hat gesagt, dass du heute Kartoffeln ernten wolltest.«

»Stimmt.« Matthew starrte stur geradeaus.

Sie schluckte. »Bist du gut vorangekommen?«

»Ganz ordentlich«, erwiderte er kurz angebunden.

Unwillkürlich musste sie an all die Male denken, in denen er zum Essen nach Hause gekommen war und aufgeregt erzählt hatte, wie viel Arbeit er geschafft hatte oder was er am nächsten Tag tun wollte. Die Oak Hill Farm war allerdings nicht mehr ihr Zuhause und Matthew schien auch nicht mehr länger bereit zu sein, etwas mit ihr zu teilen. Sogar als er gerade erst nach Almsbrick zurückgekommen war und auf beiden Seiten Misstrauen geherrscht hatte, hatte sie sich nicht so unwohl in seiner Gesellschaft gefühlt.

»Ich habe unterwegs gesehen, dass auf vielen Feldern die Kartoffeln geerntet werden«, machte sie noch einen Versuch.

»Natürlich. Die meisten Bauern werden jetzt damit wenigstens angefangen haben.«

»Es ist ja auch gutes Wetter.«

»Stimmt.«

»Hilft dir jemand dabei?«

Zum ersten Mal drehte er seinen Kopf zu ihr hin und schaute sie an. Leider konnte sie sein Gesicht kaum erkennen. »Wer sollte mir denn dabei helfen?«

»Nun …« Sie erinnerte sich, dass ihr Vater dafür niemals Arbeiter angeheuert hatte so wie bei der Getreideernte. Stattdessen hatte er seine Familie mit einbezogen.

Traurig biss sie sich auf die Unterlippe. Wenn sie noch bei Matthew gewesen wäre, hätte sie ihm jedenfalls beim Sortieren und Einlagern der Kartoffeln helfen können. Sie entschied sich, auf seine Frage nicht zu antworten. »Es tut mir leid, Matt.«

Er brummte nur.

Vielleicht wirkte ein direkter Weg besser. »Können wir nicht darüber reden?«

»Es gibt nicht mehr viel zu sagen.«

»Kannst du nicht glauben, dass sich meine Pläne im Laufe der Zeit geändert haben … in Luft aufgelöst haben?«

Matthew lachte kurz. »Woher soll ich denn wissen, was ich dir noch glauben kann?«

»Ich bin doch noch hier, oder?« Ihre Stimme zitterte. »Und Maggie auch.«

»Das ist jedenfalls etwas«, murmelte er.

»Was kann ich sagen, um dich zu überzeugen?« Sie hatte noch nie im Leben um etwas gebettelt. Nicht nachdem Johnny sie verlassen hatte, nicht nachdem Nessas Mann ihr die Tür gewiesen hatte. Nicht einmal, nachdem sie hochschwanger im Armenhaus gelandet war und ihr Kind hatte weggeben müssen. Fest kniff sie in den Stoff von Maggies Mantel.

Matthew beantwortete ihre Frage nicht, sondern seufzte tief. »Wir sind gleich da. Die meisten werden sich sicher in Josephs Bäckerei versammelt haben.«

»Oh.« Natürlich. Bevor sie aus Almsworth weggefahren waren, hatten sie ein Telegramm geschickt, um Moira wissen zu lassen, dass mit Maggie alles in Ordnung war. Die Leute wussten, dass sie unterwegs waren. Das machte Eileen nervös. Was wussten die Leute darüber hinaus? Sie hatte keine Ahnung und sie wagte es auch nicht, Matthew danach zu fragen.

Sie würde einfach warten müssen, bis … Du lieber Himmel, war da das ganze Dorf zusammengelaufen? Vor Josephs Ladentür hatten sich ungefähr zehn Mann versammelt, vor der Kneipe standen allerdings mindestens ebenso viele Menschen. Dickson überquerte fröhlich die Straße, um alle zu bedienen.

Als man den Tilbury entdeckte, schwollen die Stimmen an. Eileen konnte anhand der Geräusche nicht erkennen, ob die Leute über Maggies Rückkehr jubelten oder sich gerade kritisch äußerten. *Gib mir bitte die Kraft, standhaft zu bleiben.* Während sie betete, fragte sie sich jedoch, ob Gott überhaupt wollte, dass sie stark war. Hatte er nicht all die Jahre abgewartet, in denen sie versucht hatte, unabhängig zu sein und die Dinge selbst in die Hand zu nehmen? *Ich schaffe es nicht allein, Herr.*

Matthew hielt mit dem Tilbury vor der Bäckerei und sofort umringten die Leute das Fahrzeug. Eileen konnte sehen, dass er sich ärgerte. Sie selbst hätte am liebsten ihr Gesicht verborgen.

»Reich sie zu mir herunter.« Joseph stand neben ihr und streckte seine Hände nach Maggie aus.

Das Mädchen bewegte sich und öffnete die Augen. »Sind wir zu Hause?«, wollte es schläfrig wissen, den Blick auf Eileen gerichtet.

Eileen schluckte. »Ja, Schatz, das sind wir.« *Du jedenfalls.*

Sobald Joseph Maggie von ihrem Schoß gehoben und Eileen wortlos zurückgelassen hatte, rannte Moira herbei und umarmte ihren zukünftigen Mann und ihr Kind gleichzeitig. »Was habe ich mir Sorgen um dich gemacht!«

Eileen konnte nicht verstehen, was Maggie antwortete – wahrscheinlich Worte des Bedauerns. Mühsam stieg sie aus dem Tilbury, steif geworden von der langen, unbequemen Fahrt.

»Eileen Brady!« Mit ihrem Umschlagtuch halb über ihren Schultern hängend, drängte sich Rosie zwischen den Menschen hindurch. »Wage es nicht, so etwas noch einmal zu tun, meine Liebe!«

Eileen stockte der Atem. Sie hatte sich so bemüht, es zu erklären, so sehr auf ein bisschen Verständnis gehofft … Hatte Moira ihr den Brief gegeben? Dachten alle, dass das alles ihre Schuld gewesen war? »Ich habe nicht gewusst … Maggie hat …«

Rosie packte sie an ihren Oberarmen und schüttelte sie. »Babykleidung kann dich nicht ersetzen, egal wie froh ich darüber auch sein mag.«

»Ich habe Maggie nicht überredet, hinter mir herzukommen.«

»Das weiß ich doch. Aber du hättest nicht einfach gehen sollen.«

In Eileens Augen bildeten sich Tränen, als zu ihr hindurchdrang, was Rosie meinte. »Ich hatte keine andere Wahl«, erwiderte sie leise. »Du begreifst doch bestimmt, warum ich nicht länger bleiben konnte.«

»Ja sicher.« Rosie seufzte. »Und eigentlich auch nicht. Könnt ihr das nicht lösen? Ich meine nur … Tom hat mich geheiratet, nachdem ich den ganzen Sommer lang so getan habe, als wäre ich in Matthew verliebt.«

»Das ist nicht dasselbe.« Wenn Matthew doch nur über ihre Taten hinweg und auf ihr Herz sehen könnte.

»Dieser Kerl braucht einmal eine ordentliche Abreibung«, erklärte Rosie scharf, »damit er zur Vernunft kommt und dich nie wieder gehen lässt!«

»Ich denke nicht …«

»Versprich mir, dass du morgen früh nicht gleich wieder deine Sachen packst.«

Eileen warf Joseph, Moira und Maggie einen verstohlenen Blick zu. Sie waren eine richtige, kleine Familie. »Ich kann doch nicht wieder in diesem Zimmer schlafen.«

»Dann schläfst du eben bei mir. Oder du gehst zur Not in die Herberge.« Eindringlich sah Rosie sie an. »Ich möchte gern noch einmal mit dir reden, bevor du abreist. Bitte!?«

»Also gut«, gab sie nach. Eigentlich hatte sie keine Kraft mehr, um sich zu wehren. Was machte das alles noch aus?

»Sie geht nicht zu Trench«, brummte Matthew hinter ihr.

Du lieber Himmel, hatte er alles mitbekommen?

Moira kam auf sie zu. »Was höre ich über Trench? Selbstverständlich schläfst du heute Nacht einfach in dem Zimmer, das du mieten willst, Eileen. Und du solltest wissen, dass wir das, was du uns im Vertrauen erzählt hast, nicht mit anderen besprochen haben.«

Eileen wagte es nicht, Matthew anzuschauen. In seinem Gesicht war nichts zu lesen, er widersprach allerdings auch nicht.

»Die Kinder haben es gehört«, erinnerte sie ihn. »Ich sollte deshalb lieber eine Nacht in der Herberge schlafen.«

»Trench ist gefährlich«, sagte Matthew in gedämpftem Ton. Seine Augen suchten die von Tom, der sich mittlerweile neben seine Frau gestellt hatte. »Als ich nach Maggie gesucht habe, habe ich ein geheimes Warenlager im Eichenwäldchen entdeckt. Ich habe zu diesem Zeitpunkt nur wenig machen können, aber mich hält ja nichts davon ab, noch einmal einen Blick darauf zu werfen.«

»Meinst du, das ist vernünftig?« Moira sah besorgt aus.

Tom nickte ihm allerdings zu. »Ich hole zur Sicherheit das Jagdgewehr von Downes.«

»Du gehst überhaupt nichts holen!« Rosie stemmte ihre Hände in ihre Seite. »Es ist völlig überflüssig, den Helden zu spielen, Tom Merchant. Denkst du daran, dass du ein Kind hast? Und noch eins unterwegs ist? Überlass das der Polizei.«

»Officer Abott hört doch nie zu. Ich weiß schon, was ich tue, Rosie.« Er gab ihr einen flüchtigen Kuss auf die Stirn.

Eileens Herz krampfte sich bei dieser zärtlichen Geste zusammen. Sie blickte auf den entschlossenen Zug um Matthews Mund. Auch er würde sich nicht aufhalten lassen und schon gar nicht durch sie.

»Ihr habt sie ja nicht mehr alle«, schimpfte Rosie.

»Um unserer Kinder willen müssen wir etwas gegen schlechte Einflüsse in unserer Stadt tun«, beharrte Tom. »Ich komme mit heiler Haut wieder zurück, das verspreche ich dir. Wir gehen uns nur mal umschauen.«

»Und anschließend zwingen wir Abott, sich an die Arbeit zu machen«, verkündete Matthew.

Rosie seufzte beruhigend. »Ich kann euch ja doch nicht zur Vernunft bringen. Seid bitte vorsichtig.«

»Natürlich.« Bevor er wegging, drückte Tom ihr kurz ermutigend die Schulter.

Eileen fing Matthews Blick auf. Sie unterdrückte ihren Impuls, die Augen niederzuschlagen, und reckte stattdessen ihr Kinn in die Höhe. Sie würde gerne so viel sagen. Dass er ebenfalls vorsichtig sein sollte, dass sie ihn nicht verlieren wollte …

Er musste ihr Zögern bemerkt haben, denn er kniff seine Augen zu Schlitzen zusammen. Anschließend kehrte er ihr den Rücken zu, ohne ihr noch einmal zuzunicken.

40. Kapitel

Auf dem Weg zum Eichenwäldchen versuchte Tom, Matthew nicht über das erzwungene Zusammensein mit Eileen in der Kutsche auszuhorchen. Darüber war Matthew froh. Er konnte selbst nicht wirklich sagen, was er fühlte, geschweige denn einem anderen Menschen seine Gefühle erklären.

Heute waren Eileens Absichten aufrichtig gewesen, obwohl sie die Situation relativ leicht hätte missbrauchen können. Natürlich wusste sie jetzt, dass Maggie nicht ihre Tochter war, aber er hatte bemerkt, wie sehr sie dieses Kind liebte. Wie sehr sie der Abschied zerriss. Und verflixt, ihm ging es genauso.

Wütend trat er gegen einen Zweig. »Hier bin ich in den Wald hineingegangen«, zeigte er Tom. »Da waren drei Männer, die ich aber nicht kannte. Sie waren vermutlich nicht aus dem Dorf.«

Tom hielt seine Laterne in die Höhe, während sie weiter in das Wäldchen hineinmarschierten. »Im Augenblick sollte da niemand mehr sein. Aber wenn es wahr ist, dass dort etwas versteckt worden ist, muss es ja auch irgendwann wieder abgeholt werden.«

Mit gerunzelter Stirn ging Matthew voraus und bahnte sich und Tom einen Weg. Er war im Vorteil, weil er das Wäldchen gut kannte. Selbst im Dunkeln fand er mühelos den Ort, an dem die Männer gestanden hatten.

»Hier ist es gewesen.« Unwillkürlich dämpfte er seine Stimme. »Hier muss es irgendwo eine Falltür geben. Ich kann nicht fassen, dass ich das nie bemerkt habe.«

Tom stampfte mit dem Fuß auf dem Boden herum. »Kein Wunder. Die haben sie wahrscheinlich gut zugedeckt.«

Plötzlich ging Tom in die Hocke. Er war immer schon ein guter Fährtenleser gewesen. »Dort ist das Moos losgerissen.«

»Da muss so etwas wie ein Handgriff sein.« Matthew kniete

sich neben ihn und fühlte einen Ring aus Metall. Er zog daran, und eine hölzerne Klappe öffnete sich knarzend. »Da ist es.«

Tom ließ seine Laterne in die Grube hineinscheinen. Jemand hatte sich die Mühe gemacht, den Raum mit Bohlen auszukleiden. »Das sieht aus wie ein Vorratskeller.«

Matthew nickte. Seit wann gab es dieses geheime Warenlager schon? Hatte Bauer Stubbs davon gewusst? Während er sich umschaute, pfiff er zwischen den Zähnen hindurch. »Dieser Vorrat verschafft der Herberge sicher einen ordentlichen Zusatzgewinn.«

Es war nicht schwer zu erraten, dass die aufeinandergestapelten Fässer hochprozentigen Alkohol enthielten.

Tom hebelte eine hölzerne Kiste auf und holte einen Ballen Tabak zum Vorschein. »Dafür sind sicher keine Einfuhrzölle bezahlt worden.«

»Ob Stubbs hierbei mitgemacht hat?« In einer anderen Kiste fand Matthew mehrere Flaschen Whisky. »Verflixt, das sind die Sachen, die Moira für Trench in ihrem Laden verkaufen sollte. Damit macht sie sich doch nicht mitschuldig, oder?«

»Bestimmt nicht.« Tom stand auf und ließ seine Augen über die Umgebung schweifen. »Ich glaube, ich habe etwas gehört.«

Mit Mühe hielt Matthew seinen Atem ruhig. Kein Geräusch. Aus den Augenwinkeln bemerkte er, wie Tom das Jagdgewehr von seiner Schulter gleiten ließ. Traute er dem Frieden nicht? Hörte er mehr als Matthew hören konnte?

Doch da war nur Stille. Nach einer Weile klopfte Tom ihm grinsend auf die Schulter. »Falscher Alarm. Aber ich kann Fußstapfen erkennen, die zur anderen Seite hinüberführen. Ich frage mich, ob ...«

Der Satz endete in Gemurmel, während Tom der Spur ins Wäldchen hinein folgte.

Matthew nahm eine Dose mit Tabak und versuchte sich seine weitere Vorgehensweise zu überlegen. Würde Officer Abott die Sache ernst nehmen? Lagen die Sachen noch da, wenn sie morgen wieder hierherkämen, um ihm ihren Fund zu zeigen?

Plötzlich fiel sein Blick auf einen Gegenstand, der auf dem Boden der Grube stand. Sein Herz begann schneller zu schlagen und für einen kurzen Augenblick hielt er die Luft an. So eine Laterne hatte er bisher nur *ein* einziges Mal gesehen. Verbogen durch die Hitze und völlig verkohlt von den Flammen. In Moiras ausgebrannter Küche. Mit zitternden Fingern legte er die Dose beiseite. Trench war für den Brand verantwortlich.

Ein Zweig knackte und hastig drehte er den Kopf. Das war doch nicht Tom? Trog sein Gehör ihn? Er drehte sich noch einmal um. Nein, dort hinten entdeckte er Schatten zwischen den Bäumen! Er ergriff die Luke, ahnte allerdings, dass es schon zu spät war. Er wollte schreien, damit Tom wusste, dass er fliehen musste, aber ein vielsagendes Klicken ließ ihm die Worte im Hals stecken bleiben. Niedergeschlagen hob er seine leeren Hände.

»Auf frischer Tat ertappt, Wilson.« Mit gezogener Pistole trat Officer Abott nach vorn in den Schein der Laterne hinein. »Wo ist dein Handlanger geblieben?«

»Ich bin allein.« Er sagte es laut genug, damit Tom ihn hören konnte.

»Davon glaube ich kein Wort.« Neben Officer Abott kam Leonard Trench zum Vorschein und blickte ihn durchdringend an. »Wie ich Ihnen gesagt habe, Abott, stecken die beiden unter einer Decke. Die Einkünfte aus ehrlicher Arbeit reichen sicher nicht aus, wenn man so viele Jahre im billigen Indien gelebt hat.«

Matthew ballte die Fäuste. »Du dreckiger, mieser …«

»Halten Sie sich zurück, Wilson«, bellte Abott. »Sie stehen unter Arrest.«

»Das sind nicht meine Sachen, Officer. Sie sollten lieber Trench fragen, woher sie kommen.«

»Ich habe Sie hier angetroffen, nicht Mr Trench.«

»Aber der hat Sie hierhergeführt, oder etwa nicht?«

Bedächtig strich sich Trench über den Schnurrbart. »Irgendwann heute Nacht habe ich Geräusche aus dieser Richtung gehört. Wilson ist hier gewesen, als die Waren geliefert wurden.«

»Ich war im Wald auf der Suche nach Maggie. Sie wissen doch, dass sie weggelaufen war.«

»Aber auch, dass sie wieder da ist. Und deshalb haben Sie hier nichts mehr zu suchen.«

Matthew spannte sich an. »Ach nein? Das ist möglicherweise mein Grund und Boden.«

»Jetzt gibt er es selbst zu, Abott.« Trench warf ihm ein Lächeln zu. »Die Schmuggelware liegt in seinem Grund und Boden verborgen.«

»Ich habe ›möglicherweise‹ gesagt!«, gab Matthew ungehalten zurück. »Wir wissen nicht genau, wo die Grenze verläuft.«

»Und deshalb können solche Aktivitäten sehr schädlich für mein Unternehmen sein.« Trenchs Besorgnis war gut gespielt. Matthew kochte innerlich vor Wut.

»Ich bringe ihn hinter Schloss und Riegel«, versprach Abott.

»Danke, Officer. Ich bin froh, dass Sie solche Angelegenheiten nicht auf die leichte Schulter nehmen.«

Wie gern hätte Matthew ihm dieses arrogante Grinsen aus dem Gesicht gewischt. Abott würde den Einsatz von Gewalt allerdings nicht auf die leichte Schulter nehmen, und deshalb versuchte er, ruhig zu bleiben. Nur Tom konnte ihm noch helfen. Er wusste, wo das Versteck war und wo er nach Beweismaterial suchen musste. Aber das bedeutete auch, dass sein Freund in Gefahr war. Wenn Trench immer noch vermutete, dass er eingeweiht war …

Seine Muskeln zuckten, während Abott ihm die Handschellen anlegte. Er konnte nichts unternehmen, niemanden warnen. Trenchs spöttischer Blick ließ ihn erschauern. Der Mann wollte nichts lieber als ihm seinen Bauernhof abnehmen, und nun bekam er die Möglichkeit dazu.

Während Abott ihn am amüsiert blickenden Trench vorbeilotste, hoffte Matthew, dass ihn nicht alle im Stich lassen würden.

613

Um die Mittagszeit fühlte Eileen sich erschöpft, ermahnte sich jedoch, dass Matthews Kartoffeln sich nicht von selbst ernteten.

Nachdem Tom am Abend zuvor mit der Nachricht von Matthews Verhaftung aus dem Wäldchen gekommen war, hatte sie sofort gewusst, dass sie helfen musste. Schließlich war es teilweise ihre Schuld, dass alle gestern Abend unterwegs gewesen waren. Wenn Maggie ihr nicht hätte folgen wollen, hätte Matthew niemals entdeckt, was im Eichenwäldchen geschah. Seine Wut hatte seitdem sicher noch zugenommen.

Trotzdem war sie mit Moira zur Oak Hill Farm mitgegangen und hatte – nach einer weiteren schlaflosen Nacht – heute Morgen Oats und seine Frau um Hilfe gebeten. Mit ihrem Sohn und einem weiteren Teenager waren sie gekommen, um die Kartoffeln auszugraben. Kurze Zeit später kamen auch Tom und Rosie mit zwei Männern, die Eileen noch nicht kennengelernt hatte. Sie musste zugeben, dass sie erleichtert war, dass sie nicht selbst auf Knien auf dem Feld herumrutschen musste. Zusammen mit Rosie und Mrs Oats leerte sie die vollen Körbe in große Säcke.

Tom war der Letzte, der ihr einen Korb übergab und anschließend sein Mittagessen hervorholte. »Matt wird froh sein, dass wir diese Aufgabe gemeinsam zu Ende bringen.«

»Das hoffe ich.« Doch niemand arbeitete umsonst. Eileen hatte allerdings den Stundenlohn heruntersetzen können, indem sie einen Teil der Ernte angeboten hatte. Wenn Matthew nicht in der Lage war, die Arbeiter zu bezahlen, wie es sich gehörte, würde sie ihr eigenes Erspartes einsetzen. Sie konnte es einfach nicht zulassen, dass er den Bauernhof verlor.

Allein schon bei dem Gedanken füllten sich ihre Augen mit Tränen. Er hatte so hart gearbeitet, sein Bestes gegeben. Sie erinnerte sich an das Glänzen in seinen Augen, nachdem sie das Heu eingebracht hatten, seine Freude, als er – wie es der Tradition entsprach – die letzte Getreidegarbe in die Höhe hielt.

Das alles durfte er nicht verlieren wegen Trench. Oder ihr.

Ein Schauer lief ihr über den Rücken, während sie die letzten

Kartoffeln sortierte und die Männer ihr Mittagessen verzehrten. Ob Matthew in seiner Gefängniszelle wohl genug zu essen bekam? Wie ohnmächtig musste er sich dort hinter Gittern fühlen, während der Schuldige frei herumlief.

Wütend schob sie den leeren Korb von sich weg und versuchte ihre Gefühle unter Kontrolle zu bringen. Sie musste durchhalten. Niemand hatte etwas davon, wenn sie zusammenklappte. Hatte sie nicht schon für genügend Probleme gesorgt?

»Sind Sie heute der Chef, Miss Brady?«

Erschrocken sah sie auf.

Victor Trench stand neben Captain und streichelte dem Pferd über den Hals.

Eileens Atem stockte. »Wie können Sie es wagen, sich hier blicken zu lassen? Schließlich ist es die Schuld Ihres Bruders, dass Matthew eingesperrt ist!«

»Das weiß ich.« Trenchs Miene wirkte betrübt. »Das tut mir leid. Ich werde tun, was ich kann, um zu helfen.«

Sie erstarrte. »Das ist nicht notwendig.«

»Wenn viele mithelfen, geht alles schneller, Miss Brady.« Der Mann klang beinahe verzweifelt. »Lassen Sie mich etwas tun, um die Last zu erleichtern.«

»Wir schaffen es gut ohne Sie.«

»Es ist keine Schande, Hilfe anzunehmen«, verkündete eine tiefe Männerstimme hinter ihr.

Mit einem Ruck drehte sie sich um. Ein kräftiger Mann mit einer Reisetasche und einem schwarzen Mantel stand dort und sah sie an. Er hielt seinen Hut in den Händen.

»Was mischen Sie sich hier ein?«, fuhr sie ihn unwirsch an.

»Ich hatte den Eindruck, dass auf der Oak Hill Farm etwas Hilfe gebraucht wird«, erwiderte der Mann ruhig.

Kannte er demnach den Bauernhof? Herausfordernd reckte sie ihr Kinn in die Höhe. »Was hindert Sie daran, selbst die Ärmel hochzukrempeln?«

Er lächelte ihr zu und auf einmal kamen Eileen seine Gesichtszüge bekannt vor. Ihre Kehle wurde trocken, während sie zuschaute, wie er seinen Mantel auszog und auf den Wagen legte, den Hut obenauf. Es war der platte schwarze Hut mit dem breiten Rand, der in der Regel von Geistlichen getragen wurde. Du lieber Himmel! »Sie sind Matthews Vater!«

»Das stimmt. Moira hat mir ein Telegramm geschickt. Ich bin gleich in den nächsten Zug gestiegen.«

»Ich habe nicht gewusst … ich hätte nicht gedacht …«

»Dass ich mir die Mühe machen würde?« Er zog eine Augenbraue in die Höhe, auf dieselbe Weise wie Matthew das tat, und breitete die Arme aus. »Nun, wie Sie sehen, bin ich jetzt hier. Sie sollten mir lieber erklären, wie ich helfen kann, bevor ich meinen Sohn besuchen werde.«

Eileen fühlte sich für einen Moment von der ganzen Situation überrollt.

»Miss Brady?« Der Mann kam auf sie zu, um sie zu stützen. »Setzen Sie sich für einen Augenblick hin. Vielleicht wäre es an der Zeit, eine Kleinigkeit zu essen.«

Auf dem Boden lagen ein paar leere Säcke und darauf ließ er sie Platz nehmen. Zu allem Überfluss setzte er sich neben sie. Zögernd packte sie ihr Mittagessen aus, doch sie ahnte jetzt schon, dass sie keinen Bissen herunterbekommen würde.

»Können Sie mir etwas mehr darüber berichten, wie die Lage aussieht?«, wollte er wissen. »Im Telegramm hat Moira geschrieben, dass Matthew zu Unrecht verhaftet worden ist.«

»Das stimmt«, murmelte sie.

»Sie wissen sicher, wie die Sache aussieht, Miss Brady.« Er zögerte. »Oder darf ich Eileen sagen? Matthew hat mir von Ihnen erzählt.«

»Tatsächlich?« Betreten sah sie ihn an.

»Darüber brauchen Sie nicht zu erschrecken. Er war des Lobes voll. Und nun, da ich Sie hier so beschäftigt sehe …«

»Das mache ich nur, weil ich helfen will.« Ihre Wangen glühten. Matthews Vater wusste noch von nichts, es war ihr jedoch unmöglich, die Wahrheit zu verbergen. Mit einem verstohlenen Blick auf die Arbeiter, die noch beim Essen saßen – und auf Tom, der sich klugerweise abseits hielt –, atmete sie tief durch. »Matthew hat wahrscheinlich gesagt, dass er Gefühle für mich hat, aber das ist nicht mehr der Fall.« Oh, was tat es weh, das zuzugeben!

»Meinen Sie das wirklich?« Pfarrer Wilson schaute sie an. »Liebe junge Frau, er hat über das ganze Gesicht gestrahlt, als er von Ihnen erzählt hat.«

»Nein, es ist meine Schuld.« Eileen schlug die Augen nieder. »Ich habe sein Vertrauen enttäuscht.«

»Und das ist nicht wiederherzustellen?«

Sie schüttelte den Kopf.

»Gibt es … vielleicht einen anderen Mann?«

Bevor sie antworten konnte, musste sie dreimal schlucken. Das ließ ihn die Wahrheit erahnen. »Da ist ein anderer Mann gewesen«, erwiderte sie leise. »Und auch ein Kind.«

Matthews Vater – der strenge Pfarrer – schwieg.

Die Stunden krochen träge vorbei und Matthew wünschte, er hätte irgendetwas, womit er die Zeit totschlagen könnte. Das Nichtstun machte ihn nervös. Das letzte Mal, als er gezwungen gewesen war, Ruhe zu halten, hatte er im Armeelazarett in Lahore gelegen. Doch damals hatte sein Körper dafür gesorgt. Jetzt schrie jede Faser in ihm nach Gerechtigkeit. Wie konnte ein Mann wie Trench mit allem davonkommen, während er unschuldig im Gefängnis saß und seinen Bauernhof im Stich lassen musste?

Der Ärger darüber hatte ihn wiederholt überwältigt, aber im Moment konnte er nichts daran ändern. Dazu kam, dass Abott offensichtlich nicht viel davon hielt, ihn Besuch empfangen zu lassen – vielleicht hatten alle aber auch genug mit ihrer eigenen Arbeit zu tun.

Entmutigt ließ er sich auf die schmale Pritsche sinken. Es war ziemlich finster in dem kleinen Raum, von dem die Hälfte als Gefängniszelle diente, abgetrennt durch Gitter. In der gegenüberliegenden Wand befand sich ein kleines Fensterchen. Durch die Gitter hindurch sah Matthew eine Petroleumlampe auf dem Tisch stehen außerhalb der Reichweite der Gefangenen.

Er ahnte nur, dass es mittlerweile Nachmittag sein musste, weil Abotts Frau ihm ein Stück Brot gebracht hatte. Doch das war schon eine ganze Weile her. Es kam ihm jedenfalls lange vor.

Müde schloss er die Augen, von Schlaf konnte allerdings keine Rede sein. Er wusste nicht, was ihm bevorstehen würde, wenn er keine Beweise auf den Tisch legen konnte.

Die Tür wurde geöffnet. »Sie haben Besuch, Wilson«, kündigte Abott an und schloss die Tür auch sofort wieder.

Matthew sprang auf. Mit offenem Mund starrte er seinen Besucher an. »Vater!«

»Schön, dich wiederzusehen, mein Junge, auch wenn die Umstände erbärmlich sind.«

»Ich bin kein Schmuggler«, erklärte Matthew mit Nachdruck. Dass er seinem Vater in dieser misslichen Lage unter die Augen treten musste! »Ich habe die Waren nur gefunden, aber ansonsten habe ich nichts damit zu tun.«

»Das weiß ich. Mir ist erzählt worden, was passiert ist.«

Matthew seufzte. »Hast du denn mit Tom gesprochen?«

»Ja sicher. Dieser Junge hat sich kein bisschen verändert, seit ich ihn 1871 zum letzten Mal gesehen habe.« Auf dem Gesicht seines Vaters erschien ein Lächeln. »Ich kann dir berichten, dass auf der Oak Hill Farm hart gearbeitet wird.«

»Wie das denn?«

»Und ich habe auch dein Mädchen getroffen.«

»Eileen?« Seine Stimme überschlug sich. »Ist Eileen noch in Almsbrick? Warum ist sie nicht weggegangen?«

»Vielleicht wollte sie dich nicht in einer Polizeizelle zurücklassen.«

Matthew umfasste die Gitterstäbe mit seinen Händen. »Zwischen uns ist nichts mehr.«

»Auch das weiß ich.« Sein Vater nahm den hölzernen Stuhl und stellte ihn dichter vor ihn hin. »Sie hat mir von ihrem Kind erzählt.«

Langsam ließ Matthew sich auf seine Pritsche sinken. Er konnte es nicht fassen. »Hat sie dir das von sich aus erzählt?«

»Ja, aber du kannst beruhigt sein. Die anderen haben es nicht gehört. In der Zwischenzeit hat sie sich darum gekümmert, dass deine Kartoffeln in den nächsten Tagen geerntet werden.«

Sein Nacken brannte. »Das kann sie nicht tun!«

Bedächtig strich sich sein Vater übers Kinn. »Tja, für deine Sache könnte es sich abträglich erweisen, wenn so eine sittenlose Frau auf deinem Hof herumläuft ...«

»Nenn sie nicht so!« Er sprang auf und wollte sein Gesicht zwischen den Gitterstäben hindurchpressen. »Du kennst sie nicht, Vater, aber ich habe sie jeden Tag mitbekommen. Du hättest einmal erleben sollen, wie sehr sie in all den Jahren ihre *eine* falsche Entscheidung bedauert hat. Predigst du denn überhaupt nicht Gottes Vergebung?«

Durchdringend blickte sein Vater ihn an. Es wurde für eine lange Zeit still.

Matthew schloss die Augen. Er war in die Falle getappt, hatte seine Gefühle rückhaltlos offenbart.

»Du liebst sie also immer noch«, stellte sein Vater leise fest.

»Ja.«

»Dann lass dich durch deinen verletzten Stolz nicht davon abhalten, ihr zu vergeben, mein Sohn. Vertrauen kann wieder wachsen, wenn du ihm eine Chance gibst. Wenn du bedenkst, dass sie Maggie in all den Monaten nicht mitgenommen hat ...«

»Sie konnte es nicht übers Herz bringen.« Matthew wurde bewusst, wie groß der Verlust für Eileen sein musste, wie tief er sie treffen musste. Schließlich war sie sogar schon, bevor er ihr Geheimnis entdeckt hatte, bereit gewesen, Abstand von Maggie zu nehmen. Ihr Streit über das Zimmer in der Bäckerei stand ihm jetzt wieder deutlich vor Augen. *Maggie sollte sich nicht zu sehr an mich binden. Sie gehört zu ihnen und nicht zu mir.*

Er seufzte. Wie schnell ihr das selbst bewusst geworden war, wusste er nicht, aber Eileen hatte sich schon vor einer ganzen Weile von dem Vorhaben verabschiedet, Maggie mitzunehmen. Sie hatte versucht, hart zu sein, um zu überleben, er hatte jedoch die sanfte, freundliche Seite ihres Charakters kennengelernt. Er selbst war nun hart gewesen, indem er ihr nicht hatte glauben wollen. Er hatte sie von sich gestoßen, um sein eigenes Herz zu schützen. Dafür war es allerdings schon zu spät gewesen.

»Ich möchte sie nicht verlieren«, gestand er sich ein und schluckte mühsam. »Aber ich fürchte, meine Möglichkeiten sind in diesem Augenblick sehr begrenzt.«

Sein Vater nickte ernst. »Es sieht nicht gut für dich aus, mein Junge. Ich habe mit Sir Alfred Almsworth gesprochen …«

»Mit Sir Alfred persönlich?«

»Das ist doch der Magistrat?« Sein Vater lachte bitter. »Der Vorteil einer Position als Geistlicher besteht doch darin, dass du überall hineinkommst. Leider hatte das nur wenig Effekt.«

»Es gibt also keinen Beweis dafür, dass Trench in die Geschichte verwickelt ist«, folgerte Matthew.

»In der Tat. Und du bist mit der Schmuggelware in den Händen angetroffen worden. Sir Alfred hat eine Sitzung einberufen, die in einigen Tagen stattfinden wird. Dann wird er entscheiden, ob du angeklagt wirst.«

Matthew schlug das Herz bis zum Hals. »Und wenn ich das werde?«

»Dann bleibst du vermutlich bis zur Quartalssitzung in Untersuchungshaft.«

»Die Sitzung ist doch gerade erst gewesen!« Er sah sich so etwas in der Stadt nie an, aber es wurde ständig darüber gesprochen. Sein Nacken begann immer stärker zu brennen. »Vater, dann sitze ich bis Januar fest!«

»Es tut mir leid, mein Junge. Ich werde tun, was ich kann, um dir zu helfen.«

Matthew schluckte seine Enttäuschung hinunter. Knapp drei Monate Untersuchungshaft – das bedeutete das Ende von allem. Für so einen langen Zeitraum konnte er keinen Knecht anheuern, um die Arbeit auf dem Bauernhof zu übernehmen.

Und er konnte Eileen kaum darum bitten, auf ihn zu warten. Nicht nach all den Vorwürfen, die er ihr an den Kopf geworfen hatte. Hätte er doch nur auf Moira gehört! Der Schmerz, den Eileens Geheimnis ihm zugefügt hatte, war nichts im Vergleich mit dem Schmerz, sie für immer zu verlieren.

Wütend gab er dem Feldbett einen Tritt.

»Verliere nicht den Mut, mein Junge.« Sein Vater streckte eine Hand durch die Gitterstäbe, um seine zu ergreifen.

Matthew steckte seine Hände in die Taschen. Wie sollte er die Hoffnung nicht verlieren, wenn er so offensichtlich im Hintertreffen war? Die einzigen Sitzungen, die er kannte, waren die des Kriegsgerichts gewesen, bei dem er hatte Wache schieben müssen. Dadurch hatte er gelernt, dass er ohne Beweise nicht einmal den Hauch einer Chance hatte. Welche Jury würde ihn freisprechen, wenn Trench gegen ihn als Zeuge auftrat? Er biss die Zähne zusammen. »Glaubst du denn noch an Wunder?«

»Immer noch.« Das Lächeln seines Vaters war kurz. »Sir Alfred wird sein Bestes geben, damit er dich nicht nach Shrewsbury schicken muss. Aber selbst wenn das nicht gelingt, glaube ich, dass Gott dir die Kraft geben wird, diese Prüfung durchzustehen.«

Mit Mühe schluckte Matthew. »Die werde ich dann auch sicher brauchen.«

41. Kapitel

»Er benötigt saubere Kleidung«, bemerkte Eileen. Nachdenklich betrachtete sie Moira, die den Abwasch erledigte.

Maggie war gerade dabei, zur Schule aufzubrechen, und sah erwartungsvoll auf. »Darf Onkel Matthew denn morgen bei der Hochzeit dabei sein?«

»Nein, aber wenn er demnächst vor dem Magistrat erscheinen muss, muss er doch ordentlich und adrett ausschauen.« Es war nicht schwer zu erraten, wie er aussah, nachdem er Kartoffeln geerntet, im Wäldchen gesucht und nachts mit ihnen unterwegs gewesen war. Er musste vor Sir Alfred unbedingt in einem möglichst günstigen Licht erscheinen. »Officer Abott wird es sicher erlauben, dass wir ihm frische Kleidung bringen.«

»Ich wollte, er wäre wieder hier«, verkündete Maggie.

Ich noch lieber. Eileen wandte ihr Gesicht ab, um ihre Tränen zu verbergen. Sie war schockiert gewesen, nachdem Pfarrer Wilson die Nachricht überbracht hatte, dass Matthew vielleicht noch bis Januar auf sein Verfahren warten musste. Und wie würde die Jury dann entscheiden? Würde ihm jemand glauben, dass er nur Untersuchungen angestellt hatte?

»Ich muss noch ins Dorf«, sagte Moira. »Wenn du seinen Sonntagsanzug zurechtlegen könntest, nehme ich ihn mit.«

Morgen würde sie mit einer einfachen Zeremonie getraut werden, sie sah allerdings nicht wirklich wie eine angehende Braut aus. Es würde auch kein Fest werden, denn dazu machten sich alle viel zu viele Sorgen.

Müde schleppte Eileen sich die Treppe zum Dachboden hinauf, wo Matthews Vater in den vergangenen beiden Nächten geschlafen hatte. Ihr Angebot, selbst auf den Dachboden umzuziehen, hatte er höflich ausgeschlagen. Sie fragte sich, ob der Pfarrer jemals schon einmal so einen primitiven Schlafplatz gehabt hatte, sie musste jedoch zugeben, dass er sich wacker schlug. Und dass er freundlicher war, als sie vermutet hatte. Heute war er in Almsworth, um sich bei einem Anwalt Rat einzuholen. Sie hoffte, dass er bei seiner Rückkehr gute Neuigkeiten mitbringen würde. *Was können wir für Matthew tun, Herr, mein Gott?*

Nachdem sie einmal tief durchgeatmet hatte, öffnete sie die Schubladen der Kommode und fand schnell ein paar ordentliche Kleidungsstücke. Sie zögerte für einen Augenblick und legte dann noch saubere Unterwäsche auf den kleinen Stapel. Jetzt war nicht die Zeit, darüber nachzudenken, ob das peinlich sein könnte. Ihr Blick glitt zum Bett und sie erinnerte sich, wie sie ihn im letzten Sommer hier angetroffen hatte, verschwitzt und in die Laken eingewickelt. Voller Todesangst. *Bitte, Vater, lass ihn im Gefängnis nicht wieder Albträume bekommen.*

Bevor ihre eigene Angst bei ihr einen Fuß in die Tür bekommen konnte, verließ sie das Zimmer und ging wieder nach unten. Sie legte Matthews Kleidungsstücke in einen Korb und versuchte nicht an das erste Mal zu denken, als sie das für ihn getan hatte. Nicht an das umgenähte Hemd und ihren gemeinsamen Einsatz, dem verwaisten Lamm eine neue Mutter zu geben. Sie seufzte tief.

»Die Kleidung liegt bereit, und ich sehe gerade, dass Tom und Rosie kommen«, verkündete sie. »Tom möchte bestimmt schauen, wie es den Schafen geht, deshalb gehe ich kurz zu ihm.«

»Wir laufen ins Dorf«, erwiderte Moira, die schon im Aufbruch begriffen war. »Ich bin rechtzeitig genug zurück, sodass ich mich ums Abendessen kümmern kann.«

Eileen sah ihr und Maggie hinterher, während sie den Weg entlangliefen, und verspürte Dankbarkeit. Moira vertraute ihr und hatte den Dorfbewohnern nichts über ihre ursprünglichen Motive, nach Almsbrick zu kommen, erzählt. Maggie war sicher und gut wieder zu Hause angekommen trotz ihrer heimlichen Reise durch die Dunkelheit. Wie es weitergehen würde, wusste Eileen nicht, die täglichen Sorgen hielten sie allerdings auch davon ab, sich allzu viele Gedanken über die fernere Zukunft zu machen. Matthews Bauernhof war jetzt das Wichtigste.

Sie ging zur Schafweide, wo Tom die Tiere untersuchte und Rosie mit einem Korb unter dem Arm zuschaute. Sie würde gleich beim Pflücken der Äpfel hinter dem Bauernhof helfen, denn Eileen hatte bemerkt, dass sie bereits reif waren und herunterzufallen begannen. Vielleicht konnte Miss Stubbs ihnen beibringen, wie man Apfelwein daraus machte.

»Eileen!« Tom blickte von seiner Arbeit auf. »Wie ich sehe, erholen sie sich gut. Ist Pfarrer Wilson schon wieder zurück?«

Eileen schüttelte den Kopf. »Er hat gesagt, dass er vermutlich erst zum Abendessen wieder da ist.«

»Schaffst du das alles noch?«, wollte Rosie wissen.

»Ich bin über jede Hilfe froh«, erwiderte Eileen tapfer, wobei sie das schwere Gefühl in ihren Gliedmaßen ignorierte. Sie begann daran zu zweifeln, ob sie den Bauernhof tatsächlich am Laufen halten konnte. Zusammen mit Moira versorgte sie die Tiere, aber Moira würde morgen heiraten und dann in der Bäckerei immer mehr zu tun haben. Eileen musste sich auch schnellstens überlegen, was sie mit den Äpfeln anstellen sollte.

Auf dem Feld war Oats mit den letzten Kartoffeln zugange, anschließend musste das Feld noch einmal gepflügt werden. Und hatte Matthew nicht auch Getreide aussähen wollen? Sie fragte sich, ab wann sie den Schafen mit Knollen oder Futterbohnen zusätzlich etwas beifüttern musste. Bauer Howell hatte ihr außerdem gesagt, dass sie demnächst einen Bock zu den Schafen lassen sollte. Er wollte auch einen seiner Hirten mitschicken, damit alles in guten Bahnen verlief. Ja, Eileen hatte Hilfe, aber sie wusste nicht, worauf sie ihre Aufmerksamkeit zuerst richten sollte.

Ihre Hand krampfte sich um das Gatter und sie versuchte, ihre Ratlosigkeit zu verbergen. In diesem Augenblick erinnerte sie sich daran, dass Matthew abends oft hierhergekommen war, um zu entspannen. Sie spürte erneut seine warmen Finger und in diesem Moment konnte sie die Tränen nicht länger zurückhalten. Gereizt wischte sie sich über die Wangen.

»Du bist nicht allein«, beruhigte Rosie sie.

Hinter ihr ertönte eine andere Stimme. »Nicht weinen, Miss Brady.«

Erschrocken blickte sie auf. Neben dem kleinen Schuppen stand Victor Trench, der sie mit einem verzweifelten Blick anstarrte. Er lehnte schwer gegen die Einzäunung und angesichts der Flasche in seiner Hand schien das auch nötig zu sein, damit er einigermaßen aufrecht stehen blieb.

»Es läuft gut«, behauptete er mit schwerer Zunge. Während er einen Schritt in ihre Richtung machte, stolperte er beinahe über seine eigenen Füße und musste sich festhalten. »Es ... es läuft gut«, wiederholte er. »Die Schafe werden alle wieder gesund.«

Eileens ganzer Körper spannte sich an und sie marschierte wütend auf ihn zu. »Wie können Sie so etwas behaupten, wo so viele von ihnen tot sind? Das ist eine Katastrophe für Matthew!«

Mit wässrigen Augen blickte er sie an. »Nein ... nein, das ist es nicht, Miss Brady.«

»Können Sie nicht zählen?« Sie zitterte vor Wut. »Sehen Sie nicht, wie viele Tiere er verloren hat?«

»Aber das war überhaupt nicht meine Absicht.« Er wischte sich mit seinem Ärmel die Nase ab. »Sie sollten wegrennen, sich zerstreuen ...«

Du lieber Himmel ... Eileen schnappte nach Luft und machte entgeistert einen Schritt zurück. »Haben Sie einen Hund auf die Schafe losgelassen?«

»Das habe ich nicht gewollt«, stammelte Victor verwirrt. »Leonard will Matthew verjagen, aber ... aber ich gönne ihm den Bauernhof. Wirklich.«

»Aber warum?«, flüsterte sie. »Was hat Matthew ihm getan?«

»Er war im Weg, Miss Brady.« Victor nahm noch einen Schluck aus der Flasche und zeigte anschließend in Richtung der Weide. »Und er hat zu viel entdeckt, genau wie Tom.«

»Ich weiß, dass dieser Schurke hinter Matthews Verhaftung steckt, das stimmt«, bestätigte dieser.

»Und das ganze Zeug«, murmelte Victor. »Vergessen Sie die Waren nicht. Das ganze Geld von Leo stammt von diesen Waren aus Wales.«

»Waren, für die er nicht bezahlt hat.« Tom schnaubte. »Bezahlt er davon seinen Umbau?«

»Leo will mehr. Immer mehr. Deshalb muss er Matthew verjagen.« Victor fuchtelte mit seiner Faust in der Luft herum. »Aber das gelingt ihm nicht. Ich helfe ihm nicht mehr.«

»Durch Ihr Zutun sitzt Matthew jetzt im Gefängnis!«, schnaubte Eileen.

»Wie wollte er Matthew verjagen?«, fragte Tom.

Victor schwankte kurz und starrte ihn an, als verstünde er nicht, warum er das wissen wollte. »Das sollte *ich* tun«, erklärte er. »Ich musste Sachen kaputt machen. Das Tor und den Schweinestall. Wenn ich das nicht getan hätte, hätte er … hätte er …«

»Hätte er Ihnen etwas angetan?«

»Es wäre mein Ende gewesen. Aber ich habe Matthew genauso sehr geholfen, und Leo fand es nicht genug … nie genug. Es war genau wie damals, als er mich in den Laden geschickt hat …« Seiner Kehle entfuhr ein Schluchzen und er zog sich unbeholfen den Hut vom Kopf. Die Tränen standen ihm in den Augen. »Ich fand es schrecklich.«

Das Blut wich aus Eileens Gesicht. »Moiras Laden.«

»Ich wollte das Mrs Trench nicht antun«, stammelte Victor.

Er hörte sich niedergeschlagen an und wischte sich mit seinem Ärmel über die Nase. »Aber ich habe gesehen, dass ihr die Laterne gefunden habt. Nicht wahr? Die alte Laterne aus der Herberge, das ist der Beweis.«

Toms Blick wanderte zur Gerätescheune, in der Matthew die ganze Zeit über die verformte, rußgeschwärzte Laterne aufbewahrt hatte. »Das mag zwar ein Beweis sein, Victor, aber damit bekommen wir Matthew nicht frei. Weißt du noch mehr?«

Es blieb eine ganze Weile still. Was mussten sie denn noch alles an Beweisen sammeln? Wenn es von Victors Denkvermögen abhing, befürchtete Eileen das Schlimmste. Verzweifelt versuchte sie Toms Gesichtsausdruck zu lesen.

»Leo hat das Zeug«, verkündete Victor schließlich. »Er lässt alles aus Wales hierherbringen. Ich weiß, wo er die Sachen jetzt versteckt hat.«

»Kannst du uns den Ort zeigen?«, fragte Tom gespannt.

Victor rülpste herzhaft. »Ja«, antwortete er, während er mit teilnahmslosem Blick vor sich hin starrte. »Das kann ich machen … obwohl das sicher mein Tod ist.«

Besorgt blickte Eileen von einem zum anderen. Mittlerweile zweifelte sie nicht mehr, dass er das wortwörtlich meinte. »Wir müssen ihn zu Abott bringen.«

»Ich habe den Officer vorbeifahren sehen«, berichtete Rosie. »Es sah aus, als würde er zur Herberge wollen.«

»Dann müssen wir Sir Alfred einschalten.« Frustriert betrachtete Tom Victors schwankende Gestalt und anschließend fiel sein Blick auf Eileen. »Könntest du …?«

Er brauchte seine Frage noch nicht einmal zu beenden.

Noch nie hatte Eileen den Fußweg nach Almsbrick Manor in dieser Geschwindigkeit zurückgelegt. Als sie durch den Bediensteteneingang das Landhaus betrat, taten ihr die Füße weh und ihre Lungen brannten. Wenn sie die Haushälterin während ihres hiesigen Aufenthaltes nicht kennengelernt hätte, wäre sie sicher gleich wieder weggeschickt worden. Doch so ging die Frau nach oben, wo sich das Arbeitszimmer von Sir Alfred befand.

»Nein, wirklich, sind Sie das, Miss Brady?« Die schrille Frauenstimme ließ sie zusammenzucken. »Sie bringen doch wohl keine schlechten Nachrichten über unsere Kleider?«

»Nein, Mylady.« Nervös wischte Eileen sich ihre klammen

Hände an ihrem alten, verschlissenen Rock ab. »Ich komme wegen Sir Alfred, Mylady, und ich fürchte …«

»Wo brennt es denn, die Damen?« Mit den Händen auf dem Rücken spazierte der Magistrat in die Eingangshalle.

»Es brennt nicht, Sir.« Eileen atmete tief durch. »Wir können beweisen, dass geschmuggelt wird.«

»Aha, es geht also um die Angelegenheit von Matthew Wilson?«

»Ja, Sir.« Erleichterung durchströmte sie. »Ich meine … nein, Sir. Ich versichere Ihnen, dass Matthew unschuldig ist.«

»Einen Augenblick, Miss Brady, wohnen Sie immer noch auf seinem Bauernhof?«, mischte sich Lady Almsworth ins Gespräch ein. »Sie verstehen doch sicher, wie schädlich das für Ihre Reputation ist?«

»Nein … ja … aber es geht jetzt um *seine* Reputation«, beeilte sich Eileen zu betonen. »Victor Trench hat zugegeben, dass sein Bruder für die Schmuggelware verantwortlich ist. Er kann Ihnen alles zeigen.« Sie hoffte, dass er dazu immer noch in der Lage war.

Sir Alfred sah überrascht aus. »Wer würde Leonard Trench hinter so etwas vermuten?«

»Da ist noch mehr, Sir.« Sie berichtete, was Victor alles gestanden hatte. Ihre Stimme begann zu zittern. »Ich flehe Sie an, mitzukommen und diese Angelegenheit weiter zu untersuchen, Sir.«

Grimmig nickte der Magistrat und wandte sich an die Haushälterin. »Lassen Sie die kleine Kutsche anspannen, damit sind wir am schnellsten.«

»Zu Ihren Diensten, Sir.«

»Und bringen Sie in der Zwischenzeit Miss Brady etwas zu trinken. Die arme Frau ist von der Oak Hill Farm hierhergerannt.«

Er schenkte ihr ein warmes Lächeln. »Wenn alle Menschen Freunde wie Sie hätten, wäre die Welt reich gesegnet.«

Ihre Wangen wurden noch wärmer. Sie wusste sehr genau, dass das nicht wahr war, dass Sir Alfred sie nicht mehr ernst nehmen würde, wenn er alles wüsste.

Dennoch saß sie kurze Zeit später neben ihm in der Kutsche, während sie durch das Dorf fuhren. Und sie fühlte sich furchtbar unbehaglich, weil alle Menschen auf der Straße sie anstarrten. Wenn sie alle von ihrer Vergangenheit wüssten … In ihrem Bauch bildete sich ein Knoten.

»Hören Sie auf, sich Sorgen zu machen, Miss Brady.« Mit einer väterlichen Geste legte Sir Alfred seine Hand auf die ihre. »Haben Sie ein klein wenig Vertrauen in mein gerechtes Urteil.«

Oh, das war gar nicht das Problem. Sie achtete Sir Alfred und glaubte sehr wohl, dass er Matthew eine ehrliche Chance geben würde. Sie wusste nur nicht, wozu Leonard Trench imstande war.

Während Victor Trench sie auf wankenden Beinen an den Stallungen entlang zur Herberge führte, begannen Eileens Knie zu zittern. *Bitte, Vater, lass die Beweise überzeugend sein.*

Tom gab sein Bestes, um Victor, wo nötig, auf den Beinen zu halten, und Eileen war froh, dass Rosie einen Arm unter den ihren gehakt hatte. Sir Alfred hatte seine Hände auf seinem Rücken gefaltet und erweckte den Eindruck, er mache zum Vergnügen einen kleinen Spaziergang, so wie er es in den Gärten rund um sein Landhaus ebenfalls tat.

»Da ist es, mein Herr, da liegt alles.« Victor schwenkte seinen Arm, war aber nicht in der Lage, den genauen Platz zu zeigen. Eileen vermutete, dass er auf ein kleines, steinernes Gebäude deutete. Sir Alfred nickte nur. »Nach Ihnen, Mr Trench.«

»Victor?«, rief eine laute Stimme. »Was soll das hier werden?«

Victor drehte sich so schnell um, dass er fast vornübergefallen wäre, wenn Tom ihn nicht am Arm ergriffen hätte. »Es ist vorbei, Leo. Ich höre auf damit.«

»Wovon sprichst du?« Leonards Stimme hörte sich ruhig, aber eiskalt an. Neben ihm erschien Officer Abott mit einem überraschten Gesichtsausdruck.

Leonard seufzte. »Officer, ich fürchte, mein Bruder hat wieder einmal zu tief ins Glas geschaut. Wenn ich ihn gleich mitnehme, brauchen Sie ihn doch nicht wegen Störung der öffentlichen Ordnung zu verhaften, oder?«

»Das denke ich nicht.« Abott kratzte sich an der Stirn und blickte von einem zum anderen. »Das ist hier nicht wirklich … öffentlich.«

»Genau und es tut mir leid, dass Victor Sie alle in seinem Zustand hierhergeschleppt hat.« Leonard machte eine leichte Verbeugung, insbesondere vor Sir Alfred. »Sie nehmen das sicher nicht zu ernst und …«

»Ich bin nicht betrunken«, protestierte Victor mit schwerer Zunge und das glaubte ihm in der Tat niemand.

Aber die Schmuggelwaren! Eileen wurde unruhig, weil sie den Beweis von Matthews Unschuld sehen wollte, auch wenn es nur wenig wäre. Ihr Herzschlag wurde schneller. »Vergessen Sie nicht, was Sie uns versprochen haben.«

Mit ausdruckslosem Blick sah Victor sie an. Oh nein … er würde sich doch wohl noch daran erinnern?

»Komm mit«, sagte Leonard barsch. »Ich bringe dich auf dein Zimmer, damit du niemandem mehr zur Last fallen kannst.«

Fast heiter schwankte Victor auf ihn zu, so als sei nichts geschehen und als würde er immer noch auf seinen Bruder hören.

»Tun Sie es nicht!«, rief Eileen. »Denken Sie an die Folgen.«

Auf Victors Gesicht erschien der Anflug eines Lächelns. »Sie wissen über die Schmuggelei Bescheid, Leo. Aber ich werde Matthew beschützen. Ich mache nicht mehr mit.«

»Du hast überhaupt nichts zu wollen«, schnaubte Leonard. »Denk noch einmal gut nach. Dieser Unsinn kann dich den Kopf kosten, Victor. Ist es das, was du willst?«

Drohend machte er einen Schritt nach vorn und versuchte Victor am Hemdkragen zu packen.

Rosie entfuhr ein Schrei und Eileen stand wie angewurzelt da, denn in diesem Moment sprang Tom Victor mit einem Messer in der Hand zu Hilfe. Du lieber Himmel, wo hatte er das denn so schnell her?

»Keinen Schritt näher!«, knurrte er.

Mit einer hilflosen Geste hob Leonard die Hände in die Höhe. »Herr Magistrat, sehen Sie, wie ich auf meinem eigenen Grund und Boden bedroht werde?«

Sir Alfred lächelte säuerlich. »Packen Sie die Waffe weg, Merchant. Ich bin mir sicher, dass unser Officer Trench schon in Schach halten könnte. Nicht wahr, Abott?«

Nichtsdestotrotz wartete Tom, bis Abott Trench festhielt. Auch Victor warf noch einen zögerlichen Blick auf seinen Bruder. Anschließend steckte er eine Hand in seine Tasche und überreichte Sir Alfred mit zitternden Fingern einen Schlüssel.

»Wo hast du den denn geklaut?« In Leonards Stimme war Anspannung zu vernehmen. »Ich warne dich, Victor!«

»Dafür ist es zu spät. Sie wissen, was du machst, um dieses scheußliche Hotel bauen zu können. Dass du Waren schmuggelst. Und dass du versuchst, Matthew zu vernichten.«

»Und Moira.« Tom machte erneut einen Schritt nach vorn. »Sie sind ein Feigling, Trench. Wie konnten Sie nur Ihren Bruder beauftragen, ihren Laden in Brand zu stecken?«

»Das habe ich nie gesagt!« Leonards Schnurrbart zitterte. Alle sahen ihn weiterhin unbeeindruckt an. Seine Stimme überschlug sich. »Glauben Sie etwa einem Trunkenbold? Victor ist ein Betrüger und ein Mörder. Aber das hat er Ihnen sicher nicht erzählt.«

»Leo, nein!« Das Gesicht von Victor wurde bleich, auf seiner Stirn erschienen Schweißtropfen. »Das war ein Unglück, das schwöre ich. Ich sollte ihm nur Angst machen. Ich habe nicht gewusst, dass Stubbs stolpern würde.«

»Der alte Bauer Stubbs?« Sir Alfred, der schon mit dem Schlüssel in der Hand unterwegs zum Schuppen war, drehte sich um. »Behaupten Sie etwa, dass er nicht einfach nur vom Heuboden gefallen ist?«

»Jawohl, jawohl, mein Herr!«, stammelte Victor. »Das war ein

Unglück. Ich sollte ihn bedrohen, damit er mitarbeitete und den Mund hielt. Aber er hat sich gewehrt … Leo hat befürchtet …«

»Halt deinen Mund, Victor!«, schnaubte Leonard.

»Fahren Sie fort«, forderte der Magistrat ihn auf. »Worüber sollte Stubbs schweigen?«

»Er hatte die Falltür im Wald entdeckt genau wie Matthew. Er hat gewusst, dass Leonard heimlich Tabak und Alkohol von Schmugglern bekam.« Um seine Worte zu bekräftigen, nickte Victor. »Und Leo wollte die Oak Hill Farm.«

Eileens Atmung wurde schwer. Während dieser ganzen Zeit hatten sie gedacht, dass ein schlichter Unfall das Schicksal des alten Bauern besiegelt hatte.

Tom nickte grimmig. »Ich weiß, dass Sie das Grundstück haben wollten, Trench. Aber Matthew ist Ihnen zuvorgekommen. Dachten Sie etwa, Sie können ihn aus dem Weg räumen, indem Sie ihn verhaften lassen?«

»Du lieber Himmel, Trench.« Sir Alfred lachte kurz auf. »Was hat Sie geritten, dass Sie dachten, ich würde das Land irgendwann verkaufen? Es ist immer schon verpachtet gewesen!«

Leonards Gesicht war rot angelaufen. »Ich würde Sie gut dafür bezahlen, Sir. Ein Angebot, das Sie nicht ausschlagen können …«

»Und das mit den Gewinnen aus den Schmuggeleien finanziert wird?«

»Sie haben sich die Pläne angesehen, Sir. Sie haben der Idee positiv gegenübergestanden, die alte Herberge in ein Hotel zu verwandeln.«

»Ich bewundere Männer mit Ambitionen.« Die Augen des Magistrats verengten sich. »Aber nicht, wenn sie bereit sind, dafür über Leichen zu gehen.«

»Wer Geschäfte machen will, muss manchmal schwere Entscheidungen treffen.« Leonard klang nun etwas kleinlauter.

»Und ich halte überhaupt nichts davon, wenn jemand seine Investitionen mit unehrlich erlangtem Geld bezahlt.« Sir Alfred öffnete die Tür des Schuppens. Eine große Menge Fässer und Kisten wurde sichtbar. Daneben standen etliche Flaschen Rum und Tabaksdosen. Zu ihrem Entsetzen erkannte Eileen in ihnen die Waren wieder, die Moira in ihrem Geschäft verkauft hatte, bevor es abgebrannt war. Die sie hätte verkaufen *sollen*.

Eileen warf Tom einen verstohlenen Blick zu, doch der verzog keine Miene. War das die Schmuggelware, die er zusammen mit Matthew in dem Geheimversteck gefunden hatte?

Endlich räusperte er sich und ließ die verrußte Laterne sehen, die Matthew die ganze Zeit über aufgehoben hatte. Zwei exakt gleiche Laternen standen auf einem Regal und warteten auf nächtliche Aktivitäten.

»Das Spiel ist aus, Trench.« Sir Alfred nickte Abott zu. »Sie stehen beide unter Arrest.«

Irgendetwas war nicht in Ordnung. Matthew spürte das einfach. Nun ja, vielleicht war es vor allem die Stille, die schlechte Vorahnungen in ihm weckte. Die Tatsache, dass die Verhandlung näher rückte. Eine weitere schlaflose Nacht. Außer der ziemlich schweigsamen Frau von Officer Abott hatte er heute keinen Menschen gesehen. Wahrscheinlich durften die Inhaftierten kaum jemanden sprechen, bis sie vorgeführt wurden. Aber woher sollten sie dann wissen, was sie erwartete?

Sogar sein Vater war heute nicht hier gewesen. Sollte er es aufgegeben haben, seinen Sohn zu retten? Langsam wurde Matthew kalt. Er begriff gut, dass seine Chancen nur sehr klein waren. Was für eine Verteidigung er auch hervorbrachte, es würde nicht viel nützen, denn er war scheinbar auf frischer Tat bei den Schmuggelwaren angetroffen worden. Welcher Richter, welche Jury würde an seine Unschuld glauben? Wie lange würde er hinter Schloss und Riegel sitzen müssen?

Frustriert ging er in seiner Zelle auf und ab. Würde sein Vater ihn auch dann immer noch sehen wollen, wenn er in Shrewsbury zu einer Gefängnisstrafe verurteilt worden war? Er versuchte die Hoffnung, die sich in seinem Herzen eingenistet hatte, zu unterdrücken. Das Gefühl war allerdings zu hartnäckig. Die Besuche seines Vaters waren die Lichtblicke in seinen einsamen Tagen gewesen.

Mit einem Seufzen ließ er sich auf das Feldbett sinken. *Was bedeutet das, Herr? Bin ich zu stolz gewesen? Zu eigenwillig?*

Er würde ein besserer Mensch werden, wenn er wieder freikam. Zu Eileen sagen, dass es ihm leidtat. Jedenfalls, wenn er dazu noch eine Möglichkeit bekam ...

Er hörte, wie ein Schlüssel im Schloss gedreht wurde. Angespannt wartete Matthew. Die Tür schwang auf.

»Vater!« Er rannte zu den Gitterstäben und ballte seine Fäuste darum. »Was ist los? Ich weiß, dass etwas ...«

Es war jedoch nicht sein Vater, der hereintrat, sondern der Magistrat.

Matthew schluckte und straffte seine Schultern. Er wünschte, er würde etwas vorzeigbarer aussehen.

»Wilson, stehen Sie bequem, Junge.« Sir Alfred hob seine Hand und grinste. »Wir haben Gesellschaft mitgebracht.«

Mit offenem Mund starrte Matthew Officer Abott an, der zuerst Leonard Trench über die Schwelle schob und anschließend dessen Bruder hinterherschleifte.

Victor hatte zu viel getrunken, das war nichts Außergewöhnliches. Der Mann hatte schon häufiger seinen Rausch in der Zelle ausgeschlafen, aber ... Langsam wandte sich Matthews Blick dem Herbergsbesitzer zu. *Leonard?*

»Diese Herren haben alles getan, um Sie von der Oak Hill Farm zu vertreiben.«

»Es tut mir leid, Matthew.« Victor ließ den Kopf hängen.

»Vom ersten Tag an ist dieser Kerl eine wahre Plage gewesen.« Leonard Trench zeigte anschuldigend auf Matthew, doch dank seiner Handschellen machte das nur wenig Eindruck. »Er ist schließlich nicht von ungefähr ertappt worden.«

Matthew verengte seine Augen. »Sie haben mich beim ersten Mal gesehen, oder etwa nicht? Als ich auf der Suche nach Maggie gewesen war, haben die Männer, die die Waren abgeliefert haben, gesehen, dass ich da herumgelaufen bin.«

»Sie haben nicht gewusst, dass du das gewesen bist«, erläuterte Victor. »Ich habe selbst gehört, dass sie das gesagt haben. Aber sie haben vermutet, dass du wiederkommst.«

Officer Abott schob seinen Helm nach hinten. »Deshalb wurde ich also herbeigerufen, nachdem ich den ganzen Abend schon nach Ihrer kleinen Cousine gesucht hatte. Sodass ich Sie scheinbar auf frischer Tat ertappen konnte.«

Matthew schnaubte verächtlich. Was hatte der Polizist denn wirklich unternommen, um Maggie wiederzufinden. Allzu viel jedenfalls nicht. Darum hatten sie sich alle gemeinsam kümmern müssen. Er warf dem Magistrat einen vielsagenden Blick zu. »Ich habe nichts mit den Schmugglern zu tun, Sir. Aber ich wette, dass es Trench nicht ungelegen kam, mich hinter Schloss und Riegel zu bringen, sodass ich mich nicht um meinen Bauernhof und die Tiere kümmern kann.«

»Ich habe versucht zu helfen, Matthew.« Mit seinem Ärmel wischte sich Victor einen Tropfen von der Nase.

Matthew verstand nicht, warum der Mann so flehentlich klang. Vielleicht machte der Alkohol ihn etwas wehleidig. Ungeduldig holte er Luft.

Sir Alfred nickte ihm zu. »Ich habe genug gehört. Gegen Sie wird kein Verfahren eröffnet, Wilson.«

Victor schniefte geräuschvoll. Seine Augen glänzten. »Mach etwas Schönes aus der Oak Hill Farm, Matthew. Ich weiß, dass du das kannst.«

Matthew schluckte einen Kloß hinunter. Seine Atmung wurde schneller, während Abott die Zellentür öffnete. Er war frei, er durfte nach draußen! Zögernd sah er den weinenden Victor Trench an und anschließend den Magistrat.

»Nun gehen Sie schon, Junge.« Sir Alfred lächelte. »Ihre Freunde warten schon gespannt darauf, Ihnen die ganze Geschichte erzählen zu können.«

Matthew ging Sir Alfred voraus nach draußen. Auf der Straße brach Jubel aus. Direkt vor ihm stand eine große Gruppe Dorfbewohner. Er prallte zurück. Waren sie alle wegen *ihm* zusammengekommen? Oder hatten die verhafteten Trench-Brüder ihre Aufmerksamkeit gefesselt?

Rosie fiel ihm als Erste um den Hals. »Gott sei Dank, du bist frei!«

Tom klopfte ihm auf die Schulter. »Ich habe nicht oft Angst, aber ich hatte meine Zweifel, ob wir dich aus dem Gefängnis herausholen könnten.«

Matthew schüttelte den Kopf, der plötzlich nicht mehr als Sägemehl zu enthalten schien. »Ich verstehe gar nichts mehr.«

Ein Stimmengewirr brach los und kein einziges Wort drang mehr zu Matthew durch.

»Wir erklären dir alles später in Ruhe«, sagte Rosie nahe an seinem Ohr, mit dem er noch gut hören konnte. »Jetzt komm erst mal mit in die Schmiede …«

»In die Kneipe, Männer!«, rief Dickson über der Geräuschkulisse aus. »Eine Runde für alle geht aufs Haus.«

Noch mehr Schulterklopfen. Angebote, ihm auf dem Bauernhof zu helfen. Matthew wurde behandelt wie ein Kriegsheld. Nun, er kam sich alles andere als tapfer vor.

Seine Eingeweide fingen an zu protestieren. In seinen Ohren war ein Summen zu hören und der Schweiß trat ihm auf die Handflächen.

»Jungs, denkt ihr nicht, dass er lieber einfach nach Hause möchte?«

Die Stimme vertrieb mit einem Schlag alle Luft aus seinen Lungen. Sie war noch da! *Danke, Gott, dass sie nicht wieder gegangen ist!* Suchend sah er sich um. Da erblickte er ihre roten Haare, zerzaust und voller Kletten. Eileen war für ihn wie ein Leuchtturm in stürmischer See. Sie verstand, was in ihm vorging.

Er sah, wie sie errötete und schon wieder dabei war, sich vor ihm zu verschließen.

»Eileen!« Es klang rauer, als es seine Absicht gewesen war.

Mit erschrockenen Augen blickte sie ihn an.

Er schluckte. »Kommst du mit mir?«

Einen Moment lang fürchtete er, dass sie sich weigern könnte, dass sie immer noch weggehen könnte. Doch dann nickte sie.

Er winkelte seinen Arm an, aber sie hakte sich nicht bei ihm ein. Dennoch ging sie neben ihm her, wobei sie die ganze Gruppe hinter sich ließen, die ihm zur Ehre ein Fest feiern ging.

Nervös rieb er sich seinen Nacken, während sie gemeinsam die Hauptstraße verließen und in Richtung der hölzernen Brücke liefen. Ihr Kuss am Ende des Erntefestes schoss ihm durch den Kopf. *Bitte, Gott, lass es mich nicht noch einmal vermasseln.*

Je näher sie dem Holzbrückchen über den Bach kamen, desto beklemmender wurde die Stille. Oder vielleicht kam es Eileen auch nur so vor, während Matthew einfach nur seine gerade wiedererlangte Freiheit genoss.

In ihren Augen bildeten sich Tränen. Natürlich war sie froh für ihn, ihr wurde jedoch auch bewusst, dass ihr das vielleicht nicht mehr viele Möglichkeiten ließ. Matthews Freiheit konnte auch bedeuten, dass sie Almsbrick erneut verlassen musste.

Aber dann hätte er sie doch sicher nicht gebeten, mit ihm mitzukommen, oder? Sie fühlte sich verletzlich, ihr war bewusst, dass er ihr Geheimnis kannte und sie nichts mehr tun konnte, um sein Bild von ihr zu verändern. Gleichzeitig war sie auf eine seltsame Weise ruhig, weil sie nicht mehr länger einen schönen Schein aufrechterhalten musste.

Kurz vor der Brücke blickte er zur Seite. Dachte er auch daran? Ihr Herz setzte für einen Schlag aus. Wenn er sie noch einmal küssen sollte, würde sie ihm keine Ohrfeige geben und sie würde auch nicht wegrennen. Sie wollte niemals wieder vor etwas weglaufen.

Nervös biss sie sich auf die Unterlippe. »Moira kommt bald für das Abendessen nach Hause. Und du solltest wissen, dass ...«

»Eileen?« Seine Hand schloss sich um die ihre und hielt sie auf, als sie weiterlaufen wollte. »Es tut mir leid, dass ich mich so unvernünftig verhalten habe. Ich weiß, dass du deinen Plan, Maggie mitzunehmen, schon lange aufgegeben hast.«

»Das ist so. Deshalb hätte ich es dir eher erzählen sollen, aber ich habe mich nicht getraut.« Sie schlug die Augen nieder und ließ ihren Blick über die Falten in seinem Hemd gleiten.

»Ich will dich nicht verlieren, mein Liebes.« Seine Stimme hörte sich heiser an.

»Dann gehe ich nicht weg.« Sie streckte ihre Hand aus und strich den Stoff glatt. »Nur wenn du dir sicher bist ...«

Sanft hob er ihr Kinn an, sodass sie ihn anschauen musste. »Ich weiß eine Sache ganz sicher. Egal was in der Vergangenheit war, es ändert nichts an der Tatsache, dass ich dich *jetzt* liebe.«

»Ich liebe dich auch, Matt.«

Langsam näherten sich seine Lippen, viel zu langsam. Für einen Moment sah sie ein kurzes jungenhaftes Grinsen, bevor er seine Gefühle für sie in einem leidenschaftlichen Kuss zum Ausdruck brachte.

Sie schloss die Augen, schlang ihre Arme um seinen Nacken und genoss seine Nähe. Wer dachte da noch ans Weggehen?

Viel zu schnell löste er sich wieder von ihr und lehnte seine Stirn an ihre. Er lachte leise und glücklich, ein Geräusch wie Musik.

»Komm«, sagte er. »Sonst höre ich nie mehr auf.«

Sie ergriff seine Hand, genau wie nach dem Erntefest, und dieses Mal hielt sie sie fest, bis sie auf dem Bauernhof angekommen waren.

Fröhlich bellend rannte Shep ihnen entgegen, froh, sein Herrchen wiederzusehen.

Und da lief Matthews Vater, in Hemdsärmeln, mit einem Behälter Futter für die Schweine. Als er den Hund hörte, hob er seinen Kopf.

»Matt! Du bist frei!«

Mit großen Schritten marschierte er auf ihn zu. Eileen erstarrte. Matthew ließ ihre Hand los.

»Willkommen zu Hause, mein Junge.« Mr Wilson klopfte seinem Sohn auf die Schulter und beide umarmten sich kräftig.

Nachdem sie einander wieder losgelassen hatten, blickte der ältere Mann zu Eileen. »Und wie ich sehe, hast du deine Braut mitgebracht.«

»Das habe ich.«

Matthews Vater – der strenge Pfarrer – lächelte breit. »Ich bin froh, dass ihr euch wiedergefunden habt«, verkündete er, während er seine Hand auf Eileens Schulter legte. »Sehr froh.«

Ihre Kehle wurde trocken, es kam kein Wort über ihre Lippen. Hatte er denn alles vergessen? *Konnte* er alles vergessen?

Die Wärme in seinem Blick berührte ihr Innerstes, noch mehr jedoch Matthews strahlende Augen.

»Darüber bin ich auch froh«, bemerkte er leise.

»Onkel Matthew!« Der Ruf kam vom Weg her und mit rasender Geschwindigkeit rannte Maggie auf den Hof. »Im Dorf haben sie gesagt, dass du frei bist! Bleibst du jetzt hier?«

Eileen bemerkte, wie er leise in sich hineinlachte. »Das habe ich schon vor.«

»Schön, denn Mama kommt auch gleich und dann wird sie bestimmt etwas Leckeres für dich kochen.« Maggie grinste fröhlich. In diesem Moment fiel der Blick des Mädchens auf ihrer beider Hände.

Matthew hatte seine Finger mit Eileens verschränkt.

Die Augen des Mädchens wurden groß und sie zwinkerte schelmisch. »Darf ich Sie dann doch Tante Eileen nennen?«

Für einen Augenblick war es still. In Eileens Hals bildete sich ein Kloß. Sie warf einen verstohlenen Blick zu Pfarrer Wilson

hinüber, der ihr freundlich zunickte. Matthew drückte ihr die Hand.

Sie schluckte. »Ja, Maggie«, antwortete sie gerührt. »Ich hätte es sehr gern, wenn du von jetzt an Tante Eileen zu mir sagst.«

»Gute Entscheidung, Mädchen.« Matthew löste seine Hand von ihren Fingern und legte sie ihr auf den Rücken. »Hier bist du zu Hause. Bei uns. Bei mir.«

Und das war genau das, was sie wollte. Hiernach hatte sie nicht gesucht, überhaupt nicht. Und doch … vielleicht hatte Gott ihre Sehnsucht von Anfang an besser verstanden als sie selbst. Sie war nicht allein. Ihr himmlischer Vater ließ sie nicht im Stich, sie hatte Freunde bekommen und bald – der Gedanke nahm ihr den Atem –, bald würde sie eine Familie haben. Einen Mann, der sie liebte und dem sie ihre Liebe schenken wollte. Könnte sie noch reicher gesegnet werden?

Matthew grinste zufrieden zu ihr hinüber und zog sie ein wenig enger an sich. »Bis zum Essen dauert es noch ein bisschen, oder? Ich glaube, ich habe den doppelten Baum schon ganz lange nicht mehr gesehen.«

Eileen lachte. Mehr brauchte es nicht, um sie zu überzeugen. Die Tanne und die Buche würden sie immer an ihr eigenes Leben erinnern. An ihre Situation, die bei ihrer Ankunft in Almsbrick so unmöglich und aussichtslos gewirkt hatte. Dennoch war etwas Schönes daraus erwachsen. Voller Freude blickte sie zu Matthew auf. Etwas Schönes und etwas Starkes war gewachsen, und beides gemeinsam bildete ein neues wunderbares Ganzes. Dafür würde sie immer dankbar sein.